CW01604507

Un inconnu nommé CHIRAC

DU MÊME AUTEUR

L'AMITIÉ JUDÉO-ARABE, Bordas.
CENT MILLIONS D'ARABES, Elsevier.
AVEC LES OTAGES DU TCHAD, Presses de la Cité.
LE MARTYRE DU LIBAN, Plon.
LES REBELLES D'AUJOURD'HUI, Presses de la Cité.
LA CORSE À LA DÉRIVE, PLon.
LA POUDRE ET LE POUVOIR, Nathan.
MITTERRAND, UN SOCIALISTE GAULLIEN, Hachette.
SADATE, PHARAON D'ÉGYPTE, Valtat.
PREMIÈRES NOUVELLES, La Table Ronde.

THIERRY DESJARDINS

Un inconnu nommé CHIRAC

Avec 27 illustrations

LA TABLE RONDE
40, rue du Bac, Paris 7e

INTRODUCTION

Quel sera le prochain président de la République? Qu'on le veuille ou non, toute la vie politique française se limite désormais à cette question. Avec une interrogation subsidiaire : que se passera-t-il en 1986, lors des élections législatives, si l'opposition l'emporte?

Depuis plusieurs mois, tous les sondages, toutes les élections partielles et tous les scrutins locaux affirment que la gauche a perdu la majorité. D'autre part, l'évolution de la situation économique, sociale et politique permet mal d'imaginer que l'alliance socialo-communiste puisse renverser cette tendance d'ici les échéances électorales. Bref, si les uns affirment que les communistes vont se désolidariser du pouvoir et si les autres imaginent une radicalisation du régime, tout le monde est convaincu que l'alternance va jouer une seconde fois, sans doute en 1986, au plus tard en 1988, pour les présidentielles.

Trois hommes sont alors sur la ligne de départ : Giscard, Barre et Chirac.

Pour retrouver ses chances, Giscard devra faire oublier son septennat. Ce sera difficile. Chacun sait que si le 10 mai 1981, Mitterrand a triomphé, ce fut moins parce que les Français voulaient essayer le programme socialiste que parce que le premier secrétaire du P.S. a bénéficié du phénomène de rejet dont était victime le président sortant. Une grande majorité de Français ne pouvaient plus supporter « physiquement » l'image, le ton, le style de Giscard, ses lubies de faux aristocrate, sa suffisance dédaigneuse. En même temps, un grand nombre de ceux qui, séduits par son brio, l'avaient élu en 1974, contre Mitterrand et pour une politique libérale ne lui pardonnaient pas d'avoir, avec un « libéralisme avancé » bien flou, trahi ses engagements électoraux, à coups de gadgets modernistes et fait basculer le pays dans un pré-socialisme sournois, ne serait-ce qu'en accroissant considérablement le pourcentage des prélèvements obligatoires. Enfin, il sera facile à ses adversaires – et quel que soit le bilan du septennat de Mitterrand – de rappeler les résultats du septennat précédent (chômage, inflation, etc.).

Raymond Barre qui, depuis des mois, gravit régulièrement les échelons de toutes les cotes de popularité, aura, lui aussi, au moment des échéances, de sérieux handicaps. Si la situation actuelle semble donner raison à son personnage de Cassandre, l'opinion publique n'a toujours pas compris ce qui pouvait bien opposer l'ancien Premier ministre et son ancien président de la République. Les deux hommes ne se sont séparés qu'au lendemain de leur défaite commune de mai 81 et les électeurs ont bien l'impression que Barre, dans sa chaloupe personnelle, ne s'est démarqué de Giscard qu'une fois le bateau envoyé par le fond. S'il était depuis longtemps convaincu que la politique de Giscard (qu'il menait en tant que Premier ministre) n'était pas la bonne, Barre aurait pu – comme un autre – le faire savoir plus tôt et en tirer – comme un autre – les conséquences.

A cela s'ajoute que Barre a encore à souffrir de son image de professeur d'économie. Il parvient difficilement à perdre ce ton professoral qui convient si mal à une campagne électorale et à des prestations à la télévision. Et si son honnêteté intellectuelle qui l'oblige à annoncer de nouvelles années d'austérité séduit les classes dirigeantes, elle ne plaît guère à la majorité des électeurs qui n'ont d'ailleurs pas oublié que le « Joffre de l'économie française » n'a pas gagné la bataille de la Marne.

Enfin, il est évident que les présidentielles de 1988 seront précédées par une épreuve de « sélection » essentielle : les législatives de 1986. Il faudra alors aligner 490 candidats dans les 490 circonscriptions et animer une campagne nationale aux quatre coins du pays. Barre qui se veut solitaire, mi-Pinay, mi-Mendès, ne possède pas l'appareil nécessaire à une telle bataille. Or, s'il est absent de ce premier combat, on voit mal comment il pourrait réapparaître pour le second.

Reste donc Chirac. A première vue, il a tous les atouts nécessaires. Matériellement, il possède la meilleure des « machines de guerre » aussi bien pour les législatives que pour les présidentielles. Le Rassemblement Pour la République qu'il a créé en 1976 compte aujourd'hui plus de 800 000 adhérents et recrute chaque jour davantage. Cela veut dire, pour 1986, des centaines de milliers de militants prêts à battre la campagne, à coller des affiches, à faire du porte-à-porte, à organiser des réunions pour les candidats du

R.P.R., dans chaque circonscription, et, pour 1988, une gigantesque « armée », mobilisée partout en France.

Mais, sur le plan politique même, Chirac a aussi la meilleure des positions. Depuis vingt ans qu'il mène son combat politique, il s'est toujours présenté comme un farouche adversaire de toutes les formes de socialisation. Non seulement, il a annoncé, plus que tout autre, les risques que ferait courir à la France une expérience socialiste, mais, à chaque occasion, il s'est opposé aux orientations socialisantes, même les plus déguisées, qu'il s'agisse de la « nouvelle société » de Chaban ou du « libéralisme avancé » de Giscard.

Alors que Giscard, à l'Élysée, se plaisait à trouver des éléments « intéressants » dans le programme socialiste et à rendre hommage à Léon Blum, et que Barre, dans l'opposition, donnait parfois raison à Jacques Delors, Chirac, lui, était insensible aux sirènes de la gauche et son programme prenait toujours le contre-pied de toutes les propositions socialistes ou communistes.

D'autre part, Chirac s'est depuis longtemps et sans équivoque, désolidarisé de Giscard. Seul Premier ministre de la Ve République à avoir quitté de lui-même ses fonctions et à être entré dans une véritable opposition au président de la République, il ne peut, en rien, être rendu responsable du bilan de Giscard. Si, en mai 81, il a refusé le slogan qu'on lui proposait (« La bonne manière de dire non »), il ne s'en est pas moins écrié, dès les législatives de juin 81 : « Nous ne voulons ni de la restauration ni du programme commun ».

Ayant rejeté, comme l'avait fait Chirac cinq ans plus tôt, la « royauté » de Giscard en 81 et ayant, depuis, fait l'expérience du programme commun, les Français pourraient bien finir par donner raison au chef des gaullistes.

Enfin, il est – hélas – vraisemblable qu'en 1986 et plus encore en 1988, la situation économique et sociale de la France sera telle que les électeurs (et les circonstances) exigeront un renversement radical et énergique de la politique. Un Giscard, hésitant comme il le fut au pouvoir, et un Barre se cantonnant dans l'économie n'apporteront ni les réponses ni la confiance nécessaires. On peut ajouter aussi que l'étiquette gaulliste de Chirac lui sera alors particulièrement utile. Si les Français rejettent sans doute « la gauche », on peut penser qu'ils répugneront à se jeter dans les bras de « la droite » et à imposer une véritable « restauration ». Le gaullisme qui s'est toujours refusé à être un parti et qui s'est toujours présenté comme un rassemblement – du peuple français ou pour la République – permettra aux déçus du socialisme (dont certains avaient été des déçus du giscardisme) de rallier le libéralisme, sans pour autant avoir l'air de se déjuger. Et puis le gaullisme n'a-t-il pas toujours été, par définition, le recours au lendemain des catastrophes?

On le voit, en théorie, Chirac a toutes les chances d'être le cinquième président de la Vᵉ République. Oui, mais... si les sondages font du maire de Paris, du président du R.P.R. le chef incontesté de l'opposition, ces mêmes sondages semblent révéler qu'aux yeux de l'opinion publique, Chirac a une mauvaise image de marque, qu'il apparaît plus comme un « homme de droite » que comme un gaulliste rassembleur, plus comme un « homme de coups » que comme un dirigeant politique fidèle à une philosophie, plus comme un « ambitieux prêt à tout » que comme un recours pour le pays.

Certes, ses électeurs de Corrèze ou de Paris qui ont apprécié son grand professionnalisme de gestionnaire et découvert un autre Chirac ont du président du R.P.R. une image toute différente et le prouvent à chaque élection, mais l'ensemble de l'électorat national s'en tient encore à quelques lieux communs – le bulldozer, le fonceur, le hussard – dont il n'a pas su se défaire et qui lui font un tort considérable.

Aussi curieux que cela puisse paraître pour un personnage qui fait chaque jour ou presque la « une » de l'actualité, on doit alors se poser une question bien simple : mais qui est donc Jacques Chirac?

Trois raisons incitent à poser une telle question : d'abord, puisque Chirac apparaît désormais comme l'homme le mieux placé pour succéder à Mitterrand, il serait temps de le connaître un peu mieux qu'à travers quelques clichés si souvent négatifs. Ensuite, les critiques que lui assènent ses adversaires sont d'autant moins convaincantes qu'elles sont bien souvent contradictoires elles-mêmes. On ne peut pas reprocher au même homme d'être d'extrême droite et de changer de politique au gré de ses ambitions, on ne peut pas l'accuser d'être autoritaire et d'être trop influençable par son entourage. Enfin – et presque surtout – ceux que le hasard a fait rencontrer Chirac ont toujours été surpris de découvrir un homme qu'ils n'imaginaient pas. Pire, qui était en totale contradiction avec l'image qu'ils avaient de lui.

Disons les choses franchement. En 1978, les aléas de l'actualité m'ont fait suivre la campagne électorale d'un homme que je n'avais jamais rencontré et dont j'avais une image toute faite. Sans enthousiasme, il me fallait suivre Jacques Chirac aux quatre coins d'une France qui semblait alors – selon tous les spécialistes – sur le point de donner à la gauche une majorité de sièges à l'Assemblée. Pour moi, comme pour tous les téléspectateurs, comme pour tous les témoins lointains de l'activité du président du RPR, Chirac n'était qu'un superbe « animal politique », un battant « increvable », un technocrate habitué au terrain politique qui avait planifié sa route comme un bulldozer, sachant tout écraser, les rivaux comme les principes. Pour tout dire, j'admirais la « bête » mais je n'avais guère de sympathie – ni politique ni humaine – pour l'homme.

Et c'est dans un petit avion privé, entre Épinal et Bordeaux que j'ai découvert un autre personnage. La première chose qui m'a frappé fut son humour. J'avoue que je n'avais pas pensé que Jacques Chirac ait pu avoir le sens de l'humour, le goût de l'éclat de rire. C'était plutôt bon signe. Puis, j'ai été étonné par ce que l'on pourrait appeler sa « prévenance ». En plein combat politique, il se préoccupait du sort de chacun, de la naissance de l'enfant d'un photographe, des suites données à la requête d'un inconnu. Et cela allait bien au-delà de la démagogie habituelle à tous les professionnels du suffrage universel et Dieu sait si j'en ai connu. Bref, il avait l'air sympathique.

Et, d'escale en escale, nous nous sommes mis à parler. En public, ses discours étaient souvent cassants, vindicatifs, agressifs. Nos conversations étaient passionnantes, intelligentes, profondes. Il me disait sa haine du fascisme, sa passion pour les libertés, son désir d'un État responsable, solide, mais son refus d'un État omniprésent, son goût pour une économie volontariste et sa crainte de voir le gouvernement baisser les bras devant de prétendues fatalités alors que les citoyens, eux, abandonneraient toute ambition pour se réfugier à l'ombre d'un État providence.

Bref, je découvrais... un inconnu nommé Chirac. Et l'envie me vint d'en savoir plus.

I

UN PETIT BOURGEOIS PARISIEN
1932-1951

Le mardi 29 novembre 1932, il faisait froid et assez beau à Paris. Les archives de la Météorologie nationale ajoutent que « le ciel était nuageux, avec de belles éclaircies ». Elles précisent même qu'il y avait eu « d'abord un vent de nord, puis un vent d'ouest faible à modéré ». En tous les cas, les températures étaient en baisse depuis quelques jours et il ne faisait plus que 8°.

Ce mardi 29 novembre 1932, à Paris, on parlait beaucoup du Salon de l'aéronautique qui venait d'ouvrir ses portes et Mme Louise Faure-Favier, secrétaire générale de l'Aéroclub de France, devait, en fin d'après-midi faire une conférence « radiophonique » à bord d'un avion survolant la capitale « pour prouver l'élément de sécurité pour le voyage aérien apporté par la radiophonie à bord des avions ». C'était il y a plus d'un demi-siècle!

A la Comédie-Française, on jouait *Le tombeau sous l'Arc de Triomphe* de Paul Raynal, avec Véra Korène. A l'Opéra, *Carmen.* A l'Odéon, *Éducation d'un Prince* de Maurice Donnay. Yvonne Printemps jouait au Théâtre de la Madeleine *Mozart* de Sacha Guitry, pendant que Pierre Fresnay jouait lui, au Théâtre Michel, *Valentin le Désossé* de Claude André Puget avec Alice Cocéa. Joséphine Baker répétait la prochaine revue du Casino de Paris et Lucienne Boyer chantait comme toujours au cabaret *Chez elle.*

Au cinéma, on pouvait voir *Scarface, Silence on tourne* d'Harold Lloyd, *Courtisane* avec Greta Garbo, *Jeunes filles en uniforme, Fanny* avec Raimu, *Les vignes du Seigneur* avec Victor Boucher et *Allo Berlin, ici Paris.*

Coco Chanel, elle, exposait dans son hôtel particulier du faubourg Saint-Honoré des diamants et déclarait : « Si j'ai choisi le diamant, c'est parce qu'il représente avec sa densité, la valeur la plus grande sous le plus petit volume. »

Bref, c'était encore une belle époque. La France avait gagné la guerre et possédait un Empire qui s'étendait, immense, en rose, sur les cartes du monde. Et l'on s'amusait à Paris.

Céline venait de publier *Le voyage au bout de la nuit,* Gide voyageait en Allemagne, Camus avait dix-neuf ans et préparait Normale supérieure au lycée d'Alger, les lecteurs de Jules Romains dévoraient les deux premiers tomes des *Hommes de bonne volonté* qui venaient de paraître, Malraux achevait *La condition humaine,* Mauriac signait *Le Nœud de vipères* et Pierre Benoit devait être reçu cette semaine même à l'Académie française.

Dans le monde politique les choses allaient moins bien. Le triste Albert Lebrun, celui qu'on appelait « le chialant qui passe », avait été élu président de la République le... 10 mai dernier. En catastrophe. Trois jours après l'assassinat du président Doumer par un russe blanc et fou, Gorguloff, à la vente de charité organisée par l'Association des Écrivains combattants, dans les salons de la Fondation Rothschild, rue Berryer.

C'était déjà l'agonie de la IIIe République. En deux ans, la Chambre des députés avait « consommé » huit gouvernements. Cette fois, c'était Edouard Herriot, soixante ans, qui était président du Conseil. Depuis le 3 juin. Camille Chautemps était ministre de l'Intérieur, Germain Martin ministre des Finances, Abel Gardey ministre de l'Agriculture et Henri Queuille, député de la Corrèze, était aux P.T.T. On ne le savait pas encore, mais c'était la fin de ce qu'on allait appeler un jour « l'entre-deux-guerres ».

Herriot, qui était aussi ministre des Affaires étrangères, avait d'ailleurs, le matin même de ce mardi 29 novembre 1932, signé avec l'ambassadeur d'U.R.S.S. à Paris, Dovgalevsky, le « Pacte de non-agression franco-soviétique ». Il y avait comme des bruits de bottes en Europe. Et la France de Lebrun signait avec l'U.R.S.S. de Staline un traité défensif. Staline avait alors cinquante-six ans et il était depuis dix ans premier secrétaire du Comité central du parti communiste d'U.R.S.S.

Cette semaine même, d'ailleurs, Trotsky avait traversé la France. La presse de ce 29 novembre le note : « Parti de Constantinople pour se rendre à Copenhague où il doit faire des conférences sur la révolution russe, M. Léon Trotsky, le collaborateur le plus marquant de Lénine, a traversé la France de Marseille à Dunkerque. Le voyage a été des plus mouvementés car des précautions ont été prises sur tout le parcours pour éviter les curieux et prévenir un attentat éventuel. » La presse du jour ajoute en post-scriptum que « M. Léon Trotsky a été exclu du parti et proscrit pour son opposition aux principes adoptés par Staline ». Toute une époque!

Si Staline semble bien le maître incontesté de l'U.R.S.S., aux États-Unis, le président Herbert C. Hoover, cinquante-six ans, n'a pas réussi à se faire réélire la semaine dernière aux élections. Il sera remplacé à la Maison Blanche par Franklin D. Roosevelt, cinquante ans, qui a eu, lui, la bonne idée de mener sa campagne électorale sur le thème d'un « new deal » (dévaluation du dollar, réduction du temps de travail, ouverture de grands chantiers) pour tenter enfin de sortir de la crise qui a commencé en 1929.

En Italie, Mussolini, quarante-neuf ans, est au pouvoir depuis dix ans et un mois.

En Espagne, c'est, depuis plus d'un an, la IIe République, mais les nostalgiques du dictateur Primo de Rivera, mort en 1930, ne se considèrent pas comme vaincus et le général Sanjurjo vient de rater une tentative de putch.

Mais, bien sûr, ce qui, en cette fin de novembre 1932, inquiète le plus l'opinion française, c'est ce qui se passe en Allemagne. Le vieux maréchal Paul von Hindenburg, quatre-vingt-deux ans, président du Reich (la République de Weimar) depuis sept ans, ne s'en sort plus. Franz von Papen, cinquante-trois ans, chancelier depuis le mois de juin, a donné sa démission le 17 novembre, après les élections du 6 novembre qui, comme celles du 31 juillet, ont vu les nationaux-socialistes arriver en tête. Le 21 novembre, Hindenburg a d'ailleurs offert la chancellerie à Adolf Hitler, quarante-trois ans, qui a tenté de former un gouvernement de coalition. Sans succès. Mgr Kaas, chef du Parti du centre, a essayé à son tour. Sans plus de succès. On pense alors que le vieux maréchal va appeler le général Kurt von Schleicher, cinquante ans, chef de la Reischwehr, pour tenter de former un gouvernement, mais chacun sait qu'il va falloir de nouvelles élections (elles auront lieu le 30 janvier 1933) pour permettre aux Nazis d'avoir enfin la majorité absolue, puisque tant qu'ils n'obtiennent que des majorités relatives ils se refusent, en fait, à diriger une coalition et qu'aucune solution n'est alors possible sans eux. « Les nationaux-socialistes de Monsieur Hitler » comme on dit à l'époque, veulent tous les pouvoirs et ils bloqueront toutes les solutions tant que des élections ne leur auront pas donné une majorité absolue au Reichstag. Avec 43 % des voix ils auront cette majorité des sièges, le 30 janvier prochain.

La presse française suit alors avec intérêt « le jeu habile de M. Hitler » et place bien souvent ces nationaux-socialistes... « très à gauche ». *L'illustration* de cette semaine écrit avec un certain manque de clairvoyance : « Tout cela est essentiellement de la politique intérieure allemande et n'intéresse que de loin les relations extérieures de l'Allemagne dont les directives ne sauraient être modifiées par un changement quelconque d'équipe ministérielle » (*sic*).

A dire le vrai, ce qui préoccupe surtout l'opinion française, c'est que l'Allemagne vient de faire savoir, à Lausanne, par la bouche de Broning, qu'étant « insolvable », elle avait décidé de ne plus payer les « réparations ».

Ce 29 novembre 1932, à la Chambre des députés, dans les journaux et dans les cafés du Commerce de province, on parle de trois choses : de cette affaire des « réparations », du budget de la France, car le déficit laissé par Tardieu représente un mois et demi du budget national, et du désarmement dont on discute toujours – et déjà – à Genève.

Le 29 novembre 1932, le maréchal Philippe Pétain, soixante-seize ans, est inspecteur général de la Défense; le commandant Charles de Gaulle, quarante-deux ans, qui vient de faire un séjour au Liban et des missions en Irak, en Iran et en Égypte, est au Secrétariat général de la Défense nationale et commence à écrire son livre *Vers l'armée de métier*; Pierre Mendès France, vingt-cinq ans, qui a été élu, le 8 mai dernier, député de Louviers, n'a toujours pas osé prendre la parole à la Chambre (il montera à la tribune pour la première fois au cours de la séance de nuit du 27 décembre 1932); François Mitterrand, seize ans, est élève de première au collège Saint-Paul d'Angoulême, avec Pierre Guillain de Bénouville et son professeur de français le note ainsi : « Écrit avec assez d'aisance et de goût, pourrait arriver au passable »; Valéry Giscard d'Estaing qui a six ans et demi et dont les parents viennent d'emménager rue du Faubourg-Saint-Honoré, fréquente, avec sa sœur, le cours de Mlle Boutet de Montvel, rue Saint-Florentin; quant à Georges Pompidou, il a vingt-deux ans et est élève à l'École normale supérieure où il prépare l'agrégation de lettres.

Et c'est ce jour-là, 29 novembre 1932, que Chirac Jacques, René, fils de Chirac François et de sa femme Marie-Louise Valette, voit le jour à Paris, dans le Ve arrondissement, dans la clinique Geoffroy-Saint-Hilaire, au 59, rue Geoffroy-Saint-Hilaire, à côté du Jardin des Plantes et à l'ombre du minaret de la Mosquée de Paris. Dix ans plus tôt, les Chirac avaient eu une fille qu'ils avaient prénommée Jacqueline et qui était morte en 1924 d'une rougeole. Ils n'auront pas d'autre enfant que Jacques.

François Chirac qui a trente-deux ans est banquier. Ou plus exactement – et plus modestement – employé de banque. A la Banque Nationale de Crédit qui deviendra, quelques jours plus tard, Banque Nationale pour le Commerce et l'Industrie, la B.N.C.I., avant de se transformer, beaucoup plus tard, en 1966, en B.N.P., Banque Nationale de Paris. François Chirac est alors employé à la succursale de la B.N.C. de Clermont-Ferrand. Chirac raconte : « Mes premières promenades eurent pour cadre la place de Jaude. Nous passions nos week-ends dans un village appelé Vertolaye traversé par une rivière nommée la Dore, une eau limpide où je faisais semblant de pêcher la truite. Une usine importante a depuis transformé le paysage. J'avais une petite amie, Bernadette (!) que j'embrassais, paraît-il, tout le temps parce que je la trouvais très gentille et qui n'arrêtait pas de me dire : « Jacques, tu m'uses, tu m'uses » (entretien avec l'auteur).

Mais rapidement, François Chirac est nommé à Paris, directeur de l'agence de la B.N.C. de l'avenue de la Grande Armée. C'est une succursale importante, ne serait-ce qu'en raison de ses clients, les riches bourgeois du XVIe arrondissement. François Chirac a d'ailleurs déjà réussi une belle carrière, puisque entré à la B.N.C. sans diplôme, au plus bas de l'échelle, au lendemain de la guerre, il a pu en dix ans, se hisser jusqu'à ce poste à responsabilité.

En fait, il est l'exemple même d'une des formes de réussites que permettait la IIIe République radicale et laïque. On a beaucoup parlé des Auvergnats, fils d'instituteurs qui, comme Pompidou, arrivaient à passer de la communale à l'École normale supérieure, alors que d'autres fils de paysans, montés eux aussi du « pays » vers Paris faisaient fortune comme « bougnats ». François Chirac, fils d'instituteur corrézien, donc « limousin » aurait pu, après ses études au lycée de Brive, suivre des études brillantes ou s'enrichir dans un commerce quelconque. Mais il y a eu la guerre. Appartenant à la classe 18, il est mobilisé fin 1916 – son fils dira un jour « mon père a eu le privilège d'être mobilisé à dix-huit ans » –, il connaît les tranchées, l'offensive de 1918, la victoire et il se réengage, comme beaucoup de ces « poilus » des derniers mois qui avaient presque une sorte de complexe à l'égard de leurs aînés de quelques années qui avaient, eux, connu les quatre années d'enfer. Ce n'est donc qu'en 1921 que François Chirac, démobilisé, découvrira le pavé parisien, cherchera du travail et entrera à la B.N.C.

S'il n'a pas les diplômes d'un Pompidou et s'il a passé ses universités sous l'uniforme bleu horizon, François Chirac a, enfant, reçu la même éducation que Pompidou et que beaucoup d'autres de ces enfants de « la laïque » du centre de la France.

Louis Chirac, le père de François, le grand-père de Jacques, était l'instituteur type du début du siècle. Longtemps, il enseigna à Beaulieu-sur-Dordogne – où naquit François – puis, pendant quinze ans, il fut directeur d'une école de Brive, l'école Firmin-Mirabeau. C'était l'époque où « Monsieur l'Instituteur » apprenait aux « chères petites têtes blondes » l'orthographe, les quatre opérations, les départements, nos « ancêtres les Gaulois » et – ce qui a aussi disparu aujourd'hui – les rudiments de ce qu'on appelait alors l'« instruction civique ». C'était l'époque où l'on respectait les instituteurs et où d'ailleurs ils ne faisaient pas grève.

C'était aussi l'époque de la séparation de l'Église et de l'État et les héritiers de Jules Ferry, émules du « petit père Combes », menaient une espèce de combat quotidien contre l'école des riches ou du moins des « curés ». Quand, au début du siècle, on était instituteur du côté de Brive (comme le grand-père de Chirac) ou d'Albi (comme le père de Pompidou), on était... de gauche. C'est-à-dire qu'on votait radical et qu'on était franc-maçon.

Louis Chirac est instituteur, vote radical, écrit des articles dans *La Dépêche du Midi* des frères Sarraut (dont il est le correspondant à Brive) et appartient à la Grande Loge dont il devient « vénérable ».

Robert Lacoste, l'ancien ministre de Guy Mollet, se souvient : « J'ai fait toutes mes études secondaires au lycée de Brive avec François Chirac. Après le baccalauréat, nos voies ont divergé. Pendant de longues années, nous ne nous sommes revus que fort peu, mais toujours avec le même plaisir. Nos pères aussi avaient été amis. Mon père, fonctionnaire des Travaux publics, entretenait des relations très cordiales avec Louis Chirac qui était instituteur, relations fondées sur un accord complet sur le plan idéologique. » (Le père de Robert Lacoste sera fusillé pendant la guerre par les Allemands.)

Il est difficile aujourd'hui d'imaginer ce que fut dans cette France d'avant 14, sans télévision, sans radio, sans presque de voitures, dans cette France encore très rurale, la « civilisation » radicale et maçonne. On « bouffait du curé » mais on était prêt à se faire tuer en pantalon garance pour l'Alsace-Lorraine, on était « de gauche » mais on ne faisait pas de faute d'orthographe, on était radical mais on ne pensait qu'à la Patrie, qu'à la Famille et qu'au Travail. Le radicalisme était moins l'appartenance à un parti politique qu'une « attitude » et tous ceux qui ont cherché à lui trouver des échos dans notre vie politique d'aujourd'hui n'ont finalement découvert que le gaullisme qui, lui aussi, possède des relents de droite nationaliste et de gauche progressiste, avec, comme le radicalisme d'antan, sa franc-maçonnerie, sa solidarité. Mais nous y reviendrons quand nous verrons le petit-fils du « vénérable » de Brive succéder au bon docteur Queuille dans la circonscription Ussel.

François Chirac, sortant de la guerre, avait tout naturellement épousé une « payse », la fille d'un ami de son père. En ce temps-là, on se mariait entre Limousins. Et entre enfants d'instituteur. C'était plus sûr. Marie-Louise Valette était la fille de Jean Valette qui passa trente-cinq ans de sa vie comme instituteur à Noailhac, un petit village du canton de Meyssac, à 13 kilomètres de Brive et à 25 kilomètres de Beaulieu-sur-Dordogne, avant de se retirer dans son village familial de Sainte-Féréole.

Quand François Chirac, de Beaulieu-sur-Dordogne, épouse Marie-Louise Valette, de Noailhac, le député de la Corrèze du sud est un certain Charles de Lasteyrie qui n'est certes pas radical et encore moins franc-maçon mais qui est ministre des Finances de Poincaré et qui sera surtout un jour parent d'une certaine Bernadette Chaudron de Courcel.

Si l'on s'amuse à fouiller les archives poussiéreuses de la région, on retrouve un Pierre Chirac, dans le Rouergue, il est vrai, né en 1650 à Conques. Il est d'abord abbé, puis devient médecin, enseigne à la faculté de Montpellier, célèbre depuis Rabelais, puis on le retrouve médecin de l'armée du Roussillon en1692, médecin du duc d'Orléans qui est régent en 1715, et enfin médecin du roi en 1730. Il a quatre-vingt-deux ans et ne mourra que deux ans plus tard, en 1732. Mais rien ne prouve que Jacques Chirac descende en ligne droite de cet... abbé-là.

Les mois passent. Hitler est devenu (démocratiquement) chancelier, la guerre d'Espagne a commencé, Mussolini s'est lancé dans la conquête de l'Abyssinie et, en France les gouvernements se sont succédé à un rythme de plus en plus effréné. Après Herriot, on a eu Paul Boncour, un mois, Daladier, neuf mois, Sarraut, trois semaines, Chautemps, deux mois, de nouveau Daladier, une semaine cette fois, Gaston Doumergue, l'ancien président de la République, neuf mois, Flandin, six mois, Fernand Buisson, trois jours, Laval, six mois, encore Sarraut, quatre mois.

Entre-temps, on avait eu, fin 1933, l'affaire Stavisky que la droite avait exploitée contre le « cartel des gauches », ce qui avait amené Daladier à limoger le préfet Chiappe lequel avait poussé ses amis à organiser, le 6 février 1934, une manifestation de « nationalistes », place de la Concorde. Des coups de feu avaient éclaté, il y avait eu des morts, Daladier avait démissionné et on était allé chercher Gaston Doumergue dans sa retraite de Tournefeuille. Le 12 février, la gauche avait répliqué au 6 février et socialistes, communistes, C.G.T., C.G.T.U. s'étaient retrouvés, place de la Nation. Deux ans plus tard, en mai 1936 cette gauche unie allait remporter les élections et donner à Léon Blum la présidence du gouvernement.

1936, c'est pour la famille Chirac, comme pour beaucoup de familles françaises, l'étonnement et la division. A Brive et à Noailhac, les instituteurs sont plutôt contents. La gauche généreuse triomphe. A Paris, à l'agence de la Grande-Armée de la B.N.C.I., on est plutôt inquiet. C'est la gauche mais ce sont aussi les communistes.

François Chirac aurait pu, comme beaucoup de ses camarades de tranchées, faire partie des Ligues, rejoindre les Croix-de-Feu du colonel Casimir de La Rocque. Il ne l'a pas fait, en souvenir sans doute de la petite école de Beaulieu-sur-Dordogne. Mais le directeur de banque est angoissé. Il sait que la vague de grèves qu'a déclenchée (curieusement mais classiquement) la victoire du Front populaire et que les accords de Matignon vont porter un coup terrible à l'économie française alors que les Allemands, eux, travaillent et réarment. Il voit l'anxiété de ses clients qui s'appellent Henri Potez et Marcel Bloch et dont le gouvernement nationalise les usines de construction aéronautique. L'usine de Courbevoie, celle de Mérignac.

Et le modeste directeur de la succursale de l'avenue de la Grande-Armée devient alors vite si ce n'est l'ami du moins l'un des conseillers de ces deux « avionneurs » à la fois concurrents et associés qui avaient inventé ensemble l'hélice « Éclair » pendant la guerre. C'est la solidarité des « gens sérieux » devant le romantisme de la révolution d'un homme de lettres qui s'appelle Blum et devant le jeu inquiétant d'un Maurice Thorez et d'un Benoît Frachon.

Ici, la légende commence à apparaître. Nous la retrouverons souvent. Certains diront et écriront, en effet, que le père du futur Premier ministre conseilla à Marcel Bloch (qui deviendra Marcel Dassault) de fonder, avec les trois millions qu'il a reçus pour la nationalisation de son usine, une banque. Et il est vrai que Marcel Bloch créa, avec cet argent, la Banque commerciale de France. Ces mêmes auteurs ajoutent que François Chirac conseilla, en même temps, à Henry Potez de placer, lui, les millions d'indemnités qu'il venait de recevoir dans l'achat d'une grande propriété au Rayol, sur la Côte d'Azur. Et il est tout aussi vrai qu'Henry Potez acheta bel et bien une immense propriété au Rayol. Le tout est de savoir si c'est bien François Chirac qui fut leur conseiller. On voit, bien sûr, tout l'avantage politique que certains pourraient tirer de ces deux petites anecdotes. Jacques Chirac n'a pas quatre ans mais déjà son père défend les victimes des premières nationalisations, fonde des banques, joue avec la spéculation foncière et surtout rend des services à Marcel Bloch, un homme avec lequel, du moins aux yeux des journalistes du *Canard enchaîné*, il vaut mieux ne pas avoir trop de relations si l'on veut se lancer dans la politique et être au-dessus de tout soupçon.

Henry Potez ne veut rien dire, Marcel Dassault non plus, François Chirac est mort et Jacques avait quatre ans. Cela dit, on imagine mal des industriels de l'envergure d'Henry Potez ou de

Marcel Bloch allant demander au directeur de la succursale de leur banque des conseils pour placer de telles sommes. Il est vrai que Marcel Dassault aidera, beaucoup plus tard, le jeune Chirac dans ses débuts en politique (comme Dassault a aidé d'innombrables débutants). Il est vrai que les Chirac et leur fils se refugieront, pendant la guerre, au Rayol, à côté de chez les Potez, dans une villa qu'ils loueront, « La Farandole », puis dans une autre, plus grande, « La Casa Rosa ». Il est vrai qu'en 1936, précisément, François Chirac va quitter la B.N.C.I. pour entrer au groupe Potez, mais il est vraisemblable que le directeur de l'agence de l'avenue de la Grande Armée avait simplement été apprécié pour ses qualités professionnelles par Henri Potez et sans qu'il ait eu besoin, pour autant, de « sauver » sa fortune et celle de Marcel Bloch.

Quand on l'interroge, Chirac parle très franchement des relations de sa famille avec les Potez et Marcel Dassault. « Potez, pour moi, ce n'était pas un avion ou une usine, c'était un homme. Plus exactement c'étaient un homme, une femme et trois enfants avec qui j'ai été élevé et qui, ayant à peu près mon âge, étaient mes amis. Mon père était entré chez Potez en 1936 et n'en est jamais sorti jusqu'à sa retraite. Il était directeur du groupe. Ainsi durant toute mon enfance, j'ai entendu parler d'aviation. Marcel Dassault avait à l'époque ses bureaux 46, avenue Kléber, comme Potez. Pourtant, je l'ai rencontré pour la première fois seulement en 1940 à Vichy. J'avais huit ans et je me passionnais pour les voitures. La sienne était inouïe. Il affirmait qu'il n'en existait que quelques exemplaires en France. Je ne l'ai pas oublié. Nous étions assis ma mère et moi à une terrasse de café. Marcel Dassault arrive. Son automobile me fascine tant que ma mère lui confie mon engouement. Il se penche vers moi : " Si tu me dis la marque de ma voiture, nous allons chez le marchand de jouets en face et je t'achète ce que tu veux. " J'ai répondu sans hésitation : " Monsieur, c'est une Grahampelge. " Il était absolument sidéré. Il s'est levé, il m'a emmené dans la boutique, il m'a acheté toute une collection de soldats de plomb, de petites voitures. Plus tard, il m'a souvent rappelé la surprise que ma réponse lui avait causée. J'ai conservé pour lui une grande affection car c'est un homme de cœur. » (Entretien avec l'auteur.)

Et, comme l'on s'y attendait, c'est la guerre. D'abord la « drôle de guerre », puis l'autre, la vraie, moins drôle. La stupeur des Français devant l'avancée des chars allemands, devant l'incompétence de l'état-major français, devant l'effondrement et la lâcheté des hommes de la IIIe. Paris est occupé. C'est l'exode. Les routes de l'été 40. Des centaines de milliers de familles fuyant. Les avions allemands. Le désespoir.

« Au moment de la débâcle, mon père était au Canada pour négocier une affaire pour le compte des Potez. Nous sommes partis ma mère et moi d'abord à Sainte-Féréole où ma mère avait hérité de la maison de ses parents et où nous étions le 18 juin, puis rejoindre les Potez au Rayol Canadel, très vaste commune qui ne devait guère compter à l'époque plus de quarante maisons. Nous y avons vécu durant cinq ans. » (Entretien avec l'auteur.)

Pour les enfants de cet âge, les guerres ce sont d'abord de grandes vacances. Pour Jacques Chirac qui n'avait connu que Paris ou des vacances en Corrèze chez son grand-père maternel, le drame de la France, c'est d'abord le soleil, le bleu de la Méditerranée qu'il découvre, et la joie de pouvoir gambader « sans chaussure » avec les enfants du village qui ont un drôle d'accent et avec les enfants de Paris exilés, on dit alors « exodés » comme lui.

Plus important sans doute, Jacques Chirac va alors vivre pendant quatre ans avec sa mère. Jacques Chirac, qui parle beaucoup, n'aime pas parler de lui-même, de ses souvenirs personnels, de son enfance et il n'a jamais évoqué, même devant ses plus proches collaborateurs, l'image de sa mère. Or tous sont unanimes pour affirmer que sa mère qu'il perdra en 1972 l'a sans conteste beaucoup marqué, sans doute infiniment plus que son père, forte personnalité avec lequel il a été, à maintes reprises, en conflit. Aujourd'hui, il se contente de dire : « J'avais pour ma mère une profonde tendresse. Je l'aimais beaucoup. Elle s'était beaucoup occupée de moi. J'ai été un enfant gâté, très très gâté. Il en est peut-être resté quelque chose. C'était le type même de la femme d'intérieur. Elle ne travaillait pas. Elle s'était mariée très jeune, à dix-huit ans et formait avec mon père un très beau ménage. Elle est morte en 1972 à Bity, d'un cancer. Autant mon père est mort subitement, autant ma mère a eu une mort pénible. » (Entretien avec l'auteur.)

Au Rayol, il est, à la fois, le chef d'une bande de gosses, toujours prêt à organiser de grands jeux scouts, à partir à l'aventure pour découvrir telle ou telle colline aux senteurs inconnues, et le fils unique d'une famille inquiète.

Marcel Bloch est déporté, Henry Potez se cache, la vie au Rayol est ensoleillée mais triste. Le petit garçon apprend sans très bien comprendre que les « Alliés » ont débarqué en Afrique du Nord et que c'en est fini de la zone dite « libre ». Dans la classe de l'école du Rayol, il y avait un portrait du Maréchal, un petit garçon avait disparu un matin et on avait dit à ses camarades que c'était parce qu'il était juif et qu'il fallait qu'il se cache. On comprend mal tout cela, à dix ans.

Et puis un jour tout le ciel bleu du Rayol est devenu noir. Vers l'est. Noir de fumée. Comme si le pays là-bas brûlait, comme s'il était arrivé un cataclysme. Et c'était d'ailleurs bien un cataclysme. La Flotte française venait de se saborder à Toulon. Tout de suite au Rayol, tout le monde a compris et tout le monde, les vieux, les gosses, les femmes, est monté sur la plus haute colline pour regarder, en silence, ces fumées noires, ce ciel de désastre. Cette tristesse, ce chagrin.

Chirac a souvent raconté qu'il avait ce jour-là ressenti sa « première émotion politique ». Et c'est vraisemblable. Il a presque dix ans. La guerre, la défaite, l'invasion, l'exode, tout avait été trop vite, les nouvelles avaient été trop souvent fausses, la catastrophe avait été trop énorme et l'inquiétude des parents trop grande pour que l'enfant de sept ans ose poser des questions. Cette fois les choses sont simples. En 42 pour un petit garçon de dix ans, la France a été vaincue, les Allemands sont là, mais il reste la Flotte, la plus belle du monde, celle de l'amiral Darlan, celle qui permet de garder l'Empire, celle qui, un jour, prendra la mer pour participer à la victoire. La flotte était la matérialisation de l'imposture de la collaboration. Pétain serrait la main d'Hitler mais il préparait la revanche. Secrètement, il travaillait avec de Gaulle. C'est ce que tout le monde voulait croire. C'était plus facile. Il fallait sauver les meubles en France occupée, avoir l'air d'accepter, mais rien n'était perdu. Et la Flotte se tenait prête. Et d'ailleurs n'y avait-il pas des amiraux partout, dans tous les ministères. Les généraux ont été vaincus, les amiraux les vengeront. Et puis brusquement la Flotte était obligée de se saborder pour ne pas tomber entre les mains des Allemands. Tout s'effondrait, l'espoir, l'alibi. La France collaboratrice ne pourrait plus prendre le large pour participer à la reconquête de la liberté, la France de Pétain s'était bel et bien laissée piéger. Le dernier rêve partait en fumée noire dans le ciel du Midi. Adieu toutes les belles images que la Ligue maritime et coloniale faisait distribuer dans les écoles des enfants de la zone libre qui n'existait plus non plus. Et Jacques Chirac pleurait des larmes de gosse.

Chirac raconte : « Mes parents s'étaient installés en 40, au Rayol. La mer, le soleil, des villas, des tomates et du raisin. J'y végétais bien. Les jours passaient. Puis en 1942, les Allemands sont venus. On les rencontrait un peu partout, dans les vignes ou sur les chemins des plages. Ils communiquaient entre eux par des téléphones de campagne. Des kilomètres de fil noir qu'ils n'enterraient pas, qui couraient dans la campagne. Avec l'un de mes amis, Darius Zunino, nous passions notre temps à les couper. Non pas pour commettre à proprement parler à un acte de résistance mais parce qu'à cette époque de pénurie, ce fil noir offrait pour les garçons de notre âge une foule d'utilisation. D'une hauteur au-dessus du Rayol j'ai assisté au sabordage de la Flotte à Toulon. J'ai vu les fumées, j'ai entendu le bruit. Rentré à la maison j'ai su par mon père et ma mère ce que cela signifiait. Alors j'ai eu, enfant, la première perception de l'erreur politique. Naturellement j'aurais été bien incapable de la formuler, mais j'ai senti, comme une évidence physique qu'il se passait quelque chose qui n'était pas digne et qu'on aurait dû empêcher. Toulon m'a éveillé à la réalité politique, dans le sens large du terme. J'ai compris que d'une décision ou d'une indécision au sommet pouvaient dépendre – directement – l'anéantissement d'une force et le déclin d'un destin national. » (Entretien avec l'auteur.)

Le jour du débarquement de Normandie, Jacques Chirac a onze ans et demi. C'est la joie au Rayol, comme dans l'ensemble de la France bien sûr, même si on est encore inquiet, même si l'on n'ose pas se demander si l'on reverra jamais un jour ceux qui sont prisonniers depuis des mois, depuis quatre ans.

Puis c'est le débarquement en Provence. « Dans la nuit du 14 au 15 août, les bombardements ont commencé et nous avons dû nous abriter dans la cave. Puis, les premiers commandos sont arrivés. Dans la lumière du matin, les faits parlaient clair. L'évidence était en kaki. Des soldats surgis de la mer parlaient notre langue. Il y avait parmi eux le général Brosset. Je le trouvais si débordant de dynamisme et de jeunesse que je l'appelais « mon lieutenant », ce qui parut lui faire plaisir. Mais en Alsace un accident stupide a coûté la vie de ce héros. Il a été tué et son chauffeur, Jean-Pierre Aumont, a échappé à la mort. Quand je l'ai appris, j'ai pleuré. Dans ces journées d'été, nous étions installés au bord de la route pour donner à boire aux libérateurs tantôt de l'eau, tantôt du vin rosé donné par mon père. J'en garde une impression d'ivresse due au bonheur d'être libre (notion confuse à cet âge), à l'excitation de fréquenter la guerre et les guerriers et à la couleur de temps qui sentait les grandes vacances. » (Entretien avec l'auteur.)

Images floues, bleues, blanches, rouges, images kaki, des chars américains avec l'étoile blanche, des soldats français en uniforme américain, des jeunes garçons avec des brassards de F.F.I. et des mitraillettes, le portrait de De Gaulle, le portrait de Leclerc debout à la tourelle de son char devant l'Arc de Triomphe, souvenirs flous d'un enfant où se mêlent un retour du Midi vers Paris, des photos découpées dans des journaux déjà jaunis avant d'avoir vieilli, des récits hachurés.

La famille Chirac s'installe à Saint-Cloud. La guerre n'est pas finie mais la région parisienne est libérée. Le père a repris ses activités dans le groupe Potez. Il faut reconstruire la France, l'aviation française, les industries aéronautiques. Villacoublay est au centre des industries aéronautiques. Jacques Chirac entre en cinquième au lycée Hoche de Saint-Cloud. Il y passe un an. Puis la famille emménage à Paris, 10, rue Frédéric-Bastiat, une petite rue bourgeoise du VIIIe arrondissement, entre Saint-Philippe-du-Roule et les Champs-Élysées.

On s'étonnera, un jour, de voir Jacques Chirac féliciter son successeur à Matignon, le « professeur » Raymond Barre qui a cité un économiste du XIXe bien peu connu. Chirac écrira : « Raymond Barre aime à citer Frédéric Bastiat comme s'en sont aperçus un soir les téléspectateurs. Je lui en ai été reconnaissant sur le moment. Cet auteur est trop oublié. Il avait un vif talent, de clarté incisive, ce qui est rare parmi les économistes. Il a dit des choses fort justes. Mais il écrivait dans la première moitié du XIXe siècle et accordait une confiance religieuse aux harmonies providentielles de la nature. »

On peut se demander si cette connaissance que semble avoir Chirac de Frédéric Bastiat ne vient pas, moins de ses études à Sciences-po (où Bastiat est peu étudié) que d'une inévitable sympathie qu'il aurait eue pour cet économiste tout simplement parce que pendant des années il a habité « sa » rue.

En octobre 1945 – le général de Gaulle est président du gouvernement provisoire depuis plus d'un an et pour encore trois mois, le 15 octobre, Laval sera exécuté – Jacques Chirac entre en 4e au lycée Carnot, boulevard Malesherbes, dans le XVIIe arrondissement comme externe libre. Pendant quatre ans il va, quatre fois par jour, emprunter la rue d'Artois, la rue de Berry, traverser le boulevard Haussmann, prendre la rue de Courcelles, la rue Rembrandt et traverser le parc Monceau.

Le quartier de Saint-Philippe (on disait alors « le quartier du Roule ») et celui de la Plaine-Monceau qui aujourd'hui ne sont plus que des quartiers de bureaux, sont encore, au lendemain de la guerre, des quartiers très bourgeois et même aristocratiques. Il y a de nombreux hôtels particuliers habités encore par des ducs, des princes et des marquis très « proustiens » dont les fils vont, eux, dans des collèges religieux et dont les filles vont au célèbre collège des Oiseaux, rue de Ponthieu.

A Carnot, comme à Condorcet – l'autre lycée du quartier – ce sont les « petits bourgeois ». Dans sa classe, le fils de « l'administrateur de société », Jacques Chirac, a comme camarades huit fils d'ingénieur, trois fils de médecin, quatre fils d'industriel, un fils de notaire, un fils de magistrat, deux fils de professeur, un fils de colonel, un fils de banquier, un fils de pharmacien. Pas un seul fils d'ouvrier et un seul fils d'employé de bureau, un boursier, Pierre Granier qui sera d'ailleurs, de la 4e à la 1re, le meilleur élève de la classe, dans pratiquement toutes les disciplines et qui « raflera » tous les premiers prix en fin d'année, tous les ans.

Comme Chirac, ces élèves habitent le quartier, le VIIIe ou le XVIIe : Philippe Aubrun, fils d'un médecin de la rue de Courcelles, Christian Bolla, fils d'un pharmacien de la rue Margueritte, Jean-Louis Braquet, fils d'un ingénieur de l'avenue de Wagram, Henri Brouilhet, fils d'un ingénieur de l'avenue de Villiers, Pierre Courvoisier, fils d'un banquier de la rue Cardinet, Alain Jacquillat, fils d'un ingénieur de la rue de Tocqueville, Jean-Pierre Plantevin, fils d'un médecin de la rue Cardinet, etc., ou la banlieue, comme François Beslaud, fils d'un horticulteur d'Asnières, Gérard Bertonnier, fils d'un ingénieur de Colombes, Michel Desaphix, fils d'un agent commercial de Bois-Colombes et qui, eux, arrivent chaque matin par la gare Saint-Lazare.

Le lycée Carnot semble aujourd'hui désespérement triste, avec ses briques sales, son toit de tuiles, son drapeau tricolore délavé. Sa cour intérieure surtout, sous une immense verrière opaque, avec des balcons de fer forgé gris, ressemble, à s'y méprendre, à une cour de prison. Et pourtant, tous les *Carnot's boys* (comme ils s'appelaient eux-mêmes) gardent un souvenir attendri de leur « bahut ». « C'est vrai, dit l'un d'eux, il y avait un esprit Carnot. Nous étions tous de petits bourgeois, des enfants aimés si ce n'est gâtés. Les professeurs étaient excellents et débonnaires, et puis il y avait le parc Monceau. »

Le parc Monceau a, sans aucun doute, joué un rôle important dans l'enfance de Chirac comme dans celle de tous ses camarades. Créé par le duc de Chartres, le fameux Philippe Égalité, père de Louis-Philippe, qui raffolait des fausses ruines grecques ou gothiques, on y trouve outre la célèbre rotonde à colonnade de l'ancienne enceinte des Fermiers généraux de Ledoux, la Naumachie construite avec les colonnes corinthiennes qui provenaient de la chapelle des Valois, à Saint-Denis, des pierres récupérées des ruines de l'Hôtel de Ville incendié en 1870, une rivière et des statues de Maupassant, de Chopin et de Gounot, bref, un merveilleux terrain de jeux pour les enfants de 4e, un parc de rêveries pour ceux de 3e (Jean-Jacques Rousseau avait trouvé le parc du duc de Chartres si merveilleux qu'il en avait escaladé l'enceinte) et un paysage romantique à souhait pour les adolescents de 2e à la recherche de leurs premiers émois amoureux auprès des nurses anglaises du quartier.

Jacques Chirac avoue qu'il a éprouvé ses premières amourettes dans ce décor. « J'ai erré, se souvient-il, pendant des heures et des heures – rarement quand même pendant des heures de cours – dans le parc Monceau qui était sur mon trajet. J'allais conter fleurette à des jeunes filles ou discuter avec des copains. »

A Carnot, Chirac n'est pas un élève brillant. Il le reconnaît aujourd'hui : « Je n'étais pas un élève brillant, et de beaucoup s'en fallait. Je me suis toujours débrouillé pour passer d'une classe à l'autre, généralement en rasant la barre, mais sans avoir à passer d'examen en octobre. Ce qui m'a toujours permis d'avoir des vacances tranquilles. C'était juste ce qu'il fallait, rien de plus. J'étais préoccupé d'avoir le maximum de temps libre pour me permettre de profiter au maximum de l'existence. »

Georges Pompidou écrira un jour évoquant ses années d'étudiant : « Je ne travaillais pas beaucoup, juste ce qu'il fallait pour franchir sans encombre les examens. » Il est vrai qu'il était alors à l'École normale et qu'il passait l'agrégation!

On imagine mal Chirac faisant juste ce qu'il fallait, rasant la barre et surtout préoccupé essentiellement par le temps libre pour profiter de l'existence. Et on pense volontiers qu'il s'agit là d'une espèce de snobisme d'énarque qui aime à affirmer qu'il fut toujours un cancre. Mais les archives du lycée Carnot sont formelles. Feuilletons-les au hasard. En 3ᵉ, Chirac n'obtient le tableau d'honneur qu'au seul troisième trimestre. Il est 11ᵉ en français, 19ᵉ en version latine, 20ᵉ en thème latin, 5ᵉ en histoire, 12ᵉ en mathématiques, 6ᵉ en éducation physique. Son professeur de mathématiques note : « Du travail mais souvent désordonné » et le proviseur ajoute : « Doit se discipliner pour arriver à de meilleurs résultats. » En seconde, ce n'est guère mieux même s'il « décroche » le tableau d'honneur au deuxième et au troisième trimestres. Il est 31ᵉ en version latine, 28ᵉ en thème latin, 31ᵉ en récitation, 17ᵉ en histoire, 19ᵉ en mathématiques et on relève des annotations presque prémonitoires. Son professeur d'histoire écrit : « Esprit vif et curieux. Travaille avec goût. Mais plus spontané que réfléchi. » Son professeur de mathématiques ajoute : « Pourrait mieux faire avec plus de réflexion. »

Enfin en 1ʳᵉ, il n'aura jamais son tableau d'honneur, il sera 23ᵉ en français, 9ᵉ en version latine, 15ᵉ en histoire, 13ᵉ en mathématiques et son professeur d'histoire notera : au premier trimestre : « sympathique mais vraiment trop dissipé », au deuxième trimestre : « de plus en plus dissipé et veut paraître tel à ses camarades » et au troisième trimestre : « trop bavard, trop distrait et trop nerveux pour réussir ». D'ailleurs le proviseur avait, lui, noté, dès le deuxième trimestre : « Attention à la tenue si l'élève veut terminer son année au lycée. »

On le voit, il n'y a vraiment aucun snobisme de la part de l'énarque à raconter qu'il ne fut pas un brillant élève. Il est à peine passable en lettres, très moyen en mathémathiques et s'il aime l'histoire, il est franchement chahuteur. A travers toutes ses annotations on peut facilement imaginer l'élève Chirac : sympathique et indiscipliné. Et qui plus est, voulant paraître tel à ses petits camarades. Il profite bel et bien de l'existence. Il faisait d'ailleurs beaucoup d'autres choses en même temps. Il est scout de France à Saint-Philippe-du-Roule (contrairement à une légende tenace, il n'a jamais eu pour totem « Bison égocentrique » car il n'est pas resté assez longtemps chez les scouts pour être « totemisé) et il suit des cours de cuisine : « Quand j'avais treize ans, j'ai même pris des cours de cuisine au Cordon Bleu, en cachette. Je m'étais inscrit à ces cours qui avaient une installation place Saint-Philippe-du-Roule. Cela a duré trois mois. »

L'école de cuisine du Cordon Bleu était, en fait, installée rue du Faubourg-Saint-Honoré, au coin de la rue Saint-Philippe-du-Roule, à deux pas de la place. C'étaient des cours destinés aux bourgeoises nanties et inoccupées qui voulaient, l'après-midi, se perfectionner dans la confection de plats délicats. Ces plats étaient vendus au public dans une sorte de salon de thé, le bénéfice de ces ventes allant à de bonnes œuvres. On sourit en imaginant le jeune Chirac affublé d'un tablier et apprenant la bonne cuisine au milieu de toutes ces braves dames! C'est sans doute au Cordon Bleu qu'il a pris goût à la tête de veau, aux tripes au safran, au pigeon aux petits pois, à la truite au bleu, ses plats préférés, et qu'il a appris à faire la queue de bœuf en daube ou le pot au feu, ses deux spécialités avec le méchoui qu'il dut apprendre plus tard seulement.

Et puis, outre la cuisine, les chahuts de Carnot, le scoutisme et les amourettes du parc Monceau, il y a son premier contact avec la politique.

Il raconte : « En 1948, j'étais en seconde au lycée Carnot et j'ai eu à cette époque – il est vrai entraîné par quelques amis – mon premier engagement politique. Je ne vous dirai pas qu'il était vraiment réfléchi, c'est pourquoi je le qualifie d'anecdotique, mais j'ai adhéré au R.P.F. en 1948 au moment de la préparation des municipales. 1948, pour moi, c'était d'abord les contraintes de la scolarité et ensuite une réflexion tout à fait superficielle sur les problèmes et l'environnement politiques. Pour moi, le général de Gaulle était un homme qui avait voulu et qui avait gagné. Et à cet égard, l'homme m'impressionnait incontestablement. Mais il n'était plus dans l'actualité. On s'était non seulement efforcé de l'en écarter mais, de surcroît, on s'était soigneusement appliqué à l'éloigner de toute manifestation politique. »

Et Chirac ajoute : « C'est la seule carte de parti politique que j'aie jamais eue jusqu'en décembre 1974. A cette époque, j'ai été contraint et forcé, si j'ose dire, de m'inscrire à l'U.D.R. Jean Charbonnel me faisait un procès parce que je venais d'être élu secrétaire général d'un mouvement dont je n'étais même pas membre. » (Entretien avec l'auteur.)

En réalité, les élections municipales n'ont pas eu lieu en 1948 mais le 26 octobre 1947. Chirac venait donc tout juste d'entrer en seconde.

D'autre part, on ne peut pas dire qu'en octobre 1947 le général de Gaulle n'était « plus dans l'actualité ».

Certes, de Gaulle avait quitté le pouvoir le 20 janvier 1946 (en démissionnant mais en espérant bien être rappelé très rapidement), Félix Gouin lui avait succédé comme Président du gouvernement provisoire, puis, en juin, Georges Bidault avait succédé à Gouin avant que Vincent Auriol ne soit élu, en janvier 1947, premier Président de la IVe République.

Certes, le « régime des partis » qui se réinstallait dans ses meubles, faisait tout pour sortir de Gaulle de l'actualité, mais le général, en 47, était encore très « présent ».

Après l'échec, le 5 mai 1946, du référendum sur la première Constitution présentée par les socialistes et les communistes (échec dû, en grande partie, aux gaullistes) et au lendemain de la première réunion de la deuxième Assemblée constituante, de Gaulle avait, le 16 juin 1946, prononcé son fameux discours de Bayeux dans lequel il avait tracé les grandes lignes de son « idéal constitutionnel » (on le retrouvera en 1958). Le 27 août, il avait attaqué très violemment le nouveau projet de constitution qui, lui, allait être approuvé par le référendum du 13 octobre 1946 (par un tiers seulement du corps électoral, il est vrai). Le 30 septembre, il avait prononcé son discours d'Épinal et surtout le 30 mars 1947, il s'était écrié à Bruneval : « Un jour va venir où rejetant les jeux stériles où s'égare la Nation et se disqualifie l'État, la masse immense des Français se rassemblera avec la France. » La foule avait alors scandé : « De Gaulle au pouvoir! » Le soir même, Ramadier qui était président du Conseil déclarait : « Il n'y a point de sauveur suprême, ni César ni tribun. »

Et d'ailleurs, le lendemain, celui que l'on appelait « ramadiette » car il y avait encore des restrictions alimentaires était allé, secrètement et de nuit, à Colombey demander au général « de ne pas devenir un germe de division ». Il en avait profité pour apprendre au général de Gaulle que le Conseil des ministres, unanime avait décidé que désormais les honneurs militaires ne seraient plus rendus au « libérateur de France ».

Le 7 avril, du balcon de l'Hôtel de ville de Strasbourg, de Gaulle déclare : « Il est temps que se forme et s'organise le rassemblement du peuple de France qui, dans le cadre des lois, va promouvoir et faire triompher, par-dessus les différentes opinions, le grand effort de salut commun et de réforme profonde de l'État. » Et le 14 avril dans un communiqué de presse, de Gaulle annonce : « Dans la situation où nous sommes, l'avenir du pays et le destin de chacun sont en jeu. Cela, chaque Français le sait. Aujourd'hui est créé le Rassemblement du peuple français. J'en prends la direction (...) J'invite à se joindre à moi tous les Français et toutes les Françaises qui veulent s'unir pour le salut commun comme ils l'ont fait hier pour la Libération et la victoire de la France. »

La création du R.P.F. provoque l'affolement des partis. Thorez déclare : « De Gaulle est le porte-parole de la réaction », Duclos compare de Gaulle à Pétain (!), la S.F.I.O. affirme que de Gaulle est « un sous-Doumergue qui veut mater le peuple français », le M.R.P. interdit à ses militants d'adhérer au R.P.F., etc. Nous sommes en mai 1947.

Pendant l'été 47, de Gaulle organise le R.P.F. (avec Malraux, Vallon, le colonel Rémy, Olivier Guichard, André Astoux, Roger Frey, Jacques Maziol, Jacques Marette et beaucoup d'autres). Il parcourt le pays : Lille, Rennes, Le Mans, Alençon, Bordeaux, Autun, Lyon. Partout, il prononce des discours. A ses thèmes habituels (nécessité d'un État fort, association capital-travail, nouvelles structures économiques), il en ajoute un nouveau : l'anticommunisme. A Rennes, le 27 juillet, il déclare : « Sur notre sol, au milieu de nous, des hommes ont fait vœu d'obéissance aux ordres d'une entreprise étrangère de domination. Pour eux il s'agit, en réalité, de plier notre pays à un régime de servitude totalitaire où chaque Français ne disposerait plus ni de son corps ni de son âme et par lequel la France elle-même deviendrait l'auxiliaire soumise d'une colossale hégémonie. » (C'est le 4 mai 1947 que Vincent Auriol et Paul Ramadier ont « remercié » les ministres communistes, Thorez, Billoux, Croizat, Tillon et Marrane.)

Et le dimanche 26 octobre 1947, le R.P.F. recueille 40 % des voix aux municipales, la majorité absolue à Paris, les mairies des treize plus grandes villes du pays. Georges Bidault déclare : « Le retour au pouvoir du général de Gaulle peut s'opérer à tout instant. » Guy Mollet renchérit : « L'existence de la République est mise en cause. »

Tout le monde pense alors qu'après ce « plébiscite » en faveur de de Gaulle l'Assemblée va être dissoute. Le général déclare d'ailleurs : « Les pouvoirs publics actuels se trouvent privés de la base légitime qu'est la confiance de la Nation. L'Assemblée nationale actuelle doit être dissoute non sans qu'ait été institué un régime électoral directement majoritaire pour fournir au Parlement futur une majorité cohérente. La vague est lancée, elle va grossir et déferler. Je ne peux que plaindre ceux qui ne voudraient pas le comprendre. Et s'ils veulent rester sur le rivage en déblatérant inutilement leurs critiques, leurs malédictions n'auront pas plus d'importance que les crachats dans la mer. »

C'est donc dans ces circonstances que le jeune Chirac qui n'a pas encore quinze ans, entraîné par un camarade de classe, adhère au R.P.F. On le voit, de Gaulle était alors loin d'être « hors de l'actualité ». Chirac affirme aujourd'hui qu'il s'agit pour lui d'une simple « anecdote ». On a, en fait, l'impression que Chirac qui n'hésite pas parfois à « enjoliver » quelque peu des anecdotes autobiographiques est, ici, pris d'une espèce de pudeur. Le président du R.P.R. n'ose pas raconter qu'à quatorze ans il s'est engagé dans les rangs du gaullisme. Cette « anecdote » est, en fait, presque « trop belle ».

Cela dit, il est tout de même bien intéressant de relever que, sans avoir « vraiment réfléchi », le futur fondateur du Rassemblement pour la République s'est engagé au Rassemblement du peuple français, en cette période troublée par le début de la guerre froide, l'attitude du parti communiste, les grèves, la situation en Indochine, etc.

On sait qu'octobre 47 fut, finalement, pour les gaullistes « la grande occasion manquée ». Fort de son triomphe aux municipales, de Gaulle refuse de négocier avec les partis et ce sont les partis qui vont l'emporter. Onze ans plus tard, en 1958, de Gaulle se souvenant de la leçon prendra dans son gouvernement des socialistes comme Guy Mollet, Max Lejeune ou Thomas, des M.R.P. comme Pflimlin, Bacon ou Buron, des indépendants comme Pinay, Jacquinot ou Houdet, hommes de partis qui, pourtant, l'avaient combattu. Mais nous n'en sommes pas encore là. Pour l'instant, Vincent Auriol « sauve la République » et, après avoir chassé les communistes du gouvernement, élimine « le danger du R.P.F. ». La ronde des gouvernements de la IVe peut commencer. Après Ramadier, c'est Robert Schuman, puis André Marie, puis de nouveau Schuman, puis Queuille, etc.

Chirac, lui, continue à travailler médiocrement et à penser surtout à ses vacances. Son meilleur ami à Carnot s'appelle Jacques Friedmann. Ils ne sont pas dans la même classe mais ils sont devenus inséparables. D'ailleurs, ils ne se sépareront guère puisqu'ils feront ensemble Sciences-po, puis l'E.N.A. et que fidèle en amitié plus encore qu'on ne le croit généralement, Chirac le prendra comme directeur de cabinet (au secrétariat d'État aux

Finances en 1969-1971, au ministère chargé des Relations avec le Parlement en 1971) puis comme chargé de mission à Matignon en 1974. Aujourd'hui encore, Chirac déclare : « Friedmann est un de mes tout meilleurs amis, quelqu'un avec qui je m'entends merveilleusement bien. C'est un garçon qui a toutes les qualités que je n'ai pas. Il est totalement apolitique en particulier. Il avait plutôt une sensibilité de gauche mais qu'il n'a jamais affirmée de façon militante. Sa mère avait été une personnalité communiste à la Libération, l'une des créatrices de l'Union des femmes françaises. Il est profondément humaniste, profondément ouvert, sensible, intelligent. Il est très cultivé, c'est un peu lui qui m'a attiré vers Sciences-po » (Entretien avec l'auteur.)

Si Jacques Friedmann se souvient, naturellement de son ami Chirac du temps de Carnot, curieusement la plupart des autres condisciples de futur Premier ministre n'ont, eux, gardé aucun souvenir de ce chahuteur.

Jean-Jacques Raffel, ancien directeur de Publicis Conseil et aujourd'hui président du Syndicat national des Conseils en relations publiques et dont la sœur a épousé Serge Dassault, fils de Marcel Dassault, a découvert parce que nous l'interrogions qu'il avait été camarade de classe de Jacques Chirac. « Vos interrogations, nous a-t-il répondu, me plongent dans la surprise et l'interrogation. Mon premier réflexe a été de consulter le Who's who car j'étais persuadé que Jacques Chirac était plus jeune que moi de cinq années au moins. J'ai dû me rendre à l'évidence. Or la franchise – de règle dans ce type d'investigation – m'oblige à vous dire que je n'ai conservé aucun souvenir de la présence de Jacques Chirac en 1re C1 à Carnot durant l'année scolaire 1948-49. Que reste-t-il dans ma mémoire de cette période? Très peu de chose : un professeur de lettres, M. Vibert, je crois d'origine nîmoise qui, avec un accent chantant, faisait d'admirables explications de textes, entre autres ceux de la correspondance de Voltaire (je me souviens d'un chef-d'œuvre d'alacrité dans les propos, les faits et les personnes évoqués, dessinés d'un trait vif, enjoué et moqueur. Il s'agissait d'une lettre adressée par Voltaire à la marquise du Châtelet). Ma mémoire sollicitée ne m'a fait réapparaître qu'un seul élève, Levy-Clerc, fortuné, assez brutal que le chauffeur de son père venait chercher boulevard Malesherbes, les jours de pluie. »

On aurait pourtant pu espérer, à lire les annotations du professeur d'histoire que cet élève « de plus en plus dissipé » et qui voulait « paraître tel à ses camarades » aurait pu laisser un certain souvenir aux dits camarades. Il n'en est rien.

Les camarades de vacances de Jacques Chirac se souviennent

eux, au contraire, encore fort bien de leur « copain » d'alors.

Tous les ans, dès les premiers jours de juillet, Mme Chirac et son fils partaient pour Sainte-Féréole et s'installaient dans la petite maison de famille sur la place du village. Vacances classiques du petit citadin. Parties de cache-cache, pêche aux écrevisses dans les torrents, premiers flirts, cueillette des mûres le long des sentiers. Marinette Pascal, de six ans son aînée, s'en souvient encore, avec émotion. Elle n'a jamais cessé d'écrire à « Jacques », même « quand il était à Matignon » pour lui raconter les dernières nouvelles du village (il est vrai qu'entre-temps « Jacques » était devenu conseiller municipal de Sainte-Féréole) et il n'a jamais oublié d'aller lui rendre une petite visite à chacun de ses passages (nombreux) dans la région.

« A l'époque, raconte Chirac, Sainte-Féréole était, pour un enfant, symbole de liberté et de vagabondage. J'aimais vivre l'été en pleine campagne. Mes grands-parents habitaient en face d'un fermier et j'allais aider à traire et soigner les vaches. On les utilisait comme animaux de trait et on les ferrait. Il y avait un forgeron et un charron qui étaient mes amis, chez qui je passais de longues journées et qui m'ont beaucoup appris. Il y avait encore des tas de fumier devant la porte des étables. » (Entretien avec l'auteur.)

A la surprise générale – et en tous les cas à la sienne et à celle de ses professeurs de Carnot – Chirac passe la première partie de son bac en juin 49 et obtient la mention « assez bien ». Cette mention va lui permettre d'entrer, après de nouvelles vacances à Sainte-Féréole, en Mathématiques élémentaires au lycée Louis-le-Grand, l'un des plus prestigieux de Paris, rue Saint-Jacques, entre le Panthéon et le collège de France, en face de la Sorbonne.

Vingt ans plus tôt, un fils d'instituteur auvergnat arrivait dans ce même lycée, venant de l'hypokhâgne de Toulouse, pour préparer le concours d'entrée à l'École normale. Il s'appelait Georges Pompidou et tout le monde savait déjà que cet ancien premier prix de version grecque au Concours général serait reçu rue d'Ulm.

Quatre ans plus tôt, en octobre 1945, c'était en Mathématiques spéciales (la « taupe » qui prépare au concours d'entrée à Polytechnique) de ce même lycée Louis-le-Grand qu'était entré un jeune bourgeois qui venait de faire une petite guerre éclair. Il s'appelait Valéry Giscard d'Estaing. On ne doutait pas non plus de son avenir.

A Louis-le-Grand, Jacques Chirac sera un bien meilleur élève qu'il ne l'a été à Carnot. Les professeurs, il est vrai plus avares en confidences, le jugent dans l'ensemble « satisfaisant » et en font même parfois un « bon élève ». Sur les quarante-trois élèves de la math élem 1, il est l'un des quatre à obtenir le prix de tableau d'honneur. Visiblement, il est cependant plus littéraire que mathématicien dans cette classe de « matheux ». Il obtient d'ailleurs en fin d'année le second prix de philosophie et le deuxième accessit d'histoire.

En fait, arrivant à Louis-le-Grand, Jacques Chirac découvre un monde qu'il ignorait. Jusqu'à présent, élevé entre un père autoritaire et une mère qui l'adore et qu'il adore, son univers a été celui des petits bourgeois du VIIIe arrondissement et de la plaine Monceau, pendant l'année scolaire, et celui d'un village corrézien, pendant les vacances. Il oscillait entre les beaux quartiers du R.P.F. et la vieille France du bon docteur Queuille, le tout sous la bénédiction d'Henri Potez et de Marcel Dassault.

Et, brusquement, le voici plongé en plein Quartier latin, à deux pas de Saint-Germain-des-Prés. Ici, les héros ont pour nom Sartre et Camus. Il se passe alors beaucoup de choses dans le monde et en France et qu'on perçoit sans doute mieux de ce côté-ci de la Seine.

Il y a l'Indochine où les soldats français pataugent dans les rizières et où l'état-major et les responsables politiques pataugent dans les querelles et s'embourbent dans les scandales. C'est l' « affaire Revers ». En Chine, Mao l'a emporté contre Tchang Kai Tchek et les troupes nord-coréennes viennent de franchir le 38e parallèle. Il y a eu le « coup de Prague » en 48; le « blocus de Berlin » vient de se terminer. Les Soviétiques viennent de faire exploser leur première bombe atomique. Le cardinal Mindszenty a été condamné en Hongrie ainsi que Rajk. Kostov a été condamné en Bulgarie, et le Conseil du peuple allemand, réuni à Berlin, a proclamé la création de la République populaire (d'Allemagne de l'Est). Le pacte Atlantique a été signé à Washington et Truman a donné ordre de fabriquer une bombe H. La première guerre d'Israël s'est terminée par la défaite des armées arabes et par l'internationalisation de Jérusalem.

En France même, Joliot-Curie a inauguré le Congrès international de la paix, le franc a été dévalué de 22,4 %, le gouvernement d'Henri Queuille a démissionné après un an de pouvoir (19 septembre 48-6 octobre 49), Jules Moch n'a pas réussi à former un nouveau cabinet, le M.R.P. a refusé d'essayer, René Mayer a échoué, de Gaulle a déclaré : « Rien n'est plus urgent que d'en finir avec ce théâtre d'ombres » et Georges Bidault a finalement réussi à mettre sur pied une combinaison ministérielle, le 28 octobre 49.

Les premiers mois de 1950 sont marqués par toute une série de grèves particulièrement dures, dans la métallurgie, aux usines Renault – que la police fera évacuées – chez Michelin, à

Saint-Nazaire, à Brest, etc. En février 1950, les ministres socialistes, en désaccord avec la politique sociale du gouvernement Bidault, quittent le gouvernement. C'est la première fois depuis la Libération que la S.F.I.O. n'est plus au pouvoir.

Au milieu de tout cela – guerre d'Indochine, menace chinoise, répression dans les pays de l'Est européen, crainte d'une nouvelle guerre mondiale, mais cette fois entre l'Occident et l'U.R.S.S., rupture en France (Thorez déclare : « Jamais le peuple de France ne fera la guerre à l'Union soviétique »), menace atomique, etc. – les lycéens de Louis-le-Grand sont à la recherche d'un espoir, d'un idéal, comme toute la jeunesse de France.

Chirac a sans doute été très ému par les événements d'Indochine. En 1978, il se souviendra : « J'ai été marqué comme on peut l'être à cet âge où la méconnaissance réelle des événements, l'absence de réflexion approfondie mais aussi l'enthousiasme de la jeunesse conduisent à prendre des positions en flèche. Oui, j'ai été très marqué par la guerre d'Indochine que je n'ai pas comprise et que j'ai ressentie d'autant plus qu'une partie très proche et très importante de ma famille vivait en Indochine. J'ai pu voir alors les perturbations que cela provoquait pour les Français qui étaient en Indochine, tout en ne comprenant pas et en condamnant une politique qui me paraissait absurde car je n'arrivais pas à saisir les raisons qui nous poussaient à nous imposer dans des conditions qui manifestement provoquaient des réactions. »

L'onde maternel de Chirac, Jean Valette, frère unique de sa mère, était parti comme jeune receveur de l'enregistrement en Indochine. Quittant l'administration, il s'était installé là-bas et avait fait fortune dans la culture de l'hévéa. Il avait eu trois enfants, les trois cousins de Chirac. Jean Valette et les siens devaient revenir en France en 1954.

Vers qui Chirac alors se tourne-t-il, comme la plupart de ses condisciples? Vers ceux qui sont « à la mode ». Il le dit lui-même :

« Sartre et Camus. Au lendemain de la guerre, incontestablement, ces deux hommes ont profondément marqué leurs contemporains. L'un par l'expression d'une philosophie d'ailleurs fortement imprégnée d'inspiration allemande (Heidegger, etc.) et qu'il avait formulée en particulier dans *L'être et le néant*, l'autre de façon en réalité différente et en se rattachant à la tradition des moralistes français. Et c'était Camus qui, concrètement, sortait de la Résistance tout auréolé de gloire et qui était descendu dans l'arène en écrivant ses fameux éditoriaux dans *Combat* (...) Je me souviens de ces éditoriaux que je lisais à l'époque avec beaucoup d'intérêt et qui marquaient par quelques expressions qui faisaient mouche. Je me souviens de ce fameux éditorial où Camus disait que les paroles doivent être plus fortes que les balles. Sartre et Camus, en fait, s'interrogeaient sur l'absurdité de l'existence. Mais ils en tiraient des conclusions tout à fait différentes : pour Sartre, il y a une espèce de pessimisme foncier qui était tout à fait éloigné de ma nature et un pessimisme dont il n'essayait pas de sortir. Alors que chez Camus, il y avait une espèce d'effort pour dépasser ce pessimisme devant la vie et devant l'homme et pour avoir une sorte de quête de l'absolu qui dépasse l'homme. Et cela m'enthousiasmait beaucoup plus. C'était beaucoup plus proche de mon tempérament. J'ai donc été très impressionné par Camus. » (*Paris-Match*, le 24 février 1978.)

En vérité, Camus a abandonné (ou plutôt « rendu ») *Combat* à Claude Bourdet le 3 juin 1947. Chirac avait alors quatorze ans et n'était qu'en troisième à Carnot. On peut se demander s'il a vraiment lu les éditoriaux de Camus, du moins lors de leur parution quotidienne dans *Combat*. Mais quand Chirac est à Louis-le-Grand, c'est la première représentation des *Justes* et un an plus tôt, Camus a fait jouer *L'État de siège*. *La Peste* (publiée en 1947), *L'Étranger* et *Le Mythe de Sisyphe* (publiés en 1942) sont alors d'énormes succès de librairie. Et, en 51, Camus va publier *L'homme révolté*.

Sartre, lui, en 49, publie *La mort dans l'âme*, le troisième et dernier volume des *Chemins de la Liberté*. En 48, il a fait jouer *Les Mains sales* et tout le monde à cette époque relit (ou découvre) *La Nausée* (38), *Le mur* (39), *L'Être et le Néant* (43) et peut-être pour les plus courageux *L'existentialisme est un humanisme* (46).

En tous les cas, on n'est pas surpris que, dans la polémique Sartre-Camus qui va éclater en 1952 dans *Les temps modernes* mais qui « couve » dès 50 dans tous les milieux intellectuels de Paris et donc aussi dans les classes terminales des lycées du Quartier latin, Chirac se soit trouvé du côté de Camus.

On a beaucoup dit (et écrit) que le jeune Chirac, élève de Louis-le-Grand, « distribuait *L'Humanité* devant Saint-Sulpice » (Catherine Nay, *La double méprise*, p. 17). Et même si ces auteurs ajoutent « bien que n'ayant jamais eu la carte du parti », quand on relit les « unes » de *L'Humanité* de l'époque, on imagine mal Chirac les criant à la sortie de la messe de Saint-Sulpice.

Chirac lui-même dément, bien entendu, avoir jamais vendu *L'Huma*. Il semble, en fait, qu'il y ait ici une confusion que certains, ravis de faire du président du R.P.R. un ancien « compagnon de route du P.C. » (!) se plaisent à entretenir.

Chirac n'a jamais vendu *L'Humanité*, il a « simplement » signé l' « appel de Stockholm », ce qui n'est tout de même pas, tout à fait, la même chose. Il déclare lui-même :

« L'énergie nucléaire est une chose qui m'a frappé à l'époque pour une raison simple, c'est qu'il y a eu à ce moment-là un grand débat sur son utilisation et que je me suis passionné pour ce débat. C'était un temps où je souhaitais faire des études scientifiques, où je me précipitais dans toutes les expositions qui commençaient à avoir lieu sur des questions atomiques en particulier, où je dévorais un certain nombre d'ouvrages auxquels, bien entendu, je ne comprenais rien ou presque, où un grand mouvement avait été lancé de refus de l'utilisation de la science atomique pour des buts militaires. Il s'appelait " l'appel de Stockholm ". C'était, je crois en 1949. J'ai adhéré à cet " appel " avec enthousiasme. Non seulement je l'ai signé comme des dizaines de milliers de personnes, mais, de surcroît, je me suis engagé puisque je l'ai fait signer. J'ai même eu à l'époque un incident : peut-être par une espèce de forfanterie due à l'âge, je suis allé le faire signer devant le commissaire de police de la place Saint-Sulpice, ce qui a eu pour effet immédiat celui qu'on pouvait escompter à cette époque, c'est-à-dire que je me suis fait instantanément ramasser et reconduire chez moi entre deux inspecteurs de police. Je m'étais donc engagé spontanément dans un mouvement qui était un des premiers mouvements écologistes dans son inspiration. Mais, et je ne m'en étais pas rendu compte sur le moment, ce mouvement avait été manipulé, conditionné par le parti communiste. »

Il faut se souvenir qu'à l'époque, l'opinion publique internationale avait de quoi être affolée par le danger nucléaire. Le drame d'Hiroshima était encore tout proche. La création, le 2 avril 1949, du pacte Atlantique démontrait que l'Occident envisageait comme possible un conflit avec l'U.R.S.S. de Staline qui s'emparait des pays de l'Est. La guerre de Corée avait commencé le 25 juin 1949. Les Soviétiques avaient fait exploser leur première bombe atomique le 23 septembre 1949. Le parlement américain avait voté une aide militaire d'un milliard et demi de dollars aux Alliés. Les Soviétiques avaient demandé l'admission de la Chine communiste à l'O.N.U. et, devant leur échec, ils s'étaient retirés du Conseil de sécurité ce qui avait permis aux États-Unis de faire voter une résolution sur l'aide à apporter à la Corée du Sud (et l'envoi d'un corps expéditionnaire). Et le 31 janvier 1950, Truman avait ordonné la fabrication de l'arme thermonucléaire. Einstein et Oppenheimer avaient alors protesté publiquement contre cette décision « qui pouvait mettre en question l'avenir de l'espèce humaine ».

Des intellectuels du Congrès mondial des partisans de la paix s'étaient donc réunis et avaient lancé cet « appel de Stockholm » que deux cent soixante-treize millions de personnes allaient signer de par le monde. Jacques Chirac, à dix-sept ans, fait partie de ces deux cent soixante-treize millions de signataires. Il n'est pas communiste pour autant.

Cela dit, il est parfaitement vrai que cet « appel de Stockholm » était une opération communiste, complètement téléguidée par Moscou, comme l'ont été – et comme le sont encore – toutes les opérations pacifistes ou neutralistes, même si les participants n'en ont parfois pas conscience (ils ont moins d'excuse aujourd'hui qu'au début des années 50). Tout ce qu'on peut reprocher au jeune Chirac c'est de n'avoir pas remarqué que *L'Humanité* de 1950 qui soutenait à fond, et à longueur de colonne, cet « appel de Stockholm » et qui protestait violemment contre le projet de bombe thermonucléaire américain, se félicitait, en même temps, de la première bombe atomique lancée par l'U.R.S.S.

En juillet 1950, Henri Queuille, succédant à Georges Bidault, redevient président du Conseil et bat un record. Il ne reste au pouvoir que... deux jours. C'est René Pleven qui lui succède.

Georges Pompidou partage sa vie entre le Conseil d'État dont il est maître des requêtes et la rue de Solférino où, avec Olivier Guichard, il tient l'agenda du Général. Valéry Giscard d'Estaing, élève à l'E.N.A., se prépare à partir en vacances à Oxford avec son ami Mérillon. François Mitterrand redevient membre du gouvernement, après une bien longue absence de dix mois (et Pleven lui confie la France d'Outre-Mer). Chirac, lui, passe son bac math élem et obtient la mention « assez bien », comme pour la première partie.

Chirac ne sait alors pas trop ce qu'il veut faire. Il hésite entre une carrière scientifique – la médecine peut-être – ou même, pourquoi pas, l'aventure. Il se verrait assez bien capitaine au long cours, voire amiral.

Une chose est sûre : son bac en poche (et grâce à sa mention, il sait qu'il pourra toujours entrer en Mathématiques supérieures à Louis-le-Grand à la rentrée d'octobre), il n'a pas envie d'aller passer ses vacances à Sainte-Féréole. Il veut prendre le large, voyager, connaître le monde. C'est l'âge où les enfants contestent leurs parents et où les fils uniques ont souvent des problèmes avec leur père. Bref, il y a sans doute un petit problème entre Jacques et son père et ils tombent l'un et l'autre d'accord pour que le fils aille jeter sa gourme.

Ici, encore un peu de légende, ou du moins quelques souvenirs enjolivés. Jacques raconte : « Je suis parti avec mon petit baluchon. J'ai d'abord été à Rouen où je me suis engagé comme inscrit maritime, puis en auto-stop j'ai gagné Dunkerque. Et là j'ai réussi à me faire engager comme pilotin à bord d'un cargo de 5 000 tonnes, le *Capitaine Saint-Martin* qui cabotait avec du charbon dans les ports espagnols et le long de la côte africaine. »

En vérité, il faut dédramatiser un peu l'anecdote. Le petit baluchon avait été soigneusement préparé par Mme Chirac qui avait trop peur que son fils n'attrape froid sur les côtes africaines et M. Chirac père avait non seulement donné à son fils l'autorisation écrite indispensable pour s'engager comme inscrit maritime, mais encore l'adresse d'une de ses relations de l'Union industrielle et maritime, c'est-à-dire l'armateur du *Capitaine Saint-Martin*. Il s'agissait moins d'une rupture familiale que de très belles vacances qui dureront deux mois et demi et rapporteront 1 383 francs au jeune Chirac (sa feuille de paie en fait foi).

Chirac a gardé un souvenir de cet été 50. « Les marins de ce bateau, aime-t-il à raconter, m'ont emmené dans des endroits que la morale réprouve. C'était pour moi une expérience un peu étonnante mais amusante. A Alger, j'ai eu droit au grand jeu. On est allé dans les fameux quartiers réservés de la Casbah et on y a passé la nuit entière. Quand, au petit matin, je suis redescendu vers le port, dans l'odeur de crésyl sur les trottoirs, d'anisette et de produits coloniaux, je n'étais plus le même. » (Entretien avec l'auteur.) Bref, alors que Giscard fait du tennis à Oxford, Chirac, lui, fréquente les bordels africains.

Et l'aventure va se terminer fin septembre comme toutes les grandes vacances. Chirac raconte, et cette fois semble-t-il sans enjoliver les choses : « Je faisais relâche au Havre où j'ai trouvé sur le quai mon père qui était beaucoup plus grand et beaucoup plus fort que moi, qui avait trouvé que l'expérience avait assez duré et qui m'a réintégré dans le berceau familial sans que j'aie eu la possibilité ou l'occasion de dire " ouf ". Il avait un sens de l'autorité et les moyens de persuasion contre lesquels j'étais un peu jeune pour lutter, ce qui mit fin à mon expérience maritime. »

Et, en octobre 1950, après avoir visité les bordels africains, fait la démonstration de son indépendance (et appris à fumer la pipe), Jacques Chirac rentrait très sagement en Mathématiques supérieures au lycée Louis-le-Grand.

Mais rapidement il s'aperçoit qu'il n'est vraiment pas un matheux. Ses notes sont d'ailleurs à peine moyennes. Non, il n'est pas fait pour Polytechnique.

Alors que ses camarades de classe ne pensent qu'au concours de l'X, il se met lui, un peu par désœuvrement, à se passionner pour la littérature et pour les Beaux-Arts. Il écrit un article sur Kandinsky et s'étant lancé depuis quelque temps dans la langue russe, il n'hésite pas à traduire (un dictionnaire à la main) *Eugène Onéguine* le grand roman de Pouchkine qu'Aragon vient malheureusement de traduire lui aussi!

Chirac perd donc une année scolaire – sans doute la seule année qu'il ait jamais perdue de sa vie – et il ne sait toujours pas quoi faire. Il note : « Ayant un doute sur ma vocation, je me suis dit qu'aller faire une année de culture générale à Sciences-po ne pouvait que me faire le plus grand bien. Je me suis donc inscrit rue Saint-Guillaume et je m'y suis beaucoup plu. »

Et c'est comme ça qu'on devient Premier ministre!

II

UN BRILLANT SUJET
1951-1962

Entré un peu par hasard, en octobre 1951, à Sciences-po pour parfaire sa culture générale, Jacques Chirac va, en fait, trouver ici, tout de suite et enfin, sa vocation. Il a choisi la section la plus brillante, celle qu'on appelle « le service public » et, du jour au lendemain, il se métamorphose. L'aimable chahuteur, le sympathique paresseux qui n'en faisait pas plus qu'il ne fallait et qui frôlait toujours la barre pour s'assurer de bonnes vacances devient brusquement un fort en thème et une bête à concours.

Sciences-po était, à l'époque, une curieuse maison, une espèce de club où des maîtres vénérables, disciples respectueux d'André Siegfried, s'adressaient, d'une part, à des enfants de bonne famille qui étaient là un peu en attendant de « s'établir » et, d'autre part, à des jeunes gens brûlant de servir l'État. C'était l'époque où quand on demandait à une jeune étudiante de la rue Saint-Guillaume ce qu'elle espérait devenir, elle répondait sans humour « ambassadrice ». Mais c'était aussi l'époque où l'administration changeait totalement de physionomie, où l'on commençait (à peine) à parler de technocrates et où l'on commençait (un peu) à parler de planification (le plan avait été créé en 1946). En fait, les Sciences politiques passaient d'André Siegfried à Michel Debré.

Et Chirac qui était sans doute arrivé avec une certaine désinvolture d'amateur rue Saint-Guillaume, persuadé qu'il était de rencontrer là de charmants messieurs cultivés, tomba nez-à-nez avec des gens sérieux en train de créer une nouvelle science qui se prétendait alors exacte. Et il en fut passionné.

Il a alors comme camarades de cours, outre l'ami Friedmann connu à Carnot, Gérard Belorgey qui sera un jour son directeur de cabinet, Christian Dablanc qui sera directeur de cabinet de Bernard Pons au secrétariat d'État à l'Agriculture (1969-1972),

Philippe Dondoux, futur maître de requête au Conseil d'État, Jean-Yves Haberer, futur directeur du Trésor et futur P.-D.G. de la banque de Paris et des Pays-Bas et beaucoup d'autres.

Tous affirment aujourd'hui qu'on appelait alors Chirac l' « hélicoptère ». Et tous font le même portrait de lui : « On le voyait partout, avec ses grands bras, ses grandes jambes, s'agiter dans tous les sens, dévaler les escaliers, foncer dans les couloirs, serrer les mains de tout le monde, être toujours volontaire pour des exposés. On était sidéré par la puissance de travail qu'il avait, par la facilité qu'il avait à absorber des cours en une soirée. En fait, aux yeux de certains, il avait un peu l'air d'un voyou. Il ne faisait pas très Sciences-po. Mais on était tous persuadés qu'il réussirait. Les plus clairvoyants pensaient qu'il deviendrait un grand patron d'industrie, un patron de choc. »

Tous ces témoignages sont trop unanimes pour qu'on puisse penser qu'ils sont complaisants. Ils n'ont d'ailleurs rien de surprenant. Les notes de Chirac prouvent qu'il était l'un des étudiants les plus brillants de sa section. Avec Haberer. Il obtiendra, en 1954, son diplôme étant classé 3ᵉ sur 139 et avec la mention « bien », ce qui n'est tout de même pas mal. Quant à son agitation, son dynamisme, on peut croire aisément en effet, qu'à vingt ans Chirac les possédait déjà.

A Sciences-po, il est de bon ton de « faire » aussi un peu de politique, du moins dans la section « service public ». On ne se déplace que *Le Monde* sous le bras! Les fils de riches sont là pour devenir députés ou ministres, les fils de pauvres, beaucoup moins nombreux et un peu rejetés, s'imaginent que, grâce à l'enseignement bourgeois, ils vont pouvoir faire la révolution et changer tout cela.

En 1951, rue Saint-Guillaume, il y a un « brillant » sujet qui est déjà en troisième année et qui s'appelle Michel Rocard. Ce n'est pas un fils de pauvre (son père dirige le laboratoire de physique de l'École normale supérieure) mais il ne fait pas partie des « nantis » de l'école et il milite à gauche. Il sera en 55 secrétaire national de l'Association des étudiants S.F.I.O.

Chirac « qui ne fait pas très Sciences-po » n'apprécie pas le conservatisme de la plupart de ses camarades et sympathise très vite avec Rocard. Ils resteront d'ailleurs toujours amis et même quand la vie politique les opposera radicalement, ils continueront à se voir très régulièrement, se refusant l'un et l'autre à donner la moindre publicité à cette réelle amitié qui ferait pourtant les délices des échotiers politiques. Chirac raconte : « En réaction contre les excès de la droite et de l'extrême droite à Sciences-po, j'ai été un moment tenté par la politique de gauche. J'ai flirté avec les socialistes qui étaient dirigés par un garçon que j'estime et que j'aime beaucoup, Rocard. »

Il ne faut pas oublier que Chirac entre à Sciences-po au moment précis où la IVe République qui était jusqu'à présent la « République des illusions » devient la « République des contradictions », pour reprendre les excellents termes de Georgette Elgey.

De 1945 à 1951, les « illusions » avaient été : celle de grandes retrouvailles nationales, puis celle (des gaullistes) d'un retour du général au pouvoir, puis celle des communistes qui pensaient s'emparer du pays, puis celle du M.R.P. qui espérait créer une démocratie chrétienne, puis celle des socialistes qui s'imaginaient pouvoir faire de la France un pays socialiste. Gaullistes et communistes avaient été éliminés, et les autres avaient pu retrouver les habitudes de la IIIe République pour former des gouvernements, vacillants avant même d'être investis.

Les élections législatives du 17 juin 1951 avaient bien marqué la fin de toutes les illusions qu'on avait pu se faire. Avec cent dix-huit gaullistes, cent trois communistes, cent quatre socialistes, quatre-vingt-cinq M.R.P., quatre-vingt-quatorze radicaux, quatre-vingt-dix-huit élus « de droite » et vingt-cinq indépendants d'outre-mer, cette Assemblée était ingouvernable et d'ailleurs un tiers de ses propres membres contestaient l'existence même de la IVe République, ce qui était tout de même un comble!

Or c'était ce nouveau « pouvoir » qui allait avoir à affronter : la crise de l'Union française (d'abord l'Indochine, puis bientôt l'Afrique du Nord), l'affaire essentielle de l'armée européenne, l'affaire de l'école libre et un ensemble de problèmes financiers dramatiques, l'État ne pouvant plus faire face à ses engagements.

Dans un tel contexte, qu'est-ce que ça veut dire, pour un étudiant de Sciences-po, que d'être à gauche, à la S.F.I.O.? Le président de la République, Vincent Auriol est S.F.I.O., Guy Mollet est le « patron » de la S.F.I.O., et la S.F.I.O. a fait partie de toutes les combinaisons ministérielles des débuts de la IVe. Il y a eu des socialistes dans les gouvernements de Ramadier, de Schuman, d'André Marie, de Queuille, de Bidault. Et si les socialistes ne font tout de même pas partie du gouvernement d'Antoine Pinay – la révélation de cette année 1952 – Vincent Auriol a pratiquement toujours appelé, à chaque crise, Guy Mollet qu'il déteste pourtant souverainement.

Et c'est sans doute pourquoi Jacques Chirac n'a pas vraiment rejoint son ami Michel Rocard. Il s'en explique : « Trouvant les socialistes trop conservateurs, trop à droite, je n'y suis resté que quelques mois et je suis parti » et il ajoute, comme à regret (?) : « Il n'y avait à l'époque ni P.S.U., ni maoistes, ni gauchistes. »

On sait que Pompidou, alors qu'il était rue d'Ulm, s'était inscrit aux Étudiants socialistes qu'il y était resté un an « avant de vite renoncer à tout embrigadement. » (*Pour rétablir une vérité* p. 18.)

Quelques années plus tard, Michel Rocard quittera la S.F.I.O. pour rejoindre le P.S.U. Michel Rocard qui est sévère pour l'attitude politique de Chirac à Sciences-po n'a-t-il pas fini, lui aussi, par trouver la S.F.I.O. trop à droite? C'est très possible. Mais il est vrai qu'on le situe aujourd'hui volontiers à la droite du P.S...

Chirac est alors – effectivement – allé « pendant quelques mois voir ce qui se passait du côté du parti communiste ». Mais il s'empresse d'ajouter : « Je n'ai jamais milité dans leurs rangs. Obéir sans discussion dans le cadre d'une pensée qu'on vous impose, c'était excessif. Je me suis donc écarté. »

On imagine aujourd'hui avec un certain sourire, Jacques Chirac « allant voir » ce qui se passait du côté du P.C. Pour peu qu'on se souvienne de ce qu'était effectivement le parti de Thorez dans les années 52-53, on éclate de rire. C'était l'époque où le P.C. organisait des manifestations contre « Ridgway-la-peste », l'ancien commandant en chef de Corée qui venait d'être nommé commandant suprême des Forces Alliées en Europe à la place d'Eisenhower (parti conquérir la Maison-Blanche). Duclos attaquait Pinay en affirmant qu'il était « le fondé de pouvoir de la grande bourgeoisie capitaliste, le suppôt de l'hitlérisme » et chaque fois que le pauvre Robert Schuman prenait la parole à l'Assemblée, le même Duclos s'écriait : « Schuman, le boche, celui qui, affublé d'un casque à pointe, se mouche, tous les jours, dans le drapeau français, sur les marches du Palais-Bourbon. » C'était l'époque où le P.C. donnait ordre aux dockers de Bordeaux, de Marseille et de Saint-Nazaire d'interdire l'embarquement des armes à destination de l'Indochine et où les ouvriers d'une usine d'armement de l'Ardèche avaient rempli des caisses de grenades avec des cailloux.

Le 5 mars 53, Staline meurt et Duclos s'écrie : « Il était un homme de génie qui, de sa science et de sa pensée, a éclairé notre route. » On connaît d'ailleurs le bétisier qu'inspira « le petit père des peuples » aux bons auteurs communistes. On comprend que Chirac se soit vite écarté.

En fait, comme le dit Belorgey : « A Sciences-po, Chirac avait l'impression que tous les mouvements de gauche étaient réactionnaires. »

A dire le vrai – et Chirac ressemble en cela à tous les jeunes étudiants de sa génération – un seul homme politique a alors grâce à ses yeux : Pierre Mendès France.

En 1972, il déclarait rétrospectivement : « Le mendésisme était plus intelligent que les autres expériences de la IVe. Mais il m'a toujours paru relever un peu du théâtre. Cela me hérissait le poil. Je n'aimais pas beaucoup cette façon qu'avait Mendès France de traiter les problèmes systématiquement en les désincarnant et en les faisant cuire à la sauce d'une gauche très théorique. » Quelques années plus tard, en 1978, il atténuait un peu son jugement : « Un homme m'avait impressionné sous la IVe République, c'était Mendès France. Car c'était à mes yeux, le seul qui ait pensé et conçu un diagnostic et des remèdes pour le mal français. Malheureusement, le système dans lequel il s'exprimait ne lui a pas permis de le faire totalement, et la lueur d'espoir qu'il avait pu faire naître s'est éteinte sous l'intervention des médiocrités conjuguées des autres hommes politiques de l'époque. Médiocrité n'est pas le terme. Ce n'était pas la médiocrité des hommes, car certains étaient de grande qualité. Mais c'était la médiocrité du système. »

L'a-t-on, comme l'ont affirmé certains, « connu comme l'un des mendésistes les plus fanatiques de Sciences-po? » C'est possible. S'il fut mendésiste, il le fut certainement avec fanatisme. C'est dans sa nature et le mendésisme ne fut jamais timoré.

On se souvient de la déception de l'opinion française quand après la chute du gouvernement de René Mayer (tombé le 21 mai 1953 à la fois sur l'Indochine, l'armée européenne, les bouilleurs de cru, les recettes nouvelles et une modification du statut spécial des transporteurs), Mendès France, appelé à former un gouvernement par Auriol, rata, à quinze voix près, l'investiture.

Mendès qui dans son fameux discours du 3 juin s'était placé sous le parrainage de trois hommes – Poincaré, Blum et de Gaulle (dont les héritiers s'entre-déchiraient pourtant dans l'hémicycle) – bénéficiait d'une aura (entretenue par *l'Express* de Jean-Jacques Servan-Schreiber qui commençait à avoir du succès) qui datait de l'époque où son intransigeance l'avait poussé à démissionner bruyamment du gouvernement provisoire, quand de Gaulle lui avait préféré l'accommodant Pleven. Et on savait d'ailleurs que le général avait souvent regretté cette erreur de jugement. Depuis « P.M.F. » n'était entré dans aucune combinaison de la IVe et chacun regrettait, en fait, que la France ait par son système mis hors jeu les deux vrais hommes d'État qu'elle possédait et qui, par bien des points, se ressemblaient : de Gaulle et Mendès.

Bref, Mendès que détestaient tous les hommes politiques ou presque et qui affirmait que tous les grands problèmes du pays ne pouvaient pas se résoudre séparément que ce soit l'Indochine ou la situation économique apparaissait comme l'homme nouveau et propre, c'est-à-dire comme l'homme recours, et un homme recours tout de même plus « facile » à appeler que le général que l'on voyait mal se présenter à des élections ou solliciter une investiture des députés. On comprend donc pourquoi Chirac a pu être alors « mendésiste ». Mais finalement c'était Joseph Laniel qui avait eu l'investiture, le 26 juin 53, simplement parce que Laniel n'inquiétait personne et que tout le monde voulait partir en vacances.

Chirac aussi d'ailleurs veut partir en vacances. Ayant fini sa deuxième année de Sciences-po, il décide, avec deux amis Philippe Dondoux et Françoise Ferré de faire un grand voyage aux États-Unis. Le prétexte sera de suivre des cours d'été à l'université d'Harvard.

Si l'embarquement comme pilotin à bord du *Capitaine Saint-Martin* était encore un peu audacieux à l'époque, les vacances studieuses en Amérique étaient déjà, elles, tout à fait à la mode. Six ans plus tôt, jour pour jour, en juin 1948, Valéry Giscard d'Estaing, sortant de Polytechnique et ayant décidé d'entrer à l'E.N.A. (sans concours grâce à son classement à l'X) avait entrepris le même voyage. Il avait vendu sa belle moto et épuisé sa solde de polytechnicien pour s'offrir la traversée de l'Atlantique. Arrivé aux États-Unis, il s'était rendu compte qu'il parlait trop mal l'américain (son accent d'Oxford sans doute) pour trouver un « job » et, rapidement, il s'était replié sur le Canada où sa tante, Geneviève de La Tour Fondue-Smith l'avait fait entrer comme professeur au collège Stanislas de Montréal.

Le voyage de Chirac sera un tout petit peu plus mouvementé. D'abord, il aura quelques difficultés à obtenir son visa pour les États-Unis. C'était l'époque du maccarthysme et de l'étroite collaboration entre les services de police français et américain. Or Chirac depuis la fameuse histoire de l' « appel de Stockholm » et son « arrestation » place Saint-Sulpice est... fiché. Comme communiste ou du moins sympathisant. D'autre part son « flirt » avec la gauche de Sciences-po a sûrement été ajouté à sa fiche. Bref, les Américains s'inquiètent de ce jeune homme au consulat de Paris et il lui faut passer devant *la commission des activités anti-américaines* de l'ambassade pour obtenir son visa! Giscard n'avait pas eu ce genre de problème.

A Harvard, Chirac et ses amis suivent les cours du séminaire international de l'école d'été qu'a fondé un certain Henry Kissinger. Mais il faut vivre. Après avoir « casé » Françoise Ferré comme serveuse dans un restaurant français, Chirac et Dondoux se trouvent un « job » de plongeur dans un « Howard Johnson » sur le Harvard Square, juste en face de l'université. Chirac raconte : « Le travail débutait à six heures du soir pour se terminer à deux heures du matin et nos cours reprenaient à huit heures. Le plus pénible était la chaleur. Nous étions en plein mois d'août et dans le sous-sol il régnait une température d'enfer. Comme dans un hammam. Moi, je réagissais bien. Je partais du principe qu'un travail quel qu'il soit doit être fait consciencieusement, surtout, comme là, lorsqu'il est bien payé. Dondoux lui s'acclimatait mal et rechignait. Le résultat c'est qu'au bout de trois jours, j'avais été remarqué par la direction et que sans plus attendre, j'étais promu garçon-serveur derrière le comptoir. Un grand moment de mon ascension sociale! Je l'ai ressentie physiquement, en passant de l'enfer au paradis. En bas je vivais et trimais dans la sueur, en haut j'arborais une blouse immaculée et j'évoluais gaiement dans l'air climatisé. Trois jours pour accéder à la classe supérieure! » (Entretien avec l'auteur mais déjà raconté par Chirac au *Nouveau Tintin* en décembre 78.)

Certains commentateurs politiques ont très sévèrement reproché à Chirac de s'être vanté de cette « aventure ». Ce n'est pas de très bonne foi. D'abord, même s'il ne l'avait pas racontée, d'autres – et à commencer par ses compagnons de voyage – n'y auraient pas résisté, et ensuite on peut dire que Chirac le fait avec un certain humour – humour qu'on ne lui reconnaît jamais, bien à tort – et enfin qu'en tous les cas, il n'en tire pas de profits électoraux substantiels.

Et Chirac ajoute : « J'avais fait la connaissance d'une fille ravissante, prénommée Florence dont le père était une personnalité de Caroline du Sud. Lorsque c'était mon jour de sortie, elle venait me chercher dans sa Cadillac blanche, décapotable. Je fondais. Ah! Qui dira le flirt, le soleil, la fortune, la grâce quand on n'a pas vingt ans, qu'on a quelques dollars bien gagnés en poche. Bref, nous nous sommes fiancés, ce qui a eu pour double résultat de provoquer la fureur du futur beau-père et celle de mon propre père à qui j'avais cru devoir annoncer la nouvelle. » (Entretien avec l'auteur.)

Après les cinq semaines passées à Harvard, nos trois compères décident de visiter les États-Unis comme promis. Ici encore il faut faire confiance au témoignage du « héros » ou à celui de ses complices. Mais pourquoi pas? Et la chose n'a pas tellement d'importance. « Je me suis retrouvé chauffeur de la veuve d'un riche pétrolier du Texas et grâce à elle j'ai pu visiter tout le sud des États-Unis. » Il va même à La Nouvelle-Orléans et en profite pour amasser de la documentation car il a décidé de faire son mémoire de fin d'études de Sciences-po sur le port de La Nouvelle-Orléans.

Et début octobre 1953, c'est le retour à Paris pour la dernière année de Sciences-po. Joseph Laniel est toujours président du Conseil. Il est le quatorzième président du Conseil depuis qu'Auriol a été élu président de la République en 1947! Et tout va mal. L'été a été marqué par l'une des plus grandes grèves de l'histoire de France : quatre millions de grévistes ont paralysé le pays pendant plusieurs semaines. Mendès France a déclaré : « Nous sommes en 1788. » Et, brusquement, on s'aperçoit qu'il y a des pauvres en France. Le pays découvre le visage de l'abbé Pierre qui lance des appels angoissants en faveur des sans-logis et des malheureux. On s'aperçoit aussi que le régime est à bout de souffle.

Il faut treize tours de scrutin au Congrès de Versailles pour élire le successeur de Vincent Auriol à la présidence de la République. Ce sera un inconnu du grand public, René Coty.

En Indochine aussi tout va mal. Le Vietminh a attaqué le Laos et le général Navarre, nommé commandant en chef, a envoyé les parachutistes occuper la cuvette de Dien Bien Phu. Le gouvernement, lui, a envoyé René Mayer, Georges Bidault, Letourneau et Bourgès-Maunoury aux États-Unis pour y plaider la cause de la France en Indochine et quémander de l'argent et une aide militaire. Pendant ce temps, « l'affaire des piastres » a éclaté. Au Maroc aussi, tout va mal. Le gouvernement a « renversé » le sultan, Sidi Mohammed, erreur supplémentaire, et l'a remplacé par Sidi Moulay ben Arafa. François Mitterrand a donné sa démission du gouvernement Laniel pour protester contre la nomination de Pierre Voizard – un dur – comme résident général en Tunisie, où ça va mal aussi.

Jacques Chirac, lui, « cravache » comme tous les étudiants en dernière année de Sciences-po qui veulent avoir un bon rang de classement.

Il avale les polycopiés, dévore la bibliothèque, étonne ses camarades qui commencent à se demander ce que peut bien vouloir « ce grand escogriffe atteint de boulimie ».

Chirac, ce n'est un secret pour personne, a du succès auprès des étudiantes de la rue Saint-Guillaume. Sa grande taille, sa réputation de bûcheur, son rire tonitruant, sa fausse (?) désinvolture le font remarquer. Certes, il n'a pas de particule, ce qui est tout de même un peu dommage à Sciences-po, mais il a « une belle gueule ».

C'est alors que Jacques Chirac va se fiancer avec une jeune fille qu'il avait connue alors qu'ils étaient tous deux en première année et affectés à la même conférence (Reinhardt-Raison). Timide et bien élevée, elle s'appelle Bernadette de Courcel. Elle est la fille aînée de Jean de Courcel et de Marguerite-Marie née de Brondeau d'Urtières. Comme le fait remarquer alors un ami de Chirac : « Il y en a plein le Bottin mondain. »

« Ça » habite le VIe arrondissement (Jean, sa femme et leurs trois enfants Bernadette, Catherine et Jérôme habitent boulevard

Raspail) ou le VIIe arrondissement (Robert, le père de Jean, habite rue de Bellechasse), « ça » possède des châteaux (Robert, le château du Port-Courcel à Vigneux-sur-Seine, la comtesse de Brondeau d'Urtières née Odette de Buisseret, mère de Marguerite-Marie, le château de Coudène, dans le Lot-et-Garonne, et le château d'Artnel, dans la Nièvre), « ça » entre en religion (Bernadette a une tante, Anne-Marie de Courcel, qui est religieuse de la Congrégation de Notre-Dame et un oncle, Vincent de Courcel, qui est « abbé »), « ça » épouse des gens riches (deux tantes de Bernadette, Jehanne de Courcel et Marguerite-Marie de Courcel ont épousé les deux frères Panhard, des automobiles).

Dans la famille Chodron de Courcel, et même si la particule ne date que du XIXe siècle (ce qui lui donne tout de même une certaine antériorité sur les Giscard d'Estaing ou les Couve de Murville), quand on fait quelque chose, on est volontiers militaire (dans la cavalerie) ou diplomate.

En 1953, le Courcel le plus connu est un cousin de Bernadette, Geoffroy Chodron de Courcel. Il est directeur d'Afrique-Levant au ministère des Affaires étrangères après avoir été premier conseiller à Rome, mais il a surtout été, en juin 40, chef de cabinet du général de Gaulle ce qui lui a valu d'être compagnon de la Libération (et aux toutes premières heures), et ce qui lui vaudra, dans quelques années, d'être nommé secrétaire général de la présidence de la République (en 1959), puis ambassadeur de France à Londres (en 1962).

Si, chez les Courcel, on est volontiers fortuné, on n'a pas collaboré pour autant pendant la guerre, et si on est souvent officier de cavalerie, on sait avoir une certaine allure. Louis de Courcel, le père de Geoffroy et le grand-père de Jean était sous-lieutenant de spahis en 1905. Son régiment fut engagé contre les ouvriers en grève à Anzin. Un ouvrier fut tué par un homme du peloton de Louis de Courcel. Le jeune sous-lieutenant, promis pourtant à un bel avenir militaire, quitta aussitôt l'armée.

Il fallait donc, sans doute, beaucoup de charme et de persuasion au petit-fils d'instituteur corrézien pour séduire Mlle Bernadette Chodron de Courcel...

Mme Chirac se souvient : « J'étais à la bibliothèque de Sciences-po et je faisais la queue pour demander des ouvrages. Tout à coup je vois cette espèce de grand type qui s'approche de moi et qui me dit : " Mademoiselle, je vais organiser un groupe de travail auquel peuvent participer quatre ou cinq étudiants. Je serais heureux que vous fassiez partie de mon groupe de travail ". Il m'a agacé sur le moment. Je me suis dit : " Qu'est-ce que c'est que ce grand type qui vient me demander quelque chose alors que je suis déjà noyée par le travail ". En fait, j'ai fini par accepter. Et puis nous nous sommes revus. Il me poursuivait beaucoup au téléphone. Il m'appelait chez mes parents, quelquefois trois, quatre fois par jour pour me demander n'importe quoi, les choses les plus futiles de la terre. Et puis nous nous sommes fiancés. Je ne peux pas vous dire que cela a été le résultat d'une longue lutte. »

En mars 1954, la bataille de Dien Bien Phu commence. Le 3 avril, le gouvernement français demande l'aide aéronavale des États-Unis en Indochine. Le 4, Pleven est giflé, à l'Étoile, par un colonel de parachutistes. Le 12, c'est un débat très vif en plein Conseil des ministres à propos de la C.E.D. Le 24, la France demande, une nouvelle fois, l'aide américaine pour l'Indochine. Dulles refuse. Le 28, c'est une grève générale qui paralyse la France. Le 7 mai, Dien Bien Phu tombe. Le 8 mai, la conférence de Genève commence. Le 25, le terrorisme éclate en Tunisie et au Maroc. Le 12 juin, le gouvernement Laniel est renversé. Le 18, Pierre Mendès France est investi président du Conseil (avec les voix communistes dont il n'a pas voulu tenir compte). Le jour même – on est le 18 juin – il envoie un message à de Gaulle.

Quelques jours plus tard, Chirac apprend qu'il est troisième à son diplôme de sortie de Sciences-po. Qui est alors Jacques Chirac? Qui est ce jeune garçon de vingt et un ans diplômé de Sciences-po, au milieu de cette France vaincue?

Indiscutablement, Jacques Chirac est ce qu'il est convenu d'appeler « un brillant sujet ». Ses professeurs le considèrent comme « travailleur et intelligent », ses camarades comme « fonceur et doué d'une étonnante mémoire », les jeunes filles comme « séduisant et chaleureux ». Ceux qui sont moins séduits trouvent qu'il « n'a peut-être pas beaucoup d'idées personnelles » et que « son désir de plaire et son goût pour la discipline pourraient faire de lui un homme de gauche comme un homme de droite, mais sûrement pas un modéré », commentaires qui, malheureusement, sont formulés trente ans plus tard et donc par certains témoins qui sont devenus ou des adversaires politiques ou des témoins de la réussite de Chirac.

En fait, nous l'avons vu, Chirac a adhéré au R.P.F. au moment du raz de marée gaulliste de 47, puis il a été pacifiste au moment de la bombe H, puis il a été du côté des socialistes à la grande époque de Guy Mollet, puis il a été voir ce qui se passait chez les communistes, puis il a été mendésiste à l'époque de *l'Express*. On peut dire que cet itinéraire zigzagant est en réalité l'itinéraire classique de tout jeune étudiant de l'époque effrayé par la situation de la France (instabilité politique, drame de l'Indochine, situation économique, problème du logement, affaire de la C.E.D., menace communiste), effrayé par la situation internationale (la guerre froide, la répression dans les pays de l'Est, la course aux armements atomiques, l'éveil des nationalismes dans les pays du tiers monde) et à la recherche d'un homme providentiel. Le gaullisme, le socialisme, le communisme, le mendésisme pouvaient, en effet, successivement apparaître comme des solutions à cette époque. Il ne serait donc pas honnête de reprocher à Chirac ces quelques années d'errance. La France entière a « erré » sous la IVe République.

On a d'ailleurs l'impression qu'à Sciences-po, Chirac, comme beaucoup de ses camarades, a entr'aperçu une échappatoire à toutes ces contradictions de la vie politique qui s'étalaient au grand jour de l'actualité. Il a rencontré, rue Saint-Guillaume, des professeurs, des auteurs qui lui ont montré ce qu'était le « service de l'État », au-delà, en dehors de la vie politique.

On a été sévère pour la IVe République et on a eu raison. Mais on a peut-être, aussi, été injuste. On oublie trop souvent, en effet, qu'en dépit de toutes les crises gouvernementales, du jeu des partis, de l'effondrement de l'Empire, de la situation économique, des menaces internationales, la IVe a, tout de même, reconstruit la France qui venait de connaître quatre années d'occupation, de guerre. Cette reconstruction, ce ne sont pas les hommes politiques qui l'ont menée à bien. Ils n'en eurent jamais ni le temps ni la préoccupation. Ce sont les fonctionnaires qui, restant à leur poste alors que les ministres défilaient, ont reconstruit le pays. Chirac l'a compris alors qu'il était à Sciences-po.

Et quand, à la sortie de Sciences-po, un de ses camarades dit au troisième de la promotion qu'il lui fallait faire l'École Nationale d'Administration, Chirac comprend que c'est en effet sa voie puisqu'il « veut servir l'État ».

Avec une mauvaise foi évidente, Chirac racontera plus tard : « Quelqu'un m'a dit alors " il faut présenter l'E.N.A. " Je n'avais aucune vocation pour l'E.N.A. Je me suis inscrit au concours persuadé de n'avoir aucune chance. » En fait, tous les étudiants de la section « service public » savaient que Chirac se présenterait à l'E.N.A. et qu'il serait reçu.

En 1954, l'École Nationale d'Administration n'a pas encore le prestige qu'elle possède aujourd'hui. C'est une toute jeune école, créée neuf ans plus tôt par une ordonnance du général de Gaulle du 9 octobre 1945. Ses anciens élèves n'ont donc pas encore pu envahir le pouvoir et il faut être alors bien au courant des choses pour savoir que c'est ici l'avenir.

On dit souvent que c'est Michel Debré qui fut le père de l'E.N.A. C'est vrai. Mais on oublie généralement d'ajouter que Maurice Thorez, alors ministre d'État du général, en fut aussi l'un des grands défenseurs. Debré voyait dans cette école le moyen de créer un corps de hauts fonctionnaires, au-dessus des partis politiques, une élite vouée corps et âme au service de l'État. Thorez, lui, souhaitait, par cette école, démocratiser la haute fonction publique qui avait été réservée, il faut bien le dire, jusqu'à présent à la haute bourgeoisie.

Décidé à tenter le concours qui se déroule en automne, Chirac part en vacances en Suède pendant que Mendès fait la paix en Indochine, que Chaban est ministre des Travaux publics, que Mitterrand est ministre de l'Intérieur, que Pompidou est au Conseil d'État et que Giscard est inspecteur des Finances-adjoint.

La Suède, ce sont les jolies Suédoises, les paysages nordiques, mais aussi une habituelle question de cours à Sciences-po et à l'E.N.A. Pays à la pointe du progrès, la Suède qui possède la plus ancienne Constitution d'Europe, qui a instauré le suffrage universel pour les hommes et pour les femmes dès 1918, qui a limité la journée de travail à huit heures dès 1919, a un gouvernement social-démocrate depuis 1932. C'est donc un pays intéressant pour un jeune diplômé de Sciences-po et Tage Erlander qui est Premier ministre depuis 1945 intrigue autant les jeunes Français d'alors que le fera son successeur Olaf Palme quelques années plus tard.

Octobre 1954, retour à Paris. Chirac passe l'écrit du concours de l'E.N.A. Les sujets des épreuves sont particulièrement intéressants. Première épreuve : « Une nation matériellement affaiblie peut-elle continuer d'exercer une action spirituelle? » C'est, bien sûr, une question d'actualité dans la France de 1954. Mais c'est aussi une question « faite » pour Chirac. L'E.N.A. ne conserve pas les copies des concours. C'est bien dommage. On aimerait lire ce qu'a bien pu écrire le jeune Chirac sur ce thème, un thème qui allait marquer toute sa vie politique, un thème gaulliste mais plus encore pompidolien. Deuxième épreuve : « Les privilèges de l'administration ». Là encore, une question d'actualité dans cette France qui vient de terminer, grâce à ses fonctionnaires, sa reconstruction mais dont l'instabilité politique a fait de ses fonctionnaires même des monstres tout-puissants, coupés si ce n'est des réalités, du moins de la population. On est en plein début de la technocratie. Chirac a sûrement eu des choses à écrire sur ce sujet. (Vingt-trois ans plus tard, Chirac écrira dans *Le Monde* deux longs articles intitulés « Réconcilier les Français et leur administration ».) Troisième épreuve : « Quels sont les aspects dominants de la politique monétaire suivie par les principaux pays de l'Europe occidentale depuis 1945? » Une question « de cours » assez facile mais qui permettait tout de même d'aborder l'un des grands sujets de discussion de l'époque. On le voit, Chirac a de la chance. Il sort cependant des épreuves convaincu d'avoir tout raté. Un premier échec au concours n'est d'ailleurs pas déshonorant.

Ne pouvant rester en place, il décide de repartir pour la Louisiane, « un pays que j'aime beaucoup ». Il s'est trouvé un commanditaire pour lui payer son voyage, la revue *Export-Import* dont il se dit le « délégué général » et qui veut faire un numéro spécial sur La Nouvelle-Orléans. La presse louisianaise parle de lui. Elle sera la première à citer son nom et à publier sa photo (dans le *Times Picayune* du 12 janvier 1955). Mais à peine est-il arrivé en Louisiane que Chirac reçoit un télégramme de son père lui apprenant qu'il est reçu à l'écrit de l'E.N.A. et qu'il doit rentrer de toute urgence pour passer l'oral. Chirac rentre, se présente à l'oral, et « tire » comme question : « L'article 16 de la Constitution dispose qu'une loi organique réglera le mode de présentation du budget. Si vous aviez à préparer le projet de cette loi organique, de quelles idées vous inspireriez-vous pour régler la forme et le fond des documents budgétaires? » Certes, il s'agit de la Constitution de la IVe République. L'article 16 de la Constitution de la Ve parlera, on le sait, de tout autre chose. Il est cependant amusant de penser que le futur secrétaire d'État au Budget a eu une telle question. On est heureux de penser qu'il a été reçu! Chirac conclut : « Voilà comment je suis entré à l'E.N.A. Un peu par hasard. Je dirai sans l'avoir vraiment voulu. »

Fausse modestie? Non, snobisme! Pompidou avait l'habitude de dire pour expliquer chacun de ses succès : « Il faut laisser venir à soi la vie. » Évoquant son succès au concours d'entrée à l'École normale supérieure, il écrivait : « Une certaine nonchalance au moment des épreuves me valut d'être neuvième à l'écrit et de me retrouver huitième à l'oral. » Tout le monde pensait, à la khâgne de Louis-le-Grand que Pompidou serait reçu major.

Joie supplémentaire pour Chirac, l'ami Friedmann, le « copain » de Carnot, a lui aussi été reçu.

Admis au concours, les jeunes énarques doivent avant d'entrer à l'École, effectuer leur service militaire. C'est vrai aujourd'hui, c'était vrai en 1955.

Ces jeunes appelés-diplômés – c'était vrai en 55, c'est vrai aujourd'hui – sont d'habitude « planqués », comme tous les « fils d'archevêque » dans des bureaux ministériels de Paris, les uns en « tringlots » (arme du Train) au ministère de la Défense rue Saint-Dominique, les autres en aviateurs au ministère de l'Air, place Balard, et les derniers en marins, au ministère de la Marine, rue Royale.

Jacques Chirac, lui, veut être officier de... cavalerie. Son côté boy-scout? Peut-être. Son sens du commandement? Sans doute.

Mais on peut aussi penser que ce petit-fils d'instituteur corrézien qui vient de se fiancer avec Mlle Bernadette Chodron de Courcel, souhaite, lui aussi, fréquenter Saumur et commander quelques spahis.

Il est « appelé sous les drapeaux » en avril 1955. Mendès a été renversé en février et c'est Edgar Faure qui est président du Conseil. Après avoir refusé la place Balard et la rue Royale – « La marine, c'est très bien mais en mer, pas rue Royale », dit-il – il obtient d'être envoyé directement à l'École d'application de l'arme blindée et de la cavalerie, la célèbre E.A.A.B.C., autrement dit Saumur. A l'époque, les énarques bénéficiaient d'un régime de faveur qui permettait à ceux d'entre eux voulant entrer dans une école d'officiers de réserve de ne pas faire leurs « classes » pendant quatre mois comme deuxième classe dans un corps de troupe.

On a souvent raconté que Chirac avait voulu faire Saumur pour être sûr de partir en Algérie, alors que les « planqués des ministères » restaient à Paris. C'est une jolie « notation » mais qui, malheureusement, ne tient pas debout puisque le contingent ne sera envoyé en Algérie que par Guy Mollet, c'est-à-dire qu'à partir de 1956.

Il ne faut pas oublier qu'en avril 1955, la « guerre d'Algérie » (qu'on appelle alors pudiquement « les événements d'Algérie ») n'a pas encore l'importance qu'elle aura dans quelques mois. L'insurrection n'a commencé que cinq mois plus tôt, le 1er novembre 54 et personne n'a encore compris qu'il s'agissait là d'une « guerre de libération ». Fin 54, des éléments de la 25e division aéroportée avaient été envoyés en renforts, le gouverneur général Léonard et le général Cherrière, commandant en chef en Algérie ayant fait remarquer, au lendemain de la « Toussaint noire », que s'il y avait bien cinquante-sept mille hommes en Algérie, la plupart d'entre eux étaient soit en garnison, soit en transit pour l'Indochine. Cherrière disposait en fait de trois mille hommes seulement en état de combattre en novembre 54. Et si Paris avait bien accepté d'envoyer le célèbre colonel Ducournau – « Ducournau-la-foudre » – et ses paras, ni Mendès, ni Mitterrand, ni le général Kœnig, ministre des Armées ne s'inquiétaient particulièrement de la situation. Chacun se contentant de répéter comme Mendès : « L'Algérie, c'est la France » ou comme Mitterrand : « La seule négociation possible c'est la guerre », mais sans être plus décidé à négocier qu'à faire la guerre.

L'hiver 54-55 s'était, d'ailleurs, plutôt bien passé en Algérie. Soustelle, nommé gouverneur général par Mendès (au moment même où le gouvernement tombait en février 55), commençait à se faire admettre par les pieds-noirs qui l'avaient fort mal accueilli, lui reprochant à la fois d'avoir été nommé par Mendès, d'être « d'origine juive » et de s'être entouré d'une équipe de libéraux comme Germaine Tillion ou le commandant Vincent Monteil. Mais la politique d' « intégration » – le grand mot qu'il avait lancé – qu'il entendait mener avait calmé les Français d'Algérie. Le F.L.N., au contraire, avait, lui, passé un très mauvais hiver, un grand nombre de ses responsables ayant été arrêtés et la rébellion ne comptant plus alors que... trois cent cinquante maquisards réels.

On le voit donc, la « guerre d'Algérie » n'a pas commencé officiellement quand Chirac rejoint l'École d'application de Saumur, alors commandée par le général de Clerck.

Si Chirac affirme qu'il a préparé avec une certaine désinvolture le concours de l'E.N.A., il reconnaît qu'à Saumur, il a travaillé « comme un cheval ». Le règlement de l'époque précisait, en effet, que les dix premiers de la promotion étaient nommés sous-lieutenants, les suivants, aspirants et les derniers simples sous-officiers. Chirac n'avait pas envie de se retrouver adjudant ou maréchal des logis et il savait peut-être que Michel Debré, père de l'E.N.A., était, lui, sorti major de Saumur.

Ses camarades de promotion se souviennent de Chirac travaillant d'arrache-pied. L'un d'entre eux a même fait courir cette amusante légende : « Chirac avait demandé ce qu'il fallait faire pour sortir major. On lui avait répondu : se faire bien voir des officiers. Mais comment se fait-on bien voir? C'est très simple : il suffit d'aller à la messe. » Et ce camarade d'ajouter : « Et l'on vit alors Chirac à la messe tous les matins à six heures. » Précisons que c'est une anecdote classique à Saumur et que beaucoup d'autres majors, avant et même après Chirac en ont été les « héros ».

Le 15 septembre, c'est la fin de la période d'instruction. Chirac raconte : « Au moment de la lecture du classement, le colonel annonce qu'exceptionnellement il n'y a pas de major. Les noms défilent, par ordre décroissant de mérite. Les dix premiers sont cités. Je ne suis pas appelé. Et ainsi de suite jusqu'aux dix derniers nommés maréchaux des logis. A la fin de cet épisode quelque peu désagréable, le colonel me convoque et m'annonce : « Vous êtes communiste, votre note de sécurité le précise. Par conséquent vous ne pouvez pas être nommé officier. C'est dommage parce que vous étiez major. Vous êtes nommé deuxième classe dans un régiment de dragons en Bretagne. »

Beaucoup d'observateurs ont mis en doute ce récit paru pour la première fois dans un livre très flatteur pour Chirac et qu'il lui est, bien sûr, difficile aujourd'hui de contredire. Le général de Clerck est mort, les archives de Saumur ne gardent aucune trace de cet incident mais ne gardent jamais trace de ce genre d'incident, les camarades de promotion de Chirac n'en ont aucun souvenir mais ils ont très bien pu ne pas être au courant de l'histoire qui, bien sûr, ne s'arrête pas là.

Chirac, fou furieux, demande un délai de vingt-quatre heures au général pour tenter d'arranger les choses à Paris. Le général accepte. Chirac saute dans le train, arrive à Paris se précipite chez Geoffroy de Courcel, le cousin bien placé de sa fiancée, qui « ne lève même pas le petit doigt ». Chirac part en claquant la porte et se souvient alors d'un de ses professeurs de Sciences-po qu'il aimait beaucoup, un géographe, Jean Chardonnet et qui donnait aussi des cours à l'École de guerre. Il doit donc connaître des militaires. Chirac va voir Chardonnet, lui explique ses malheurs. Et, en effet, Chardonnet connaît, justement, le général Kœnig qui est alors ministre des Armées. Une chance. Chardonnet appelle Kœnig et obtient du vainqueur de Bir-Hakeim un rendez-vous immédiat pour son jeune protégé. Chirac se précipite rue Saint-Dominique, s'explique avec Kœnig qui fait sortir le dossier. C'est, bien sûr, l'histoire de l' « appel de Stockholm » qui a suivi Chirac à la trace jusqu'à Saumur. Chirac se débat comme un lion, convainc Kœnig... Chirac est nommé major.

Là encore les sceptiques sourient. Kœnig est mort, les archives n'existent plus, le professeur Chardonnet ne veut plus recevoir personne, à son âge... Cela dit, il est parfaitement exact qu'à l'époque la sécurité militaire avait ses fiches et que les communistes ou supposés tels étaient systématiquement bloqués dans l'avancement. L'anecdote n'étonne d'ailleurs que parce que l'on connaît aujourd'hui la personnalité de Chirac. Mais si le président du R.P.R. était devenu secrétaire général du P.C.F., elle surprendrait beaucoup moins...

Bref, le 3 octobre 1955, le sous-lieutenant Jacques Chirac, major de l'E.A.A.B.C., gagne son affectation au 11e régiment de chasseurs d'Afrique, en garnison à Lachen, en Allemagne, en compagnie de son camarade de promotion le comte Paul du Manoir de Juaye. Le régiment est alors commandé par le lieutenant-colonel Chevallier, il est équipé de Patton et, en dépit de cette odeur de cambouis, il est l'une des fiertés de la cavalerie française puisqu'il est l'ancien 4e régiment de spahis (en 1959, il deviendra d'ailleurs le 24e régiment de spahis).

Chirac est nommé chef de peloton au 3e escadron commandé par le capitaine Henri Pechereau. Il y a dans le régiment quelques jolis noms de l'aristocratie française. Le chef d'escadrons Charles de Terras, le capitaine Edouard de Pommereau, le lieutenant de France.

Chirac va passer six mois à Lachen, à apprendre le maniement des chars, à commander un peloton et à partir en permission retrouver Bernadette de Courcel.

La seule distraction qu'aura le sous-lieutenant sera, le 13 mars 1956, une visite au régiment du général de Castries, alors adjoint au général commandant la 5ᵉ division blindée à laquelle appartient le 11ᵉ R.C.A. Aux yeux des vieux cavaliers, de Castries est un ancien champion du monde de jumping. Aux yeux des jeunes officiers, il est surtout le vaincu peu glorieux de Dien Bien Phu. Il y a moins de deux ans, ce colonel qui venait de recevoir ses étoiles de général de brigade qu'on lui avait parachutées (au sens exact du terme) acceptait de se rendre après avoir fait preuve d'une étonnante incapacité, lors du siège tragique de Dien Bien Phu. Il est vraisemblable que les jeunes officiers reçurent donc fraîchement celui que l'on appelait alors le général comte de Castries, duc de Dien Bien Phu.

En fait, si de Castries vient inspecter le 11ᵉ R.C.A., c'est parce que les choses, cette fois, se sont carrément gâtées en Algérie. Sur la carte de l'état-major français d'Alger – que les militaires appelaient la « carte de la petite vérole » – et sur laquelle on symbolisait d'une tache rouge l'apparition de chaque nouveau foyer de rébellion, on observait que le F.L.N. s'implantait partout. Partout, c'est maintenant l'insurrection ou du moins des coups de main, des attentats, des exécutions de colons ou de caïds fidèles à la France.

Edgar Faure qui a succédé à Mendès, le 27 février 55, a accepté d'envoyer dix bataillons supplémentaires en Algérie. Les généraux Lorillot et Allard qui, à la demande de Soustelle, ont remplacé Cherrière et Spilmann, ont désormais cent mille hommes à leur disposition. Le cycle infernal terrorisme-répression a été enclenché.

Le 20 août 1955, il y a eu les atrocités de Philippeville. Le F.L.N., sentant qu'il perdait du terrain, a décidé de s'attaquer à la population civile. Cent vingt-trois européens, hommes, femmes et enfants, ont été massacrés dans des conditions d'une sauvagerie particulièrement abominable. La répression immédiate a fait mille deux cent soixante-treize victimes parmi les musulmans, selon Soustelle, douze mille selon le F.L.N. Camus écrit : « Chacun s'autorise du crime de l'autre pour aller plus avant. » Au même moment la France a été battue à l'O.N.U. où un débat sur l'Algérie a pu avoir lieu en dépit de l'opposition du gouvernement français. En octobre, Soustelle dispose de cent soixante mille hommes. Le F.L.N. – mais on ne le sait pas chez les Français – peut, lui, compter sur dix-sept mille « réguliers » seulement. Les forces de l'ordre ont perdu cinq cent cinquante de leurs hommes. Les pertes rebelles sont estimées à trois mille hommes, chiffres auxquels il faut ajouter les nombreux civils musulmans exécutés pour « collaboration » avec les autorités et d'importants dégâts matériels, fermes et moissons incendiées, bétail massacré, etc.

Mais, au Palais-Bourbon, le gouvernement est menacé. Soustelle se précipite à Paris. Une crise, en ce moment, serait « mortelle » pour l'Algérie. Faure décide donc que l'Assemblée nationale sera dissoute le 2 décembre.

Le 2 janvier 1956, les élections législatives font triompher le « Front républicain » c'est-à-dire les radicaux-socialistes de Mendès et la S.F.I.O. de Mollet. La nouvelle assemblée compte cent cinquante communistes, quatre-vingt-quinze socialistes, quatre-vingt-quinze radicaux, soixante-treize M.R.P., vingt-deux républicains-sociaux (le nom des gaullistes depuis que le général a sabordé le R.P.F., en 1953), quatre-vingt-quinze C.N.I.P. (Pinay) et cinquante poujadistes.

Ces élections sont donc marquées par un effondrement du gaullisme qui n'a obtenu que 4 % des voix et qui a perdu quatre-vingt-quinze sièges et par l'étonnant succès du « poujadisme », ce mouvement anti-communiste mais plus encore anti-parlementaire créé par un papetier de Saint-Céré qui a recruté ses électeurs chez les petits commerçants et qui proclame Poujade « Jeanne d'Arc et Henri IV en une seule et même personne »!

Alors qu'Edgar Faure pensait pouvoir reformer un gouvernement, qu'on attendait Mendès qui, en fait, était le vrai vainqueur du scrutin, c'est Guy Mollet qui, le 26 janvier 1956, réussit à former une nouvelle combinaison ministérielle. Christian Pineau est aux Affaires étrangères, Maurice Bourgès-Maunoury à la Défense, Jean Gilbert-Jules à l'Intérieur, Mitterrand à la Justice, Chaban et Mendès sont ministres d'État.

Guy Mollet va alors connaître, à propos de « l'affaire algérienne » la même évolution qu'a connue, l'année précédente, Jacques Soustelle et que vont connaître, il faut le dire, la quasi-totalité de ceux qui, responsables politiques ou simples soldats, seront directement confrontés avec l'Algérie.

Comme l'avait été en 55 Soustelle (nommé par Mendès), comme va l'être Lacoste (vieux socialiste) et beaucoup d'autres, Mollet est d'abord un « libéral ». Il a fait toute la campagne des législatives en dénonçant « cette guerre imbécile et sans issue », évoquant même parfois l'hypothèse de l'indépendance de l'Algérie. Il est en tout cas convaincu qu'il faut faire des réformes, que les musulmans vivent dans des conditions scandaleuses et que les Pieds-Noirs sont tous de gros colons qui exploitent odieusement les « indigènes ». Immédiatement, Mollet remplace donc Soustelle par le général Catroux, soixante-dix-neuf ans, et il se rend lui-même, le 6 février (date pourtant déjà historique) à Alger pour installer Catroux. On sait l'accueil qui lui fut réservé. Brusquement, au milieu des tomates et des injures qu'il reçoit devant le Monument aux Morts d'Alger, Mollet s'aperçoit que les Pieds-Noirs sont, aussi, de petites gens, souvent des socialistes qui ressemblent aux électeurs d'Arras. Et il recule, il change de politique et il devient partisan de l'Algérie française. C'est Lacoste qui est nommé ministre-résident et non plus Catroux.

Et après avoir, dans une déclaration radiodiffusée, lancé le 28 février 1956 un appel au cessez-le-feu, le 12 mars Mollet demande à l'Assemblée nationale des « pouvoirs spéciaux » pour l'Algérie.

Guy Mollet, patron de la S.F.I.O., élu sur un programme pacifiste deux mois plus tôt, annonce qu'il va porter à cinq cent mille hommes les effectifs présents en Algérie, qu'il va prolonger le service militaire jusqu'à vingt-sept mois et qu'il va rappeler des classes de réservistes. L'Assemblée lui donne ses pleins pouvoirs par quatre cent cinquante-cinq voix contre soixante-seize. Les communistes – qui l'ont oublié depuis – votent l'envoi du contingent en Algérie.

Voilà pourquoi, le 13 mars 1956, le général de Castries visite à Lachen le 11ᵉ R.C.A. Les choses vont vite. Le 17 mars « la 5ᵉ Division Blindée est désignée pour constituer la 5ᵉ Division Blindée de Marche. Le 11ᵉ Régiment de Chasseurs d'Afrique, maintenu aux Forces Françaises d'Allemagne, fournit au 6ᵉ Régiment de Chasseurs d'Afrique deux escadrons de marche et un élément d'E.C.S. ». Le message envoyé par le ministère de la Guerre arrive en fin de matinée au lieutenant-colonel Chevallier. Tout le monde a compris : la moitié du 11ᵉ R.C.A. va rejoindre le 6ᵉ R.C.A. qui va, lui, partir pour l'Algérie. Et dans cette moitié du 11ᵉ, il y a le 3ᵉ escadron – celui du sous-lieutenant Chirac – et le 4ᵉ escadron soit dix officiers, trente-deux sous-officiers et deux cent soixante-dix hommes de troupe.

Le lieutenant-colonel Chevallier fait alors savoir au sous-lieutenant Chirac qu'en raison de ses titres universitaires, s'il ne souhaite pas accompagner ses hommes en Algérie, il peut être nommé à l'état-major français de Berlin où on a, justement, besoin d'un interprète de russe. Chirac refuse, bien sûr. Il faut d'ailleurs dire que bien peu d'officiers ont alors accepté d'abandonner leur régiment en partance pour l'A.F.N.

Selon la règle, les hommes sur le point de partir bénéficient d'une permission, la « permission A.F.N. ». Le 17 mars, Chirac est à Paris et, en uniforme, il épouse Bernadette de Courcel. Le voyage de noces sera bref.

Le 1er avril 1956, avec le chef d'escadrons Charles de Terras, les capitaines Michel Brault, Henry Pechereau et Edouard de Pommereau, les lieutenants Olivier de France, René Landrault et les sous-lieutenants (de réserve) Maurice Pigelet et Jean-Marie Rémy, le sous-lieutenant (de réserve) Jacques Chirac rejoint le 6e Régiment de Chasseurs d'Afrique qui est sous le commandement du lieutenant-colonel Mauche. Le jour même, le régiment est « mis sur pied pour l'A.F.N. ». Chirac se retrouve au 3e escadron du 6e R.C.A. avec tous les officiers et tous les hommes de son 3e escadron du 11e R.C.A. ou presque. Pechereau commande l'escadron, de France est « lieutenant en second » et les quatre chefs de peloton sont : Rémy, Chirac, l'adjudant Vilgicquel et l'adjudant Dewambrechies. Chirac a trente-deux hommes sous ses ordres.

Le 10 avril, à 13 h 30, le régiment quitte Spire pour Marseille par le train. Il passe trois jours au camp Sainte-Marthe, à Marseille, et le 14 à 10 heures, il embarque à bord du *Sidi-Bel-Abbès*. Vingt-quatre heures plus tard, c'est Oran et la caserne du Château Neuf. Le 16, bivouac entre la Senia et Valmy. Le 19, arrivée à Dominique Luciani, bivouac sous des tentes individuelles. Le 21, arrivée à Tipasa, le 3e escadron s'installe à Montebello, « tout le monde est logé dans des bâtiments non meublés sauf quelques exceptions ». Le 25 avril, à 20 h 30, départ pour la région d'Orléansville pour la première opération à laquelle va participer le régiment.

On peut imaginer la petite appréhension de ces hommes à peine débarqués dans un pays qu'ils ne connaissent pas, dans une guerre qui n'ose pas dire son nom. Toute la nuit on roule en long convoi. Au petit matin, arrivée à Orléansville... L'opération est annulée en raison du mauvais temps.

Retour à Montebello. Le 1er mai, nouveau branle-bas de combat. Cette fois, c'est pour une opération dans la région de Molière. Le bilan sera de... deux blessés français par accident de la circulation. Le 11 mai, le régiment quitte la région de Tipasa pour l'Ouest algérien. Le train jusqu'à Tlemcen où le 3e escadron arrive le 12, à 14 heures, puis la route jusqu'à Montagnac où l'on arrive à 18 heures. Chirac et ses hommes s'installent dans la ferme Averseng, à sept kilomètres de Montagnac, sur la route de Nemours, en bordure de l'oued Dahmane.

Chirac va rester plus d'un an dans cette région proche de la frontière marocaine. Et il va connaître ce que des centaines de milliers d'autres Français de sa génération ont connu. Une guerre d'Algérie sans grandes batailles, avec des opérations interminables, à la recherche d'ennemis introuvables, où la fatigue des « crapahutages » se mêlait au plaisir de découvrir des paysages fabuleux, où la conviction d'accomplir une « mission » se mêlait à l'ennui de la vie quotidienne, où la joie provoquée par quelques ralliements était gâchée par les maladresses du gouvernement ou du commandement.

Le 6e Régiment de Chasseurs d'Afrique est un bon régiment, certes, mais pour cette guerre-là, il n'est pas un régiment d'élite. Rien à voir avec la Légion ou surtout les Paras qui sont les ténors de la guerre d'Algérie, les enfants chéris de l'état-major d'Alger composé, il est vrai, en grande partie d'officiers « bérets rouges ». Donc pour les bérets verts ou rouges, les grandes opérations, les bouclages, les ratissages, la bataille d'Alger, les honneurs, les décorations, la presse, et même la politique. Pour le 6e R.C.A., comme pour beaucoup d'autres, la routine, les servitudes.

Dans son style sec de rapport de gendarmerie, le *Journal de Marche et d'Opération* du 6e R.C.A., tenu quotidiennement comme le veut la tradition (et le règlement) est révélateur et de la vie qu'a menée Chirac pendant plus d'un an et de celle qu'ont menée, comme lui, tous les appelés d'Algérie.

On peut le feuilleter et tout comprendre.

« Le 14 mai 1956 : à la suite d'une embuscade montée par les H.L.L. (les hors-la-loi dans le vocabulaire militaire) aux limites nord du secteur, sur la route de la Platrière, à Ain Temouchent, intervention du 2e escadron. L'alerte a été donnée par un automobiliste civil. Vers 10 h 30, envoi du 3e escadron. Résultats de l'opération : cinq rebelles tués, plus un probable. Un blessé évacué par hélicoptère; trois fusils Lebel et trois fusils de chasse. Cent cartouches de 8 m/m, trente-neuf cartouches de 16 m/m (...) Le 16 mai : embuscade de nuit au confluent de l'oued Bou Kiou et de la Tafna par le 3e escadron; trois suspects arrêtés (...) Le 1er juillet : protection des moissons (...) Le 2 juillet : patrouilles et accompagnement de machines agricoles (...) Le 14 juillet : prise d'armes et défilé à Montagnac (...) Le 16 juillet : Le 3e escadron fait mouvement d'El Fahoul vers Souk et Arba, installation à la place du 19e B.C.P. (...) Le 23 juillet : opérations de contrôle à Si Bou Zitounna, contacts avec la population, travaux de réfection des postes, patrouilles. (...) Le 6 septembre : le 6e R.C.A, participe avec le 1er Cuir, le 10e G.E.S.A et le 2e R.S.A. a une opération de bouclage entre Djebel Gorine et djebel Hermachia. Vingt Français musulmans ramenés pour contrôle, cinq suspects arrêtés (...) Le 12 septembre : ratissage dans la région de Tizeret, les escadrons passent la nuit sur le terrain. Embuscade; bilan : deux suspects arrêtés, un suspect en fuite tué (...) Le 17 septembre : très sérieux dégâts dans le cantonnement par suite de l'ouragan (...) Le 20 septembre : reconnaissance de la région de Si Moussa. Découvertes de grottes (...) Le 30 septembre : patrouille, contrôle de population et renseignements au douar Moulay Idriss. Quarante-sept personnes soignées par le médecin-chef, découverte de trois grottes pouvant contenir douze à quinze personnes (...) »

Bref, la guerre de routine ou la routine de la guerre. La vie du djebel. On arrête des hommes. On ne sait pas trop si dans le journal de marche il faut les qualifier de « H.L.L. » de « Français musulmans » ou de « Suspects ». Les officiers qui ont fait l'Indo les appellent, à tout hasard, des « Viets », les hommes de troupes les appellent des « fells ». De temps en temps, il y en a un qui tente de s'évader, on l'abat et on le note sur le journal de marche. Les grandes opérations menées à plusieurs régiments sont toujours décevantes. On a l'impression que l'état-major s'amuse à faire la guerre en vraie grandeur, comme s'il y avait des ennemis, mais il n'y a pas d'ennemis, rien d'autre que la soif et les cailloux.

Et la peur et la mort. Chirac se souvient : « J'ai été très impressionné par la façon dont un jeune musulman, âgé de quatorze ou quinze ans, s'est éteint dans mes bras. Il avait sauté sur une mine, tout à côté de moi. D'abord je l'avais cru miraculeusement indemne. Extérieurement il était intact. Pas de sang, pas de blessure visible. Un éclat imperceptible avait traversé sa poitrine et s'était logé dans le cœur. A un moment, il a fermé les yeux et j'ai simplement davantage senti son poids. » (Entretien avec l'auteur.)

Il y a aussi des choses utiles à faire. On soigne les malades, on protège les moissons, on rassure les Pieds-Noirs, des braves gens qui vendent cher un simple verre d'eau aux bidasses, mais qui ont tellement peur.

Dans le djebel, on ne sait pas ce qui se passe ailleurs. On vit au rythme des cailloux. C'est avec huit jours de retard que le sous-lieutenant Chirac apprend que, le 5 mai 56, une section du 9e Régiment d'Infanterie Coloniale est tombée dans une embuscade à Palestro et que les cadavres de ces appelés ont été odieusement mutilés par les hommes d'un déserteur passé à la rébellion, Ali Khodja et qui utilisait les armes que lui avait fournies l'aspirant Maillot. Qu'il apprend que, le 30 septembre, il y a eu, en plein Alger, des attentats au *Milk Bar* et à la *Cafétéria,* attentats qui vont, en fait, marquer le début de la Bataille d'Alger. Qu'il apprend que l'avion de Ben Bella a été détourné, le 22 octobre. Qu'il apprend que l'opération de Suez a été déclenchée le 5 novembre. Que Salan a été nommé commandant en chef, le 14 décembre.

Tout ça, c'est bien loin. Lui, Chirac, il fait ce qu'on lui demande de faire : des patrouilles dans la région de Marabout Sidi el Mahdi, des contrôles du douar Znaina, des réparations de pistes, des liaisons de ravitaillement. Ce n'est pas héroïque tous les jours, mais ce n'est pas de tout repos.

Le 30 octobre 1956, le 4ᵉ escadron ouvre une piste, comme presque tous les jours. Le journal de marche le note et ajoute : « Le dodge d'escorte saute sur une mine à proximité de la plage de Tafsout. Les Maréchaux des logis Adler et Remillon, les chasseurs Kern, Nicollet, Lamy et Poincot, le brigadier Solignac mortellement blessés. Le sous-lieutenant Demonchy, le MdL Rauch, le B/Chef Abisoff, les chasseurs Pleger, Gassman, George et Heid, blessés sont évacués sur l'hôpital militaire de Tlemcen par hélicoptère. » C'est aussi ça, la vie quotidienne.

Le jour de ses 24 ans, le 29 novembre 1956, Chirac participe à une opération avec le 1ᵉʳ Régiment de Cuir. Bouclage des gorges entre le djebel el Gorine et le djebel Sidi Sofiane. Bilan : R.A.S., comme toujours.

Et puis, il y a de petites opérations qui tournent mal. Le 12 janvier 1957, alors que le régiment vient de passer sous le commandement du lieutenant-colonel Hennion qui remplace le lieutenant-colonel Mauche, blessé dans un accident de la circulation, « le 3ᵉ escadron et le 5ᵉ escadron renforcés d'un peloton du 2ᵉ aux ordres du chef d'escadrons Deturbet procèdent au ratissage et à la fouille entre l'oued Bou Kiou et l'oued Krarba. Le P.C. s'installe au djebel Taouerta. Le 3ᵉ escadron tient la ligne des crêtes Si Mohamed Dra et Marabout Si Mohamed, le 1ᵉ peloton du 5ᵉ escadron est en réserve, le peloton du 2ᵉ escadron, en contact avec le 3ᵉ escadron ratisse et fouille l'oued si Mohamed jusqu'au Bou Kiou. A 15 heures, le 2ᵉ peloton du 3ᵉ escadron est pris à partie par des H.L.L., le chasseur Longueville, Jacques, est tué, les chasseurs Minitti et Bayard blessés. Le peloton Vandamme se porte au sud de Bou Kiou. Il est pris sous les tirs rebelles. Après pilonnage d'artillerie, les rebelles se replient. A 18 heures, ordre est donné de boucler le Bou Kiou, face au sud-est. Le sous-lieutenant Roland, le brigadier Tassery et le chasseur Rives du 3ᵉ escadron sont blessés et évacués par hélicoptère. A 18 h 15, des appels, en français, avec l'indicatif du peloton de réserve se font entendre à proximité du 5ᵉ escadron. Le sous-lieutenant Vandamme induit en erreur donne l'ordre à son peloton de cesser le feu. Aussitôt, les H.L.L. dévalent la pente et déclenchent un tir violent de F.M. qui atteint le sous-lieutenant Vandamme, le MdL Rey, les chasseurs Barre, Girard, Leny, Moreaux. C'est grâce au sang-froid du chasseur Dubreil que les pertes ne furent pas plus élevées. Ce dernier, chargeur du F.M., saisissant l'arme du tireur blessé, a engagé un véritable duel avec le F.M. 24/29 ennemi arrêtant ainsi la progression adverse jusqu'à l'arrivée du peloton commandé par le sous-lieutenant Chirac. Bilan 5 cadavres H.H.L. en uniforme, 1 officier tué, 5 sous-officiers ou soldats tués, 10 blessés. »

Derrière la sécheresse de ces rapports, on imagine la guerre, la peur, le courage.

Le soleil, les moissons, les malades que le « toubib » du régiment, Claude Fréal, soigne, la pluie, le froid, les amis qui sautent sur des mines, les accrochages, et les mois qui passent. Des patrouilles qui se terminent par... « R.A.S. » Quand une route a été coupée, on réquisitionne les hommes du secteur pour qu'ils reconstruisent la route et ceux qui ne veulent pas travailler, on les garde vingt-quatre heures, à titre de sanction. De temps en temps, le général Dudognon, commandant la 5ᵉ D.B., fait une inspection. De temps en temps, on rend visite au Caïd des Achaacha.

Le sous-lieutenant Chirac est visiblement apprécié par ses supérieurs. A plusieurs reprises, on lui confie le commandement du 3ᵉ escadron, quand le capitaine n'est pas là. Le 25 avril 1957, il sera cité à l'ordre de la division, au lendemain d'une vaste opération menée par toute la 5ᵉ Brigade de Cavalerie et « visant à la destruction de bandes rebelles ». Chirac a réussi, à la tête de son escadron, à dégager une section du 1ᵉʳ cuir en difficulté.

Et à la date du 3 juin 1957, on peut lire dans le *Journal de Marche* du 6ᵉ R.C.A. : « Départ des libérables de la classe 55.1/B. Les sous-lieutenants Chirac et Roland quittent le régiment ». Huit jours plus tôt, le gouvernement Guy Mollet a été renversé mais Chirac ne l'apprendra qu'à Tlemcen, sur le chemin du retour vers la vie civile.

Chirac a toujours dit : « Pour moi, l'Algérie a été la période la plus passionnante de mon existence. J'étais dans une unité qui était pratiquement isolée de tout contact avec l'extérieur. Il n'y avait pas de transistors, on recevait le ravitaillement par hélicoptère. Pendant de longs mois, j'ai eu une vie qui était à la fois passionnante et enthousiasmante, mais détaché de tous les éléments qui pouvaient alimenter une réflexion politique. Si bien que pour moi, le problème algérien se situait dans un contexte très particulier. On nous avait dit que nous étions là pour la bonne cause et nous ne remettions pas cela en question (...) Je savais qu'il y avait un gouvernement socialiste. Ce n'était pas, en réalité, mon problème à l'époque et cela ne suscitait pas chez moi de réactions (...) Pour moi et contrairement à ce que l'on peut penser, ce fut un moment de très grande liberté et probablement un des seuls moments où j'ai eu le sentiment d'avoir une influence réelle et directe sur le cours des choses. Sur le cours des choses modestes, quotidiennes, mais essentielles. Parce qu'il y allait de la vie d'hommes qui étaient sous mes ordres et donc c'est le seul moment où j'ai eu le sentiment de commander. C'est une période qui m'a marqué au point que lorsque j'ai terminé le temps de service militaire j'ai pensé souscrire un engagement. » (*Paris Match*, 24 février 1978.)

Il ne fait aucun doute que le sous-lieutenant démobilisé Jacques Chirac est très « Algérie Française ». Il ne l'a jamais nié. Mais il faudrait se souvenir qu'à l'époque toute la France, ou presque, était « Algérie Française ». Nous l'avons vu, c'est un socialiste, Guy Mollet, qui, avec le soutien des communistes, a envoyé le contingent en Algérie, c'est l'époque où le même Guy Mollet fait emprisonner Claude Bourdet qui s'est permis d'évoquer la torture dans son journal *France Observateur*. François Mitterrand est alors l'un des plus « Algérie Française » du gouvernement et, en tant que Garde des Sceaux, il fait guillotiner les rebelles. Et si Mendès a bien démissionné du gouvernement, en mai 56, il ne faut pas oublier que sa lettre de démission précisait à Guy Mollet : « Ma démission est motivée par votre politique en Algérie. Le recours aux armes était, hélas, pour nous nécessaire. J'aurais même préféré, vous le savez, l'envoi plus rapide d'effectifs plus nombreux. Mais j'ai soutenu aussi que le recours aux armes ne saurait suffire. En ne laissant parler qu'elles, nous risquons de rendre définitif le divorce avec la masse musulmane ». Ce n'est pas là le langage d'un partisan de l'indépendance de l'Algérie!

Politiquement, l'attitude de Chirac qui n'a que 24 ans est donc parfaitement compréhensible. Plus jeune, il a été marqué par le désarroi des Français d'Indochine et il vient de rencontrer ce même désarroi chez les Pieds-Noirs. Pendant toute son enfance, on lui a répété que l'Algérie, c'était la France, et on lui a montré la carte de l'Empire français. Mais en même temps, tous ses souvenirs, du sabordage de la Flotte à Dien Bien Phu, sont des images de défaite, d'abdication. Or cette fois, il a vu, de ses yeux, que la victoire était possible. Et les anciens d'Indochine qu'il a pu rencontrer lui ont répété que, cette fois, on avait bien compris la leçon, et que l'on saurait tirer les expériences de la guerre révolutionnaire qu'on avait perdue là-bas, en Extrême-Orient. A cela s'ajoute une réelle sympathie qu'il s'est découvert pour ce monde arabe qu'il ne connaissait pas et la naïve conviction qu'il a acquise que les Français musulmans souhaitaient, dans leur très grande majorité, rester français. « Progressiste », Chirac était convaincu qu'il était du devoir de la France d'apporter le progrès à ces Algériens dont les pères étaient si souvent morts pour la France.

Mais on peut se demander pourquoi Chirac souhaite alors rester dans l'armée. Pour « sauver » l'Algérie? Sans doute mais un haut fonctionnaire peut, aussi, façonner à sa manière, l'Histoire. Non, en fait, il semble bien que, en dehors même de l'Algérie, Chirac ait eu, alors, des « goûts militaires ». La camaraderie si recherchée par ce fils unique qui voulait paraître dissipé à ses camarades de classe, le sens du commandement pour l'ancien gosse chef de bande au Rayol, le goût du risque pour l'ancien pilotin en bordée avec les marins du *Capitaine Saint-Martin*, tout cela fait un bon militaire. Et puis en plus, un petit côté cocardier. Chirac a toujours dit : « Je n'aime que la musique militaire » (ce que disait aussi Georges Bidault qui n'a cependant jamais passé pour un ignare ou pour un militaire raté). Et puis, enfin, très certainement il y a le goût de la réussite. En 1957, en Algérie, les carrières d'un Bigeard, d'un Ducournau, d'un Trinquier, d'un Château-Jobert, ces maréchaux d'Empire de l'Empire de la République, à la poitrine couverte de décorations, devaient faire rêver les jeunes de 24 ans plus que l'E.N.A. et un avenir assuré au Conseil d'État.

Mais Henri Bourdeau de Fontenay était là. Et il était le directeur de l'E.N.A. Il rappelle donc, vite, à l'élève Chirac qu'il a signé, à la veille du concours, un engagement avec l'État. Pas question de rempiler et d'aller jouer encore les baroudeurs dans les djebels. « Ancien commissaire de la République à la Libération, un peu perdu dans le souvenir nostalgique d'une Résistance qui avait été le grand moment de sa vie, Henri Bourdeau de Fontenay, gouvernait l'E.N.A. sans humour mais avec courtoisie », écrira Jean Charbonnel, élève de l'École de 54 à 56.

Chirac lui-même précise d'ailleurs que « l'excellent Monsieur Bourdeau de Fontenay avait toujours un petit mouchoir tricolore au fond de sa poche pour essuyer une larme patriotique au coin de son œil. » (Entretien avec l'auteur.) Quoi qu'il en soit, Bourdeau de Fontenay n'aura pas – contrairement à ce qu'ont écrit certains – à « envoyer deux gendarmes chercher l'élève qui veut déserter ». Une discussion sur le thème « moi aussi j'ai fait la guerre mais maintenant il faut passer aux choses sérieuses » suffira. Bernadette qui n'avait pas beaucoup vu son mari eut peut-être, aussi, son mot à dire...

La scolarité de l'E.N.A. commence toujours par un stage dans une administration. Généralement une préfecture de province. Chirac est envoyé à Grenoble. Il s'en souvient encore : « Je suis arrivé à Grenoble par une chaleur épouvantable, dans une préfecture triste, avec un préfet que je n'ai jamais vu à cette époque – encore que ce soit un homme très sympathique. J'ai été accueilli par le directeur de cabinet, Marcel Abel, homme merveilleux, ancien résistant, bien connu de toute la préfectorale et que l'on avait surnommé « bibise » à cause des embrassades chaleureuses qu'il dispensait à tout le monde. Dès mon arrivée, il m'a mis au courant : « Écoutez, Chirac, c'est très simple. Moi qui vous parle, j'ai fait une carrière brillante. Eh bien vous aussi, je n'en doute pas, vous ferez la même à une condition, c'est que, comme moi, et tout de suite, vous fassiez, comme je l'ai fait, votre expérience en commençant par les tâches les plus modestes. Écoutez Chirac, vous allez commencer en portant les plis. Vous prendrez les plis que je vous donnerai et vous les porterez à leurs destinataires administratifs ». De nature je ne suis pas contrariant. Puisque aussi bien M. Abel me prédisait une destinée comparable à la sienne, durant deux jours, j'ai porté les plis. Le troisième jour, j'ai découvert qu'en donnant la pièce à l'huissier, il s'acquittait de cette tâche au moins aussi bien que moi et ma vocation de facteur administratif a tourné court. » (Entretien avec l'auteur.)

A Grenoble, Chirac s'intéresse davantage au lancement du spoutnik (4 octobre 1957) – « je l'ai ressenti comme essentiel non seulement pour la science, non seulement pour la conquête de l'espace mais aussi pour l'évolution des équilibres internationaux et pour la notion même que l'homme pouvait se faire de l'univers » (entretien avec l'auteur) – qu'à la chute du gouvernement Bourgès-Maunoury (30 septembre) ou qu'à la formation du gouvernement Gaillard. D'autant plus que comme pour tous les libérés d'Algérie, la vie politique de cette fin de la IVe lui semble insupportable. « Tout à coup, revenu en France, je me trouvais plongé dans le bain des réalités. J'ai alors pu constater à quel point rien ne fonctionnait comme cela aurait pu fonctionner et j'étais stupéfait devant l'inadaptation manifeste des institutions avec ses crises politiques permanentes, avec le problème algérien dont je sentais bien qu'il était mal engagé et qu'il débouchait sur l'ensemble de notre politique de colonisation. Et cette dépendance vis-à-vis de l'étranger qui se traduisait par le fait que nous étions en permanence obligés d'envoyer des délégations de haut niveau mendier aux États-Unis, et en fin 57, en Allemagne de façon à faire face à nos échéances du mois. » Sans le savoir Chirac est redevenu... gaulliste, au seul spectacle de la vie politique française de 1957, et somme toute, comme beaucoup de Français.

Fin décembre, Chirac quitte – enfin – Grenoble et remet son « rapport de stage » qui portait sur « le développement économique de l'Isère alpestre », « un sujet qui ne suscitait pas en moi d'émerveillement particulier, que j'avais néanmoins traité de façon convenable et qui m'a valu pourtant la plus mauvaise note de ma promotion » (entretien avec l'auteur).

Janvier 1958, la promotion 57 qui va se choisir comme parrain « Vauban » entre réellement rue des Saints-Pères. La promotion de

55, celle de Jérôme Monod, s'était baptisée « France-Afrique », mais celle de 56, celle de Rocard, Limouzy et Lelong, « 18 juin », avec, donc, un étonnant sens des prévisions.

Et on fait connaissance avec les professeurs, avec les élèves, même si tout le monde s'est déjà bien souvent croisé dans les couloirs de Sciences-Po.

Parmi les professeurs, il y a le remarquable Louis Armand, fils d'instituteur, polytechnicien, ingénieur au corps de mines, président de la S.N.C.F., héros de la Résistance, compagnon de la Libération, futur président d'Euratom, des Houillères de Lorraine, futur académicien. Il y a aussi René Dumont, le célèbre agronome qui sera un jour candidat à la Présidence de la République et porte-drapeau des écologistes, le général Rondot, grand spécialiste du monde arabe, Crozier, expert en organisation...

La promotion Vauban compte cinquante-deux élèves parmi lesquels quatre filles (Micheline Birien, Colette Dutilh, Claudette Lavorel et Marie-Thérèse Pierre). Jusqu'à présent et jusqu'à preuve du contraire, Jacques Chirac est, de cette promotion, celui qui a le mieux « réussi », du moins en politique. Deux seuls autres « Vauban » se sont lancés dans la vie politique active : Bernard Stasi qui sera député-maire d'Épernay et ministre des Tom-Dom dans le deuxième gouvernement Messmer (1973-74) et Jacques Boyon qui sera député R.P.R. de l'Ain. Les autres sont devenus inspecteurs des Finances, conseillers à la Cour des Comptes, maîtres des requêtes du Conseil d'État ou plus modestement administrateurs civils. La carrière d'Haberer actuel P.-D.G. de Paris Bas méritant toutefois une mention particulière.

Cela dit, il est tout à fait intéressant de s'attarder un peu sur cette promotion qui comme beaucoup d'autres – celle de 47 avec Duhamel, Guena et Peyrefitte, celle de 48 avec Billecocq et Poniatowski, celle de 51 avec Giscard d'Estaing – est un merveilleux exemple de ce qu'est l'E.N.A. Prenons, au hasard, quelques condisciples de Chirac, et voyons d'un mot leurs origines et leur carrière :

Jean-Claude Aurousseau, fils d'un chirurgien des Hôpitaux, membre du cabinet de Debré (de 68 à 73) aujourd'hui préfet. Hervé Bourseiller, fils d'un directeur de société, membre des cabinets de Marcellin (70), de Papon (79) aujourd'hui préfet. Jacques Boyon fils d'un professeur, membre des cabinets de Dumas (64), Boulin (68 à 73), Guéna (73 à 74), Soufflet (75 à 77), Bourges (78), ancien député. Claudius Brosse, fils d'un directeur de société, membre du cabinet de Pompidou à Matignon (62 à 68), aujourd'hui préfet. Alain Chevalier, fils d'un directeur de société, président de Moet et Chandon, président du conseil de surveillance de la

Compagnie Européenne de Courtage d'Assurance, administrateur du Crédit du Nord, de Rhône-Poulenc, du Crédit Lyonnais, vice-président du C.N.P.F. Pierre Consigny, fils d'officier, membre des cabinets de Couve de Murville (63 à 69) et de Chalandon (69 à 72), inspecteur des Finances. Pierre Creyssol, fils de professeur à la faculté de médecine, membre des cabinets de Charbonnel (66-67), Joxe (67-68), Capitant (68-69), Billecocq (69-70), maître de requête au Conseil d'État. Henry Dolbois, fils de directeur de société, membre du cabinet de Peyrefitte (62), conseiller référendaire à la Cour des Comptes. Pierre Gisserot, fils d'un ingénieur général du Génie maritime, inspecteur des Finances. Jean-Yves Haberer, fils d'un ingénieur, membre des cabinets de Debré (66 à 69), Durafour (76), Boulin (77), Monory (78), P.-D.G. d'une grande « nationalisée ». Bertrand Labrusse, fils d'un directeur de société, membre du cabinet de Couve de Murville (66 à 69), conseiller référendaire à la Cour des Comptes. Robert Langlois Meuriane, fils d'un administrateur de société, membre du cabinet d'Edgar Faure (66 à 69), administrateur civil. Philippe Rouvillois, fils d'un général, membre du cabinet de Michel Debré (66 à 68), inspecteur des Finances. Claude Sarrazin, fils de publiciste, membre des cabinets de Bokanowski (65-66) et Marcellin (66), inspecteur des Finances. Guy Verdeil, fils d'universitaire, membre des cabinets de Giscard d'Estaing (64 à 66), Ortoli (68), à nouveau Giscard (69-70), inspecteur des Finances. David Voillereau, fils d'architecte, membre du cabinet de Boulin (62 à 64), conseiller référendaire à la Cour des Comptes.

Si l'on ajoute l'« ami Friedmann » qui, lui, a été au cabinet de Giscard de 64 à 66, puis à celui de Chirac de 69 à 71, puis à celui de Messmer de 72 à 74, puis de nouveau à celui de Chirac en 74 on s'aperçoit que pratiquement tous les condisciples de Chirac à l'E.N.A. sont des fils de « directeur de société » et qu'ils ont, presque tous, fait « du cabinet » ministériel.

En exagérant un peu les choses, on peut dire qu'il n'y en a eu que deux à n'avoir pas fréquenté les antichambres du pouvoir : le « fils d'ouvrier de service » René Sautier et... « l'aristocrate de service », le prince Géraud de La Tour d'Auvergne.

Si, pour les Normaliens, tout est terminé, ou presque, dès le lendemain du succès au Concours d'entrée et s'ils peuvent donc se vautrer sur les toits de la rue d'Ulm à contempler Paris, et leur avenir tout tracé, comme Jallez, Gerphanion ou Pompidou, pour les énarques, au contraire, tout commence le jour de leur entrée à l'École. En effet, pour eux, tout se joue avec leur classement de sortie de l'École. Les premiers auront le choix des Grands Corps de l'État (Inspection des Finances, Conseil d'État, Cour des comptes, Préfectorale, Corps diplomatique), alors que les autres devront se contenter d'un poste d'administrateur civil bien modeste dans un ministère quelconque et ce jusqu'à leur retraite. Le jour et la nuit donc. Une très brillante carrière en vue ou un avenir médiocre de « rond de cuir » inévitable. Et tout dépend du fameux classement de sortie.

Jacques Chirac va donc faire ce qu'il a fait à Saumur : travailler « comme un cheval ». Il rêve, bien sûr, d'être major de sa promotion et de pouvoir ainsi choisir son corps.

Bernard Stasi se souvient : « Lorsqu'il parcourait à longues enjambées les couloirs de l'E.N.A., lorsqu'il dévorait tous les cours avec voracité, décortiquait les manuels et réduisait les plus volumineux ouvrages à l'état de fiches, on se doutait bien que ce camarade pressé et méthodique ne se laisserait pas ralentir dans sa marche par les fleurs du chemin (...) On savait qu'il arriverait vite mais on ne savait pas où (...) Pour la grande majorité de ses camarades de promotion, Jacques Chirac ne dévoilait rien d'autre de sa personnalité qu'une exceptionnelle puissance de travail, une énergie que rien ne rebutait, ni l'épaisseur d'un livre ni l'austérité d'un cours, et aussi parfois lorsqu'il évoquait sa campagne d'Algérie, une étrange et nostalgique exaltation. Un côté Saint-Cyrien, casoar et gants blancs, qui paradoxalement donnait un peu de chaleur humaine à ce fort en thème qui savait déjà tout et voulait apprendre le reste. » (Dans *Regards sur Chirac*, Smafrance.)

Rappelons que Bernard Stasi était inscrit à l'Assemblée nationale au groupe U.D.F. et qu'il a été vice-président du mouvement Centre Démocratie et Progrès, puis du Centre des Démocrates-Sociaux de Lecanuet, on peut donc difficilement le soupçonner de « chiraquisme » et son témoignage que confirment d'ailleurs tous les élèves de la promotion « Vauban » n'en a que plus de poids.

Chirac, lui, déclare : « J'essayais de travailler autant que mes camarades, et même, s'agissant d'un concours, un peu plus, ce qui ne m'a pas permis pour autant de sortir dans les tout premiers de l'E.N.A. Je crois que j'étais, pendant cette scolarité, le type même du bon élève qui accepte toutes les contraintes et les disciplines de la préparation d'un concours qui ne le passionne pas mais dans lequel il s'est engagé et dont par conséquent il faut sortir et sortir convenablement. »

Cela dit, Chirac, en privé, reconnaît qu'il n'a pas gardé un très bon souvenir de l'E.N.A. « A peine arrivé, j'ai été pris à la gorge par l'ambiance démente qui régnait à l'École. Un esprit de compétition poussé jusqu'à l'exaspération entraînait les jeunes gens et jeunes filles que nous étions, dans une sarabande d'actes que l'on qualifierait aujourd'hui de débiles. On se marchait sur la tête, on s'épiait, on voulait à tout prix réussir, et réussir à quoi? Plus l'État étalait sa vacance, plus on se pressait, on se bousculait, on se trahissait pour le servir. On a vu des étudiants qui croyaient avoir découvert un renseignement intéressant dans un livre de la bibliothèque, arracher la page afin de conserver la documentation à leur seul usage. On fonçait. Il y avait un long couloir devant nous au terme duquel certains, mais certains seulement accédaient à la lumière. Pour artificielles qu'elles soient les différences de situation et d'avenir étaient solidement ancrées dans les esprits. On se battait au couteau dans le dessein de sortir en un rang permettant l'entrée dans un grand corps. Alors j'ai secoué mon abattement, je me suis mis à travailler ferme, je me suis donné un mal de chien. » (Entretien avec l'auteur.)

Il travaillera tellement qu'il aura en fait peu le temps de « pouponner » au lendemain de la naissance de sa première fille Laurence, le 4 mars 1958...

En principe, à l'E.N.A., on n'a pas la possibilité de s'occuper d'autre chose que du programme de cours. Mais quand on se trouve rue des Saints-Pères en mai 58 – et qu'on vient de passer des mois en Algérie – il est difficile de ne pas s'intéresser à l'actualité.

Le gouvernement de Félix Gaillard est tombé, le 15 avril 58, à la suite de la crise provoquée par le bombardement par l'aviation française du village tunisien de Sakiet où se réfugiaient des hommes du F.L.N. La crise ministérielle dure depuis vingt-huit jours quand, à Alger, le 13 mai, la foule envahit le Gouvernement Général, le G.G.. Salan, pris de court, crie « Vive de Gaulle » et la foule l'acclame. Le jour-même l'Assemblée investit Pierre Pflimlin par 274 voix contre 129. Mais c'est trop tard. Les militaires d'Alger, les Pieds-Noirs, l'opinion française, tout le monde en a assez de la IVe République. Il faut qu'il se passe quelque chose. Qu'un miracle arrive. Qu'un « sauveur » balaye tout. Et justement le « sauveur » est là. Coty appelle « le plus illustre des Français », selon sa belle formule, la seule, sans doute, qui restera de ce malheureux Coty. De Gaulle, on l'avait détesté, oublié, insulté, et brusquement ceux qui l'avaient comparé à Napoléon III, à Pétain, à Hitler ou à Boulanger, se précipitaient, de nuit, à Colombey, comme des rats, en dignes représentants d'ailleurs d'un peuple qui, lui aussi, avait oublié, insulté, méprisé le général qui redevenait soudain, grâce à une manifestation de rue à Alger, « le sauveur de la Patrie » qu'il avait déjà été en 40 et qu'on avait acclamé en 44. Parmi les grands ralliements de grandes « figures », on peut citer ceux de Bidault, Pinay, Mollet, Auriol, Le Troquer, Monnerville, etc.

Chirac, lui aussi, en a assez. Il a découvert, pendant son stage de Grenoble, une France qu'il ne soupçonnait pas, ou qu'il avait oubliée dans l'enthousiasme de son djebel. « Je me disais que, véritablement ce n'était pas du tout pour cela que je m'étais engagé dans la voie de l'administration, ni pour servir ce type d'État que je faisais l'E.N.A. Je ne voulais pas servir un système qui manifestement s'écroulait et qui était le contraire de ce qu'exigeait la dignité de la France et ce pourquoi on avait prétendu me faire agir en Algérie. Alors cela m'a conduit à voir arriver l'expérience du général de Gaulle avec enthousiasme. Non pas parce que c'était le général de Gaulle, car je n'étais pas particulièrement gaulliste à l'époque, mais la réflexion m'a porté à penser qu'il fallait changer et que ce changement exigeait l'intervention d'un homme dont l'intelligence, le prestige et l'autorité permettraient de faire des réformes que manifestement personne n'avait été capable de faire. Alors je me suis rallié spontanément et sans réserve à l'action du général de Gaulle » (*Paris-Match*, février 1978) et il ajoutera d'ailleurs plus tard : « L'arrivée de De Gaulle sera pour moi une révélation. »

Le 1er juin 1958, le général devient, avec 329 voix contre 224 – ce qui n'est pas une énorme majorité –, le dernier président du Conseil de la IVe République. Il forme son gouvernement. Une équipe qu'on a un peu oubliée et qui pourrait encore presque faire penser aux « combinaisons » si chères à la IVe. Quatre ministres d'État : un S.F.I.O. (Mollet), un M.R.P. (Pflimlin), un apparenté U.S.D.R. (Houphouët-Boigny), un Indépendant (Jacquinot), plus deux indépendants : Pinay (aux Finances), Houdet (à l'Agriculture), deux M.R.P. : Bacon (au Travail), Buron (aux Travaux Publics), deux S.F.I.O. : Max Lejeune (au Sahara), Thomas (aux P.T.T.), deux radicaux : Berthouin (à l'Éducation) et Ramonet (à l'Industrie). Pour le reste ce sont ou des gaullistes – tout de même ! – : Debré (à la Justice), Soustelle (à l'Information), Michelet (aux Anciens Combattants) ou des « apolitiques » de tendance gaulliste : Malraux, Couve, Guillaumat, Pelletier, Sudreau.

Ce 1er juin, Georges Pompidou, quarante-sept ans, est nommé directeur du cabinet du président du Conseil. Il a pris un congé de six mois à la banque Rothschild.

Le surlendemain, le nouveau directeur de cabinet du nouveau président du Conseil dîne, rue de Grenelle, chez son ami Charles-Henri, marquis de Levis-Mirepoix, le fils du duc, qu'il a connu en 1945 au cabinet de De Gaulle. C'est un dîner intime. Il y a juste un autre couple. Des cousins de Charles-Henri : Valéry Giscard d'Estaing et sa femme. V.G.E. a trente-deux ans, il est tout jeune député du Puy-de-Dôme et l'ambition de ce jeune homme qui sautille de l'ombre de Pinay à celle d'Egdar Faure amuse Pompidou qui le rencontre ce soir pour la première fois.

Au même moment, François Mitterrand qui a vu « son » groupe U.D.S.R. éclater lors du vote de l'investiture de De Gaulle (dix U.D.S.R. ont voté pour le général : Pleven, Bonnefous, Lafay, Lipkowski, etc., quatre seulement ont voté contre : Mitterrand, Dubois, Dumas et Duveau), réunit ses rares fidèles Dayan, Beauchamps, Nicolay, Mermaz et leur annonce « de Gaulle est au pouvoir pour au moins dix ans ». Sans le savoir et, sans doute, sans même le croire, il ne se trompe que de quelques mois.

Ainsi donc, en juin 58, alors que le futur premier président de la Vᵉ République s'installe à Matignon, que le futur deuxième président rencontre, pour la première fois, le futur troisième président et que le futur quatrième président est découragé, Chirac, lui, potasse ses cours. Il a vingt-cinq ans.

Le 28 septembre, c'est le référendum sur le projet de Constitution présenté par de Gaulle. Il est approuvé par 79,2 % des Français. Les 23 et 30 novembre, on élit la nouvelle Assemblée. Les gaullistes avec 20,4 % des voix obtiennent 212 sièges, le P.C. en a 10, la S.F.I.O. 44, les Radicaux 33, le M.R.P. 56, les Indépendants 118... Le 21 décembre, de Gaulle est élu Président de la République par 78,5 % des suffrages contre 13,1 % au communiste Marrane et 8,4 % à l'U.D.F. Chatelet, par un collège de quelque 80 000 « grands électeurs ». La Vᵉ République peut commencer.

Il est alors intéressant – car l'histoire pourrait bien ici se renouveler – de rappeler comment, en quelques semaines, quelques décrets et quelques ordonnances, les gaullistes qui trouvaient le pays à l'agonie ont remis « le train sur les rails ». Dès le 17 juin, de Gaulle (avec Pinay) avait lancé un emprunt qui devait recueillir 320 milliards et permettre à la Banque de France d'acheter 140 tonnes d'or. Dès le 31 juillet, le gouvernement avait levé 50 milliards d'impôts nouveaux (taxe sur l'essence, impôt sur les sociétés, etc.). C'étaient là les toutes premières mesures d'urgence. Ce n'est qu'une fois les institutions en place que de Gaulle put vraiment mettre en œuvre sa politique de reconstruction.

Le 23 décembre 1958, publication de quatorze ordonnances sur la hausse des loyers et de la construction, treize ordonnances et dix-huit décrets sur la réforme judiciaire, décret libérant les échanges dans le Marché Commun et abaissant les droits de douane. Le 27, le franc est dévalué de 17,5 %. Le 30, ordonnances sur l'organisation générale de la Défense. Le 31, publication du budget 59 : les dépenses augmentent de 16,9 %, presque tous les taux d'imposition sont relevés, de nouvelles taxes sont créées, la moitié des subventions prévues sont supprimées, les tarifs publics augmentent, les cotisations de Sécurité Sociale sont majorées, les prestations réduites (sauf celles pour les vieux qui sont majorées), le S.M.I.G. est relevé, ainsi que le traitement des fonctionnaires, le 3 janvier, la Haute Cour de Justice est créée.

Le 8 janvier, Michel Debré est nommé Premier ministre, Guy Mollet et les socialistes ne font plus partie du gouvernement, Pflimlin non plus, Pinay reste au gouvernement mais il a un secrétaire d'État qui s'appelle Valéry Giscard d'Estaing. Couve garde les Affaires Étrangères, Frey est à l'Information. Georges Pompidou a regagné, comme prévu, la banque Rotchschild, Chaban-Delmas a été élu président de l'Assemblée Nationale (après le retrait de Paul Reynaud).

L'équipe de De Gaulle travaille d'arrache-pied à reformer l'État, à remettre de l'ordre dans l'économie. Chirac lui travaille d'arrache-pied pour obtenir un bon classement de sortie. Mais en juin, il apprend qu'il n'est que 16ᵉ – et non pas 10ᵉ, contrairement à la légende. Déception. Il ne sera pas inspecteur des Finances comme Chaban, comme Couve, comme Giscard. Il ne sera pas au Conseil d'État comme Pompidou ou comme Debré. Il ne sera « qu'à » la Cour des Comptes. L'ami Friedmann l'a coiffé au poteau, c'est Rouvillois qui est major. Mais après tout la Cour des Comptes, ce n'est pas si mal...

A peine les résultats ont-ils été annoncés que le directeur de l'École fait savoir aux élèves que la promotion « Vauban » est, toute entière, envoyée en Algérie « en renfort administratif ». Toutefois, le directeur précise que ceux qui ont effectué leur service militaire en Algérie sont dispensés de cette obligation. Chirac refuse, bien sûr, cette dispense. Il est, en fait, ravi de retourner là-bas. Il est plus « Algérie française » que jamais. Pour lui, les scènes de fraternisation qu'on a vues lors des événements de mai 58 sont bien la preuve que l'Algérie doit rester française et il est convaincu que le général qui « a compris » l'appel des Pieds-Noirs et qui s'est écrié à Mostaganem « Vive l'Algérie Française » va mener à bien les réformes indispensables pour assurer « une paix des braves ». Et Chirac est ravi, en tant que nouveau fonctionnaire, d'aller en Algérie, dans l'administration cette fois, mettre en œuvre ces réformes. La présence au gouvernement d'hommes comme Soustelle ou Debré ou celle de Mlle Sid Cara ne peut d'ailleurs que le rassurer sur les intentions réelles du général qui – et personne ne l'a encore oublié – est revenu au pouvoir grâce aux partisans de l'Algérie française.

On peut dire aussi qu'en juillet 59, au moment où Chirac retraverse la Méditerranée, tous les espoirs sont encore permis. Pour le référendum du 28 septembre 58, toute l'Algérie, Pieds-

Noirs et Musulmans, hommes et femmes, avait, pour la première fois voté dans un collège unique et, en dépit des menaces du F.L.N., 80 % des électeurs s'étaient rendus aux urnes. En octobre, de Gaulle avait lancé le « Plan de Constantine » qui prévoyait la création de 400 000 emplois, l'attribution aux agriculteurs musulmans de 250 000 hectares de nouvelles terres, l'égalisation des salaires avec la Métropole, un effort scolaire considérable. Le 23 octobre, c'était l'appel à « la paix des braves ». En décembre, Salan avait été remplacé par le tandem Delouvrier-Challe, un civil pour réaliser le plan de Constantine, un militaire pour écraser les rebelles puisqu'ils avaient refusé cette paix des braves. Et si les extrémistes Pieds-Noirs ou des hommes comme Soustelle pouvaient commencer à s'inquiéter devant les nombreuses propositions de paix faites par le général ou devant la « purge » dont étaient victimes les partisans de l'Algérie française, dans l'armée comme dans le personnel politique, un Chirac, lui, pouvait croire ses rêves de grandeur française et de fraternité franco-algérienne sur le point de se réaliser.

En juillet 59, le F.L.N. paraît à bout de souffle et certains pensent que « la guerre est gagnée ». Pour riposter à la vague d'espoirs apportée par l'arrivée de De Gaulle au pouvoir, le F.L.N. a, le 9 septembre 58, créé le Gouvernement Provisoire de la République Algérienne. C'est Ferhat Abbas, son président qui l'a lui-même annoncé, en français, au Caire, « le 1 416e jour de la révolution ». En même temps, le F.L.N. lance une vague d'attentats en France, faisant, en un mois, 82 morts et 168 blessés, sans parler de tentatives d'attentats contre Jacques Soustelle, contre la tour Eiffel, contre le « Jean Bart ». Mais la création du G.P.R.A., si elle a permis d'obtenir certaines reconnaissances internationales (pas celle de Moscou d'ailleurs) a surtout avivé les dissensions internes du F.L.N. et le terrorisme en Métropole – vite arrêté – a surtout permis le démantèlement par la police française des réseaux de collectes de fonds bien précieux pour le Front.

Sur le terrain, en Algérie, l'État-major français a affirmé, fin 58, avoir tué ou capturé 30 000 rebelles. D'autre part, les armes font de plus en plus défaut à la rébellion et les chefs de willayas sont capturés ou tués les uns après les autres. Azedine (willaya 4, Algérois) fait prisonnier en décembre, Si Haouis (willaya 6, Sahara) et le farouche Amirouche (willaya 3, Kabylie), tués en mars 59, Si M'Hamed (willaya 4) tué en mai 59, etc. Et, bien souvent, les Français bénéficient de renseignements fournis par les rebelles eux-mêmes effrayés par les purges qu'ordonnent les chefs de willayas pris, à ce moment, d'une véritable psychose de la trahison.

Mais surtout, au printemps 59, la nouvelle stratégie imposée par Challe – utilisation de « pisteurs harkis » et de commandos de chasse (en unités formées sur le modèle des katibas F.L.N.) chargés de repérer les rebelles puis arrivée rapide, par hélicoptères, d'une très importante force de manœuvre – a porté ses premiers fruits. La willaya 5 (l'Ouarsenis et la région de Saïda et d'Oran, là où Chirac a fait sa guerre) est démantelée. Puis, c'est la willaya 4 au sud d'Alger qui est ébranlée. Et en juin 59, Challe a lancé sa fameuse « opération Jumelles » visant, cette fois, à s'emparer de la célèbre willaya 3, la Kabylie.

Après la guerre, les responsables du F.L.N. reconnaîtront qu'en juin et juillet 59, au moment de l'offensive Challe « les combattants du Front ne pouvaient plus bouger, ne pouvaient plus manger, étaient trop faibles pour fuir – et où d'ailleurs? – avec leurs armes. C'était le découragement et on ne faisait plus qu'une chose : exécuter les traîtres ». A la fin de l' « opération Jumelles », Challe put annoncer que ses troupes avaient tué ou capturé 3 746 insurgés kabyles.

La victoire (indiscutable) sur le terrain de Challe avait, bien sûr, une exigence. Il fallait, pour en tirer profit, que Delouvrier mette en route, le plus vite possible, le plan de Constantine. Challe avait gagné la guerre, il fallait que Delouvrier gagne la paix. Et c'était pour ce second combat qu'on avait, notamment, mobilisé la promotion « Vauban » de l'E.N.A.

L'effort était d'ailleurs considérable puisqu'au cours de cette année 1959, 240 milliards seront investis en Algérie, que 132 entreprises industrielles seront créées, que 16 000 hectares seront remis à des agriculteurs musulmans, que le nombre des emplois manuels augmentera de 16 %, que le nombre des enfants scolarisés (musulmans) passera de 510 000 à 840 000 et que le pipe-line à Hassi Méssaoud sera terminé.

Arrivé à Alger avec ses camarades de promotion en juillet 59, Jacques Chirac est nommé directeur de cabinet de Jacques Pélissier qui, lui, est directeur général de l'agriculture et des forêts en Algérie. Âgé de quarante-deux ans, fils d'un instituteur, ingénieur agronome, Pélissier a été membre du cabinet de Tanguy-Prigent (ministre de l'Agriculture en 1946) et du cabinet de Robert Lacoste (ministre de l'Industrie en 48 et éphémère ministre des Finances en 56) lequel Lacoste l'a fait venir avec lui à Alger quand Guy Mollet l'a nommé à la place de Catroux. Les 16 000 hectares de terres à distribuer, c'est Pélissier.

Chirac et Pélissier vont tout de suite s'apprécier et sympathiser. Quinze ans plus tard, Chirac appellera Pélissier – qui entre-temps aura été préfet de la région Languedoc-Roussillon, préfet de la région Bretagne, préfet du Rhône et directeur de l'Administration au ministère de l'Intérieur – pour devenir son directeur de cabinet à Matignon. Bref, à Alger, en juillet 59, c'est le début d'une longue amitié.

Chirac va rester neuf mois à Alger, de juillet 59 à avril 60. Il va, d'une part, se dépenser sans compter aux côtés de Pélissier pour mettre en œuvre la « réforme agraire » contenue dans le plan de Constantine, et, d'autre part, militer quelque peu – et comme tout le monde à l'époque à Alger – en faveur de l'Algérie française. Stasi se souvient : « Chirac prit sa tâche à bras-le-corps. On ne le vit guère dans ces réunions amicales où, à la fin de la journée ou pendant les week-ends, nous discutions avec passion du problème algérien, c'est-à-dire de ce que nous pouvions faire, nous autres fonctionnaires loyaux et lucides, pour que la transition entre l'Algérie de Papa et l'Algérie à venir puisse s'effectuer dans les moins mauvaises conditions possibles. Chirac, apparemment, ne se posait pas de telles questions. Il croyait au plan de Constantine et en assurait l'application avec ardeur dans le secteur agricole. Sous une forme différente mais avec la même foi, il poursuivait le combat qui avait été le sien deux années auparavant dans les djebels et sur les pitons. »

En fait, ces neuf mois seront ceux du « grand virage » de l'Algérie. Chirac sera en Algérie quand de Gaulle offrira « l'autodétermination », pendant la « tournée des popotes » du général qui évoquera alors une « Algérie algérienne » et il partira d'Alger pratiquement en même temps que le général Challe, démis lui, de ses fonctions. Il assistera donc, et aux premières loges, à l'effondrement de toutes ses illusions algériennes.

Chirac est depuis un mois et demi chef de cabinet de Pélissier – et le futur ministre de l'Agriculture découvre avec passion les problèmes de l'agriculture – quand de Gaulle entreprend son sixième voyage en Algérie depuis juin 58. Le général vient de passer trois semaines à Colombey (ses premières vacances depuis son retour aux « affaires ») et il a consacré ces journées de calme à une « reconsidération totale » du problème algérien. En fait, de Gaulle a, sans doute, alors tout décidé. Et il inspecte avec un certain détachement les troupes de Challe en pleine « opération Jumelles ». Il lâche alors devant quelques officiers brusquement médusés : « Nous n'aurons pas les Algériens avec nous s'ils ne le veulent pas eux-mêmes. L'ère de l'administration des autochtones par les Européens est révolue. »

Le 16 septembre, Chirac n'est donc pas surpris quand il entend de Gaulle déclarer : « Compte tenu de toutes les données algériennes, nationales et internationales, je considère comme nécessaire que le recours à l'autodétermination soit dès aujourd'hui proclamé. »

Chirac reconnaît aujourd'hui pudiquement « avoir été troublé par la politique algérienne du général de Gaulle dont je reconnais aujourd'hui qu'elle était fondée et qui a été la bonne mais qui blessait ma sensibilité à ce moment-là ».

Alors que Challe venait de gagner la guerre, que la France investissait des sommes considérables dans le développement de l'Algérie – un peu tard, il est vrai – le F.L.N., qui s'effondrait, remportait sa plus grande victoire : en prononçant le mot « autodétermination », de Gaulle avait lui-même détruit le mythe de l' « Algérie française ».

Chirac qui est installé dans l'immeuble du G.G. (le Gouvernement Général, d'où tout était parti le 13 mai 58) connaît ici la vie d'Alger en guerre. Cela n'a rien à voir avec celle du bled qu'il a connue quand il était sous-lieutenant. Alger est une belle ville, les Français sont fiers de l'avoir construite. C'est une ville française, une ville du midi. On ne s'y sent pas « aux colonies » mais chez soi. Et puis il y a les Pieds-Noirs, chaleureux, hâbleurs, excessifs, mais attachants tant ils ont besoin d'être aimés. Ceux de la bourgeoisie d'Alger, ceux des quartiers populaires qui n'ont rien à voir avec les colons que Chirac a connus à la frontière marocaine. Il les découvre ici. Et puis, il y a l'État-major. Fier de sa victoire, fier d'avoir enfin gagné. Certains ont connu 40, l'Indochine, Suez, rien que des défaites. C'est leur première victoire, sur le terrain et, pensent-ils, sur l'Histoire. Et puis, il y a la peur. Pour refaire surface, parce qu'il ne peut plus rien entreprendre dans le bled et parce qu'il veut se présenter en « interlocuteur » maintenant que de Gaulle parle d'autodétermination, le F.L.N. a relancé des bombes en plein Alger. En décembre, il y a vingt-deux assassinats dans la ville.

Si l'on voulait faire parler le jeune Chirac à Alger en 1959, on pourrait, sans doute, mettre dans sa bouche ces phrases : « Nous ne comprenons plus la politique du général de Gaulle. L'armée ne pouvait s'attendre à une telle attitude de sa part. Notre plus grande déception a été de voir que le général de Gaulle était devenu un homme de gauche. » Ces paroles ne sont, bien sûr, pas de Chirac mais de... Massu qui est alors le grand patron d'Alger et de toute sa région et qui exprime là naïvement l'angoisse de tous ceux qui ont joué à fond l'Algérie française et qui se demandent maintenant ce que veut faire le général.

Massu avait tenu ces propos devant un journaliste allemand qui les avait reproduits. Fou de rage, de Gaulle avait immédiatement rappelé Massu qui était d'ailleurs, en raison de sa fidélité au général, le seul des « ténors du 13 mai 58 » encore en poste en

Algérie, tous les autres ayant, depuis des mois déjà, été relevés.

Le rappel de Massu va être la goutte d'eau. Les Pieds-Noirs qui, depuis quelques semaines sentaient que le général était en train de « les trahir », décident de « refaire un 13 mai ». Ils ont mis de Gaulle au pouvoir pour sauver l'Algérie, ils vont le chasser du pouvoir parce qu'il est en train de larguer l'Algérie.

Le 24 janvier 60, c'est l'émeute dans les rues d'Alger. Le bistrotier Ortiz, l'étudiant attardé Lagaillarde, devenu député, et leurs hommes se retranchent dans l'université et dans l'immeuble de la Compagnie algérienne, boulevard Laferrière. En face, il y a les 2 000 gendarmes du lieutenant-colonel Debrosse, les paras du 1er R.C.P. du colonel Broizat et les légionnaires du 1er R.E.P. du colonel Dufour. Ortiz et Lagaillarde qu'une énorme foule de Pieds-Noirs (mais on ne voit pas un seul musulman) a rejoints, font construire des barricades.

Challe donne ordre à la troupe de faire évacuer « doucement et sans tirer » les deux centres « d'insurrection ». Les gendarmes avancent. A 18 heures, un mystérieux coup de feu éclate (tiré de l'immeuble d'Ortiz où, quelques heures plus tôt, on a vu le colonel Gardes en uniforme) et c'est la dramatique fusillade. Les gendarmes sont pris sous les tirs de tous les côtés et ni les paras ni les légionnaires n'arrivent, contrairement au plan prévu. Il y aura 14 morts et 125 blessés chez les gendarmes, 6 morts et 24 blessés chez les insurgés. Pour la première fois des Français ont tiré contre des Français en Algérie.

Chirac assiste à tout cela. Il voit les paras fraterniser avec les insurgés qui se sont installés sur leurs barricades. Il voit le capitaine Sergent, du 1er R.E.P., serrer la main de Lagaillarde.

Les barricades vont durer une semaine. Pendant les premiers jours chacun est convaincu que l'armée va basculer, que c'est bel et bien un nouveau 13 mai 58, que de Gaulle va s'en aller. Ortiz affirme : « Dans quelques jours, je gouvernerai à Paris » (!) Et puis... il ne se passe rien. Pas de ralliement spectaculaire dans le reste de l'armée. Pas de putsch à Paris. Lagaillarde et Ortiz en viennent aux mots. Les hommes des barricades commencent, discrètement, à rentrer chez eux. Le temps superbe en début de semaine n'est plus de la partie et se gâte. Et c'est sous un déluge que le vendredi soir, le dernier carré des insurgés, pitoyable sous ses parapluies, entend, à la radio, de Gaulle qui, en uniforme, prononce l'un de ses plus beaux discours : « Les Algériens auront le choix de leur destin (...) L'autodétermination est la seule politique qui soit digne de la France (...) C'est moi qui porte le destin du pays, je dois donc être obéi (...) Enfin je m'adresse à la France. Eh bien, mon cher et vieux pays, nous voici donc ensemble encore une fois face à une lourde épreuve. Si de Gaulle cédait aux coupables qui rêvent d'être des usurpateurs, la France ne serait plus qu'un pauvre jouet disloqué sur l'océan des aventures. »

De Gaulle a gagné. Deux jours plus tard, Ortiz disparaissait dans la nature, Lagaillarde se rendait et ses hommes quittaient le bastion de l'université (qu'on avait appelé bien vite *l'Alcazar*) entre deux haies de bérets verts du 1er R.E.P. qui leur rendaient les honneurs...

L'attitude de Chirac pendant cette semaine des barricades est particulièrement intéressante à observer. Il est au cœur même des événements, d'une part, parce que son bureau est à mi-chemin entre l'université et le boulevard Laferrière et, d'autre part, parce que, bien sûr, l'administration se demande dans quel camp elle va basculer. Les fonctionnaires Pieds-Noirs ou en poste depuis longtemps en Algérie sont favorables aux insurgés. Les fonctionnaires qui arrivent de Métropole sont, au contraire, hostiles à ce que de Gaulle appelle « ce coup bas porté à la France ». Et puis, il y a les fonctionnaires qui comme Chirac viennent de faire leur service dans les djebels et qui ont engagé devant la population leur honneur à protéger l'Algérie française.

Il ne fait aucun doute que Chirac est de cœur avec les insurgés, avec les officiers du 1er R.E.P. ou du 1er R.C.P. Et quand ses camarades de la promotion Vauban décident, comme beaucoup d'autres fonctionnaires métropolitains, d'envoyer une motion de soutien au général de Gaulle, Chirac, dans un premier temps, refuse de signer. Pourquoi? D'abord, parce qu'il trouve ce genre de démarche « grotesque ». Une cinquantaine de fonctionnaires de moins de trente ans n'ont pas à soutenir le chef de l'État. Ce n'est pas « convenable ». Ensuite, et surtout, parce qu'il n'est, en effet, pas convaincu que de Gaulle, avec son autodétermination, mène la meilleure politique qui soit pour garantir l'avenir de l'Algérie française. Chirac s'écrit : « Je trouve qu'on ne signe pas en blanc un acte d'allégeance totale, inconditionnelle et éternelle à qui que ce soit, fut-ce au général de Gaulle. »

Mais au bout de quarante-huit heures, il change d'avis et il signe. Ceux qui ne l'aiment pas – déjà –, comme Pierre Joxe, le fils du ministre, son cadet de l'E.N.A., qui faisait alors son service en Algérie (et qu'il retrouvera bientôt à la Cour des Comptes) pensent que Chirac avait alors compris que l'insurrection allait à l'échec. « Chirac a du flair. » Les autres, comme Stasi, pensent plutôt que « le serviteur de l'État finit par l'emporter sur le passionné de l'Algérie française ». Et il est évident que l'influence de Jacques Pélissier qui, tout de suite, par respect pour la légalité, s'était montré hostile à la « rébellion » fut déterminante. C'est peut-être ce jour-là, quand le directeur de cabinet du directeur général de l'Agriculture signa la pétition contre le sentiment du sous-lieutenant du 6ᵉ R.C.A., que Jacques Chirac devint, sans le savoir, si ce n'est gaulliste, du moins pompidolien.

Et Stasi conclut : « Mais, comme pour beaucoup des garçons de sa génération, l'Algérie n'en demeura pas moins longtemps pour lui – et peut-être l'est-elle encore – l'exaltante aventure de sa jeunesse en même temps qu'une douloureuse blessure. » Car si Chirac a signé par respect pour l'État et par mépris pour le désordre, il est toujours « Algérie française ».

Mais si l'ancien sous-lieutenant a hésité, ce qui était son droit, il a aussi vu l'attitude de certains hauts fonctionnaires – autrement plus « responsables » que lui – et il en a été profondément choqué. Il raconte : « Les barricades nous ont donné à Jacques Friedmann et à moi un avant-goût des débandades de mai 68. Nous avons assisté au spectacle étonnant de la disparition des directeurs du Gouvernement général. Ils devaient être au nombre de quinze. Combien sont demeurés à leur poste? Tout au plus deux ou trois. Les autres ont naufragé. L'un des plus éminents de ces hauts fonctionnaires, on a fini, le soir de l'effondrement, par le trouver caché et apeuré chez l'un de ses amis. Les autres avaient couru encore plus loin. Jacques Pélissier avait été le plus ferme, le plus digne, et peut-être le seul vraiment loyal. Son exemple m'a inspiré. C'est un homme courageux. » (Entretien avec l'auteur.)

En avril 1960, peu avant de regagner Paris, Chirac reçoit chez lui à Alger, son vieux maître Chardonnet, son ancien professeur de géographie de Sciences-po, celui qui l'a « sauvé » à sa sortie de Saumur en lui obtenant le rendez-vous avec Kœnig. Chardonnet milite très ouvertement pour « l'Algérie française » et vient ici donner quelques conférences. Il accorde même une interview à Radio-Alger qu'il détermine par un retentissement « Vive l'Algérie française ». « Bravo! » s'écrie Chirac.

Fin avril 60, la promotion Vauban regagne la métropole et chacun rejoint son « corps ». Chirac s'installe donc rue Cambon, dans l'austère bâtiment de la Cour des Comptes. Rien de bien réjouissant! Il partage un petit bureau avec Alain Chevalier, son camarade de promotion, et joue avec lui à... la bataille navale. Il a échangé son képi contre un « rond de cuir ».

En octobre, il se trouve une petite distraction : il donne des cours à Sciences-po.

En même temps, Chirac suit, bien sûr, avec passion et angoisse ce qui se passe en Algérie. Le 8 janvier 61, c'est le référendum sur l'autodétermination. Le « oui » l'emporte avec 75,2 % des voix. Le 22 avril 61, c'est la putsch des généraux. Challe qui n'avait pas voulu suivre Ortiz et Lagaillarde un an plus tôt et qui, après avoir été limogé, au lendemain des barricades, s'est fait mettre à la retraite, fait cette fois partie d'un « quarteron de généraux à la retraite » (comme dira de Gaulle) avec Jouhaud, Zeller et Salan. Debré lance un appel pathétique – et un peu ridicule – à la radio invitant tous les Français à se précipiter dès que les sirènes auront retenti, vers les aéroports pour arrêter les parachutistes venus d'Alger. « Allez-y à pied, en voiture ». Les parachutistes n'arriveront jamais. Chirac qui est allé passer plusieurs week-ends à Alger ne se fait plus aucune illusion. Il sait que l'Algérie est perdue et il ne croit pas un seul instant en ce « pronunciamento » de vieux généraux. Cependant, quelques années plus tard, quand il sera l'élu de la Corrèze, il fera régulièrement porter des colis à quatre prisonniers incarcérés à la prison de Tulle : Salan, Jouhaud, Zeller et Challe.

En fait, Chirac est déçu, écœuré par cette affaire algérienne. Il a rêvé à une Algérie française, fraternelle, exemplaire, moderne et il sait maintenant que l'Algérie va devenir algérienne, hostile à la France, communisante et réactionnaire et il a compris qu'au fond de Gaulle qui lui aussi avait – peut-être – un temps rêvé de cette Algérie française, a raison aujourd'hui. Il n'y a rien à faire contre l'Histoire. En 1962, au moment de l'Indépendance, Chirac est – ce sont ses propres termes – « déboussolé » et il « pense alors à pantoufler dans le secteur privé ».

Lors du référendum du 8 avril 1962, les accords d'Évian sont approuvés par 90,7 % des Français. Le 10, Michel Debré annonce à l'U.N.R. sa prochaine démission; le 13, le général Jouhaud est condamné à mort; le 14, Georges Pompidou est nommé Premier ministre.

Et Chirac ne va pas « pantoufler ». Tout, au contraire, va commencer pour lui. Il a vingt-neuf ans.

III

LA RENCONTRE AVEC GEORGES POMPIDOU
1962-1967

Le 15 avril 1962, Georges Pompidou qu'aucun Français ne connaît encore forme son gouvernement. Dans cette nouvelle équipe, il y a Malraux, Pflimlin, Jacquinot, Joxe, Gaston Palewski, Maurice Schumann, Jean Foyer, Couve, Frey, Messmer, Buron, Pisani, Fontanet, Peyrefitte et aux Finances Valéry Giscard d'Estaing. Il garde le portefeuille dont il a hérité le 18 janvier dernier, dans le gouvernement Debré, après la démission de Wilfrid Baumgartner dont il était le secrétaire d'État.

Au même moment, Gérard Belorgey, un ami de Sciences-po qui a succédé à Chirac à l'E.N.A. (promotion Alexis de Tocqueville, janvier 58-juillet 60) et en Algérie, rencontre le « pauvre » Chirac qui se languit à la Cour des Comptes. Belorgey, lui, est alors conseiller pour les affaires économiques au Secrétariat du Gouvernement.

Le Secrétariat du Gouvernement est une curieuse institution, un peu secrète, où de hauts fonctionnaires sont chargés de préparer et de suivre des dossiers à la demande du Premier ministre et plus encore de tenir les archives des travaux du gouvernement. Le Secrétaire Général du gouvernement assiste aux travaux du Conseil des ministres et en tient les procès-verbaux. Ses collaborateurs assistent eux aux réunions interministérielles dans le même but. C'est, sans conteste, le meilleur poste d'observation de la vie gouvernementale. En 1962, Roger Belin est Secrétaire Général du gouvernement. Il a remplacé, en 58, André Segalat qui avait lui-même remplacé Louis Joxe, en 1946.

Belorgey qui sait que Jacques-Henry Bujard, adjoint de Belin pour les affaires économiques, cherche un collaborateur, propose à Chirac de le faire entrer au Secrétariat Général. Chirac saute sur l'occasion un peu inespérée. Le voilà, à mi-temps, adjoint de Bujard.

Pour un jeune énarque qui a envie de « faire du cabinet », Bujard est sans aucun doute un excellent premier maître. En dix-huit ans de carrière il a, en effet, réussi à être le collaborateur d'Antoine Pinay, de Jacques Chastellain, de Maurice Bourgès-Maunoury, de Félix Gaillard, de Roland Boscary-Monsservin, de Roger Houdet et d'Henri Rochereau, ce qui est, tout de même, une espèce de record.

Chirac s'installe dans un tout petit bureau sous les combles, 58, rue de Varenne. C'est-à-dire en face de l'Hôtel Matignon. Chirac mettra douze ans pour traverser la rue et s'installer dans le bureau du Premier ministre...

Il va rester sept mois dans ce petit bureau du Secrétariat Général. L'essentiel de son travail sera de dresser les procès-verbaux des réunions interministérielles consacrées aux problèmes économiques. Pas les réunions les plus importantes que se garde Bujard, mais les autres.

Alors qu'en Algérie, l'O.A.S. se déchaîne, que l'Exécutif Provisoire s'installe, que les Pieds-Noirs affolés s'enfuient par centaines de milliers, que l'indépendance est proclamée, que Ben Bella, arrivé en triomphe, l'emporte sur le G.P.R.A. et Ben Khedda, que de Gaulle échappe à l'attentat du Petit-Clamart et modifie la Constitution en instaurant l'élection du président de la République au suffrage universel (ce que, au référendum du 28 octobre 62, 61,7 % des Français approuveront), Chirac prend en notes les délibérations des ministres économiques. Il est à sa petite table, « comme un huissier » et il écoute Giscard, Dusseaulx, (Travaux Publics), Bokanowski (Industrie), Pisani (Agriculture), Grandval (Travail), Maziol (Construction), de Broglie (Budget), Missoffe (Commerce extérieur) ou d'autres et les hauts fonctionnaires qui les accompagnent. Il est, par définition, le seul à ne pas parler, mais il écoute, il juge et il apprend beaucoup de choses.

De quoi parle-t-on au cours de cet été 62, dans ces réunions? Des pourparlers sur l'adhésion britannique au Marché Commun, de l'association des pays africains au même Marché Commun, de l'adoption du IVe Plan, de la loi complémentaire d'orientation agricole présentée par Pisani pour calmer le mécontentement des paysans, des projets économiques que va permettre le rétablissement des relations diplomatiques avec les pays arabes, de la majoration de 4,5 % des allocations familiales, de la majoration de 4,5 % du S.M.I.G.

Sur le plan économique, la situation de la France est d'ailleurs bonne en 62. La production industrielle a augmenté de 7 %, la production agricole aussi, la balance du commerce extérieur est équilibrée à 100,7 %, les réserves sont importantes. Certes, la hausse des prix est de 4,8 % (ce qui à l'époque paraît trop!) et les salaires ont augmenté de 10 %, mais le pays a pu réaliser l'exploit d'accueillir, sans trop de difficultés, un million de réfugiés d'Algérie.

Chirac observe les acteurs, étudie les dossiers, se familiarise avec les mœurs politiques et se fait des relations. C'est l'époque où, selon ses amis, il déclare un jour, ravi : « Mon emprise téléphonique sur Paris s'accroît ». Chirac est alors nommé secrétaire de la commission des Affaires culturelles du IVe Plan, adjoint à André Chamson, puis secrétaire général de la commission du livre et participe à ce titre à la création de l' « inventaire monumental et artistique de la France », avec André Chastel.

En novembre 62, nouveau coup de chance. René Montjoie, l'un des plus brillants économistes de la nouvelle génération (polytechnicien, ingénieur du corps des mines et futur commissaire général au Plan de 67 à 74) qui est alors conseiller technique au cabinet du Premier ministre, propose à Chirac, qu'il a repéré, d'entrer au cabinet de Pompidou où il manque quelqu'un pour s'occuper de l'Équipement, de la Construction et des Transports. Chirac accepte, bien sûr.

Un jour de fin novembre, avec Bujard, Montjoie entraîne Chirac dans le bureau de Georges Pompidou. Chirac se souvient : « Je n'avais auparavant jamais recontré M. Pompidou. J'étais assez intimidé, naturellement. Le Premier ministre a jeté sur moi un coup d'œil rapide. Bujard a eu l'une de ces phrases aimables qui ne veulent rien dire du style : c'est un élément de valeur et une grande perte pour moi. M. Pompidou qui manifestement pensait à autre chose a répondu : J'espère bien que c'est une perte pour vous, autrement ce ne serait pas un gain pour moi. Et ce fut tout ».

Georges Pompidou peut, en effet, penser à autre chose. On est entre les deux tours des élections législatives. Le 5 octobre, par 280 voix sur 480, les députés ont censuré le gouvernement pour protester contre la réforme constitutionnelle que proposait de Gaulle (l'élection au suffrage universel du président de la République) et le général a dissous l'Assemblée. Le référendum du 28 octobre a été un succès et on en est aux législatives. Elles s'annoncent aussi comme un succès. Le premier succès électoral de Pompidou : l'U.N.R.-U.D.T. va recueillir 32 % des voix et 233 sièges. Il ne lui faudra donc que le concours de quelques Indépendants, M.R.P. et Centristes, investis par la Ve République, pour avoir une majorité absolue très confortable.

Chirac prend donc sa place au sein du cabinet de Georges Pompidou. C'est une équipe particulièrement brillante à ce moment-là. Directeur de cabinet : François Ortoli (futur ministre des Finances), conseillers techniques : René Journiac (futur patron des questions africaines à l'Élysée), Pierre Juillet (futur « père Joseph » de Pompidou), Montjoie (futur patron du Plan); chargés de mission : Olivier Guichard (futur ministre de beaucoup de choses), Pierre Lelong (futur ministre des P.T.T.), Bernard Esambert (futur patron de la Compagnie financière) Pierre Delmon (futur patron des Charbonnages de France), Jean-René Bernard (futur ambassadeur à Mexico). Et quand on sait que vont bientôt arriver : Michel Jobert (futur ministre des Affaires Étrangères – et même futur curieux ministre de Mitterrand!), Jean-Philippe Lecat (futur ministre de l'Information), Balladur et Anne-Marie Dupuy (futur maître de Cannes), on s'aperçoit que Pompidou savait s'entourer. Il y a eu un moment où Pompidou avait dans son cabinet six futurs ministres. C'était presque un gouvernement en gestation.

A l'époque on trouve aussi deux futurs ministres dans le cabinet du ministre des Finances : Michel Poniatowski et Jean-Pierre Fourcade, Bernard Stasi au cabinet de Maurice Herzog – Haut Commissaire à la Jeunesse et aux Sports – et Marie-France Garaud au cabinet de Jean Foyer (à la Justice).

L'équipe de Pompidou était non seulement un gouvernement en gestation, mais aussi et surtout une « doublure de gouvernement ». Chaque membre de cabinet avait, en effet, un, deux ou trois ministères « à surveiller ». Tous les dossiers un peu importants de chaque ministère étaient étudiés à Matignon par des conseillers ou des chargés de mission, inconnus du public, généralement inconnus de l'administration et qui, par le seul fait qu'ils étaient « chez » le Premier ministre, avaient, en réalité, tous les pouvoirs.

On n'insistera jamais assez sur l'importance des cabinets de Matignon (ou de l'Élysée) sous la Vᵉ République. De nombreux ministres n'ont jamais compris pourquoi leurs projets étaient éternellement bloqués ou, au contraire, sortaient très vite au grand jour; ils n'ont jamais compris pourquoi le président de la République ou le Premier ministre adoptaient telle ou telle attitude sur tel ou tel projet qu'a priori le général ou Pompidou n'auraient pas dû connaître en détail. Ils ont eu, bien souvent, l'impression, sans doute désagréable, d'être court-circuités par leur propre administration. En fait, c'étaient simplement les membres des cabinets de De Gaulle, de Pompidou, de Chaban, de Giscard ou de Chirac qui, parce qu'ils bénéficaient, eux aussi, de l'Interministériel (le téléphone qui relie les ministères) et du prestige secret de leurs fonctions, tiraient les ficelles. Et quoi de plus grisant pour un « obscur » haut fonctionnaire de trente ou trente-cinq ans, qui se sait brillant – sinon il ne serait pas là – que de pouvoir ainsi avoir une prise directe sur les réalités du pouvoir?

Chirac « hérite » donc des Travaux Publics, des Transports et de la Construction. C'est-à-dire des dossiers « appartenant » à Marc Jacquet, ministre des Travaux publics et des Transports et à Jacques Maziol, ministre de la Construction. Domaine gigantesque puisque Chirac aura à traiter des problèmes des H.L.M., du Concorde (l'accord franco-britannique pour sa construction a été signé le 29 novembre 1962, au moment même où Chirac entrait en fonction à Matignon), des autoroutes, de la S.N.C.F., du *France* qui vient d'entrer en service, etc.

Jacques Chirac n'a jamais caché que ce qui l'avait, à cette période, le plus passionné c'était naturellement l'aviation. Fils d'un directeur de Potez, ayant connu, alors qu'il était encore un enfant, Marcel Dassault, c'est un peu normal. Et puis l'aviation, c'est l'avenir.

Très rapidement, Chirac apparaît à l'équipe pompidolienne tel qu'on le connaît aujourd'hui. On peut citer, au hasard, quelques témoignages. Montjoie, l'homme qui l'a recruté : « J'ai tout de suite senti que nous avions là quelqu'un qui n'était pas ordinaire, par la précision de ses avis et la vitesse avec laquelle il prenait position. Il a très vite agi avec une autorité croissante. Je me souviens l'avoir vu à quelques occasions entrer chez le Premier ministre pour faire changer une décision. Je ne dis pas qu'il réussissait chaque fois car Georges Pompidou a du « répondant » mais enfin il n'hésitait pas à plaider un dossier déjà tranché ». Michel Jobert : « Il fallait toujours que l'on se range à son avis. Il n'hésitait pas à plaider un dossier déjà tranché. S'il n'obtenait pas gain de cause, le lendemain matin, il revenait à la charge. Il nous pompait l'air. » Simonne Servais, ancienne du R.P.F. et qui était alors la responsable du service de presse de Matignon et l'une des trois plus jolies femmes de Paris : « Chirac à Matignon était comme un feu d'artifice. Ça partait de tous les côtés. Les bras, les jambes, les idées, les formules. Il m'a surprise deux fois : la première fois que je l'ai vu car c'était tout de même un spectacle étonnant et la seconde fois quand je le connaissais bien, un jour où il a eu, pour la première fois à affronter les journalistes pour leur exposer je ne sais plus quel problème technique de construction. Il était intimidé et il m'a demandé de l'accompagner. Et bien ça, je n'aurais pas cru qu'il puisse être intimidé. »

Jean-Pierre Fourcade ajoute : « Il avait un culot monstre, il convoquait les ministres, leur coupait la parole, il donnait des signes manifestes d'autoritarisme. Il houspillait les fonctionnaires des Finances alors que tous les autres collaborateurs de Matignon étaient toujours très respectueux. Mais Dieu, qu'il était efficace. »

Dynamique, autoritaire, culotté, rapide, précis, rien ne surprend, si ce n'est bien sûr, le Chirac intimidé que Simonne Servais a surpris un instant.

Mise à part la personnalité même de Chirac qui n'a guère dû changer en vingt ans, deux éléments essentiels expliquent l'attitude du jeune chargé de mission. D'abord, la fonction même qu'il occupe dans les structures de la Ve République, ensuite et surtout le « patron » qu'il a découvert.

Pour la fonction, Chirac déclare tout de go : « J'ai toujours estimé qu'agissant par délégation du Premier ministre, j'étais un peu le Premier ministre. Il fallait vraiment que les choses présentent des implications politiques très sérieuses pour que je dérange le chef du gouvernement ou même son directeur de cabinet. »

Chirac a parfaitement compris le fonctionnement du système. Il est « délégué » du Premier ministre, donc « un peu » Premier ministre. Déjà! On comprend que certains ministres n'aient pas apprécié l'importance que se donnaient (et qu'avaient) ces jeunes énarques de « l'entourage ».

Mais ce qui compte surtout, c'est le « patron ». Toute la vie de Chirac a été marquée par sa rencontre avec Pompidou. Le jour où Chirac est devenu Premier ministre lui-même, il a tenu, dans sa déclaration de politique générale, à l'Assemblée Nationale, le 5 juin 1974, à déclarer : « Georges Pompidou est l'homme qui m'a formé, qui m'a amené à la vie politique, qui m'a inculqué le sens du devoir et de l'État ». Sur le moment, certains ont voulu voir là une opération politique. Le Premier ministre de Giscard voulait, pensaient-ils, faire oublier « le coup de poignard dans le dos » porté à Chaban et récupérer ainsi, pour Giscard, la filiation gaulliste par Pompidou interposé. Non, cette interprétation ne tient pas debout. Toute la suite des événements, toute l'existence de Chirac a prouvé que Pompidou a, bel et bien, été l'homme qui l'a formé et auquel il entendait rester fidèle. Il faut donc un peu s'attarder sur cette rencontre de 1962.

Au premier abord, tout semble différent chez les deux hommes.

L'un est rond, immobile, ressemble à un gros chat, à un matou. « Raminagrobis », dira Mauriac. Il a un sourire redoutable, une culture impessionnante, il n'aime pas la foule, adore son confort, les livres, a toujours les mains dans les poches et une cigarette au bec, ce qui lui permet d'observer, avec scepticisme, et à travers un nuage de fumée, les gens et le monde.

L'autre est grand, toujours en mouvement, bouge ses jambes même quand il est assis, ressemble à un cheval de course, on l'appelle le « bulldozer », il éclate de rire, entre en trombe, claque les portes, lit des romans policiers, adore serrer les mains (même des huissiers de Matignon), embrasse toutes les secrétaires (jeunes, laides, belles, vieilles) et voudrait être aimé du monde entier. Il peut en plus, ce qui sidère Pompidou, dormir sur un banc, en boule, et il roule en 2 CV (Pompidou préférant sa Porsche).

L'un se méfie des technocrates « comme de la peste des temps modernes », l'autre est, alors, une caricature de technocrate qui pense que la gestion d'une nation est affaire de professionnels.

L'un a fait la guerre de 40, courageusement mais sans grande conviction, sous les ordres d'un colonel qui, heureusement, avait fait une « khâgne » et l'a terminée « sur la Gartempe, chère à Giraudoux ». L'autre répète à qui veut l'entendre que sa guerre d'Algérie a été « la plus passionnante des périodes de son existence » et qu'il aurait bien aimé « rempiler ». L'un a passé les années de la Résistance comme professeur de lettres au lycée Henry IV « n'éprouvant pas suffisamment le besoin du risque gratuit ». L'autre a bien failli monter sur les barricades pour sauver l'Empire. L'un est devenu gaulliste un peu par hasard, au lendemain de la Libération parce qu'un de ses amis, René Brouillet, l'a appelé au cabinet du général (Pompidou a toujours démenti la légende selon laquelle de Gaulle aurait demandé à Brouillet de lui trouver « un agrégé sachant écrire »). L'autre n'est pas gaulliste. L'un a préféré retourner « pantoufler » à la banque Rotschild après avoir été six mois directeur du cabinet du général à Matignon. L'autre, après une crise bien éphémère, est bien décidé à ne jamais pantoufler. L'un a mené pour le général des négociations secrètes avec le F.L.N. Si l'autre l'avait alors su, il se serait jeté sur lui. L'un a cinquante et un ans, l'autre fête son trentième anniversaire et la naissance de sa seconde fille Claude – comme Mme Pompidou – le 6 décembre 62 en entrant à Matignon. Voilà pour les apparences.

Affinons cependant les portraits. On a souvent dit que Pompidou était d'abord un Auvergnat, ensuite un normalien et enfin un banquier. Les trois premiers chapitres d'une biographie sommaire. Mais aussi, c'est vrai, les trois « racines » profondes de cet inconnu qui allait devenir un grand homme d'État...

Auvergnat, Pompidou ne l'est pas seulement parce qu'il est né à Montboudif. Il l'est aussi et surtout parce que toute sa vie, ce « brillant sujet » qui aimait fréquenter le Tout-Paris et le Tout-Saint-Tropez, a toujours été convaincu que la vraie force d'un pays c'était sa paysannerie. Pour lui, le paysan aux pieds enfoncés dans la terre, « qui paie des impôts, qui se fait tuer pour la patrie et qui vote pour l'Assemblée » (selon ses propres termes) était le meilleur garant de la France. Et pour lui le plus beau des paysans était celui des régions du Centre. Dans l'un de ses derniers discours, celui de Poitiers, le 24 janvier 1974, le jour où toute la France découvrit que son Président allait mourir, il déclara : « Les régions du Centre de la France où le bon sens est la caractéristique de la race. »

Certes, Chirac est né à Paris. Mais quand on a père et mère corréziens, qu'on a passé toutes ses vacances chez un grand-père à Sainte-Féréole et pêché les écrevisses, on aime aussi la glèbe des régions du Centre où le bon sens est la caractéristique de la race.

Petit-fils de paysan et fils d'instituteur, Pompidou représente l'exemple même du succès de « la laïque » qui en trois générations faisait passer ses fils de la ferme à l'École normale supérieure.

Là encore, la comparaison est frappante. Chez les Chirac aussi, on est passé de la ferme à l'École normale d'instituteur avant d'arriver à Paris. Et on peut parier que Léon Pompidou, né en 1887, premier à l'École normale primaire d'Aurillac, puis professeur d'espagnol à Albi, ressemblait comme un frère au grand-père Chirac, instituteur devenu directeur d'école à Brive. L'un militait à la S.F.I.O., l'autre chez les radicaux. C'est ce que l'on appelait le radicalisme-socialisme, les *rad-soc* chers au bon docteur Queuille, député d'Ussel. Tout ça, ça crée des liens.

Normalien, Pompidou l'a été jusqu'au bout des ongles. Comme on l'était à cette époque, quand Jules Romains, écrivait dans *Les hommes de bonne volonté* les aventures de Jallez et Gerphanion. Avec l'élégance et la désinvolture que donne une immense culture. Il parlait grec et latin, pouvait réciter Britannicus (dont il avait écrit une *présentation* en 1944), commentait Taine (dont il avait publié des morceaux choisis dans les Classiques Vaubourdolle en 1947) et aimait citer tous les poètes français comme une véritable anthologie qu'il publia d'ailleurs en 1961 après avoir fait paraître en 1955 des *Pages choisies* d'André Malraux mais sans doute plus par sympathie (ou opportunisme) politique que par conviction littéraire.

Chirac n'a pas cette culture classique, loin de là. Aux bibliothèques, il a préféré l'aventure, bourlinguer sur un rafiot, visiter l'Amérique, la Suède des sociaux-démocrates. Mais c'est une question de génération. Dans les années 50, on ne va plus vers Rome ou vers Athènes, on traverse l'Atlantique. Dans les années 50, ceux qui veulent connaître le monde ne vont plus rue d'Ulm mais rue des Saints-Pères et c'est ce qu'a fait Chirac qui, quand il entre à Matignon dans l'équipe de Pompidou, est au moins autant énarque que le Premier ministre est normalien.

D'ailleurs on peut aussi noter qu'étant à Normale, Pompidou s'était inscrit à Sciences-po. Pierre Rouanet dans son *Pompidou*, écrit : « Pour qui veut comprendre la carrière de Pompidou, le trait est essentiel. L'addition de Normale et de Sciences-po, qu'est-ce que ça veut dire? Que Pompidou aurait préparé l'E.N.A. si elle avait déjà existé. » Dans l'évolution de l'élite (et de la culture) française qui va passer du titre de normalien à celui d'énarque, Pompidou fait partie des dernières générations de normaliens, Chirac des premières générations d'énarques. Entre eux deux, il y a des hommes comme Alain Peyrefitte ou Jean Charbonnel qui seront à la fois normaliens et énarques. S'il y a donc une différence notable de culture entre Pompidou et Chirac, il y a une espèce de continuité, de filiation puisque l'un et l'autre symbolisent bien, chacun, la culture de sa génération. Le premier s'amuse un peu de la naïveté novatrice de son cadet, le second s'émerveille du classicisme de son aîné.

Enfin, Pompidou est banquier. Ou du moins il l'a été et son séjour comme directeur de la banque Rothschild l'a beaucoup marqué dans sa pensée politique. Jusqu'alors le goût du classicisme du normalien s'ajoutait au bon sens de l'Auvergnat. Maintenant le portrait du futur Premier ministre se complète d'une touche du réalisme froid de l'homme d'affaires. Il écrira, début 1969, dans *Le nœud gordien* (écrit pendant sa brève traversée du désert mais paru seulement après sa mort en 74) : « Les problèmes de répartition sont une réalité, mais encore faut-il qu'il y ait quelque chose à répartir et j'ai la faiblesse de croire que leur solution serait grandement facilitée s'il y avait beaucoup à répartir. »

Toute sa philosophie politique et économique pourrait presque se résumer par cette phrase élémentaire et digne, en effet, d'un banquier auvergnat plein de bon sens. Les ennemis de Pompidou (et à commencer par certains gaullistes) ont voulu voir là la preuve qu'il était un conservateur. Il était simplement réaliste et il l'était sans doute devenu lors de son séjour chez MM. Rothschild Frères.

En 1962, Chirac, lui, est encore un idéaliste. Il croit qu'on peut forcer non seulement le destin mais même les réalités. Il n'y a pas si longtemps qu'il croyait qu'avec un peu de volonté on aurait pu sauver l'Algérie. Et c'est ici, grâce à Pompidou, qu'il va devenir réaliste.

Bref, quand les deux hommes se rencontrent, on a face-à-face un Auvergnat, un normalien et un banquier, d'un côté, et, de l'autre, un Limousin, un énarque et un sous-lieutenant de cavalerie. Le Premier ministre – qui débute lui aussi, il ne faut pas l'oublier – a encore l'air d'un banquier en descendant de sa Porsche dans la cour de Matignon et le chargé de mission a encore l'air d'un demi-solde en garant sa « 2 C.V. » à côté des D.S. officielles.

Et ça va être « le coup de foudre ». Chirac dira (à *l'Aurore* en janvier 73) : « Tout de suite j'ai été fasciné ».

La psychanalyse est toujours délicate à manier avec les hommes politiques. On est pourtant tenté ici de dire que Chirac se trouve un second père, un père qu'il a choisi et qui l'a choisi. Chirac a beaucoup aimé son (vrai) père, mais il y a eu souvent des problèmes, des conflits, même s'il refuse aujourd'hui de les évoquer. Avec Pompidou, il n'y en aura pas. L'enfant sera – enfin – discipliné et ne voudra pas jouer les fortes têtes, ce qui facilite les rapports. Avec son vrai père il voulait s'affirmer et donc s'opposer, contester. Avec ce père-ci, pour s'affirmer il faut obéir, exécuter sa pensée, se montrer non pas « aussi bien », non pas rival, non pas héritier, mais indispensable, fidèle, obéissant.

Pompidou n'a pas eu d'enfants et c'est le plus grand regret du couple étonnament uni qu'il forme avec sa femme. Ils ont adopté un fils qu'ils aiment beaucoup mais qui ne fera ni Normale, ni l'E.N.A., qui fera sa médecine et qui se tiendra toujours éloigné des préoccupations de son père. Alors la passion que lui porte ce nouveau collaborateur va d'abord amuser Pompidou puis l'attendrir.

On connaît les quelques boutades de Pompidou à propos du jeune Chirac : « Si je demande à Chirac de creuser dans la nuit un tunnel entre mon domicile du quai de Béthune et Matignon, Chirac trouvera le moyen de le faire. Demain à 9 h 15, il sera à la sortie du tunnel, en train de m'attendre, la mission accomplie. » Et, sur le même thème celle-ci rapportée par Catherine Nay : « Si je dis à Chirac : cet arbre me fait de l'ombre, cinq minutes plus tard, l'arbre a disparu » (*La double méprise.*) Pompidou n'a peut-être jamais prononcé ces phrases qui firent la joie des échotiers politiques, mais elles reflètent bien en tous les cas et le dévouement et l'admiration de Chirac pour son « patron » et l'attendrissement dudit patron pour celui qui allait bientôt devenir son « poulain ».

En fait, Catherine Clessis, Bernard Prévost et Patrick Wajsman ont sans doute raison d'écrire que « l'attachement de Chirac pour Pompidou dépasse les méandres du carriérisme. Avec Pompidou, Chirac a trouvé son de Gaulle. Il recrée à sa façon l'intransigeant dévouement que Vallon et Capitant portaient à l'homme du 18 juin. Son allégeance est de même nature : inconditionnelle et transparente » (*La République des cadets*). A dire le vrai, on pourrait citer d'autres gaullistes tout aussi inconditionnels que Vallon et Capitant (gaullistes de gauche), comme Guichard ou Lefranc, par exemple.

Pourquoi ce dévouement absolu? D'abord, c'est sûrement vrai, parce que Pompidou a le pouvoir. Pour un garçon de trente ans comme Chirac, il est indiscutable qu'il y a une espèce de fascination à voir « le pouvoir en chair et en os ». Il avait été fou de joie de pouvoir commander un peloton – et même un escadron – dans les djebels. Ici, dans les salons dorés, il voit l'homme qui commande la France. Et ça n'a plus rien de théorique comme à Sciences-po ou à l'E.N.A. D'un mot, Pompidou a décidé qu'on construirait le Concorde, d'un mot, qu'on aurait 100 kilomètres d'autoroutes de plus, d'un mot, qu'il y aurait 20 000 H.L.M. supplémentaires l'année prochaine. Chirac avait cru qu'en politique les mots ne servaient qu'à obtenir les voix des électeurs, il s'aperçoit qu'ils servent aussi à changer le visage de la France, à la doter d'une industrie. Élève de la IVᵉ République, il croyait l'administration, monstre froid, toute puissante, il réalise à Matignon, que c'est bien la réflexion et la volonté d'un homme qui décide tout.

Et puis, on l'a vu, Pompidou délègue son pouvoir à ses collaborateurs, dans bien des cas. Et donc, grâce à Pompidou, voici le jeune Chirac qui, hier encore, jouait à la bataille navale dans un bureau triste de la Cour des Comptes, qui, brusquement, possède un peu de ce pouvoir.

Mais ce qui émerveille peut-être le plus Chirac, c'est la présence même de Pompidou ici. Inconnu du public, ce Premier ministre n'a jamais été élu nulle part, n'est pas un fils de roi, n'a pas fait un coup d'État, n'a pas de troupes derrière lui. Non, il est simplement ici parce qu'il est supérieurement intelligent (et que de Gaulle l'a nommé).

Chirac va être fasciné par cette intelligence. Pour en revenir à la psychanalyse, Chirac a sans doute alors le « complexe de l'intelligence », mais, au milieu de tous ses complexes, c'est là un complexe d'infériorité. Il sait qu'il a une puissance de travail hors du commun, il sait qu'il a une mémoire très au-dessus de la moyenne, il sait qu'il a une volonté à toute épreuve, mais il ne s'est jamais demandé... s'il était intelligent. Quand on « fonce », quand on « bûche », quand on est continuellement en mouvement, on n'a pas le temps de se poser certaines questions, surtout sur soi-même. En fait, à trente ans, Chirac a fait des études, passé des concours, traversé l'Atlantique, perdu une guerre, entamé un début de carrière, épousé une belle particule, mais il ne s'est jamais assis, il ne s'est jamais arrêté derrière une porte-fenêtre, les yeux perdus dans le vague pour regarder un parc « solitaire et glacé », comme le fait si souvent Pompidou.

On peut d'ailleurs déjà noter que Chirac aura longtemps cette espèce de complexe vis-à-vis de lui-même. Sa docilité à l'égard de certains de ses conseillers, ses rapports avec Giscard, plus tard, s'expliquent, en grande partie, par ce peu de confiance qu'il avait – à tort – de lui-même et qui a fait qu'après avoir perdu son père (Pompidou), il se chercha si ce n'est un autre père du moins un grand frère (Giscard), puis cru qu'il avait besoin de « managers » comme un boxeur doué d'une étonnante force de frappe, d'un merveilleux jeu de jambes, mais qui a besoin qu'on lui dise ce qu'il faut en faire. Le défaut de Chirac fut, longtemps, de mettre en doute sa remarquable intelligence.

Chirac rencontre donc un homme qui prend son temps, qui réfléchit, un chat. Et le cheval de course est tout étonné.

D'autant plus que, tout énarque qu'il soit, l'ancien sous-lieutenant de cavalerie avait un certain mépris pour les « intellectuels » qu'il aurait volontiers comparés à des « planqués de l'arrière » sans courage ni volonté. Or, Chirac s'aperçoit, aussi, que le « patron » qui sait réfléchir est un homme d'action à la volonté de fer. Tout cela en un seul homme, quelle chance de faire partie de son équipe!

Mal à l'aise quand il évoque des souvenirs trop personnels, Chirac dit : « Toutes les personnes qui ont travaillé avec Georges Pompidou peuvent dire que cela s'inscrit comme un grand moment de leur vie. Pourquoi? Parce qu'il créait un climat – au bon sens du terme – de sécurité, de solidité, de réflexion. On avait l'impression d'avoir en face de soi un homme, un être humain et à la fois très conscient de ses responsabilités. Il avait un cœur énorme. Il avait aussi une autorité énorme. » Et Chirac ajoute : « C'était le " patron " rêvé. Compréhensif, intelligent, nuancé, ironique, et à l'occasion tendre, déroutant parfois, mais sans doute exprès. Trônait dans la salle à manger de Matignon un magnifique coq d'église du XVIe siècle, très beau, en zinc, qui représentait à peu près tout ce que j'aime : un objet-symbole, en matériau simple, ouvré par un artisan et témoignant d'une foi et d'une époque. L'enthousiasme aidant, j'avais déclaré un jour, à table, devant Pierre Juillet et Balladur : " Monsieur le Premier ministre, si ce coq venait à disparaître, ne cherchez pas longtemps le voleur : ce sera moi ". Le temps a passé puis nous avons quitté Matignon. En plein déménagement, Georges Pompidou a passé son bras sous le mien et m'a déclaré : " Jacques, ne devenez pas voleur à cause d'un coq. Il est à vous, je vous le donne ". Étrange histoire que celle de ce coq. Il est d'abord allé chez moi. Quand j'ai été nommé à Matignon, je l'y ai fait porter pour qu'il reprenne la place que Georges Pompidou lui avait assignée. Et lorsque, à mon tour j'ai dû déménager, je l'ai emporté avec moi, au milieu des caisses et des cartons vers mon petit appartement encombré. Cet homme bourru que Normale-sup avait rendu superficiellement cynique avait la particularité rare d'avoir conservé des élans du cœur. »

« Je lui dois d'avoir causé à mon père une vraie joie de son existence. De la guerre, il avait rapporté citations et médailles mais il rêvait depuis longtemps de Légion d'Honneur. Un soir, assez tard, je me trouvais dans le bureau de Claudius Brosse, alors chef de cabinet de Georges Pompidou. Il était occupé à pointer les cravates et passait en revue les grades moins importants. La porte s'ouvre. Venu du bureau d'en face, le Premier ministre. Nous le saluons. – Tiens, Brosse, qu'est-ce que vous faites? – Les Légions d'Honneur, Monsieur le Premier ministre. Georges Pompidou m'entraîne chez lui et, tout à trac, me demande : – Votre père l'a, la Légion d'Honneur? non. Il a hoché la tête : – On m'a dit qu'il avait été banquier et que c'était quelqu'un de très bien... On va l'inscrire sur cette promotion. Et il s'est empressé d'allumer une cigarette et de parler d'autre chose. » (Entretien avec l'auteur.)

Georges Pompidou traverse actuellement – en 1983 – le purgatoire que l'Histoire impose à tous ses personnages. Il n'y aurait pas le Centre Pompidou et la voie sur berges, personne ne prononcerait plus jamais son nom. Il apparaîtrait aux yeux des jeunes générations comme une silhouette un peu floue, quelque part entre de Gaulle et Mitterrand. Les aînés se souviennent du courage et de la grandeur d'un mourant qui voulait nier la maladie parce que dans sa famille « on ne se couchait que pour mourir » et parce qu'il avait la charge de l'État. D'autres se souviennent d'un scandale crapuleux dont, ignominieusement, on avait voulu l'éclabousser. Et c'est à peu près tout.

Il faudra, sans doute, attendre quelques années pour qu'un historien « à la mode » découvre Pompidou et pour qu'on s'aperçoive alors que l'industrialisation de la France, c'est lui, que l'absence de drame économique et social au lendemain du retour d'un million de Pieds-Noirs, c'est lui, que, si les institutions de la Ve République faites sur mesures pour de Gaulle ont pu survivre, assurer la stabilité du régime (et même avec au pouvoir les socialistes qui les avaient tant combattues), c'est lui, que la survie de la République au moment de mai 68, c'est – du moins en grande partie – encore lui. Et on lui rendra alors hommage. Mais il est encore trop tôt.

En fait, le rôle essentiel de Pompidou dans l'Histoire de France, c'est d'avoir créer « l'après gaullisme », ce qu'on appelle parfois le « pompidolisme ». Et pendant cinq ans, Chirac, à Matignon va observer, assimiler les subtiles nuances qui existent entre le gaullisme et un pompidolisme qui commence à apparaître et qui, bien sûr, ne sera vraiment lui-même que quand Pompidou entrera, en 1969, à l'Élysée. Pour l'instant, en 62-63, ce pompidolisme est à peine naissant.

On peut cependant remarquer que le gaullisme, lui, fin 62, a déjà presque accompli sa mission : il a mis fin au drame algérien, il a installé de nouvelles institutions. Il n'a plus qu'à remettre le train (économique) sur les rails et qu'à redonner à la France la place qu'elle croit avoir.

Personne n'a jamais été capable de donner une définition du gaullisme satisfaisante pour tout le monde. De Gaulle lui-même – qui détestait qu'on se serve de son nom –, a peut-être voulu en donner une : ce serait se faire « une certaine idée de la France ». Elle demeure bien vague, même si elle est fort belle. Les ennemis du gaullisme ont affirmé que c'était du bonapartisme, voire du boulangisme. Quand on sait – maintenant – à quel point ils ont voulu singer, pitoyablement, le général, on sourit. Certains gaullistes – très minoritaires – ont évoqué un mouvement révolutionnaire. D'autres, majoritaires, une troisième voie. Un autre, tout ce qui n'était pas le communiste, puisque à l'entendre, il n'y avait que le communisme et le gaullisme. Les uns l'ont mis à droite, les autres à gauche. D'autres encore, reprenant le mot du poète, ... « au plafond ». Pompidou qui s'y connaissait tout de même a préféré se limiter à cette formule : « Le gaullisme, c'est une attitude. » La discussion n'est donc pas close pour les commentateurs.

Mais pour les historiens qui s'en tiennent aux faits, le gaullisme, c'est d'abord un « recours ». Au lendemain ou à la veille d'une catastrophe. Le 18 juin 40, le 13 mai 58. Le gaullisme lance des appels ou en reçoit. Mais ce sont toujours des appels au secours. On n'a jamais imaginé de Gaulle en pleine période de calme, de prospérité. On ne pense pas à lui dans ces cas-là. Et, lui-même le reconnaît, il s'ennuie alors. Il remet le train sur les rails, mais il n'est pas cheminot. Au lendemain de la Libération, on l'a bien vu. De Gaulle avait sauvé la France et la République, les cheminots qui avaient fait piètre figure pendant le déraillement l'ont alors poussé hors de la locomotive.

Pompidou en 62 – et plus encore en 69 – va, lui, faire rouler le train. Mais en restant fidèle à celui qui l'a remis sur les rails. Le pompidolisme, c'est du gaullisme sans drame, du gaullisme au quotidien, de la grandeur banalisée. Louis XVIII après Napoléon? Non. Les comparaisons, même les plus tentantes, sont toujours absurdes en Histoire.

Pompidou disait souvent : « En politique, s'il faut réfléchir longuement et bien étudier les dossiers, il faut finalement aboutir à des choix simples et s'y tenir. » Il l'a même écrit dans *Le nœud gordien*. Quels furent donc les choix simples auxquels il se tint? On trouve sans doute la réponse dans une phrase de Sénèque qu'il aimait répéter : « La prospérité est un état qui ne connaît pas de repos », phrase qu'il compléta un jour, le 24 février 1970, au National Press Club, en s'écriant : « Il faut comprendre que pour nous la richesse économique n'est pas un tout en soi, qu'elle n'a d'autre intérêt que de servir l'homme, lui permettre de développer sa personnalité en le libérant des contraintes de la misère et des soucis lancinants du lendemain. » Idée qu'il avait déjà formulée dans *Le Nœud gordien* : « L'avenir français ne sera pas aux soviets à condition que la prospérité économique permette l'amélioration continue du niveau de vie ouvrier à plus forte raison si les modifications des conditions et de l'organisation du travail répondent aux aspirations de dignité, de loisirs qui prennent le pas dès que le niveau de vie atteint le seuil convenable. » C'est sans doute dans cette idée fixe du développement économique que l'on peut le mieux percevoir la différence entre le gaullisme et le pompidolisme. Le général pensait que, pour être une grande nation, quand on n'est plus un grand pays, il fallait avoir une grande politique, l'intendance n'ayant qu'à suivre. Pompidou, lui, déclarait : « Si la France veut continuer réellement à compter, il ne s'agit pas simplement de se fier à son passé ou même à sa politique, il faut aussi avoir le poids économique. » (Entretien à la télévision avec Serge Maffert, le 12 mars 1970.)

Ce réalisme politique de Pompidou va conduire ses adversaires à faire de lui un « anti-de Gaulle » (titre d'un pamphlet de Louis Vallon) et un « conservateur ». Edgard Pisani qui déteste Pompidou écrira dans son *Général indivis* : « Pour Georges Pompidou, ce qui est en place est sacré. Et le rôle du politique est de négocier sa durée. Pas de programmes démesurés, point de projets capables de bouleverser ces chères habitudes ou de malmener les hiérarchies subtiles de la bourgeoisie (...) Il n'est pas capable d'imaginer une société différente de celle dont il a la charge, il veut la transmettre à son successeur aussi semblable que possible à celle qu'elle était lorsque, lui, Georges Pompidou, fils d'instituteur, ancien élève de Normale-sup, agrégé de l'Université, ancien maître des requêtes au Conseil d'État, a accédé au pouvoir. Non, il ne sera pas ingrat au point de bouleverser la société qui l'a fait ce qu'il est. Pas assez fort pour modeler la société, pas assez faible pour la laisser se défaire. Il veut la consolider (...) De Gaulle est un aristocrate, Pompidou, un parvenu. »

Non, répond Olivier Guichard qui a sans doute mieux connu Pompidou et qui écrit dans *Le Chemin tranquille*. « Pompidou n'était pas conservateur. Il pensait que les Français étaient conservateurs, ce qui n'est pas la même chose. Il craignait qu'ils ne perdissent pied dans ce monde si différent de celui qui avait été le leur depuis toujours et qui était resté au fond si immobile, malgré la machine, malgré le suffrage universel, jusqu'à hier. Il sentait dans les événements de mai 68 moins une fête de l'avenir qu'une fête du passé. Un parfum de nostalgie, un regret. La défense de la nature, l'hostilité à l'univers mécanique, la dénonciation du béton, le retour à la terre, ce sont des thèmes de la droite d'avant-guerre. Pompidou craignait, non les transformations de la société française, mais les réactions des Français devant cette mutation, le blocage qu'une marche trop hâtive peut provoquer. Il ne s'appuyait pas sur le conservatisme des Français, il le ménageait. » Et dans ce débat sans fin, on peut sans doute donner, pour l'instant, le dernier mot à Jean Rémond qui a écrit dans *Les Idées politiques de Georges Pompidou* de Stéphane Rials (P.U.F., 1977) : « Était-il gaulliste? Était-il de droite? Incarnait-il le radicalisme d'aujourd'hui? Tout cela a été dit, tout cela n'est pas incompatible et peut se résumer à une certaine position des centres qui à la fois acceptent l'évolution et refusent les ruptures. (...) En bref, je définirais Georges Pompidou comme le représentant d'un certain centre-droit, à mi chemin entre les indépendants d'hier et les radicaux d'avant-hier, mais profondément influencé surtout dans le domaine des relations internationales par le gaullisme et désireux au plus haut point de ne pas laisser se prescrire ce dernier héritage. »

A cette pensée réaliste de Georges Pompidou s'ajoute aussi une méthode qui irritera sans doute plus encore les adversaires du Premier ministre et du futur président de la République. Pisani écrit : « L'art de Pompidou sera de tout dédramatiser, de dissoudre plutôt que de résoudre, de refuser d'aborder les problèmes qui ne comportaient pas de solution immédiate et évidente. » (*Le Général indivis*.)

Et Pierre Lefranc qui, lui alors, porte une haine sans mesure à Pompidou, renchérit : « Pompidou n'aimait pas les ennuis. Qui les aime? Cependant les hommes de caractère, s'ils les créent parfois, savent y faire face. Pompidou cherchait toujours les solutions qui permettaient de tourner la difficulté même si celles-ci devaient quelque peu égratigner les principes. Personnage d'intelligence et de culture, il estimait que la conduite d'un pays consiste à éviter les à-coups et les chocs et à sacrifier les grandes aspirations au calme du parcours. Rien de ce qui pouvait secouer la société ne lui paraissait bon. Une évolution lente et sans heurt représentait son idéal (*Avec qui vous savez*).

Il y a, comme aurait dit Pompidou, « à boire et à manger » dans tout cela. Il est monstrueux de dire que Pompidou ne savait pas faire face aux ennuis. C'est lui, plus que tout autre – et y compris le

Général, même si de Gaulle par une fuite géniale a su tout sauver – qui a fait face aux événements de mai 68. Il est absurde de dire que Pompidou n'avait pas de grand dessein et qu'il ne voulait rien changer. L'industrialisation était le plus grand dessein que pouvait s'offrir la France des années 60 et elle aurait dû changer radicalement le pays. Cependant le portrait du « patron » que se découvre Chirac en 62-63 commence à se dessiner.

Réaliste pour la pensée politique, pragmatique pour la méthode, obsédé par la prospérité économique (qu'on obtiendra, pense-t-il par l'industrialisation à outrance), il est convaincu que les Français sont fondamentalement... conservateurs. Il préfère le progrès économique et social à la grandeur, mais il sait que c'est ce progrès qui conduira à cette grandeur. Il préfère l'effort à la révolution et pense que cet effort évitera la révolution. Et, en plus, il est profondément libéral, à tous les sens du terme. Libéral comme un banquier qui sait que l'État doit laisser l'entreprise privée avoir des initiatives, comme un normalien qui sait que l'État ne doit pas se mêler de tout, ne doit pas tout régenter mais doit se contenter d'être au service du pays, libéral comme un Auvergnat qui n'aime pas qu'on l'ennuie et qui ne veut pas ennuyer les autres. Il avait pour habitude de dire : « Mais laissez donc les Français tranquilles. L'État ne doit pas passer son temps à créer du malheur pour les Français. »

En fait, il n'est donc que l'un des aspects du gaullisme, cette curieuse famille politique qui « ratissait » si large qu'on y retrouvait, en effet, des conservateurs et des révolutionnaires ou presque. Il est bien le gaullisme « dédramatisé » – ce qui l'éloigne d'un Debré –, le gaullisme réaliste – ce qui l'éloigne d'un Vallon ou d'un Capitant –, le gaullisme sans guerre d'Algérie, sans guerre de 40. Bref, il est déjà l'après-gaullisme pilotant la locomotive dans un paysage apaisé.

Quelques jours avant d'être nommé Premier ministre, il avait, comme d'habitude, reçu à dîner chez lui, quai de Béthune, les fameux « barons » du gaullisme et il leur avait dit : « Les gaullistes de gauche, c'est de la rigolade, ça n'existe pas, ce ne sont que quelques doctrinaires qui discutent sans fin. » Sur le moment, ce commentaire avait scandalisé certains – notamment Lefranc qui rapporte le mot – qui avaient vu là la preuve que Pompidou, ce gaulliste qui n'avait ni connu la Résistance ni adhéré au R.P.F., était bel et bien un gaulliste « de droite ». En vérité, ce commentaire un peu méprisant concernait moins l'aspect progressiste du gaulliste que la « chapelle » des gaullistes de gauche elle-même. Or l'histoire a donné raison à Pompidou. Les gaullistes de gauche ont disparu corps et biens et il semble que le général de Gaulle lui-même n'ait jamais eu, pour ces gaullistes de gauche, qu'une vieille sympathie amusée.

L'année 1963, la première année que Chirac passera à Matignon, sera une mauvaise année.

D'abord, il y aura la fameuse grève des mineurs. « L'un de mes plus mauvais souvenirs », dira Pompidou. Commencée fin février, cette grève rappelle brusquement à de Gaulle que « l'intendance » ne suit pas. Et que la vie quotidienne est ennuyeuse. La popularité du Général – c'est le début de l'ère des sondages – perd dix points, descendant jusqu'à 43 % seulement de « satisfaits ». Et Pompidou commet alors l'une de ses rares « gaffes » politiques en incitant le général à signer, le 2 mars, à Colombey un « décret de réquisition » des mineurs. D'habitude, et on le verra très nettement lors des événements de mai 68, de Gaulle était partisan de la méthode énergique pour le court terme et de la souplesse pour le long terme, alors que Pompidou, au contraire, était favorable à la négociation immédiate et à l'énergie pour les grandes options. De Gaulle – et c'était là l'une de leurs grandes différences – voulait que le pouvoir ne soit jamais contesté mais que le régime prépare l'avenir dans la concertation. Il fallait donc faire preuve d'autorité « sur le coup » quitte à négocier les grands projets. Pompidou, lui, pensait qu'il fallait éviter les ennuis quotidiens, les incidents de parcours en cédant, si besoin était, mais, en même temps, il ne pensait qu'à sauvegarder l'essentiel. Ne jamais opérer à chaud, attendre que la fièvre soit retombée, que l'abcès soit vidé, laisser passer l'orage, lâcher du terrain (telles étaient ses formules) et oublier, après les incidents, pour continuer comme si de rien n'avait été l'œuvre à accomplir qui avait été décidée et que ni les bagarres de rue ni les colères des uns ou des autres ne devaient remettre en question.

Cette fois, en 1963, c'est, au contraire, Pompidou qui a préconisé l'énergie immédiate. Ce fut une erreur. Les mineurs restèrent en grève, en dépit de la réquisition, jusqu'au 5 avril, défiant ainsi le pouvoir. Pompidou se souvint de la leçon et de Gaulle en voulut à son Premier ministre. Le 31 juillet, Pompidou faisait passer un projet de loi exigeant dorénavant « un préavis de grève » dans tout le secteur public.

Pendant l'été 63, la hausse des prix avait atteint un tel rythme et l'équilibre budgétaire était devenu si préoccupant que de Gaulle demanda à Pompidou et à Giscard, aussi sceptiques l'un que l'autre, de lancer un « plan de stabilisation ». Giscard concocta un blocage de fait des prix et une restriction du crédit pour limiter la consommation. Ce plan était à mi-chemin entre le libéralisme d'un Rueff ou d'un Pinay et le dirigisme d'un Debré, voire d'un socialisme, mais on évoquait Poincaré, à la plus grande satisfaction de Giscard sans sortir pour autant de l'éternel dilemme : comment stopper l'inflation sans arrêter la croissance.

Ce plan de stabilisation était beaucoup plus celui de Giscard que celui de Pompidou qui le trouvait « excessif ». En fait, Giscard avait réussi à l'imposer au général en passant un peu au-dessus de la tête du Premier ministre. Pompidou ne le pardonnera jamais à Giscard et les rapports entre Pompidou et Giscard commencèrent alors à se détériorer.

A dire vrai, les deux hommes ne se sont jamais aimés. Question d'origines, sans doute. Pompidou trouvait que Giscard avait l'air d'un « petit snob prétentieux » et Giscard reprochait à Pompidou ses « allures de paysan ». Et chacun était, à juste titre, convaincu que l'autre rêvait de succéder au Général.

Cela dit, l'un et l'autre avaient une certaine admiration pour les qualités intellectuelles de son adversaire. L'un et l'autre trouvaient que l'autre « bluffait » bien, ce qui les horripilait l'un et l'autre mais les intéressait tout de même, en connaisseurs.

Pompidou était exaspéré par les « numéros » de Giscard devant le Général, en Conseil des ministres. « Il aligne des chiffres, il fait semblant de tout savoir et il parle sur un ton tel que personne n'ose vérifier ses additions », disait Pompidou qui n'avait pas de plus grands plaisirs que de faire remarquer en plein Conseil que « monsieur le ministre des Finances et des Affaires économiques se trompe. Ce n'est pas zéro virgule dix-sept, mais zéro virgule quatorze ». Petit jeu presque hebdomadaire qui réjouissait le général, impressionné qu'il était, lui le premier, par le brio des deux hommes. Mais Pompidou reconnaissait que la machine et le numéro de Giscard étaient très au point.

Giscard, lui, s'énervait de la patience, du calme, du sang-froid de Pompidou. Peu gaulliste lui-même – et c'est un euphémisme – il comprenait mal que le Général ait confié le pouvoir à cet homme qui n'était ni ancien résistant, ni élu et qui – un comble – commençait à ratisser dans un domaine électoral qui aurait dû être réservé aux anciens anti-gaullistes de droite. En fait, Giscard admirait et détestait Pompidou précisément parce qu'il le voyait en train de préparer cet après-gaullisme qu'il rêvait lui-même d'incarner.

Chirac, tout en s'occupant de ses avions, de ses H.L.M. et de ses autoroutes, observe tout cela : la fin du gaullisme « dramatique », l'installation de la Vᵉ République dans sa forme définitive, les rivalités naissantes entre ceux qui veulent, déjà, incarner l'après-gaullisme : Pompidou, Giscard, Chaban, Couve de Murville et les autres.

Curieuse époque, on l'a déjà oubliée. Il y a de Gaulle, et les autres ne sont que de simples commis qui, du jour au lendemain, peuvent être, par la seule volonté du Général « congédiés comme des domestiques » (pour reprendre le mot qu'emploiera plus tard Giscard lui-même quand il sera congédié). Et en même temps, si le pays ne connaît que de Gaulle, tout le petit monde politique ne pense déjà qu'à l'après-gaullisme. Chacun se place.

Pompidou, le dauphin « logique » puisque le général l'a mis à Matignon et qui, donc, même en dépit de son peu de passé gaulliste – mais il a tout de même été un des « barons » de la traversée du désert – pourrait hériter des voix du Général, tout en élargissant sa majorité grâce à sa triple origine d'Auvergnat, de normalien et de banquier qui rassure. Pompidou-le-solide. Giscard a, lui aussi, reçu la bénédiction gaulliste, il est ministre. Il pourrait donc revendiquer une part d'héritage et, lui aussi, grâce à ses origines, il pourrait élargir cet électorat. Ne représente-t-il pas, en plus, la France traditionnelle, celle qui n'a pas vraiment été gaulliste entre 40 et 44 et qui trouverait ainsi, si ce n'est une revanche, du moins une réhabilitation. Giscard-le-malin. Chaban, lui, n'a pas eu besoin d'un baptême tardif. Il lui suffit de remettre son imperméable de résistant avec sa croix de Compagnon. Mieux que l'héritier du président de la République, il est l'héritier de l'Homme du 18 juin. Mais, lui aussi, il élargit son « public ». Car il n'a pas perdu, comme d'autres, son temps dans les sables nostalgiques d'une traversée du désert. Ministre de la IVe, il a fréquenté les radicaux, il a été ministre de Mendès. Président de l'Assemblée, il pourrait toujours s'appuyer sur ces fameux partis que le général a mis au placard mais qui, le jour venu, pourraient resurgir et que lui, Chaban, a ménagés. Chaban-le-gentil.

Et puis il y a aussi Debré, l'ancien Premier ministre que le Général a mis « en réserve de la République » qui est oublié aujourd'hui, mais sait-on jamais. D'autres aussi et tout ce monde-là s'agite.

Et d'autant plus que 1963 a été marqué non seulement par la grève des mineurs et par le Plan de stabilisation, mais aussi par un réveil de l'opposition. Mitterrand a été l'hôte du « Banquet des Mille », le 15 septembre à Saint-Honoré-les-Bains et surtout, le 18 novembre, Gaston Defferre est devenu « Monsieur X », c'est-à-dire l'homme qui correspondait le mieux au portrait-robot que *L'Express* avait, en octobre, dessiné pour désigner un adversaire possible au général de Gaulle lors des prochaines présidentielles. Car même si le 24 novembre, aux Assises nationales de l'U.N.R.-U.D.T., à Nice, Pompidou avait déclaré : « La succession du général de Gaulle n'est pas près de s'ouvrir », il n'était plus question déjà que de cette succession. Il est vrai que Pompidou avait ajouté, devant ces mêmes assises, que la succession « irait aux héritiers naturels », du Général et Pierre Lefranc affirme que « le général avait estimé ces propos prématurés, désobligeants et inutiles ».

Chirac, lui, n'hésite pas. Il a le sens de la discipline. Il aime son patron, il n'aime ni les malins ni les gentils, il préfère les solides. Il est aux ordres de son général-père adoptif. Et d'ailleurs, il n'est pour l'instant qu'un jeune haut fonctionnaire déjà content de son sort, il est « un peu Premier ministre » et il est convaincu que l'homme qui lui délègue ainsi un peu de pouvoir a un avenir tout tracé devant lui. Il lui suffira donc de le suivre. Quand il rêve (ce qui lui arrive bien rarement) dans son petit bureau plein de maquettes d'avion, il se voit, par la grâce de Pompidou, nommé un jour directeur de l'aviation civile, un beau poste pour le fils d'un directeur de chez Potez et c'est « tonton Marcel » (Dassault) qui serait content...

Quand il rêve un peu plus, le soir, après avoir pris le verre de whisky quotidien, dans le bureau d'Anne-Marie Dupuy où tous les membres du cabinet ont pris l'habitude de se retrouver et où Pierre Juillet, faisant sa fresque de politique intérieure, semble déjà distribuer les investitures, il se dit bien que la politique est « amusante », qu'un mandat de député est tout de même bien tentant, qu'il faudra aussi un jour penser à l'après-gaullisme pour les ministères, mais il se reprend vite. Discipline, discipline!

Et d'ailleurs Pompidou n'est-il pas lui-même discipliné? Le 24 avril 1964, Chirac a accompagné « pour le plaisir » son « patron » à l'Assemblée. C'est un grand débat. Mitterrand et Coste-Floret sont montés aux créneaux et à la tribune pour s'en prendre aux institutions. Et le Premier ministre leur a fait un cours d'explication sur l'esprit de la Ve République. S'adressant aux « émigrés de l'ancien régime » (la formule aura du succès), le Premier ministre qui fait des progrès comme orateur et qui est devenu redoutable précise : « Je ne saurais continuer à porter mes responsabilités si je n'étais pas pleinement d'accord avec le président de la République sur tous les aspects de la politique qu'il m'appartient de conduire avec le gouvernement dont je dirige l'action. » C'est clair. Le président de la République n'est plus ce que certains commentateurs de la Constitution avaient cru – et ce que de Gaulle lui-même avait affirmé – un « arbitre suprême », un « garant de l'État ». Il est bien celui qui décide de la politique à suivre, de toute la politique. Il n'y a plus de « domaine réservé », selon la formule créée par Chaban. Tous les domaines lui sont réservés et le Premier ministre doit se contenter de conduire cette politique à la tête du gouvernement, premier des ministres.

Ce jour-là – essentiel dans l'histoire constitutionnelle du pays –

Chaban domine l'hémicycle du haut du fauteuil du président, Giscard est au banc des ministres, Chirac est debout dans une tribune. Chaban ne comprendra pas les paroles de Pompidou, mais Giscard et Chirac, eux, les comprendront et sauront s'en souvenir. Pour ne pas les avoir comprises, Chaban perdra Matignon, huit ans plus tard, et la course à l'Élysée, dix ans plus tard; et, parce qu'ils les auront comprises, Giscard et Chirac feront « équipe » puis – et toujours pour la même raison – se sépareront. Il y a quelquefois des phrases importantes qu'il ne faut pas rater...

Mais pour l'instant, Chirac, lui, est surtout plongé dans ses dossiers. En 1965, il accompagne une délégation diplomatique et aéronautique qui se rend en U.R.S.S. pour mettre au point les accords nécessaires à l'ouverture de la ligne Paris-Tokyo par la Sibérie. Un grand projet d'Air France. C'est un voyage mi-officiel mi-touristique. Entre les rencontres avec les autorités soviétiques, il y a la visite du Kremlin et même une excursion à Léningrad. Ce voyage n'aurait aucun intérêt si, au cours de l'excursion à Léningrad, le jeune chargé de mission du Premier ministre n'avait fait, dans le train, la connaissance d'Alevtina Fedorovna, une ravissante blonde, employée soviétique d'Air France à Moscou. Chirac a l'habitude de faire du charme aux jolies filles et il n'est pas rare que les jolies filles en question y soient sensibles. En tout bien tout honneur, naturellement. Là encore l'anecdote n'aurait aucun intérêt si, bien sûr, Alevtina n'était pas un agent du K.G.B. comme dans les plus mauvais romans d'espionnage. Et comme dans ces romans, l'agent du K.G.B. est surveillé par un autre agent du K.G.B. qui, lui, travaille, en agent double, pour le S.D.E.C.E. français. Bref, aussitôt, Paris est prévenu que Chirac, Jacques, du cabinet du Premier ministre est une « visée opérationnelle des services secrets soviétiques ». La rencontre entre Jacques et Alevtina sera brève – une simple conversation dans le Leningrad-Moscou – mais le S.D.E.C.E. mettra la ligne téléphonique de Chirac sur écoute pendant des mois. En vain. L'affaire sera découverte par Chirac lui-même... neuf ans plus tard, quand il sera nommé ministre de l'Intérieur et que, selon la tradition de la maison, un fonctionnaire lui communiquera sa propre fiche. Ce qui est remarquable, dans cette anecdote, c'est de voir que, dès 1965, le K.G.B. avait estimé le jeune Chirac assez intéressant pour qu'on lui jette dans les bras une jolie blonde. Le K.G.B. voit loin...

De Gaulle avait dit en janvier 1965, en recevant les vœux de la presse accréditée à l'Élysée : « Cette année, on ne va pas s'ennuyer ». Et, effectivement, on ne s'est pas ennuyé. Mais le général a sans doute été le seul à vraiment s'amuser. Pendant toute l'année, en effet, tout le personnel politique de la majorité comme de l'opposition s'est demandé si de Gaulle se représenterait ou non à la présidence de la République puisque son mandat arrivait à expiration. Et comme les élections étaient prévues pour décembre, l'année a été particulièrement longue!

Pompidou était dans la plus difficile des situations en ne sachant pas à quoi s'en tenir. En tant que Premier ministre du général, il se devait de préparer la candidature de De Gaulle; en tant que chef de la majorité, il se devait de préparer une candidature de remplacement pour le cas – que rien ne permettait d'exclure – où le général déciderait de ne pas se présenter. Et cette candidature de remplacement ne pouvait être que celle du Premier ministre, c'est-à-dire la sienne. Il devait donc faire à la fois deux « pré-campagnes ». Ce n'était pas facile. Et d'autant plus que le général qui, pour des raisons tactiques évidentes, n'avait laissé percer aucun indice, avait précisé qu'il ne ferait connaître sa décision que... trente jours seulement avant le scrutin.

Pierre Lefranc qui, après avoir été pendant deux ans préfet de l'Indre, vient d'être nommé président de la Sofirad, est chargé de préparer ces campagnes. Pompidou le reçoit à Matignon et lui dit : « Pierre, je ne suis pas plus avancé que vous quant aux intentions du général. Naturellement tout doit être mis en place pour sa campagne. Mais tout doit être également mis en place pour une autre campagne. N'en parlez pas mais agissez en conséquence. Je tiens à votre disposition les renseignements personnels dont vous pourriez avoir besoin. »

Et Lefranc poursuit : « Dans les couloirs de l'Assemblée Nationale, certains répandaient la nouvelle que Georges Pompidou aurait exprimé l'avis que le général ferait mieux de se retirer ». Et Lefranc ajoute : « Déjà! » Rien ne permet d'affirmer – comme le fait Lefranc – que Pompidou ait souhaité, en 1965, « tuer le père ». Certes, et tous les inconditionnels de l'Élysée lui en ont fait grief, Pompidou a, quelques mois avant l'élection, suscité la rédaction d'un livre à sa propre gloire, *Le destin secret de Georges Pompidou* écrit par Merry Bromberger et chacun a su que le général n'avait pas apprécié cette opération de « promotion » de son Premier ministre. Ce détail (important) mis à part, tous les témoins de Matignon – et y compris Chirac – ainsi qu'un grand nombre de proches de Pompidou affirment, aujourd'hui encore, que le Premier ministre souhaitait très sincèrement que le général se représente. Pourquoi? D'abord, parce qu'il estimait, et il le disait souvent, que « celui qui succédera au général et quel qu'il soit aura forcément l'air d'un médiocre ». Ensuite, parce qu'il pensait qu'il n'était, lui-même, pas encore prêt. On oublie qu'il n'était alors Premier ministe que depuis moins de trois ans, que pendant toute la première année, il était resté un inconnu du grand public et qu'il n'avait encore jamais été élu, même pas conseiller municipal. Enfin et surtout, en 1965, Pompidou aimait encore le général très profondément. Nous verrons, plus tard, le déchirement de cet homme pourtant « solide » quand il pensera, avec quelques raisons, que le général l'abandonne. Son attitude en 68 et plus encore en 69 prouve, à elle seule, que Pompidou ne pouvait pas souhaiter, en 65, « tuer le père ». Quand on demande aujourd'hui à Chirac si Pompidou a souhaité, en 1965, le départ du général, il sursaute : « Non jamais. C'eût été absurde de sa part et c'est absurde de le croire. » (Entretien avec l'auteur.)

On sait même, aujourd'hui, qu'en 65 c'était de Gaulle qui, par moments, pensait sérieusement à... « tuer le fils ».

Pisani affirme qu'à l'automne 65, le général lui aurait dit : « C'est terrible, Pisani, d'avoir un Premier ministre conservateur ». Le capitaine de Frégate Flohic qui était alors l'un des trois aides de camp du Général et qui a écrit des *Mémoires d'outre-Gaulle* affirme, lui, qu'en 65 de Gaulle pensait à remplacer Pompidou par Debré, par Edgar Faure ou par Jeanneney. Bref, si quelqu'un est prêt à « trahir » l'autre, c'est plutôt de Gaulle qui pense remplacer Pompidou. Le général n'a d'ailleurs jamais hésité à se débarrasser de ses plus fidèles serviteurs, pour peu que cela puisse servir la politique qu'il entendait mener.

Mais personne, cette fois, ne peut croire Pisani quand il écrit : « Il est clair, lorsque arrive l'été 65, que Pompidou est prêt. Il ne cache pas ce qu'il ne peut pas cacher. En dépit de l'incertitude où il est sur les intentions du Général, sa personne tout entière éclate d'une force toute disponible pour l'affrontement qu'il souhaite (...) Le général annonce à la radio, en octobre 65, qu'il sera candidat en décembre. Cette décision prend Georges Pompidou au dépourvu (...) Il n'est pas beau à voir. Furieux et désemparé, il le dissimule à peine ».

D'abord le Général n'a pas annoncé sa candidature en octobre mais le 4 novembre, ensuite personne, si ce n'est Pisani, n'a vu Pompidou « furieux et désemparé ».

Si Pompidou s'est en effet préparé, il n'y a pas lieu de voir là un crime de « lèse-majesté ». Pompidou s'est préparé parce qu'il fallait qu'il y ait un candidat de la majorité et qu'il savait que Giscard serait candidat, ce qui, aux yeux du Premier ministre, aurait, en 65, été une catastrophe. Pompidou était au courant des projets de Giscard car celui-ci les avait confiés dès 62, à Poniatowski et la confidence avait été rapportée à Matignon. D'autre part, tout dans l'attitude de Giscard prouvait qu'il se préparait (et bien davantage que Pompidou).

Au cours de l'été 65, Pompidou avait demandé à son ministre des Finances de mettre en œuvre un plan de relance « avec un peu d'inflation ». C'était de bonne guerre pour préparer des élections quel que soit le candidat. Hautain, Giscard lui avait répondu : « Tout ça, c'est de l'électoralisme » et il n'avait rien fait. Giscard pensait, déjà, qu'il n'avait pas à préparer le terrain pour de Gaulle ou pour Pompidou et il était, déjà, convaincu qu'au cas où il serait lui-même candidat, il pourrait, tout ministre des Finances qu'il avait été, se désolidariser de la politique économique qu'il avait dirigée. Il jouait là, en fait, la politique du pire (pour le régime) et qu'il estimait la meilleure (pour lui-même).

Mais en même temps, à l'automne, Giscard affinait encore son « numéro ». Il présentait le budget 66 à l'Assemblée avec un discours époustouflant, de trois heures et demie sans une seule note, les deux mains posées à plat sur la tribune vide de tout papier. Son service de presse avait signalé à tous les journalistes que, seul, Poincaré avait réussi un pareil exploit en 1920. (Poincaré avait, en fait, parlé, lui aussi sans note mais pendant... sept heures).

Si Pompidou ne s'est pas montré « furieux et désemparé » après l'annonce par de Gaulle qu'il se représentait, il n'a pas caché, après le discours de Giscard qu'il était exaspéré et que cette fois « le petit snob prétentieux » en avait vraiment « trop fait ». Il allait le lui faire payer avant longtemps.

Chirac enregistre tout cela. L'ambition de Giscard, son talent, l'attitude de Chaban, le jeu des gaullistes qui sont prêts à se rallier comme un seul homme, en cas de danger, à Pompidou mais, peut-être aussi, à un autre candidat, l'évocation d'une candidature de Pinay, le jeu des centristes, celui de la gauche, la lâcheté des uns, la fragilité des autres, la nécessité d'une candidature unique. Il assiste, au premier rang et un peu dans les coulisses, à la première élection du président de la République au suffrage universel.

De Gaulle est finalement – et naturellement – candidat. Le candidat de la gauche unie, c'est Mitterrand. A droite il y a Tixier-Vignancour, Marcilhacy et un farfelu, Barbu. Mais la surprise des candidatures, c'est Lecanuet qui fausse un peu les cartes, fait une très bonne campagne, même si son sourire, trop publicitaire, énerve un peu l'opinion. Et, le 5 décembre 65 au soir, la nouvelle tombe comme une bombe : le général est en ballottage. Il n'a recueilli que 43,74 % des voix! Mitterrand en a 32,2 %, Lecanuet (responsable, sans aucun doute, de ce ballottage) 15,8 %, Tixier-Vignancour, 5,2 %, Marcilhacy, 1,7 % et Barbu, 1,1 %.

On a beaucoup écrit sur cet échec au premier tour des présidentielles de 65. La campagne de De Gaulle avait été trop courte. Le Général l'avait négligée et n'avait pas été bon. Il était apparu soudain vieux. Il y avait une certaine lassitude dans le pays. Le plan de stabilisation avait été trop dur.

Un instant, de Gaulle a pensé retourner définitivement à Colombey. Et puis, dès le lundi, il a réagi. Ça l'amusait de nouveau. Il s'est prêté à une campagne télévisée (avec Michel Droit) et il a été alors excellent. Au second tour, il obtenait 55,2 % des voix, Mitterrand n'en recueillant que 44,8 %. La victoire était honorable, mais l'émotion avait été grande et, il faut le dire, le mythe de De Gaulle en avait pris un sérieux coup. On allait le voir, deux ans et demi plus tard, en mai 68.

Pompidou a, bien sûr, démissionné au lendemain des présidentielles, comme le veut la tradition, et de Gaulle, réélu, l'a de nouveau chargé (après des hésitations? On ne le saura jamais) de former un gouvernement. Le troisième cabinet Pompidou est marqué par quelques changements notables. D'abord Giscard est « congédié comme un domestique ». Du moins le ressent-il ainsi et il s'en va furieux allant jusqu'à demander aux Républicains Indépendants de refuser, tous, d'entrer dans ce nouveau gouvernement. (Seul Mondon lui sera fidèle, Marcellin, Chamant et Bettencourt acceptant, eux, les portefeuilles qu'on leur propose). En fait, Pompidou qui a obtenu sa tête – il reconnaîtra devant Jean Charbonnel l'avoir demandé au Général expressément (cf. *L'aventure de la fidélité*) – avait tout de même offert à Giscard un « grand » ministère de l'Équipement. Mais il avait fait remarquer au Général que le plan de stabilisation avait coûté bien cher (le premier tour des présidentielles) et que la politique de Giscard qui visait à récupérer les centristes n'avait pas empêché Lecanuet de recueillir 15,8 % des voix. Pompidou savait très bien que Giscard n'accepterait jamais le « lot de consolation » qu'il lui proposait et il était ravi de voir son rival en puissance s'éloigner.

En échange de la tête de Giscard, le Général avait demandé le retour d'Edgar Faure qui, fin 63, avait organisé la reconnaissance de Pékin par Paris. Pompidou mettait Faure à l'Agriculture, avec pour mission de préparer l'électorat paysan pour les législatives de 67. Pisani avait hérité du « grand » ministère préparé pour Giscard. Debré revenait, lui aussi. Il l'avait bien mérité ayant été excellent pendant la campagne des présidentielles, notamment au cours d'un débat contre Mendès. Pompidou lui donnait le siège de Giscard aux Finances. Autre arrivée, mais celle-ci fort discrète et d'un nouveau, Jean Charbonnel, ancien normalien, ancien énarque, conseiller à la Cour des Comptes, député de la Corrèze, ami de Chirac et nommé secrétaire d'État aux Affaires étrangères, chargé de la Coopération.

Chirac observe comment on forme un gouvernement, le poids des uns, la personnalité des autres, les risques qu'on peut prendre, ceux qu'il faut éviter.

En même temps, le cabinet de Matignon est un peu remanié. Ortoli s'en va pour devenir commissaire au Plan et c'est Jobert qui le remplace comme directeur de cabinet.

Michel Jobert, dont les témoignages sont toujours très contestés par les témoins, raconte dans ses *Mémoires d'avenir* : « Quand je remplaçai, le 8 janvier 66, Ortoli à la direction du cabinet de Georges Pompidou (...) il fut question d'écarter de Matignon où il déployait son activité dans le secteur de la construction et des transports, Jacques Chirac, mon collègue de la Cour des Comptes. Je m'opposai catégoriquement à ce départ dont je voyais bien les mobiles mais non les justifications. De cela, l'un et l'autre nous nous souvenons bien ».

A dire le vrai, personne aujourd'hui ne se souvient très bien pourquoi Olivier Guichard voulut faire écarter Chirac de Matignon, ni Chirac, ni Guichard, ni Jobert. Il est vrai que, depuis, Guichard est inscrit au R.P.R., que Jobert est devenu ministre de Mitterrand et que Chirac était sans doute, comme toujours dans ces cas-là, le dernier à être au courant. Cela dit, ni Simonne Servais ni Anne-Marie Dupuy n'ont aucun souvenir de cet incident. La fébrilité de Chirac énervait-elle « le grand méchant mou »? Ou Guichard reprochait-il à Chirac d'avoir laissé passer un texte sur la construction? On ne le saura jamais.

L'année 1966 n'est pas très bonne. Il y eut, pendant le premier trimestre, deux fois plus de grèves qu'il n'y en avait eu pendant toute l'année 65. Le 1er mars, grève de la R.A.T.P., le 17, grèves dans le secteur public, le 20 avril, grève de l'E.D.F., le 22, grève de la S.N.C.F., le 17 mai, grève générale, etc. L'année se termina d'ailleurs par une émeute de paysans mécontents à Morlaix.

Les historiens diront un jour que tout se préparait pour l'explosion de mai 68. A l'époque, peu de gens se rendaient compte de la dégradation régulière de la situation sociale. Sauf, peut-être, de Gaulle qui s'entêtait à se passionner pour « l'intéressement des travailleurs aux profits des entreprises ». Le 16 juillet, il recevait « le rapport de la commission Mathey sur l'intéressement » et le 28 octobre, il évoquait ce problème, au cours d'une conférence de presse, sans se faire beaucoup entendre, il faut le dire.

En fait, tout le monde est persuadé que le « Plan Debré », lancé dès le 16 février 1965, va corriger les excès du « plan de stabilisation » de Giscard et calmer l'opinion sociale, tout en permettant à l'industrialisation de faire encore des progrès. C'est l'époque de l'association Peugeot-Renault, Usinor absorbe Lorraine-Escaut, le Comptoir d'Escompte et la B.N.C.I. se fondent pour devenir la B.N.P., on lance un « plan professionnel de la sidérurgie », des « contrats de programme » avec des industries, etc. Bref, le « colbertisme » de Debré remplace le « poincarisme » de Giscard et comme la France s'est, en effet, métamorphosée sous le premier septennat de De Gaulle, devenant un vrai pays moderne, chacun est rassuré et imagine le nouveau bond qu'elle va pouvoir faire pendant ce second septennat.

Le monde politique, lui, n'a, en 66, qu'une seule préoccupation : les élections législatives prévues pour mars 67.

L'échec du Général au premier tour des présidentielles a été un avertissement pour la majorité et un encouragement pour l'opposition. Chacun va donc se mobiliser. Pompidou qui, à la demande du Général, a décidé de se présenter lui-même dans le Cantal, prend résolument la tête de la majorité pour le combat. Il se méfie de l'attitude des amis de Giscard qui continue à bouder mais qui n'ont guère le choix. Il se demande si les amis de Lecanuet et l'ensemble du marais centriste vont basculer du côté de l'opposition, résolument, ou, au contraire, rejoindre la majorité comme certains en ont bien envie.

Voyant que la gauche se mobilise, il joue à fond sur le centre et la droite pour « ratisser » au plus large. Et il devient, c'est vrai, alors, conservateur pour préparer cette campagne. Un exemple entre mille est révélateur et Chirac va y être associé. Le 27 avril 1966, Pisani qui prend très au sérieux son ministère de l'Equipement, envoie au Général un énorme rapport sur la politique de l'équipement. Pisani a la manie des rapports qui se veulent révolutionnaires. Il veut toujours tout remettre à plat et tout reconstruire à partir de zéro. Bien que détestant Pompidou, il envoie, par correction et par respect des institutions, un double de ce rapport à Matignon. La grande idée de Pisani, cette fois, c'est une gigantesque réforme de la fiscalité dans le domaine foncier et la création d'un nouvel impôt sur les plus-values foncières. Et il est vrai que tous les experts ont toujours affirmé qu'on ne ferait jamais rien si on ne s'attaquait pas à ce problème foncier. Le rapport arrive à Matignon sur le bureau de Chirac. Chirac est intéressé par les idées de Pisani mais elles lui paraissent « osées » et « pour le moins inopportunes » en cette période préélectorale. Il transmet le dossier avec son commentaire à Pompidou. Le Premier ministre parcourt le rapport et note en marge ces trois mots : « Pas de vagues ». Pisani, mis au courant, ne le pardonnera jamais à Pompidou. Il verra là la preuve que le Premier ministre est un « conservateur » et que le gaullisme qu'il imaginait est désormais récupéré par la droite la plus réactionnaire. Il s'en ira et ira jusqu'à rejoindre les socialistes, par dépit sans doute. Mais Pompidou avait réagi ici plus en expert de politique électorale qu'en conservateur. Il voulait gagner les élections, donc pas de vagues...

Chirac médite la leçon. Elle est fondamentale (comme dirait Chirac lui-même). Pompidou qui connaît son monde et son Auvergne, est convaincu que tous les hommes politiques qui tentent de récupérer des voix chez leurs adversaires pour élargir leur électorat, ne réussissent qu'à perdre une grande partie de leur électorat, sans pour autant gagner une seule voix chez leurs adversaires. Pisani, lui, pense le contraire. Et il est vrai qu'il est tentant pour un homme politique de faire la politique de ses adversaires, pour les désarmer sur leur propre terrain, avec le rêve, bien utopique, de faire ainsi l'unanimité ou presque. Pompidou, réaliste et pragmatique, trouve cela absurde. Chirac aura à se souvenir de cet « accrochage » avec Pisani, à deux reprises et dans des conditions autrement plus importantes : Chaban voudra, lui aussi, avec sa « nouvelle société » faire la politique de ses adversaires et Giscard, à l'Élysée, voudra, lui aussi, charmer la gauche. On ne saura jamais ce qu'aurait pu donner la « nouvelle société » si Pompidou lui avait offert sa chance (on a cependant vu les résultats économiques de la politique de Delors dès qu'il fut ministre des Finances de Mitterrand) et on a vu les résultats de la politique de V.G.E... en mai 81.

Cela dit, Pisani et ses amis les gaullistes de gauche, peuvent toujours affirmer que si on les avait écoutés en 66, on n'aurait pas eu mai 68. Affirmation totalement gratuite. On ne refait pas l'histoire. Et on peut se demander si les étudiants parisiens auraient trouvé le bonheur et les raisons de vivre qu'ils cherchaient désespérément dans une... réforme de la fiscalité foncière.

Fin 66, c'est encore l'époque où l'on reparle d'un changement de Premier ministre. Certains affirment que de Gaulle a alors décidé de ne garder Pompidou que jusqu'au lendemain des législatives! Cela leur permet de prétendre qu'homme de gauche, le Général avait « tout prévu » y compris mai 68. Malheureusement, ils ajoutent que le Général avait décidé de remplacer Pompidou par... Couve de Murville ou par Messmer. Or ni l'un ni l'autre ne faisaient alors figures de révolutionnaires ou même de gaullistes de gauche capables de remplacer ce « conservateur » de Pompidou.

Si de Gaulle, en 66, a pensé à changer de Premier ministre, c'est sans doute moins parce qu'il sentait ce malaise qui allait conduire le pays à mai 68 que parce qu'il pensait qu'un nouveau visage à Matignon pourrait distraire la France qui s'ennuyait. Et il est vrai qu'un nouveau venu aurait eu à cœur de mettre en œuvre quelques réformes pour marquer son arrivée alors que Pompidou voulait surtout ne pas faire de vagues pour mener à bien à sa politique d'industrialisation. Et puisque toute cette période de formation de Chirac est désormais jugée en fonction de mai 68, on peut répondre à ceux qui affirment qu'un Messmer ou un Couve aurait évité la crise de mai en mettant en œuvre les projets de participation du Général que, d'une part ces projets – bien timides – n'auraient sans doute pas calmé les gauchistes et que d'autre part et surtout un gouvernement « gauchisé » n'aurait jamais été capable de provoquer le « sursaut » du 31 mai 68 qui sauva le pays du chaos.

On peut d'ailleurs ajouter que ce gouvernement « gauchisé » n'aurait sans doute pas remporté les législatives de 67 qui, nous allons le voir, ne l'ont été que d'extrême justesse et qu'alors on se serait lancé dans l'inconnu, avec une majorité de gauche, un général parti, etc.

Donc d'abord gagner les élections. Et d'autant plus que Mitterrand, tout fier de son titre nouveau d'« homme qui a fait vaciller de Gaulle », prend en main l'électorat de gauche.

En février, Lecanuet crée le Centre Démocrate et Mitterrand invite Mendès à rejoindre la fédération de la Gauche la F.G.D.S. En mars, il propose la création d'un contre-gouvernement alors que Pompidou propose lui la création d'un « Comité de liaison de la Ve République » avec les Républicains Indépendants. En mai, le contre-gouvernement est rendu public par Mitterrand. En font partie : Guy Mollet, Defferre et Billières. Et le comité de liaison est créé avec Giscard. En juin, Pompidou annonce au conseil national de l'U.N.R.-U.D.T. qu'il n'y aura qu'un candidat de la majorité par circonscription. En juillet, Giscard demande une réorganisation de la majorité. La Fédération de la gauche publie son programme. En septembre, Mitterrand lance un « appel aux républicains de progrès pour battre le pouvoir personnel ». En novembre, le P.C. se dit prêt à rencontrer des représentants de la F.G.D.S. En décembre F.G.D.S. et P.C. concluent un « accord électoral » pour le second tour. Le 31 décembre, de Gaulle déclare, dans son allocution de fin d'année : « En mars, les Français devront choisir entre l'avenir et le passé ».

1966 aura donc, bel et bien, été une année préélectorale, une de plus.

Et à la veille des élections du 5 mars 67, Pompidou est plus « dauphin » que jamais, en dépit de toutes les rumeurs puisque c'est lui qui a mené la bataille et distribué (avec Pierre Juillet) les investitures de la majorité.

Giscard, lui, est plus... autonome que jamais. Le 10 janvier 67, il a lancé son fameux « oui, mais... ». Le lendemain en Conseil des

1

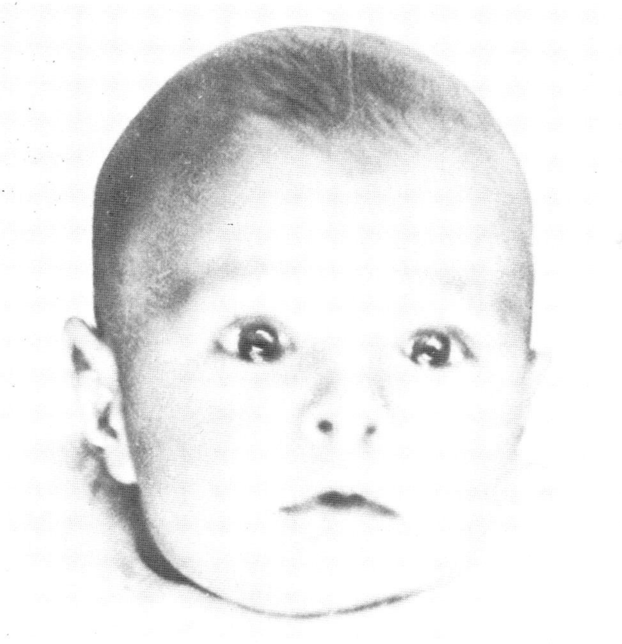

1.
Un bébé nommé Chirac. *(D.R.)*

2.
Jacques Chirac à 4 ans avec sa mère, aux environs de Sainte-Féréole en Corrèze, le village des Valette. *(D.R.)*

2

3

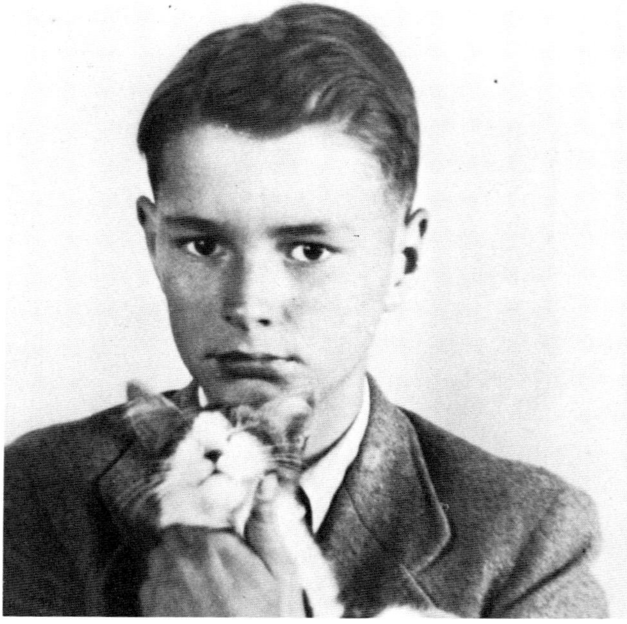

3.
Jacques Chirac au Rayol,
pendant la guerre. *(D.R.)*

4.
Entre son père et sa mère,
le jour de sa
Première Communion. *(D.R.)*

5.
Vacances en Corrèze
avec son père. *(D.R.)*

4

5

6

6.
Un étudiant de Sciences Po dans les rues de Brive. *(D.R.)*

7.
Jacques Chirac pilotin à bord du *Capitaine Saint-Martin* au large des côtes algériennes - Juillet 1950. *(D.R.)*

8.
Juillet 53 :
Voyage aux Etats-Unis. *(D.R.)*

9.
Juillet 53 :
« Trois de Sciences Po » devant les chutes du Niagara : Jacques Chirac, Françoise Ferré et Philippe Dondoux. *(D.R.)*

7

PORT HALIFAX
SAILING TIME
10-30 (local time)
DATE 11th July 1953

10

10.
Premier à gauche, J. Chirac
élève à l'Ecole d'Application
de l'Arme blindée
et de la Cavalerie à Saumur.
Juin 55. *(D.R.)*

11.
Hiver 55-56.
Le sous-lieutenant
Jacques Chirac du
11e régiment de chasseurs
d'Afrique en manœuvres
à Neuschtadt
(Palatinat). *(D.R.)*

11

12

12.
Le 17 mars 1956.
Le sous-lieutenant Jacques Chirac épouse Mlle Bernadette de Courcel. *(D.R.)*

13.
Le 15 avril 1956.
Jacques Chirac débarque du *Sidi-Bel-Abbès* à Oran. *(D.R.)*

13

14.
Jacques Chirac à la tête du 3ᵉ peloton du 6ᵉ R.C.A. *(D.R.)*

15.
Photo prise par Jacques Chirac lui-même : son père, sa mère, sa femme et ses deux filles Claude et Laurence. *(D.R.)*

ministres, de Gaulle déclare : « On ne gouverne pas avec des mais ». En privé, il précise sa pensée : « Giscard, ce petit misérable, ce traître ». C'était la première trahison de Giscard, une préparation de ce qu'allait être celle de 69, à la veille du référendum. Le général ne s'y était pas trompé.

Mitterrand, lui, est maintenant le leader incontesté de l'opposition.

Et Chirac? On l'a moins vu ces derniers temps. Il est vrai qu'il était moins souvent à Matignon. Où est-il? En Corrèze. En vacances? Non.

IV

UN CADET À LA CONQUÊTE DE LA CORRÈZE 1967

« En juillet 1966, j'étais au cabinet du Premier ministre. J'espérais être nommé directeur des transports aériens. M. Pompidou m'a demandé de me présenter aux élections législatives. Puisqu'il me le demandait, je l'ai fait. J'étais un inconditionnel de Georges Pompidou. »

Si Jacques Chirac écrivait lui-même sa biographie, c'est ainsi qu'il commencerait ce chapitre. C'est, en effet, la version qu'il donne d'habitude pour expliquer sa candidature aux législatives de 1967.

Disons que c'est là une version un peu... raccourcie, très « pompidolienne », dans le style du brillant normalien qui aimait répéter : « Il faut prendre la vie comme elle vient », très « chiraquienne » aussi puisque notre jeune candidat – il n'a pas trente-trois ans – déclare, lui, alors, à qui veut l'entendre : « J'aime la discipline, je l'ai apprise à l'armée et à la Cour des Comptes ». Quand on se souvient des batailles navales de ladite Cour des comptes, on sourit.

En fait, tous les témoins de l'époque sont – au moins – d'accord avec Simonne Servais qui se souvient : « Si jamais c'est Georges Pompidou qui a demandé à Chirac de se présenter, il n'a pas dû avoir beaucoup à insister. Tout le monde, à Matignon, savait que Chirac se lancerait un jour dans la politique active. Il était évident qu'il était fait pour cela et qu'il en brûlait d'envie. Cela dit, Georges Pompidou a sûrement été ravi de voir Chirac candidat. Mais c'était dans la nature des choses. »

Pierre Racine qui avait été le directeur des stages de l'E.N.A. et qui allait devenir directeur de l'École, de 1969 à 1975, déclarait en ces temps-là : « Maintenant les énarques font du cabinet. C'est une base pour se constituer un fief électoral doré sur tranche. » Il y a dans ces paroles du haut fonctionnaire une nuance de regret. A tort sans doute. Les fonctionnaires ont trop longtemps méprisé les politiciens qui ne connaissaient rien aux problèmes et qui devaient avoir recours à eux, pour en vouloir aux fonctionnaires d'envahir le monde politique et de tenter ainsi de créer une « race » nouvelle où les techniciens auraient aussi l'onction du suffrage universel, ce qui éliminerait, à la fois, et, les politiciens ignares et les technocrates coupés du monde, deux tares des démocraties modernes.

Chirac poursuit : « M. Pompidou voulait que je me présente dans la région parisienne. – Paris, cela me terrorise lui ai-je répondu, j'irai en Corrèze. – Mais vous serez battu, me dit le Premier ministre. – Il n'y a que les combats qu'on ne mène pas qui ne sont pas gagnés, lui ai-je répondu. »

On comprend les inquiétudes de Pompidou. La Corrèze est un département « impossible ». Mais on comprend aussi la foi de Chirac : il a préparé son coup.

A cette époque, les départements du centre (Corrèze, Creuse, Haute-Vienne et Lot) sont des fiefs de la gauche où radicaux, socialistes et communistes se partagent le pouvoir. Un curieux pouvoir d'ailleurs. Celui de notables de la IIIe République qui régneraient, en bougonnant, sur un désert oublié par la Ve et le progrès. C'est l'époque où pour faire un mot et lancer une « philosophie », Raymond Cartier s'écrie, en 1964 : « La Corrèze avant le Zambèze. » Et il est vrai que ces régions, sans ressources, oubliées par les technocrates de la IVe et de la Ve, ont raté le train du modernisme. Alors ces notables qui étaient autrefois toujours du côté du pouvoir parce que leurs circonscriptions en avaient besoin pour survivre, en sont restés à l'époque de leur bonheur passé, se figeant dans une opposition systématique comme le pouvoir les avait figés dans leur sous-développement.

Ils avaient été « progressistes » au début du siècle et pendant l'entre-deux-guerres. Ils avaient été socialistes ou radicaux pour essayer de s'en sortir. On les avait ignorés et ils étaient restés « de gauche », mais désormais ils avaient perdu tout espoir, se complaisant, faute de mieux, dans une opposition démodée. Le gaullisme ne les avait pas atteints. Pendant l'occupation, les résistants avaient été socialistes ou communistes et il en était resté une bonne haine entre vieux de la S.F.I.O. et vieux du P.C.F.

Pierre Lefranc, originaire de la région, avait été nommé délégué du R.P.F. pour ces départements en 1947 avec comme mission de recruter des militants. Évoquant ses périgrinations d'alors, il se souvient : « Je constatai que la guerre, passée par-là pour la première fois et sans ménagement, n'avait pas changé les habitudes politiques et qu'aucune des vedettes du présent n'effaçait les souvenirs des Bonnet, Malvy et Spinasse. Rendre gaulliste cette solide population paraissait une tâche démesurée. Elle l'était. » (*Avec qui vous savez*).

Jean Charbonnel, autre enfant du pays, écrit lui : « Depuis plus d'un siècle, les républicains hostiles à l'Empire d'abord, puis les radicaux, les socialistes et enfin les communistes avaient occupé très largement le terrain corrézien. Leurs adversaires, modérés ou gaullistes, n'avaient pu y accomplir que des percées limitées et le plus souvent éphémères, parce que liées à des circonstances exceptionnelles; il en avait été ainsi pour Charles de Lasteyrie en 1919, pour Edmond Michelet après la Libération et pour Jean Filliol en 1958. »

En fait, il y avait dans ces régions un curieux mélange de vieille gauche laïque et de légitimisme déçu. On était « de gauche » parce qu'on avait été élevé par les instituteurs de Jules Ferry qu'ils s'appellent Chirac ou Pompidou et que plus personne depuis n'était passé par-là pour mettre le pays au goût du jour et parce qu'on lisait toujours *La Dépêche du Midi* croyant, souvent encore, qu'elle appartenait aux frères Sarraut. Mais on aurait été prêt à rejoindre le parti au pouvoir, pour peu qu'il acceptât de s'occuper un peu de la région qui était la dernière dans toutes les statistiques, dernière sur le plan économique, dernière pour la superficie, dernière pour la population, toujours dernière. Quand on est toujours oublié par le pouvoir, on ne peut pas être légitimiste. Mais quand on est malheureux à ce point, on n'a qu'un rêve... être légitimiste. Ah qu'on était déjà loin du bon temps du bon docteur Queuille!

En 1958, la Corrèze a été le seul département à voter « non » au référendum du général. Cela lui valut un surnom africain. Avant de la comparer au Zambèze, on l'a appelée « La petite Guinée » puisqu'elle avait pris la même attitude que le pays de Sekou Touré. Or, de Gaulle n'aimait pas qu'on lui dise non. Il avait coupé les ponts avec Conakry et il s'en était fallu de peu qu'il n'en fasse autant avec Brive.

En 1962, alors qu'on était en pleine « affaire Monnerville » – le président du Sénat avait parlé de « forfaiture » et on avait très mal pris la chose à l'Élysée, le Sénat allait être boycotté pendant des années par les ministres sur ordre du général – le Conseil général de la Corrèze avait à l'unanimité moins une voix, voté une motion condamnant le régime de la Ve République. C'était là une initiative pour le moins insolite. On sait que, selon la loi fondamentale de 1871, les conseils généraux n'ont pas le droit d'émettre des vœux politiques. D'autre part, personne n'avait rien demandé à ces élus locaux. Les conseillers de la Corrèze avaient voulu, ici, faire plaisir à Gaston Monnerville, élu du Lot voisin et ancien commandant des

F.F.I. dans les maquis du Massif central. Jouer, en 1962, la carte de Monnerville contre de Gaulle prouvait, si besoin en était, le désarroi (et l'inconscience) dans lesquels se trouvaient les élus de Brive, de Tulle et d'Ussel.

En fait ces élus – et leurs électeurs – se cherchent désespérément un nouveau « père Queuille ». Il faut dire que pendant un demi-siècle Henri Queuille a marqué la Corrèze, qu'aucun autre département ne s'est jamais, sans doute, autant identifié à un notable que la Corrèze à Queuille, et que bien rares sont les circonscriptions qui, dans l'histoire de France, ont pu bénéficier d'autant de faveurs décrochées à Paris que la Corrèze grâce au bon docteur.

Né en 1884, à Neuvic d'Ussel, fils de pharmacien et lui-même docteur en médecine à Neuvic d'Ussel, Queuille a été élu maire en 1912, conseiller général en 1913 et député en 1914. Il allait être réélu à la Chambre en 1919, en 1924, en 1928. En 1935, il passait au Sénat où il était réélu en 1938. Il allait être membre de l'Assemblée constituante provisoire, en 1944 et, de nouveau, élu député de 1946 à 1958. Entre-temps, il sera... vingt-cinq fois ministre (de Millerand, Leygues, Herriot, Poincaré, Chautemps, Steeg, Paul Boncour, Daladier, Sarraut, Doumergue, Flandin, Reynaud, André Marie, Schuman, Bidault, Pleven, Edgard Faure, Pinay, René Mayer et Joseph Laniel) ce qui est tout de même assez fabuleux. Il sera ministre de la Santé, des P.T.T., des Travaux Publics, de l'Intérieur, mais surtout – Corrèze oblige – ministre de l'Agriculture. A treize reprises, il occupera le fauteuil de l'Agriculture, rue de Varenne. Il sera d'ailleurs même Président du Conseil à trois reprises : en septembre 48, en juin 50 et en mars 51.

Dans la vie politique française, Queuille a donc certainement battu beaucoup de records pour ce qui est de la longévité et de l'assiduité. Il a, en tous les cas, battu un record absolu, toutes républiques confondues, il a été président du conseil pendant... deux jours, le 2 et 3 juillet 50. C'est le gouvernement le plus bref de toute l'Histoire de France. L'un des rares auxquels on ne peut, en tous les cas, guère reprocher sa politique. Il est vrai que, quelques mois plus tôt, Queuille avait réussi à « tenir » à Matignon pendant un an, un mois et seize jours, presque un autre record – et dans le bon sens celui-ci – puisque seul Guy Mollet a pu « tenir » plus longtemps que lui (avec un an quatre mois et quinze jours) sous la IVe République.

On imagine sans peine la fierté que peut avoir une circonscription comme celle d'Ussel pour une telle gloire politique locale. On imagine aussi les « services » qu'a pu et dû rendre le « bon docteur » à ses électeurs pendant ce demi-siècle, pour se garder une telle fidélité. Les routes, les écoles, les décorations, les hôpitaux, les bureaux de tabacs, les bourses, les maisons de retraite, les affectations pour le service militaire, etc., se sont déversés pendant ces cinquante ans sur la circonscription d'Ussel.

Quelle était la « couleur politique » de Queuille? Il était radical-socialiste, « rad-soc » dans toute sa splendeur. Mais il est, tout de même, juste de rappeler qu'il rejoignit de Gaulle à Londres, en 1943, et qu'il devint Commissaire d'État chargé de la coordination des différents commissariats d'État, assurant même, par moment, l'intérim du Président du gouvernement Provisoire lors des absences du général. En dépit de son attitude en 58, il tenait beaucoup à rappeler cette fonction d'intérimaire dans toutes ses notices biographiques pourtant déjà bien longues.

Pour la petite histoire et puisque nous en sommes à évoquer Queuille, on peut noter que Queuille eut deux enfants : Pierre qui devint diplomate et Suzanne qui épousa un célèbre avocat parisien, Mᵉ Jean Gallot. Les Gallot eurent quatre enfants dont une fille épousa, en 1963, un conseiller reférendaire à la Cour des Comptes, Jérôme Monod. L'ancien plus proche collaborateur de Chirac, Monod, directeur du cabinet de Chirac à Matignon puis secrétaire général du R.P.R., a donc épousé la petite-fille de Queuille qui représenta pendant cinquante ans la Haute-Corrèze que Chirac allait lui-même bientôt représenter.

Si Queuille a laissé un souvenir impérissable aux Corréziens, il n'a pas laissé ce même souvenir dans l'Histoire contemporaine. Seuls ceux qui voudront écrire des thèses sur le radical-socialisme français ou sur la politique du Limousin devront se pencher sur ses écrits. La seule phrase qu'ont retenue les Annales de lui est cependant assez belle : « Il n'y a pas de problème que l'absence de solution ne finisse par résoudre », disait-il souvent. C'est, bien sûr, frappé au coin du bon sens (cher aux régions du Centre, comme aurait dit Pompidou).

Cela dit et pour redevenir plus sérieux, Queuille est tout de même particulièrement intéressant à observer et pour deux raisons. D'abord, il permet de mieux comprendre la Corrèze. Ensuite, on s'aperçoit que Chirac, l'élève de Pompidou, peut avoir certaines attitudes faites pour plaire aux anciens électeurs de Queuille.

Nous avons vu que dans les années 60, les commentateurs faisaient de la Corrèze une « petite Guinée », un bastion imprenable sous prétexte qu'elle avait dit « non » à de Gaulle et qu'elle paraissait enferrée à tout jamais dans une opposition de gauche systématique.

Le « règne » de Queuille qui n'était pas de gauche et qui fut pendant un demi-siècle à la fois élu de la Corrèze et membre des innombrables gouvernements qui se sont succédés sous la IIIe et sous la IVe, prouve à l'évidence que la Corrèze n'est pas fondamentalement de gauche et, encore moins, systématiquement hostile à tout pouvoir installé à Paris. Jean Charbonnel a sûrement raison quand il dit : « La région du centre n'aime pas être dans l'opposition. Elle a trop besoin du pouvoir. »

D'autre part, nous avons vu aussi qu'un certain nombre d'observateurs qui cherchaient à tracer un portrait de Georges Pompidou tournaient autour du mot « radicalisme ». Quand Pisani écrit : « L'art de Pompidou sera de refuser d'aborder les problèmes qui ne comportaient pas de solution immédiate et évidente », quand Lefranc écrit : « Pompidou cherchait toujours des solutions qui permettaient de tourner la difficulté », on pense brusquement à Queuille et à « sa » fameuse phrase historique et on comprend que Jean Remond se soit demandé si Pompidou n'incarnait pas « le radicalisme d'aujourd'hui ».

Homme du pouvoir (c'est-à-dire des interventions, des faveurs, du développement de la région), disciple d'un « radical d'aujourd'hui », enfant du pays, Chirac ne prenait donc peut-être pas un risque aussi fou que le pensait Pompidou en allant tenter sa chance en Corrèze.

Et d'autant plus qu'en fait, en Corrèze, tout a commencé dès 1962. Jean Charbonnel a, en effet, été élu député de Brive aux législatives de novembre 62. Certes, de justesse, au deuxième tour, et avec seulement sept cents voix d'avance sur son concurrent communiste. Certes, à la surprise de tout le monde – Pompidou a déclaré : « L'élection de Charbonnel à Brive, c'est comme si Régine entrait brusquement à l'Élysée. » Mais Charbonnel était élu et il y avait donc un U.N.R.-U.D.T. dans la place-forte corrézienne entre le socialiste Montalat (à Tulle) et le socialiste Var (à Ussel). Charbonnel succédait tout de même à un autre gaulliste, Filliol mais qui, lui, avait été élu « accidentellement » en 58, tout le monde le savait, en bénéficiant miraculeusement d'une triangulaire. Filliol, malade, ne s'était pas représenté et tous les experts gaullistes avaient annoncé la perte de ce siège pour l'U.N.R.

Cela dit, le succès de Charbonnel n'était qu'un bien modeste début. Si on observait alors les dix-sept élus – députés et sénateurs – des quatre départements du Centre, les trois départements du Limousin (Corrèze, Creuse, Haute-Vienne) plus le Lot qu'on leur accole traditionnellement, on s'apercevait que sur ces dix-sept élus, Charbonnel était le seul membre de la majorité. Il y a dix socialistes, avec des « ténors » locaux, comme Chandernagor dans la Creuse, Longequeue à Limoges ou le sénateur Champeix en

Corrèze, trois membres du Rassemblement Démocratique avec Maurice Faure dans le Lot et trois membres de la Gauche Démocratique avec Monnerville. Charbonnel était donc bien seul.

Cependant l'exemple de ce jeune Corrézien, ancien énarque (et ancien normalien), conseiller référendaire à la Cour des Comptes, ancien membre d'un cabinet ministériel (chez Bernard Chenot, à la Santé, de 59 à 62), ancien maître de conférence à Sciences-po et qui a réussi cette percée a de quoi susciter bien des vocations chez d'autres jeunes Corréziens, énarques, de la Cour des Comptes et membres de cabinet ministériel.

Charbonnel est d'ailleurs le premier à se sentir seul et à se chercher des compagnons. Il écrit : « Dans la Corrèze de 1963, il ne suffisait pas de vouloir mener le combat. Il fallait encore le pouvoir. Je compris très vite qu'il ne me serait pas possible de le faire seul. (...) C'est ainsi que naquit mon association avec Jacques Chirac. Il avait une réputation assez ambiguë et passait pour avoir sympathisé avec les thèses de l'Algérie française, après avoir été proche de la gauche. » Et Charbonnel ajoute : « Je demandai à Georges Pompidou et obtins de lui sans difficulté que Jacques Chirac fût nommé membre de la première assemblée régionale, la C.O.D.E.R. du Limousin. » *(L'Aventure de la fidélité).*

Il faut noter que Charbonnel a écrit ses *Mémoires* alors qu'il était en mauvais termes avec son ancien ami, qu'il avait perdu pratiquement tous ses mandats et tout espoir d'en retrouver et qu'il en voulait à beaucoup de monde.

Toujours est-il que Chirac a, effectivement, été nommé, par décret du 2 novembre 1964, membre de la Commission de Développement Économique et Régional du Limousin.

En vérité, Chirac a, une fois de plus, beaucoup de chance. A Matignon, on s'intéresse particulièrement à cette région du Centre. D'abord, c'est un bastion de l'opposition, une « tache » au cœur du pays qui déplaît au général. Mais ensuite et surtout parce que Pompidou est du Cantal voisin et que son « conseiller ès sciences électorales », Pierre Juillet est lui originaire de la Creuse, qu'il a succédé à Lefranc comme délégué du R.P.F. pour le Limousin et qu'il retourne régulièrement dans la région. Charbonnel et Chirac ont donc la bénédiction des « Dieux ».

Dès 1963, le député énarque Charbonnel et le membre du cabinet de Pompidou énarque Chirac constituent leur équipe. Ils recrutent d'abord Pierre Mazeaud, un jeune magistrat de trente-quatre ans qui a été chargé de mission à Matignon du temps de Debré, qui est alors conseiller technique de Jean Foyer, au ministère de la Justice, mais qui est surtout connu dans la région parce qu'il est issu d'une célèbre famille de magistrats limousins. Son père, Jean Mazeaud, conseiller à la Cour de Cassation, a écrit avec ses deux oncles Léon et Henri, tous deux professeurs à la Faculté de Droit de Paris, les quatre volumes des « leçons de droit civil » que tout étudiant en droit doit connaître. Et ces trois frères Mazeaud sont les fils de Félix Mazeaud, ancien président de la Cour de Cassation et fierté de Limoges. En quelque sorte, la nouvelle noblesse de robe limousine. Pierre Mazeaud commence, en plus, à se faire connaître personnellement grâce à ses expéditions d'alpiniste. Puisque sa famille est de Limoges, on décide que Mazeaud s'attaquera à Longequeue, le maire socialiste intouchable de Limoges, lors des prochaines élections municipales de 1965. Charbonnel se réserve pour Brive et on verra pour Chirac.

En attendant, on donne de l'importance à *L'Essor du Limousin*, un petit journal que Charbonnel a créé en 1962 et pour lequel Chirac obtient une aide financière de Marcel Dassault.

Et puis surtout on s'occupe de la région. Charbonnel écrit : « Nous avions à répondre à l'inquiétude d'une région en perte de vitesse qui commençait à douter de l'efficacité de son opposition permanente au régime et qui n'avait ni le goût ni les moyens d'exprimer ses revendications par la violence. »

Le principe est simple : on va offrir à la région « quelques nouveaux docteurs Queuille ». Elle en a besoin. D'habitude, les candidats font des promesses avant les élections, quitte à les tenir après. Cette fois, pour prouver que l'efficacité a changé de camp, on va obtenir de Paris des subventions, avant même les élections et comme ça les électeurs verront bien où est leur intérêt.

C'est, bien sûr, Chirac qui se dépense le plus. Question de tempérament, mais aussi parce que c'est lui qui est à Matignon. Michel Jobert se souvient : « Il y avait à Matignon un jeune homme (...) qui depuis 1963 avait en tête de se faire élire en Corrèze et qui n'avait épargné ni sa peine ni son temps pour avancer sur sa route. Toujours courant, il arrachait aux administrations, parmi ses tâches qu'il accomplissait à merveille, subventions, places, décorations. Son ambition était que chaque village ou hameau de la circonscription qu'il avait choisie lui soit redevable d'un secours, d'un investissement, fontaine ou école, d'une bourse à un interne méritant, d'une place dans une maison de retraite. Il partait le vendredi soir, dans la nuit, toujours par la route et sa voiture une Peugeot 403 conduite à la diable et entretenue de même, était célèbre auprès des gardes mobiles qui manœuvraient la chaîne d'entrée de Matignon. Il fonçait sur l'obstacle au risque de dommages quand on ne lâchait pas la barrière précipitamment. Il revenait le lundi matin, souvent sans avoir dormi et reprenait allégrement les dossiers de la construction et de l'aéronautique pour lesquels il se passionnait et dont il était le démarcheur inlassable et convaincant » *(L'autre regard.)*

Ce jeune homme c'est, bien sûr, Chirac. En fait, en 63, il n'avait encore qu'une 2 CV. Ce n'est qu'en 65 qu'il put s'offrir une 403 blanche (6713 NL 75) d'occasion dont il bricola lui-même le moteur pour qu'elle puisse atteindre le 180 à l'heure.

Jobert qui aime bien en « rajouter » toujours un peu, améliorera son récit régulièrement et finira par raconter : « On le voyait revenir le lundi matin de Corrèze complètement foldingue, klaxonnant bruyamment. Une fois, il était si pressé qu'il en a arraché la chaîne du portail de Matignon. » (A Catherine Nay, dans *La double méprise*). Trop c'est trop!

En mars 1964, premier encouragement pour l'équipe de ceux qu'on commence à appeler « les jeunes loups du Limousin » : Jean Charbonnel est élu conseiller général de l'un des deux cantons de Brive. Mais, en fait, on se prépare surtout pour les Municipales de mars 65. L'objectif est de faire élire Charbonnel, maire de Brive, Mazeaud, maire de Limoges. Toujours rien n'est prévu pour Chirac qui a la malchance d'être lui aussi, comme Charbonnel, de la région de Brive. Mais très sportivement, Chirac se « défonce » pour ses amis et plus encore pour Mazeaud dont, bien sûr, le combat est particulièrement difficile. Mazeaud raconte : « Pour les municipales de Limoges, Jacques m'a donné un sérieux coup de main. A Matignon, il plaidait tous mes dossiers et décrochait des décisions en faveur de ma région. L'aérodrome, le C.H.U., l'université, c'est à lui que je les dois. »

En 1964 et 1965, l'action de Chirac pour la Corrèze est double. En semaine, dès qu'il a « expédié à merveille » ses dossiers sur l'aéronautique, la construction et l'équipement, il s'occupe d'obtenir des subventions pour « son » département. Il n'y a d'ailleurs là rien de scandaleux. Il est membre de la C.O.D.E.R. du Limousin et le rôle de tout fonctionnaire national est de rééquilibrer les régions. Or, nous l'avons vu, le Limousin est la dernière des régions, la plus malheureuse. Bien sûr, le fait que Chirac soit à Matignon, qu'il travaille sur le Ve Plan et qu'il « lorgne » vers le Limousin est un avantage pour cette région, mais c'est la règle du jeu et tout le problème des dotations de l'État. Si tel fonctionnaire, bien placé, connaît mieux telle région et en connaît donc mieux les besoins, il la défendra mieux qu'une autre. Pendant des années, aucun fonctionnaire ne fréquentait le Limousin, la région avait donc sombré dans la pauvreté... et l'opposition. Grâce à un modeste (mais ambitieux) membre du cabinet du Premier ministre, le Limousin qui était, au classement général, la vingt-deuxième des régions, c'est-à-dire la dernière, va devenir pour la durée du Vᵉ Plan, la cinquième région par le volume global des dotations et la première pour les dotations exceptionnelles! Tant mieux pour le Limousin et, somme toute, il n'était que juste que de « jeunes loups » veuillent s'en occuper puisque ainsi un retard inadmissible pouvait être rattrapé.

Parmi les nombreux exemples des interventions de Chirac en faveur de la Corrèze à cette époque, il y en a un qu'on cite souvent. Un matin, dans son bureau de Matignon, Chirac lit dans un journal corrézien une interview d'Alain Mimoun, le champion d'athlétisme. Il s'entraîne alors à Bugeat-en-Corrèze pour les Jeux Olympique de Mexico qui auront lieu en 1968 et il déclare : « C'est malheureux, moi qui suis Corrézien d'adoption, je voudrais créer un centre d'entraînement dans cette région et personne ne veut m'aider. » Aussitôt, Chirac décroche son téléphone et appelle Mimoun : « Venez me voir à Matignon le plus vite possible, je verrai ce que je pourrais faire pour vous et pour votre centre d'entraînement. » Mimoun va voir Chirac, Chirac présente Mimoun à François Missoffe alors ministre de la Jeunesse et des Sports, et l'affaire est entendue. Ou presque. Le centre de Bugeat ne sera en effet inauguré que le 16 mars 1975! Il aura fallu près de dix ans pour le réaliser et surtout que Chirac devienne Premier ministre. Ce qui fera dire à Mimoun, devenu un chiraquien inconditionnel : « La France a toujours eu des fils et des filles pour la sauver : Vercingétorix, du Guesclin, Jeanne d'Arc, Napoléon, le grand de Gaulle et maintenant Chirac » (aux journées U.D.R. de Tessé-la-Madeleine, dans l'Orne, le 25 septembre 75). Mais cette anecdote prouve qu'en 1966, Chirac ne laissait jamais passer une occasion d'essayer de faire quelque chose pour la Corrèze, même et surtout quand il était dans son bureau de Matignon.

L'autre action de Chirac pour « son » département se déroule pendant les week-ends. Le technocrate qui manie le téléphone (interministériel), les chiffres, les interventions, prend sa 2 CV, la nationale et change de casquette. L'énarque pompidolien devient « rad-soc » à la Queuille. Tous les samedis et tous les dimanches, il parcourt le département, on le voit sur les marchés, il visite les mairies, il assiste aux banquets, aux inaugurations, aux remises de décorations, à toutes les manifestations. Il serre les mains, il embrasse les enfants, il apprend par cœur le prénom de tous les élus municipaux, il écoute (et suscite) les doléances, il prend des notes, il promet d'intervenir, il annonce ce qu'il a obtenu à Paris.

Comédie, rôle de composition? Sûrement pas. Ceux qui l'ont suivi à l'époque disent : « Il faisait plaisir à voir, ce grand escogriffe qui avait encore l'air d'un gosse. Ça lui faisait visiblement du bien le grand air, les braves gens, ça le changeait de Paris et des bureaux. Il avait l'air d'être en vacances. » Chirac retrouve, en effet, ses copains des vacances d'enfant et d'adolescent. Il éclate de rire, on lui raconte la dernière histoire du pays, on se tape sur le dos, on boit un coup, c'est chaleureux, il aime ça. Ça peut aussi être dur quand, au milieu du champ de foire, on discute politique, mais il aime ça aussi. Il dit : « J'ai besoin d'un environnement, j'ai besoin d'avoir des amis autour de moi, j'ai besoin de relations humaines, j'ai besoin de la chaleur des contacts, j'ai besoin de me retrouver dans mon pays et de voir des gens en qui j'ai confiance, que je comprends et que j'aime. » (*Chirac,* Gilbert Comte).

Et c'est vrai. Les adversaires de Chirac lui reprochent à la fois d'être un « boy-scout », un sous-lieutenant et de jouer la comédie du technocrate démagogue. C'est incohérent. S'il est un « boy-scout » – et il l'est – il faut lui reconnaître le droit d'aimer les contacts, cette espèce de camaraderie des champs de foire. Et quand, en souriant, les Corréziens se mettent à l'appeler « serre-la-louche », ils ont raison. Chirac aime serrer les mains... mais ce sont toujours des mains qu'on lui tend.

Chirac fait la campagne de Charbonnel et celle de Mazeaud quand – nouveau coup de chance mais la chance ne sourit qu'aux audacieux – les gens de Sainte-Féréole, son village, ont une idée...

Chirac raconte : « Au début de 1965, le maire de Sainte-Féréole, la commune dans laquelle j'ai toute mes attaches familiales, a décidé d'abandonner toute activité publique et a demandé à son adjoint de le remplacer. Il manquait donc un conseiller municipal. On a pensé à prendre le jeune Chirac. Le conseil municipal m'a écrit. Je n'ai jamais reçu la lettre. La mairie a considéré mon silence comme une acceptation. Le sous-préfet m'a téléphoné à Matignon pour m'annoncer que j'étais candidat. J'ai fait un saut à Sainte-Féréole et j'ai été élu au premier tour avec plus de 80 % des voix. » *(La République des cadets).*

L'anecdote est charmante mais on peut, là encore, se demander si cette version n'est pas un peu trop pompidolienne – on prend la vie comme elle vient – et pleine de fausse modestie et de fausse paresse. Les 1 302 habitants de Sainte-Féréole, canton de Douzenac, arrondissement de Brive-la-Gaillarde, savent très bien en 65 que « le jeune Chirac », le petit-fils de l'instituteur est membre de la C.O.D.E.R. du Limousin, que, depuis des mois, il parcourt chaque week-end la région et qu'il brûle d'envie d'être élu. Mais restons-en à la légende, elle attendrit les chaumières et Chirac, maintenant, est de bonne foi quand il la raconte.

Le 5 mars 1965, il est donc élu – triomphalement – conseiller municipal de Sainte-Féréole. C'est son premier succès électoral. Il est modeste mais émouvant – Sainte-Féréole est le pays des Valette – et d'autant plus appréciable que Mazeaud s'est fait battre à Limoges et que Charbonnel s'est fait battre à Brive (l'élection de Brive sera annulée et Charbonnel sera finalement élu maire le 6 octobre 1966).

Ces municipales de mars 65 n'ont d'ailleurs, pour l'ensemble du pays, pas été aussi bonnes pour l'U.N.R. qu'on l'espérait à Matignon. A Marseille, Defferre a pu garder sa mairie, or les gaullistes espéraient bien éliminer « Monsieur X », à Grenoble, Dubedout a pris le siège qui appartenait à un U.N.R., à Paris les gaullistes vont devoir s'allier avec les centristes et si l'U.N.R. a gardé Bordeaux, La Rochelle, Nevers, gagné Poitiers, Créteil, Cholet, Briançon, Dreux, elle a perdu Le Mans, Colombes, Saint-Dié, Remiremont, Nogent-le-Rotrou et dans l'ensemble le glissement à gauche a été très net, le P.C. prenant à la S.F.I.O. Nîmes, Alès, Laon, le Havre. Le demi-échec des « jeunes loups du Limousin » n'est donc pas déshonorant.

Et Matignon s'intéresse de plus en plus à eux. On peut d'ailleurs compter sur Chirac pour souligner l'importance de ce combat. Pompidou déclare : « Nous ne pouvons plus rien gagner au nord de la Loire où nous avons fait le plein. C'est maintenant au sud qu'il faut agir en priorité. » Chirac en est bien persuadé.

En juillet 1965, Pierre Juillet réunit dans sa propriété de la Creuse, l'équipe Chirac-Charbonnel. Il y a derrière les deux chefs de file, Mazeaud, Jean-Baptiste Brugeaud, Philippe Chabassier, Louis Limoujoux, des juristes qui ont des attaches dans le Limousin ou le Quercy, Bernard Pons, un médecin adjoint au maire de Cahors, Jean-Pierre Dannaud, un normalien agrégé de philosophie et quelques autres. On parle de la région, de l'avenir. C'est-à-dire des prochaines élections présidentielles prévues pour la fin de l'année. Tout le monde est très « pompidolien », sauf Charbonnel qui s'étonne et s'indigne d'entendre ses amis évoquer le cas où le général ne se représenterait pas et où Pompidou serait alors candidat. Chrétien, gaulliste, de gauche (un peu) et naïf (beaucoup), Charbonnel a l'impression que le groupe de comploteurs souhaite presque que de Gaulle ne se représente pas.

Le 8 janvier 1966, Pompidou forme son nouveau gouvernement après la réélection du général. Charbonnel devient secrétaire d'État à la Coopération. Tout le monde comprend que cette promotion est un encouragement donné aux jeunes loups du Limousin. On prépare déjà les législatives de 1967.

Chirac a, cette fois, décidé de tenter sa chance à Ussel. Puisque sa Basse-Corrèze est entre les mains de Charbonnel, il ira en

Haute-Corrèze, un pays qu'il ne connaît pas et qui n'a rien à voir avec la région de Brive, mais qu'importe. « Si Charbonnel n'avait pas été député de Brive, c'est sans doute là que je me serais présenté », a souvent répété Chirac au risque de peiner ses amis d'Ussel. Et les électeurs de Brive ont toujours d'ailleurs répondu : « Qu'on nous donne Chirac et nous donnons Charbonnel, plus quelques autres ».

C'est en juin 1966 que Chirac découvre Ussel. En descendant du train Paris-Vierzon-Ussel. Il n'a pas gardé un très bon souvenir de son premier contact avec sa future circonscription. « Je ne connaissais personne, dit-il, il faisait un temps de chien et l'endroit me parut plutôt triste ». Il entre dans un bistrot proche de la gare, sans savoir encore que c'est là le fief des militants communistes et il entend qu'on parle déjà des élections législatives. Mais on ne se pose qu'une question : qui va l'emporter du socialiste ou du communiste? Dans son coin et devant son vin chaud, Chirac peste contre Charbonnel qui lui prend « sa » région, se dit qu'il a perdu des mois précieux en Basse-Corrèze, alors qu'il aurait mieux fait de venir tout de suite en Haute-Corrèze, et vidant « cul sec » son verre, se jure en lui-même de donner une leçon à ces gens qui hésitent entre le socialiste et le communiste.

Si Chirac ne connaît personne à Ussel, il a tout de même quelques adresses en poche et un dossier. Les adresses ce sont celles de quatre militants gaullistes ce qui est bien peu. « Je me suis débrouillé sans eux », dira-t-il. Le dossier c'est celui de la circonscription et surtout les derniers résultats des élections. La troisième circonscription de la Corrèze a 60 000 habitants (sur les 238 000 du département) et compte 118 communes. Aux élections municipales de mars 65, ces électeurs ont envoyé dans ces 118 mairies : 44 maires socialistes, 31 maires radicaux, 29 maires communistes et 14 maires modérés. Aux présidentielles de décembre 65 : Mitterrand a obtenu 19 670 voix et de Gaulle n'en a obtenu que 16 982 (sur l'ensemble du département Mitterrand recueillait 105 539 voix et de Gaulle 84 291). Bref, c'est toujours « la petite Guinée ».

Le député sortant, le socialiste François Var, ne se représente pas. Il a soixante-dix-neuf ans, il est conseiller municipal d'Ussel depuis 1919, il en a assez. C'est en principe Marcel Audy, sénateur de la Corrèze (gauche démocratique) depuis 1959, conseiller général et maire de Meymac qui va se présenter pour la F.G.D.S. de Mitterrand. Radical sympathique, fortuné, bien implanté, enfant du pays bien sûr, Audy est, en plus, un héros de la Résistance. Il était capitaine de l'armée secrète dans les maquis corréziens. Un adversaire redoutable donc pour Chirac.

Côté communiste, c'est Georges Émon qui sera, sans aucun doute, le candidat. Syndicaliste, il était arrivé en tête au premier tour des législatives de 62 mais le report des voix modérées sur Me Var avait permis au socialiste de garder son siège. Ça ne va pas être facile...

Chirac qui a le sens de l'organisation se cherche d'abord une permanence. Il trouve un modeste pavillon dans le lotissement Ponty et s'y installe. Puis, il lui faut quelqu'un du pays pour le « cornaquer » du moins les premiers jours. Il appelle à l'aide l'ami de Mazeaud qu'il a rencontré chez Pierre Juillet, Me Louis Limoujoux qui est avoué à Limoges et dont la famille est non seulement d'Ussel mais, en plus, dans le commerce de la viande ce qui ouvre toutes les portes de toutes les fermes du plateau des Millevaches.

Et pendant l'automne 66, tous les samedis matin Chirac et Limoujoux se retrouvent à la permanence Ponty et partent en tournée. 118 communes, c'est beaucoup. En novembre, Chirac affirme qu'il connaît par cœur le prénom de tous les élus de ces 118 communes. C'est possible!

Et le 5 décembre 1966, c'est la fameuse rencontre de Solignac, entrée dans la légende... un peu par effraction. Les dix jeunes loups ont décidé de se réunir pour mettre au point l'attaque générale. Cela tient à la fois de la réunion d'état-major à la veille d'une bataille, du banquet d'une équipe de rugby avant le match et du rassemblement d'un gang avant un hold-up.

Il y a là un secrétaire d'État, nouveau maire de Brive, Charbonnel, deux conseillers municipaux Chirac et Pons, un battu Mazeaud et des candidats qui n'ont pas encore connu leur baptême du feu électoral : Brugeaud, Chalassier, Limoujoux, Mazet, Binet, Dannaud. Trois énarques, quatre juristes, un médecin, un entrepreneur de travaux publics, un universitaire. La moyenne d'âge est de trente-sept ans et ces jeunes gens ne doutent de rien.

Ils ont décidé de « bouter hors du Limousin et du Quercy les socialistes, les communistes et les radicaux ». Chirac qui a le sens de l'humour raconte : « Nous nous sommes réunis dans la merveilleuse abbaye de Solignac, à quelques kilomètres de Limoges, ravissante chose romane et nous avons prêté le serment de Solignac. Nous avons prononcé un discours sans aucun complexe et cela sous les voûtes en pierres de taille de l'abbaye. " Nous jurons tous ensemble de ne cesser le combat politique que lorsque nous aurons bouté les communistes et les socialistes hors du Limousin. " En avant la musique, il n'y avait pas de raison de se gêner. » (A Hélène Vida dans *Mes hommes politiques*).

En vérité, ce serment de Solignac a été plus païennement

prononcé à l'auberge Saint-Éloi, à quelques mètres de l'église abbatiale et à l'issue d'un dîner copieusement arrosé. Il n'en reste pas moins vrai que Mazeaud avait cérémonieusement remis à chacun des participants un... porte-clé sur lequel était frappée la devise de Fouquet *usque non ascendam* (jusqu'où ne monterai-je pas?) et qu'on s'était distribué les circonscriptions : Brive, bien sûr, pour Charbonnel, Ussel pour Chirac, Limoges pour Mazeaud, Cahors pour Dannaud, Figeac pour Pons, etc.

Quelques mois plus tard, beaucoup d'observateurs ont ironisé sur cette réunion de Solignac, les résultats des élections ayant été un peu décevants. Ces commentateurs ont cependant eu tort. S'ils avaient attendu par exemple jusqu'en 1972, ils se seraient aperçu que six des dix « chevaliers de Solignac » avaient alors si ce n'est tenu leur serment de bouter la gauche hors du pays, du moins gagné leur pari d'entrer dans la carrière politique. En effet, en 72, Chirac sera ministre de l'Agriculture, Charbonnel ministre du Développement industriel, Pons, secrétaire d'État à l'Agriculture, Dannaud conseiller général du Lot et commissaire général du Tourisme, Mazet conseiller général de la Creuse, maire de Felletin et conseiller économique et social, Mazeaud, député des Hauts-de-Seine et bientôt secrétaire d'État aux Sports, ce qui fait une très honorable moyenne de réussite, en six ans, pour les dîneurs de Saint-Éloi.

Les agapes de Solignac terminées, chacun doit retourner dans sa circonscription et commencer son combat.

Que va faire Chirac que tous les experts – sauf, peut-être, Juillet – donnent vaincu d'avance? Il va faire une étude très « pompidolienne » de la situation : bien observer le dossier politique de la circonscription en remontant, s'il le faut, loin dans le temps, tirer « quelques idées simples et éternelles » et s'y tenir. Politiquement que s'est-il passé pendant le dernier demi-siècle dans cette troisième circonscription de la Corrèze? D'abord, il y a eu la toute puissance de Queuille. Ça veut dire quoi? Un aimable radicalisme mais surtout un homme au pouvoir à Paris, capable de rendre des services et d'aider au développement du département. Ensuite, il y a eu, pendant la guerre, mais aussi avant et après, un perpétuel conflit, parfois sanglant, entre les socialistes et les communistes.

Chirac va donc présenter un programme « apolitique » si ce n'est radical, puis faire savoir qu'à Paris il est dans les antichambres du pouvoir et enfin aviver au maximum la haine qui oppose socialistes et communistes.

Première chose à faire : éliminer Audy, le plus dangereux puisqu'il est sénateur (ce qui veut presque dire pour les Corréziens qu'il est déjà au pouvoir même s'il siège et au Sénat – qui n'a plus aucun pouvoir – et dans l'opposition), qu'il est vraiment radical, qu'il est le candidat de la F.G.D.S. et que quand il s'appelait le capitaine Ulysse, dans l'armée secrète, il guerroyait contre les maquis F.T.P. et symbolisait donc bien la gauche corrézienne anticommuniste.

L'arme de Chirac, c'est l'accord que la F.G.D.S. vient de signer avec le P.C. et qui prévoit formellement que, pour le second tour, tout candidat de gauche arrivé en seconde position devra se désister en faveur du candidat de gauche arrivé avant lui. Or, si les socialistes corréziens n'aiment déjà pas les communistes, les radicaux les aiment encore moins et sur ce point Audy est le plus radical de tous les radicaux.

Chirac va donc voir Audy. « Je m'évertuais, dit-il, d'expliquer à Audy qu'il arriverait en troisième position au premier tour après le communiste et après moi et qu'il lui faudrait donc, lui le radical, lui l'ancien capitaine de l'A.S., se désister au second tour en faveur du candidat du P.C. Mais il ne paraissait guère disposé à abandonner la course ».

Il faut avoir tous les culots – c'est-à-dire le culot d'un Chirac – pour, quand on est un inconnu dans la région, un candidat sans aucune chance et un représentant de la majorité, aller, ainsi, trouver un sénateur radical, héros régional, candidat de l'opposition et lui demander gentiment de se retirer de la compétition...

Sortant de chez Audy et ne doutant toujours de rien, Chirac va voir le docteur Henri Belcour qui est maire d'Ussel depuis 1965. Petit-fils d'un conseiller général d'Ussel, Henri Belcour est le fils du Dr André Belcour qui fut, lui-même, maire adjoint d'Ussel et surtout directeur du cabinet de Queuille à Alger. Si Henri Belcour s'est fait élire à la tête d'une liste « apolitique », on est donc plutôt radical dans cette famille. Et Chirac va, tout de go, demander à Belcour d'être son suppléant. A tout hasard.

Le week-end suivant, Chirac va voir Charles Spinasse. Celui-ci, c'est aussi une institution corrézienne. Si Queuille fut le héros radical, Audy le héros de la Résistance, Spinasse est le héros de la S.F.I.O. Élu conseiller général en 1920 et député de la Corrèze en 1924, ce professeur du Conservatoire des Arts et Métiers, est rapidement devenu l'un des théoriciens de l'économie marxiste à la S.F.I.O. où on l'appelait... « cérébrospinasse ». En 1936, Blum le nomme ministre de l'Économie nationale. En Corrèze, on imagine déjà, alors, que la carrière de Spinasse va être plus brillante encore que celle de Queuille. Le socialiste va l'emporter sur le radical. Hélas, le 10 juillet 40, le maladroit Spinasse vote les pleins pouvoirs à Pétain et brise ainsi sa carrière! Il devra attendre 1961 pour redevenir conseiller général puis maire d'Égletons. Mais si l'ancien ministre de Blum a brisé sa carrière nationale en 40, il n'en est pas moins resté une forte personnalité locale. Il est « le » socialiste comme on les aime en Corrèze, comme Montalat, comme Var, comme tous ces vieux S.F.I.O. du centre qui sont bien plus proches des « rad-soc » que des futurs membres du P.S.

Et Chirac va faire connaissance avec Spinasse, comme ça, « histoire de causer ».

En fait, Chirac va voir tout le monde. Non seulement tous les maires de la circonscription mais aussi tous les notables, tous les représentants de tous les syndicats d'exploitants agricoles, les châtelains (il n'y en a pas beaucoup) comme les communistes (il y en a davantage). S'il rappelle toujours qu'on peut l'appeler, en cas de besoin, à Matignon, ce n'est pas pour souligner qu'il est gaulliste mais pour bien faire savoir qu'il est « au pouvoir à Paris ». Tout le monde y est sensible. Et d'ailleurs il parle peu politique. Il parle des prix agricoles, de l'aménagement du territoire, du « désenclavement » du département, de l'électrification, du Ve plan, des exportations agricoles, du Marché commun. Visiblement, il connaît ses dossiers, il sait où demander des subventions, il donne de bons conseils, il a l'adresse de toutes les portes où frapper. Et il n'est « pas plus fier pour autant », et il a l'air si jeune, le gendre rêvé et il parle un peu patois et il est « moderne », un garçon qui pourrait reprendre la ferme et en faire une exploitation modèle avec les techniques nouvelles. A côté de lui, brusquement, les autres ont l'air dépassés, d'une autre époque, incapables. Et quel dynamisme! Et toujours prêt à rire et à boire un bon coup, brave gars!

Fin décembre 1966, Pompidou lui demande comment se déroule sa pré-campagne. « Ça va, ça va » répond Chirac.

Et, en effet, ça va. A la veille des vacances de Noël, Chirac dîne avec des amis dans un restaurant de Lapleau. En plein repas, quelqu'un le demande au téléphone. Chirac qui adore le téléphone a déjà la manie de laisser partout le numéro où l'on peut le joindre. Cette fois, il a eu raison. C'est le sénateur Audy. Il veut voir Chirac tout de suite. Ils ont à parler, c'est important. Chirac plaque ses amis et se précipite chez son adversaire. Ils vont passer la nuit entière à discuter. Audy a des scrupules, Chirac a des arguments. Au petit matin, Audy capitule, Chirac a gagné. Dans la matinée, le sénateur Audy fait savoir qu'il ne sera pas candidat aux législatives.

Quelques jours plus tard, c'est le docteur Belcour qui fait savoir qu'il accepte d'être le suppléant de Jacques Chirac et qui déclare officiellement : « M. Chirac me paraît devoir être le meilleur représentant de notre région auprès des pouvoirs publics », ralliement qui ne cache donc pas ses motivations : Belcour s'allie avec Chirac parce que celui-ci est bien placé auprès du pouvoir à Paris.

Et le lendemain Spinasse déclare : « La couleur politique de Jacques Chirac? Il est sans aucun doute socialiste. Il aurait certainement appartenu au Front populaire » (*sic*).

Et des déclarations toutes aussi surprenantes se mettent à pleuvoir. Le maire communiste de Sornac fait savoir qu'il soutient la candidature de Chirac, le président de la Fédération Départementale des Syndicats d'Exploitants Agricoles, Pierre Deprun, un centriste d'opposition, s'écrie : « Ce que je reproche à Chirac? Avant tout de ne pas appartenir à notre parti. Que nous ayons cent types comme Chirac, voilà mon souhait », etc.

A Paris, dans les états-majors politiques, quand on reçoit ces nouvelles de Corrèze, on n'en revient pas. Pierre Juillet se frotte les mains, Pompidou sourit de plaisir, mais, de l'autre côté, à la F.G.D.S. et au P.C., on est furieux.

Mitterrand décide de frapper un grand coup. Il a compris la stratégie de Pompidou. Le gouvernement veut s'en prendre maintenant aux bastions de la gauche où l'opposition trop sûre d'elle-même s'est endormie sur ses vieux lauriers. Pompidou a lancé la nouvelle génération gaulliste c'est-à-dire les pompidoliens, là où l'opposition a laissé ses vieux briscards démodés. Mitterrand mobilise alors ce qu'il a de mieux sous la main : il envoie son propre frère contre le « petit » Chirac, il envoie son meilleur ami, Roland Dumas, contre Charbonnel et on va voir ce qu'on va voir...

Le jour de l'ouverture officielle de la campagne, on apprend qu'il y a quatre candidats dans la troisième circonscription de la Corrèze : Michel Kellerman, chirurgien dentiste, natif d'Égletons, pour le P.S.U., Georges Émon, comme prévu, pour le P.C., Robert Mitterrand « fils de cheminot et ancien polytechnicien » pour le F.G.D.S. et Jacques Chirac, Corrézien et haut fonctionnaire, pour la Vᵉ République.

Robert Mitterrand qui a un an de plus que François a toujours été proche de son frère dont il a même été le directeur de cabinet au ministère des Anciens Combattants puis au secrétariat d'État à l'Information (de 1947 à 1949). En 1967, il est « dans les affaires », administrateur de C.I.A.V.E., après avoir été, pendant dix ans, directeur de la Société Française d'Études Minières. Homme charmant qui, en dépit de son titre de polytechnicien, a toujours accepté de n'être que le frère de son cadet (à la différence du troisième frère, l'aviateur, saint-cyrien qui, lui, n'a jamais caché ses désaccords avec François), Robert, à cinquante-deux ans, aime surtout jouer au golf...

Jacques Chirac qui a mené une remarquable pré-campagne en faisant savoir et en prouvant que les jeunes technocrates gaullistes de Paris avaient décidé de sortir la Corrèze de son sous-développement puis en récupérant les personnages clés comme Spinasse, Audy ou le docteur Belcour, va mener une excellente campagne.

D'abord en dépolitisant toujours le débat pour attirer les voix des adversaires du gaullisme. Il fera écrire dans sa brochure électorale : « Chirac, Corrézien, avec du sang radical dans les veines, ne se prêterait jamais à des bouleversements qui ne seraient pas républicains ». Il y a tout dans cette seule phrase. Qu'il n'est pas « parachuté » même s'il travaille à Paris, qu'il est l'héritier de Queuille et qu'il n'est pas un gaulliste de droite voire un ancien nostalgique de l'Algérie française comme certains de ses adversaires le lui reprochent.

Ensuite, sachant que Robert Mitterrand n'est pas un adversaire dangereux car il est, lui, un « parachuté » et qu'il n'apparaît guère comme un animal politique, Chirac s'offrira le luxe de le ménager, comme on ménage un touriste de passage. « Robert Mitterrand et moi-même avons fait une campagne empreinte de dignité et d'honnêteté. Ni lui ni moi n'avons jamais prononcé un mot qui pût laisser une trace de susceptibilité ou de désagrément ».

Enfin, il « travaillera » sa circonscription avec un dynamisme qui sidérera même ses adversaires et qui fera dire aux électeurs : « S'il s'occupe de nous comme il s'occupe de son élection, il n'y a pas à hésiter. »

Le grand moment de la campagne, pour Chirac, sera, bien sûr, la réunion publique qu'il tiendra, le 11 février 67 à Ussel et au cours de laquelle Pompidou viendra soutenir sa candidature. Moment important pour l'élection elle-même mais aussi moment émouvant pour Chirac à titre personnel. Le « patron » qui lui a tout appris vient lui mettre le pied à l'étrier, le « père adoptif » l'aide à acquérir sa majorité, dans tous les sens du terme. Avec un petit supplément d'attendrissement puisque Pompidou, tout premier ministre qu'il soit, tout chef de la majorité qu'il soit, est lui aussi candidat... débutant, dans le Cantal voisin.

Pompidou a d'ailleurs été excellent ce soir-là : « Je puis vous dire que sa loyauté, sa fermeté et son activité sont acquises à vous tous et je suis convaincu que quels que soient les événements politiques futurs, il sera pour vous, à l'Assemblée, le porte-parole extraordinairement écouté et brillant et, auprès du gouvernement, extrêmement efficace. A mon cabinet on l'appelle le bulldozer. L'expérience prouve qu'il obtient tout ce qu'il demande. Il ne s'arrête pas tant qu'il ne l'a pas obtenu. On n'a encore jamais trouvé quelqu'un qui lui résiste et la preuve en est que malgré un emploi du temps extrêmement chargé, je me trouve ici, n'ayant pu résister moi non plus. J'espère quand même qu'il ne me poussera pas trop vite hors du gouvernement. Mais avec une telle activité, une telle puissance de travail, une telle capacité de réalisation, on peut tout craindre et vous, vous pouvez tout espérer. »

C'était gentil, c'était drôle et c'était aussi très exact. Les Corréziens ont apprécié et d'autant plus que le Premier ministre, en Auvergnat, s'engageait pratiquement là à lui accorder désormais tout ce que la Corrèze demanderait.

Et comme François Mitterrand venait d'affirmer que la Corrèze était devenue un « département témoin » (hommage involontairement rendu à Chirac) et qu'il avait annoncé sa venue à Ussel pour y soutenir son frère huit jours plus tard, Pompidou termina son discours en s'écriant : « Je ne crois pas que le fait que vous ayez un faux Mitterrand puisse vous tromper un seul instant (...) Les électeurs corréziens ne sont pas sots et savent très bien que ce n'est pas le vrai qui est ici. » La salle éclata de rire.

C'était la première fois depuis l'époque de Queille qu'on revoyait un Premier ministre en exercice à Ussel. C'était grâce à Chirac.

Le scrutin fut tout de même fort serré. Au premier tour, Chirac obtint 15 289 voix, Émon (P.C.) 10 567, Robert Mitterrand 8 657, Kellerman (P.S.U.) 1 203. Il y avait eu 35 716 suffrages exprimés sur 44 309 électeurs inscrits.

Sur le papier donc, Chirac était battu puisque en vertu de l'accord F.G.D.S.-P.C., les 8 657 voix du frère Mitterrand devaient se reporter sur les 10 567 voix d'Émon et que les 1 203 voix de Kellerman en feraient sans doute autant, ce qui donnerait un total de 20 427 voix pour Émon.

Chirac se débat donc entre les deux tours pour mobiliser les abstentionnistes mais surtout pour que les socialistes ne reportent pas leurs voix sur les communistes.

Et c'est ce qui se passe. Mille abstentionnistes du premier tour vont voter le 12 mars et surtout les reports à gauche ne se font pas à plein.

Chirac obtient 18 522 voix, Émon 17 985. Chirac est élu. De justesse, par 537 voix d'avance seulement alors que 2 442 voix de gauche du premier tour ont manqué à l'appel d'Émon, mais Chirac est élu et le reste a peu d'importance. Il a trente-quatre ans, il ceint l'écharpe d'Henri Queuille, lui le petit-fils de l'instituteur de Sainte-Féréole et il est heureux...

Ailleurs on l'est moins. Charbonnel a été battu par Roland Dumas à Brive, Mazeaud a été battu, Dannaud a été battu. Bref, c'est presque l'hécatombe pour les « chevaliers de Solignac ». Seuls des dix, Chirac et Pons (à Figeac) ont été élus.

Sur le plan national, la déception est aussi grande pour la majorité (qui a bien failli ne plus l'être). L'Union Démocratique pour la Ve République totalise 200 députés, les Républicains Indépendants 44, la F.G.D.S. 121, le P.C. 73 le centre démocratique 41 et il y a 8 non-inscrits. Les additions sont faciles à faire : la majorité (Ve République plus R.I.) a 244 députés sur 488. La majorité n'est donc plus la majorité qu'à une voix près.

Pour être tout à fait juste, il faut noter que 52 députés ont été élus avec moins de 1000 voix d'avance (comme Chirac lui-même) et qu'une perte de 50 000 voix seulement a entraîné, pour la majorité, la perte de 30 sièges à l'Assemblée. Mais les résultats n'en sont pas moins là. Et d'autant plus que si on ne compte pas les départements d'Outre-mer – où l'honnêteté des scrutins vaut ce qu'elle vaut – la majorité n'obtient que 233 sièges et l'opposition en recueille 237. C'est donc l'Outre-mer qui a sauvé la Ve République!

Avant ces élections, Jacques Fauvet avait écrit dans *Le Monde* que ce scrutin serait « le troisième tour des présidentielles de 1965 ». La gauche avait gagné le premier tour puisqu'elle avait réussi à mettre le général en ballottage, de Gaulle avait gagné le deuxième tour en réussissant un beau rétablissement, restait « la belle ».

Comme l'écrit cette fois Pierre Viansson Ponté : « La Ve République garde la majorité absolue, mais elle perd ses illusions et les élections. » Quatre ministres ont été battus (Couve, Messmer, Sanguinetti, Charbonnel) et Mendès a été élu à Grenoble comme P.S.U.

Chirac, lui, au soir du 12 mars 1967 a gagné les élections et n'a perdu aucune de ses illusions. A Matignon, ce soir-là, en suivant les résultats, Pompidou s'écrie : « Il nous aurait fallu un Chirac dans chaque circonscription. »

V

UN SECRÉTAIRE D'ÉTAT EN MAI 68
1967-1968

Chirac a toujours dit que s'il avait été battu aux législatives de 1967, il serait devenu directeur des Transports aériens. Pompidou le lui avait promis. En fait, Chirac n'a jamais pensé, un seul instant, qu'il pourrait être battu. Il déclarait déjà à cette époque : « J'ai la faiblesse de croire que quand je veux quelque chose, il n'y a pas de raison que je ne l'obtienne pas. » Et Pompidou, de son côté, n'a jamais pensé qu'il pourrait se passer de Chirac.

Élu député, Chirac va faire ses adieux au cabinet de Matignon. Ce ne sont, bien sûr, pas de vrais adieux. Chacun sait qu'on reverra souvent le « bulldozer », rue de Varenne. Il viendra maintenant solliciter des faveurs pour la troisième circonscription de la Corrèze et, vu ses relations avec le « patron », ça ne sera pas facile de le renvoyer, comme on le fait avec tous les autres députés « tapeurs » de la majorité qui pensent toujours que leur circonscription est le centre du monde. Et, avec cette majorité d'une seule voix, chacun va s'imaginer que, sans lui, le régime aurait pu basculer. Chirac n'est d'ailleurs pas le dernier à faire remarquer que s'il avait été battu, le gaullisme aurait été renversé. Ils sont deux cent quarante-quatre à pouvoir dire la même chose!

Anne-Marie Dupuy a organisé une petite fête en l'honneur du départ de l'enfant prodigue. On a ajouté du champagne et des petits fours au whisky habituel de la réunion du soir. Si ces élections n'ont pas été brillantes, le cabinet lui-même s'en est fort bien sorti. Pompidou a été élu dans le Cantal, Guichard à Guérande et Chirac à Ussel.

Quand Chirac remercie Jobert (peut-être de l'avoir sauvé en janvier 66), il a cette phrase étonnante mais bien révélatrice : « Si, un jour, je peux vous témoigner ma gratitude... » et Jobert qui, lui aussi, sait parfaitement que ce jeune député de trente-quatre ans a un bel avenir devant lui, répond : « Eh bien, vous me nommerez ambassadeur à Washington. » Sept ans plus tard, Chirac aurait pu, en effet, nommer Jobert ambassadeur à Washington, mais Jobert, entre-temps, avait été ministre des Affaires étrangères (il s'était beaucoup occupé de Washington) et les deux hommes s'étaient quelque peu éloignés l'un de l'autre.

Le lendemain matin, Chirac se présente dans son nouveau « corps » : à l'Assemblée. C'est la fameuse cérémonie du Photomaton, la remise de l'écharpe, du « baromètre », de la plaque de pare-brise. Pour tous les nouveaux élus, une matinée d'intense jouissance. A la différence de beaucoup d'autres néophytes, Chirac, lui, connaît déjà les lieux et a toujours su qu'il siégerait un jour dans cet hémicycle. Mais le plaisir est grand tout de même. C'est aussi l'inscription dans les commissions. Chirac n'hésite pas une seconde : il demande la commission des Finances. On lui fait savoir, au groupe U.D.-Ve République qu'il y a beaucoup de candidats pour cette commission, qu'il n'est pas d'usage qu'un nouvel élu en soit, que... Chirac tempête, fait remarquer que Charbonnel, Jacques Duhamel, Robert-André Vivien, nouveaux élus en 62, en avaient fait partie dès leur première législature, qu'il n'est pas acceptable que... et furieux s'en va en claquant la porte du groupe. Il décide de partir immédiatement « chez lui », c'est-à-dire d'aller bouder dans « sa » circonscription.

Sur la route d'Ussel, le député de la Corrèze s'arrête pour dîner dans un restaurant de Clermont-Ferrand. Il a naturellement fait savoir, comme d'habitude, où l'on pouvait le joindre. Et, une nouvelle fois, il a eu raison. A peine a-t-il attaqué sa tête de veau vinaigrette que le maître d'hôtel se précipite vers lui et déclare à haute voix : « Monsieur le député, le général de Gaulle vous demande au téléphone. » Chirac se souvient aujourd'hui encore de l'effet produit : « Imaginez le choc dans l'assistance. Tout le monde s'est écarté sur mon passage. J'ai senti autour de moi un mélange de respect et de stupéfaction. »

On peut aussi imaginer l'émotion de Chirac lui-même gagnant le téléphone à grandes enjambées. En fait, ce n'était pas le général de Gaulle mais un aide de camp. Le général veut voir Chirac et le député de la Corrèze sera reçu demain à l'Élysée par le président de la République. Perplexe mais ravi, Chirac regagne sa table, sous le regard de toute la salle, et finit sa tête de veau.

Le lendemain, pour la première fois de sa vie, Chirac franchit le perron de l'Élysée. Il a rendez-vous avec le général de Gaulle, ce qui n'est pas rien.

Chirac se souvient : « De Gaulle! Avant 58, le général était pour moi un personnage historique, au même titre que Richelieu. Je ne me faisais à son égard aucune réflexion particulière sinon que ce devait être un être altier, solitaire, très respectable, mais retiré. Je ne le ressentais pas comme intervenant, comme passant d'un coup du livre d'histoire à la " une " des journaux. Quant aux gaullistes, c'étaient des hommes et des femmes qui refusent la fatalité. Tout au long de l'Histoire de France et sans doute de l'histoire des autres pays, il s'en est trouvé en nombre plus ou moins grand qui, à l'instant exact où le destin allait basculer, se sont levés pour dire " non ". On a souvent prétendu en manière de dérision que le général se prenait pour Jeanne d'Arc, mais la filiation est évidente. Peut-être remonte-t-elle à Antigone? A certaines heures il convient de ne plus accepter, même si le compromis paraît plus confortable, même s'il semble le parti le plus raisonnable. C'est difficile, c'est s'enfermer car le refus, pur et simple, fatalement isole. La lâcheté, sous couvert d'expérience et de juste milieu, se pare alors de toutes les séductions. Des gaullistes, il en a donc traîné partout dans notre aventure nationale. Vercingétorix devait en être un. Le général de Gaulle aussi! Un parmi des milliers d'autres. Parce qu'il a dit non le 18 juin 40 et qu'il a recommencé en 58, en s'opposant aux combinaisons des partis et, de même en 69 lorsqu'il a tiré sur l'instant les conséquences d'un référendum perdu. Ce jour-là, il a dit non au pouvoir conservé en dépit d'un désaveu populaire. C'est toujours la même démarche d'esprit. »

« Moi, ce qui m'avait frappé en 57 rentrant de mon service militaire en Algérie, c'était l'effondrement de la France et l'absence d'État. Je ne comprenais pas que l'on admette une telle situation. Personne ne semblait s'indigner ni même s'étonner. Nos professeurs nous expliquaient, démonstrations lumineuses à l'appui, que le redressement économique de la France était tout à fait exclu. Le déficit de la balance des paiements était considéré par les plus éminents de nos maîtres comme une fatalité inéluctable, tout à fait comparable à une anémie pernicieuse chronique, reconnue comme telle par le malade lui-même. Imaginer une guérison, fût-ce à longue échéance, faisait douter de vos aptitudes de sérieux. Le bateau coulait lentement dans le port sous les yeux des promeneurs trop avertis pour être véritablement attristés. Là-dessus, de Gaulle arrive, Jacques Rueff fait son plan, six semaines se passent et la balance des paiements est en équilibre. J'en ai été profondément frappé. Je me suis dit « méfions-nous des théoriciens, méfions-nous des technocrates, méfions-nous des économistes ».

« Lorsque le général s'était porté au pouvoir avec l'assentiment du pays profond, je me suis dit, en toute hypothèse : Lui, va " faire " quelque chose, et j'ai aussitôt adhéré sans réserve au principe qu'il incarnait. Comme nombre de Français je n'ai pas tardé, dans un premier temps à être déçu, déchiré parce que mon cœur m'inclinait vers l'Algérie française et que ma raison m'entraînait vers de Gaulle. »

« Ce matin-là, il m'a reçu une demi-heure, avec une extraordinaire courtoisie. Il m'a fait parlé de ma campagne, m'a demandé des détails sur son déroulement, m'a exprimé ses félicitations pour avoir été élu et s'est enquis de ma vision de la situation politique en général. Je n'ai pas une nature impressionnable. Cela ne m'empêchait pas d'être fier et flatté et de ressentir l'honneur qui m'était fait que je jugeais à son juste prix. En sortant, j'ai éprouvé que j'avais des choses à dire et que je les avais dites. Cela ne va pas obligatoirement de soi. » (Entretien avec l'auteur.)

En fait, Chirac n'a rien compris. Si de Gaulle a voulu le voir, ce n'est pas seulement parce qu'il aime bien connaître les jeunes gaullistes qui viennent de remporter des victoires inattendues dans des fiefs de l'opposition, c'est parce que Pompidou est en train de mettre sur pied son nouveau gouvernement et qu'il a dit au général qu'il avait l'intention de nommer Chirac secrétaire d'État. Mais ça, Chirac ne le sait pas encore et n'a même pas osé en rêver.

Pompidou, lui, à Matignon, pendant ce temps-là, tire les conclusions des élections. Si l'échec du premier tour des présidentielles de 65 l'avait peut-être sauvé en prouvant au général que, contrairement à ce que disaient les « gaullistes de progrès », il n'y avait pas d'espoir d'élargir l'électorat gaulliste vers la gauche qui s'organisait autour de Mitterrand et qu'en faisant une « politique d'avant-garde », on risquait de mécontenter le Centre – la percée de Lecanuet l'avait démontré – l'échec des Législatives de 67 a, indiscutablement, sauvé Pompidou.

D'abord, parce que les deux hommes auxquels le général pensait pour succéder à Pompidou, Couve et Messmer, ont été battus, le premier à Paris, le second à Lorient. Ensuite, parce que, quand on a une seule voix de majorité à l'Assemblée, on « ne change pas de cheval » et on ne prend aucun risque.

Analysant de très près les résultats, Pompidou s'aperçoit que les gaullistes ont perdu quarante-neuf sièges, que les R.I. en ont gagné neuf, que les centristes en ont perdu quatorze, que la F.G.D.S. en a gagné vingt-cinq et le P.C. trente-deux. Le renforcement de la gauche prouve donc qu'il n'y a rien à faire de ce côté-là mais qu'il faut faire attention aux problèmes sociaux. Les gains des R.I. et les pertes des centristes c'est là-dessus qu'il faut jouer, avec, donc, une politique prudente, rassurante.

Lefranc dira : « Les conservateurs allaient profiter de la faible marge parlementaire dont disposait l'exécutif pour lui interdire toute initiative hardie » (*Avec qui vous savez*). Comme tous les anti-pompidoliens, Lefranc entend par « initiative hardie » le vieux rêve flou de De Gaulle sur l'intéressement des travailleurs, vaguement mis en œuvre par le fameux amendement Vallon en juillet 66 et Lefranc laisse supposer que si Pompidou avait joué le jeu de cette « révolution gaulliste », il n'y aurait eu ni mai 68 ni le référendum de 69...

En 1965, au lendemain de la réélection du général, Lefranc, à Matignon, avait dit à Pompidou : « Il va maintenant falloir s'attaquer aux questions sociales qui tiennent à cœur au général. Le premier septennat a été marqué par la paix en Algérie et par la mise en œuvre des nouvelles institutions, les deux missions pour lesquelles les Français avaient rappelé le général. Ce nouveau septennat qui commence doit être marqué, lui, par la réforme sociale dont ils ont besoin et qui sera, en fait, la grande œuvre du gaullisme. La participation... »

Et Pompidou avait, une fois de plus, interrompu Lefranc en lui déclarant, visiblement excédé : « La participation mais vous savez bien que c'est de la plaisanterie. Je voudrais bien que vous m'expliquiez ce que ça veut dire. Croyez-moi il ne faut pas réveiller le secteur. »

Ce n'est donc pas un an et demi plus tard, après des élections qui ont prouvé que c'était la droite de la majorité (les R.I.) qui avait le mieux tenu, que Pompidou va découvrir les charmes de la participation.

Le 3 avril 1967, à 15 heures, Chirac est pour la première fois assis dans l'hémicycle, pour l'ouverture officielle de la troisième législature de la Vᵉ République. Comme d'habitude, c'est le doyen d'âge, Hippolyte Ducos, un radical, agrégé de lettres qui en est à sa dizième législature, qui, avec son accent rocailleux de Haute-Garonne, prononce le discours d'ouverture. Puis, on vote pour élire le Président. Il y a deux candidats : Chaban et Defferre. Chirac vote pour Chaban, bien sûr, qui est élu.

Le lendemain, Chirac retourne à l'Assemblée. Cette fois on procède à l'élection du bureau.

Le 6 avril, Pompidou est officiellement chargé de former un nouveau gouvernement. Le 7, Chirac qui n'a rien à faire, va traîner ses guêtres chez ses amis de Matignon, avec l'espoir de glaner quelques secrets. Il est dans le hall, sortant de chez Anne-Marie Dupuy, il serre, selon son habitude, la main des huissiers à chaîne, quand, du haut du grand escalier, Pompidou le voit et l'appelle. Chirac monte quatre à quatre et, entre deux portes, le Premier ministre lui lâche : « Ah, Chirac, je vous ai réservé un strapontin dans le nouveau gouvernement. Mais surtout, ne vous prenez pas pour un ministre! » Et Pompidou disparaît.

Chirac jure qu'il ne s'y attendait pas et que s'il n'avait pas eu les jambes coupées et si Pompidou n'avait pas disparu aussi vite, il lui aurait sauté au cou. Façon de parler, bien sûr. Ce 7 avril 1967, à 11 h 10, Chirac est heureux comme il ne l'a sans doute jamais été. « Un vrai gosse qui faisait plaisir à voir. Il riait tout seul », se souvient une collaboratrice de Pompidou qui était dans la confidence depuis quelques minutes et qui a vu alors Chirac traverser en trombe son bureau.

Sur le moment, Chirac est heureux non pas parce qu'à trente-quatre ans il entre au gouvernement ce qui fait de lui l'un des « petits génies » de la vie politique française avec Félix Gaillard (entré au gouvernement à vingt-huit ans), Mitterrand (trente ans), Giscard (trente-deux ans) et Bourgès-Maunoury (trente-deux ans). Il est même meilleur qu'Henri Queuille dont il occupe le siège de député puisque le « bon docteur » n'est devenu membre du gouvernement qu'à l'âge de trente-six ans. C'est à Ussel qu'on va être content.

Non, si Chirac est heureux, c'est parce que ce « cadeau du ciel » lui a été offert par Pompidou. Pour Chirac, c'est la preuve que Pompidou l'aime comme un fils, c'est la preuve que Pompidou lui fait confiance, a deviné ses ambitions mais aussi sa fidélité.

Et soudain, Chirac s'aperçoit non seulement qu'il a oublié de lui dire merci mais surtout qu'il a oublié de lui demander à quel ministère il était nommé...

Il faudra que Chirac attende l'après-midi pour apprendre qu'il est « secrétaire d'État auprès du ministre des Affaires sociales, chargé de l'emploi ».

Chirac raconte que lorsque son beau-père a appris qu'il devenait secrétaire d'État, « il a dit à ma femme : Vraiment, Bernadette, votre mari ne sait pas ce qu'il veut. A peine vient-il d'être élu député et voilà qu'il démissionne pour faire autre chose. » (Entretien avec l'auteur.)

Ce nouveau gouvernement surprend d'ailleurs quelques observateurs : Frey quitte l'Intérieur que prend Fouchet (Frey passe aux Relations avec le Parlement), Foyer abandonne la Justice que prend Joxe et Fouchet laisse l'Éducation à Peyrefitte. S'en vont du gouvernement : Foyer, Marette, de Broglie, de Chambrun, Habib-Deloncle, Sanguinetti et Charbonnel (ces deux derniers ont été battus aux élections comme Couve et Messmer qui, eux, restent). Arrivent : Michelet, Maurice Schumann, Guichard, Chamant, Duvillard, Guéna, Gorce et Chirac. C'est, indiscutablement, un gouvernement de pompidoliens. Michelet, Schumann, Guichard, Marcellin et Bettencourt n'ont jamais caché leur totale sympathie pour le Premier ministre.

Quelle est la mission de ce gouvernement? Les avis sont partagés. Pour de Gaulle, il faut « faire quelque chose ». Il sait que la France s'ennuie (comme l'écrira bientôt dans *Le Monde* Pierre Viansson-Ponté) et il s'ennuie lui-même. Il pense que des hommes comme Pisani (à l'Équipement), Edgar Faure (à l'Agriculture), Jeanneney (aux Affaires sociales), Michelet (à la Fonction publique) sauront trouver cette troisième voie qu'il cherche pour la France.

Pompidou, lui, pense, très naturellement, à 1972, la fin du deuxième septennat du général. De Gaulle aura alors quatre-vingt-deux ans et il y a peu de chance qu'il sollicite un troisième mandat. Mais il faut tenir cinq ans. Pompidou a donc trois objectifs : se constituer une équipe, prendre bien en main l'appareil et l'électorat gaulliste pour éliminer les Debré, Chaban et autres Giscard, et « éviter les pépins » pour ne pas donner à la gauche la petite marge qui lui manque et que – Pompidou en a parfaitement conscience – seul le prestige de De Gaulle lui-même a pu jusqu'à présent sauvegarder.

Pompidou sait où est son problème, s'il veut poursuivre tranquillement sa politique d'industrialisation de la France, essentielle pour lui : en avril 1967, il y a trois cent mille chômeurs en France. C'est énorme. En tous les cas, beaucoup trop. Tout, selon Pompidou, vient du maudit « plan de stabilisation » de Giscard. De Gaulle avait dit en août 63 : « Il faut sauver le franc, sinon nous allons tous sauter » et, pour sauver le franc, Giscard avait limité la consommation et le crédit, donc les investissements, ce qui avait naturellement déclenché le chômage. Il fallait alors, d'une part, que Debré (qui restait aux Finances) poursuive et accentue son effort de relance et d'autre part, s'attaquer aux problèmes de l'emploi eux-mêmes.

C'est pour s'attaquer à ces problèmes de l'emploi dont il veut faire « la priorité de l'action gouvernementale » que Pompidou a décidé de créer un secrétariat d'État chargé de l'emploi et de le confier à son « enfant chéri » dont le dynamisme allait pouvoir s'y dépenser. Si donc Chirac, sur la liste protocolaire des membres du gouvernement, est le tout dernier, le 29ᵉ, son rôle est, aux yeux du Premier ministre, essentiel.

Officiellement, le secrétaire d'État chargé de l'emploi « dépend » du ministre des Affaires Sociales, Jean-Marcel Jeanneney. Agé alors de cinquante-six ans, Jean-Marcel Jeanneney est un personnage important du gaullisme, même s'il est totalement inconnu du grand public. Fils de Jules Jeanneney qui fut Président du Sénat de 1932 à 1942, ce professeur d'économie financière à la Faculté de droit qui avait rejoint de Gaulle à Alger, a été chargé, dès septembre 1958, par le général, de proposer une « réforme économique et financière ». Puis, il a été ministre de l'Industrie de Debré avant d'être nommé premier ambassadeur de France en Algérie, au lendemain de l'indépendance en juillet 1962. Il est ministre des Affaires sociales depuis le remaniement de janvier 66.

Certains affirment que cet homme, plus universitaire que politique, d'une grande honnêteté, était plus gaulliste que pompidolien. Et ils ajoutent qu'il n'était « pas commode ». Ce n'est, bien sûr, pas lui qui a choisi « son » secrétaire d'État. Il déclare même : « Je ne le connaissais pas. Je ne l'avais même jamais vu. C'est vous dire à quel point je ne l'ai pas choisi. Je savais seulement qu'il était au cabinet de M. Pompidou. Ceux de mes collaborateurs qui avaient pu être en contact avec lui m'ont indiqué que c'était un garçon sympathique et très ardent. »

Les deux hommes, si différents de nature, ne vont d'ailleurs, dans les faits, pas travailler ensemble. Jeanneney est à son ministère, 127, rue de Grenelle. Chirac, lui, emménage dans son secrétariat, rue de Tilsitt, dans un des immeubles des Maréchaux qui entourent l'Arc de Triomphe avec une vue superbe sur la place de l'Étoile (vue qu'il retrouvera quand il installera son P.C. rue de Tilsitt pour mener sa campagne présidentielle de 1981). Et si Chirac traverse, chaque soir, la Seine, ce n'est pas pour aller voir « son » ministre, mais pour se rendre à Matignon prendre encore le verre de l'amitié dans le bureau d'Anne-Marie Dupuy. En fait Chirac considère qu'il fait toujours partie de l'équipe de Matignon ou presque.

« Je n'ai pas eu, dit-il, quand j'ai été nommé au gouvernement le sentiment d'une promotion ni d'une consécration. Ayant pendant six ans été au cabinet du Premier ministre, j'avais vraiment le sentiment d'y rester. »

La première mission de Chirac c'est, d'abord, d'établir des contacts avec les syndicats. Pompidou a compris que le pouvoir était trop coupé de ces organisations que le général n'aimait pas et que ce manque de dialogue – même avec des adversaires – n'était pas bon. Il se souvient du « pas de clerc » de la réquisition des mineurs en 62 qu'un minimum de connaissance des dirigeants syndicalistes lui aurait évité.

Chirac forme donc son cabinet. Il appelle comme directeur Gérard Belorgey, son ami de Science-po et comme chef de cabinet Olivier Stirn, fils de préfet, petit-fils du capitaine Dreyfus, mais surtout lui-même jeune sous-préfet et ayant déjà fait ses classes dans les cabinets de Louis Jacquinot (aux Tom-Dom) et de Charbonnel (à la Coopération). Mais il prend, aussi et surtout, « à titre officieux ». Delpy, un collaborateur de Bergeron à Force ouvrière, et Lauga, un ami d'Eugène Descamps, le patron de la

C.F.D.T. C'est la première fois que des syndicalistes entrent ainsi – par la petite porte – au... gouvernement.

Le mercredi 12 avril 1967, au matin, Chirac assiste à son premier Conseil des ministres. Certes, il est en bout de table, mais le général de Gaulle faisant comme d'habitude le tour de la pièce et serrant la main de chacun, l'a gratifié d'un « content de vous revoir ici » qui l'a rempli d'aise. Chirac ne sait pas encore que c'est la formule que le général emploie pour tous les nouveaux venus. Certains ont remarqué que Chirac était le premier ancien combattant de la guerre d'Algérie à siéger au Conseil des ministres. C'est vrai. Le général et Michelet (qui fut député de la Corrèze de 45 à 51) ont fait la guerre de 14, plusieurs membres du gouvernement portent à la boutonnière le ruban vert et noir des compagnons de la Libération (Malraux, Billotte, Schumann, Messmer), presque tous les autres ont la médaille de la Résistance, mais Chirac est le seul à avoir la Croix de la Valeur militaire gagnée en Algérie.

Au cours de ce premier Conseil des ministres, Chirac n'a, bien sûr, pas ouvert la bouche, mais, trois heures plus tard, il faisait ses débuts d'orateur à l'Assemblée nationale. Lui, qui, en tant que député, n'avait assisté qu'à deux séances – et encore bien formelles – il montait à la tribune en tant que membre du gouvernement pour répondre à une question de Pierre Abelin, député-maire centriste de Châtellerault, qui s'inquiétait de l'avenir du personnel français des bases militaires américaines – et notamment celle de Châtellerault – qui venaient de fermer comme l'avait souhaité le général après le retrait en 65 de la France de l'Otan. Chirac rassure Pierre Abelin, tout sera fait pour ces nouveaux chômeurs.

Le 18 avril, c'est au Sénat que Chirac fait, cette fois, ses débuts. Puisque de Gaulle ne veut plus que les ministres aillent « chez » Monnerville depuis l'affaire de la « forfaiture » (1962), ce sont les secrétaires d'État qui y représentent le gouvernement, sans connaître, bien sûr, quoi que ce soit des dossiers dont ils héritent ainsi au hasard des emplois du temps de chacun. Cette guerre d'usure entre le général et le président du Sénat commence d'ailleurs à porter ses fruits. Monnerville qui, depuis 1947, était toujours réélu triomphalement à la présidence du Sénat, n'est, cette fois, passé qu'avec une seule voix de majorité, ce qui l'amènera à se retirer de la présidence en 68. Chirac, devant les sénateurs, défend, ce jour-là, le projet de loi sur l'amélioration de l'habitat (en lieu et place de Pisani).

A peine a-t-il terminé sa prestation au Palais du Luxembourg, qu'il se précipite à l'Assemblée pour écouter, au banc du gouvernement, Pompidou. Un grand débat de politique générale opposant, en effet, le Premier ministre à Mitterrand. Débat sans risque, il est vrai, puisque comme en 1966, Pompidou a décidé de ne pas demander de vote de confiance pour son nouveau gouvernement afin de bien montrer son interprétation de la Constitution (le Premier ministre est nommé par le président de la République, pas par l'Assemblée, détail important que semblera oublier, un jour, Chaban-Delmas).

L'atmosphère au cours de ce débat qui va durer trois jours est particulièrement tendue. Mitterrand dramatise les choses pour attirer définitivement vers lui les centristes hésitants. Pompidou est inquiet de l'attitude de Giscard qui sait, bien sûr, que ses quarante-quatre voix sont indispensables à la majorité, mais qui est, aussi, conscient que ses amis ne le suivraient pas tous s'il se désolidarisait de Pompidou. Oui, mais... la trahison d'un seul suffirait! C'est au cours de ce débat que le Premier ministre, faisant allusion à une chanson à succès de Jacques Dutronc, parlera des « cactus de la politique ». Et les vieux huissiers du Palais-Bourbon retrouvent leur jeunesse. On n'avait plus chahuté, plus tapé des pupitres comme cela depuis les beaux jours de la IVe. Gaston Defferre traite René Ribière, ancien préfet et député U.D.-Ve de Seine-et-Oise d'« abruti ». Ribière provoque le député-maire de Marseille en duel (le duel aura lieu et Ribière s'en sortira avec une estafilade au bras). Bref, « ça chauffe ».

Pompidou comprend qu'il faut lancer une politique sociale pour désarmer l'opposition qui bénéficie encore de son « succès » du 12 mars. Mais il ne veut pas avoir à négocier chacune de ses décisions avec Giscard. Il veut avoir les mains libres.

Au Conseil des ministres du 26 avril, il décide donc de demander à l'Assemblée les « pleins pouvoirs », c'est-à-dire la possibilité de procéder par ordonnances « pour mieux assurer le plein emploi et la reconversion des travailleurs ». Il se sert, ici, de l'article 38 de la Constitution qu'avait utilisé Michel Debré après la semaine des barricades en 1960. C'est Debré lui-même qui a suggéré le recours à cette procédure.

Selon cet article, « le gouvernement peut, pour l'exécution de son programme, demander au parlement l'autorisation de prendre par ordonnances, pendant un délai limité, les mesures qui sont normalement du domaine de la loi ».

Cette fois, les pouvoirs spéciaux pourront s'appliquer dans cinq domaines qu'énumère Pompidou devant les ministres un peu étonnés : le plein emploi, la participation, la réforme de la Sécurité Sociale, l'adaptation des entreprises à la concurrence, la modernisation des structures. On sait ce que Pompidou pense de la participation – mais il veut, là, faire plaisir au Général – et on voit mal la différence entre l'adaptation à la concurrence et la modernisation des structures. Pompidou n'a bien qu'un seul objectif : l'emploi, le domaine de Chirac, précisément.

Chirac est d'ailleurs l'un des rares membres du gouvernement a avoir été mis dans la confidence avant le Conseil. Les autres se demandent si Pompidou n'y va pas un peu fort. La situation n'a rien à voir avec elle de 1960 et on devine sans peine que l'opposition va hurler. Pisani donne, sur-le-champ, sa démission du gouvernement pour protester contre le recours à cet article 38. Il est aussitôt remplacé par Ortoli à l'Équipement et au Logement. Un homme de Pompidou de plus entre donc au gouvernement.

Le 11 mai, la Fédération de la gauche et les communistes déposent une motion de censure contre ces pouvoirs spéciaux. Le 17, c'est la grève générale à l'appel de la C.G.T., de F.O., et de la F.E.N. Le 18, Pompidou engage la responsabilité du gouvernement. Comme il l'avait prévu, personne dans la majorité (pas même Giscard qui a protesté pour la forme) n'ose prendre la responsabilité d'une crise et (surtout) d'une dissolution de l'Assemblée. La motion de censure ne recueille que 236 voix. Il lui en a manqué huit. Pompidou a ses pouvoirs spéciaux et les mains libres pour l'emploi.

Au cours du débat, Pompidou avait déclaré : « L'ampleur de toutes ces questions impose au gouvernement de faire d'une politique de l'emploi un élément fondamental de son action ». Raymond Mondon, fondateur des Républicains Indépendants, avait, lui, rendu hommage à Chirac : « Nous avons noté avec satisfaction que vous avez créé un secrétariat d'État à l'Emploi confié à un jeune parlementaire de valeur. Nous souhaitons qu'il ne s'agisse pas d'un geste symbolique ». Quant à Mitterrand qui ne ménage personne, il s'en était pris audit secrétaire d'État à l'Emploi : « M. Chirac, seul échappé, seul survivant de la meute lancée par la majorité à l'assaut des contreforts du Massif central. » Le chef de la F.G.D.S. n'a visiblement pas pardonné à Chirac d'avoir battu son propre frère et, dans sa rage, il en oublie la victoire de Pompidou dans le Cantal et celle de Pons à Figeac.

Chirac, tout vingt-neuvième qu'il soit dans la liste protocolaire du gouvernement, est bien en première ligne pour cette bataille que veut livrer Pompidou à la fois contre la gauche – plus forte qu'elle ne l'a jamais été depuis le début de la Ve – et contre les R.I., plus agaçants que jamais.

Comme on pouvait s'y attendre, Chirac ne traîne pas. Il remue ciel et terre, il prend des contacts avec le patronat, avec les syndicats, il est tout le temps à Matignon, il reçoit, rue de Tilsitt, des juristes, des économistes et, en quarante-cinq jours, il a tout mis sur pied.

Le 5 juillet 1967, il tient sa première conférence de presse de membre du gouvernement. C'est lui qui présente les grandes lignes des projets qui seront adoptés en Conseil des ministres, le 12 juillet. Quatre grands textes : la création de l'Agence Nationale pour l'Emploi, l'amélioration du Fonds National de l'Emploi, la détermination des meilleures garanties de ressources aux chômeurs, l'extension des dispositions applicables en cas de licenciement.

Aujourd'hui, on a souvent oublié que c'était Chirac qui avait créé l'Agence Nationale pour l'Emploi, la fameuse A.N.P.E. qui, en dépit de ses insuffisances et de l'usage pour le moins abusif qu'on en a fait, rend tant de services. On a aussi oublié – maintenant que le chômage et son spectre font partie de notre dramatique paysage quotidien – que c'est Pompidou qui le premier s'est aperçu de son apparition. A l'époque où tout le monde parlait de l'intéressement des travailleurs, de la participation, d'un monde nouveau dans les relations du travail, Pompidou – l'Auvergnat et le banquier – connaissait, lui, les chiffres : 10 000 chômeurs en 64 (avec une offre d'emplois de 40 000 postes), 100 000 chômeurs en 65, 200 000 en 66, 329 000 en 67. L'homme qui disait « les problèmes de la répartition sont une réalité, encore faut-il qu'il y ait quelque chose à répartir et j'ai la faiblesse de croire que la solution serait facilitée s'il y avait beaucoup à répartir » avait compris, avant beaucoup d'autres, que le problème du chômage était plus important que celui de la participation. Et il avait sans doute raison, n'en déplaise aux gaullistes de gauche.

Mais il était déjà trop tard. Le « plan de stabilisation » de Giscard avait cassé les investissements, à la veille de l'arrivée massive sur le marché du travail des fortes classes démographiques de l'après-guerre et au moment même où la concurrence des produits du Marché commun allait se faire sentir. Michel Debré, avec sa relance, ne pouvait pas suivre. Chirac, lui, dans son secrétariat d'État n'avait pas les moyens de créer des emplois. Il ne pouvait que colmater les brèches, s'occuper des chômeurs. Il était, déjà, davantage le ministre du chômage que celui de l'emploi. Et d'ailleurs, n'est-il pas « dépendant » des... Affaires sociales? Il n'était ni à l'Industrie ni à l'Équipement ni aux Finances. Pompidou avait, sans doute, fait une erreur en considérant alors l'Emploi comme faisant partie des « bonnes œuvres » du gouvernement, attitude étonnante de sa part et qui manquait de « volontarisme ».

En simplifiant les choses, les ordonnances de Chirac qui paraissent à partir du 1er août augmentent les indemnités de chômage, organisent une meilleure information des travailleurs, tentent de mettre sur pied une coordination entre les demandeurs d'emploi et ceux qui offrent des emplois et essayent de susciter une plus grande mobilité de la main-d'œuvre. Il s'agit donc bien de gérer le chômage plus que d'y remédier. Attitude passive, défensive, défaitiste, dont se désole Chirac lui-même qui aurait préféré placer les fonds dont il disposait dans des investissements créateurs d'emplois plutôt que dans des œuvres de solidarité. Et Chirac voit le chômage augmenter : 100 000 chômeurs de plus au cours de l'année 67.

Pendant ce temps, sur le plan politique, la situation se dégrade aussi. Si les Gaullistes de gauche réalisent parfaitement que les miettes de participation qu'on leur a accordées, avec les ordonnances sur l'intéressement, ne sont que des gadgets – ces textes ne sont, en effet, ni catégoriques ni contraignants – la droite de la majorité, elle, s'impatiente.

En plein été 67, fin août, Giscard ose s'en prendre au Général qui, le 10 août, avait prononcé une allocution très « gaullienne ». Giscard condamne le recours aux ordonnances (qu'il a votées), exige un véritable dialogue entre l'exécutif et la majorité et surtout attaque « l'exercice solitaire du pouvoir », affirmant que « l'autorité du président de la République ne doit trancher qu'après les délibérations nécessaires ». De Gaulle murmure : « Giscard ratera tout car il a la poisse et il porte la poisse. » (André Pautard, *Giscard d'Estaing.*)

Pompidou réplique immédiatement. Il accuse Giscard de « démagogie électorale », le classe parmi « les hommes du passé », comme Mitterrand ou Lecanuet, et prévoit que « s'il parvenait au pouvoir suprême », Giscard reviendrait « aux pires pratiques de la IVe République ». Les ministres Républicains Indépendants se désolidarisent d'ailleurs totalement de Giscard, Marcellin le premier qui souligne que s'il n'y a pas de dialogue c'est, hélas, entre Giscard et les membres de son propre parti...

Les élections cantonales des 24 septembre et 1er octobre 1967 montrent que la majorité continue à perdre du terrain. Le P.C. obtient 26,3 % des voix, la Fédération de la gauche 21,5 %, les divers gauche 6,2 %, le P.S.U. 2 % soit un total de 56 % des voix alors que l'U.D. Ve n'en a que 14,5 % et les R.I. 4, le reste allant à des centristes mal définis et qui ne sont pas tous dans la majorité, loin de là.

Chirac, lui, s'est fait élire, sans difficulté, conseiller général du canton de Meymac, un des cantons de sa circonscription. Fortifiant son implantation locale, il continue à aller passer tous ses week-ends à Ussel. Sa permanence n'est plus dans le modeste lotissement de Ponty mais en plein centre d'Ussel, avenue du Champ-de-Foire qui allait être rebaptisée en « avenue du Capitaine-Henri-de-Bournazel », un héros limousin qui, à la tête de son escadron de spahis, avait trouvé la mort, en 1933, au Maroc, lors de la conquête du Tafilalet, un héros qui avait sûrement les sympathies du sous-lieutenant Chirac.

C'est l'époque où, en Corrèze, on commence à dire, en parlant de Chirac, que « le mille-pattes du plateau des Millevaches a le bras long » et où, selon un collaborateur du secrétaire d'État à l'Emploi : « Quand Jacques arrivait en Corrèze, il était suivi pas à pas par un journaliste de *La Montagne,* lequel s'obstinait à lui faire des cadeaux. Invariablement des chaussures, mais, hélas, toujours trop petites. Pour ne pas le contrarier, Jacques portait continuellement ces chaussures en Corrèze et souffrait le martyre » *(La double méprise.)*

C'est aussi l'époque où « quand les gaullistes pensent à leurs jeunes loups, c'est d'abord à Chirac qu'ils pensent », comme l'écrit alors Philippe Alexandre, collaborateur, il est vrai, de *L'Essor du Limousin.*

Pompidou et Juillet savent très bien qu'il leur faudrait reprendre en main l'appareil du parti gaulliste. Le compagnon de la Libération Jacques Baumel, quarante-neuf ans, qui était secrétaire général de l'U.N.R. depuis cinq ans, est parti. Juillet a créé un collège de cinq secrétaires nationaux de l'U.D.R. avec Robert Poujade, trente-neuf ans (pour les élections), René Tomasini, quarante-sept ans (pour l'organisation), André Fanton, trente-neuf ans (pour l'information), Jean Taittinger, quarante-quatre ans (pour les finances) et Jean Charbonnel, quarante ans (pour les affaires économiques et pour les relations extérieures). Mais ce « rajeunissement des cadres » ne suffit pas. Bien vite, on s'aperçoit que la collégialité n'est pas une bonne solution et Poujade est nommé seul et unique secrétaire général.

L'hiver 67-68 est mauvais. Chômage, hausse des prix (+ 6 %), grèves dures à Lyon, Caen, Redon, Nantes. En 67, on a perdu quatre millions de journées de travail par fait de grève et on s'aperçoit que de Gaulle avait sans doute raison quand, dans sa fameuse allocution du mois d'août, il s'en était pris aux « apôtres du déclin » et qu'il avait exhorté les Français à « repousser le doute, ce démon de toutes les décadences ». Oui, le doute s'est bel et bien emparé de la France.

On n'a pas fini de commenter les événements de mai 68, de s'interroger sur leurs raisons d'être, d'analyser leurs conséquences. Les politologues, les sociologues parlent maintenant de l'« avant-mai 68 » et de « après-mai 68 » comme s'il s'agissait d'une référence historique fondamentale, de la naissance d'une ère nouvelle. Et c'est d'autant plus étonnant que si rien ne laissait prévoir ces événements, ils n'eurent – on doit le reconnaître, avec un minimum de bonne foi – aucunes conséquences essentielles, n'en déplaise aux héros de l'histoire.

S'il est de bon ton d'affirmer, en effet, que tout a changé après 68, on est, tout de même, obligé de remarquer qu'il faudra treize ans à la gauche pour conquérir le pouvoir et que si de Gaulle est bien parti un an après « les folles journées », c'est Pompidou qui lui a succédé, puis Giscard. Non, le paysage politique, économique, social, culturel de la France n'a pas changé, une fois la parenthèse « révolutionnaire » refermée et les héros des barricades se sont bien vite embourgeoisés. Curieux phénomène donc que cette « émeute printanière » qui parut faire vasciller le régime, que personne ne comprit, qui donna un faux coup de jeune à un vieux pays, un terrible coup bas à l'économie et un sujet de réflexion facile à tous les hommes politiques qui n'avaient rien compris.

Pour Chirac, ces événements furent cependant essentiels. Ils allaient, en effet, faire du 29ᵉ membre du gouvernement un des hommes-clés de la crise, ils allaient le confronter à une situation qui n'avait rien à voir avec les cours de l'E.N.A., ils allaient mettre à l'épreuve sa résistance physique et psychologique au moins aussi bien que l'avait fait le commandement d'un escadron de chasseurs d'Afrique en Algérie.

Première chose, Chirac a l'honnêteté (peu commune aujourd'hui) de reconnaître qu'il ne s'attendait pas à « ça » : « Mai 68, d'abord, cela m'a surpris car je n'avais pas du tout prévu cette explosion. D'ailleurs, ceux qui ont expliqué ensuite qu'ils l'avaient prévu mentent. En tout cas, moi, il y a un fait certain, c'est que je ne l'avais pas prévue. J'avais pourtant, à l'époque, énormément de relations avec les syndicats, les salariés puisque j'étais secrétaire d'État à l'Emploi et nous étions alors en train de négocier un certain nombre d'aménagements dans la législation sociale à la suite des ordonnances concernant notamment l'emploi, la création de l'Agence Nationale pour l'Emploi et la transformation complète du système d'indemnisation du chômage. Or personne, ni à la C.G.T., ni à la C.F.D.T., ni à F.O., ni à la C.F.T.C., ni au patronat ou à la C.G.C. qui étaient mes interlocuteurs permanents, personne n'avait manifestement envisagé des événements de cette nature. »

Pompidou écrira, lui : « Reconnaissons tout de suite que je n'avais pas prévu ce qui est arrivé. La situation générale de la France était bonne. Après un ralentissement économique dû au plan de stabilisation de 1963 et à sa prolongation, à mes yeux, excessive, l'action qu'avait menée, avec mon accord, et peut-être quelque timidité au départ Michel Debré se faisait sentir et la reprise était manifeste. » *(Pour rétablir une vérité.)*

Il est très révélateur de relire la presse française des derniers mois de 67 et des premiers mois de 68. On s'aperçoit que tout le monde se préoccupe ou de politique politicienne ou de problèmes sociaux mais que personne ne regarde du côté des universités où pourtant il existe un malaise profond. Les déclarations des hommes politiques ou les grèves sont à « la une » des journaux, alors qu'il faut chercher, à la loupe, des entrefilets, en pages intérieures, pour voir que ça ne va pas dans certaines facultés.

C'est l'époque où Henri Laugier, professeur de physiologie à la Sorbonne et vieil ami du Général, tente, en vain, d'attirer son attention sur les problèmes de l'université. On connaît le célèbre dialogue. Après un tour d'horizon de la situation en général au cours duquel Laugier a, plusieurs fois, déclaré : « Mon Général, j'aimerais attirer votre attention sur la crise des universités » sans que le général ne veuille y prêter attention, de Gaulle se lève et raccompagne son vieux fidèle en lui demandant : « Alors, vous aimez toujours Picasso? » (Laugier a une des plus belles collections d'art moderne de Paris.) Laugier répond : « Oui, mon Général, mais c'est l'Université qui m'inquiète » et, superbe, le Général répond : « Laugier, de Gaulle emmerde l'Université! » ce à quoi, devant un aide de camp médusé, Laugier ose répliquer : « Malheureusement, mon Général, j'ai bien peur que ce ne soit l'Université qui finisse par emmerder le général de Gaulle. »

La presse, elle, donc, parle de manifestations paysannes en Bretagne, de la semaine d'actions de la C.G.T et de la C.F.D.T. contre les « ordonnances antisociales », de la T.V.A. que le gouvernement veut appliquer à l'agriculture, de la controverse à propos de l'introduction de la publicité à la télévision, de Giscard qui refuse de voter le collectif budgétaire, de concentration dans la sidérurgie, d'un plan de soutien de l'économie, d'un congrès de la S.F.I.O. qui prône une accélération de la fusion des organisations de la F.G.D.S., d'un plan de relance présenté par Giscard, d'une grève d'Air-Inter et des cheminots, d'un accord entre le patronat et les centrales ouvrières sur l'indemnisation du chômage partiel (un succès de Chirac), d'une déclaration commune P.C.-F.G.D.S. sur la politique économique et sociale – ce qui fera dire à Pompidou que la gauche a « un programme d'anarchie qui débouche sur la dictature », phrase à laquelle... Giscard, en défenseur inattendu de la gauche répliquera en s'écriant que le Premier ministre pratique « un anti-communisme de propagande » – de l'ouverture des Jeux Olympiques de Grenoble, de l'offensive du Têt au Vietnam, de la ruée vers l'or dans toutes les capitales et de l'assassinat de Martin Luther King. Bref, de l'actualité « banale »...

Personne – et on ne peut me reprocher à personne – n'a titré, le

21 novembre 1967, sur la grève de la faculté des Lettres de Nanterre; le 8 janvier, sur les incidents qui ont, encore à Nanterre, opposé Missoffe qui inaugurait une piscine à un étudiant qui le prenait à partie et qui s'appelait Daniel Cohn-Bendit; le 15 janvier, sur des échauffourées qui ont opposé étudiants et policiers encore à Nanterre, mais aussi à Caen où Alain Peyrefitte a été conspué; le 26 janvier, sur l'entrée de la police sur le campus de Nanterre, etc.

Personne n'a porté attention, le 22 mars, à la naissance du « mouvement du 22 mars » à Nanterre, le 28 mars à la fermeture de Nanterre, le 29 à l'occupation d'un amphithéâtre de la Sorbonne par les étudiants « gauchistes » venus de Nanterre. Et si le 7 avril, au congrès des Jeunes Communistes, Waldeck-Rochet a souligné « les dangers de l'aventurisme et du gauchisme », au gouvernement, on s'est presque réjoui que les « pro-chinois » créent ainsi des difficultés à la gauche.

Comme l'écrira Christian Fouchet – qui pourtant aurait dû être bien placé pour être au courant : « Dans le climat relativement serein de la France d'avril 1968, les incidents de Nanterre ne semblaient ni plus graves ni moins graves que les troubles paysans récents de Quimper ou de Rennes ou les troubles ouvriers de Caen » *(Les lauriers sont coupés.)* Même l'invasion de la Sorbonne n'avait choqué personne.

Ce n'est que fin avril qu'on a commencé à se dire, du côté du pouvoir, que ces manifestations d'étudiants avaient assez duré. Nous n'avons pas ici à rappeler tous les événements de mai 68, mais simplement à observer Chirac.

Après coup, Chirac déclarera : « Je réalise maintenant que mai 68 a été quelque chose de plus important que je ne l'avais cru sur le moment. Je comprends mieux aujourd'hui, la nécessité de tenir compte, bien plus que par le passé, des contraintes que la vie fait peser sur les hommes. A cet égard, c'est un événement positif de notre histoire contemporaine. Regrettable dans sa forme mais positif quant au fond » *(La république des cadets.)* On peut alors se demander si Chirac n'a pas, là, lui-même, été victime de mai 68, en versant, comme le Tout-Paris politico-mondain, dans l'autocritique.

Sur le coup, il ne fait aucun doute que, plus lucide et mieux inspiré, Chirac a fait la même analyse que son « patron » Georges Pompidou qui écrira dans *Le Nœud gordien* : « L'étincelle a jailli à Nanterre, faculté consacrée, pour une large part, à des enseignements particulièrement destructeurs, la sociologie notamment, science balbutiante dont beaucoup de spécialistes ont d'autant plus d'assurance que leurs connaissances sont plus incertaines et bien souvent, en France du moins, mal assimilées. Comme les sophistes de Platon, les scolastiques du XVᵉ ou les médecins de Molière, ils cherchent leur autorité et leur prestige dans un jargon spécifique, inaccessible au profane et appliquent leur intelligence et les détours de leur esprit à critiquer une société où, de fait, ils n'ont aucune utilité clairement définie. »

Au début de ce mois de mai 68, ce qui compte pour Pompidou et pour Chirac, c'est l'industrialisation du pays qui permettra de créer des emplois, de donner du bien-être à un plus grand nombre. Tout le reste, ce sont « des états d'âme de fils de bourgeois » qui sont pourtant les premiers à bénéficier de cette société qu'ils semblent aujourd'hui soudain refuser. Pompidou et Chirac dont les familles sont passées, en deux ou trois générations, grâce à cette société, des fermes du Massif Central aux salons parisiens, n'ont pas cette ingratitude.

Chirac, fin avril 68, a d'ailleurs l'une de ses plus grandes satisfactions de secrétaire d'État à l'Emploi. Il préside à la signature du premier accord d'intéressement des travailleurs issu des ordonnances : l'accord des Établissements Viniprix de Charenton. Succès d'autant plus appréciable que le personnel de Viniprix est à 80 % de la C.G.T. et que la Centrale a suivi et apprécie donc – même si elle ne le dit pas – ces fameuses « ordonnances scélérates ». Les efforts de Chirac commencent à porter leurs fruits et on a l'impression que la crise sociale se détend. Benoît Frachon, en personne, a demandé aux ouvriers « de poursuivre, de reprendre – là où il a été ralenti – le travail quotidien et de ne pas écouter les brillants annonciateurs de la grève générale à répétition, les donneurs de mots d'ordre foudroyants qui ne foudroient rien » (discours devant les ouvriers de l'Arsenal de Toulon).

Le 2 mai, alors que les cours ont été, une nouvelle fois, suspendus à Nanterre et que l'Assemblée nationale vote, à l'unanimité, la quatrième semaine de congés payés, Pompidou s'envole pour un voyage officiel en Iran et en Afghanistan. Le 3, Mauriac qui est à Malagar écrit : « L'orage gronde faiblement » et la police fait évacuer la Sorbonne à la demande du recteur. Le soir, il y a de violents incidents dans le Quartier latin. La police interpelle près de six cents personnes. Il y a de nombreux blessés. Mai 68 a commencé, bêtement.

Le Premier ministre avant de s'envoler pour l'Orient avait donné à Chirac comme mission de « maintenir le contact avec les organisations syndicales ». Pompidou n'a, en effet, qu'une seule petite crainte : que les jeunes-aux-états-d'âme ne tentent d'entraîner le monde ouvrier dans la contestation. Pompidou (comme Chirac) est alors convaincu que l'agitation estudiantine s'arrêtera d'elle-même, comme n'importe quelle fête, sauf si les ouvriers en grève dans de nombreuses villes ou mécontents un peu partout, ne prennent ce « train de vacances » en marche, ce qu'il faut donc éviter à tout prix.

Le rôle de Chirac est de faire remarquer aux responsables syndicalistes et politiques qui ont prise sur le monde ouvrier combien pourrait être dangereuse cette « aventure gauchiste » comme l'avait si justement souligné Waldeck-Rochet. Et les interlocuteurs du secrétaire d'État à l'Emploi en semblent plus convaincus encore que Chirac lui-même.

Le 3 mai, Georges Marchais, en personne, a pris sa plume pour écrire l'éditorial de *l'Humanité* : « Comme toujours lorsque progresse l'union des forces ouvrières et démocratiques, les groupuscules gauchistes s'agitent. Malgré leurs contradictions, ces groupuscules – quelques centaines d'étudiants – se sont unifiés dans ce qu'ils appellent « le mouvement du 22 mars » dirigé par l'anarchiste allemand Cohn-Bendit (...) Voilà que ces pseudo-révolutionnaires émettent maintenant la prétention de donner des leçons au mouvement ouvrier (...) Ces faux révolutionnaires doivent être énergiquement démasqués car, objectivement, ils servent les intérêts du pouvoir gaulliste et des grands monopoles capitalistes. » Du très beau Marchais!

En lisant *l'Humanité* de ce 3 mai, Chirac peut donc être rassuré. Il a accompli sa mission : la classe ouvrière ne rejoindra pas le mouvement dirigé par « l'anarchiste allemand » qui va d'ailleurs bientôt qualifier les communistes de « crapules staliniennes ».

Cela dit, il est indiscutable que ce mouvement de jeunes qui ne revendiquent ni augmentation de salaires ni avantages quelconques, commence à bénéficier d'une certaine sympathie dans l'opinion publique. La violence avec laquelle les forces de l'ordre ont fait évacuer la Sorbonne, le 3, a choqué beaucoup de monde. Une nouvelle erreur de ce genre pourrait faire basculer l'opinion et pousser les mécontents de tout genre à se rallier à ce mouvement dont personne ne connaît les réelles aspirations.

Il ne fait aucun doute que l'absence de Georges Pompidou a été dramatique. Le Général qui, avec ses complexes d'homme de progrès, libéral, avait, peut-être, une petite sympathie pour ces jeunes manifestants mais qui ne pouvait pas admettre la chienlit, souhaitait que l'État fasse preuve d'autorité. Mais il estimait, en même temps, qu'il n'était pas digne du rôle du Chef de l'État de faire « du maintien de l'ordre ». Il ne voulait donc pas descendre dans l'arène.

Raymond Marcellin a raison quand il dit : « Pourquoi cette attitude expectative du général de Gaulle? Pendant les deux premières semaines du mois de mai, le chef de l'État observe une attitude prudente. Son comportement est tout à fait différent de celui qu'il eut en face de la rebellion des chefs de l'armée d'Algérie (...) Cette révolte d'étudiants, de jeunes civils, ne lui dit rien qui vaille. Sa qualité de militaire de carrière devenu homme politique le gène. Il ne veut pas intervenir directement et apparaître comme " le général-répression " (...) Il estime donc qu'il appartient au ministre de l'Intérieur, au ministre de l'Éducation nationale et au Premier ministre de mettre au point les solutions de la crise et les formules de l'action » *(L'importune vérité)*.

Mais Louis Joxe, Premier ministre par intérim et qui, par délicatesse, n'avait même pas osé quitter son ministère de la Justice pour s'installer à Matignon, ne voulait pas avoir l'air de se prendre pour le Premier ministre. Fouchet, le ministre de l'Intérieur, avait peur du « pépin », peur de faire couler le sang ce qui, à ses yeux, aurait ouvert la porte à l'irréparable. Et Alain Peyrefitte, le ministre de l'Éducation nationale, plus normalien qu'énarque, répugnait à « jouer les flics ».

Le 4 mai, treize des manifestants appréhendés à la Sorbonne sont condamnés. Le 6 au soir, il y a des combats de rue à Saint-Germain-des-Prés entre étudiants et policiers. Le 7, trente mille manifestants vont du Quartier latin à l'Étoile où ils chantent *L'Internationale*.

La nuit du 10 au 11 est une nuit d'émeutes au Quartier Latin. Les manifestants élèvent plus de trente barricades que C.R.S. et Gardes mobiles doivent enlever les unes après les autres, après avoir reçu des ordres trop tardifs. Résultats : trois cent soixante-sept blessés graves parmi lesquels deux cent cinquante et un policiers. Deux cents voitures incendiées. La rue Gay-Lussac, le boulevard Saint-Michel, la rue Soufflot offrent, au petit matin, un spectacle de désolation, de guerre civile.

Le 11 mai, quand la France se réveille éberluée de ce qu'il lui arrive, de ce qu'elle a fait elle-même, il n'y a plus de pouvoir, plus d'État, plus rien que des éboueurs qui balayent le boulevard Saint-Michel. Les ministères sont vides, il n'y a plus d' « abonnés » à l'interministériel...

Mauriac écrit : « Notre malheur (mais non par hasard et le loup pour sortir du bois avait attendu que le berger fut lui-même sorti de la bergerie), le malheur du gouvernement français est qu'il avait, à la lettre, perdu la tête, qu'à ce moment-là, sa tête était séparée de son corps et se trouvait exposée chez le Chah de Perse » et, ce même jour, il ajoute dans son bloc-notes : « Ce serait comique si ce n'était sinistre que de voir les anciens partis s'essouffler derrière le tramway appelé " jeunesse " dans lequel la révolution, disparue de chez eux à jamais, semble se manifester tout à coup et qu'ils vont essayer de rallier sinon de confisquer à leur profit. »

Et Pompidou – Mauriac dit : « la solide tête pompidolienne » – débarque d'Afghanistan. Dans l'avion qui le ramenait en catastrophe, il a écrit l'intervention qu'il veut faire le soir-même à la télévision. Immédiatement, il se précipite à L'Élysée. Il demande carte blanche au général. Son plan est simple. On a reproché au gouvernement, à la fois, sa fermeté – l'évacuation brutale de la Sorbonne – et son absence – aucune vraie prise de position, aucun coup de poing sur la table –. Il va donc, à la fois, rappeler que le gouvernement existe et faire preuve de souplesse pour éviter que le mouvement ne devienne encore plus populaire et que les ouvriers ne s'en mêlent. De Gaulle hésite. Pompidou menace de démissionner. De Gaulle cède. Après tout, lui, de Gaulle, ne s'est pas mêlé de cette affaire et que le Premier ministre (qui était absent) ait l'air de désavouer tout ce qui a été fait en son absence ne mettra en cause que l'autorité des ministres qui, effectivement, ont été médiocres dans la tempête. De Gaulle déclare à Pompidou : « Si vous réussissez tant mieux pour la France, si vous échouez tant pis pour vous. »

A 11 heures du soir, Pompidou annonce que la Sorbonne sera rouverte le 13 mai, que les étudiants arrêtés seront libérés le même jour et il se déclare « prêt à l'apaisement ».

En l'absence de Pompidou, Chirac avait fait partie des rares membres du gouvernement qui auraient plutôt plaidé la fermeté. Leur chef de file était Raymond Marcellin, alors ministre du Plan mais qui, ancien secrétaire d'État de Jules Moch à l'Intérieur lors des grèves dures du début de la IVe, se souvenait de la leçon que lui avait donnée alors ce socialiste qui n'avait pas hésité une seule seconde à envoyer la troupe contre les mineurs du Nord.

Jobert, Juillet, Foccard, Marcellin et Chirac s'étaient retrouvés à Matignon pendant que Pompidou assistait à des spectacles folkloriques dans les environs de Kaboul et avaient préparé le retour du Premier ministre. Mais Pompidou en avait décidé tout autrement. Il optait pour sa stratégie habituelle : la souplesse, le repli élastique, la négociation pour ne pas avoir à opérer à chaud. Après, on verrait. L'essentiel était de gagner du temps pour en faire perdre à l'adversaire et le désarmer. A cette stratégie de banquier s'ajoutait certainement, d'une part, une étude très sage de la situation : il ne servait à rien – si ce n'est à ridiculiser le pouvoir – de fermer la Sorbonne si les étudiants se rassemblaient ailleurs et en tiraient une nouvelle victoire, et d'autre part, une sensibilité de normalien qui ne supportait pas de voir la Sorbonne occupée par la police. Chirac observe la stratégie : oui, lui, Chirac, il aurait provoqué l'épreuve de force, oui, Pompidou a sans doute raison.

Malheureusement, il était trop tard. Le 14, ce que redoutait plus que tout Pompidou arrive : l'usine Sud-aviation de Nantes est occupée par ses ouvriers et C.G.T. rompt le contact avec le gouvernement. Devant l'ampleur des manifestations du 13, à Paris et en province, le monde ouvrier s'est jeté à l'eau et dans la bataille et les syndicalistes dont la seule peur est toujours d'être débordés par « la base », ont suivi. Tout s'est joué le 13 quand la « base » entraînée par une espèce de romantisme révolutionnaire (et travaillée par des agitateurs) a décidé de se joindre à la grande marche estudiantine. Et Chirac a tout de suite compris que c'était « foutu ».

Le 13, en effet, alors que les étudiants et les « travailleurs » (et des badauds) défilaient, par centaines de milliers, de la Bastille à Denfert-Rochereau et que des renseignements parvenus à Matignon avaient fait redouter que les manifestants ne s'en aillent du côté de l'Élysée, Pompidou avait demandé à Chirac de « faire quelque chose ». Chirac qui tenait encore bien le contact avait, du bureau même de Pompidou, appelé la C.G.T. et avait eu Krasucki auquel il avait demandé de « faire attention ». « Krasu » avait rassuré Chirac. Il n'était pas question de laisser la manifestation dégénérer. La C.G.T. veillait. Mais quelques heures plus tard, ayant de nouveau Krasucki au téléphone, Chirac avait compris que la C.G.T. venait de changer de camp, qu'elle ne croyait plus en la solidité du pouvoir et qu'elle courait le long des cortèges pour tenter d'en rattraper la tête. La C.G.T. s'imaginait soudain que tout allait, enfin, être possible. Chirac déclarait alors à Pompidou : « Les grèves vont éclater partout. Je vais perdre mon contact avec la C.G.T. Ça va être très dur. Tout commence, cette fois. »

Les jours qui vont suivre seront extraordinaires. « Surréalistes », dira un témoin. La France, ivre d'étonnement, de liberté, de gaz lacrymogènes, vacille. Le général semble avoir pris vingt ans de plus. Le gouvernement a disparu. L'administration n'existe plus. Mais, à Matignon, un homme se bat.

Chirac raconte : « A ce moment-là, je suis revenu à Matignon. La fonction administrative était paralysée et je passais pratiquement deux heures le soir à mon ministère et le reste de la journée à Matignon où M. Pompidou m'avait demandé de revenir. Nous avons formé une petite équipe autour de M. Pompidou. C'est une période au cours de laquelle j'ai beaucoup appris. J'ai vu comment un homme dans une large mesure seul, malgré une agitation incontrôlée et incontrôlable de ceux qui l'entouraient, pouvait d'une façon sereine exercer une volonté sans faille pour maîtriser les événements. Car en fait il les a maîtrisés seul. Cela m'a beaucoup impressionné. »

Et Chirac ajoute : « Il y a peu d'hommes, finalement, qui aient beaucoup de caractère. Dans les périodes normales ou calmes, cela ne se voit pas. Mais dans les périodes troublées ou agitées cela apparaît de la façon la plus claire. C'est la raison pour laquelle pour choisir des hommes il est bon ou utile, mais cela n'est pas toujours facile ou possible, de connaître leur comportement dans les périodes difficiles. Car c'est dans ces heures-là que l'on remarque les personnalités et les têtes réellement solides. »

Le commentaire, digne d'un militaire mais aussi d'un politique a été fait en 1978, c'est-à-dire moins de deux ans après la brouille Chirac-Giscard. Il est évidemment très révélateur. Chirac qui est lui-même « carré », aime les gens « solides ». Faut-il rappeler qu'en mai 68 le Président de l'Assemblée Nationale d'alors qui s'appelait Jacques Chaban-Delmas « étonnait son monde – ce sont ses propres termes – en déclarant qu'il fallait essayer de comprendre les tenants, même si les aboutissants pouvaient paraître absurdes » de cette révolution (dans *L'Ardeur*) et qu'au même moment le président des Républicains Indépendants qui s'appelait, lui, Valéry Giscard d'Estaing et qui faisait partie de la majorité gaulliste, s'écriait : « Le gouvernement n'a réussi ni à rétablir l'autorité de l'État ni à remettre la France au travail, il doit donc partir de lui-même, selon la règle démocratique. » Chirac a raison, c'est bien dans ces périodes troublées qu'on peut juger les hommes.

Pompidou, lui, seul avec ses rares fidèles au premier rang desquels on trouve Chirac, continue à se battre.

Jean Charbonnel écrit : « Je fus témoin de l'extraordinaire solidarité qui soudait, dans l'épreuve, l'équipe de Matignon depuis Michel Jobert (...) jusqu'à Jacques Chirac en passant par Pierre Juillet qui était évidemment au centre du dispositif de résistance. »

Anne-Marie Dupuy emploie, aussi, le mot « extraordinaire » pour évoquer cette période, en effet, peu banale. Simonne Servais, elle, se contente de dire : « L'attitude de toute l'équipe fut, autour de M. Pompidou, comme il convenait qu'elle soit. »

Jacques Chirac, évoquant ces journées de mai 68, raconte : « Pour moi, Matignon a été, en compagnie, de M. Pompidou, durant cette crise, un observatoire extraordinairement enrichissant. Il m'a été donné de voir se filer, se décomposer, se dissoudre des hommes politiques tenus pour éminents dans l'univers gaulliste. Certains d'entre-eux ne mettaient plus les pieds chez le Premier ministre. D'autres, pris de panique, étaient allés jusqu'à prendre des contacts, plus ou moins discrets, avec François Mitterrand. Les plus épouvantés témoignaient de leur fermeté en réclament, pour le bien du gaullisme, la démission immédiate de son chef. »

Mais le spectacle qu'offre le propre cabinet de Chirac n'est pas plus brillant. « J'avais constitué avec soin mon cabinet de six ou sept hommes qui depuis ont tous accompli une brillante carrière : Olivier Stirn, devenu ministre, Jean-Paul Parayre, futur président directeur-général de Peugeot, Belorgey, etc. Je les avais choisis autant pour leur caractère présumé que pour leurs qualités que je savais grandes. Tous excellaient à prendre des responsabilités administratives, à faire des déclarations mesurées et fortes et j'étais plutôt fier de mon équipe. Mais quand le vent de mai s'est levé, certains que je ne nommerai pas se sont effondrés, d'un coup, comme sous l'effet d'un K.O. D'autres se sont savamment éparpillés. L'un des plus dignes m'a remis sa lettre de démission. Un seul a été parfait : Jean-Paul Parayre. Il s'est contenté d'être là, de ne pas déserter son bureau et de ne pas faire le bel esprit, c'est-à-dire quand le bateau tangue, le mauvais esprit. Je passe sous silence le fidèle compagnon au cœur torturé qui s'est rendu chez François Mitterrand dès neuf heures du matin pour l'assurer de sa fidélité la plus complète. Il n'était pas le seul à avoir eu cette idée originale et courageuse. Force lui fut de faire la queue. Longtemps. Si bien que le soir, on l'a prié de rentrer se coucher sans avoir été reçu. Cela ne l'a pas démonté. Par l'entremise d'une de ses amies journalistes, il a tenté de faire savoir à François Mitterrand qu'il se tenait à sa disposition. C'était un de mes très proches collaborateurs et un ami “ fidèle ”. Il a servi le président Giscard d'Estaing avec la même fidélité. » (Entretien avec l'auteur.)

Heureusement, il y a Pompidou qui, il faut bien le dire « épate » un peu Chirac tant il tient, lui, étonnament bien le coup dans la tempête :

« Georges Pompidou, au pire de la fièvre, demeurait absolument égal à lui-même. Je le vois encore, son bureau empli de gens qui braillaient, tout occupé à rédiger ses ordres ou ses déclarations et indifférent au tumulte. »

« Ce qui m'a le plus frappé durant cette période où nous étions sur la brèche sans discontinuer, ce sont les entretiens qu'avaient Georges Pompidou et Pierre Juillet dans le petit boudoir de Matignon qu'on appelait la bibliothèque. Ils se réfugiaient là, de temps en temps, comme obéissant à une étroite connivence. On pouvait songer à des secrets d'État. Il n'en était rien. Georges Pompidou et Pierre Juillet, tandis que de Somveille, dans le bureau voisin, suivait, minute par minute, les événements, discutaient tout bonnement de cigares. Davidoff venait de publier un ouvrage sur le sujet et le Premier ministre et son conseiller, tous deux grands amateurs de cigares, s'entretenaient de l'art de les choisir, de les conserver, de les déguster... S'ils différaient sur un détail, ils ne se séparaient point sans en avoir tranché. Somveille surgissait : " Fait-on changer? Détruit-on les barricades? " Georges Pompidou passait avec une stupéfiante disponibilité d'une conversation à l'autre et donnait ses ordres. La discussion sur les cigares n'avait pas d'autre raison d'être que d'assurer la distance nécessaire d'où l'on analyse mieux une situation. » (Entretien avec l'auteur).

Le 14 mai, tout semble perdu puisque les ouvriers sont entrés dans la danse et... de Gaulle part pour un voyage officiel en Roumanie!

Le 15, les étudiants occupent l'Odéon, mais surtout, dans toute la France, les ouvriers se mettent en grève. Les nouvelles arrivent à Matignon, les unes après les autres, c'est d'abord l'usine de Cléon, puis Beauvais, puis Boulogne-Billancourt, puis la S.N.C.F., les P.T.T., l'O.R.T.F. Le 20, il y a dix millions de grévistes dans le pays. Tout le monde est débordé, sauf Pompidou qui, lui, reste fidèle à son analyse : les gauchistes ça n'a pas d'importance, ils finiront par se calmer, ce sont les ouvriers qui comptent et avec lesquels il faut maintenant négocier.

Pompidou qui sait juger les gens a très rapidement compris que les « héros » de cette « révolution » sont, en fait, de faux héros. Il écrira plus tard : « Quand on sert vraiment la Révolution et qu'on est prêt à donner sa vie, on en manque rarement l'occasion. " Tu veux la guerre, Danton, tu auras la mort ", disait Robespierre. Danton est mort sur la guillotine et Robespierre aussi. Che Guevara n'est pas mon maître à penser, mais il brûlait de l'idéal révolutionnaire, il était prêt à mourir pour cet idéal et donc il est mort. Il y a loin de ce type d'hommes à la présidence de l'U.N.E.F. ou du S.N.E.Sup. » *(Le nœud gordien).*

En face de tels adversaires, il suffit de tenir. Il écrira encore : « Charles X, Louis-Philippe, la IVe République ont abdiqué. Il a suffi que la Ve s'y refuse, que le gouvernement reste en place et que n'ayant en main presque aucun des fils et des moyens de l'autorité normale, il manifeste qu'il ne s'en irait pas et se défendrait prêt à parler avec tous, mais prêt, au besoin, à se battre, pour que la marée reflue et que s'éteignent les lampions de la fête révolutionnaire. » *(Le nœud gordien).*

L'analyse de Pompidou est sûrement exacte. Pas un gauchiste parisien n'était prêt à mourir pour cette révolution. Et il suffisait, en effet, au pouvoir de montrer qu'il n'avait pas l'intention d'abdiquer. Cela dit, on doit tout de même remarquer deux choses. D'abord, tout est rentré dans l'ordre parce que, curieusement, l'opinion a cru que le pouvoir avait abdiqué (quand de Gaulle a disparu à Baden-Baden) et que les Français ont été pris d'une frousse étonnante. Ensuite, pas un seul Français, non plus, n'était prêt à mourir pour défendre cette société. Et Michel Jobert jette lui un « autre regard » sur ces événements : « Un sociologue dira peut-être que nos civilisations industrielles, contrairement à l'opinion courante, sont devenues molles, que la fête les réduit mais qu'il ne vient à personne l'idée de mourir pour les prolonger. »

Mais, il y avait désormais les ouvriers en grève et les donnes étaient changées. On pouvait oublier les sociologues incompréhensibles de Nanterre et en revenir à des problèmes plus faciles à appréhender.

De Gaulle est rentré de Roumanie le 18. Le 19, recevant à l'Élysée les responsables du maintien de l'ordre, il a déclaré : « La réforme oui, la chienlit, non! » Le jour même, la C.G.T. qui n'arrive toujours pas à rattraper ses troupes, a pris peur. Le lendemain, le 20, Krasucki déclare à Mitterrand : « Notre interlocuteur, c'est le gouvernement, notre objectif, la négociation. » Chirac qui est mis au courant de ces inquiétudes de la C.G.T., reprend espoir et prévient aussitôt Pompidou. Le Premier ministre améliore sa stratégie : tant que les gauchistes étaient seuls, il n'y avait pas de prise sur eux. Il n'y avait rien à négocier. Maintenant que la catastrophe s'est produite, que les ouvriers les ont rejoints, on peut, de nouveau, tenter quelque chose, car, avec les ouvriers, on peut toujours négocier. Les gauchistes se sont fait des alliés mais, en même temps, ils sont devenus prisonniers de ces alliés sur lesquels le gouvernement aura une prise. Jusqu'à présent, Chirac avait pour mission d'éviter cette collusion gauchistes-ouvriers et on ne peut rien reprocher au secrétaire d'État puisque la collusion s'est faite à la « base ». Maintenant, il faut que Chirac renoue le contact avec les syndicats et qu'on entame des négociations. Si ça marche – et ça coûtera ce que ça coûtera – tout sera sauvé.

Le 20, de Gaulle reçoit tous les ministres, les uns après les autres. Il reçoit, notamment, Michel Debré qu'on a étonnamment peu vu des derniers jours. L'analyse du ministre des Finances est la même que celle de son successeur à Matignon : il faut négocier avec les ouvriers.

A midi, le Général reçoit Chirac. Il est à l'Emploi, mais surtout il est le plus jeune. Il comprend, peut-être, quelque chose à tout ce qui se passe. Tout jeune qu'il soit, Chirac est l'un des rares à avoir gardé la tête froide et à ne pas s'émerveiller devant la « spontanéité » des voyoux gauchistes. Il suit, pas à pas, l'analyse du Premier ministre : « Mon Général, dit-il, il n'y a qu'une seule chose à faire : s'entendre avec les syndicats. Ils sont les premiers à s'inquiéter de la situation car ils savent très bien qu'eux aussi sauteront en cas de cataclysme.

Pour nous, c'est la seule action possible. Tout le reste est du sable. »

De Gaulle paraît sceptique. La Ve République va-t-elle être sauvée par la C.G.T.? Quel prix va-t-elle exiger? Ne va-t-elle pas, plutôt, jouer la carte de la gauche qui commence à s'agiter? De Gaulle n'est pas à l'aise. Il ne sent toujours pas la situation. Il est « bon » dans les drames, dans les catastrophes nationales, mais, cette fois, ce n'est qu'un gigantesque chahut. Pour reprendre en main l'opinion, il faut qu'il dise « Moi, de Gaulle », « La France », « Je vous ai compris », or cette fois, dans cette fête de la dérision, c'est lui, de Gaulle qu'on conteste, la France dont on ne veut plus et il ne comprend rien. Un jésuite qui n'a pas peur du ridicule vient d'écrire : « Les Français ont pris la parole comme ils avaient pris la Bastille en 1789. » (Le R.P. Michel de Certeau). Non, de Gaulle ne comprend pas. Et ce jeune Enarque qui lui parle des syndicats, de M. Seguy! Alors de Gaulle laisse faire...

Chirac est persuadé que le général n'est pas convaincu, qu'il observe Pompidou, mais qu'il cherche, en fait, un grand coup qu'il fera lui-même et qui permettra de tout sauver.

Le 22, au cours d'un débat houleux à l'Assemblée, Pompidou renouvelle ses offres de négociation : « Je suis prêt à engager le dialogue avec toutes les organisations syndicales. » Capitant et Pisani démissionnent de l'U.D.-V^e^. Pisani va d'ailleurs jusqu'à voter la censure.

Yves Guéna, alors courageux ministre des P.T.T., se souvient : « Le discours de Pisani est un terrible réquisitoire contre les méthodes et les attitudes d'un gouvernement qui, selon lui, aurait toujours ignoré le dialogue et la concertation (...) et voici le tour de Giscard d'Estaing. Après la pique de Pisani, il place la banderille qui fait mal. S'il ne vote pas la censure, Giscard n'en est pas moins sans concession pour Georges Pompidou. Il cite le mot de Bernard Shaw qui s'applique, peut-être, à la situation mais surprend de la part de cet homme toujours si apparemment assuré de lui-même dans ses analyses et dans son comportement : Pourquoi cette hostilité après tout ce que j'ai fait pour vous? C'est parce que je vous demande un peu de considération » (*Le temps des certitudes*). Ce n'est pas ainsi que le ministre congédié pour avoir imposé un « plan de stabilisation » qui est, sans doute, à l'origine de tout, va obtenir ce peu de considération qu'il réclame à Pompidou...

Dans les couloirs de l'Assemblée, certains gaullistes déclarent : « Le Vieux est fini, il doit partir ». Lefranc laisse entendre qu'il y avait là un mot d'ordre qui aurait bien pu venir de Matignon et il ajoute : « Ce dont je peux témoigner c'est que dans les deux jours qui suivirent, on parlait beaucoup, à Matignon, du nécessaire départ du général » *(Avec qui vous savez)*.

Rien ne confirme les très graves accusations de Lefranc. Mais ce qui est sûr c'est que ces journées de mai ont clairement démontré les oppositions de stratégie du gaullisme et du pompidolisme. Pompidou absent, de Gaulle fait fermer la Sorbonne. Dès son retour, Pompidou la fait rouvrir. De Gaulle lui laisse jouer sa politique et s'en va à son tour. Mais dès son retour, le Général déclare que « la révolution est terminée » et qu'il faut en revenir à la politique de fermeté. Il est vrai que la souplesse du Premier ministre n'a pas été payante et que le prestige de l'État en a pris un coup. De Gaulle déclare : « La réouverture de la Sorbonne a été une erreur. » On ne saura jamais ce qui se serait passé si la Sorbonne n'avait pas été rouverte et s'il y avait eu des morts, risque que, seul, de Gaulle semblait prêt à accepter.

Yves Guéna observe qu'en mai 68 de Gaulle et Pompidou « ne naviguent pas de conserve. Pour le général c'est une crise de civilisation (...) Pompidou est plus sensible aux revendications matérielles, il est plus terre à terre. Face au P.C. et la C.G.T. il se sent en terrain connu. C'est avec eux qu'il faut négocier (...) Pompidou attend beaucoup de la négociation alors que le général pense plutôt à la contre-attaque. L'un songe à grignoter l'adversaire dans une guerre de positions, l'autre mûrit le plan d'une offensive foudroyante qui taillerait en pièces un ennemi follement aventuré ».

Toujours est-il que de Gaulle accepte pour l'instant la politique que lui propose Pompidou. En attendant, sans doute, son heure pour faire « du grand de Gaulle ».

Depuis le 15 mai, Chirac tente de renouer le contact avec les syndicats. Il a essayé de trouver des intermédiaires. Pisani qui a « trahi » mais qu'on dit bien avec la gauche. Ça ne donne rien. Chirac pense alors à son ami Rocard. Il répugne un peu à se servir de cette vieille amitié très personnelle, pour des raisons politiques. Mais la situation l'impose. Rocard ne peut pas refuser la rencontre. Elle a lieu chez Gérard Belorgey, le directeur de cabinet de Chirac. Ils sont tous trois d'anciens camarades de Sciences-po. Tous trois ont fait l'E.N.A. Ils se sont succédé : Rocard, promotion 18 juin, Chirac, promotion Vauban, Belorgey, promotion Alexis de Tocqueville. Rocard, qui est alors secrétaire général du P.S.U., sait ce que veulent les gauchistes dont il représente l'aile « embourgeoisée ». Il est convaincu d'ailleurs que la gauche va prendre le pouvoir dans les jours qui suivent avec Mendès, Mitterrand et le P.C. Très protecteur, il rassure Chirac et Belorgey : « Ne vous en faites pas, on vous trouvera un job! » Rocard n'a pas de contact avec les syndicats ou du moins ne veut rien dire.

Témoin important de ces journées et dont l'objectivité ne peut pas être mise en doute, Balladur qui était l'un des « bras droits » de Pompidou à Matignon trace alors un portrait de Chirac : « Chirac était venu joindre ses efforts aux nôtres. Totalement dévoué au Premier ministre, il passait à Matignon tout le temps qu'il ne consacrait pas, ici ou là, à des entretiens avec des émissaires, des syndicats. Il s'y donnait sans ménager sa peine, insoucieux des risques, jamais fatigué, toujours tout entier dans ce qu'il faisait, croyant plus à la vertu des contacts entre hommes qu'à celles des discussions publiques, il ne se laissait jamais décourager par les difficultés. Revenant à la charge quand il n'avait pas convaincu, tour à tour véhément, prévenant, chaleureux ou habile, brutal aussi quand il le fallait, il jouait de son intelligence, de sa promptitude, prêt à se rendre où l'on voulait, à rencontrer qui l'on voulait si cela pouvait être utile, n'ayant pour les questions de forme pas plus de considération qu'elles ne le méritent » *(L'arbre de mai).*

Le 20 mai, au moment où Chirac partait pour l'Élysée, Krasucki l'a appelé rue de Tilsitt. La C.G.T. a décidé de rompre avec l'U.N.E.F. (elle le fera officiellement le 23). Les syndicats effrayés par le débordement de leurs troupes ont, enfin, choisi de jouer la négociation avec le gouvernement. Il faut savoir arrêter une révolution! Avant d'être emporté dans le typhon! Pompidou a gagné son pari. « Ne lâchez plus Krasucki », dit-il à Chirac.

Mais ce n'est pas si simple. Les téléphones sont écoutés par les « révolutionnaires », les D.S. noires à cocarde sont chahutées par les manifestants et la C.G.T. qui ne veut pas avoir l'air de trahir la révolution est prudente. Alors on va jouer un roman policier. Chirac prend un pseudonyme quand il appelle « Krasu » au téléphone. On parle en code. Finalement, Krasu demande au secrétaire d'État d'aller à un rendez-vous où il enverra lui-même un homme de la C.G.T. de toute confiance. Le rendez-vous est fixé square d'Anvers, en face du lycée Jacques Decour, à côté de la place Pigalle. Là, l'émissaire dira à Chirac ce qu'on peut faire. A l'heure dite, Chirac y va. Pas en DS mais en 403 « banalisée » et son chauffeur l'abandonne place Pigalle, sans bien comprendre cette curieuse course du secrétaire d'État. Catastrophe! Il n'y a plus de square d'Anvers. Tout le jardinet est bouleversé, on y creuse un parking! Chirac pense que « Krasu » lui a tendu un piège. Non, un homme s'approche. Il fume la pipe, on échange les noms de code. La conversation s'engage. Chirac affirme que Pompidou est prêt à négocier, très vite, très loin, comme il l'a dit à l'Assemblée. L'homme écoute. Quand Chirac a fini, l'homme lui serre la main et il dit qu'il va « transmettre aux camarades ».

Et, de nouveau, c'est le silence, pendant plusieurs jours. Chirac s'impatiente. Pompidou est, lui, d'un calme... pompidolien... Et enfin la C.G.T. rappelle Chirac. Cette fois, on lui donne rendez-vous dans un quartier « impossible ». Il y a, dans le bureau de Pompidou, Jobert et Foccart. Pompidou est content que le contact soit renoué, Jobert trouve le rendez-vous « cocasse », Foccart qui vit, comme toujours, dans l'univers des espions, des guet-apens et des enlèvements, exige que Chirac prenne des précautions. Et Chirac partira avec un revolver dans sa poche.

Le rendez-vous est en effet surprenant. C'est une impasse mal famée et l'immeuble a tout l'air d'être un hôtel de passe. Chirac est ravi. C'est l'aventure comme il l'aime et comme en vivent trop rarement les auditeurs de la Cour des Comptes ou les secrétaires d'État. Et puis n'est-il pas, à ce moment précis, quand il grimpe les marches de cet escalier, l'homme qui peut changer le destin du pays? Merci, M. Pompidou de m'avoir fait confiance! Chirac se souvient peut-être que de Gaulle avait, en février 1960, confié à Pompidou qui n'était rien alors, une mission secrète : rencontrer en Suisse, dans le plus grand des secrets, des émissaires du G.P.R.A. De Gaulle-Pompidou, Pompidou-Chirac, les missions secrètes, les fils adoptifs...

Non, ce n'était pas un guet-apens. Assis sur un lit mal recouvert, les représentants de la C.G.T. sont là. Sur une table, des bières vides, un soutien-gorge sale. S'ils voulaient épater le bourgeois, ils sont mal tombés. Chirac entre, tout de suite, dans le vif du sujet. Le Premier ministre est prêt à ouvrir des négociations sur les salaires, le S.M.I.G., les régimes sociaux, les droits syndicaux dans l'entreprise. Mais il faut que le pays se remette au travail. Les cégétistes écoutent le secrétaire d'État, prennent des notes, semblent opiner du bonnet. Chirac fait remarquer que cette fois tout le monde est dans le même sac, le gouvernement comme les syndicats, tout le monde est contesté, tout le monde peut être balayé.

Une demi-heure plus tard, resdescendant son escalier, Chirac est convaincu que la négociation va s'ouvrir. Il aura permis à son « patron » de gagner la partie. Il se précipite à Matignon.

Le 24, de Gaulle s'adresse à la Nation. Il annonce un référendum sur la participation. Tout le monde, dans le bureau de Jobert à Matignon, regarde le Général. Il y a là Pompidou, Jobert, Balladur, Lefranc, Chirac. Balladur raconte : « J'avais espéré que, une fois encore, en quelques phrases, le Général dominerait la situation (...) Pompidou regardait lui aussi de Gaulle. La tête baissée, l'œil mi-clos, une cigarette aux lèvres, ses mains tenant un trousseau de clés, croisées derrière le dos, il ne manifestait aucun sentiment. C'était bien ce qu'il redoutait : en mai, il était difficile de parler, sauf pour lancer des imprécations ou évoquer des chimères (...) Qui en ce moment s'intéressait à la participation, croyait qu'un référendum ferait cesser le tohu-bohu? (...) Le choix, c'était la révolution ou un retour au calme. La réforme ne pourrait venir qu'après, ce n'était pas encore le temps de la raison. Lorsque de Gaulle eut terminé, le Premier ministre garda le silence un moment. " Ç'aurait pu être pire " observa-t-il, puis il rentra dans son bureau » *(L'arbre de mai)*.

Pierre Lefranc note, lui : « Cette allocution, par son style et son contenu, n'est pas adaptée aux circonstances » *(Avec qui vous savez)*, audacieuse et rare critique dans la bouche de Lefranc mais il est vrai que le général dit lui-même à Foccart : « J'ai mis à côté de la plaque. »

Chirac – comme Pompidou – est alors agacé par l'attitude du Général qui s'entête avec ses idées fixes, le référendum, la participation. On ne fait pas un référendum quand tout le pays est en révolution et conteste d'abord de Gaulle lui-même. On ne parle pas de participation alors que des barricades s'élèvent dans Paris.

Le Général avait annoncé à ses ministres, lors du Conseil de la veille, ce qu'il allait dire. Personne (si ce n'est Guichard, Missoffe et Gorse) n'avait osé s'élever contre cette idée saugrenue de référendum. Et tout le monde avait été frappé par « le ton détaché du Général » (O. Guichard, *Mon général*). Certains avaient même cru qu'il avait déjà « décroché ». D'autres, plus judicieux, qu'il cherchait encore son terrain pour contre-attaquer. S'ils avaient écouté avec plus d'attention le long monologue du Général, ils auraient peut-être deviné vers quelle idée de Gaulle s'orientait, lui qui avait écrit dans *La France et son armée* : « Il faut organiser la surprise quand mille trublions se mêlent aux affaires. » Il déclarait devant ses ministres, ce jour-là : « Nous nous trouvons dans un pays qui n'a peur ni de la misère ni de la guerre, un pays qui ne connaît ni angoisse intérieure ni angoisse extérieure. Lorsque les Français n'ont plus peur, ils ont tendance à retourner vers leurs vieux penchants qui ne les mènent pas vers l'autorité de l'État » (R. Tournoux, *Le feu et la cendre*). Créer la surprise et la peur, de Gaulle commençait à trouver l'idée qu'il recherchait depuis le début de la crise et qui, bien sûr, n'avait rien à voir avec un référendum sur la participation.

Pompidou s'en tient à son plan. Il veut négocier avec les syndicats qui commencent à être prêts.

Dans la nuit du 24 au 25, c'est de nouveau l'émeute au cœur de Paris. Il y a des centaines de blessés, sept cent quatre-vingt-quinze arrestations. A Lyon, un commissaire de police est tué. On se bat aussi à Bordeaux, à Strasbourg, à Nantes, ailleurs encore. Et cela fait une semaine que la France est totalement paralysée par les grèves.

Mais le samedi 25 mai, à 17 heures, au ministère des Affaires sociales de Jeanneney, rue de Grenelle, s'ouvre enfin la négociation tant attendue par Pompidou et rendue possible par Chirac.

Il y a là pour le gouvernement, Pompidou, Jeanneney, Chirac, Balladur, Jean-Philippe Lecat, pour le C.N.P.F. Huvelin, pour la C.G.T. Frachon, Séguy, Krasucki, pour la C.F.D.T. Eugène Descamps, pour F.O. Bergeron, pour la Confédération des classes moyennes Millot, pour les cadres Malterre, pour la C.F.T.C. Santy etc. Personne ne remarque qu'il y a un absent étonnant puisqu'on va parler argent : Michel Debré. Le ministre des Finances n'est pas là. Quand Pompidou a demandé au Général le feu vert, il a posé une exigence : ne pas être gêné par le ministre des Finances. « Dans cette partie très dure et que je ne suis pas sûr de mener à bien, avait-il dit au général, tout ce que je demande c'est qu'on m'épargne Debré. » De Gaulle qui était encore sous le coup de son mauvais discours télévisé et qui n'avait pas encore trouvé « sa » réplique avait accepté.

Il y a trois « gros morceaux » à négocier : l'augmentation du S.M.I.G., l'échelle mobile des salaires et des prix et la Sécurité sociale. Et Pompidou a décidé une tactique simple : négocier avec la C.G.T. et négliger les autres qui seront bien obligés de suivre. Pourquoi? Parce que, par son analyse de la situation et grâce aux informations que lui a données Chirac, il a compris que derrière les revendications syndicales il y a le jeu politique de chaque centrale. Or la C.F.D.T. avait une certaine sympathie pour ce mouvement de mai alors que les communistes de la C.G.T., « les crapules staliniennes », redoutaient cette explosion anarchisante.

Avant d'entrer dans la salle de réunion, Pompidou avait reçu les représentants de la C.G.T. et leur avait dit : « Vous êtes menacés autant que le gouvernement et peut-être davantage. Si les étudiants, les gauchistes de toute espèce et les partis politiques qui courent après eux, sans parler des syndicats qui vous concurrencent, entraînent les ouvriers, vous serez emportés quoi que vous fassiez, votre encadrement n'y résistera pas. Votre intérêt, vous le savez comme moi, c'est le retour au calme » (*L'arbre de mai.* Balladur).

Entrant dans la salle (tout le monde s'est levé) et s'installant en haut de la table en fer à cheval, Pompidou déclare : « Messieurs, nous sommes là pour remettre la France au travail. »

On commence par parler de l'augmentation du S.M.I.G. Chirac se souvient : « Je m'étais mis d'accord avec Séguy pour une augmentation de 20 %. C'était énorme et nous avions pensé, M. Pompidou et moi, qu'un tel " cadeau " offert aux syndicats permettrait de faire bien démarrer la discussion. M. Pompidou a donc rapidement déclaré : “ Pour le S.M.I.G., nous pourrions envisager une augmentation de l'ordre de 20 %. ” Là-dessus, Bergeron qui ne rate jamais une occasion de faire de la surenchère s'écrie, histoire de dire quelque chose : “ Non! 35 %. ” Et c'est alors qu'Huvelin qui, visiblement, était un peu dépassé par les événements – François Ceyrac était hélàs absent car il venait de se faire opérer –, déclare : “ d'accord. ” Tout le monde était stupéfait. M. Pompidou, Séguy, et même Bergeron. » (Entretien avec l'auteur.) Pour les autres salaires, il fut décidé qu'ils seraient relevés de 10 % en deux étapes. A quatre heures du matin la réunion est suspendue jusqu'à l'après-midi « pour permettre, selon le mot de Pompidou, à M. Millot d'aller à la messe ».

Pompidou profite de la matinée du dimanche pour recevoir la C.F.D.T. : « Vous menez un jeu dangereux, leur dit-il. Vous croyez que vous pourrez profiter du désordre pour faire triompher vos idées. Les communistes ne vous laisseront pas faire. Il ne faut pas tout mélanger : la fin d'une grève est une chose, la réforme de la société en est une autre. Celle-ci ne sortira pas de nos discussions.

– Nous avons le sentiment que vous cherchez avant tout un accord avec la C.G.T., que vous ne tenez aucun compte de nos revendications.

– Je cherche un accord avec ceux qui parlent le même langage que moi, celui de la raison. Si l'accord est conclu sans vous, ce que je ne souhaite pas, ce ne sera bon pour personne, en tous les cas pas pour vous. »

Mais à la reprise des travaux, chacun voit que la C.F.D.T. continue à faire traîner les choses. A deux heures du matin, dans la nuit du dimanche au lundi, alors que la salle est enfumée et que la discussion semble dans l'impasse, on demande Séguy au téléphone. Il sort de la salle. Puis, il fait appeler toute la délégation de la C.G.T. Quelques minutes plus tard, il rentre et, d'un geste, appelle Chirac qui le suit dans le petit salon voisin. L'analyse de Pompidou était la bonne : la C.F.D.T. ne joue pas le jeu. Séguy vient d'apprendre que Mendès, Mitterrand et la C.F.D.T. organisent pour ce lundi après-midi une grande manifestation à Charléty. Séguy s'écrit : « Descamps se fout de nous, la C.F.D.T. veut nous rouler. » Chirac répond : « Alors, prenons-les de vitesse! » Et en moins d'une demi-heure Chirac et Séguy mettent noir sur blanc l'accord total. De temps en temps, Chirac fait passer une petite note à Pompidou, qui est toujours en séance, pour le tenir au courant de l'évolution de cette négociation parallèle. Pompidou répond, d'un mot en marge.

Quand Chirac et Séguy sont presque parvenus à un accord,

Pompidou demande une suspension de séance. Le Premier ministre note : « Je profitai d'une interruption de séance pour mettre sur pied mon accord avec la C.G.T. Fin des discriminations, acceptation de soumettre les ordonnances sur la Sécurité sociale au Parlement, légère diminution du ticket modérateur. Séguy se montra d'accord. En séance, chacun comprit que les jeux étaient faits » (*Pour rétablir une vérité*). C'est Chirac qui avait préparé les jeux avec Séguy.

La C.F.D.T. est furieuse, mais elle n'a pas le choix. Bonéty de la C.F.D.T. se souvient : « Séguy venait de tout lâcher, nous étions abasourdis. » Au petit matin, l'accord de Grenelle est signé, le S.M.I.G. augmente de 35 %, tous les salaires de 10 %, il y aura des réductions d'horaires, un abaissement de l'âge de la retraite, le principe de la création de sections syndicales d'entreprise est admis.

Pompidou est heureux. Il dira : « J'étais convaincu d'avoir gagné la partie et de l'avoir gagné au moindre prix. » Il sait que l'économie française mettra des mois pour se relever, qu'il faudra dévaluer, mais la France va se remettre au travail et la révolution n'aura pas lieu.

Chirac est heureux. Son « patron » a réussi et il l'a bien aidé dans ce combat. Il a pu maintenir le contact et il a su faire comprendre à la C.G.T. que la révolution était aussi dangereuse pour elle que pour le gouvernement. Il déclare : « J'ai une certaine estime pour Séguy. D'ailleurs on ne peut raisonnablement pas ne pas estimer un homme qui agit par conviction et qui le fait conformément aux critères de sa propre morale. C'est vraiment un homme d'appareil, le militant communiste type. Krasucki est un homme très, très intelligent (...) il est remarquable, très fin, très astucieux » (*La République des cadets*).

Ce lundi 27 mai 68, Chirac est donc convaincu que tout est terminé, la chienlit, les grèves, les manifestations, les risques de chaos. Les premières déclarations de Séguy qu'il entend à la radio, chez lui, rue Boissière, en se rasant, le rassurent totalement. La C.G.T. joue le jeu.

Mais, en fin de matinée, stupeur! Séguy qui est allé, triomphant, présenter l'accord aux ouvriers de Renault à Boulogne-Billancourt, a été désavoué par la fameuse « base » et, aussitôt, il a fait volte-face. La grève continue. Pompidou a perdu, Grenelle n'a servi a rien, tout est raté et, maintenant, on ne voit plus ce qu'il y a à faire.

L'après-midi, à Charléty, c'est le célèbre meeting auquel assiste Mendès (sans d'ailleurs prendre la parole) et Rocard. Barjonet déclare : « Aujourd'hui, la révolution est possible. » Le soir, tout semble perdu pour Pompidou. Le général l'a laissé mener sa politique de souplesse, de dialogue, les émeutes continuent et les syndicats qui sont désavoués doivent suivre leurs troupes. C'est ce soir-là que le Premier ministre donna ordre aux chars du camp de Satory de venir prendre position à Issy-les-Moulineaux. C'est ce soir-là aussi... mais Chirac se souvient : « Il était minuit, je venais de me coucher quand Georges Pompidou m'a téléphoné. Il m'a dit : " Jacques, ça ne va pas, venez. " Je me suis rhabillé, j'ai foncé à Matignon. Quand je suis arrivé, le Premier ministre allait très bien, mais il avait besoin de parler à quelqu'un. Nous nous sommes vraiment compris ce soir-là. » *(La double méprise.)*

On imagine l'extraordinaire face-à-face des deux hommes dans le silence de cette nuit-là à Matignon. La France chavire, il n'y a, semble-t-il, plus rien à faire; ces deux hommes qui, hier, avaient le pouvoir, sont deux vaincus. Ils n'ont rien à se reprocher. Ils ont lutté pied à pied. Pompidou avait fait une analyse qui paraissait excellente. Chirac lui avait permis d'exécuter son plan. Mais l'irrationnel l'emportait. Pompidou, fatigué, avait « craqué » quelques instants. Et c'est Chirac qu'il avait appelé. Il s'était vite repris mais Chirac était arrivé. Et ils étaient là, tous les deux, comme un père et son fils qui ont tout perdu mais qui se comprennent sans avoir à parler. Les observateurs politiques ont fait de Pompidou un « roublard » et de Chirac une « brute ». Le roublard et la brute fument une cigarette.

On connaît la suite des événements. Le 28, Mitterrand fait acte de candidature et annonce qu'il appellera Mendès pour former un gouvernement provisoire. Le soir, le général reçoit Christian Fouchet et lui dit : « J'ai vu Pompidou tout à l'heure, il m'a assuré qu'il suffirait de tenir et que tout allait s'arranger. Je lui ai dit qu'il était optimiste (...) C'est l'inondation. Les ouvriers qui ne tenaient pas tellement à se mettre en grève s'y sont mis puisqu'ils ont vu qu'on cédait tout aux étudiants et qu'on allait donc tout leur céder. Alors, tout a craqué, comme le barrage de Fréjus. Et toute la question est maintenant de savoir s'il y a encore quelque chose à faire (...) Fouchet, vous savez qu'il m'arrive de penser que je vais m'écrouler (...) J'en ai assez aujourd'hui (...) Je n'arrive plus à dormir à l'Élysée avec ces grenades qu'on entend éclater dans les environs.

– Allez donc dormir à Versailles, mon Général, après tout Louis-Philippe aurait beaucoup mieux fait d'y aller en 48.

– Je ne suis pas Louis-Philippe. » *(Les Lauriers sont coupés).*

Le 29, de Gaulle disparaît. C'est le coup de génie, le fabuleux coup de bluff qu'il cherchait depuis longtemps et qui, seul, pouvait sauver la situation. L'irrationnel pour vaincre l'irrationnel.

En fait, on ne saura jamais si de Gaulle a décidé consciemment, ce coup de poker ou s'il a craqué réellement, provoquant ainsi le « déclic » qu'il ne savait comment déclencher. Il déclarera lui-même, le 7 juin 68, au cours d'un entretien télévisé avec Michel Droit : « Oui, le 29, j'ai eu la tentation de me retirer... je me suis interrogé sur moi-même... et puis, en même temps, j'ai pensé que si je partais la subversion menaçante allait déferler et emporter la République, alors une fois de plus je me suis résolu. » De Gaulle aurait même dit à Pompidou : « Oui, pour la première fois de ma vie j'ai eu une défaillance, je ne suis pas fier de moi. »

Pour certains témoins, le fait qu'il soit parti « vers l'est » avec toute sa famille et des bagages, qu'il ait dit à Pompidou, au téléphone : « Je vous embrasse » prouve qu'il avait, bel et bien, l'intention de partir à tout jamais et Pompidou lui-même a confirmé cette hypothèse (cf. *Pour rétablir une vérité*). Le général Massu aussi d'ailleurs. Pour d'autres, et à commencer par un témoin de choix, le général de Boissieu, gendre du général, qui mit au point avec son beau-père « la fuite à Baden » (cf. *Pour servir le Général*), tout n'était qu'un jeu pour provoquer la surprise et déclencher la peur ou du vide ou d'une reprise en main par l'armée que de Gaulle était aller sonder. Chirac, lui-même, pense que « le général a, sans doute, eu un " coup de barre ". Je crois qu'il a voulu partir. Mais sans trop savoir ce qu'il allait faire. Tout naturellement, il est parti vers Baden, pour voir un vieux compagnon. Il n'avait pas du prendre encore de décision. Il allait là-bas, la prendre. Massu a sûrement joué un rôle. En fait, le général avait besoin de réfléchir, loin de Paris. Voilà. » (Entretien avec l'auteur.)

Pendant plusieurs heures, les milieux politiques s'affolent. Pierre Viansson-Ponté écrit : « Giscard d'Estaing surprend tout le monde, même ses propres amis, en réclamant le départ du gouvernement, son remplacement par une équipe plus large qu'il semble prêt à diriger. » *(La République gaullienne.)*

Le 30, de retour à Paris, le Général qui a retrouvé sa grande forme et son autorité des meilleurs jours, annonce qu'il garde Pompidou, qu'il dissout l'Assemblée, qu'il ajourne le référendum et que les législatives auront lieu en juin. Au même moment, les organisations gaullistes appellent les Parisiens à manifester de la Concorde à l'Étoile. Ils seront des centaines de milliers et la partie sera gagnée pour le général.

Pendant toutes ces journées, Chirac, plus pompidolien que gaulliste, est totalement derrière le Premier ministre, mais une question se pose : Pompidou a-t-il alors pensé « trahir » le général? Tous les témoins dignes de foi affirment que non. Jobert était dans le bureau du Premier ministre quand le Général lui a téléphoné pour lui faire ses « adieux ». Jobert raconte : « Ce fut un homme stupéfait qui, en face de moi, reposa le récepteur. » *(L'autre regard)*.

Chaban raconte : « Vers 15 heures, j'appelai Matignon, le Premier ministre me fit savoir qu'il était en compagnie de Michel Debré, Roger Frey et Jacques Foccart. Cinq minutes après, j'arrivai à mon tour pour trouver dans la pièce voisine Claude Pompidou si inquiète qu'elle était venue aux nouvelles. En entrant, je respirais le drame. Georges Pompidou, la mine sombre, marchait de long en large et ne parut pas m'avoir aperçu. – Que se passe-t-il? – On a perdu le général (...) Fol après-midi à Matignon. » *(L'ardeur)*.

En ce fol après-midi, Pompidou a reçu, en présence de Roger Frey, ministre des Relations avec le Parlement, les bureaux des groupes U.D.-V[e] et R.I. de l'Assemblée (Henri Rey, Le Bault de la Morinière, Chalandon, Sabatier, Tomasini pour les gaullistes, Mondon, Anthonioz, Paquet, Poniatowski et Voilquin pour les « giscardiens »). Il leur a alors clairement déclaré : « J'ignore ce que va décider le président de la République, s'il a l'intention ou non de partir définitivement », puis, il a demandé à chacun son avis, ajoutant qu'il serait lui-même candidat au cas où le général déciderait de démissionner. C'est de cet interrogatoire et de cette précision que certains ont conclu, un peu vite, que Pompidou espérait bien alors que de Gaulle ne reviendrait pas. Viansson-Ponté qui a, sur le moment, mené une enquête très précise est catégorique : « Les témoignages sont formels et concordants à une exception près : le Premier ministre et dauphin du règne était le dernier qui pouvait engager de Gaulle à lui céder la place. » *(La république gaullienne)*.

Georges Pompidou a lui-même écrit : « Ce matin du 29 mai, l'hypothèse du départ (du général) m'apparaissait comme une catastrophe. Non seulement le prestige du Général restait un élément essentiel du pouvoir mais juridiquement son retrait me placerait dans une situation inextricable. Allait-on voir M. Monnerville assurer l'intérim? »

Et Chirac le confirme : « Jamais Georges Pompidou n'a pensé trahir le Général. Mais il est évident qu'au cas où le Général aurait abdiqué, il se devait d'assurer la continuité de la légalité. » Viansson-Ponté qui a remarquablement étudié ces journées historiques va d'ailleurs jusqu'à penser que Pompidou était dans le secret du voyage à Baden « une opération de pure tactique, froidement et longuement délibérée puis appliquée avec un soin minutieux et une remarquable habileté, seule thèse qui paraisse satisfaisante » *(La république gaullienne)*.

Pompidou n'a jamais confirmé cette théorie séduisante. Au contraire, il a même écrit qu'il avait estimé « peu admissible que le chef de l'État non seulement se déplaçât mais quittât le territoire national sans en informer le Premier ministre » et il ajoutait : « J'avais été traité avec ce qui m'apparaissait à ce moment-là comme une singulière désinvolture. Au terme de la soirée (du 29 mai) j'étais décidé à démissionner » *(Pour rétablir une vérité)*.

Mais c'est, en fait, de Gaulle qui ne souhaite plus garder Pompidou. De Gaulle en veut à son Premier ministre de n'avoir pas su faire dès 1963 (le plan de stabilisation de Giscard), dès 1965 (l'avertissement du premier tour des présidentielles) ou dès 1967 (celui des législatives) ce qu'il fallait pour éviter « mai 68 ». Il lui en veut d'avoir, pendant ce mois d'insurrection, cru que la souplesse suffirait pour calmer les étudiants gauchistes et que la négociation (« une capitulation » à ses yeux) permettrait de remettre les ouvriers au travail. Brusquement, de Gaulle regrette d'avoir donné raison à Pompidou contre les gaullistes de gauche et de n'avoir pas lancé sa troisième voie, son idée de l'intéressement, de la participation.

Pompidou sent tout cela. Mais il n'en démord pas pour autant. Certes, il n'a pas vu venir la révolte, mais ce n'est pas avec la participation qu'on aurait pu l'éviter; certes, il a eu tort de rouvrir la Sorbonne, mais s'il y avait eu un bain de sang...; certes, Grenelle n'a servi à rien, mais il fallait bien tenter quelque chose. Et c'est vrai que seul de Gaulle pouvait réussir « le coup de Baden ». Chirac opine du bonnet. Pompidou a perdu, mais il a tout fait pour le mieux et puis, surtout, il a gagné du temps, évité l'irréparable et donc permis à de Gaulle de pouvoir jouer au bon moment.

Quand de Gaulle revient à l'Élysée, Pompidou va lui présenter sa démission. Le Général « en pleine forme, j'ai enfin dormi, me dit-il » répond à son Premier ministre qu'il « n'est pas question » qu'il change de Premier ministre. Pompidou lui met alors le marché en main : il accepte de rester à Matignon à condition qu'il y ait une dissolution de l'Assemblée. De Gaulle accepte.

Quelques heures plus tard, Chirac remonte les Champs-Élysées avec Debré, Malraux, Joxe, Missoffe, Michelet, Peyrefitte, Chaban et la foule gigantesque. Tous les parlementaires gaullistes sont là, bien sûr. Marcellin, Chamant, Bettencourt conduisent les parlementaires R.I. (Tiens, Giscard n'est pas là, comme par hasard.) La foule scande : « De Gaulle n'est pas seul! », « Mitterrand, c'est raté! », « Vidangez la Sorbonne! », « Renault au boulot ».

Le lendemain, le 31 mai 1968, Pompidou remanie son gouvernement. C'est un grand chambardement. Vingt et un ministères (sur vingt-neuf) changent de responsable.

Disparaissent tous ceux qui ont eu – à tort ou à raison, aux yeux du Général – une responsabilité dans la « chienlit » : Joxe (qui assura l'intérim de Pompidou), Fouchet (Intérieur), Jeanneney (Affaires sociales), Peyrefitte (Éducation, il avait d'ailleurs démissionné de lui-même), Missoffe (Jeunesse), Gorse (Information).

Debré dont Pompidou n'avait pas voulu à Grenelle passe des Finances aux Affaires étrangères, permutant avec Couve de Murville. Les commentateurs voient là une preuve que le Général va bientôt changer de Premier ministre puisque le Général avait déjà pensé à Couve pour Matignon en 67 et qu'en le mettant aux Finances on lui fait faire un premier pas vers Matignon. Pompidou affirmera toujours que c'est lui qui, en mai 68, avait pensé à Couve pour la rue de Rivoli (?).

Ce qui est sûr c'est que c'est le Général qui a exigé la nomination de Capitant à la Justice. Pompidou et Capitant se détestaient. Pour le Premier ministre, Capitant – qui, on l'a vu, venait de démissionner du groupe U.D.-V^{e} – était le type même du « gaulliste de gauche » dangereux. Et pour Capitant, Pompidou était l'incarnation du « gaulliste de droite ». Le nouveau Garde des Sceaux dira d'ailleurs « accepter difficilement d'entrer au gouvernement, à cause de la couleuvre à avaler qui est Pompidou ».

En échange, de Gaulle accepte que Marcellin, R.I. mais homme de Pompidou, devienne ministre de l'Intérieur et qu'Ortoli, autre « pompidolien », passe à l'Éducation.

Chirac, lui, est, nommé secrétaire d'État aux Finances. C'est une belle promotion. Officiellement, elle s'explique aisément : Chirac a participé aux accords de Grenelle et il est bon que la rue de Rivoli ait un des responsables de cette « catastrophe » économique. Officieusement, Pompidou qui sait très bien quelles sont les ambitions de Couve (le remplacer à Matignon) a voulu mettre un de ses hommes pour surveiller le concurrent.

Le nouveau gouvernement a deux priorités : colmater les brèches provoquées par ce mois de mai (instauration du contrôle des changes, etc.) et, plus encore, préparer les législatives. Mais c'est visiblement Pompidou qui a tout pris à bras-le-corps.

Dès le 2 juin, Mauriac écrit : « Nous, les amis de De Gaulle, nous qui avons vécu ces jours dans l'angoisse mais qui n'aurons à aucun moment perdu cœur, nous nous retrouvons avec une raison nouvelle d'espérer. Nous, qui ne nous faisons pas un cauchemar du pouvoir personnel mais qui, au contraire, épions la venue d'hommes nouveaux, nous en aurons vu un, durant ces trois semaines : Georges Pompidou nous est apparu d'une tout autre stature que celle que nous connaissions, tenant tête, seul, contre ces simouns surgis de partout. »

Pompidou mène donc la campagne des législatives tambour battant. On en connaît les résultats : ce fut l' « Assemblée introuvable de 68 », ce qu'on a appelé « les grandes élections de la grande frousse ». L'U.D.R. – Union pour la Défense de la République, nouveau nom de l'U.D.-Ve – obtenait 296 sièges (soit 96 de plus qu'en 67), les R.I. 64 (+ 21), la F.G.D.S. 57 (– 61), le P.C. 34 (– 39), le P.D.M. 27 (– 15). Mendès a été battu par Jeanneney à Grenoble et le P.S.U. n'a pas un seul élu. L'U.D.R. a la majorité absolue avec 53 sièges « de trop »! C'est mieux que « la chambre introuvable » de 1815 ou que « la Chambre bleu horizon » de 1919!

Chirac, quant à lui, a été réélu dès le premier tour en Corrèze avec 19 593 voix contre 11 092 à Émon (P.C.), 4 608 à G. Dumont (F.G.D.S.) et 745 à M. Mazeaud (M.P.R., le mouvement d'Edgar Pisani). Victoire qui est assombrie, quelques jours plus tard, le soir du second tour. Alors qu'il est à Matignon où il analyse avec le Premier ministre les résultats définitifs de ce raz de marée, Chirac apprend la mort brutale de son père.

La majorité (U.D.R. + R.I. + gaullistes dissidents) a obtenu 46 % des voix, elle n'en avait obtenu que 38,2 % en 67. On peut aussi remarquer que si les « giscardiens » ont gagné 21 sièges, le climat entre gaulliste et R.I. n'est pas au beau fixe. Pompidou qui n'avait pas oublié l'attitude de Giscard pendant la tempête, avait lui-même décidé qu'il pourrait y avoir des primaires entre U.D.R. et R.I. quand le sortant était de l'opposition. Ce fut le cas dans 47 circonscriptions et dans 36 d'entre elles, ce fut l'U.D.R. qui l'emporta. L'U.D.R. avait lancé un adversaire contre Poniatowski et même contre Olivier Giscard d'Estaing, à Cannes.

Les gaullistes vont d'ailleurs mettre un certain temps à pardonner à Giscard ses trahisons du mois de mai. Au moment de l'élection des nouveaux bureaux des commissions à l'Assemblée, ils s'opposeront à la candidature de Giscard qui souhaitait retrouver son siège de président de la Commission des Finances. Les amis de Michel Debré qui n'ont pas oublié non plus les attaques de Giscard contre le ministre des Finances, avancent la candidature de Taittinger qui est élu par 30 voix contre 11. Furieux, les R.I. refuseront tout poste dans les bureaux des commissions.

Pendant ce temps, Chirac, entre deux voyages à Ussel, a emménagé rue de Rivoli, au secrétariat d'État au Budget où il succède à Robert Boulin devenu ministre de la Fonction publique. Sur la liste protocolaire des membres du gouvernement, Chirac est passé de la 29e place à la 26e. Il précède désormais Marie-Madeleine Dienesch (Éducation), Yvon Morandat (qui le remplace à l'Emploi) et Philippe Dechartre (Logement).

S'il n'a guère eu de relations avec son ministre des Affaires sociales Jean-Marcel Jeanneney, qui est resté très effacé, même au moment des accords de Grenelle (et qui déclarera un jour : « j'aurai passé la première partie de ma vie a être le fils de mon père et la seconde à être le père de mon fils » ce qui prouve qu'il était à la fois lucide et plein d'humour), Chirac n'aura guère plus de relations avec son ministre des Finances, Maurice Couve de Murville.

A dire vrai, les deux hommes ont peu de points communs même s'ils ont été tous les deux, à vingt-cinq ans de distance, élèves du lycée Carnot et étudiants à Sciences-po. Tout inspecteur des Finances qu'il soit – il a été reçu major au concours de l'Inspection en 1932, l'année de la naissance de Chirac – Couve est diplomate jusqu'au bout des ongles. Il a d'ailleurs quitté les Finances pour le Quai dès 1945. Ambassadeur à Rome en 45, au Caire en 50, à l'O.T.A.N. en 54, à Washington en 55, à Bonn en 56, de Gaulle en a tout naturellement fait son ministre des Affaires étrangères en 58, poste qu'il occupe donc depuis dix ans quand il rejoint enfin son « corps » des Finances mais comme ministre. Ce grand joueur de bridge et ce grand joueur de golfe est une caricature de diplomate et un digne représentant de la H.S.P. (haute société protestante). Le « bulldozer » corrézien qui, quand « il tape le carton », joue à la belote, n'a donc, a priori, guère d'atomes crochus avec lui.

A cela s'ajoute une espèce de contentieux entre Couve et les *Pompidou's boys*. D'abord, on ne se connaissait pas. Couve gérait l'un des domaines réservés du Général – les Affaires étrangères – dont Matignon ne s'occupait jamais. Ensuite, si Pompidou connaissait bien le personnel R.P.F. et les milieux parlementaires gaullistes qu'il avait appris à fréquenter depuis 62, il ignorait Couve que les gaullistes n'avaient vu qu'à Alger en 43-44 et qui, lui-même, fréquentait peu les milieux politiques. Enfin et surtout, chez le Premier ministre, on s'était toujours méfié de ce ministre des « affaires étranges » dont le nom avait été avancé à plusieurs reprises comme Premier ministre possible. En 65, en 66 et très nettement en 67. Beaucoup d'amis de Pompidou restaient persuadés que Couve aurait remplacé Pompidou à Matignon si les élections de 67 avaient été meilleures et surtout si, lui-même, n'avait pas été battu.

Les relations entre le ministre des Finances et son secrétaire d'État vont donc être correctes mais froides. Il est vrai qu'on connaît peu de gens ayant eu des relations chaleureuses avec Couve, bien que, contrairement aux apparences, il ne soit pas dénué d'humour.

Mais ce gouvernement ne va durer qu'un mois et demi à peine. Au lendemain des élections, de Gaulle, en effet, décide de se séparer de Pompidou. Là encore les légendes se mélangent aux analyses et les avis diffèrent. Ce qui est sûr c'est que Pompidou, fatigué par les épreuves de mai, a été démissionnaire. Ce qui est sûr c'est que de Gaulle souhaitait, après mai, procéder à un changement spectaculaire et reprendre lui-même les choses en main. Ce qui est sûr, c'est que de Gaulle n'a jamais dit d'un ton irrité à Mme Pompidou – comme on l'a si souvent écrit : « Alors, Madame, il paraît que votre mari a gagné les élections », ce qui aurait fait dire, en lui-même, au Premier ministre : « je suis foutu ». Le mardi suivant le second tour des élections législatives triomphales, le Général et Mme de Gaulle ont bien reçu les Pompidou à dîner, dans l'intimité, à l'Élysée, mais le Général s'est contenté de dire à Mme Pompidou : « Madame, je puis vous dire que votre mari a tenu. » La formule est moins « croustillante » mais plus conforme au Général qui ne maniait jamais la méchanceté devant les dames.

Cependant, Alain Lancelot a, sûrement, raison d'observer : « Plutôt que la consécration suprême du chef de l'État, la victoire de l'U.D.R. traduit-elle, sans doute, d'abord, un réflexe de cohésion autour des autorités légales. Pompidou l'a bien compris qui, pendant la campagne, s'est gardé de mettre l'accent sur le gaullisme pur et dur. Au lieu de se présenter comme le leader du parti majoritaire, il s'est efforcé de camper le personnage de l'homme d'État soucieux de rassembler le plus grand nombre de volontés autour des institutions menacées. Toujours sur la brèche, alors que le Général est relativement peu présent dans la compétition, le Premier ministre inspire confiance aux modérés de tous bords qui se reconnaissent mal dans la démesure du chef de l'État. En juin 68, pour la première fois, le maire du palais concurrence sérieusement son maître. »

De Gaulle ne l'a donc pas dit à Mme Pompidou mais il a ressenti cette concurrence, incompatible avec son caractère et avec les institutions de la Ve République telles qu'il les conçoit.

En fait, Pompidou voulait partir sans vraiment le vouloir tout comme de Gaulle souhaitait le remplacer sans trop oser avoir l'air de le désavouer. Certes, le Premier ministre s'était trop mis en avant; certes, il s'était (peut-être) trompé, mais il avait tout de même aidé à « sauver les meubles » et dirigé la contre-attaque des élections. Bref, il irritait le Général, mais il n'avait pas démérité. De Gaulle a alors demandé à Pompidou de ne pas démissionner, Pompidou a insisté puis a cédé, mais quand il a enfin accepté de rester à son poste, il était trop tard. Le Général avait demandé à Couve, auquel il pensait depuis longtemps, de le remplacer. Parler d'une rupture entre le Général et Pompidou serait donc excessif. Le Premier ministre est fatigué, ne rêve qu'à prendre des vacances –

« au moins trois semaines en Bretagne, à Carnac » – et de Gaulle est fatigué de Pompidou. C'est l'époque où Chaban, pourtant gaulliste irréprochable, murmure « nous avons gagné, mais le Général est fini » (paroles qui, évidemment, seront rapportées à l'Élysée et le général qui pensait, aussi, à Chaban pour Matignon y renoncera aussitôt).

Cette séparation laissera cependant un goût amer. Pompidou qui quoi qu'on en ait dit, n'a, jusqu'à présent, jamais trahi de Gaulle, aurait voulu que le général insistât davantage pour le garder. Il aura même l'impression d'avoir été piégé.

Pompidou racontera : « En fin d'après-midi, j'eus une étrange visite de Couve de Murville. Il venait de voir le Général. Il me dit d'abord regretter mon départ. Le Général qui le lui avait appris ne lui avait rien proposé et Couve pensait qu'il s'orientait vers Messmer. Cela lui paraissait fâcheux car l'opinion ferait le rapprochement avec la visite à Baden-Baden et en concluerait que l'armée avait promis son concours à de Gaulle à condition qu'il appelât Messmer. Je me montrais d'une extrême naïveté, malgré ce que m'avaient dit un certain nombre de personnes comme, par exemple, Pierre Lazareff, sur la profonde ambition de Couve. Je m'obstinais à croire qu'il n'avait jamais recherché mon départ. Je croyais, d'autre part, qu'il était le meilleur des possibles. J'appelai donc Tricot au téléphone et le chargeai de dire au Général que j'appuyais énergiquement Couve de Murville comme futur Premier ministre. »

Chaban voit juste quand il écrit : « Georges Pompidou se trouvait déchargé de sa mission comme il l'avait désiré mais certes pas de la manière qu'il eût souhaitée. » *(L'ardeur.)*

Chirac a, bien sûr, fait partie de ceux, nombreux, qui ont insisté auprès de Pompidou pour qu'il revienne sur sa démission. Ils l'ont décidé trop tard... à moins que de Gaulle n'ait pris sa décision avant même que Pompidou n'ait souhaité prendre du repos...

Le 10 juillet, Pompidou adressait une lettre au général : « Mon Général, vous avez bien voulu me faire part de votre intention de procéder à la nomination d'un nouveau gouvernement. J'ai l'honneur, en conséquence, de vous présenter la démission du gouvernement. » Le soir même, le général lui répondait : « Mon cher ami, mesurant ce qu'a été le poids de votre charge pendant six ans et trois mois, je crois devoir accéder à votre désir de n'être pas de nouveau nommer Premier ministre. Le regret que j'en éprouve est d'autant plus grand que votre action a été exceptionnellement efficace (...) Je souhaite, enfin, que vous vous teniez prêt à accomplir toute mission et à assumer tout mandat qui pourrait vous être, un jour, confié par la Nation ».

Cet échange de lettres, en apparence, protocolaires, est, en fait, doublement intéressant. Tout d'abord, Pompidou, présentant sa démission, précise bien que c'est à la demande du Général – « vous avez bien voulu me faire part de votre intention... » – qu'il le fait. C'est important sur le plan constitutionnel et sur le plan politique.

Constitutionnellement, en effet, jusqu'à présent, le Premier ministre ne pouvait pas être révoqué par le Président, même si c'était bien celui-ci qui l'avait nommé. Le 8 août 1958, devant le Comité Consultatif Constitutionnel, Paul Reynaud avait demandé à de Gaulle : « le Premier ministre désigné par le Président de la République pourra-t-il être révoqué par lui? – Non, avait répondu de Gaulle, car s'il en était ainsi il ne pourrait pas effectivement gouverner. Le Premier ministre est responsable devant le Parlement et non pas devant le chef de l'État en ce qui concerne la conjoncture politique. Le président de la République, j'y insiste, est essentiellement un arbitre. » (Travaux préparatoires de la Constitution, Documentation française, 1960, p. 118.)

Dix ans plus tard, les choses ont bien changé. Le Président n'est plus seulement « un arbitre », il peut révoquer son Premier ministre. Debré, lui, officiellement du moins, avait donné spontanément sa démission en 62. Il est vrai que, depuis, le Président est élu au suffrage universel. Cette lettre de Pompidou va donc provoquer bien des commentaires chez les constitutionnalistes, même si le Général, on l'a vu, a, dans sa réponse, fait semblant de ne pas avoir compris (« j'accède à votre désir... »). N'oublions pas que ces rapports constitutionnels entre le Président et son Premier ministre marqueront toute la vie de la Ve République et qu'on les retrouvera, exacerbés, lors de la crise Pompidou-Chaban et lors de la crise Giscard-Chirac, voilà pourquoi il est intéressant de s'y attarder.

L'autre commentaire qui s'impose après ces lettres et que, sur le coup, on a surtout retenu, porte, bien sûr, sur la fameuse phrase « je souhaite que vous vous teniez prêt... » et qui ne pouvait pas ne pas être comprise comme la désignation claire et nette d'un héritier.

C'est du moins ainsi que l'ont comprise alors les amis de Pompidou, comme Chirac, à la recherche d'un peu de consolation. Mais les autres – et à commencer par Pompidou lui-même – n'ont pas pu s'empêcher de se rappeler la lettre du Général à Michel Debré, au départ de celui-ci, le 15 avril 1962. Le Général écrivait : « Il est conforme à l'intérêt du service public que vous preniez maintenant du champ afin de vous préparer à entreprendre le moment venu et dans des circonstances nouvelles une autre phase de votre action. »

Pompidou, redevenu – selon le mot d'André Malraux – « Monsieur le député du Cantal » et qui se souvenait de la lettre à Debré, ne se faisait donc pas trop d'illusions.

Chirac, lui, ne sait qu'une chose : il va rester fidèle à Pompidou. La question ne se pose même pas.

VI

UN HOMME DE POMPIDOU CHEZ COUVE
1968-1969

Le mercredi 10 juillet 1968, la télévision change, en catastrophe, son programme. Elle devait diffuser *Au revoir, Georges,* un film d'Alfred Hitchcock. Elle le remplace par... *Le grand silence.*

Ce même jour, Maurice Couve de Murville met la dernière main à la formation de son gouvernement. On s'attendait à beaucoup de changements. Couve reprend les mêmes ou presque. Ortoli le remplace aux Finances, Edgar Faure remplace Ortoli à l'Éducation, Debré reste aux Affaires étrangères, Marcellin à l'Intérieur, Messmer aux Armées, Capitant à la Justice. Reviennent Frey (au Parlement) et Jeanneney (ministre d'État sans portefeuille). S'en vont : Michelet, Rey et Nungesser. C'est tout.

Chirac, lui, n'avait pas caché son intention de s'en aller. Il n'était « pas chaud » pour rester dans un gouvernement sans Pompidou et, qui plus est, avec un Premier ministre qu'il soupçonne d'avoir poignardé son « père ».

Chirac va naturellement demander conseil à Pompidou qu'il rencontre à l'Assemblée où « monsieur le député du Cantal » est acclamé par tous les députés de la majorité qui en font alors leur vrai « patron ». (Pompidou évoquant son entrée dans l'hémicycle ce jour-là écrira : « Inutile de nier que mon impassibilité apparente à ce moment-là dissimulait une grande émotion. ») Pompidou est formel. Chirac doit rester au gouvernement. D'abord, il ne serait pas « convenable » que l'équipe de Pompidou ait l'air de déserter ou d'entrer dans une quelconque opposition larvée, ensuite, il est essentiel de réussir le rétablissement de la France après la tempête de mai, pour qu'on ne fasse pas de Pompidou le responsable de tous les malheurs possibles, enfin – et peut-être surtout – Pompidou souhaite avoir des hommes à lui au gouvernement pour rester au courant de tout, pour le cas où...

Couve qui dit à qui veut l'entendre combien il a apprécié le « jeune » Chirac pendant leur brève rencontre aux Finances, lui propose un curieux ministère, « l'Information et les Réformes ». Chirac refuse. Pompidou lui a conseillé de rester aux Finances. Couve qui ne souhaite pas pour avoir, rue de Rivoli, Ortoli et Chirac, deux anciens du cabinet de Pompidou, lui propose alors les Affaires sociales. Chirac tient bon. On dit même que Pompidou aurait alors été jusqu'à téléphoner à son successeur. Quoiqu'il en soit, Couve finit par céder. Chirac reste aux Finances et avec comme ministre François-Xavier Ortoli.

Le premier Conseil des ministres du gouvernement Couve de Murville est pénible pour Chirac, comme pour tous les « pompidoliens » de l'équipe. Raymond Marcellin se souvient : « Ce premier Conseil des ministres fut bref mais édifiant. Le général de Gaulle arbore un air de satisfaction. Il est gai et même un peu primesautier, ce qui n'était guère dans son naturel (...) On le sent heureux du succès électoral, satisfait de sortir des journées éprouvantes et par-dessus tout – puisqu'il faut parler net – content de s'être débarrassé d'un Premier ministre avec qui il ne s'entend plus et à qui il impute le défaut d'autorité et l'insuffisance de l'action en face de la chienlit » *(L'importune vérité)*.

Chirac ressent tout cela, en veut au Général, à Couve, s'en veut un peu à lui-même d'être là. Mais c'est... sur ordre!

Pendant neuf mois, Chirac va mener une « double vie ». Membre du gouvernement, il va se battre pour faire redémarrer l'économie française stoppée par la crise de mai; fidèle de Pompidou, il va, avec lui, « traverser le désert » avec la totale conviction que M. Le Premier ministre reviendra vite « aux affaires ».

Si l'on met à part le ministère de l'intérieur où Marcellin liquide les séquelles de la révolte, deux ministères sont essentiels, en ce dernier semestre de 68, pour en finir avec le mois de mai : l'Éducation nationale où Edgar Faure organise une gigantesque réforme de l'Université (on sait ce qu'elle donnera!) et les Finances où tout en faisant repartir l'économie, il faut faire absorber aux entreprises les augmentations de salaires concédées à Grenelle, limiter l'augmentation du chômage et assurer la stabilité du franc dans toute la mesure du possible.

Jamais sans doute, la rue de Rivoli ne s'est trouvée dans une telle situation. La France a utilisé tous ses droits de tirage au F.M.I. (4 400 millions), la Banque de France a dépensé 1 005 millions de francs de réserve et le budget présente un déficit de 13 milliards. Dès la fin juin, Pompidou avait rétabli le contrôle des changes, limité les importations et stoppé la hausse des prix, mais ce n'est, bien sûr, pas suffisant.

Ortoli et Chirac décident donc d'augmenter les impôts. Deux collectifs sont présentés (majoration pour les gros revenus, augmentation de la vignette-auto, relèvement de nombreuses taxes, etc.). Fin août, comme ça ne suffit toujours pas, on majore davantage encore les gros revenus (deux millions de contribuables sont, cette fois, touchés ce qui prouve qu'on fait entrer dans la catégorie des « gros revenus » beaucoup de monde) et on augmente aussi les droits de succession, domaine pourtant particulièrement sensible en France. Pompidou confie à Jobert à ce propos : « Il est intrépide, Ortoli. Mais s'il m'avait demandé conseil, je l'en aurais vigoureusement dissuadé ».

Début septembre, pour tenter de détendre un peu l'atmosphère, Ortoli décide de supprimer le contrôle des changes. C'est indiscutablement une erreur. Les « possédants », mécontents des nouveaux impôts, inquiets des menaces sur l'héritage et convaincus qu'une dévaluation du franc est inévitable, vont pouvoir se lancer dans une folle spéculation, alors que les caisses de la Banque de France sont encore vides. En novembre, comme il y a en plus des rumeurs sur une éventuelle réévalution du mark, c'est la débandade. Chaque jour, des centaines de millions de francs quittent le pays pour la Suisse et plus encore l'Allemagne. Les petits épargnants se précipitent dans les banques pour acheter des devises. Le 20 novembre, la bourse de Paris est fermée alors que les ministres des Finances du groupe des Dix se réunissent à Bonn. C'est une véritable panique financière.

Le ministre allemand des Finances, Strauss, déclare que l'Allemagne est prête à accorder un crédit à Paris si la France dévalue. Il précise que cette dévaluation ne doit pas dépasser 10 %, pour ne pas gêner l'économie allemande.

Tout le monde est alors convaincu que la France qui n'a guère le choix, va céder. Le ministère des Finances a d'ailleurs, rue de Rivoli, déjà préparé les circulaires signées par Ortoli. On sait même que le chiffre retenu est celui de 9,78 %. On cède donc aux exigences des Allemands.

Un Conseil des ministres exceptionnel est annoncé pour le samedi 23 et les ministres des Finances de la zone franc sont convoqués pour une réunion extraordinaire, le dimanche 24. Il n'y a plus de doute à avoir.

Comme toujours, mais plus encore que bien souvent, cette affaire de dévaluation de novembre 68 a un aspect technique et un aspect politique.

Techniquement, une dévaluation était inévitable à plus ou moins long terme, après les accords de Grenelle. Pompidou l'avait dit sur le moment. Politiquement, cette dévaluation était pour de Gaulle inacceptable en novembre 68. C'était céder devant l'Allemagne, donner raison aux spéculateurs qui avaient joué contre le franc, remettre en cause, d'une certaine façon, ce qui avait été accordé à Grenelle et subir, six mois après le défi psychologique de mai, une défaite économique.

Alors que tout le monde – et y comprit le Premier ministre – est persuadé que ce Conseil des ministres exceptionnel va simplement fixer les modalités de la dévaluation « inévitable », le Général, en fait, hésite encore. Il ne veut pas céder devant l'Allemagne mais il sait que la France a un besoin impératif du prêt des banques européennes. Et deux hommes vont sauver le franc : Jean-Marcel Jeanneney, d'abord, qui forcera littéralement la porte du bureau du Général pour le persuader de ne pas dévaluer, Raymond Barre, ensuite, qui, ancien directeur de cabinet de Jeanneney (à l'Industrie de 1959 à 1962) mais alors responsable, au sein de la Communauté, des affaires économiques et financières, fournira, *in extremis*, à Jeanneney l'assurance que les banques européennes aideront la France, même si elle ne dévalue pas. De Gaulle a donc le choix.

Au Conseil des ministres, c'est le « tour de table » des grands jours. Chaque membre du gouvernement doit prendre la parole, donner son avis et le général concluera. Ortoli semble résigné, mais se contente de faire un exposé très technique. Marcellin est pour la dévaluation et même une très forte dévaluation. Jeanneney est franchement contre, il parle de l'indépendance nationale, du prestige du chef de l'État. Albin Chalandon est pour. Chirac, aussi, est pour et il le dit avec beaucoup de vigueur, alors que ces collègues, commençant à sentir le Général « flottant », se font hésitants. Couve qui parle l'avant-dernier est résigné. Et c'est le coup de théâtre. De Gaulle annonce que la parité du franc sera maintenue, il n'y aura pas de dévaluation. Deux jours plus tard, il déclarera : « Ce qui se passe pour notre monnaie nous prouve, une fois, de plus que la vie est un combat, que le succès coûte l'effort, que le salut exige la victoire ».

Les « pompidoliens », et Chirac plus que les autres, ont été pour cette dévaluation dont le Général n'a pas voulu. Une rumeur s'en est suivie dans le petit monde politique qui a été jusqu'à imaginer que c'était « sur ordre de Pompidou » que Chirac avait poussé à la dévaluation « pour accélérer le départ du Général ». Si cette rumeur démontre bien qu'aux yeux de tous, Chirac était « un homme de Pompidou chez Couve », elle n'en est pas moins « absurde », selon le mot de Chirac lui-même. Il est absurde de penser que Pompidou pouvait, par rancœur personnelle, jouer contre la France, absurde de croire que Pompidou pouvait jouer la catastrophe (car de Gaulle aurait facilement pu en rendre responsable le Premier ministre de mai 68 qu'il venait de congédier), absurde, enfin, de penser que Pompidou qui fit cette dévaluation, dès son retour aux affaires, en août 69, ne pensait pas sincèrement qu'elle était indispensable.

Le 29 novembre, Ortoli et Chirac mettent au point le plan de redressement indispensable. Plan classique avec réduction du déficit budgétaire (on combine à la fois une baisse des dépenses et une augmentation des recettes par un accroissement de la pression fiscale), augmentation des restrictions de crédit (ce qui limite l'inflation mais, hélas, augmente le chômage) et rétablissement du contrôle des changes (maladroitement levé).

Quel bilan peut-on dresser que l'activité de Chirac aux Finances, sous le « règne » de Couve de Murville? Il est toujours difficile de délimiter exactement qui est responsable de quoi, dans une politique économique. Le ministre, le secrétaire d'État, le Premier ministre ou même le Président? Cela dit, vu les circonstances de l'après-mai 68, vu le veto du Général à la dévaluation qui, selon les experts a fait perdre quinze milliards de francs à la Banque de France et a considérablement détérioré notre balance du commerce extérieur (nos exportations couvraient nos importations à 104 %, en juillet 68, mais ne les couvraient plus qu'à 79 %, en décembre de la même année), le bilan est plutôt satisfaisant. La reprise de la production industrielle a été inespérée, les concentrations d'entreprises se sont multipliées, la métallurgie a fait un gros effort d'investissement, le marché financier s'est réveillé. Mais, bien sûr, tout est loin d'aller pour le mieux.

Les mois qui vont suivre seront marqués par deux « affaires » bien différentes en elles-mêmes mais qui auront, l'une et l'autre, une importance considérable pour l'avenir de la politique française : le référendum et l'affaire Markovic.

Le 15 septembre 1968, Georges Pompidou, commençant sa « traversée du désert », avait installé ses bureaux 8, boulevard Latour-Maubourg, dans un appartement que lui prêtait Raymond Marcellin. C'est un bel immeuble cossu, l'ancien hôtel particulier de la Princesse Radziwill. L'ex-Premier ministre choisit pour son bureau une petite pièce sur cour. Sur la cheminée, une simple photo du Général dédicacée : « A mon compagnon, mon ami, pour toujours, Charles de Gaulle. » Avec un stylo-bille dont la carapace d'or imite le bambou, Georges Pompidou se met à écrire *Le nœud gordien* et relit Paul Valéry chez lequel deux phrases le frappent : « Tout ce qui est politique pratique est nécessairement superficiel », mais aussi : « Toute politique implique quelque idée de l'homme. »

Pompidou a grossi pendant ses vacances d'été. Surtout du visage. A Jobert qui en est surpris, il répond : « Ce n'est rien, je suis en traitement pour quinze jours encore, puis je reviendrai à la normale. » Personne ne s'inquiète. Il est vraisemblable que le mal qui devait emporter Pompidou, six ans plus tard, avait commencé.

Pompidou peut alors compter ses vrais fidèles. Il y a les permanents et les visiteurs. Les permanents : Pierre Juillet, Marie-France Garaud, Michel Jobert, Édouard Balladur, Simonne Servais, Anne-Marie Dupuy et les deux secrétaires de toujours : Madeleine Negrel et Josette Hirigoyen. Les visiteurs : Montjoie, Bernard, Lelong, Lecat, Ortoli et Chirac qui passent, pratiquement, tous les soirs. On a gardé la tradition du verre de 19 heures à Matignon. Tous les lundis, il y a une réunion générale de tout le monde. On vient raconter les bruits de la ville, commenter la situation, faire acte de fidélité, mais aussi demander parfois un « conseil » au patron.

Pompidou est dans une situation délicate : « Si j'apparaissais comme ce que j'étais, chef politique et moral du groupe U.N.R., je mettais le gouvernement dans l'embarras et je faussais la règle du jeu constitutionnel. Mais si je disparaissais, je manquais à mon devoir vis-à-vis de ceux qui me faisaient alors une immense confiance et je compromettais l'avenir. Entre les deux attitudes, la marge était étroite » *(Pour rétablir une vérité).* Cela ne l'empêche pas de murmurer devant ses fidèles, en parlant de l'action du gouvernement : « S'ils continuent comme cela, ils ne dureront pas longtemps. Et pourtant il y a encore quelques semaines, je n'aurais pas cru à une dégradation aussi rapide ».

Bref, le député du Cantal est, avec son équipe de Latour-Maubourg « en réserve de la République » et tout le monde sait qu'il est le successeur, non plus désigné, mais évident.

Et c'est alors, comme par hasard, qu'éclate « l'affaire Markovic ». Le cadavre de l'ancien garde du corps de l'acteur Alain Delon, Stefan Markovic, frère d'un petit truand qui travaillait pour les services secrets de Tito, a été retrouvé, fin septembre, dans une décharge publique d'Élancourt, petite commune des Yvelines, proche d'Orvilliers où se trouve la maison de week-end des Pompidou.

C'est l'affaire crapuleuse par excellence avec tous les ingrédients nécessaires. Une lettre du mort accuse Alain Delon et un truand « retiré des affaires » Marcantoni. On apprend qu'un autre Yougoslave, lui aussi ancien garde du corps de Delon, s'est suicidé mystérieusement aux États-Unis. On parle de drogue, de trafic, on cite des noms célèbres, des gangsters emprisonnés font des

« révélations », des indicateurs de police lâchent des secrets, on évoque des « partouzes », on patauge dans la boue. Et bientôt le Tout-Paris du demi-monde, de la politique et du spectacle susurre que les... Pompidou sont des amis de Delon et qu'ils participaient aux ébats de la bande. L'affaire Markovic qui sera, sans doute, l'un des plus beaux exemples d'opération politico-calomnieuse est lancée.

Pompidou sera, bien sûr, le dernier à savoir que Tout-Paris ne parle plus que de cela. Ce n'est qu'au début novembre que Jean-Luc Javal, un ancien chargé de mission à Matignon, qui passait boulevard Latour-Maubourg, osera lui révéler la rumeur.

Sidéré, furieux – et on le serait à moins – Pompidou se livre immédiatement à une enquête : qui fait courir cette odieuse calomnie? Il est alors comme un « tigre blessé ». Il s'aperçoit que Marcellin, ministre de l'Intérieur, n'a pas osé le mettre au courant, que ses amis « les barons » – Guichard, Debré, Foccart, Chaban –, sont restés silencieux, que son vieil ennemi Capitant qui est Garde des Sceaux, « trouve la chose drôle », que Couve de Murville, lui non plus, n'a même pas eu le courage de le prévenir, bref, que tout le monde, que tous ces gens qui ont été ses ministres, voire, pour certains, ses amis, laissent la calomnie se répandre et ne l'ont même pas averti pour qu'il puisse organiser à temps sa « défense ».

Pire, le Général qui pourtant connaît depuis plus de vingt ans Pompidou – et Mme Pompidou – n'a pas sursauté devant ces infamies et a simplement déclaré : « il faut laisser faire la justice » ce qui, pour Pompidou, prouve que le Général n'est pas convaincu de l'innocence de celui qui fut si longtemps son plus proche collaborateur.

Il faut savoir ici que, si l'homme politique Pompidou a immédiatement deviné la manœuvre destinée à l'abattre dans la course à la succession, l'homme privé Pompidou aimait profondément sa femme avec laquelle, depuis plus de trente ans, il formait un couple étonnamment uni, d'amoureux qui aimaient encore se promener main dans la main. L'ancien Premier ministre aurait été prêt à répliquer à toute attaque politique, mais il ne pouvait pas supporter qu'on l'attaque à travers sa femme. Lefranc a raison de dire qu'il s'est « dressé comme un cobra dont on marche sur le corps ».

Pompidou finira par voir de Gaulle. Entrevue secrète et dramatique (l'ancien Premier ministre entrera à l'Élysée par une porte dérobée du parc) au cours de laquelle il s'écrira : « Ni place Vendôme, chez Capitant, ni à Matignon, chez Couve, ni à l'Élysée, il n'y a eu la moindre réaction d'homme d'honneur ». Le Général répond : « Mais moi je n'ai jamais cru à tout cela » et Pompidou qui raconte l'entretien ajoute : « Sans exagérer, je puis dire que le Général, en me quittant, ne semblait pas très satisfait de lui-même ».

Cette affaire Markovic allait avoir des conséquences incalculables et, disons-le, invraisemblables. Elle allait sceller la rupture entre de Gaulle et Pompidou, elle allait lier, à tout jamais, l'équipe de Pompidou, elle allait réconcilier Pompidou et Giscard, elle allait brouiller les hommes de Pompidou et les « barons », bref elle allait changer toute la majorité. On pourra s'étonner qu'une si sordide et finalement si insignifiante affaire de calomnie ait ainsi pu métamorphoser le paysage politique et que Georges Pompidou, homme solide s'il en fut, ait pu tout reconsidérer à ce moment-là. Ceux qui écriront un jour le livre qu'on attend sur Pompidou y verront sans doute non pas la trace d'une faiblesse mais bien la preuve d'une sensibilité, de son sens de l'honneur et de l'amitié.

Jobert qui connaissait Pompidou (et qui l'aimait) a écrit : « Pour Georges Pompidou, c'était tout un univers qui s'écroulait (...) De ce jour entre deux cœurs, il n'y avait plus rien de commun, ni même la froide raison d'État que, j'en suis sûr, Georges Pompidou aurait admise si, en ces circonstances, elle avait été de raison » *(Mémoires d'avenir)*.

C'est à ce moment-là que recevant Lefranc, Pompidou lui dit : « On a voulu m'abattre et le plus bassement possible en s'attaquant à ma femme. Personne ne m'a défendu, pas même le Général. Le Général jalouse ma notoriété. Je sais ce que je dis. Maintenant il me faut agir seul. Je suis aussi attaché que vous au Général mais son temps est passé. Les sentiments ne sont plus de mise. La succession est ouverte. Il s'agit de savoir si ce sont les gaullistes, c'est-à-dire moi qui gagnerai ou les autres. C'est tout. Le reste, c'est du romantisme. » *(Avec qui vous savez)*.

C'est en évoquant cette période – la plus pénible de sa vie – que Pompidou écrit : « Celui qui fut le plus fidèle, le plus ardent, qui m'aida vraiment, c'est Jacques Chirac. Trois ou quatre autres me défendirent dans les conversations, dans les dîners. Mais cela n'alla pas au-delà » *(Pour rétablir une vérité)*.

Et c'est vrai. Chirac s'est alors jeté dans la bagarre comme un fauve. Alors que bien des membres du gouvernement qui, eux aussi, devaient « tout » à Georges Pompidou et en tout cas l'avaient assez fréquenté pour s'indigner de telles calomnies, souriaient de ces rumeurs et bien souvent « en rajoutaient un peu » (il y avait même un ministre qui affirmait avoir vu, de ses yeux, des photos compromettantes de Mme Pompidou), Chirac, lui, se débattait toutes griffes dehors.

Un jour, Chirac est dans sa voiture officielle avec cocarde. Il se rend à un déjeuner. Il écoute les informations à la radio. Et il entend que le juge Patard qui mène l'enquête sur l'affaire Markovic (« un méchant con », dira Pompidou en reprenant le mot de Chaban) a cité « comme témoins » M. et Mme Pompidou. Hors de lui, Chirac fait arrêter la voiture, se précipite dans un bistrot et appelle Joël le Theule, alors secrétaire d'État auprès du Premier ministre chargé de l'information (et ancien ministre des Tom-Dom de Pompidou). Fou de rage, Chirac exige des explications, il exige que cette campagne orchestrée cesse sur les ondes nationales et il va jusqu'à déclarer à son collègue, célèbre jeune célibataire vivant avec sa maman, que « si ça ne s'arrête pas tout de suite, il va y avoir des pédés qui vont le regretter ». Le Theule plaidera non coupable et donnera immédiatement des instructions à l'O.R.T.F. Chirac se bat comme si on avait insulté son père et c'est d'ailleurs ainsi qu'il le ressent.

Giscard d'Estaing aura, lui, une attitude élégante. Alors qu'il a tout fait pour poignarder Pompidou pendant la crise de mai et que les pompidoliens le lui ont fait payer au plus cher lors des législatives et lors de l'élection des présidences à l'Assemblée, il va faire dire à Pompidou, par Jobert, que « les rumeurs actuellement colportées contre l'ancien Premier ministre le choquent et qu'il tient à lui faire savoir, en ces circonstances, sa sympathie. »

Quand Pompidou, le soir même, évoquera cette démarche de Giscard devant ses collaborateurs (et Chirac), il dira : « Tiens, Giscard a du cœur, je ne l'aurais pas cru ». Certains murmurent : « Non, il se place », Chirac renchérit : « Non, il a du cœur ».

Enfin, cette affaire a, sans doute aussi, brisé l'amitié qui unissait les « barons ». Pompidou continuait à aller, chaque semaine, déjeuner à l'Hôtel de Lassay, chez Chaban avec Debré, Foccart, Frey, Guichard. Or, comme l'écrit Jobert, pendant l'affaire « la barque de Pompidou faisait eau et le déjeuner se poursuivait sans que nul ait fait un geste, même d'avertissement. Plus tard, il en fit grief fort vivement à quelques-uns » *(L'autre regard)*.

Chaban, pour sa défense, dira : « Moi-même, je n'ai pas condamné Georges Pompidou d'avoir à certains moments douté de mon innocence alors qu'étaient déversés sur moi des tombereaux de calomnies » *(L'ardeur)* phrase par laquelle Chaban reconnaît donc, implicitement, qu'il a douté de l'innocence de Pompidou dans l'affaire Markovic. Pompidou finira d'ailleurs par lui pardonner ces doutes mais Chirac, lui, ne semble pas les lui avoir pardonnés.

On sait enfin, que Georges Pompidou a toujours gardé sur lui, dans son portefeuille et écrite de sa main, la liste de ceux qui, selon lui, avaient eu une responsabilité dans cette odieuse calomnie. Trois noms venaient en tête : Couve de Murville (Mme Pompidou n'a plus jamais serré la main de l'ancien Premier ministre), Capitant et Bernard Tricot.

On le voit, en exagérant à peine les choses, on peut dire qu'avec cette affaire Markovic, les cartes ont été redistribuées. Et, en tout cas, que les choses se sont singulièrement éclaircies. Quelque chose a été définitivement brisé dans le gaullisme de Pompidou, en fait, les liens affectifs – même si cet adjectif peut surprendre quand on évoque ces deux hommes – et le député du Cantal président d'honneur du groupe U.D.R., peut devenir totalement lucide face à de Gaulle. Il sait que le Général n'en a plus pour longtemps, que le ballotage de 65 l'a blessé, que les élections de 67 l'ont un peu découragé, que mai 68, surtout, l'a achevé, qu'il s'entête avec ses idées de participation et de décentralisation alors que c'est d'industrialisation qu'il faudrait parler pour lutter contre la crise. Il doit donc, lui, Pompidou, se préparer. Ce seront les fameuses déclarations de Rome et de Genève.

On a dit que Pompidou avait alors « trahi » le Général en faisant acte de candidature, ce qui ne permettait plus à de Gaulle de se servir de l'un de ses meilleurs arguments « moi ou le chaos ». En vérité, Pompidou n'a pas fait acte de candidature, il a tout simplement dit ce que tout le monde savait : qu'il serait candidat le jour où...

Il s'était, en effet, contenté de déclarer, le 17 janvier 69, à Rome : « Ce n'est je crois un mystère pour personne que je serai candidat à une élection à la présidence de la République quand il y en aura une. Mais je ne suis pas du tout pressé », ce à quoi, le 22 janvier le Général avait répondu, au cours du Conseil des ministres, par un « j'ai été élu pour sept ans, j'ai le devoir et l'intention de remplir ce mandat jusqu'à son terme ».

Et Pompidou – qui « n'aime pas beaucoup être envoyé au coin comme un enfant pas sage » – avait remis « ça », le 13 février, en déclarant, cette fois à Genève : « Je ne crois pas avoir un avenir politique. J'ai un passé politique, j'aurai peut-être un destin national ».

Quelques jours plus tard, le 9 mars, les Pompidou étaient invités à dîner à l'Élysée. Il s'agissait, en fait, surtout de mettre ainsi un terme aux rumeurs de l'affaire Markovic. Il y avait là le Général et Mme de Gaulle, les Debré, les Pompidou. Le dîner fut morne. Mais de Gaulle ne put s'empêcher de prendre Pompidou à part pour lui parler de Rome et de Genève. Pompidou note : « Je répétai que je n'avais rien dit à Rome. – Mais vous avez récidivé – Mon Général, vous aviez pris une position qui m'obligeait, pour ma dignité même, à ne pas me démentir. On s'en tint là. On se quitta de bonne heure.

Les liens sentimentaux n'avaient pas été renoués ». *(Pour rétablir une vérité).*

Il est évident qu'un homme comme Chirac, ulcéré par l'ingratitude du Général à l'égard de son « patron », n'a pu qu'être enthousiasmé par ces déclarations de Rome et de Genève et par l'écho très favorable qu'elles reçurent dans le pays. Son patron avait le vent en poupe, cela mettrait le temps qu'il faudrait mais il finirait à l'Élysée. Pour tous les « pompidoliens », l'appel de Rome – qui n'avait pas été un appel – sera un encouragement considérable et personne ne s'étonnera du prénom qu'on choisira plus tard pour le petit-fils de Pompidou quand on l'appellera... Romain.

Jobert se souvient que Chirac « auquel il n'était sans doute pas facile, en tant que membre du gouvernement de Couve, de marquer une bruyante approbation au moment des déclarations de Rome et de Genève, venait de plus en plus souvent boulevard Latour – Maubourg. On le voyait, chaque soir, affairé et disponible comme il sait l'être ». *(L'autre regard).*

En même temps qu'il s'occupe du rétablissement économique du pays et qu'il va boulevard Latour-Maubourg, Chirac s'intéresse aux jeunes loups du Parlement qui viennent de former le « club des Huit ». Il y a là Bernard, Lecat, Lelong, Lucas, Mazeaud, Sourdille, Stirn, Torre. Avec Dijoud et Tibéri, Chirac dynamise le groupe dans lequel on retrouve des gens qui sont passés par le cabinet de Matignon avant de se faire élire. Chirac reconnaît toutefois qu'il « s'agissait essentiellement de se rencontrer pour déjeuner ». Déjeuners intéressants pourtant puisque, sur les dix membres du « club des Huit », cinq seront secrétaires d'État dans le gouvernement de Chirac, cinq ans plus tard : Lelong aux P.T.T., Mazeaud à la Jeunesse, Stirn aux Tom-Dom, Dijoud aux Immigrés et Tibéri à l'Agriculture.

Le 19 mars 1969, Chirac achète le château de Bity. On a beaucoup parlé de cette acquisition quand la presse d'opposition, à la recherche de toutes les affaires possibles comme c'est d'ailleurs son rôle, tenta de savoir comment le secrétaire d'État aux Finances, sans fortune personnelle, avait pu « se payer un château » puis le faire classer, puis grâce à cette propriété ne pas payer d'impôts.

Il peut, en effet, paraître curieux qu'un secrétaire d'État de trente-six ans puisse acheter un château du XVIᵉ siècle avec un terrain de onze hectares.

En fait, Chirac a, en 1969, acheté ce qu'on appelle une « ruine ». Construit au XVIᵉ par Jean Bettino, un bourgeois d'Egletons, le château de Bity a connu bien des déboires. Au XVIIᵉ, il appartient à un juge de La Roche-Canillac, Jehan Dupuy, qui refait la façade.

Puis il passe à la famille de Selve, d'abord Étienne, conseiller à Tulle, puis Jean-Gabriel, mousquetaire du Roi, puis Jean, maire de Sarran, la commune sur laquelle se trouve Bity. Au XIXe, ce sont les Pourret des Gands, les Didot, les Dulors, les Rabot, les Boussignac qui se succèdent comme propriétaires. En 1925, c'est un anglais, William-Noel Lucas-Shadwell, qui achète Bity. Ancien colonel dans l'armée britannique, ancien membre de l'Intelligence Service, Lucas-Shadwell accueille, à Bity, pendant plus d'un mois, de décembre 34 à janvier 35, un certain Léon Trotsky.

Au cours de la Seconde Guerre mondiale, le château abandonné, devient un relais de l'armée secrète de Corrèze. Un des P.C. clandestin de Marcel Audy. En 44, Bity est transformé en hôpital de campagne. Puis le château, dans un piètre état, est à l'abandon pendant quinze ans. En 1959, un hôtelier toulousain, René Ballarin, rachète ces ruines pour une bouchée de pain. Et son père, maçon à la retraite, tente de le restaurer lui-même, puis abandonne, et ce qui reste de Bity est mis en vente.

En 1969, Chirac achète donc ces ruines pour 210 000 francs (60 000 francs qu'il avait « de côté » et 150 000 francs que lui a laissés son père en formulant l'espoir qu'il pourrait ainsi acheter une maison en Corrèze). Une ruine en Corrèze, avec onze hectares, pour 210 000 francs en 1969, c'était une bonne affaire, mais sans plus. On peut aujourd'hui (1983) avoir onze hectares et quelques pans de mur, en Corrèze, pour moins de 500 000 francs.

Oui, mais..., disent les adversaires de Chirac, le secrétaire d'État a acheté Bity, le 19 mars 69, et le 3 avril suivant, soit quatorze jours plus tard, le château était classé monument historique, ce qui allait permettre à son heureux propriétaire de recevoir de l'État 20 000 francs en 69 et 40 000 en 70 (alors que les frais de restauration sont estimés à 200 000 francs).

C'est le 26 décembre 1963 que, sur une proposition de Charles Spinasse – l'ancien ministre de Léon Blum –, le sénateur (socialiste) Marcel Champeix a fait voter par le conseil général de la Corrèze la demande de classement du château de Bity.

C'est vrai donc que Chirac était au courant de cette demande de classement et qu'il savait qu'elle finirait bien par être acceptée, mais tout le monde nous a affirmé – et on peut le croire sans peine – que Chirac n'a jamais demandé à André Malraux de lui « arranger ça ». La demande a d'ailleurs mis huit années pour être acceptée, ce qui est un temps exceptionnellement long pour une telle procédure.

Enfin, il est exact que Chirac n'a pas payé d'impôts en 1970 et en 1971. Mais le Code général des impôts prévoit que ceux qui restaurent des monuments historiques peuvent déduire ces sommes de leurs revenus et personne ne peut reprocher à un secrétaire d'État aux Finances de connaître le Code général des impôts.

Non, il n'y a rien à dire de scandaleux sur le « Château-Chirac ». L'affaire s'est d'ailleurs rapidement arrêtée d'elle-même.

Cela dit, Pompidou a tout de même bougonné : « Ah, quand on veut faire de la politique, il ne faut pas avoir de château, sauf s'il est dans la famille depuis au moins Louis XV, et encore! » Il avait peut-être raison.

Pourquoi Chirac a-t-il eu cette envie? Rêve d'enfant? Sans doute, un peu. Complexe à l'égard de sa belle famille qui possédait tant de châteaux alors que, lui, n'avait, dans sa famille d'instituteurs, que la modeste maison de la place de Sainte-Féréole? Sûrement. Et puis, Chirac aime la Haute Époque, les trois Mousquetaires, d'Artagnan. Il trouve ça « chic et très chouette ».

Il faut dire d'ailleurs que si certains Parisiens qui ont bien souvent des « fermettes aménagées » ou des résidences secondaires qui valent beaucoup plus cher, se sont dits choqués par l'affaire du château de Chirac, les Corréziens, eux, ont plutôt apprécié que Monsieur le secrétaire d'État se ruine pour mieux s'installer au milieu de ses électeurs. Ils allaient en donner la preuve en élisant Mme Chirac au conseil municipal de Sarran.

Mais revenons aux choses sérieuses. Le général s'est donc entêté pour son référendum sur la régionalisation. D'abord, parce qu'il voulait clarifier ses liens entre lui-même et le pays, liens qui lui semblaient incertains depuis le premier tour des présidentielles de 65 et plus encore depuis mai 68. Ensuite, parce qu'il croyait réellement en la régionalisation et en une réforme du Sénat. Il en avait parlé dès son fameux discours de Bayeux. C'était, à ses yeux, comme la participation, un pas vers cette troisième voie qu'il cherchait.

Si l'on en croit les récits ou les confidences faites *a posteriori*, la quasi-totalité des collaborateurs et des ministres du Général – de Couve à Chaban, en passant par Guichard, pourtant ministre de l'Aménagement du territoire et Marcellin, ministre de l'Intérieur – s'opposa ou au principe du référendum ou, au moins, à sa présentation (un texte de 30 pages et 9 500 mots, avec, en vérité, deux questions, une sur les régions, une sur le Sénat et pour lesquelles il n'y avait qu'une réponse à donner) ou sur le sujet même de cette consultation dont toute la France se désintéressait. Personne ne put convaincre le Général et l'empêcher de foncer tête baissée vers ce que déjà beaucoup d'observateurs considéraient comme un « référendum-suicide ». Chirac lui-même, estime aujourd'hui encore « mais sans pouvoir rien affirmer que ce référendum a, en effet, été une sorte de suicide. Une chose est sûre : il y a eu un moment où tous les sondages, tous les avis affirmaient que la réponse serait " non ". Et à ce moment-là, le général pouvait encore, sans problème, annuler ou retarder le référendum. Il ne l'a pas fait. J'ai eu, alors, la conviction personnelle qu'il cherchait là une porte de sortie. Et personne ne pouvait l'en dissuader. » (Entretien avec l'auteur.)

Ce qui nous intéresse ici, c'est de savoir quelle fut l'attitude de Jacques Chirac. Nombreux de ses adversaires, au sein du mouvement gaulliste, ont affirmé qu'il joua alors « contre » de Gaulle et « pour » Pompidou. Jean Charbonnel qui situe à cette époque sa séparation avec Chirac « en raison de l'opposition, au moins apparente, de leur deux maîtres » (de Gaulle pour Charbonnel, Pompidou pour Chirac) affirme que « Chirac ne combattit que mollement » lors de la campagne pour le référendum *(L'Aventure de la fidélité)* et Lefranc va jusqu'à lui dire que Pompidou « ne participa pour ainsi dire pas à la campagne en faveur du oui » *(Avec qui vous savez)*. La version ainsi élaborée et qui a cours aujourd'hui encore dans certains milieux politiques, permet donc d'affirmer que les pompidoliens ont trahi de Gaulle pour s'installer, en usurpateurs, en parricides, à sa place.

Cette version est historiquement fausse. Chirac s'est sans doute plus dépensé, pour cette campagne, que la plupart de ses collègues du gouvernement. Simple secrétaire d'État, il a multiplié les réunions dans sa région, en Limousin et en Auvergne. Au cours d'un grand meeting, il déclare, à Clermont-Ferrand : « La victoire du " non " plongerait notre pays dans les troubles graves et mettrait en cause l'équilibre de notre économie et notre monnaie. » A Brive, c'est-à-dire, précisément, chez Charbonnel qui a la mémoire bien courte, il s'écrie : « Le Sénat est une vieille institution dont la représentativité et l'efficacité sont très contestables », ce qui est, tout de même, très courageux pour un homme qui a, en partie, appuyé toutes ses campagnes personnelles sur les élus locaux et qui, en 68, s'est battu, avec Charbonnel, pour faire élire le premier sénateur U.D.R. de la Corrèze.

Quand il apprendra le 14 avril que Giscard appelle « avec regret mais avec certitude » à voter « non » au référendum (ce qui est, effectivement, une trahison caractérisée de la part d'un membre de la majorité) Chirac écrira aussitôt dans son journal *L'essor du Limousin :* « Valéry Giscard d'Estaing n'a été exceptionnel que dans la trahison. » On le voit, Chirac a pris part à la campagne. Pompidou lui aussi.

Certes, quand Malraux, Foccart, Vendroux, Sanguinetti, Charbonnel et quelques autres, sentant que « c'est foutu » pour reprendre le mot du Général, demanderont à Pompidou de faire savoir qu'en cas de départ de De Gaulle, il ne serait, en aucun cas, candidat – « on ne construit pas l'après-gaullisme sur une défaite du gaullisme » dira Malraux – Pompidou fera la sourde oreille. La démarche eût été absurde. Pompidou pensait, à juste titre, que le référendum serait perdu. S'éliminer ainsi de lui-même eut été suicidaire et pour le gaullisme et pour Pompidou. Mais il n'empêche que l'ancien Premier ministre, en dépit de la rancœur qu'il pouvait avoir, fit son « devoir » mieux que beaucoup d'autres. Il écrira : « En ce qui me concerne, je me battis et de toutes mes forces, contrairement à ce qu'on a écrit. Si je n'ai pas tenu davantage de grandes réunions (...) c'est qu'on ne me l'a pas demandé, autrement dit que Couve de Murville s'y est opposé. L'homme se découvrait. Il voulait être Premier ministre jusqu'en 1972, date normale de l'élection présidentielle, afin d'être candidat à la présidence. Encore fallait-il gagner le référendum et il en était bien incapable (...) A la fin de la campagne, je devais tenir ma plus importante réunion à Lyon. L'Élysée commençait à comprendre. Toutes les radios et les télévisions officielles déversèrent mon discours de Lyon. Mais c'était trop tard. » *(Pour rétablir une vérité.)*

Quelques jours avant la date fatidique, de Gaulle retient, après un Conseil des ministres, le secrétaire d'État au budget : « – Je ne me fais pas d'illusion. Je crois que ça ne passera pas. C'est tangent. Et dans votre département, comment se présentent les choses? Chirac répond : – Nous ne dépasserons pas les 45 %, mon général, le Limousin sera déshonoré. – Nous ferons 45 % dans l'ensemble de la France. Allez! Le Limousin ne sera pas déshonoré! »

Le 27 avril 1969, au soir, on apprend les résultats du référendum : oui : 46,7 %, non : 53,2 %. A minuit onze, l'Élysée diffuse une brève déclaration : « Je cesse d'exercer mes fonctions de président de la République. Cette décision prend effet aujourd'hui à midi. Charles de Gaulle. »

Le 28 avril, Debré, Frey, Guichard, Foccart et Pompidou déjeunent chez Chaban à l'hôtel de Lassay. Chaban raconte : « L'unanimité se fit sans peine. Nous nous mîmes à la disposition de Georges Pompidou qui devint dans l'instant et notre chef de file et notre candidat. Pour aucun de nous l'intérêt national ne laissait de place à des calculs personnels. » Et tout le monde sait alors que Chaban sera le Premier ministre de Pompidou.

Avant même ce déjeuner, Olivier Guichard était allé se mettre à la disposition de Pompidou. Trahison de l'un des plus fidèles du Général? Certains l'ont dit. Non, répond Guichard : « Ce lundi 28 avril, je ne savais pas que je ne reverrais plus le Général, mais je savais très bien ce qu'il m'aurait dit de faire. Je le fis donc. J'allais boulevard Latour-Maubourg » *(Mon général)*.

Rapidement, l'équipe se met sur le pied de guerre. Pompidou confie à Jacques Chirac le rôle essentiel (et délicat) de recueillir les fonds. Rôle qui revient à un secrétaire d'État aux Finances, mais surtout à un homme de toute confiance. Le candidat sait très bien que ce problème des fonds d'une campagne est toujours dangereux. Quand, au moment du scandale de la Garantie foncière, en septembre 1971, on parlera d'un chèque remis en 69 pour financer la campagne de Pompidou, le président de la République pourra déclarer dans sa conférence de presse télévisée du 23 septembre 1971 : « Non seulement je n'ai pas touché un sou, bien entendu, de la Garantie foncière, mais la personne de confiance que j'avais chargée du financement de ma campagne avait pris pour décision de refuser systématiquement toute contribution émanant d'un promoteur immobilier quel qu'il soit. » La personne de confiance en question, c'était Chirac.

Combien ce trésorier a-t-il pu récolter? L'Élysée dira plus tard sept cents millions. Poher, le candidat malheureux, dira trois milliards et aura sans doute raison.

Si Chirac n'a pas hésité et a foncé, on ne peut pas en dire autant de Giscard. Lui qui avait déclaré : « Le jour où nous sommes entrés dans la majorité, ce n'était pas pour en sortir mais pour succéder à de Gaulle » (M. Bassi, *Valéry Giscard d'Estaing*), il pense d'abord à se porter lui-même candidat. Poher dira à Jobert, plus tard : « En mai 69, ce n'est pas moi qui devais me placer sur la ligne de départ. C'est Giscard. Tout était convenu et puis il a hésité. Pour quelles raisons? Et j'ai dû improviser ma campagne au pied levé. » *(L'autre regard).*

En fait, ce sont les sondages et les amis mêmes de Giscard au sein des R.I. qui l'ont fait hésiter. Giscard s'est alors tourné du côté de Pinay qu'il est allé voir et qu'il a tenté de persuader. Pinay n'a rien voulu entendre. Devant cet échec, Giscard s'est lors, en effet, tourné du côté de Poher auquel il est allé très ostensiblement rendre visite. Pinay, Poher, Pompidou? Giscard ne sait pas et quand on l'interroge, il répond par cette pirouette : « Je vais vous dire qui est le candidat d'apaisement que nous soutiendrons. C'est une personnalité dont le nom commence par un P. » (Pautard, *Giscard d'Estaing*), ce qui fera dire à un U.D.R. : « Finalement, ce Giscard, ce n'est pas un cactus, c'est un artichaut. »

Ce n'est donc que du bout des lèvres, sans conviction, « de mauvaise grâce », dira Pompidou, et bien tardivement que Giscard d'Estaing se ralliera à la candidature de Pompidou et peut-être moins par clairvoyance – beaucoup de ses amis pariaient sur Poher – que sous la pression des R.I. et grâce à l'exemple de Jacques Duhamel.

Le 1er juin, au premier tour, Pompidou dont le slogan a été « le changement dans la continuité » obtient 44,4 % des voix devant Poher, 23,3 %, Duclos 21,27 %, Defferre 5,01 %, Rocard 3,61 %, Ducatel 1,26 % et Krivine 1,05 %.

Le 15 juin, Pompidou est élu président de la République avec 58,21 % des voix. Chirac est fou de joie.

VII

LA PREMIÈRE RENCONTRE AVEC GISCARD
1969-1971

Les dix-huit mois qui vont suivre l'élection de Georges Pompidou à la présidence vont être essentiels pour Chirac. Non seulement son patron va le mettre définitivement sur « orbite », mais, encore et surtout, Chirac va pouvoir faire cette fois vraiment, la connaissance de Giscard et celle de Chaban. On ne comprendrait rien à ce qui se passera en 1974 – Chirac choisissant Giscard contre Chaban – si on ne s'attardait pas un peu sur ces mois de 69 et 70.

Jusqu'à présent, pour Chirac, Giscard est un homme de droite – « l'homme de droite le plus intelligent du monde » a dit Mendès qui s'y connaissait en intelligence et qui avait été le professeur de Giscard à l'E.N.A. – et un traître qui a trahi de Gaulle en 1967 (le « oui, mais »), Pompidou en 1968 (« le gouvernement doit s'en aller ») et, de nouveau, de Gaulle en 1969 (avec son « non » au référendum). Or, Chirac n'aime ni les gens de droite ni les traîtres.

Pour Chirac, Chaban est d'abord une belle figure de héros de la Résistance et Chirac – même s'il ne l'a jamais dit – a toujours été convaincu, en son for intérieur, que s'il en avait eu l'âge, il aurait été, lui aussi, un héros de la Résistance. Cela dit, le dauphin de Pompidou a adopté à l'égard du président de l'Assemblée l'attitude de son patron. Or les rapports Pompidou-Chaban ont, souvent, été équivoques. Certes, on est amis, gaullistes, barons et on déjeune ensemble, depuis des années, une fois par semaine, mais il n'empêche que Chaban reproche à Pompidou d'avoir préféré enseigner la littérature à Henri IV, de 1940 à 1944, plutôt que de faire de la résistance et Pompidou reproche à Chaban d'avoir été ministre de la IVe plutôt que de traverser le désert. Dans ce concours de gaullisme, l'un reproche à l'autre sa vocation tardive et l'autre reproche à l'un de s'être écarté, un temps, du droit chemin. Mais, bien sûr, on n'en parle jamais.

Pompidou avait, on l'a vu, pris comme slogan pour sa campagne : « Le changement dans la continuité ». La continuité c'était pour garder les électeurs qui avaient dit « oui » au référendum de de Gaulle, le changement c'était pour attirer ceux qui avaient voté « non » par lassitude du Général, ceux qui, sans être « de gauche », étaient sensibles au slogan qui avait fleuri en 68, « Dix ans ça suffit ».

L'idée fixe de Pompidou va être de ne pas passer pour un parricide (qu'il n'est pas) aux yeux des gaullistes tout en élargissant l'électorat gaulliste que le Général lui-même maintenait par son aura personnelle.

Le choix, connu depuis longtemps, de Chaban répond à la première préoccupation ainsi que ceux de Debré (à la Défense), Frey (au Parlement), Michelet (à la Culture car Malraux n'a pas voulu « trahir » le Général et rester au gouvernement et Michelet a déclaré en acceptant le poste : « Après Malraux c'est dur, il est vrai que lui non plus n'avait pas son bac »), Guichard (à l'Éducation), Schumann (aux Affaires étrangères). Pour la deuxième préoccupation, l'élargissement de la « majorité présidentielle », même si le terme n'est pas encore à la mode, on appelle au gouvernement Pleven (Justice), Duhamel (Agriculture), Fontanet (Travail) et... Giscard (Finances, Pinay ayant refusé le ministère). Pour le reste, il y aura un petit escadron de pompidoliens bon teint : Marcellin (Intérieur), Ortoli (Développement industriel), Chirac (Budget), etc.

Curieux mélange donc, où les « barons » côtoient d'anciens adversaires du Général et où ceux qui ont appelé à voter « non » à de Gaulle se retrouvent entourés de Compagnons de la Libération, Pleven étant à la fois Compagnon et centriste anti-gaulliste.

Même si Pompidou a donné ordre à Marcellin de veiller à ce que les portraits du Général ne soient pas décrochés des murs des mairies, Charbonnel ne peut pas s'empêcher de dire : « Nous ne pouvions accepter sans amertume le retour au pouvoir de Giscard qui recevait le poste essentiel du ministre des Finances alors qu'il venait de contribuer si ouvertement au départ du Général. Cette rentrée en force nous était infiniment plus désagréable que l'arrivée (...) de Jacques Duhamel et de ses amis puisque la plupart d'entre eux ne devaient rien au général de Gaulle et l'avaient sur le plan politique, à peu près, toujours combattu. Mieux valait accueillir parmi nous ses adversaires loyaux que de faux amis ».

Vallon, Fouchet, Jeanneney et Vendroux vont d'ailleurs rapidement quitter l'U.D.R. et Capitant, lui, va en mourir.

C'est sans doute pour « surveiller » Giscard en qui il n'a pas une confiance totale et que lui a pratiquement imposé Chaban que

Pompidou laisse Chirac comme secrétaire d'État au budget. Chirac se souvient : « C'est Chaban qui a imposé avec insistance Giscard aux Finances. Georges Pompidou avait dit : " On a eu assez de mal à le faire sortir du gouvernement, on n'a pas besoin de le faire rentrer si tôt ". Mais finalement il avait cédé. Il m'a dit alors : Vous auriez pu devenir ministre mais je veux que vous restiez au Budget encore quelque temps ».

Et Chirac ajoute : « Je me souviens, un soir, j'étais déjà dans mon lit, Giscard m'a téléphoné : " Je sors de chez Chaban, je reprends les Finances et il m'a dit qu'à la demande de Pompidou, il vous mettait au Budget. Je ne suis pour rien dans votre nomination. Mais si j'avais eu à choisir, c'est vous que j'aurais pris ". C'était gentil de me le dire, mais il n'avait pas eu à choisir. » (Entretien avec l'auteur).

Le 4 juillet 1969, un décret paraît au *Journal Officiel* fixant les attributions de Chirac « chargé sous l'autorité du ministre de l'Économie et des Finances, et suivant ses directives, des questions relevant de la direction du budget, de la direction générale des impôts, de la direction de la comptabilité publique, de la direction de la dette publique, du service du contentieux et de l'agence judiciaire du Trésor, des tabacs et allumettes et de la Loterie Nationale ».

Pour ceux qui savent lire entre les lignes de ce genre de décret, le rôle de Chirac est capital. C'est lui qui va avoir à préparer le budget et donc à arbitrer entre les différents ministres quémandeurs, ce qui fera qu'on verra des ministres respectueux se presser dans le bureau du modeste secrétaire d'État, tout le monde, sachant, en plus, qu'il serait inutile d'aller solliciter un super-arbitrage chez le président de la République. Chaban ne s'y est pas trompé. Il a éliminé du Conseil des ministres tous les secrétaires d'État – qui n'ont désormais le droit d'assister à la sacro-sainte séance du mercredi matin que s'ils sont directement concernés par une affaire inscrite à l'ordre du jour – sauf deux : le porte-parole du gouvernement, bien sûr, et... Chirac.

C'est le matin du dimanche 22 juin 1969 que Giscard, quarante-trois ans, rencontre Chirac, trente-sept ans, dans son bureau de la rue de Rivoli. Si Chirac n'a pas, *a priori*, une grande sympathie pour son ministre, Giscard n'a pas non plus, *a priori*, une grande estime pour son secrétaire d'État. Il a l'impression que Pompidou lui a mis « un flic » pour le surveiller (ce qui est vrai) et lui qui ne s'est jamais reconnu de « maître » n'aime pas ceux qui s'en reconnaissent un. Giscard a bien l'intention « d'atomiser ce jeune Chirac » qui ne lui dit rien qui vaille.

Chirac se souvient de cette première vraie rencontre : « Je savais que Giscard considérait que le secrétaire d'État avait un rôle purement décoratif et qu'il ne devait avoir strictement aucune influence et je n'avais pas l'intention de me laisser faire. Et je le lui ai dit très clairement ».

On a souvent raconté les détails de cette première rencontre. Le secrétaire d'État était entré directement dans le bureau du ministre. Giscard lui a alors fait savoir que la coutume était de passer par le bureau de Serisé, le directeur de cabinet. Chirac n'en tiendra jamais compte. Puis, le ministre s'est fait apporter une tasse de thé et quelques gâteaux secs, sans penser une seule seconde à offrir quoi que ce soit à son visiteur. Chirac lui a alors déclaré : « Ne vous dérangez pas, je n'aime pas le thé ». Chirac ajoute : « C'est la seule fois que je lui ai menti, j'adore le thé ». Sur le moment, le secrétaire d'État avait souri de ce style « royal » du ministre. Dans quelques années, il ne pourra plus supporter ce manque de savoir-vivre de Giscard.

Mais, curieusement, alors qu'ils étaient tant prévenus l'un contre l'autre, les deux hommes vont se plaire. Même taille, même allure, même âge ou presque, même profil de carrière (l'E.N.A., les cabinets, la députation, les secrétariats d'État) même ambition et, sans doute aussi, mêmes ambitions.

Chirac trouve que son ministre a « une certaine gueule » avec son côté bien élevé et décontracté. Giscard trouve que son secrétaire d'État est « sans doute intéressant », en tous les cas mieux qu'il ne l'aurait cru. V.G.E. qui est (déjà) entouré de courtisans a tout de même été « bluffé » par le culot de Chirac qui lui a « balancé » tout de go qu'il était prêt à jouer le jeu d'une bonne collaboration mais qu'il ne fallait pas qu'on essaye de le " fagociter ". C'était sur le thème : « Je ne demande pas mieux que de travailler avec vous sans arrière-pensée et nous en tirerons profit l'un et l'autre, mais n'oubliez pas que je suis l'enfant chéri du Président et il faudra vous y faire ».

Chirac reconnaît : « A partir du moment où les choses sont bien claires et où il ne vous prend pas pour un esclave, il est très agréable de travailler avec Giscard. Giscard est un homme remarquablement intelligent et surtout il est très formateur. Il a incontestablement le don de pédagogie, il expose les choses avec une clarté exceptionnelle » (*Le journal du Parlement,* 16 juin 74).

Chirac a donc tout de suite « éclairci » les choses et tout s'est arrangé. Chirac a pensé : « Tiens, tiens, il est assez malin pour être souple » et Giscard : « Tiens, tiens, il est assez malin pour être ferme » et chacun s'en est retourné, ravi, travailler. En fait, ce qu'une journaliste politique appellera un jour « la double méprise » avait commencé. Le sens de la discipline de Chirac avait trompé

Giscard, la fausse désinvolture de Giscard avait trompé Chirac. Grâce à ce pacte de non-agression, de bon voisinage signé parce que Pompidou était à l'Élysée, Giscard était convaincu qu'il pourrait, un jour, faire de Chirac ce qu'il voudrait et Chirac pensait qu'il saurait, un jour, mettre Giscard dans sa poche. Quand? Quand leurs ambitions les amèneraient l'un et l'autre à se combattre pour la place de premier, mais on n'en est pas encore là.

Chirac prépare donc le budget en recevant tous les « tapeurs ministériels ». Sa grande phrase est alors : « Je suis payé pour contrôler, je contrôle ». Ce jeune secrétaire d'État au budget qui, rue de Rivoli, quand il était arrivé avec Couve, n'avait pas très bonne réputation en tant qu'ancien responsable, en partie, des accords (dépensiers) de Grenelle, s'est, bien vite, fait une image de marque excellente aux yeux des fonctionnaires des Finances. Non seulement il contrôle, mais en plus il connaît à fond ses dossiers. Et, qui plus est, homme politique ou du moins élu, il ne cherche pas à faire de la démagogie, comme tant d'autres, aux frais des contribuables. Il sait dire « non ».

Le retour, après trois ans d'absence, de Giscard aux Finances a, lui, été diversement accueilli rue de Rivoli. Certes, tout le monde s'accorde à reconnaître sa « stupéfiante facilité », mais certains estiment souvent que « sa philosophie de l'économie date des années 1930 et se réduit à une alternative déconcertante dans sa simplicité : voulez-vous du chômage ou de l'inflation? »

On se souvient qu'en 1963, avec son « plan de stabilité », Giscard avait choisi le chômage. Pour freiner, à la demande du Général, l'inflation, il avait freiné la consommation et la croissance de la production, donc les investissements, maintenant l'appareil de productivité en deçà de ses possibilités, ce qui avait pour avantage de freiner la croissance de la masse salariale mais pour inconvénient de créer un volant de chômage.

Les économistes plus modernes, adeptes de Massé, ont toujours pensé que, plutôt que de jouer tantôt sur le chômage, tantôt sur l'inflation, il valait mieux s'attaquer aux obstacles du bon développement, c'est-à-dire aux retards des équipements collectifs et à la vétusté de l'appareil de production. Debré qui avait remplacé Giscard en janvier 66, dans le troisième gouvernement Pompidou, avait, dans ce sens, restructuré les banques nationalisées, developpé les industries de pointe, favorisé la modernisation et la reconversion (notamment dans la sidérurgie).

Se souvenant de 66, mais n'ayant pas compris la leçon, Giscard joue en 69 la carte de... l'inflation (en 74, il en reviendra à préférer celle du chômage). Chirac n'a pas son mot à dire dans ce domaine.

Le vendredi 8 août 1969, la France dévalue de 11,1 %. Pompidou a donc fait, à froid, ce qui lui semblait inévitable depuis les accords de Grenelle et ce que Chirac avait souhaité au cours du fameux Conseil des ministres présidé par le Général. La mesure s'imposait de plus en plus, les hausses des salaires consenties à Grenelle ayant entraîné de telles hausses du prix de nos produits qu'ils n'étaient plus compétitifs.

Une légende tenace affirme que Chirac n'avait pas été mis au courant des projets de cette dévaluation et que seuls étaient « dans le secret » Pompidou, Chaban, Giscard, Wormser, gouverneur de la Banque de France, Clappier, premier sous-gouverneur de l'Institut d'émission, Jobert, secrétaire général de l'Élysée, Sérisé, directeur de cabinet de Giscard, et Larre, directeur du Trésor. Certains vont même jusqu'à dire que le secrétaire d'État au Budget en avait éprouvé une profonde amertume. Cette histoire est totalement fausse. Chirac était naturellement au courant.

Si Chirac observe Giscard qui énerve Pompidou parce que, comme le dit le Président, « en Conseil des ministres, Giscard aligne des équations compliquées, je suis sûr qu'il essaie de m'épater et qu'il gribouille n'importe quoi », Chirac observe aussi le Premier ministre et c'est autrement plus intéressant.

Chaban va faire rapidement deux erreurs : une politique, une constitutionnelle. Son erreur politique : la « nouvelle société ». Son erreur constitutionnelle : « se prendre plus pour un président du Conseil de la IVe pressenti par Vincent Auriol que pour un Premier ministre nommé par Pompidou » (Jobert). Dès octobre 1969, Chirac qui à tout compris, confie à un de ses amis : « Chaban n'est pas un homme d'État ». Il ne changera plus jamais d'opinion.

Pompidou pensait depuis très longtemps à prendre Chaban comme Premier ministre. Chaban lui-même raconte qu'en 1967, recevant le président de l'Assemblée dans la bibliothèque de Matignon qu'il venait de faire aménager, Georges Pompidou lui avait demandé si cette pièce lui plaisait et il avait ajouté : « Ce serait souhaitable, car je l'ai installée aussi pour vous » *(L'ardeur)*. Édouard Balladur qui avait assisté à cette rencontre confirme d'ailleurs aujourd'hui l'anecdote.

Pompidou a pris Chaban non seulement parce que l'ancien général de 44 lui donnait l'onction gaulliste la plus pure mais aussi parce que Chaban, président de l'Assemblée pendant dix ans, maîtrisait, pensait le Président, les parlementaires et Pompidou avait besoin d'une assise, et puis parce que Chaban, ancien ministre de Mendès, pouvait récupérer tout ou partie de la famille radicale. Or, nous l'avons vu, Pompidou se sentait par moments radical (comme Chirac en Corrèze) et était convaincu que le gaullisme ou du moins l'après-gaullisme qu'il incarnait devait devenir ce qu'avait été le radicalisme de l'entre-deux-guerres, une grande famille politique réunie plus par une attitude que par une doctrine.

Chaban, lui, qui a attendu dix ans, sur son perchoir, l'occasion de refaire enfin de la politique et qui estime qu'il est, plus encore que Pompidou, l'héritier du Général, a une grande idée : ce qu'il appelle « la nouvelle société », idée qu'il a, en fait, commencé à ruminer dès 1965. « C'était, raconte-t-il, l'époque où se posait la question de savoir si le Général se présenterait aux élections présidentielles. J'en étais partisan, non par sentiment mais parce que le Général n'avait pas encore eu le temps de mettre en place le troisième volet de son action, essentiel à mes yeux : la transformation de la société en poussant assez loin pour qu'elle fut irréversible. L'association capital-travail avait exprimé une première recherche. L'intéressement était venu ensuite. S'annonçait la participation, prometteuse d'une société nouvelle. Je réunissais régulièrement à l'hôtel de Lassay d'excellents esprits de tous horizons. Nous y traitions des sujets d'ordre économique ou politique vus sous l'angle du progrès social » *(L'ardeur)*.

On sait ce que pensait Pompidou des velléités du Général avec sa participation, ce qu'il pensait de Capitant, Vallon et autres « gaullistes de gauche ». On peut imaginer qu'il s'était contenté de hausser les épaules quand il avait appris l'existence des réunions secrètes de Chaban « ce mendésiste honteux ».

Mais Chaban avait été renforcé dans sa conviction – comme de Gaulle – par les événements de mai. « Au total il semble que ce bouleversement eût pu être épargné. Eût-ce été un bien? Je ne le pense pas. Tout ne fut pas négatif dans cette grande foire de la jeunesse où, dans un tumulte immense et avec bien des excès répréhensibles, s'exprimèrent un enthousiasme, une imagination, une audace, une générosité qui donnaient à réfléchir. (...) Ainsi pourrait être menée une politique salutaire en attaquant le mal à sa racine : le blocage de la société. J'ignorais qu'un an plus tard, il me serait donné d'engager une politique » *(L'ardeur)*.

Convaincu qu'il était dans le droit fil de la pensée du Général, Chaban s'était donc pendant ses heures d'attente de l'hôtel de Lassay, entouré « d'excellents esprits ». Deux de ces esprits dominaient le lot : Simon Nora et Jacques Delors. Simon Nora, né en 1921, ancien énarque (46), inspecteur des Finances avait été conseiller technique de Mendès à Matignon. Jacques Delors, né en 25, incarnait, alors, aux yeux du Tout-Paris politique le type parfait du « chrétien de gauche » dangereux. Et tous deux allaient se retrouver au cabinet de Chaban à Matignon au grand désespoir de beaucoup de gaullistes.

L'idée de « la nouvelle société » avait été présentée à Pompidou par... Olivier Guichard, entre les deux tours des présidentielles en juin 1969. Guichard avait vu là un bon slogan pour plaire à l'électorat jeune et mieux se démarquer de Poher. Pompidou avait répondu : « C'est une fausse bonne idée » et il avait ajouté « ce n'est pas comme cela que l'on garde ses électeurs ». Et on n'en avait plus parlé.

C'est le 16 septembre 1969 que Chaban lance, à l'Assemblée, au cours d'un long discours de politique générale « sa » nouvelle société. Petit détail qui aura son importance, le Premier ministre qui définit ainsi toute la politique, toute la philosophie du nouveau septennat a oublié... d'en parler au président de la République! Avec une belle naïveté, il expliquera plus tard cet « oubli » : « Soumis au feu du travail, saisi par la fièvre des jours qui précédaient le débat à l'Assemblée, j'omis de prescrire à mon cabinet de faire parvenir un exemplaire du discours au Président. C'était d'autant plus inconvenant que j'avais carte blanche pour exprimer ma pensée et mes projets. On m'en fit l'observation à la dernière minute, à la suite d'un discret rappel de l'Élysée. Je m'empressai de faire porter le texte. Cet oubli fâcheux mais innocent fut, à coup sûr, présenté comme le signe d'une désinvolture inquiétante » *(L'ardeur)*.

Immédiatement, Pompidou sursautera, moins d'ailleurs contre la « désinvolture » que contre le fond même du discours. « La nouvelle société de Chaban, s'écrie-t-il, c'est de la poudre aux yeux pour épater la gauche parisienne qui lit *Le Nouvel observateur* ».

Et le président de la République déclarera devant Alain Peyrefitte : « Chaban croit le moment venu de faire du neuf. On ne fait jamais du neuf. Ce sont là des fantasmes d'adolescents ou de romantiques. Il n'y a jamais de pages blanches. On doit se contenter de poursuivre une tapisserie entamée par d'autres et dont la trame vous est imposée. Une nouvelle société, c'est impossible. La société est ce qu'elle est. Il faut vivre avec. Rien n'est pire que de vouloir faire rêver les Français. Ce n'est pas ce qu'ils attendent de nous. Ayons le sens du réel. La tâche est pourtant simple. Nous avons un objectif qui doit dominer les autres : faire de la France une grande nation industrielle. Il est à notre portée. Atteignons-le sans nous disperser. Le reste sera donné de surcroît » *(Le Mal français)*.

Chaban s'est beaucoup expliqué sur ce qu'était son rêve : « La nouvelle société, a-t-il dit, c'est une société qui tend vers plus de justice et de liberté, proscrivant les systèmes qui au nom de la justice mutilent la liberté comme ceux qui au nom de la liberté bafouent la justice (...) C'est une société où chacun considère chacun comme un partenaire (...) Il s'agissait de reprendre l'effort de mutation de la société au point où le général de Gaulle avait dû l'interrompre (...) Je voulais faire adopter une politique de mouvement par des élus dont une partie était soucieuse avant tout de préserver les situations acquises (...) Si la multitude aspire à la mutation de la société, les notables qu'elle désigne en appréhendent les effets. Et cependant à défaut d'une transition hardie tout cassera, à moins de se décomposer. Mon projet de nouvelle société fondé sur la participation avec la concertation comme méthode et le contrat comme instrument, la majorité parlementaire, après un accueil favorable, devint de glace, faute d'une invite pressante de la part du président de la République » *(L'ardeur)*.

Et, en effet, Pompidou n'a jamais caché son hostilité à ce projet de société que Chaban avait livré au Parlement sans même l'en avoir averti. Recevant le 19 septembre 1969, son Premier ministre, Pompidou lui déclare « Alors vous voulez flanquer la pagaille, comme si nous n'en sortions pas? » Chaban répond : « Si nous ne tentons pas une ouverture vers certains radicaux de gauche et quelques socialistes, ils finiront par signer un programme avec les communistes avant les législatives de 1973. » Pompidou : « C'est de la rigolade (...) Vous voyez Mitterrand signer plus qu'un accord électoral avec les communistes? » Chaban : « Si vous jugez que nos lignes politiques divergent de trop, je suis prêt à vous remettre ma démission. » Devant l'entêtement de Chaban, Pompidou ajoutera quelques semaines plus tard : « Laissez donc tranquille votre nouvelle société. Personne n'y croit. Vous rasez tout le monde. »

Le débat sur la nouvelle société entre Pompidou et Chaban auquel assiste Chirac est fondamental. Non seulement il expliquera en grande partie l'attitude que prendra Chirac à la mort de Pompidou quand Chaban se portera candidat à la Présidence, mais, bien au-delà, il marquera profondément la réflexion politique de Chirac qui va alors se « pompidoliser » totalement. C'est d'ailleurs là, en fait, le cœur du grand débat politique de la seconde moitié de notre siècle, dans les sociétés avancées.

De quoi s'agit-il? De faire face à ce qu'on peut appeler en terme vague la « crise ». Mai 68, mais aussi le renvoi du Général et les progrès de la gauche ont clairement démontré qu'en France « quelque chose » n'allait plus. La France s'ennuie, comme l'avait écrit Viansson-Ponté, mais cela va bien au-delà. A la crise psychologique s'ajoute la crise économique et les chômeurs, eux, ne s'ennuient pas, ils s'inquiètent, ils veulent que ça change, pas par envie du changement, mais pour avoir du travail. Cette crise d'ailleurs dépasse de beaucoup la France et frappe de plein fouet tous les pays occidentaux.

Le rôle de l'homme politique – et la droite comme la gauche

devraient être d'accord sur ce point – consiste essentiellement à rendre le plus grand nombre de gens, le plus heureux possible. C'est tout simple.

Mais – et c'est ici que commencent les désaccords – qu'est-ce que le bonheur? Chaban, ému par les slogans de mai 68, répond : le bonheur c'est une société plus juste, plus libre, plus fraternelle. Il répond avec des adjectifs certes sympathiques mais qu'on réserve d'habitude aux frontons des édifices nationaux.

Pompidou, l'Auvergnat, le banquier, répond, lui : le bonheur c'est d'abord d'avoir plus, plus à manger, plus à lire, plus à consommer, plus d'argent. Et sous prétexte qu'il a l'air d'un matérialiste on en fait un réactionnaire.

Chaban rêve d'une société où les ouvriers tutoieraient les patrons, où il n'y aurait d'ailleurs plus de patrons, où tout le monde discuterait avec tout le monde, aimerait tout le monde. Pompidou, lui, rêve d'un pays avec des usines marchant vingt-quatre heures sur vingt-quatre, avec des hauts fourneaux, avec une productivité de pointe, avec des autoroutes, avec des ouvriers faisant des heures supplémentaires, mais gagnant beaucoup d'argent, achetant leur maison, leur voiture, allant en vacances là où ils veulent.

Bref, Chaban veut un pays heureux, Pompidou un pays riche. Est-ce incompatible? Non, répondent-ils tous les deux. Mais il y a un problème de priorité. Chaban dit : le bonheur conduira à la richesse. Pompidou répond : vous me faites rigoler, la richesse sera le bonheur, tandis que si vous donnez tout de suite votre pseudo-bonheur, on ne s'enrichira jamais et on pataugera dans le malheur.

Chaban a un avantage politique. Son bonheur, il peut le donner, pour pas cher, et tout de suite. C'est aujourd'hui même qu'on rase gratis dans sa nouvelle société. Il suffit de quelques décrets et ça y est. Alors que le bonheur de Pompidou, ce sont des années d'effort, et après seulement un espoir de bonheur. Il le reconnaît et il ajoute : le faux bonheur immédiat de la nouvelle société sera un malheur réel pour demain, vous aurez brisé la machine.

C'est donc, une fois de plus, l'éternel débat entre les utopistes et les réalistes. Mais, cette fois, la crise qui pointe lui donne une allure différente. L'utopiste a, en effet, un atout supplémentaire : il gère la crise, il n'a pas à l'attaquer. Elle est là. Il l'admet. Puisque ses mots clés sont justice, liberté, fraternité, il n'a qu'à répartir la pénurie avec justice, dans un monde malheureux mais fraternel. Le réaliste, lui, doit au contraire, nier cette crise ou du moins en refuser l'inexorabilité. Il se bat pour sortir de la crise, on discutera après.

L'utopiste répond : la crise prouve que notre éternelle course à l'enrichissement nous jette dans un cul-de-sac. Il faut tout remettre à plat, rééquilibrer les rapports sociaux et alors nous pourrons reprendre la marche vers le progrès. Pas du tout, répond le réaliste, la crise ne remet pas en cause le principe élémentaire qui veut que plus on a, plus on peut répartir. Elle prouve qu'on ne sait plus produire davantage. On arrive alors à la fameuse phrase de Pompidou qu'on n'a pas assez méditée : « Le problème de la répartition existe mais j'ai la faiblesse de croire que si on avait davantage à répartir, ce problème serait grandement facilité. » Pour répondre à la crise psycho-économique, Chaban propose de modifier les modalités de répartition du peu qu'on a à répartir, Pompidou propose de produire plus pour avoir davantage à répartir. C'est – et l'a-t-on assez répété – le fameux « enrichissez-vous » de Guizot et dont Pompidou n'a pas honte.

Quand on demande aujourd'hui à Chirac ce qu'il a pensé, sur le coup, de cette nouvelle société, il répond : « J'ai pensé que ça n'était pas très sérieux. Je n'y ai pas trouvé un souffle, une idée nouvelle. J'y sentais de forts relents sociaux-démocrates qui n'avaient pas un très bon fumet. Je ne crois pas que la sociale-démocratie ait jamais apporté quoi que ce soit. On ne connaît pas un grand social-démocrate, une philosophie sociale-démocrate, une grande réussite historique sociale-démocrate. » (Entretien avec l'auteur.)

Douze ans plus tard, Chirac se trouvera devant le même débat mais, cette fois, dans l'opposition et ayant en face de lui une coalition socialo-communiste qui voudra, elle aussi, pour répondre à la crise, gérer la pénurie, répartir équitablement le chômage des jeunes, en créant d'artificielles formations, des vieux, en abaissant l'âge de la retraite, de tout le monde, en réduisant la durée hebdomadaire du travail et en augmentant les congés. Attitude contre laquelle le pompidolien-président du R.P.R. s'insurgera, prônant lui, au contraire, la méthode volontariste qui consiste, non à gérer la pénurie, mais à relancer la production, non à entretenir les chômeurs mais à créer des emplois.

Il est d'ailleurs frappant de voir qu'en septembre 69, alors que le président de la République sursaute devant les idées de son Premier ministre, François Mitterrand, lui, s'adresse à Chaban à l'Assemblée en déclarant : « Quand je vous regarde, je ne doute pas de votre sincérité, mais quand je regarde votre majorité, je doute de votre réussite. » Il est vrai que l'un des conseillers de Chaban sera, douze ans plus tard, ministre de l'Économie dudit Mitterrand. Pompidou et beaucoup de gaullistes ont donc raison quand ils pensent que Chaban fait le jeu de l'opposition et les résultats des prochaines élections démontreront – si besoin en était – que quand on fait le jeu de ses adversaires on perd des voix de son électorat sans gagner pour autant des électeurs de son opposition.

Au passage, il faut noter aussi que Valéry Giscard d'Estaing n'a pas caché, alors, qu'il était favorable à la nouvelle société de Chaban. Pendant quelques semaines, jusqu'à la fin de l'année 69, il s'en est même fait l'avocat. A ses yeux, cette nouvelle société « allait dans le sens d'une redistribution des cartes politiques ». Giscard voyait là une possibilité de créer un centre avec des gaullistes « chabanistes », des radicaux et même certains socialistes à la Defferre ou à la Mauroy. La grande idée de Giscard. Un centre droit dont, bien sûr, il aurait pris le commandement. Fin 69, s'apercevant que Pompidou ne voulait vraiment pas entendre parler de cette politique, Giscard qui savait qu'on ne pouvait rien faire sans ou contre le Président et qui venait de passer trois ans au purgatoire, abandonna Chaban et sa société.

L'autre grande erreur de Chaban était constitutionnelle. Aussi curieux que cela puisse paraître de la part d'un baron du gaullisme, Chaban n'avait rien compris aux institutions telles que les avait redéfinies le Général lui-même. Ou du moins a-t-il fait semblant de n'avoir rien compris, estimant, sans doute, que ce qui était vrai pour de Gaulle ne l'était pas pour Pompidou.

Jobert note : « Les rapports du président de la République et du Premier ministre avaient débuté sur un malentendu. Pour le nouveau Président, le modèle des Premiers ministres, c'était Georges Pompidou lui-même. L'attention de tous les instants qu'il avait portée à préserver la fonction et la personne du Président, il l'attendait à son tour maintenant. Or Jacques Chaban-Delmas avait dû lui demander, dès le départ, d'avoir les coudées franches, de ne pas dépendre des conseillers de l'Élysée. »

Et si l'on compare ce que Pompidou et Chaban ont écrit, on s'aperçoit non seulement qu'ils ne pouvaient pas s'entendre mais qu'en plus ils persistent et signent.

Dans *L'Ardeur,* Chaban écrit, ce qui est très révélateur : « Mes fonctions m'imposaient d'exprimer au sujet des affaires de la France et des Français un dessein aussi complet que possible, voire, si j'en avais le souffle, un grand dessein. » Or, dans la Ve République, ce n'est pas au Premier ministre d'imposer un grand dessein, c'est au président de la République.

Pompidou est d'ailleurs très net dans *Le Nœud gordien* : « Notre Constitution, modifiée par le référendum qui a institué l'élection du président de la République au suffrage universel a clairement posé le principe de la priorité du chef de l'État. Le chef de l'État investi directement de la confiance de la Nation est et doit être le chef incontesté de l'exécutif. C'est lui qui avec son gouvernement doit définir la politique et la conduire. Le Premier ministre, comme son nom l'indique n'est que le premier des ministres. Le rôle de coordination qu'il joue dans le gouvernement, la responsabilité qu'il exerce et engage vis-à-vis de l'Assemblée Nationale ne peuvent effacer cette subordination fondamentale. Rien ne serait plus grave que de laisser se créer une dualité (entre l'Élysée et Matignon). Le propre du commandement est que la décision doit appartenir à une personne et une seule, faute de quoi le désordre s'installe et l'incohérence. »

Le 29 janvier 1970, Chaban avait cette phrase, étonnante de la part d'un gaulliste : « Notre Constitution comporte un talon d'Achille, c'est la nécessité de rapports étroits, presque intimes, entre le Président et le Premier ministre », mais, il est vrai, qu'il ajoutait le 24 mai 1972 : « Un Premier ministre digne de ce nom ne saurait un instant chercher à rester en place contre le sentiment du président de la République. Nos institutions sont sans ambiguïté. »

Chirac assiste à tout cela. Dès les premiers jours, il a compris que Chaban essayait de jouer les cavaliers seuls, de « court-circuiter » le Président. Chirac qui a le sens de la discipline et qui connaît les institutions comprend l'erreur et s'en souviendra. A trente-huit ans, Chirac, regardant Chaban, apprend ce qu'il ne faut pas faire quand on est Premier ministre.

Après l'affaire de la *« nouvelle société »* (fondamentale), deux autres affaires vont détériorer très rapidement les relations entre l'Élysée et Matignon : l'affaire Desgraupes et l'affaire des sondages de popularité.

En octobre 1969, le Premier ministre qui n'avait pas voulu qu'il y ait de ministre de l'Information dans son gouvernement (par libéralisme) et qui voulait une « bonne télévision » pour célébrer la « nouvelle société » avait, sur les conseils de Pierre Lazareff, confié la télévision à Pierre Desgraupes. Lazareff lui-même en avait parlé à Pompidou qui n'avait pas dit non. Puis Chaban en avait parlé au Président qui n'avait toujours pas dit non. Bref, Chaban avait, comme d'habitude, pris la décision en forçant la main de Pompidou, sans vouloir comprendre que, quand le Président (qui ressentait sans doute alors les premières atteintes de son mal) ne disait pas non, cela ne voulait pas dire pour autant qu'il était d'accord. Devant les immédiates protestations de son entourage et des membres de la majorité à l'arrivée de ce « gauchiste » (toutes proportions gardées) à la tête de la télé, le Président était revenu sur son ni oui ni non. Chaban était furieux. Jobert raconte : « Entre Pompidou et Chaban-Delmas, il y eut une scène violente, sans témoin. Mais les éclats de voix tout à fait inusités parvenaient dans mon bureau malgré les deux doubles portes qui le séparaient de la pièce présidentielle. Habitué à interpréter les signes, je pensai que celui-ci était de taille et que Jacques Chaban-Delmas avait commis une grande imprudence en élevant ainsi la voix, en ce lieu, en cette présence. L'oubli n'en viendrait guère, j'en étais sûr... »

Pompidou finalement accepta Desgraupes, mais comme le dit Jobert, n'oublia guère.

L'autre erreur de Chaban-Delmas fut sa trop grande... popularité. Au début de 1970, la cote de popularité du Premier ministre est, en effet, supérieure à celle du président de la République. C'est la première fois que cela arrive depuis les débuts de la Ve République et depuis les débuts de la mode des sondages et c'est « contraire » à l'esprit de la Constitution qui veut que le Premier ministre soit là pour recevoir les mauvais coups et pour mettre en valeur le Président. Chaban a, il est vrai, un excellent service de presse à Matignon. Roger Vaurs et Pierre Hunt, deux diplomates qu'il a recrutés, sont infiniment plus efficaces que la charmante Simonne Servais qui continue à diriger le service de presse de l'Élysée. Furieux que son Premier ministre ne comprenne pas qu'il doive rester à sa place (discrète) et qu'il ne doive pas jouer les vedettes du régime, Pompidou remanie son service de presse de l'Élysée et appelle Denis Baudouin du cabinet de Duhamel. Homme d'appareil du C.N.I., Baudouin s'était illustré lors de la campagne présidentielle de 1965 en dirigeant la promotion de... Lecanuet contre le Général, mais qu'importe il est efficace et puis il s'est rallié au régime avec Duhamel.

On pourrait multiplier à l'infini les causes d'agacement entre Pompidou et Chaban dès les premiers mois de leur « cohabitation ». Chaban dira : « Tout commença par des irritations mineures ».

Chirac les note et décide : d'abord de ne jamais faire confiance à Chaban, ensuite, de ne jamais jouer l'utopie contre le réalisme, enfin, de toujours respecter les règles du jeu quelles qu'elles soient. Il tiendra parole sur ces trois points.

En septembre 1969, le secrétaire d'État au budget participe à l'élaboration du « Plan de redressement » qui doit permettre à l'économie française de tirer au maximum profit de la dévaluation du mois d'août. En janvier 70, le salaire minimum de croissance, le S.M.I.C., remplace le S.M.I.G. (salaire minimum garanti) et, rue de Rivoli, on est d'accord avec l'Élysée pour trouver que Chaban ne connaît, en plus, même pas ses dossiers. Chaban avoue d'ailleurs que « Pompidou, pour avoir été longtemps Premier ministre, inclinait à suivre de près les affaires de l'État quand il ne les précédait pas ».

Le 18 mars 1970, Chirac qui continue à passer tous ses week-ends en Corrèze – où, d'une main, il poursuit son éternelle campagne électorale et, d'un œil, il suit les travaux de restauration de Bity – est élu président du Conseil général. Conseiller municipal, conseiller général, député, président du Conseil général, son implantation est désormais totale. Un vrai docteur Queuille!

A Paris, sa collaboration avec Giscard apparaît à tous les observateurs comme exemplaire. La bonne préparation du budget en est la meilleure preuve. Jean-Pierre Fourcade note : « Chirac était si empressé que nous nous demandions parfois s'il était encore pompidolien. »

Fourcade peut être rassuré. Chirac est toujours pompidolien et si les collaborateurs de Giscard estiment, comme le prouve la réflexion révélatrice de Fourcade, qu'on ne peut à la fois servir le Président et le ministre des Finances, Chirac lui, pense qu'en jouant le jeu correctement avec son ministre de tutelle, il est simplement fidèle aux instructions du Président.

En septembre 1970, Raymond Mondon, ministre des Transports, tombe gravement malade. Pompidou pense alors nommer Chirac à sa place. La chose ne se fait pas, mais chacun sait alors que le secrétaire d'État au Budget est « ministrable » à la première occasion.

Le 10 novembre 1970, la France apprend la mort du général de Gaulle. Pour tous les gaullistes, c'est « la mort du père », la fin d'une épopée, l'inexorable retour à la banalité. Pour Pompidou, c'est plus encore. Il a aimé le Général, il l'a servi de toute son intelligence et puis, il a eu le sentiment que le Général ne voulait plus de lui, que le père le rejetait. Alors, il a fait ce qu'il pensait devoir faire, il s'est... émancipé, sans penser pour autant trahir le Général mais sachant que le Général lui en voulait, que certains gaullistes ne lui pardonneraient pas de n'avoir pas, tout simplement, disparu à tout jamais puisque le Général semblait le souhaiter. Pompidou aurait voulu obtenir le pardon du père. Et voilà que le Général était mort et que cette « tache » ne serait pas lavée. Pompidou est doublement malheureux, mal à l'aise. Pour la dernière fois, les barons se retrouvent. C'est un déjeuner funèbre à l'Élysée, fait de silences, de souvenirs. Pompidou a réuni autour de la table Chaban, Debré, Guichard, Frey. Les barons, les maréchaux. Mais il y a un couvert de plus : celui de Jacques Chirac, un simple secrétaire d'État, un « gosse » qui n'a pratiquement pas connu le Général. C'est un signe qui ne trompe pas, une marque d'amitié qui vaut toutes les récompenses, tous les certificats.

Curieusement, sa présence ne surprend personne. Le fils spirituel de Pompidou n'est-il pas le symbole de la continuité? Certains comprennent alors qu'il y a autour de cette table les trois générations du gaullisme : ceux de la Résistance, ceux du R.P.F. et puis, maintenant, les nouveaux, ceux de l'après-gaullisme, ceux du pompidolisme.

En décembre 70, Jacques Duhamel, ministre de l'Agriculture

tombe malade. Pompidou propose à Chirac de prendre sa place. Chirac accepte. Il commence même à prendre de premiers contacts avec les dirigeants agricoles qui semblent l'accueillir avec sympathie. Au dernier moment, rien ne se fait.

Mais, un mois plus tard, le 7 janvier, la disparition d'Edmond Michelet et celle de Raymond Mondon obligent Chaban à remanier son gouvernement.

Duhamel, pourtant souffrant de sclérose en plaques, accepte courageusement de remplacer Michelet afin de maintenir l'équilibre de l'équipe. Michel Cointat, un ingénieur agronome qui a été directeur de cabinet de Pisani en 1962 et député U.D.R. d'Ille-et-Vilaine en 67 et en 68, remplace Duhamel à l'Agriculture. Jean Chamant remplace Mondon aux Transports. Chirac lui, remplace Frey aux Relations avec le Parlement et c'est Jean Taittinger qui le remplace au Budget. Pour Jobert « ces deux dernières nominations n'étaient pas totalement innocentes. Pour l'Élysée, l'une et l'autre devaient permettre d'équilibrer tant faire que cela se pouvait les initiatives de deux personnages, le ministre des Finances et le Premier ministre par deux vigiles dévoués, l'un plus pétulant que l'autre à vrai dire ».

Jobert dit joliment les choses. Il est, en effet, piquant de voir imposer à Giscard comme secrétaire d'État au Budget, Jean Taittinger, l'homme qui, précisément, lui a ravi, en 1968, la présidence de la commission des Finances (sur le moment, en 68, Giscard avait dit à Sanguinetti : « Ça, je ne vous le pardonnerai jamais. ») Mais il est évident que la promotion de Chirac est autrement plus importante. Pompidou sait très bien qu'il va rapidement entrer en conflit avec Chaban. Le Président a compris que son Premier ministre se prenait pour un président du Conseil et que donc Chaban va tenter de s'appuyer sur le Parlement qu'il connaît en plus fort bien. Certes, Frey était fidèle mais il était un vrai « baron ». Avec Chirac, Pompidou sera plus sûr de tenir le Parlement et, en tout cas, le groupe U.D.R., ce groupe gigantesque des élus de la peur de 68 qui, tout heureux d'avoir ainsi triomphé, n'ont qu'une crainte : que Chaban, avec ses réformes, ne remette tout en question.

Giscard ne cache pas qu'il voit partir Chirac avec regret. Il offre, comme le veut la tradition, « un pot d'amitié » pour le départ du secrétaire d'État et prononce quelques mots : « Nous voyons partir avec peine un ministre qui ira loin. Un jour, il me remplacera aux Finances. » Chirac ira en effet loin, mais jamais aux Finances. Chirac en lui-même s'étonne d'ailleurs d'entendre Giscard oser déclarer : il ira loin car il me succédera. C'est « du Giscard » tout craché, paraît-il...

VIII

UN MAUVAIS MINISTRE DU PARLEMENT
1971-1972

Quand il apprend que Jacques Chirac est nommé ministre chargé des Relations avec le Parlement, à la place de Roger Frey, Christian Fouchet déclare : « Avec Chirac, Pompidou a mis à un poste clé un homme qui lui obéira au doigt et à l'œil. Mais il a aussi poussé du coude Roger Frey. Pompidou veut se débarrasser de cette tunique de Nessus que constitue, pour lui, le gaullisme. Il ne veut plus être un Epigone. Il refuse de rester l'enfant, le fils qui a remplacé le père. C'est très œdipien, tout ça. »

C'est, bien sûr, excessif. Fouchet fait partie de ces hommes qui ont voulu voir dans leur élimination d'après-mai 68, la preuve de la rancœur de Pompidou à l'égard des vrais gaullistes. Or si Pompidou en a voulu à certains d'avoir, lors de ces journées mouvementées de mai 68, donné la preuve de leur incompétence, il n'a jamais « puni », lors de son retour au pouvoir en 69, ses anciens ministres pour excès de gaullisme. En fait, c'est moins contre le souvenir du Général que contre les velléités « révolutionnaires » de Chaban, que Pompidou entend maintenant se protéger.

En même temps qu'il a fait nommer Chirac au Parlement, il a fait remplacer, au secrétariat général de l'U.D.R., Poujade (qui est devenu ministre de l'Environnement) par Tomasini, sous-préfet, ancien collaborateur de Debré, élu député gaulliste dès 58 dans l'Eure. Pour Charbonnel, la promotion de Tomasini « consacrait le succès d'un adversaire déterminé de la politique du Premier ministre ». On peut en dire autant de la promotion de Chirac.

Avec ces deux fidèles, Pompidou pense tenir la majorité loin des chants de sirène que veut lui faire entendre Chaban. Les réactions d'hommes comme Jeanneney, David Rousset ou Fouchet qui après Vallon et Vendroux, quittent le parti gaulliste, prouvent bien que le pompidolisme naissant entend éliminer l'équivoque du « gaullisme de gauche », même si c'est, précisément, le premier Premier ministre du pompidolisme qui tentera de faire entrer ce gaullisme de gauche dans les réalités, alors que du temps du Général, il était toujours resté au niveau des conversations, des rêves (du Général) et des alibis de certains.

Chirac, lui, n'est que moyennement heureux de sa promotion. Certes, il remplira la mission que lui donne son « patron », mais il ne se fait pas d'illusions. « Ce poste, dit-il, est une machine à se faire des ennemis. » Et, on peut le dire tout de suite, Chirac n'aura, en effet, que des ennuis à ce ministère qui restera, sans doute, le plus mauvais souvenir de sa carrière ministérielle. Chirac a été un mauvais ministre des Relations avec le Parlement. Pour une fois, ses amis et ses adversaires sont d'accord pour le reconnaître.

Pourquoi? Le rôle du ministre chargé des Relations avec le Parlement est très particulier. Il n'a pas d'administration à diriger, pas de budget à gérer, pas de loi à faire passer, pas de projet à réaliser, pas d'électeurs à combler ou à calmer. Rien. Il doit « simplement » assurer une bonne coopération entre le gouvernement et le Parlement, organiser le programme des travaux parlementaires avec le président de l'Assemblée, les présidents des commissions et les présidents de groupe et surtout il doit « tenir en main » la majorité pour que les états d'âme de certains – ceux qui ont été élus simplement parce qu'ils étaient investis mais qui, une fois élus, se prennent au sérieux – ne viennent pas brusquement poser de problèmes.

Tout cela suppose un certain nombre de qualités qu'avaient indiscutablement les prédécesseurs de Chirac : Roger Frey (à merveille) mais aussi Pierre Dumas ou Roger Dusseaulx. De la rondeur, de la diplomatie, une grande connaissance du Parlement, un goût prononcé pour la discussion, pour le négoce, une certaine sympathie pour les médiocres qu'il faut écouter plus que les autres, une aisance pour les petits complots de couloirs, pour les propos discrets dans l'embrasure des fenêtres, pour les déjeuners qui s'éternisent. Bref, toutes les qualités et tous les défauts que n'a pas Chirac.

Quand il est nommé ministre chargé du Parlement, Chirac n'a été député que... vingt-cinq jours, puisque élu le 12 mars 67, il est entré au gouvernement le 7 avril et qu'il a donc laissé son siège à son suppléant, le Dr Belcour. Vingt-cinq jours, c'est peu pour connaître « la grande maison sans fenêtre » et d'autant plus que le programme de l'Assemblée ne lui a permis d'assister qu'à deux séances, celle du 3 avril (élection du Président) et celle du 4 (élection du bureau). Autant dire qu'il ne connaît pas le Parlement et ses mœurs.

Il ne connaît d'ailleurs pas mieux le parti gaulliste puisque bien qu'élu de la majorité, il n'a jamais été inscrit ni à l'U.N.R. ni à l'U.D.R.

Quant à son tempérament, il ne le pousse pas à passer avec plaisir des heures en palabres avec les élus mécontents ou aigris, comme savait si bien le faire Roger Frey.

Il est, en fait, le type même de l'antiparlementaire tel que le voit le « député de base ». Technocrate, cassant, jeune, fonceur, ayant enlevé son siège de député à la hussarde, il a tout pour déplaire au modeste notable qui ne comprend rien au budget, qui louvoie depuis des années de banquets d'Anciens Combattants en réunions de parents d'élèves et qui espère toujours que vingt ans de bons et loyaux services lui assureront une promotion de sous-secrétaire d'État ce qui lui permettra de se faire appeler « monsieur le ministre » dans sa circonscription.

Pour le député de base qui estime toujours que le gouvernement n'a pas su récompenser sa loyauté et qui pense toujours qu'il est ici « par la volonté du peuple », Chirac avec sa baïonnette, est un arriviste qui a brûlé les étapes de la carrière on ne sait trop comment. Chirac a en plus mauvaise réputation. Il a été secrétaire d'État au budget, c'est-à-dire que pendant des mois il a dit « non » aux demandes de subventions, aux demandes de « rallonges ».

Chirac s'en expliquera lui-même : « On m'accuse à Paris d'être un technocrate brutal et sans contact. Mais cela tient au fait que pendant les deux ans et demi que j'ai passés au Budget, j'ai été le chien de garde des Finances au Parlement. Mon rôle était de dire systématiquement « non » à toute espèce de démagogie et de prendre les coups à la place du ministre des Finances. Rien que de très normal. Et d'autant que secrétaire d'État, je considérais que je n'avais pas à avoir d'image de marque. C'est la raison pour laquelle je n'entretenais pas de relations avec les journalistes. Je n'avais pas d'attaché de presse, pas d'attaché parlementaire, ni qui que ce soit d'autre dont les fonctions auraient été d'expliquer que je suis un type formidable et qu'il faut qu'on s'en souvienne. Mais en arrivant ici, je me suis rendu compte que cela présentait des inconvénients : pas du tout pour l'avenir de ma carrière – qui ne dépend pas de moi – mais pour la façon dont je suis amené à remplir mes fonctions. J'ai donc pris à mon cabinet des collaborateurs qui vont expliquer à tout le monde que je suis un type très bien » (dans *La république des cadets*).

Il ne semble pas que ses collaborateurs aient été convaincants. En fait, ils n'ont pas pu changer le tempérament de leur ministre. Les élus de cette époque se souviennent encore de ce ministre chargé de les charmer et qui traversait la salle des Pas perdus ou les Quatre Colonnes au pas de charge, qui, quand on l'abordait pour évoquer un problème, regardait sa montre et, au bout de deux minutes, s'écriait : « Ah, excuse-moi mais on m'attend à l'Élysée », qui n'hésitait jamais à faire sentir à un député que, s'il n'était pas content, il ne serait pas investi aux prochaines élections et qui, en un mot, considérait les « élus du peuple » beaucoup plus comme un escadron de cavalerie indigène que comme l'élément moteur d'une démocratie moderne.

Tout le monde avait lu, dans *l'Express* du 11 janvier 71 la phrase de Georges Suffert, analysant la promotion de Chirac comme ministre à part entière : « Si Jacques Chirac gagne, il deviendra réellement le fils spirituel du président de la République. » Chirac en avait conclu que pour gagner, il n'avait qu'à faire régner la discipline dans l'escadron. Les parlementaires, eux, en avaient conclu qu'ils étaient les maîtres de l'avenir de ce jeune homme mal élevé et ils n'avaient pas du tout l'intention de lui donner la filiation dont il rêvait.

Chaban qui connaissait bien l'Assemblée – et pour cause – avait d'ailleurs été tout à fait hostile à la promotion de Chirac. Le recevant pour lui annoncer sa nouvelle « affectation », il lui avait dit très franchement : « Je souhaitais beaucoup que Frey conserve ce ministère. Mais ce n'est pas une raison pour que nous ne collaborions pas efficacement. » Non seulement Chaban savait que Chirac n'avait pas les aptitudes requises pour ce ministère mais, en plus et surtout, il savait très bien qu'en nommant son « poulain » à la place de l'ami Frey, Pompidou voulait empêcher Chaban de mener sa politique et de faire « un coup d'État parlementaire ».

Pour Chaban, Chirac n'est pas seulement le poulain de Pompidou, il est maintenant, ce qui est bien pire, l'homme de l'entourage, la créature de ce que le Premier ministre appelle lui-même « le duo infernal » : Pierre Juillet et Marie-France Garaud, les deux conseillers du Président dont on parle de plus en plus et qui, aux yeux des « chabanistes » sont en train de prendre le pouvoir dans l'ombre du Président. Chaban est convaincu – et il a en partie raison – que c'est à la demande du « duo infernal » que Chirac a remplacé Frey. D'abord parce que le duo infernal déteste les « barons » sous prétexte qu'ils veulent empêcher le passage du gaullisme au pompidolisme, ensuite parce que le duo haït Chaban qu'il juge « trop à gauche », enfin parce que le duo apprécie Chirac « un homme qui fera ce qu'on lui dira de faire » et qu'il sait que le Président l'adore. Chaban a alors ce mot : « Chirac-Rastignac a été nommé ministre sous la monarchie de Juillet... »

Quel est donc ce « couple maudit » qui s'est installé à l'Élysée dans l'ombre du Président (après avoir été à Matignon et boulevard Latour-Maubourg) et dont tout le monde politique parle à mi-voix et en tremblotant? Qui sont ces « Médicis » pour reprendre le mot d'Edgar Faure, expert en la matière.

D'abord Pierre Juillet. Le moins qu'on puisse dire c'est qu'il est un personnage curieux. Doublement curieux d'ailleurs, puisqu'il est, à la fois, mystérieux, secret, adepte du complot, de la magouille politique et... tout d'une pièce. C'est un Borgia et un... Bayard. Il pratique le coup de poignard dans le dos, le long empoisonnement, le coup fourré, l'échec et mat en dix coups d'avance et... la franchise la plus totale, la plus directe. Il est prêt à toutes les vilenies pour faire triompher... son idéal de pureté. Il croit à une France forte, indépendante, riche, heureuse, honnête et pour y arriver... tout est bon.

Complexé sans aucun doute, ce « diable boiteux » – il marche en s'aidant d'une canne et toujours accompagné de son schnauzer « Lioubka » – déteste se mettre en avant, a peur de la foule, des journalistes et des honneurs, mais il sait ce qu'il veut, il a une volonté de fer, une connaissance époustouflante des dossiers électoraux et une intelligence politique hors du commun.

Fils (et frère) de préfet, il est né dans la Creuse à Puy-Judeau, en 1921. Il fait ses études à Paris (lycée Claude-Bernard, Jeanson-de-Sailly et faculté de droit) mais reste très fidèle à sa Creuse natale où il participe à la Résistance activement dans un maquis proche de l'Armée Secrète. A plusieurs reprises, il s'oppose – par les armes – aux maquis communistes F.P.T. de la région. Il en gardera toujours une violente haine pour les communistes auxquels il reproche non seulement de ne s'être lancés dans la Résistance qu'après la rupture du pacte germano-soviétique mais aussi toute leur idéologie internationaliste. En 1945, il est avocat (sans cause) à Aubusson et gaulliste. C'est Pierre Lefranc qui le découvrira en 47 quand, chargé de mission du R.P.F. pour l'organisation du mouvement dans la région du Centre, « le cœur de l'empire socialiste et radical », il sera à la recherche des rares militants gaullistes du coin. Lefranc raconte :

« En Creuse, je partis à la découverte, n'ayant dans ma poche qu'une lettre adressée au Général par un jeune avocat d'Aubusson. Je trouvai ce jeune homme installé au rez-de-chaussée d'une grande maison bourgeoise dont il louait deux pièces pour recevoir ses clients. Petit, brun, la tête carrée, il boitait légèrement à la suite d'un accident et paraissait aimer le coin du feu. Je le trouvai direct et sympathique. Il m'emmena déjeuner dans sa famille qui habitait une belle propriété en bordure du plateau des Millevaches. Son père, ancien haut fonctionnaire de la IIIe République, me reçut chaleureusement. Je décidai de nommer ce jeune avocat délégué du Rassemblement pour la Creuse. Il s'appelait Pierre Juillet. Nous sommes demeurés amis, bien que le vent ait parfois rudement soufflé entre nous » *(Avec qui vous savez)*.

En vérité, il semble bien que Lefranc ait connu le nom de Juillet moins grâce à cette lettre envoyée par un inconnu au Général que grâce aux rapports des services secrets gaullistes de Londres qui avaient travaillé avec ce jeune résistant de la Creuse.

Rapidement, Juillet donne satisfaction. En 48, il est chargé de mission du R.P.F. pour tout le Sud-Ouest. Il vient alors régulièrement à Paris pour assister aux réunions mensuelles des chargés de mission régionaux du R.P.F. que préside de Gaulle. C'est là qu'il rencontre une secrétaire du Général, Annick Mousnier qu'il va épouser le 3 mars 1951. Il rencontre aussi, bien sûr, Georges Pompidou. Mais Juillet n'est jamais « un proche du Général ». Curieusement, ce gaulliste incontestable est sans doute trop autoritaire, trop hautain, trop indépendant pour entrer dans le club des « barons ». Les barons sont des exécutants, des maréchaux ou des lieutenants, lui est un chef d'état-major, un stratège, il n'a donc pas sa place dans le club et n'attire pas les sympathies des autres si ce n'est celle de Pompidou, lui-même un peu en marge.

En 1953, au moment de la dissolution du R.P.F., Juillet sans travail s'expatrie à Bruxelles. Il devient directeur pour la Belgique de l'agence Opera Mundi, une agence de traductions et de ventes d'articles créée par Paul Winkler. Il y restera jusqu'en 1958. Beaucoup d'observateurs s'étonnent, à juste titre, de voir ce personnage passer cinq ans de sa vie avec une si modeste fonction. C'est sans doute ce qui les incite à imaginer que cette direction du bureau bruxellois d'Opera Mundi n'était qu'une « couverture » et qu'en fait, Pierre Juillet était alors sous le nom de code de « Belvédère » le responsable des services secrets français en Belgique.

Quand on interroge Pierre Juillet – ce qui n'est déjà guère facile – il répond avec humour : « Entendre ses paroles travesties par des gueux pour exciter des sots est le lot de tous ceux qui se sont approchés de la politique. Devant les allégations mensongères, il n'y a que deux attitudes : chercher à rétablir la vérité ou tout simplement en rire. Permettez-moi de me contenter pour l'instant de la seconde solution. »

Sans son propre témoignage, il est donc difficile de savoir si, oui ou non, Pierre Juillet a été un haut responsable du S.D.E.C.E. entre 53 et 58, comme le pense en général, le monde politique qui se dit « bien informé ». Son passé de résistant, son goût pour le secret incite à le croire. Mais on peut se demander si un gaulliste aurait obtenu, entre 53 et 58, une telle fonction et on peut remarquer que si son rôle à l'Élysée a souvent été « clandestin » il ne s'y est jamais occupé des dossiers du S.D.E.C.E. Juillet ne s'occupait que de politique intérieure.

Quoi qu'il en soit, en 58, au moment du retour du Général, les gaullistes, les barons, oublient Juillet à Bruxelles. Alors que tout le monde, Chaban, Frey, Foccart, Guichard, Pompidou, Lefranc, etc. s'est déjà installé dans les palais dorés du pouvoir, Juillet débarque gare du Nord furieux. Il n'oubliera jamais qu'on l'a ainsi oublié. André Malraux le prend finalement comme chef de cabinet.

En avril 62, Pompidou le fait venir à Matignon. Juillet s'installe au rez-de-chaussée, dans l'ancien bureau des présidents du Conseil de la IVe. Mais sous la Ve, « l'étage noble » est le premier. Juillet est conseiller technique, chargé de surveiller la majorité et essentiellement l'U.N.R. Quand en 67, Olivier Guichard quitte Matignon pour se faire élire député en Loire-Atlantique, Juillet devient plus important. Il est le premier d'ailleurs à annoncer à Pompidou que l'Université entre dans une crise qui pourrait avoir de graves conséquences. Fin 67, Pompidou le fait nommer président de la Compagnie Générale de Voitures, une filiale de l'U.A.P., qui s'occupe de garages de taxis et de tuyaux de plastique (les taxis parisiens ont un rôle essentiel dans la vie des éminences grises puisque Rousselet le « Juillet de Mitterrand » sera, lui aussi, président d'une compagnie de taxis!). Mais Juillet reste, bien sûr, à Matignon avec déjà, d'ailleurs, l'habitude d'aller passer des week-ends très prolongés – histoire de reprendre contact avec les réalités de la France profonde – dans sa propriété de Puy Judeau où il s'est lancé dans l'élevage de moutons français et écossais.

En 68, Juillet est devenu le conseiller numéro un de Pompidou. C'est lui qui distribuera les investitures Ve République pour les élections de la peur. Tout naturellement, il suivra Pompidou boulevard Latour-Maubourg, il organisera la campagne présidentielle et il se retrouvera à l'Élysée avec Pompidou, comme... chargé des chasses présidentielles. Mais en fait, éminence grise puisqu'il faut bien dire le mot.

Avant de se demander pourquoi Pompidou a eu pour Juillet une telle sympathie et une telle confiance, il faut tout de même remettre les choses à leur place et ne pas exagérer l'importance qu'on donne trop souvent aux éminences grises. Pompidou a écrit lui-même : « Dans l'action politique que j'ai menée, j'ai longtemps été un conseiller, un donneur d'avis en même temps que l'exécutant de décisions dont la responsabilité incombait à celui qui les prenait. En pareille situation, la tentation est grande de croire que c'est l'avis qui a entraîné la décision ou l'exécution qui a assuré le succès. C'est ainsi que trop d'historiens cherchent dans les coulisses et dans les entourages l'explication des faits. Hors le cas où celui qui porte les responsabilités est un faible et n'a que les apparences de l'autorité – ce qui n'était certes pas le cas du général de Gaulle et j'ose espérer que ce n'a pas été non plus le mien – la décision est solitaire. Les avis pleuvent de toute part et dans tous les sens. Mais le chef d'État sait que l'acte dépend de lui et de lui seul, qu'il en assumera seul les conséquences devant l'opinion et parfois devant l'Histoire » *(Pour rétablir une vérité)*.

Pompidou répondait là aux critiques dont il était l'objet et qui lui reprochaient de donner trop de pouvoir à Pierre Juillet. Pompidou évoque le cas d'un chef d'État « faible ». Il n'a pas été faible. Il n'évoque pas le cas d'un chef d'État malade. Or, hélas, ses derniers mois furent marqués par le mal et donnèrent donc, personne ne peut le nier, une importance excessive à son entourage. Mais nous n'en sommes pas encore là.

Qu'est-ce donc qui séduisait tant Pompidou chez le mystérieux Juillet? En vérité, les deux hommes se ressemblent étrangement. Mêmes origines terriennes, de ces régions du Centre « pleines de bon sens », même nostalgie pour la province traditionnelle, même goût non pas du conservatisme mais du classicisme chez le fils du préfet de la IIIe et le fils de l'instituteur, même goût pour les livres qu'on lit au coin du feu, en gros tricot, pour la réflexion qui précède l'action, pour les chats (« Raminagrobis »). Même goût de la fermeté, mais une fermeté sur les principes que peut cacher, chez l'un comme chez l'autre, une étonnante aptitude au jeu politique sur l'instant. Même scepticisme désabusé sur les hommes en général qu'on pourrait définir comme un profond mépris de la foule compensé par une évidente sympathie pour l'homme. Et puis surtout, même conception politique. Juillet est persuadé que le bonheur ce n'est pas la révolution mais bien le progrès quotidien, pas la concertation, le chamboulement de la société mais bien l'industrialisation, l'enrichissement de chacun. Que le problème du chômage ne se réglera pas en répartissant la pénurie, mais en améliorant les structures, non de distribution mais de production pour les rendre plus compétitives. Voilà pour le fond. Comme Pompidou donc. Pour la forme, là encore, il est d'accord avec le Président : ce n'est pas en reprenant les slogans de l'opposition qu'on gagnera des voix. On perdra les siennes. On le voit le « mystérieux Juillet » est bien tout d'une pièce.

A l'Élysée, Juillet qu'on appelle en exagérant beaucoup les choses « le Kissinger secret » « le vrai Premier ministre » ou « l'homme qui fait la pluie et le beau temps » partage son bureau du premier étage (l'étage noble cette fois) avec Marie-France Garaud qu'on appelle, elle, « la Richelieu en jupon » ou « la walkyrie guerrière ».

Marie-France Garaud (dont le vrai prénom est Marie-Françoise, mais elle n'aime pas qu'on le lui rappelle) est, elle aussi, une provinciale. Née, en 1934, dans le Poitou, elle y possède un château, des terres et des moutons. Fille d'avoué, elle est élève des bonnes sœurs à l'Institution de la Providence, puis fait son droit à la faculté de Poitiers où elle suit les cours de procédure civile de Jean Foyer. Avocate à vingt ans, elle a vingt-cinq ans quand elle épouse Louis Garaud, un avocat de Poitiers, qui l'emmène bientôt à Paris car il souhaite devenir avocat au Conseil d'État et à la Cour de cassation. A Paris, Marie-France qui a maintenant deux fils devient, en 57, attachée juridique au ministère de la Marine où elle s'ennuie beaucoup. En 1961, son ancien professeur, Jean Foyer, devenu ministre de la Coopération, la récupère comme attachée parlementaire. Puis, Foyer passant à la Justice, elle le suit et devient, en 62, chargée de mission du Garde des Sceaux. Elle raconte : « En six ans, j'ai traité plus de 11 000 dossiers d'intervention. Rares sont les députés auxquels je n'ai pas rendu service. » Et on commence à parler de son efficacité dans les cabinets ministériels.

En avril 67, Pierre Juillet qui ne la connaît pas personnellement mais qui a besoin de quelqu'un d'efficace pour s'occuper du Parlement et remplacer André Roullaud qui a quitté Matignon pour « pantoufler » dans l'immobilier l'appelle. Le « couple infernal » est formé.

Grande, belle, « bon chic-bon genre », très province, Marie-France est encore plus anti-communiste que Juillet, encore plus intrigante, encore plus secrète et tout aussi décidée que lui à tout faire pour sauver la France. Mais si Juillet boite et aime la campagne pour rester au coin du feu, Marie-France, elle, aime être en bottes et dresser des chevaux, une cravache à la main! Son côté amazone amuse Juillet et séduit Pompidou. Comme Juillet, Marie-France aime « la vertu musclée, les idées claires, les hommes tout d'une pièce ».

Françoise Giroud dira d'elle : « Probablement l'une des femmes les plus haïes de France parce qu'elle a beaucoup humilié et au-delà (...) mais lorsqu'elle veut plaire pas antipathique, au contraire. Redoutable, oui, antipathique, non. »

Le couple Juillet-Garaud qui s'est formé à Matignon, s'est soudé boulevard Latour-Maubourg. Il est parfait en arrivant à l'Élysée. Nous avons vu cependant qu'il ne faudrait pas en exagérer l'importance. S'il a eu une réelle influence sur le plan de la politique intérieure – et sur lui seul –, c'est tout de même Pompidou, et lui seul, qui prenait les décisions. Et si le Président aimait à les écouter, c'est parce qu'en fait Juillet et Marie-France étaient entièrement d'accord avec lui, avec sa « philosophie ». Ils n'ont en rien, modifié la politique de Pompidou, ils ont, par moments, influencé sa tactique, le choix des hommes, accéléré telle disgrâce, telle promotion, rien de plus. Mais c'est déjà beaucoup.

Dès que Pompidou a appelé Chaban – contre l'avis de Juillet – le couple s'est déchaîné contre le Premier ministre. Juillet a demandé à Pompidou de se séparer de Chaban dès septembre 69, c'est-à-dire dès le lendemain du lancement de la « nouvelle société ».

Pourquoi cette haine de Juillet contre Chaban? Les raisons sont innombrables. D'abord, parce que Chaban est un « baron »; ensuite, parce que Juillet reproche à Chaban d'avoir constitué son gouvernement et son cabinet sans l'avoir consulté; ensuite, parce que cette « nouvelle société » lui paraît « criminelle »; ensuite, parce que ce dialogue avec les syndicats que veut instaurer Chaban lui semble « absurde » (Pompidou dit volontiers d'ailleurs depuis sa désillusion de mai 68 : « On ne négocie pas avec les syndicats. Quand une crise survient, il faut qu'elle se développe jusqu'au moment où il faut savoir céder »); ensuite parce que la libéralisation de l'O.R.T.F. est, à ses yeux, « monstrueuse », etc.

Et Juillet ne s'en cachera jamais. Il ira, un jour de juillet 71, à Matignon, en personne, pour dire à Chaban textuellement : « Certes, vous êtes gaulliste, je n'en disconviens pas, mais vous êtes aussi l'homme qui amène le socialisme en France, l'homme le plus dangereux qui fut pour le pays. Votre système contractuel c'est la dégradation de l'autorité. C'est l'engrenage qui conduit à la ruine. Ce sera, pour finir, l'anarchie. » (Raconté par Chaban lui-même dans *L'Ardeur.*)

Pour mener son combat, pour sauver la France contre cet « anarchiste » qui se trouve à Matignon, que va faire le « directeur des chasses présidentielles »? D'abord et surtout un travail de sape auprès de Pompidou qui n'est pas dupe mais qui est intéressé par l'intelligence de Juillet et qui, au fond, est entièrement d'accord avec lui. Ce travail de sape irritera tellement certains collaborateurs du Président que l'atmosphère deviendra souvent pesante à l'Élysée. A partir de 1970, Michel Jobert, secrétaire général de la présidence, refusera... d'adresser la parole à Juillet. Ce sera le pauvre Édouard Balladur, secrétaire général-adjoint qui devra faire la liaison! Visant, bien sûr, Juillet, Jobert écrira : « Il est détestable, dans de tels postes, d'utiliser l'autorité déléguée pour y verser ses choix, sa détermination, voire son parti pris et ses ambitions, d'affirmer : « le Président désire, attend de vous, ne comprenait pas si... » et d'orienter les décisions en forçant la main, de parler, au-delà des instructions reçues, d'en prendre finalement trop à son aise et de rendre ainsi l'autorité suspecte » *(L'autre regard).*

Deuxième action de Juillet : démolir les « barons » qui, selon lui, avec leurs réunions, leur « franc-maçonnerie », continuent à comploter.

Qui sont les « barons » dont on reparle tant en 70 et 71? En bref, ce sont les participants des fameux « déjeuners hebdomadaires ». Cela dit, le plan de table a beaucoup changé en vingt-cinq ans. Tout a commencé en 1945 quand le Général était au pouvoir. Gaston Palewski avait eu l'idée d'organiser, une fois par semaine, un « repas d'amitié et d'idées ». Y participent alors : Palewski, Corniglion-Molinier, le lieutenant Guy, Chaban, Soustelle et Michelet. Ce déjeuner a lieu au ministère de la Guerre, c'est-à-dire « chez » de Gaulle. Quand le Général quitte le pouvoir, on se retrouve le plus souvent à la Maison de l'Amérique latine (à côté de l'Étoile à l'époque) et sont présents : Chaban, Terrenoire, Émile Amaury, Foccart, Frey, Debré, Guichart et Pompidou. A partir de 58, le déjeuner a lieu à l'hôtel de Lassay chez Chaban. Il y a alors : Chaban, Debré, Pompidou, Foccart, Guichard, Frey, Lefranc. Ce dernier raconte : « Nous nous retrouvions à sept et nous faisant part de nos sentiments et réactions, nous efforcions d'harmoniser nos efforts (...) Bien des questions qui auraient pu dégénérer, trouvaient ainsi des solutions. Nous étions sûrs les uns des autres et la présence morale de De Gaulle garantissait que les préoccupations les plus désintéressées commanderaient nos pensées. »

On le voit, Chaban était le doyen des « barons », le seul fondateur du club encore membre, le seul a avoir connu les déjeuners de la rue Saint-Dominique.

La « rupture » entre le Général et Pompidou en 68 allait porter un rude coup au « club ». Et l'élection de Pompidou à la Présidence en 69 allait, bien sûr, changer aussi les choses. Le nouveau Président devenait membre « honoraire » de la « baronnie » et surtout, les « barons » avaient perdu leur raison d'être : militer en faveur d'un retour ou du maintien du Général au pouvoir. Le Général disparu, Pompidou à l'Élysée, les « barons » n'avaient plus, tout naturellement, qu'une seule chose à faire : militer en faveur de Chaban, au nom du gaullisme pur et dur, et donc inévitablement contre Pompidou...

Et c'est, curieusement, au nom de ce même gaullisme – mais en lui donnant une interprétation différente, celle de Pompidou – que Juillet et Marie-France s'acharneront contre tous les « barons » : d'abord, contre Chaban, ce dangereux gauchisant, auquel Juillet n'a jamais pardonné d'être « allé à la soupe » pendant la traversée du désert gaulliste en acceptant d'être ministre de la IVe alors que lui se languissait à Bruxelles; ensuite, contre Guichard qu'ils empêcheront d'entrer à Matignon; ensuite, contre Frey – qui avait préconisé « l'ouverture » dès 70 – et qu'ils sortiront du gouvernement; ensuite, contre Debré qu'ils sortiront, aussi, du gouvernement; enfin, contre Foccart qu'ils élimineront petit à petit.

On s'est souvent demandé pourquoi on les avait appelés « les barons ». Certains ont affirmé que c'était parce que Guichard qui représentait bien la fidélité et la certitude de leur « clan » était baron lui-même. On connaît son histoire : le grand-père de son grand-père, fils d'un modeste commerçant de Reims, se préparait à devenir boulanger au moment de la Révolution. Il s'engage en 1792. Colonel au début de l'Empire, il sauve la cassette de l'Empereur au passage de la Bérézina et est nommé, sur-le-champ, Baron d'Empire. Son fils allait jouer un rôle important dans la création des chemins de fer, le fils de celui-là allait créer les Chantiers de la Loire à Saint-Nazaire et allait avoir un fils : le père d'Olivier, officier de marine et... directeur du cabinet civil de l'amiral Darlan en 1940, ce qui n'empêche pas Olivier d'être gaulliste. Cela dit, il semble bien que l'appellation de « baron » n'ait rien à voir avec le titre de Guichard. On les a appelés « barons » parce qu'ils avaient... un roi.

La troisième action du « couple infernal » sera, bien évidemment, de placer à des postes clés des hommes sûrs. De créer en quelque sorte, une nouvelle aristocratie, de nouveaux « barons ». Chirac fait, sans aucun doute, partie de ces hommes sûrs. Les adversaires de Chirac affirment que Juillet avait vite repéré ce jeune arriviste, prêt à tout par ambition et dont il allait pouvoir se servir comme d'une marionnette. Cette interprétation est trop facile pour être satisfaisante. Il suffit d'observer un peu les idées politiques de Pompidou, de Juillet et de Chirac, pour s'apercevoir que tout simplement elles se ressemblent à bien des égards et qu'il était donc normal que Juillet fasse tout pour promouvoir un jeune politique qui lui paraissait doué et d'accord sur le fond avec lui.

C'est moins déplaisant pour Chirac mais c'est plus logique. Pour contrer les envies révolutionnaires de Chaban, pour briser les complots des « barons », Juillet et Marie-France qui pensent ainsi servir et la France et le président de la République vont pousser en avant Chirac. C'est tout simple. Tout comme ils vont pousser en avant Tomasini pour l'U.D.R. Tout comme ils vont mettre le plus de bâtons possible dans les roues de Matignon. Arrivisme forcené, ambitions de complexés, haine qui veut s'assouvir? Non, certitude d'avoir raison et donc que les adversaires ont tort. Et Juillet en voulait sûrement moins à Chaban de ne pas l'avoir admis parmi les barons qu'il ne lui en voulait d'avoir lancé la « nouvelle société ».

A un certain niveau de la vie politique, on a souvent tort de vouloir traiter les réactions des hommes comme s'il s'agissait du

16

16.
Mai 68.
Georges Pompidou et son « poulain » : Jacques Chirac, secrétaire d'Etat à l'Emploi.
(Photo Sygma)

17.
Mai 68.
Les accords de Grenelle.
Le Premier ministre entre Jean-Marcel Jeanneney et Jacques Chirac.
A droite, Georges Séguy.
(Photo A.F.P.)

17

18

19

18. Noël 74. A l'issue du Conseil des ministres, Valéry Giscard d'Estaing remet à son Premier ministre la Grand-Croix de l'Ordre du Mérite. *(D.R.)*

19. Novembre 75. Mme Pompidou et Jacques Chirac à l'inauguration du monument de Georges Pompidou à Saint-Flour. *(Agence SIPA - Photo J.-P. Bonnotte)*

20

21

20. 25 août 1976. Chirac vient de donner sa démission. Une dernière poignée de main.
(Photo A.F.P.)

21. Mars 77. Chirac entre Pierre Juillet et Marie-France Garaud.
(Agence Sygma - Photo Bureau).

22. Le président du R.P.R. (*Photo Serge Foucault*)

23. Le maire de Paris au soir de son succès à l'Arc de Triomphe.
(Photo A.F.P.)

24. Le château de Bity, en Corrèze. *(Agence Sygma - Photo Bureau)*

25. « A voté ! » Dans la mairie de Sarran, le conseiller général, Mme Chirac, tient le bureau de vote pendant que le député et conseiller général, Jacques Chirac, accomplit son devoir électoral. *(Photo A.F.P.)*

26. Voyage en Guyane. *(D.R.)*

27. Dans les jardins de l'Hôtel de Ville, le maire de Paris, Mme Chirac, leurs deux filles, Claude et Laurence, et leurs deux chiens, l'un offert par Pierre Juillet, l'autre par Valéry Giscard d'Estaing. *(D.R.)*

monde du spectacle ou d'une classe enfantine. Si Juillet – dont on peut parfaitement contester certaines attitudes politiques – avait eu la moindre ambition personnelle, il aurait eu dix fois l'occasion d'obtenir un siège de député ou un portefeuille ministériel (on lui proposera les Affaires étrangères à plusieurs reprises). Certains de ses adversaires n'ont pas hésité, eux, à se déjuger par goût du pouvoir. Michel Jobert qui aime tant donner des leçons de moralité et de fidélité – et qui le fait avec talent – n'a pas hésité à devenir ministre de Mitterrand. Mais cela est une autre histoire. Revenons-en à 1971...

La première cession parlementaire de 1971 fut marquée par un manque total d'organisation. Chirac ne sut pas s'opposer au déferlement des textes présentés par le gouvernement et les travaux de l'Assemblée et du Sénat furent menés en dépit du bon sens. Chirac le reconnaît : « Lorsque j'ai été nommé au Parlement, je n'avais ni l'expérience, ni l'autorité suffisantes pour m'opposer aux textes que les ministres – et le premier d'entre eux – cherchaient à m'imposer. D'où la pagaille qui a caractérisé la session de printemps de 71, « ma » première session. Et puis la préparation des municipales de mars 71 m'avait tellement absorbé que j'ai un peu négligé l'aspect spécifiquement parlementaire de mes activités. Mais lors de la deuxième session – celle qui a commencé en octobre 71 – j'ai été beaucoup plus ferme. Les membres du gouvernement m'avaient demandé de faire inscrire à l'ordre du jour cent-dix ou cent-quinze textes. Je n'en ai retenu que quelques-uns. Inutile de vous dire que le fil de mon interministériel a rougi plus d'une fois. Il y a eu des explications sanglantes. J'ai tenu bon. Résultat? Cette seconde session s'est passée tout à fait normalement » *(La république des cadets).*

Mais l'essentiel de la mission de Chirac, c'est de « tenir » les élus gaullistes et d'en faire, disons-le, les « godillots » de Pompidou... Comme le note Jobert : « Avec Chirac derrière les parlementaires et Tomasini derrière les militants, le Président pouvait considérer qu'aucune initiative ne serait prise sans son aval. » Le tandem Chirac-Tomasini devait donc travailler ensemble et on aurait pu imaginer une certaine rivalité entre les deux « mameluks » de Pompidou. Il n'en fut rien.

Dès février 1971, Tomasini, « Toto » pour le monde gaulliste, qui n'a jamais eu la réputation de « faire dans la finesse » commet sa première gaffe. Et elle est énorme. Voulant attaquer le libéralisme de Chaban, comme on le lui a demandé, il s'en prend à « la lâcheté des magistrats qui libèrent les casseurs » et à la première chaîne de télévision – celle de Desgraupes – qu'il accuse d'être « domestiquée par les ennemis de la liberté ». C'est immédiatement, et comme on pouvait s'y attendre, un tollé général. Chaban et quelques autres demandent aussitôt « la tête de Toto ». Pompidou qui trouve qu'en effet, le secrétaire général du parti gaulliste y est allé un peu fort, hésite. Chirac, alors, n'hésite pas et fonce. Il estime, comme tout le monde, que « Toto » a eu tort mais il se précipite à l'Élysée, force la porte de Pompidou et sauve « Toto ». Par principe, par solidarité, parce que n'importe qui peut faire une gaffe, parce qu'on doit couvrir ceux qu'on envoie à la bataille. Tomasini – qui a toujours répété que Chirac lui avait « sauvé la vie » – n'oubliera jamais cette démarche. Quelques mois plus tard, il prendra même l'habitude – un peu gênante pour Chirac – de répéter : « Chirac et moi, c'est les deux doigts de la main. »

En mars, aux municipales, Bernadette Chirac est élue à Sarran, la commune du château de Bity, au premier tour, avec 93 % des voix. C'est le record national! Et surtout la meilleure des réponses des Corréziens à la campagne de dénigrement lancée contre le château-Chirac. C'est l'époque où le ministre des Relations avec le Parlement qu'on appelle « la voix de son maître » et qui n'est pas très heureux, déclare dans de fausses confidences : « Le monde politique, est une jungle. J'ai donc fait l'objet depuis quelques mois notamment, de la part d'un certain nombre de mes « amis » politiques de campagnes extrêmement vives. Dans les champs de choux quand il y en a un qui pousse trop vite, il prend tous les orages. Alors il plie ou il casse. Mais il en prend plein la gueule. C'est un peu ce qui m'est arrivé. »

Chirac regrette alors, c'est évident, d'être moins proche que par le passé de Pompidou. Fonction oblige. Il passe tous les soirs, ou presque, à l'Élysée. Il va voir Jobert, Juillet et Marie-France (il est le seul à entretenir encore les relations avec Juillet et Jobert, les autres ont dû choisir!), Anne-Marie Dupuy, mais il voit rarement le Président lui-même.

En juin 71, au congrès d'Épinay, François Mitterrand fait son « hold-up » sur le parti socialiste. La majorité a beau ironiser sur « les hommes du passé », le retour aux méthodes de la IVe, elle sent parfaitement que l'opposition poursuit sa restructuration et que les erreurs qu'elle a faites en mai 68 en se précipitant au-devant d'un pouvoir qu'on ne lui tendait pas, sont maintenant oubliées. Mitterrand qui n'avait même pas pu se présenter aux présidentielles de 69 (en souvenir de ses déclarations de mai 68), les socialistes qui avaient, avec le tandem Defferre-Mendès, obtenu 5 % des voix, redeviennent dangereux. Bref, « les élus de la peur » prennent... peur à leur tour.

Et en juillet 71, c'est la « bombe du manifeste des présidents ». Jean Charbonnel, président de la Commission des Finances de l'Assemblée, Alexandre Sanguinetti, président de la Commission de la Défense, Jean Foyer, président de la Commission des Lois, Alain Peyrefitte, président de la Commission des Affaires culturelles et Maurice Lemaire président de la Commission de la Production, publient un texte d'une violence étonnante (de la part de personnalités appartenant à la majorité) contre la politique du gouvernement, les excès de la concertation, les rapports entre le gouvernement et les organisations syndicales, l'organisation peu satisfaisante du travail parlementaire. Il y a un sixième signataire : Hubert Germain, député et président de l'amicale « Présence et action du gaullisme ».

Sur le coup, les observateurs virent deux hommes visés par cette opération : Chaban, bien sûr, dont toute la politique était critiquée sans ménagement, et Chirac puisqu'on s'en prenait aussi à l'organisation du travail du Parlement.

Chirac reconnaissait d'ailleurs qu'il n'avait pas été au courant de la préparation de ce texte (mis au point par un collaborateur de Charbonnel avec lequel Chirac est, alors, en mauvais termes). Le ministre chargé des Relations avec le Parlement est donc pris en défaut, lui qui doit surveiller les états d'âme de la majorité. Mais il ajoute : « Je n'ai jamais imaginé que ce manifeste puisse être dirigé contre moi ».

S'il n'était pas au courant, il a, en effet, rapidement compris d'où l'opération était partie. C'est un chef-d'œuvre du genre et l'un des plus beaux coups montés, de toutes pièces, par Pierre Juillet.

Tout commence en juillet 69 quand un certain nombre de « vieux gaullistes purs et durs » s'inquiètent du pompidolisme naissant. Autour de Pierre Messmer, le fidèle d'entre les fidèles, plus maréchal d'Empire que baron parce que, toujours, en dehors de tous les complots, et d'Hubert Germain, autre compagnon de la Libération et ombre de Messmer, ces gaullistes se sont regroupés sous le titre de « Présence et action du gaullisme » pour surveiller les premiers pas de Pompidou, bien décidés à hurler à la trahison à la première occasion. Juillet, un peu inquiet, ne les quitte pas des yeux.

Dès le discours sur la « nouvelle société », Messmer s'interroge sur « l'aventure politique » qu'entreprennent les successeurs du Général. Pour le calmer, Juillet le fait rentrer au gouvernement, le 26 février 71, comme ministre des Tom-Dom. Et Hubert Germain reprend le flambeau de « Présence et action du gaullisme » en réclamant bien vite « un grand dessein pour la France ». Il n'y a plus qu'à monter l'opération du manifeste des présidents de commission de l'Assemblée.

Juillet a gagné : ces gaullistes purs et durs qui s'étaient regroupés pour surveiller et gêner Pompidou se déchaînent contre Chaban le « baron »; dans le grand débat qui consistait à savoir qui trahissait la mémoire du Général, ces fidèles irréprochables tranchaient sans appel : c'était Chaban le traître, pas Pompidou!

La phrase qui semblait égratigner Chirac n'était là que pour faire bonne mesure. Personne ne reprochait quoi que ce soit au ministre des Relations avec le Parlement et, en tous les cas, pas Pompidou qui allait écrire : « Le rôle essentiel du Premier ministre : être en liaison constante étroite et confiante avec la majorité qui le soutient, savoir l'associer à sa politique, lui en faire comprendre la nécessité puisqu'elle en partage la responsabilité ». Non, c'est bien Chaban qui a tous les torts.

Et Chaban pourra un jour écrire : « Mes relations avec les trois groupes qui composaient la majorité furent diverses. Excellentes du côté du Centre Démocratie et Progrès, correctes s'agissant des R.I., contrastées avec l'U.D.R. » *(L'ardeur)*.

« Contrastées » avec le groupe gaulliste, c'est tout de même un comble quand on est un fondateur des « barons »! Chaban accusera le « duo infernal » et soupçonnera Chirac et Tomasini d'avoir créé ces « contrastes ». Il est vrai qu'ils n'ont rien fait pour arranger les choses, mais ce qui est surtout vrai c'est que, dans sa grande majorité, le groupe U.D.R. était hostile à la politique de Chaban – comme l'avait, tout de suite, souligné Mitterrand – et qu'il était donc inutile que Juillet, Marie-France, Chirac et Tomasini soulignent, devant des députés de base, les risques de l'aventure pour que ces élus de la peur sentent leur siège vaciller d'angoisse.

Cela dit, Chaban est bien naïf quand il s'imagine que les R.I. de Giscard sont « corrects » avec lui. Dès le 18 août 1971, Poniatowski, « la voix de Giscard », attaque le gouvernement dans une interview donnée aux *Informations*. S'en prenant à l'affairisme qui entoure le règne, il lance la formule « les coquins et les copains » qui fera fortune et démolira, en fait, la réputation de Chaban. C'est l'époque où vont commencer à filtrer des « affaires » – La Villette, la Garantie Foncière, Aranda, la feuille d'impôts de Chaban, etc. – qui, toutes, auront pour origines des fuites de la rue de Rivoli.

En même temps, Ponia propose à Lecanuet une grande fédération centriste. Giscard, comme Pompidou – mais chacun pour soi – joue alors la création d'un après-gaullisme qui serait au centre et ressemblerait à l'ancien parti radical attrape-tout, vieux rêve français, cartésien, de ceux qui n'ont pas voulu comprendre que la Ve, avec ses deux candidats au deuxième tour des présidentielles coupait l'électorat en deux, en faisant éclater précisément le centre (en radicaux de gauche et radicaux de droite). Il est vrai que le duel Pompidou-Poher avait pu leur redonner espoir, mais ils n'avaient pas vu alors qu'il avait eu lieu simplement parce que la gauche payait encore là ses erreurs de mai 68.

Le 20 septembre 1971, Chirac aurait pu devenir un homme célèbre. Pour la première fois, le jeune ministre, il n'a que trente-huit ans, est une vedette de télévision. Il affronte dans la célèbre émission *A armes égales*, le secrétaire général du parti communiste, Georges Marchais. Le Président a pensé qu'en envoyant Chirac à la bataille il donnerait au régime un air de jeunesse, de compétence, de modernisme qui lui manque un peu. Hélas, l'émission n'est pas bonne. Gilbert Comte (toujours très sévère pour Chirac) écrira : « Une plate éloquence administrative, riche en banalités creuses, incolores ». Pompidou, lui, concluera : « Le gouvernement n'a rien à gagner à se colleter avec Marchais ». Échec donc, mais... on reconnaît maintenant Chirac dans la rue.

Tout au cours de l'automne 1971, Chirac qui a bien préparé la session du Parlement (il est vrai que la session budgétaire est plus facile à organiser que la session de printemps) se lance dans son rôle de pure politique. Tout le monde, déjà, ne pense plus qu'aux futures législatives prévues pour 73 et il est clair que personne, dans la majorité, ne se fait d'illusions : la miraculeuse « assemblée introuvable » de 68 ne reviendra pas telle quelle. Chacun se demande donc quelle sera la meilleure carte à jouer pour tenter de retrouver son siège. L'ouverture prônée par Chaban, le centre chanté par Giscard, un retour au gaullisme pur et dur qu'appellent les vieux briscards? Chirac, lui, n'a pas d'hésitation. Seul, le pompidolisme peut assurer la victoire.

Le 27 octobre 71, il s'écrie devant les jeunes militants de l'U.J.P. : « La majorité présidentielle reste la seule majorité ».

Quelques jours plus tard, aux journées parlementaires de l'U.D.R., à Hyères, il rassure les « godillots » qui se plaignent « du manque de démocratie dans les relations entre le gouvernement et le parlement ». Il sait qu'on lui reproche son autoritarisme, mais il fait croire que c'est Chaban le responsable et il fait comprendre que si l'on veut retrouver son siège en 73 ce n'est pas le moment de faire de la susceptibilité.

Mais, c'est le 15 novembre 1971, aux assises U.D.R. de Strasbourg que Chirac met les points sur les « i ». Tomasini qui sait renvoyer les ascenseurs, présente le ministre chargé du Parlement en termes très élogieux, en grand espoir du mouvement gaulliste, en ami du Président. On assiste, en fait, à une véritable opération de « lancement » de Chirac. Chirac a préparé son discours avec un soin tout particulier. En trois pages, il cite huit fois le nom de De Gaulle et trois fois celui de Pompidou : la bonne proportion pour un tel auditoire. Mais surtout, il y a quelques phrases qui devraient rassurer, galvaniser les militants : « Le bon fonctionnement des institutions suppose l'existence au sein de la majorité d'un parti détenant à lui seul la majorité absolue de l'Assemblée Nationale (...) Prétendre enlever à l'U.D.R. son rôle directeur de la majorité c'est, en vérité, remettre en cause l'œuvre gaulliste tout entière (...) Force nous est bien de constater que l'U.D.R. est le seul mouvement politique, je dis le seul, qui depuis 58 a soutenu sans défaillance le général de Gaulle et ses gouvernements. Tous les autres, qu'ils appartiennent à l'opposition ou même à la majorité, ont, à un moment ou à un autre, collectivement ou individuellement, manqué à l'appel (...) Il n'y a plus de place dans le monde pour la France de Mitterrand et de Jean-Jacques Servan-Schreiber ».

C'est là le discours d'un dirigeant de l'U.D.R., beaucoup plus que celui d'un ministre des Relations avec le Parlement, chargé, donc, en partie, de la cohésion et des bons rapports entre les différentes composantes de la majorité. Si l'opposition va pouvoir hurler à la dictature, à la menace de parti unique (et elle ne va pas s'en priver), les alliés de l'U.D.R. au sein de la majorité vont, eux aussi, pouvoir s'insurger. D'abord Chirac leur rappelle leurs « défaillances », ensuite et surtout, il donne une interprétation de la conception « majoritaire » qui a de quoi les inquiéter.

Or, curieusement, ce sont ses auditeurs U.D.R. qui seront les premiers à critiquer cette intervention de Chirac, avant même l'opposition, les R.I. ou les centristes. En fait, les gaullistes ne savent plus où ils en sont et ne se sentent plus capables d'être, à eux seuls, la majorité. Les uns sont favorables au repli sur soi, de Gaulle n'est plus là, le gaullisme est fini. Les autres sont partisans d'une ouverture totale, de la création d'un vaste centre radicalo-gaulliste. Chirac est à contretemps.

Huit jours plus tard, le 23 novembre 1971, Chirac qui n'est décidément pas au meilleur de sa forme, lâche une autre « bombe ». Au cours d'un débat à Radio-Monte-Carlo avec deux journalistes parlementaires, André Passeron du *Monde* et Pierre Sainderichin de *Sud-Ouest*, il déclare tout de go : « Les partis politiques traditionnels qui sont en réalité calqués très exactement sur leurs ancêtres de la IVe, de la IIIe et même peut-être d'avant, ne répondent pas et ne peuvent pas répondre, en raison même de leurs structures, au désir de participation et s'inscrivent comme des écrans entre les citoyens et le pouvoir politique. Je crois que la complexité croissante de la technique, de la technologie, l'évolution très importante des moyens audiovisuels en particulier nous conduisent à rechercher impérativement une beaucoup plus grande participation des hommes et à éliminer tout écran entre eux et les dirigeants qui sont de plus en plus indispensables en raison même de cette évolution technique et de cette évolution des moyens d'intervention, pour ne pas tomber dans l'anarchie. C'est un problème qui suppose une réforme des structures politiques et qui permet de se poser la question de savoir si le régime parlementaire n'appartient pas au passé. Il y a une ambiguïté fondamentale du régime, au sens le plus large du terme. On peut se poser la question de savoir si le régime parlementaire est effectivement adapté aux besoins de la société future dans la mesure où l'on estime que ces besoins ont pour principale caractéristique la nécessité de participation. En ce qui nous concerne, nous ne sommes pas dans un régime de transition ».

Ces phrases avaient de quoi surprendre tout le monde. Un ministre chargé du Parlement qui remet en question le régime parlementaire ! Et de quoi faire sursauter l'opposition (Mitterrand est justement en train de reconstruire un parti) comme la majorité (qui en a assez du mot « participation »).

Dès le lendemain, *l'Humanité* traite Chirac de « Mussolini chargé de liquider le Parlement » et « d'aérostier spécialisé dans les ballons d'essai », quant au groupe parlementaire des Républicains Indépendants qui n'a pas encore avalé certaines phrases du discours de Strasbourg, il « exige que le ministre chargé des Relations avec le Parlement fasse sans tarder la mise au point qui s'impose ».

Chirac fera dire qu'il s'agissait « d'une discussion philosophique sur l'évolution à long terme des sociétés industrielles » et l'incident sera clos si ce n'est oublié.

Longtemps, on se demandera dans le Landernau politique si le « poulain » de Pompidou n'a pas lancé un ballon d'essai. On sait aujourd'hui qu'il n'en était rien. Pompidou qui va penser à réduire le septennat en un quinquennat (en raison de sa propre maladie, sans doute) n'a jamais souhaité modifier la Constitution dont il avait hérité du Général. Non, ces incidents de parcours qui ont copieusement alimenté la chronique politique, prouvent simplement que Chirac n'était pas fait pour être ministre du Parlement. Il dit trop ce qu'il pense. Militant pompidolien, il est convaincu que les pompidoliens doivent être majoritaires à l'Assemblée sans avoir à s'ennuyer avec les états d'âme d'alliés encombrants ou exigeants. Homme d'un président, et non pas d'un parti, il estime que le régime parlementaire des partis est fini et il ose le dire. On peut se demander si l'histoire ne lui a, d'ailleurs, pas donné raison. Giscard sans parti a réussi à s'imposer. Le P.S., sans Mitterrand, n'aurait certainement remporté ni les présidentielles ni les législatives et que serait donc le R.P.R. sans Chirac lui-même?

Dans les premières semaines de 1972, Pompidou décide de procéder à un référendum sur l'Europe. A première vue c'est une bonne idée. La vie politique somnole et si l'opposition se réveille avec un P.S. qui renaît de ses cendres, la majorité, trop confortable, s'est assoupie et se sent mal à l'aise. En plus, le référendum reste une idée fondamentale de la Vᵉ République. Cela va donc redonner un petit coup de vernis gaulliste à la république pompidolienne. Pompidou aimerait, d'autre part, secrètement, faire oublier l'échec du référendum précédent qui a entraîné le départ du Général. Il se ferait ainsi plébisciter comme le Général au temps de sa splendeur. Enfin, un référendum sur l'élargissement de la C.E.E. est un succès à coup sûr. Les centristes, et même ceux qui sont encore dans l'opposition, sont tous favorables à l'Europe. Ils ne pourront donc que se rallier à la majorité présidentielle qui s'élargira d'autant. Les électeurs de Poher voteront Pompidou. D'autre part, l'Europe est le meilleur des thèmes pour faire éclater au grand jour les contradictions qui existent au sein de l'opposition puisque les socialistes sont européens et que les communistes ne le sont pas. Oui, c'est une bonne idée.

Chirac est enthousiaste. Jobert l'atteste encore aujourd'hui *(L'autre regard)*. D'abord, il répète comme d'habitude qu'« intuitivement il sait que le Président a toujours raison », ensuite cela fait de la bagarre en perspective et Chirac sent qu'il y sera meilleur que dans les couloirs, dans les congrès ou les assises. Enfin les choses seront plus claires. On n'aura plus à ménager gaullistes de gauche, chabanistes, nostalgiques du Général, partisans du centre, duhamelistes, Républicains Indépendants menaçants ou aigris. Ce sera oui ou non à un homme, Georges Pompidou. Certes, le régime reste parlementaire mais avec un bon référendum, de temps en temps, on bénéficie des avantages du présidentialisme ou presque.

Un seul des « hommes de Pompidou » est totalement hostile à cette idée de référendum et le dit clairement : c'est Pierre Juillet. Non, dit le responsable des chasses présidentielles, « cette bonne idée est l'exemple même de la fausse bonne idée ». La politique étrangère n'a jamais intéressé les Français. Il y aura des abstentions en masse et il suffira que Mitterrand prône l'abstention (pour ne pas souligner ses problèmes avec le P.C.) pour qu'il ait l'air de remporter une victoire.

Pompidou s'entête et ajoute : « Juillet s'imagine que les Français ne s'intéressent pas à la politique étrangère parce qu'il ne s'y intéresse pas lui-même. Mais heureusement les Français ont d'autres sujets d'intérêt que les magouilles politiques qui passionnent Juillet. »

Juillet qui, comme chaque fois que Pompidou ne l'écoute pas, est parti « bouder » avec ses moutons dans la Creuse et a laissé Marie-France veiller aux affaires, avait naturellement raison. Les Français se sont totalement désintéressés de ce référendum sur l'élargissement de la C.E.E. et Mitterrand qui l'avait deviné, à bel et bien, prôné l'abstention. Les résultats de cette opération qui n'avait d'autre but que de redonner un coup de prestige au Président ont été catastrophiques : 39,5 % d'abstention, 7,1 % de bulletins nuls! Tous les records étaient battus. Et les 68 % de « oui » des suffrages exprimés ne représentaient qu'un faux succès.

Le 23 avril au soir, c'est Chirac qui, rentrant de la Corrèze – il a maintenant droit aux avions du G.L.A.M. – réunit à Matignon, les présidents des groupes de la majorité : Jaquet (U.D.R.), Paquet (R.I.) et Claudius Petti (P.D.M.) et les secrétaires généraux des partis, Tomasini (U.D.R.), Ponia (R.I.), Poudevigne (C.D.P.), ainsi que Michel Habib-Deloncle pour leur dire ce qu'ils auront à déclarer sur les ondes et à la télévision. Il est, en quelque sorte, le chef ou du moins le chef d'orchestre de la majorité. Il est vrai que Chaban n'a pas montré un enthousiasme délirant pour ce référendum.

Pompidou n'est pas dupe des 68 % de oui. Il déclare à Jobert : « Inutile de raisonner. Pour moi, c'est un échec et un échec personnel » et il ajoute : « Rappelez Juillet, il ne se trompe pas, lui ».

L'échec du référendum marque, en fait, la fin du « grand » Pompidou. La maladie, même si personne ne la devine encore, fait désormais des ravages chez cet homme de soixante et un ans seulement qui n'en a pas conscience. Il devient plus irritable, plus enclin aux décisions brusques, à l'entêtement aussi. Son classicisme va alors – mais alors seulement – se transformer en conservatisme. Le paysan va s'accrocher à la terre, le normalien va ressasser les vers de sa jeunesse, le banquier va suivre la bourse, au jour le jour. Un homme qui meurt – même s'il ne le sait pas – ne voit plus à long terme, un homme qui souffre se renferme sur lui-même. Juillet va commencer, avec son intransigeance, à exaspérer le Président, Jobert avec ses excès de langage, va l'horripiler. Seul, semble-t-il, Edouard Balladur, plus pondéré, conservera toute son influence.

S'il faut donc désormais tenir compte des progrès de la maladie du Président, il serait cependant absurde d'imaginer que toutes ses réactions seront celles d'un malade. La crise qui va éclater avec Chaban n'a, par exemple, rien à voir avec la dégradation de l'état de santé de Georges Pompidou, elle se préparait depuis septembre 69.

Pompidou avait l'intention de se séparer de son Premier ministre dès le lendemain du référendum qui, avait-il pensé, devait lui permettre de tout reprendre en main. L'échec de ce référendum lui interdisait brusquement de limoger Chaban ce qui aurait fait croire que le Président rendait responsable son Premier ministre d'un mauvais résultat dont il n'était évidemment pas coupable. Le Président décida donc de garder « encore quelque temps » son Premier ministre.

Pourtant Pompidou était de plus en plus excédé par l'attitude de Chaban et lui répétait sans cesse : « Mais laissez donc vivre les Français comme ils veulent ». Dès sa conférence de presse du 21 janvier 1971, le Président avait déclaré à l'intention évidente de son Premier ministre : « A trop bousculer, c'est de la souffrance humaine qu'on fabrique (...) il faut être extrêmement prétentieux pour se poser en réformateur ». C'était pourtant clair! Et c'était fondamental chez Pompidou qui avait écrit pendant sa brève traversée du désert : « Il est frappant de noter que si l'on fait un retour sur l'Histoire de France, à côté du héros (Napoléon) ce sont les « pères du peuple », Saint Louis, Louis XII, Henri IV qui ont frappé les mémoires. Les grandes politiques, Philippe le Bel, Louis XI, Richelieu, Mazarin, Talleyrand ne recueillent que l'admiration des spécialistes. Dans notre époque de contacts directs avec l'opinion, on ne s'adresse plus aux spécialistes. L'avenir n'est pas à ceux qui ne sont qu'habiles, du moins en démocratie ». Mais Chaban n'entend rien et continue à caracoler avec sa nouvelle société, entouré de ses spécialistes et en dépit de l'opposition du Président, de celle de nombre de ses ministres, de l'hostilité croissante du groupe U.D.R. et devant une opinion qui ne le suit pas.

Par moments, Pompidou enrage et s'écrit devant Chirac : « Ah, le plus grand défaut de Chaban c'est qu'il veut être aimé ».

De tout cela, Chirac se souviendra en 1974 quand il aura à choisir quel successeur de Pompidou il faut soutenir. Mais, curieusement, on commence à s'apercevoir en parcourant ces mois d'incompréhension entre l'Élysée de Pompidou et le Matignon de Chaban, que, si Chirac ressemble bien à Pompidou et reprendra à son compte la plupart des attitudes de son « patron », un autre, avant longtemps, se mettra à ressembler à Chaban, sans le vouloir mais d'une manière frappante. Un autre qui aura le même défaut (dramatique pour un homme politique) : vouloir se faire aimer; un autre qui voudra apparaître comme un grand politique, comme un « habile » politique aux yeux des spécialistes; un autre qui voudra « tout bousculer » et se poser en réformateur et qui aura lui aussi sa nouvelle société et qui sera « assez prétentieux pour se poser en réformateur ». Il ne sera pas à Matignon, il sera à l'Élysée et c'est Chirac alors qui sera à Matignon. Étonnante répétition de l'histoire.

Début 1972, Chaban ne voit guère de résultats pour sa « nouvelle société » mais Pompidou, lui, a quelques satisfactions : l'industrialisation se met en place, des groupes de dimensions internationales se forment, Creusot-Loire, Pechiney-Ugine-Kuhlmann, Saint-Gobain-Pont-à-Mousson, B.S.N.-Gervais-Danone, etc. La croissance est de 5 %. Tout cela n'est pas mal, même si l'inflation atteint 6 % et le nombre des chômeurs 450 000.

Et c'est en mai 72 que Chaban va commettre la plus grave de ses « gaffes ». Alors que Pompidou a renoncé, à cause du référendum, à le renvoyer, Chaban déclenche lui-même le processus. « Avec une sidérante naïveté » diront ses amis; « avec une folle provocation » diront ses ennemis.

Au cours d'un déjeuner en tête-à-tête à l'Élysée, Chaban demande à Pompidou l'autorisation d'engager à l'Assemblée la responsabilité de son gouvernement. Il donne au Président deux raisons à ce désir. C'est Pompidou lui-même qui le racontera au cours d'une conférence de presse, le 21 septembre suivant : « M. Chaban-Delmas tenait à engager la responsabilité du gouvernement pour deux raisons : la première, parce qu'il pensait que pour traverser la session parlementaire, il était bon que la majorité ait retrouvé sa cohésion et l'ait manifesté. Et la deuxième, plus profonde, c'est qu'au fond, quelque peu écœuré des attaques dont il avait été l'objet, il avait envie d'une manifestation de sympathie plus encore que d'un vote de confiance. »

Si Pompidou accepte ces deux raisons, il en suppose d'autres. Il sait très bien – et il est bien placé pour le savoir puisqu'il a tout fait pour que cela arrive – que Chaban voit son autorité sur l'U.D.R. s'effondrer, son prestige dans l'opinion tomber en chute libre. Chaban donc, aux yeux de Pompidou, veut tenter à l'Assemblée ce que, lui-même vient de tenter avec le référendum : un « gros coup » qui ferait remonter sa cote de popularité. Et un tel succès serait d'autant plus agréable pour le Premier ministre que le Président vient justement, au référendum, de se casser le nez. Le Premier ministre se ferait plébisciter par l'Assemblée alors que le président de la République vient de se faire désavouer, ou presque, par le peuple! Pompidou murmure : « Nous nous apprêtons à ruiner l'action du général de Gaulle et à revenir à la IVe avec votre idée de vote à l'Assemblée. »

Mais, sur le moment, estimant que « lui refuser le droit de poser la question de confiance c'eût été lui infliger une sorte de désaveu public qu'il n'avait à aucun degré mérité », Pompidou répondra : « Pourquoi pas? »

N'importe quel familier du Président (et Chaban en était un) aurait compris que cela voulait dire « non ». Chaban, comme d'habitude, fit mine de croire que c'était un feu vert. Et à l'issue du Conseil des ministres du 17 mai 1972, le communiqué officiel annonçait : « M. Chaban-Delmas a été autorisé à engager, s'il le jugeait utile, la responsabilité du gouvernement ». « Il m'a forcé la main » dira Pompidou. Pour les proches de l'Élysée, le Premier ministre fait là un véritable « coup d'État ». Se sachant désavoué par le Président qui l'a nommé, il va chercher une autre légitimité : celle du Parlement. Et c'est un « coup d'État » qui va à l'encontre de l'esprit des institutions telles que les a édifiées de Gaulle. Pompidou se souvient alors de ce qu'il avait fait, lui-même, quand il était Premier ministre. En janvier 66, il avait formé son troisième gouvernement, mais le premier après l'élection de De Gaulle au suffrage universel, il avait compris que les institutions n'étaient désormais plus les mêmes, et il n'avait même pas convoqué l'Assemblée pour lui présenter sa nouvelle équipe. Il avait attendu avril, la rentrée parlementaire normale, et s'était contenté de faire une déclaration suivie d'un débat mais sans demander de vote, démontrant ainsi que plus rien n'obligeait un Premier ministre, nommé par un président élu au suffrage universel, à solliciter l'aval du Parlement.

Olivier Guichard, ami de Chaban et qui connaît Pompidou depuis vingt-cinq ans, écrira dans *Le Chemin tranquille* : « Couple étrange que celui du président de la République et du Premier ministre où il n'y a jamais divorce mais répudiation (...) Un président et son Premier ministre doivent se comprendre à demi-mot. Ils n'ont pas le temps de tout se dire. S'ils ne savent pas interpréter les jeux de visage ou les silences de l'étonnement et de l'incertitude, les nuages s'amoncellent. »

Le débat a lieu les 23 et 24 mai 1972. Chirac laisse faire. Il n'est pas d'accord avec Chaban et il le sait condamné à très court terme. Chaban est « plébiscité » par 368 voix contre 96. Il n'en a plus pour longtemps!

Pompidou donne maintenant raison à Juillet : Chaban est dangereux. Pour le pays, avec « sa nouvelle société », pour la majorité, avec son jeu à gauche, pour les institutions, avec son parlementarisme, pour le Président lui-même.

Début juin, le bureau exécutif de l'U.D.R., plus qu'influencé par Juillet, Tomasini et Chirac, demande « la restauration du gaullisme pur et dur ». Cela veut tout dire. Les gaullistes ne veulent plus de la « nouvelle société », plus de ces coups de griffes portés aux institutions, plus de Chaban qui est maintenant éclaboussé lui-même par une « affaire », celle de sa feuille d'impôts. Tout le monde sait que c'est une opération lancée par Giscard, mais même ceux, nombreux, qui n'aiment pas Giscard et qui savent que Chaban est parfaitement innocent, sont ravis.

A la mi-juin, Juillet déclare à Pompidou mais aussi à la cantonnade : « Si jamais Chaban est encore en place le 14 juillet, c'est moi qui m'en vais. »

Le 27 juin, le P.S. et le P.C. signent le programme commun. Tout est fini entre Chaban et Pompidou et pour chacun ce grand pas en avant fait par l'opposition est une preuve de plus qu'il avait raison. Pompidou voit là la démonstration que l'ouverture de Chaban ne sert à rien. Chaban estime que si on l'avait écouté, jamais Mitterrand n'aurait pu réussir cette « union » de la gauche.

Le 5 juillet, Chaban adresse à Pompidou sa démission. « Monsieur le président de la République, vous m'avez fait part de votre intention de changer de gouvernement. J'ai donc l'honneur de vous présenter la démission du gouvernement. » Le Président lui répond aussitôt : « En réponse à votre lettre de ce jour, j'accepte la démission que vous m'avez présentée conformément à l'article 8 de la Constitution. Au cours de nos récents entretiens, je vous ai indiqué les raisons qui me paraissent appeler la formation d'un nouveau gouvernement. »

Si on compare cet échange (bien sec) de correspondances aux précédents – démission de Debré et démission de Pompidou – on s'aperçoit qu'un pas de plus a été franchi dans l'interprétation présidentialiste de la Constitution. Debré avait présenté « de lui-même » sa démission que de Gaulle avait acceptée. Pompidou l'avait présentée au Général « à la demande » de celui-ci, demande que le Général avait semblé ignorer dans sa réponse d'acceptation. Cette fois, Chaban, comme Pompidou en 68, précise que c'est « à la demande » du Président qu'il démissionne et Pompidou reconnaît qu'en effet il lui a demandé de partir. L'élection du président au suffrage universel a bien tout changé. Le président de la République n'est plus seulement, comme l'affirme encore l'article 5 de la Constitution, l' « arbitre » entre les pouvoirs, le « garant » de la Constitution, il est le patron absolu et peut demander à un Premier ministre qui vient d'obtenir une écrasante majorité à l'Assemblée, de s'en aller.

Giscard pourra dire dans sa réunion de presse du 25 juillet 1974, au lendemain de son élection : « Notre régime, la Ve République, modifié par le référendum de 62 est un régime présidentialiste, c'est-à-dire un régime dans lequel les attributions du président de la République concernant l'impulsion de la politique sont des attributions très importantes. » L'article 20 – « Le gouvernement détermine et conduit la politique de la Nation » – est oublié.

Il est vrai que Pompidou avait écrit dans *Le nœud gordien* : « Je suis convaincu que les futurs présidents de la République seront conduits à choisir comme Premier ministre des hommes qui leur soient étroitement liés sur le plan non seulement politique mais intellectuel et personnel et dont ils n'aient jamais à redouter, je ne dis pas l'indépendance de pensée et d'expression – qui est essentielle – mais la concurrence (...) Pour tout dire, je crois que nous n'avons d'autre alternative que le retour camouflé mais rapide au régime d'Assemblée ou l'accentuation du caractère présidentiel de nos institutions. »

Si on avait eu connaissance de ce texte, on aurait compris bien des choses. D'abord que Chaban était condamné, ensuite que quand Chirac évoquait la fin du parlementarisme et son remplacement par le présidentialisme, s'il ne lançait pas un ballon d'essai sur ordre de l'Élysée, il était dans le droit fil de la pensée pompidolienne. Mais comment s'en étonner?

Chaban était persuadé que son « successeur » ne pouvait être qu'Olivier Guichard. « Nous en étions convenus depuis deux ans, Pompidou et moi », affirme-t-il dans *l'Ardeur*. C'est bien, là, une nouvelle preuve que Chaban n'a rien compris. Si Pompidou se sépare de Chaban, ce n'est pas pour le remplacer par un autre « baron » qui, au nom d'une certaine image du gaullisme, prônera l'ouverture à tout prix et ira quêter les voix de gauche en laissant filer les siennes. Guichard ressemble trop à Chaban, et puis, comme Chaban, il est... « têtu ». C'est un défaut que le Président n'aime pas et qui à ses yeux est rédhibitoire pour un Premier ministre. Il n'aime déjà pas qu'on ne le comprenne pas à demi-mot, alors il déteste qu'on fasse celui qui n'a pas entendu ou qui a mal compris quand pourtant il a été obligé d'être explicite. Pompidou n'a jamais pardonné à Guichard, ministre de l'Éducation Nationale, d'avoir voulu ne faire enseigner le latin qu'à partir de la 4ᵉ. Le président, ancien normalien, voulait qu'on continue à enseigner le latin dès la 6ᵉ. Il l'avait dit et répété. Guichard s'est entêté, par goût du modernisme, par démagogie envers les syndicats. Les jeunes Français y ont perdu un peu de culture et Guichard y a perdu Matignon!

Et puis Guichard qu'on appelle « le grand méchant mou » n'a pas la réputation d'être un meneur d'hommes. A l'U.D.R., on dit : « Avec Guichard, on ne sait jamais s'il va franchir le Rubicon ou... partir en vacances pour les Bahamas! » Pompidou a besoin d'un meneur d'hommes en ce moment.

C'est Pierre Juillet qui suggérera le nom de Pierre Messmer. Il y pensait déjà depuis longtemps et c'est pour cela aussi qu'il l'avait fait revenir au gouvernement. Messmer est un homme sûr. Il n'a pas d'état d'âme. Gaulliste irréprochable, il a le sens de la discipline. C'est ce qu'il faut à Pompidou et à Juillet. Fidèle du Général, il ramènera au bercail gaulliste ceux qui s'en sont éloignés par anti-pompidolisme ou par anti-chabanisme. Intègre, et le portant sur sa belle figure, il fera oublier les scandales qui ont terni l'image du régime, colonel il reprendra en main le groupe U.D.R. avant les élections législatives de 73, modéré il rassurera ceux que la « nouvelle société » de Chaban a effrayés, soldat, il obéira. Juillet avait donc beaucoup d'arguments pour convaincre Pompidou qui n'a pas hésité longtemps.

Juillet a-t-il pensé à faire nommer Chirac Premier ministre, comme on l'a dit? Sûrement pas. Chirac n'a pas quarante ans, en juillet 72 et il est loin d'être prêt. Cela dit, il ne fait pas de doute que « le couple infernal » a d'ores et déjà choisi en Chirac un futur « grand » du régime. Son passage au ministère chargé du Parlement n'a pas été concluant, mais Chirac a tout de même montré qu'il était totalement fidèle à Pompidou et qu'il était solide devant les attaques.

En fait, c'est pendant cette période que Chirac, Juillet et Marie-France se sont connus. Ils avaient pour fonction de s'occuper des mêmes dossiers, ceux de politique intérieure, les problèmes de l'U.D.R., les investitures, les susceptibilités des uns et des autres et plus encore la définition de l'après-gaullisme. Rapidement, ils se sont aperçus qu'ils étaient d'accord sur les options fondamentales, en vérité qu'ils étaient tous les trois tout simplement... pompidoliens. Ils pouvaient donc s'entendre.

Les relations entre Chirac et Marie-France sont plus équivoques. Françoise Giroud signale que « contrairement à une légende qui l'horripile, elle (Marie-France) n'a jamais parlé de Chirac en l'appelant son « poussin ». C'est lui qui appelait ainsi l'un de ses collaborateurs, ami d'enfance (Friedmann) et c'est ce poussin, agacé par le sobriquet qui lança à Chirac devenu ministre de l'Intérieur : « Bonjour, Poulet ».

Il n'empêche que Marie-France a pour le jeune, beau et brillant Chirac à la fois des yeux de mère et d'amante comme seules les amazones de la politique savent en avoir pour les futurs ténors de l'Histoire. Chirac, lui, a pour elle une sympathie évidente qu'ont tous les hommes brillants – et à commencer par Pompidou – pour les femmes qui dressent des chevaux.

IX

LE MEILLEUR MINISTRE DEPUIS SULLY
1972-1974

« L'année et demie que j'ai passée comme ministre de l'Agriculture a été la plus heureuse de ma vie ministérielle. D'abord, parce que j'étais le vrai patron. Je commandais sans personne pour me contredire, sans personne à qui rendre compte. Mise à part ma période de militaire en Algérie quand je commandais mon peloton de chasseurs d'Afrique, ce fut la première fois dans ma vie où j'eus le sentiment de vraiment commander. Pour la troisième fois, je dois le dire, j'ai ce sentiment à la Mairie de Paris. J'étais le patron à l'Agriculture parce que le président de la République me faisait totalement confiance, parce que le Premier ministre était ravi de ne pas avoir à s'en occuper et parce que le ministre des Finances qui connaissait mes bonnes relations avec le Président savait que s'il me refusait des crédits j'aurais demandé l'arbitrage de M. Pompidou et que j'en aurais eu plus encore. J'étais heureux aussi parce que je suis un petit-fils de paysans et que je retrouvais mes racines. Les agriculteurs emploient un langage que je comprends et ils me comprennent. Ça facilite les relations.

« Enfin, j'étais heureux parce que contrairement à ce qu'on pense, je suis un homme de concertation. J'aime la cogestion, pas celle de la C.F.D.T., non, la vraie. J'estime que dans un État on doit discuter avec les gens concernés et qu'on doit finir par trouver des solutions qui conviennent à tout le monde, dans la mesure du possible. Et cette concertation, j'ai pu la pratiquer à fond à l'Agriculture. Il y a quatre grandes organisations professionnelles. Je les réunissais, je les mettais d'accord entre elles – ce qui n'était pas le plus facile – puis d'accord avec moi. Et nous avons comme ça fait du bon travail.

« On a dit que j'avais été plus le ministre des agriculteurs que le ministre de l'Agriculture. C'est possible. A dire le vrai, je n'imagine pas une agriculture sans agriculteurs! Et fait, j'étais le ministre des agricultures car il y a plusieurs agricultures en France et très différentes les unes des autres. Il y a d'abord l'agriculture industrielle, la grande exploitation céréalière, les betteraves, etc. Et puis, à l'autre bout de la chaîne, il y a l'agriculture des régions défavorisées, de la montagne. On peut estimer que l'État n'a pas à l'aider, qu'elle est vouée à disparaître. Je ne suis pas d'accord. Je dirais que ces agriculteurs sont des " jardiniers " du pays. Le berger avec son troupeau dans sa montagne cultive un morceau du pays. S'il s'en va à la ville, on désertifie un morceau de France, il faudra payer des gens pour s'occuper de cette montagne et il faudra le payer, lui, comme chômeur à la ville. A mon avis, il faut donc l'aider à rester sur place. Ça fait partie de notre patrimoine aussi. Il maintient une façon de vivre en France qui nous est très précieuse. Enfin, troisième grand type d'agriculture, entre l'industrielle et la défavorisée, l'agriculture familiale. Je m'en suis beaucoup occupé. Elle aussi est très précieuse et, elle aussi, il faut l'aider. Elle donne du lait, de la viande – qu'il faudrait sinon importer de l'étranger – du vin, etc. Et puis, elle aussi, elle représente une forme de notre civilisation. » (Entretien avec l'auteur.)

Jacques Chirac est intarissable sur sa « période agricole ». Indiscutablement, ce fut sa meilleure époque en tant que membre du gouvernement. C'est là qu'il fut le plus heureux, là qu'il obtint le plus de succès. Et l'on peut dire que si sa carrière s'arrêtait aujourd'hui, on se souviendrait de lui à l'Agriculture et à la mairie de Paris. On oublierait le Parlement, l'Emploi, le Budget et même – et surtout – Matignon.

Tout le monde sait que Pierre Juillet a « inspiré » la liste du gouvernement Messmer publiée le 6 juillet 1972. Les réapparitions de Jean Charbonnel (ministre du Développement industriel et scientifique) et Jean Foyer (ministre de la Santé) et l'entrée au gouvernement d'Hubert Germain (ministre des P.T.T.), tous trois signataires du fameux manifeste « anti-Chaban » de juillet 71, suffisent à le prouver. La disgrâce de Guichard aussi qui passe de l'Éducation à un grand et vague ministère de l'Équipement, du Logement, du Tourisme et de l'Aménagement du Territoire. De même que la belle promotion de Chirac qui devient ministre de l'Agriculture à la place de Cointat. Certes, Edgar Faure revient comme ministre d'État chargé des Affaires sociales, mais personne n'est dupe, ce n'est pas Edgar qui poursuivra la « révolution » de Chaban.

Comme le déclare Léo Hamon, vieux gaulliste de gauche nostalgique que Chaban avait nommé porte-parole du gouvernement puis « secrétaire d'État à la Participation et à l'Intéressement » (tout un programme!) : « Le passage de Jacques Chaban-Delmas à Pierre Messmer a sans nul doute concrétisé des changements qui se sont, en fait, opérés par un long glissement. A une phase d'ouverture, non sans agacements ponctuels, aux hommes, à l'Europe, succède en 72 après l'échec durement et même excessivement ressenti du référendum, une phase de rétractation progressive peut-être accélérée par les progrès de la maladie » (cité par Stéphane Rials dans *les Idées politiques de Georges Pompidou*, P.U.F. 1977).

Le choix de Messmer était logique, dans la ligne de Pompidou, après les excès maladroits de Chaban. Il était logique aussi maintenant que tout le monde, dans la famille gaulliste, admettait que le Premier ministre n'était plus qu'un lieutenant ou du moins le premier des ministres, sans plus.

C'est l'époque où Chirac qui n'a pourtant pas oublié son faux pas de l'année dernière, déclare en persistant donc : « Je suis favorable à une évolution vers le régime présidentiel. Le Premier ministre doit se conduire comme le lieutenant du président de la République et prendre à son compte tout ce qui est un peu désagréable et difficile. Chaban avait trop tendance à confondre sa popularité et celle du Président. » Et Olivier Guichard s'apprête à renchérir : « La responsabilité de la politique de la France ne peut pas être divisée. Elle appartient au président de la République. Au Premier ministre celle de diriger les autres ministres et de répondre de cette politique devant le Parlement. La tentation est grande pour un Président de traiter directement avec tel ou tel ministre des affaires qui l'intéressent particulièrement (...) mais j'ai toujours été frappé de voir quel soin le Général prenait de ne pas passer par-dessus la tête de ses premiers ministres (...) Quant à Pompidou, six ans de Matignon l'avaient suffisamment averti de ce problème » *(Le chemin tranquille)*.

La nomination de Pierre Messmer n'est donc pas, contrairement a ce qu'on a trop souvent écrit, celle d'un médiocre, d'une marionnette entre les mains de l'entourage, et à laquelle se serait résigné un président malade.

Chirac, lui, est d'ailleurs assez enthousiaste de ce nouveau Premier ministre. Il a apprécié la Légion étrangère en Algérie et Messmer a encore l'air du légionnaire qu'il fut à Bir Hakeim. Chirac s'écrie : « J'aime beaucoup Messmer. Il a été prisonnier des Viets. C'est un homme courageux. Je crois que le courage, le courage physique est une vertu qui compte. Face au danger, il n'y a que deux catégories de personnages : ceux qui détalent comme des lapins, la grande majorité, et ceux qui font face, la petite minorité. Messmer appartient sans aucun doute à la seconde catégorie. »

Un gaulliste qui connaît mieux Messmer donne du nouveau Premier ministre une autre définition : « Imaginez une route toute droite. Au milieu de cette route un bunker ennemi. Donnez ordre à Messmer de passer. Il passera. Imaginez la même route mais sans bunker, et à la place de ce bunker un embranchement avec deux routes qui partent, l'une à droite, l'autre à gauche. Dites à Messmer d'y aller. Trois jours plus tard vous retrouverez Messmer toujours en train d'hésiter à l'embranchement devant les deux routes. » En un mot, le colonel Messmer est un merveilleux lieutenant mais il ne sera jamais capable d'être un généralissime. Pour l'instant, on lui demande de reprendre en main une section de ministres et de les mener à l'assaut. La mission lui convient. On verra avant deux ans qu'il ne peut rien faire de plus. Il faut d'ailleurs reconnaître que Messmer, conscient de ses capacités, saura toujours limiter ses ambitions.

C'est, semble-t-il, Pompidou lui-même qui a souhaité que Chirac devienne ministre de l'Agriculture. On a vu qu'il y avait déjà pensé lors de la maladie de Jacques Duhamel. Pompidou attachait une grande importance à ce ministère. Comme l'écrira Raymond Marcellin (qui succédera à Chirac à l'Agriculture) : « Pompidou tenait beaucoup au ministère de l'Agriculture et veillait lui-même au choix du titulaire. Il estimait à juste raison que le ministère de l'Agriculture n'était pas seulement ministère économique mais aussi politique. Il avait notamment constaté aux élections présidentielles de 65 que le mécontentement paysan avait joué un rôle non négligeable dans les résultats du premier tour qui avaient contraint le général de Gaulle au ballottage. »

Dans son discours du 27 juin 1970, le Président avait d'ailleurs déclaré : « L'Agriculture, notre vocation première et naturelle, reste, n'en déplaise à certains, une de nos principales richesses. » On le sait, l'Auvergnat natif de Montboudif pensait que le paysan était à la fois « le contribuable qui paie des impôts, le soldat qui se fait tuer pour la patrie et l'électeur qui remplit l'Assemblée. »

Cela dit, Pompidou, comme Juillet, pense aussi que le ministère de l'Agriculture est un très bon « tremplin » pour le poulain Chirac. Après ses « stages » à l'Emploi – où il s'est familiarisé avec le monde des syndicats –, aux Finances – où il s'est rôdé avec la gestion et l'administration –, au Parlement – où il a fait connaissance avec la faune politique et observé l'appareil du parti gaulliste –, il faut lui donner maintenant un « vrai » ministère avec des fonctionnaires, un budget, une politique à mener et surtout des « administrés », une clientèle, des Français dont il faut comprendre les problèmes, auxquels il faut faire sentir (et au besoin imposer) les nécessités de l'évolution, dont il faut être l'avocat auprès de l'État mais qu'il faut aussi convaincre au nom de ce même État. Bref, un vrai ministère. Et sans doute le plus important sur ce plan puisqu'il est celui dont les « administrés » forment, et de très loin, le plus grand corps électoral.

Chirac a donc une double mission. D'abord, récupérer dans les huit mois, avant les élections législatives de mars 1973, l'électorat paysan qui « flotte ». Pompidou avait nommé Edgar Faure à l'Agriculture, le 8 janvier 1966, pour gagner les législatives de 67 : la majorité ne s'était sauvée qu'à une seule voix près. Chirac doit faire mieux.

Ensuite, Chirac doit mettre en application les théories de Georges Pompidou en matière agricole ce qu'aucun de ses prédécesseurs n'a encore voulu faire. Le Président avait exposé sa « philosophie agricole » au cours d'un important discours à Saint-Flour dès 1970. Chirac assistait à ce discours et s'était d'ailleurs (ainsi que Marcellin) fait voler son portefeuille dans la foule. L'idée essentielle que Pompidou avait défendue était qu'il fallait développer l'exploitation agricole familiale. Pour les émules de la nouvelle société, c'était là une idée « réactionnaire », conservatrice, voire démagogique. Pour Pompidou l'humaniste, c'était au contraire, le rôle de l'État que de protéger la cellule familiale, la vie villageoise, le bonheur de chacun et d'empêcher que ses chers paysans ne soient écrasés par l'industrialisation aveugle, implacable, inhumaine qui commençait à envahir aussi les campagnes. A cette préoccupation humaniste s'ajoutait, bien sûr, pour le Président, une préoccupation politique : l'électorat des exploitations familiales étant infiniment plus nombreux que celui des exploitations industrielles.

C'est sans doute pour mieux appliquer cette politique du développement des exploitations familiales qui entraînait, *ipso facto*, une politique de soutien des régions défavorisées, que Jacques Chirac ajoutait, dès son arrivée rue de Varenne, à son titre de « ministre de l'Agriculture » celui de « et du développement rural ». Les mots ont parfois une signification. Chirac connaissait lui-même bien ce problème des exploitations familiales, de leurs difficultés, du rêve de la ville des enfants d'agriculteurs et de la désertification de nos campagnes. Depuis cinq ans, il était l'élu d'une circonscription caractéristique à ce point de vue. Sur les 118 communes de la circonscription d'Ussel, 5 seulement ont pu maintenir leur population. Les 113 autres ont été victimes de l'exode rural, de la désertification et l'on sait que la Corrèze est l'un des départements dont les enfants sont les plus nombreux dans la région parisienne. Corrézien de Paris lui-même, Chirac bénéficiera d'ailleurs un jour des voix des Corréziens de Paris (pour les

Municipales) presque aussi nombreux que les enfants du Cantal de Pompidou dans la capitale.

Accueillant au Conseil des ministres du 26 juillet 72 les ministres du nouveau gouvernement, Georges Pompidou se montre assez satisfait. La situation n'est pas trop mauvaise. L'expansion – première préoccupation du Président – est de 6 %. Mais les prix dont Giscard avait affirmé qu'il les maintiendrait à 3 % ont grimpé de 6 % (et les salaires de 10 %). On peut donc dire que la France a bien utilisé, depuis la dévaluation de 69, cette maladie qui s'appelle l'inflation. Mais Pompidou réalise parfaitement que la France commence à déraper dangereusement et il « attire l'attention de Monsieur le ministre de l'Économie et des Finances » sur ce risque. Giscard répond – « sur un ton péremptoire » selon Jobert – que la situation va se renverser. Le Président réplique : « Je n'en suis pas sûr du tout et pour l'instant il faut agir comme si elle ne devait pas se retourner. » « Salutaire encouragement qui n'a guère été entendu », ajoute Jobert. On le voit, Giscard continue à mener sa politique – qui ne connaît toujours que l'inflation ou le chômage – sans tenir compte des avertissements, voire des instructions présidentielles.

Chirac passe l'été 72 à préparer son « gros coup » c'est-à-dire la fameuse « Conférence annuelle agricole ». Il rencontre, à maintes reprises, les représentants des quatre grandes organisations agricoles : la F.N.S.E.A. (Fédération Nationale des Syndicats d'Exploitants Agricoles, 700 000 adhérents qui sont favorables à la création d'organismes interprofessionnels pour la gestion des marchés), le C.N.J.A. (Centre National des Jeunes Agriculteurs, 60 000 adhérents qui demandent une meilleure hiérarchie des prix pour favoriser le vin, l'élevage, les fruits et les légumes plutôt que les céréales ou les betteraves), la C.N.M.C.C.A. (Confédération Nationale de la Mutualité, de la Coopération et du Crédit agricole qui regroupe la C.F.C.A., la F.N.C.A. et la Mutualité agricole, plus de quatre millions d'adhérents au total) et enfin l'A.P.C.A. (Assemblée Permanente des Chambres d'Agriculture qui est « auprès des pouvoirs publics l'organe consultatif et représentatif des intérêts de l'agriculture ») et c'est avec les représentants de ces quatre organisations qu'il met sur pied tous ses projets.

Le 29 septembre 72, Chirac réunit à Matignon autour de Pierre Messmer tous ses « clients » et pendant six heures on met la dernière main aux décisions. Chirac a bien travaillé. 140 millions sont alloués pour la modernisation de l'agriculture, 100 millions (en deux ans) pour l'aide à l'installation des jeunes agriculteurs, 60 millions pour l'assainissement du cheptel, des prêts bonifiés et des subventions seront accordés à l'élevage, un organisme interprofessionnel du bétail et des viandes – de type « office » – sera créé avant le 1er janvier, etc.

Les agriculteurs peuvent être contents. Et ils le sont. Michel Debatisse, président de la F.N.S.E.A., s'écrie sur le perron de Matignon : « Un syndicaliste ne s'avoue jamais satisfait. Eh bien moi, je le ferai. Ce jour restera dans l'histoire de l'agriculture française. C'est un tournant de la politique agricole ». Pierre Collet, président des Chambres d'Agriculture, ajoute : « C'est très positif » et Louis Langa, président du C.N.J.A. renchérit : « C'est le renversement de toute une politique ». Même le bon docteur Queuille, député de la troisième circonscription de la Corrèze et éternel ministre de l'Agriculture, n'en avait jamais eu autant!

Et si les patrons de l'agriculture sont contents, les « petits » le sont aussi. Le 16 octobre, Chirac déclare : « La petite exploitation familiale est un élément essentiel pour notre société qui veut conserver un style libéral. Notre option fondamentale est la défense systématique de la petite exploitation familiale ». La plupart des mesures prises vont d'ailleurs dans ce sens.

Le 15 novembre 72, comme annoncé, le Conseil des ministres crée, par décret, l'O.N.I.B.E.V. (l'Office National Interprofessionnel du Bétail et des Viandes) « établissement public à caractère industriel et commercial » qui « organise la filière viande de la production au consommateur », qui « intervient sur le marché afin de maintenir les prix à la production ». C'est une vraie révolution pour tous les éleveurs qui espéraient un tel office depuis des années. L'office utilise pour ses interventions une société anonyme, la S.I.B.E.V. (Société Interprofessionnelle du Bétail et des Viandes) « qui achète, stocke et revend les viandes entreposées au négoce de gros et aux exportateurs intéressés, conformément à la réglementation communautaire ».

Marcel Bruel, président de la Confédération nationale de l'élevage, déclare : « Jacques Chirac est le premier ministre de l'élevage, le meilleur ministre de l'Agriculture depuis Sully. » La formule restera.

Fin 72, Chirac décrète que l'année 1973 sera « l'année de l'élevage ». Il y a deux raisons à cette politique de l'élevage. D'abord, l'élevage concerne le plus souvent des exploitations familiales. Ensuite et surtout, Chirac sait que, entre janvier 70 et juin 71, le prix du bœuf a augmenté de 41 % à la Villette et qu'il y a pénurie de viande en Europe. C'est donc, pense-t-il, une bonne carte à jouer et avec l'O.N.I.B.E.V., la France agricole peut avoir, là, une grande chance. Malheureusement, à la mi-juin 72, Bruxelles avait décidé, devant cette pénurie de viande, d'ouvrir les frontières européennes à la viande des pays tiers. Chirac va donc avoir à se battre à Bruxelles pour faire appliquer la clause de sauvegarde et suspendre les importations extra-européennes de viandes fraîches et congelées. Ce sera un combat dur qu'il devra mener tous les trois mois pendant tout son ministère et qu'il lui arrivera de perdre.

Le 23 novembre, le ministre de l'Agriculture a, parallèlement à ses efforts pour l'élevage, décidé de créer un « groupe de travail » pour étudier les problèmes du lait.

En décembre 72, on s'aperçoit que le revenu des agriculteurs a augmenté de 12,8 % au cours de l'année et Chirac a présenté un budget de l'Agriculture de 7 milliards 700 millions soit en augmentation de 23 % par rapport au budget agricole de l'année précédente alors que le budget de l'État n'a, lui, augmenté que de 11 %.

Le 5 janvier 73 – à l'avant-veille du fameux discours de Provins au cours duquel Pierre Messmer allait, en deux heures et demie, présenter « les solutions du gouvernement à trente-trois catégories de problèmes » et, en fait, lancer la campagne de la majorité pour les législatives des 4 et 11 mars – Chirac fait publier par le *J.O.* un train de mesures, lois et décrets en faveur de l'agriculture : loi sur l'agriculture de montagne, les baux ruraux à long terme, la réglementation du droit de préemption des S.A.F.E.R., la réglementation de la pomme de terre, etc.

Après l'élevage, le lait, l'agriculture de montagne, Chirac décide de s'attaquer aux problèmes de la viticulture, autre forme d'exploitation familiale. Il le dit clairement, le 8 février 73, à Montpellier et Jean-Baptiste Benet, président de la confédération générale des viticulteurs du Midi déclare : « Pour la première fois depuis longtemps, la viticulture méridionale a le sentiment d'avoir cessé d'être dans une situation défavorisée par rapport aux autres productions agricoles. »

Et ce sont les législatives de mars 73, attendues avec inquiétude par la majorité qui sait qu'elle va perdre des sièges par rapport au raz de marée de 68, et avec espoir par l'opposition qui se demande comment l'opinion va réagir au programme commun signé entre le P.S. et le P.C.

Chirac est particulièrement intéressé par ce scrutin. D'une part, c'est lui qui – alors qu'il était encore ministre chargé des Relations avec le Parlement – a choisi les candidats uniques de la majorité et leur a donné l'investiture dans les trois quarts des circonscriptions (son successeur Boulin ayant terminé la tâche avec Peyrefitte qui a remplacé Tomasini au secrétariat général de l'U.D.R.), d'autre part, il sait comme tout le monde et comme l'écrit Pisani que : « Tout spécialiste des problèmes électoraux voit dans le monde paysan un volant régulateur capable de nous épargner les grands bouleversements. Il faut dès lors le flatter et plus encore le satisfaire » *(Le Général indivis)*. Chirac a su flatter les agriculteurs et plus encore il les a satisfaits.

Pris par le monde paysan, Chirac semble alors avoir retrouvé à Paris quelque peu son attitude corrézienne, un peu radicale, un peu centriste. Quand Giscard lançant sa campagne, s'écrie, à Charenton, « La France souhaite être gouvernée au centre », ce qui sous des allures de constat banal n'est rien d'autre qu'une prise de position hostile au président de la République qu'il semble ainsi accuser d'être « à droite » (c'est un nouveau « oui, mais » de la part du ministre de l'Économie franc-tireur), Chirac déclare : « Je ne connais que deux hommes d'État en France : M. Pompidou et Valéry Giscard d'Estaing! » ce qui étonne bon nombre de gaullistes et certains agriculteurs qui n'avaient guère de sympathie pour le ministre de la rue de Rivoli.

Les élections se passent relativement bien pour la majorité. L'U.D.R. obtient 184 sièges (elle n'en perd donc « que » 89), les R.I. : 54 (– 7), le C.D.P. : 25 (– 2) alors que le P.S. avec 89 sièges en a gagné 48 et le P.C. avec 73 en a gagné 39. Au total la majorité a 263 sièges, il lui en fallait 245.

Chirac a, au soir de ce scrutin, deux satisfactions : d'abord il a, lui-même, été réélu, au premier tour, en Corrèze avec 19 667 voix soit avec 74 voix de plus qu'en 68 lors des « élections de la peur ». Il est pratiquement le seul candidat de la majorité à avoir amélioré son score. En face de lui, le P.C. s'est un peu affaibli perdant 500 voix mais Emon le candidat traditionnel a été remplacé par F. Clavaud qui n'a recueilli que 10 580 voix alors que Dumont, pour le P.S., a, lui, amélioré son résultat avec 6 577 voix.

Mais le grand plaisir de Chirac – qui n'avait pas beaucoup d'inquiétude pour sa propre réélection – est d'apprendre que le monde paysan a voté à près de 70 % pour la majorité. C'est donc un succès personnel pour le ministre de l'Agriculture et du développement rural. Il a rempli la mission que lui avait confiée le président de la République.

Comme le veut la tradition, au lendemain de toutes législatives, Pierre Messmer a remis la démission de son gouvernement au Président et les rumeurs vont bon train notamment à propos de Chirac.

Certains affirment qu'il est question de le nommer à Matignon. Il n'a que quarante et un ans mais il vient de réussir un parcours de huit mois sans faute dans un ministère particulièrement délicat et chacun sait que Georges Pompidou l'aime beaucoup. On a d'ailleurs l'impression que le beau légionnaire de Messmer commence avec son pas lent et majestueux si ce n'est à s'essouffler du moins à ennuyer tout le monde.

Jobert écrit : « A cette époque, Jacques Chirac qui visitait successivement plusieurs bureaux à l'Élysée, en chaque occasion possible et malgré ses tâches agricoles, a-t-il espéré, comme on l'a écrit, passer de l'Agriculture à Matignon? Ce projet s'il a été esquissé à l'Élysée n'a pas abouti et je crois que la logique présidentielle était arrêtée dès la première nomination de Pierre Messmer et concluait à son renouvellement. Il était des cas où elle ne se laissait pas fléchir » *(L'autre regard)*. On appréciera tous les sous-entendus de ce texte, l'allusion à Chirac qui visite aussi bien le bureau de Jobert que celui de Juillet, celle du projet esquissé à l'Élysée c'est-à-dire chez Juillet et celle des échecs de ceux qui tentaient de fléchir la volonté du Président...

En réalité, il ne semble pas qu'il ait alors jamais été question de mettre Chirac à Matignon. Le plan de Pierre Juillet qui commence à se douter que Pompidou ne va pas bien et qu'il ne pourra, sans doute, pas se représenter aux prochaines présidentielles, vise à faire de Chirac un candidat gaulliste pour l'Élysée à cette échéance de 76. Tout le calcul de Juillet (qui sera mauvais) se fait sur cette date « normale ». Il dispose donc de trois ans. Or, d'une part, faire passer tout de suite Chirac du 78 au 57 de la rue de Varenne ferait grincer bien des dents et, d'autre part, trois années à Matignon ont de quoi épuiser, aux yeux de l'opinion, n'importe quel bon candidat pour l'Élysée. Juillet souhaite donc faire donner à Chirac, pour deux ans, un très grand ministère puis le faire installer à Matignon quelques mois seulement avant les présidentielles afin qu'il se « présidentialise » dans les meilleures conditions.

Raymond Marcellin qui lui non plus n'aime pas Pierre Juillet – et il a des raisons – écrit : « Pour les stratèges politiques du cabinet de Georges Pompidou, il est nécessaire de rassembler trois conditions pour être un bon candidat à la présidence de la République : appartenir au parti le plus puissant de la majorité c'est-à-dire à l'U.D.R., être ou avoir été Premier ministre, savoir mener une campagne électorale. Or au début d'avril 73 une telle personnalité n'existe pas. Il faut donc contribuer à la créer. C'est ainsi que Jacques Chirac est choisi » *(L'importune vérité)*.

Comme Maurice Schumann s'est fait battre aux élections et ne peut décemment pas garder le Quai d'Orsay (même si, du temps de De Gaulle, Couve avait gardé son ministère après un échec électoral), Juillet propose de faire passer Giscard des Finances aux Affaires étrangères et de donner la rue de Rivoli à Chirac. Giscard refuse de quitter les Finances. Pour l'amadouer, Juillet donne le ministère de la Santé à Poniatowski, l'homme de main de Giscard, ce qui aura, en plus, comme avantage de calmer ce sabreur qui vient encore d'attaquer Michel Debré dans un livre *Cartes sur table* avec une violence telle que Pompidou lui-même a dû protester en plein Conseil des ministres contre ces membres de la majorité qui ne respectaient même pas le minimum décent de solidarité majoritaire. En le faisant entrer au gouvernement on le fera, au moins, taire. Quand Giscard est sur le point d'accepter les Affaires étrangères... c'est trop tard. Pompidou vient de donner le Quai à son secrétaire général, Michel Jobert (à la plus grande rage de Juillet qui déteste, nous l'avons vu, Jobert). Pompidou ajoute d'ailleurs – ce qui prouve bien qu'il n'avait jamais eu l'intention de mettre Giscard aux Affaires étrangères – « Les Affaires étrangères, c'est mon domaine réservé ».

L'opération « Chirac aux Finances » ayant échoué, Juillet ne se décourage pas et tente de le faire nommer à l'Intérieur. Pompidou fait mine d'hésiter, Juillet croit l'avoir emporté et se réjouit déjà d'avoir l'Intérieur pour préparer des élections. Mais au dernier moment Pompidou dit « non, Marcellin cela me rassure, cela me sécurise. Chirac, cela m'engagerait trop ».

Pourquoi Pompidou n'a-t-il pas voulu mettre son poulain place Beauvau? Sans doute parce qu'il le trouve encore trop dynamique, trop impulsif pour un tel ministère où en tant que « premier flic de France » on peut recevoir beaucoup de mauvais coups. Sans doute, aussi, parce que cette promotion avait trop l'air de préparer une succession, ce qui ne pouvait qu'être désagréable au Président. Le sens de l'État de Juillet lui donnait parfois un cynisme qui dépassait le bon goût.

Furieux, Juillet va partir « bouder » neuf mois dans sa propriété de la Creuse. On ne le reverra à l'Élysée qu'en décembre. Les chasses présidentielles se passeront de ses services!

Pour la petite histoire on peut noter que le « duo infernal » qui a de la suite dans les idées, va s'acharner pendant près d'un an – jusqu'à ce qu'il ait gain de cause, le 27 février 74 – contre le pauvre Marcellin sous prétexte qu'il sécurisait Pompidou et qu'il avait donc ainsi, involontairement, fait capoter le plan de Juillet. Trois campagnes vont, pendant ces quelques mois, harceler le ministre de l'Intérieur gêneur : on va lui reprocher l'augmentation de la « redevance légale de police des communes » (décision prise pourtant par le ministre des Finances), on va lui reprocher le programme *Safari*, mise en fiches électroniques de tous les citoyens (idée de l'I.N.S.E.E. qui dépend de ce même ministre des Finances) et on va l'achever avec l'affaire des micros du *Canard enchaîné*, le fameux « watergaffe des plombiers »...

Le deuxième gouvernement Messmer voit donc partir, en

mars 73, René Pleven et Maurice Schumann qui ont, tous les deux, été battus aux élections, Jacques Duhamel, très malade, Michel Debré, mal dans sa peau et Edgar Faure qui a maintenant envie de devenir président de l'Assemblée. Arrivent : Ponia (Santé), Royer (Commerce et Artisanat), Druon (Affaires culturelles), Jobert (Affaires étrangères); revient Alain Peyrefitte (Affaires administratives et Plan) qui laisse le secrétariat général de l'U.D.R. à Sanguinetti. Chirac, lui, reste à l'Agriculture et ne s'en trouve pas plus mal après ces journées de rumeurs qui l'ont mis à tous les postes ou presque.

Quelques jours plus tard, c'est l'épisode de l'élection du président de l'Assemblée. Chaban affirme que, d'accord avec Pompidou, il ne souhaitait pas être candidat, pour ménager l'avenir et un éventuel retour à Matignon, voire mieux même. En vérité, on a bien l'impression que les gaullistes et en tous les cas les pompidoliens ne voulaient pas d'un retour, même au « perchoir », du père de la « nouvelle société » et que, le sentant, Chaban s'est abstenu de se présenter, laissant Edgar Faure à ses intrigues et à ses ambitions de jeune vieillard, et se contentant de déclarer : « Il ne faut pas se tromper de stade. La partie se joue au Parc des Princes *(l'Élysée)* et non à Colombes *(l'Assemblée nationale).* »

Trois ans avant la fin du mandat présidentiel mais, en fait, un an avant la mort de Georges Pompidou, la course à la succession a donc curieusement – et lugubrement – commencé. Et il faut bien dire que le Président y avait lui-même quelque peu contribué, d'une part, en évoquant son désir de remplacer le septennat par un quinquennat, et, d'autre part, en lâchant quelques petites phrases.

Recevant à déjeuner, le 4 avril 1973, le groupe des Républicains Indépendants, il avait déclaré à Giscard lui-même : « Je vous ai toujours dit que si vous étiez U.D.R. vous auriez la bénédiction de tous les députés de ce groupe que vous fascinez dès que vous leur parlez et qui vous maudissent dès que vous avez le dos tourné. Il faut que vous dépassiez ce cadre-là et que, tout en ayant vos amis autour de vous, vous apparaissiez comme une personnalité nationale. Il n'y en a pas beaucoup, trois, peut-être quatre, c'est tout. » Ponia avait enregistré (sans l'accord du Président) ces paroles au magnétophone et, le soir même, Tout-Paris savait que Georges Pompidou avait désigné son successeur (ce qui n'était pas le cas puisqu'il s'était contenté de dire que Giscard faisait partie des trois ou quatre possibles, ce que tout le monde savait depuis longtemps).

Un mois plus tard, le 23 mai, recevant cette fois le bureau politique de l'U.D.R., ce même président de la République s'était insurgé « avec violence » contre cette rumeur qui « le soupçonnait d'envisager pour successeur un homme qui était aux antipodes du gaullisme et n'avait cessé de le manifester. Un homme qui de surcroît avait joué un rôle décisif dans la campagne du référendum de 1969 et par conséquent le départ du général de Gaulle » et Chaban en avait conclu que le successeur de Pompidou, c'était... lui.

On ne saura jamais quel successeur se souhaitait Pompidou et il est sans doute contraire à l'esprit de la Vᵉ (et de toute République) qu'un Président désigne ou suggère son héritier. Une vice-présidence - solution qui a été évoquée à plusieurs reprises – est elle-même inconcevable. De Gaulle disait : « Si j'avais un vice-président, j'aurais l'impression qu'il me prend le pouls chaque fois que je lui serrerais la main. »

Pompidou, cynique, sceptique et déjà souffrant, s'amuse donc peut-être avec ses courtisans, leur laissant, aux uns et aux autres, des espoirs comme un homme qui, à la veille de sa mort, ricane des manœuvres de tous ceux qui espèrent être couchés sur le testament. Ils deviennent alors plus dociles. Ajoutons d'ailleurs que Georges Pompidou n'a, sans doute, jamais su qu'il allait mourir si rapidement.

Devant ce manège sordide, Chirac qui n'a jamais voulu voir que celui qu'il considérait comme un père allait mourir, prend nettement position. Dès la mi-73, il déclare : « Si je n'étais pas pompidolien je serais giscardien. » Le 13 août, il ajoute même au *Point :* « Si M. Pompidou venait à disparaître, je serais giscardien », phrase étonnante et à laquelle on n'a sans doute pas attaché assez d'importance sur le moment. Les choses sont claires. Chirac est convaincu qu'entre Chaban, Giscard et les autres (on commence à parler de Jobert), Pompidou préfère – encore – son ministre des Finances. Non pas par sympathie, car il ne l'aime pas, mais parce que l'expérience de Chaban l'a effrayé et qu'il pense qu'en dépit de tous ses défauts, Giscard, de tous les « possibles », est encore le seul qui pourrait battre Mitterrand et qui surtout n'essayerait pas de faire la révolution pour s'imposer, faisant ainsi le malheur des Français. Puisque le Président pense cela, Chirac le pense aussi.

Cependant, Chirac, ne croyant toujours pas à la maladie de Pompidou, continue à s'occuper de l'agriculture. A la mi-avril, on est en pleine discussion à Bruxelles. Le 12, au congrès de la F.N.S.E.A., Chirac a prévenu : « Je n'accepterai aucun compromis à Bruxelles. » Les agriculteurs demandent une augmentation de 15 % du prix de la viande et du lait. Chirac va demander ces augmentations. Il est porté en triomphe par les congressistes, aux cris de « Tous avec notre Chirac. »

La négociation commence. Elle est pour le moins tendue. Josef Ertl, le ministre allemand de l'Agriculture, perd son sang-froid devant la détermination du Français et mugit : « M. Chirac devrait voir un psychanaliste! » Pendant ce temps à Valenciennes, le 17 avril, les agriculteurs français organisent une gigantesque manifestation de soutien au ministre de l'Agriculture avec des banderoles sur lesquelles on peut lire : « Chirac, bats-toi, nous sommes avec toi » et « Tiens bon, Chirac! »

Chirac se souvient : « C'était un dimanche matin. Nous discutions depuis le vendredi. Il était 8 heures du matin et, morts de fatigue, nous arrivions à un accord mais qui touchait un peu aux principes de notre politique étrangère. Je décide donc d'appeler M. Pompidou. Je n'étais pas de ceux qui l'appelaient souvent. J'appelle Orvilliers et c'est le Président qui décroche. Je lui dis que nous arrivons à un accord, mais que... Il me coupe et me déclare : " Premièrement, Chirac, vous me réveillez, deuxièmement, Chirac, vous faites partie du gouvernement, troisièmement, Chirac, vous êtes chargé de négocier, alors négociez ". Et Pompidou a raccroché » (Entretien avec l'auteur). Bel exemple de la confiance que faisait Pompidou à son ministre de l'Agriculture et de l'art de déléguer ses pouvoirs.

Finalement, Chirac n'obtient qu'une augmentation de 10,5 % pour la viande et de 5,5 % pour le lait. C'est donc un demi-échec. Mais Debatisse reconnaît tout de même que : « Chirac a très bien défendu les agriculteurs français. »

Le 4 juin 73, c'est la préparation de la « Conférence annuelle agricole ». Les dirigeants des organisations ne sont pas d'accord entre eux à propos de la création d'un office du lait que Chirac aimerait bien voir mettre sur pied sur le modèle de celui qu'il a créé pour la viande. La discussion s'éternise. Chirac tape sur la table et met en demeure ses interlocuteurs de trouver eux-mêmes, entre-eux, une solution...

Un mois plus tard, le 3 juillet, à l'issue de la séance plénière de la conférence annuelle, Chirac peut annoncer que 230 millions sont débloqués pour aider l'agriculture de montagne, que 200 millions de « rallonge » sont accordés à des « prêts spéciaux élevage », que certaines mesures sont prises dans le domaine foncier et que « le gouvernement encourage l'organisation de la production laitière ». Puisque ses interlocuteurs n'ont pas voulu d'un office du lait, Chirac accepte de renoncer à son projet, mais prend date.

Ce jeune ministre de l'Agriculture ne s'occupe pas seulement, comme on pourrait le croire, des exploitations familiales, c'est-à-dire de l'élevage, de la viticulture, de l'agriculture de montagne ou du lait. Il a aussi donné une impulsion à la « grosse » agriculture à un point tel que M. Garinois, président de la Confédération générale des planteurs de betteraves dira, le 13 septembre 1973 au meeting annuel de sa confédération, à la Mutualité : « Il est absolument providentiel d'avoir à la tête de notre agriculture un homme de cette taille. »

Jamais, dans l'histoire de la République, aucun ministre n'a eu autant d'éloges de ses « administrés ». Et quand on sait que le ministère de l'Agriculture est l'un de ceux où les interlocuteurs de l'État sont, par définition, des « râleurs » et des quémandeurs, on imagine les prodiges de diplomatie et d'efficacité que l'ancien mauvais ministre du Parlement a dû faire pour obtenir de telles déclarations d'amour.

Parmi les « spécialistes » les plus critiques à l'égard de l'action de Chirac au ministère de l'Agriculture, on trouve, naturellement, l'un de ses prédécesseurs, Pisani. Évoquant ses propres souvenirs, Pisani écrit : « En agriculture, toute année est mauvaise pour quelqu'un, donc elle est mauvaise pour tous (...) Sait-on assez que le ministre de l'Agriculture s'occupe de problèmes fonciers, d'habitat, d'aménagement des villages, d'adduction d'eau, de Sécurité sociale, d'enseignement, de crédit, de production, de vente, de négociations internationales? Un monde fermé dont on favorise les particularités et les particularismes. » On voit donc quelle fut la tâche de Chirac. Et alors qu'on a tant reproché à Chirac d'avoir été plus le ministre des agriculteurs que celui de l'Agriculture, on ne l'a pas reproché à Pisani qui écrivait pourtant : « On avait beau m'avoir dit que j'étais le ministre de l'Agriculture et non pas celui des agriculteurs, la vie quotidienne faisait bien de moi l'interlocuteur privilégié, le témoin et l'avocat du monde paysan et du pays rural. Ainsi le voulait la tradition du ministère, ainsi l'entendaient les organisations professionelles. »

Le 26 septembre 73, le gouvernement « arrête un train de mesures sociales en faveur des familles », selon la curieuse expression consacrée. Chirac a veillé à ce que les familles agricoles ne soient pas oubliées. Elles bénéficient même de transferts « au titre de la compensation démographique sans que l'organisation de leur protection sociale soit remise en cause » formule incompréhensive pour le commun des citadins mais pas pour les agriculteurs qui apprécient. Début octobre, Chirac fixe « le calendrier des réunions pour la mise en place de l'interprofession laitière ». Il tient à son idée et il est persuadé qu'il finira par convaincre ses interlocuteurs de la nécessité de créer un « office du lait ».

Le 4 décembre, Chirac et les représentants des organisations professionnelles parviennent, après de longues discussions, à un accord sur la rénovation du statut du fermage. Il serait trop compliqué et fastidieux d'entrer dans les détails de cette réforme, capitale pour les agriculteurs, mais il est simplement intéressant de noter que cette réforme, voulue par Chirac, a provoqué de vives réactions des propriétaires agricoles qui se sont estimés lésés dans cette affaire. Chirac « le conservateur » a modifié le fermage en faveur des travailleurs et non pas des capitalistes!

Et à la mi-décembre on apprend qu'en 73, la France est devenue le deuxième pays mondial exportateur de produits agricoles, derrière les États-Unis mais devant le Canada et l'Australie. (Pendant le premier semestre 74, l'agriculture sera le seul secteur de l'économie française dont l'excédent connaîtra un accroissement.)

Sur le plan politique, cette fin de l'année 1973 est morose. Pompidou, titubant sous les coups de la maladie, a échoué (comme l'avait prédit Juillet) dans son projet de réduction du mandat présidentiel dont le Parlement n'a pas voulu, les gaullistes estimant qu'il s'agissait là d'une remise en cause des institutions léguées par de Gaulle. Messmer s'enferre dans l'affaire Lip qui a commencé en avril 73 et répète depuis le 12 octobre « Lip, c'est fini » avec autant d'entêtement que de maladresse. Arthur Comte a été, le 23 octobre, révoqué de son poste de président de l'O.R.T.F. après avoir dénoncé certaines interventions politiques et un « chantage financier » à l'encontre de l'Office. Le 17 décembre, *le Point* titre sa *une* avec un gigantesque : *Messmer doit partir* et *l'Express* ajoute bientôt *Pompidou a choisi Giscard pour remplacer Messmer* ce qui, pour les uns, est une opération lancée par les amis dudit Giscard et, pour les autres, une opération organisée par les adversaires de Giscard qui veulent se servir de l'actuelle irritabilité du président pour éliminer ce dangereux concurrent.

Chirac, lui-même, n'est en première ligne qu'à deux reprises : d'abord, dans l'affaire des détaillants de fruits et légumes, début novembre, puis, le 20 novembre, à la tribune des Assises de l'U.D.R. à Nantes.

L'affaire des détaillants est étonnamment révélatrice du caractère des uns et des autres et un auteur de politique fiction aurait voulu imaginer une saynète pour faire comprendre les personnalités de Pompidou, Giscard et Chirac, qu'il n'aurait sans doute pas trouvé mieux.

Le samedi 3 novembre 1973, le ministre de l'Économie et des Finances fait paraître dans *Le Bulletin officiel des services et des prix* plusieurs arrêtés qui fixent autoritairement les marges bénéficiaires et les prix limites des détaillants. C'est, en fait, un blocage des prix à l'arrivée. Il n'en a parlé à personne. Pompidou lui rappelait continuellement le dérapage, l'inflation et lui reprochait de ne rien faire. Excédé, Giscard avait « piqué une rogne », décidé la solution la plus facile (et la plus bête) et était parti le jour même pour la Malaisie, sous le prétexte d'inaugurer la Foire de Kuala Lumpur! Il restera plus de quinze jours en Malaisie. Immédiatement, bien sûr, dès le lundi, c'est l'émeute chez les détaillants dont aucun des responsables n'a été consulté ni même informé par le ministre. Jean Royer, pourtant ministre du Commerce et de l'Artisanat, n'était lui non plus au courant de rien et est furieux. Pompidou est furieux lui aussi. Les détaillants organisent vite la riposte et le 15 novembre, c'est l'opération « villes mortes » dans toute la France. Les détaillants ont fermé boutique et l'opinion qui a aussitôt peur d'être affamée, leur donne raison.

Le président de la République demande alors à Chirac – qui n'est en rien concerné par cette affaire si ce n'est qu'en tant que ministre de l'Agriculture il est « fournisseur » des détaillants et qu'en tant qu'avocat des offices, il cherche à créer des liens entre les producteurs et les vendeurs – de recevoir les détaillants. En fait, d'arranger les choses en « pompidolien », c'est-à-dire en responsable de l'État qui donne toujours raison aux citoyens contre la machine administrative. Le 16, Chirac « qui a le contact » reçoit les représentants des organisations de détaillants et leur affirme que « les contrôles seront effectués avec la plus grande souplesse ». Les détaillants, ravis d'avoir vu Giscard désavoué par un ministre, repartent rassurés.

Là-dessus Giscard rentre, tout bronzé, et fait une déclaration dans laquelle il regrette « la démagogie inutile » de Chirac et *ipso facto* de Pompidou. Pour Giscard, alléger les pressions fiscales ou économiques sur les citoyens, c'est toujours de l'électoralisme – on l'a vu – ou de la démagogie. Et au Conseil des Ministres, Giscard refuse de serrer la main de Chirac!

Mais le 23, après s'être fait « savonné » par Pompidou, Giscard finit par céder et, recevant à son tour les détaillants, il annonce lui-même que les contrôles seront souples, c'est-à-dire, en fait, qu'on oubliera ces arrêtés absurdes qu'il avait pris.

A la mi-décembre, Chirac qui a le sens de la discipline et surtout celui des prérogatives de chacun et qui ne veut pas rester, à cause de cette histoire, en mauvais termes avec Giscard, va voir le ministre des Finances et déclare à sa sortie de la rue de Rivoli : « Je me suis expliqué avec Giscard. Il a très bien compris et ne m'en tient pas rigueur. »

Les Assises de l'U.D.R. du 17 novembre à Nantes furent un plus gros « morceau » et Chirac s'en tira beaucoup moins bien. La situation n'était pas simple. Chaban qui depuis son départ de Matignon avait eu beaucoup de temps libre, avait réussi à remonter la pente au sein du parti gaulliste et toute sa stratégie, pendant des mois, de réunion en réunion, avait consisté à démontrer que Pompidou trahissait le gaullisme, en en faisant un mouvement de droite, et que la meilleure des preuves en était qu'il souhaitait désormais avoir Giscard – l'héritier de la France conservatrice et collaborationniste, le responsable du départ du Général – comme successeur. Le Président ne l'avait-il pas dit lui-même en public à Giscard? C'était de bonne guerre de la part de Chaban et somme toute parfaitement honnête puisque Chaban était réellement convaincu que sa fameuse « nouvelle société » dont n'avait pas voulu Pompidou, était dans le droit fil de la pensée du Général.

Les braves militants qui avaient déjà oublié leur propre attitude contre cette « nouvelle société » et contre Chaban et qui sentaient que le mouvement était au creux de la vague alors que la gauche s'organisait et que le Président semblait au bout du rouleau, s'étaient précipités vers Chaban et l'avaient acclamé quand il s'était présenté, à ces assises de Nantes, en vrai candidat gaulliste pour les prochaines présidentielles.

Et Chirac qui avait l'effroyable mission de renverser le courant, a joué de malheur. D'abord à la suite d'un bien malencontreux malentendu (qui n'était peut-être pas tout à fait innocent), son discours avait été publié in extenso... la veille dans *Le Monde*, désinvolture que n'avaient pas appréciée les congressistes. Ensuite, cet ancien mauvais ministre des Relations avec le Parlement qui n'était même pas membre de l'U.D.R., s'était pour l'essentiel contenté de faire l'éloge du Président sur le thème : « Il nous faut relever le défi de la subversion morale » ce qui visait au moins autant Chaban et sa « nouvelle société » que Mitterrand et son programme commun. Mais Chirac ne s'était pas rendu compte que, d'une part, tout le monde ne se préoccupait déjà plus que de « l'après-Pompidou » et que, d'autre part, ce que l'on reprochait à ce ministre de l'Agriculture c'était précisément de n'être qu'un homme de Pompidou et, pire, prêt à trahir le gaullisme – sur ordre du Président – et à rallier Giscard.

Bref, son intervention fut accueillie par quelques sifflets. Seule, une militante siégeant au milieu de la délégation du Poitou-Charentes l'applaudissait à tout rompre et s'écriait : « La chrysalide est devenue papillon. » Elle s'appelait Marie-France Garaud et était loin de pouvoir entraîner l'adhésion. Quant à Bernard Pons, il s'était fait, lui, carrément huer quand il avait voulu dire : « Critiquer le ministre des Finances, c'est s'en prendre à la majorité tout entière, donc au choix du président de la République. »

Les choses sont donc nettes. Le parti gaulliste joue à fond

Chaban, déteste Giscard et a déjà oublié Pompidou. Chirac n'a rien pu faire.

Le 9 janvier 1974, Chirac préside à la naissance de « l'interprofession laitière ». Il a presque gagné. Le 10, il accueille le président de la République à la cérémonie du cinquantenaire des Chambres d'Agriculture et Pompidou, confirmant, une fois de plus sa philosophie agricole, donne un véritable satisfecit à son ministre en déclarant : « Le paysan français est un élément de solidité, d'équilibre et de force de notre pays tout entier. Le départ et la désertification, comme on dit, des différentes régions ne seraient pas seulement fâcheux du point de vue général de l'aménagement du territoire et du plaisir du citadin en week-end, ils seraient également ruineux pour l'économie nationale. »

Le 20 février, Chirac obtient à Bruxelles – après avoir fait mine plusieurs fois de partir en claquant la porte – l'autorisation d'appliquer la clause de sauvegarde qui permet de suspendre les importations de viandes des pays tiers. Mais début 1974, l'agriculture ne peut plus être au centre des préoccupations de Chirac...

X

PAS CHABAN!
1974

Et nous voici arrivés à l'un des moments clés de la vie de Chirac. A l'un des chapitres les plus importants, les plus délicats et les plus contestés de sa « carrière politique ».

Georges Pompidou va mourir. Plutôt que prévu, si l'on ose dire. Tout le plan préparé par Juillet (et Chirac) et qui consistait à faire du ministre de l'Agriculture un ministre des Finances ou de l'Intérieur, puis un Premier ministre, ce qui lui aurait permis d'être, à la fin du septennat de Pompidou, en 1976, le candidat gaulliste, va s'effondrer, à cause de cette mort prématurée.

Chaban-Delmas va se retrouver le candidat naturel du plus grand parti de la majorité et du parti qu'on est maintenant habitué à voir à l'Élysée. Et pendant quelques heures, chacun le donnera gagnant.

Mais brusquement, Chirac se lance dans la bataille. Tout bascule. C'est Giscard qui est élu. L'homme-qui-a-trahi-de Gaulle. Élu chef de l'État, grâce au fils spirituel de Pompidou!

En volant à l'aide du « traître », Chirac a-t-il « trahi »? Beaucoup de gens l'ont dit et d'autant plus qu'il a reçu le salaire de sa trahison. Giscard l'a nommé Premier ministre.

Quelques mois plus tard, Chirac et Giscard se sépareront. Chirac se serait-il alors aperçu de son erreur? Beaucoup de gens l'ont dit aussi. Et c'est vrai qu'en apparence tout est simple. Un pompidolien soutient un anti-gaulliste contre un gaulliste. L'anti-gaulliste l'emporte. Et finalement le pompidolien se fâche avec l'anti-gaulliste. L'alliance des deux « traîtres » était contre-nature. Les réalités politiques sont plus fortes que les ambitions et les haines personnelles. Et quand on sait que cette opération – l'élection de Giscard – conduira la majorité – de nouveau divisée – à perdre le pouvoir et à laisser la France entre les mains d'une coalition socialo-communiste, certains pourront être sévères pour l'attitude de Chirac. Mais rien n'est si simple...

Et on a toujours tort de vouloir comparer la vie politique avec les compétitions sportives où l'on « joue » pour Untel et contre Untel, où l'on marque des points, où il y a des revanches et des belles. On a encore plus tort de comparer cette vie politique avec les comédies du Boulevard du Crime d'autrefois qui avaient leurs « bons », leurs « méchants » et leurs « traîtres » que le public, naïf, allait attendre à la sortie des artistes pour leur faire un mauvais sort.

Contrairement aux apparences, la vie politique est, bien souvent, une chose sérieuse où des hommes qui croient à certaines valeurs s'engagent totalement, en fonction de leurs seules convictions dont on peut certes discuter le bien-fondé mais dont il serait peu loyal de contester, *a priori*, l'honnêteté. L'ambition politique n'a le plus souvent rien à voir avec un quelconque goût du vedettariat et des honneurs. Un homme politique qui, devant une situation donnée, est convaincu d'avoir raison se doit de souhaiter le pouvoir pour mener à bien la politique qu'il estime être la bonne. Qu'il soit convaincu d'avoir raison n'est pas anormal. S'il pensait avoir tort, il n'aurait qu'à changer de politique.

On comprend mal que certains adversaires de Chirac (dont on est en droit de contester bon nombre de convictions) aient voulu faire de lui un « arriviste effréné » parce qu'en 1974, il a préféré Giscard à Chaban et qu'ils ne lui donnent, même pas, le bénéfice de l'erreur de jugement.

Or pourtant, parmi ces juges moralistes, les uns, giscardiens, n'ont jamais reproché à Giscard, d'avoir « trahi » de Gaulle à maintes reprises, et les autres, mitterrandistes, ont toujours su expliquer les innombrables volte-faces de cet ancien ministre de la IVe, farouche partisan de « l'Algérie française », adversaire sans pitié du « coup d'État permanent » qu'était, à ses yeux, la Ve, anticommuniste viscéral qui s'est retrouvé, un beau jour, président de la Ve République, dans le fauteuil du Général, et en compagnie de... ministres communistes. Giscard et Mitterrand ont fait « preuve de réalisme politique », ont évolué, ont « pu » se tromper, mais Chirac, lui, n'est qu'opportuniste! Ces analyses ne sont ni sérieuses ni honnêtes. On ne les aurait d'ailleurs jamais vues apparaître si Giscard avait été battu en 74, et elles auraient vite disparu si Chirac avait été élu en 81!

Pourquoi ne pas admettre qu'en soutenant Giscard contre Chaban, Chirac a pensé que c'était là l'intérêt de la France? – Il n'a pensé qu'à son propre intérêt, répliquent aussitôt ses ennemis oubliant bêtement qu'un homme politique peut difficilement jouer, sciemment, son intérêt contre celui de son pays sans se suicider politiquement. Tout cela mérite un peu d'attention.

Tout commence donc avec la maladie de Georges Pompidou. Les premières atteintes du mal ont dû apparaître à la fin de 1967 ou au début de 1968. On a vu que pendant les vacances de l'été 68, après son départ de Matignon et avant de commencer sa brève traversée du désert, Pompidou avait subi un traitement qui l'avait fait grossir notamment du visage. Jobert en avait été frappé en le revoyant en septembre. Mais ni Pompidou ni ses médecins ne se doutent alors de la gravité de cette maladie qu'ils n'ont d'ailleurs pas identifiée.

Ce n'est, sans doute, qu'au printemps de 1972, que les médecins du service des maladies sanguines du professeur Bernard de l'hôpital Saint-Louis et ceux du centre de recherche contre le cancer de Villejuif diagnostiqueront la maladie de Kahler, sorte de leucémie, de cancer du sang, mal connue et dont l'évolution est imprévisible. En août 72, à Orvilliers, Pompidou écrit ses dernières volontés : « Je veux être enterré à Orvilliers, je ne veux ni fleurs ni couronnes ni monument funéraire, bien sûr. Une simple dalle de pierre de taille avec mon nom et les dates de ma naissance et de ma mort. Une messe sera dite à Saint-Louis en l'Ile. Elle sera chantée en grégorien. » Texte que le Président remettra à Edouard Balladur à la fin de l'année 1973. De Gaulle qui, en janvier 1952, avait remis ses dernières volontés à Georges Pompidou avait, lui, écrit : « Je veux que mes obsèques aient lieu à Colombey-les-Deux-Églises (...) ma tombe sera celle où repose déjà ma fille Anne et où un jour reposera ma femme. Inscription : Charles de Gaulle (1890-...). Rien d'autre (...) Je ne veux pas d'obsèques nationales, ni président ni ministres (...) aucun discours ni à l'église ni ailleurs. »

Le 6 décembre 1972, à l'arbre de Noël des enfants de l'Élysée, le Président déclare en présence d'Henri Salvador et de Mireille Mathieu venus offrir un spectacle aux enfants : « Si le travail c'est la santé (titre d'un succès de Salvador), il faut croire que je ne travaille pas beaucoup car je suis grippé et fatigué », puis il écourte sa présence. Quelques jours plus tard, c'est assis qu'il reçoit les vœux de la presse accréditée à l'Élysée. On commence à parler de « grippes » du chef de l'État. On en reparlera pendant des mois.

L'année 1973 va être un long calvaire pour le Président avec des rechutes, des périodes de rémissions, un traitement compliqué et douloureux, un régime alimentaire qu'il se refusera à suivre, des rumeurs de plus en plus persistantes et qui le mettront hors de lui, un courage et un silence qui ne peuvent que forcer l'admiration.

C'est fin mai 73, quand Pompidou va rencontrer Nixon à Reykjavik, en Islande, que le monde entier comprend que le

Président français n'est pas grippé mais malade. Il descend péniblement, lourdement, la passerelle de l'avion et apparaît brusquement, aux yeux de tous, comme un homme drogué, gonflé par la cortisone et qui souffre atrocement.

En septembre, c'est un voyage officiel en Chine. Il faut supprimer la traditionnelle excursion à la Grande Muraille. Le Président s'effondre dans les fauteuils qu'on lui tend, s'éponge le front continuellement, grimace de douleur.

De retour à Paris, des réceptions sont annulées au dernier moment, des réunions retardées sans explication. On continue à parler de « mauvaise grippe » mais personne n'est dupe. Pompidou ne dit toujours pas un mot de son mal, même à ses plus proches collaborateurs, ni même, sans doute, à sa femme et rabroue ceux qui se permettent comme son ami et ministre le docteur Joseph Comiti de lui conseiller de prendre un peu de repos. Cependant, la France sait désormais que son Président va mourir, le monde politique se prépare, depuis quelque temps, à la bataille de la succession et seuls les vrais amis du Président – Juillet, Balladur, Chirac et quelques autres – s'imaginent encore que le Président pourra finir son septennat.

En janvier 74, c'est le voyage particulièrement pénible en U.R.S.S., à Pitsounda, pour rencontrer Brejnev. Jobert entend le Président murmurer : « Je ne vais tout de même pas mourir ici. » Jean Charbonnel se souvient : « Convoqués à l'improviste le 19 janvier pour le conseil extraordinaire qui allait décider de faire sortir la France du serpent monétaire, nous étions pour la plupart arrivés à l'Élysée avec la crainte que le Président ne nous annonçât sa démission immédiate en raison de son état de santé. »

Puis, c'est le voyage à Poitiers, le 24 janvier, le dernier voyage en province. Pompidou peut à peine marcher. Cette fois, sans aucun doute, le Président sait qu'il va mourir dans les semaines qui viennent. Et, curieusement, comme si dans cette Ve République l'état du Président entraînait celui de la nation, plus rien ne va. La situation économique s'est brusquement dégradée, la vie politique est devenue incohérente. L'inflation – sur laquelle le Président avait, en vain, attiré l'attention de Giscard – est passée de 8 % à 12 % en quelques semaines et le niveau de vie des Français s'en ressent fortement. Il y a des grèves, au Crédit Lyonnais, à la Saviem, un peu partout et l'affaire Lip continue à empoisonner l'atmosphère sociale.

Accusant sans le nommer Giscard qui est, en effet, en grande partie responsable de cette dégradation économique, Michel Jobert écrit : « Le pays attendait des mesures énergiques sur l'inflation, le commerce extérieur, les orientations de l'effort industriel. Malgré les objurgations de Georges Pompidou, elles ne sortirent jamais de leurs chrysalides avant sa mort et furent oubliées dès qu'il mourut. Dans la facilité, on vit partir l'économie française vers les sommets de l'inflation et du chômage » *(L'autre regard).*

Se servant de l'alibi de la guerre d'octobre au Proche-Orient et du premier choc pétrolier qui s'ensuivit, mais ne pensant déjà plus qu'à la mort prochaine de Président et à la campagne qui s'en suivra, Giscard n'a ni l'esprit ni l'envie de prendre des mesures énergiques qui seraient nécessaires mais sans doute peu populaires pour son image de candidat. Le flottement du franc – qui signifie une dévaluation de 4 à 5 % – fut, bien sûr, inutile dans ces conditions.

Pour ce qui est du flottement politique, écoutons Charbonnel : « Avec la maladie et les incertitudes tragiques qu'elle entraînait, la crise s'était installée de façon permanente au sommet de l'État. Le cabinet politique du Président avait profité de cette situation pour renforcer son pouvoir déjà pourtant considérable. Les signes en apparaissaient de toute part. A la fin des conseils des ministres, Jacques Chirac montait de plus en plus souvent au premier étage du palais de l'Élysée où se trouvait le bureau que Pierre Juillet partageait avec Marie-France Garaud. Un complot se tramait-il comme on l'a dit dans cette officine? Ce qui est vraisemblable c'est que l'on s'y concertait pour préparer la suite des événements. Ce qui est probable c'est qu'on y mettait en forme le remaniement ministériel dont il était question depuis quelques semaines. Ce qui est certain, c'est que Pierre Juillet (...) était revenu et reprenait nombre d'affaires en main dans le climat de mystère qui lui était habituel » *(L'aventure de la fidélité).*

Charbonnel n'est, bien sûr, pas totalement de bonne foi. Faisant partie du clan des vaincus, il a tendance à voir ses vainqueurs plus forts qu'ils n'ont sans doute été. On est sûr, maintenant, que ni Juillet, ni Marie-France, ni Chirac n'ont imaginé, en février 74, que Pompidou allair mourir dans les jours suivants.

Georges Pompidou faisait encore illusion. Recevant Chaban le 21 février, pour dissiper les « malentendus » qu'avaient provoqués les Assises U.D.R. de Nantes – où on avait cru voir Chaban se faire applaudir « contre » le Président, Pompidou avait dit à son ancien Premier ministre qu'il était « en train de s'en sortir » et avait ajouté : « Il ne faut pas se tromper de diagnostic. Il y a des salauds qui vont s'en mordre les doigts » ce qui avait totalement rassuré – et comblé – Chaban. Chirac et Juillet étaient trop proches de Pompidou pour le voir mourir. S'ils complotent, c'est encore à long terme et s'ils mettent bien en forme un remaniement ministériel c'est parce qu'en effet le gouvernement Messmer ne marche plus, qu'il faut « resserrer les boulons » et, devant la crise économique qui menace et devant cette agitation politique où Chaban a fait déserter l'U.D.R. et où Giscard apparaît plus franc-tireur que jamais.

Comme l'écrit alors Pierre Viansson-Ponté dans *le Monde* : « La fatigue du Président, la transparence du Premier ministre, l'impatience des candidats, une majorité toute bruissante de rumeurs, de manœuvres, d'hypothèses, une presse qui en est le reflet, tel est, au moment où la crise exigerait que l'imagination soit au pouvoir, l'état de la société politique. » Et les fidèles de Pompidou n'ont guère d'autre arme en main qu'en effet de remanier le gouvernement.

Le 1er mars 1974, le troisième gouvernement Messmer est formé. Les observateurs remarquent deux choses : d'abord, le nombre des ministres est ramené de 38 à 29. Il s'agit d'une équipe « plus musclée » car on s'imagine parfois qu'un gouvernement « resserré » est plus efficace (ce qui est souvent faux, puisque plus un ministre a de domaines sous sa juridiction et moins il est en prise directe avec son administration). Quittent le gouvernement : Poujade, Druon, Malaud, Charbonnel, Stasi, Billecocq, Paquet, Vertadier, Mme Ploux, ce qui fera dire à certains – sans grande raison – que « les durs sont partis ».

Mais on retient ensuite et surtout l'échange de portefeuille entre Marcellin et Chirac, entre l'Agriculture et l'Intérieur. Pour ceux qui pensent encore que Pompidou pourra finir son septennat, c'est le « plan Juillet », retardé d'un an, qui se met enfin en place. On fait avancer d'un cran le futur candidat gaulliste aux présidentielles. Pour ceux qui, au contraire, voient le Président en train de mourir, Juillet prépare là les élections et place, en catastrophe, un homme sûr à un poste-clé à moins qu'il n'organise déjà une combinaison d'urgence : en laissant Messmer à Matignon, on en fera un Président, en mettant Chirac à l'Intérieur, on en fera un Premier ministre...

A peine arrivé place Beauvau, Jacques Chirac « démarcellinise » à outrance. « Il s'agissait, dit Marcellin, de créer l'illusion d'une politique plus libérale au ministère de l'Intérieur et cela pour faciliter la suite », classique commentaire déplaisant d'un prédécesseur quelque peu meurtri, cette permutation s'étant faite sans grands égards pour le sortant.

En fait, Chirac veut donner un style nouveau à l'Intérieur où Marcellin vient de passer cinq ans – ce qui est trop long – et d'attacher à sa fonction une image peu populaire (et peu méritée) dont Chirac ne veut pas hériter. Chirac – et comment le lui reprocher? – a quelques idées personnelles sur le rôle du ministre de l'Intérieur et il entend les appliquer comme il a appliqué celles qu'il avait pour l'Agriculture. Chirac ne veut pas être « le premier flic de France » mais « le premier maire de France ». Il ne s'agit pas « de faciliter la suite » mais de faire son travail et de dépoussiérer un peu les choses. Puisque ce nouveau gouvernement (qui ressemble beaucoup au précédent) a pour raison d'être de redonner confiance à l'opinion, il faut avoir l'air de « faire du neuf ». En même temps qu'il fait « valser » les préfets et les directeurs du ministère, Chirac annonce, par exemple, la suppression des écoutes téléphoniques en déclarant « le voyeurisme n'est pas mon genre ». C'est une décision habile, puisque sympathique aux yeux du public, une réaction personnelle (Chirac vient d'apprendre qu'il a, lui-même, été sur écoute alors qu'il était au cabinet de Pompidou à Matignon) et une bonne entrée en matière car il se démarque ainsi de Marcellin qui vient, justement, de tomber sur une affaire d'écoutes, celles du *Canard enchaîné*.

Chirac va, le mardi 26 mars, présenter son projet de réforme du ministère de l'Intérieur à Pompidou. Ce sera la dernière fois que Chirac rencontrera seul à seul le Président à l'Élysée. Il se souvient : « C'était sept jours avant sa mort. Je souhaitais l'entretenir de mes intentions de réforme du ministère et de l'important mouvement préfectoral que je voulais faire passer. Notre entretien a été comme à l'accoutumée, normal, confiant, naturel, sans que la maladie n'affecte en rien ses propos, ses remarques, son attention. Je comprenais qu'il luttait contre une maladie sérieuse, dont les conséquences étaient pour lui très pénibles, mais dans l'exercice de ses fonctions rien n'apparaissait » (Entretien avec l'auteur).

Chirac reste donc confiant fin mars. Or quelques jours plus tôt pourtant, le 21 mars, Pompidou n'a pas pu assister au traditionnel dîner du corps diplomatique. Il a même déclaré à l'un de ses collaborateurs : « Imaginez l'effet produit si au milieu du repas je m'évanouissais et si on me transportait sur un brancard hors de la salle devant tous les ambassadeurs. Ce serait pire que tout. » Mme Pompidou avait dû, avec un courage et une dignité qui forcèrent l'admiration de tous, présider souriante et seule, cette dramatique réception protocolaire.

Le mercredi 27 mars 1974, dans l'après-midi, Georges Pompidou préside le Conseil des ministres. A l'ordre du jour : la prochaine rentrée parlementaire, la politique étrangère, les communications habituelles, bref, un Conseil banal. Mais ce sera le dernier Conseil des ministres de Pompidou et les ministres, inquiets des rumeurs, ne le quitteront pas des yeux.

Beaucoup de récits ont été faits sur ce dernier Conseil. Pour les uns, Pompidou était un mourant. Pour les autres au contraire, il semblait aller un peu mieux. Yves Guéna, ministre de l'Industrie, dira : « J'ai compris qu'il allait mourir. » Jean-Philippe Lecat, ministre de l'Information, dira : « J'ai pensé que le Président allait s'en sortir et qu'il irait sans doute mieux dans les prochaines semaines. » Olivier Guichard, ministre de l'Aménagement du territoire, dira : « C'était épouvantable. » Pour les uns, sa phrase : « Il faut que le ton soit donné par tous les ministres sans chercher à louvoyer ou à combiner » était un testament. Pour les autres, elle était une preuve que le Président entendait bien relancer la dynamique politique...

Curieusement, on s'aperçoit que tous ceux qui allaient devenir des « chabanistes » avaient vu le Président en train de mourir. Les autres, au contraire, s'étaient accrochés aux dernières phrases du Président qui, pour la première fois, faisait état publiquement de son mal et déclarait : « A l'heure actuelle ma vie n'est agréable ni physiquement ni moralement. Je voudrais que vous compreniez que je ne suis pas toujours heureux. Mais cela n'a rien de dramatique et finira. Les réalités ne sont pas celles qu'on donne à entendre. Cela étant, je ne gambade pas. Je prendrai sans doute quelques jours de repos. Mais j'ai le ferme espoir d'embêter tout le monde. »

Chirac qui est toujours prêt à se battre comme un fauve dès qu'il s'agit de la mémoire de Georges Pompidou a été indigné par certaines versions données de ce dernier Conseil. Il se souvient : « Lors du dernier Conseil qu'il a tenu, il s'est comporté comme d'habitude. Il a longuement parlé des problèmes essentiels et en a, comme chaque fois, dégagé la philosophie. Las, peut-être, mais jamais diminué ou absent. Ma colère a été d'autant plus grande le lendemain de sa mort lorsque j'ai entendu sur les ondes d'Europe n° 1 un chroniqueur – rejeton d'une illustre famille littéraire – prétendre faire le compte rendu de ce conseil au cours duquel Georges Pompidou ne se serait montré, à notre stupeur attristée à tous, maître ni de son corps ni de sa pensée. J'entendais ces sornettes par la radio de bord de ma voiture que je conduisais moi-même. Quand un homme considéré comme un maître s'est précisément appliqué au contraire jusqu'à en mourir, il y a de quoi avoir une réaction de rage. J'ai fait demi-tour en pleine avenue de Wagram, j'ai filé droit à Europe n° 1, j'ai grimpé les escaliers, je me suis heurté à un journaliste à qui j'ai exprimé mon indignation à l'égard d'un propos aussi malveillant qu'irresponsable ainsi que mon exigence de passer immédiatement sur l'antenne pour rétablir la vérité. Manifestement inquiet de l'état de fureur dans lequel je me trouvais, ce responsable a fait immédiatement le nécessaire. J'ai pu m'expliquer longuement au micro et témoigner de la vérité. J'atteste solennellement que Georges Pompidou a assumé, jusqu'à la dernière minute, la direction des affaires de l'État avec une totale maîtrise de corps et d'esprit. Si l'homme que j'ai connu, fréquenté et aimé avait décelé un indice laissant craindre un amoindrissement, même bénin de ses facultés, je suis certain qu'il en aurait lui-même tiré les conséquences et se serait retiré. Pour cet intellectuel sceptique, le respect de l'État était primordial » (Entretien avec l'auteur).

Le vendredi 29 mars, le Président reçoit à l'Élysée successivement et pour leur traditionnelle audience hebdomadaire, Foccart, Jobert et Giscard qui le trouve « fatigué mais intellectuellement, comme d'habitude, en pleine forme ».

Le soir, le président fait savoir à ses services qu'il compte, à son retour de Bonn où il sera les 3 et 4 mai, s'arrêter une nuit à Strasbourg. Puis il part pour Orvilliers.

Le dimanche 31 mars, en fin de matinée, il est frappé d'une septicémie. On le ramène dans l'après-midi à son domicile parisien du quai de Béthune. Le fils du Président, le docteur Alain Pompidou téléphone à Edouard Balladur, secrétaire général de l'Élysée et sans doute le plus fidèle des collaborateurs. Balladur se précipite quai de Béthune. Il ne verra pas Georges Pompidou. Vers onze heures du soir, il estime de son devoir d'appeler Pierre Juillet qui vient immédiatement mais qui ne verra pas, lui non plus, le président. Juillet repart vers une heure du matin. Balladur reste avec Mme Pompidou et Alain dans la pièce voisine de la chambre du président. Au petit matin, il regagne son bureau de l'Élysée. Dans la journée, il recevra l'ambassadeur d'U.R.S.S. et celui de Grande-Bretagne qui, sous des prétextes futiles, sont en fait, venus aux nouvelles. Toute la journée de ce lundi 1er avril, l'état de santé de Georges Pompidou s'aggrave encore. Mardi matin, cela va un peu mieux. Balladur retourne quai de Béthune. Dans un semi-coma, le président a murmuré devant son médecin et une de ses infirmières : « 58... continuer... il faut. »

A 21 heures, ce mardi 2 avril 1974, le président Georges Pompidou s'éteint. Une pluie fine tombe sur la Seine. Alain Pompidou téléphone à Balladur. Le secrétaire général de l'Élysée appelle alors le Premier ministre, Pierre Messmer, le président du sénat, Alain Poher qui est, une seconde fois, chargé d'assurer l'intérim, le président de l'Assemblée Edgar Faure et Roger Frey.

Giscard dîne chez un ami banquier à Neuilly. Chaban est dans l'avion qui le ramène de Bordeaux. Mitterrand est seul à sa table chez Lipp. Messmer est à Matignon. Chirac est dans son bureau de la place Beauvau. C'est Messmer qui lui apprend la mort du Président.

Mitterrand est prévenu par le patron de Lipp. Chaban par son collaborateur Pierre Pascal qui est venu le chercher à Orly. Giscard par son hôte, Claude de Kémoularia.

Giscard poursuit son dîner (après avoir tout de même téléphoné à Poniatowski qui le cherchait), Chaban, dans le hall d'Orly, se surprend à penser : « Eh bien voilà, ce n'est plus de répétitions qu'il s'agit, c'est la pièce même qu'il va falloir jouer. Une chose est d'avoir mille fois envisagé de telles perspectives, une autre d'avoir à les aborder. L'obstacle était là. J'en éprouvais au creux de la poitrine comme un vide, tel que je n'en avais jamais connu. » *(L'ardeur)*. Mitterrand « devient livide » et sort rapidement de chez Lipp. Poher, seul dans son bureau du Sénat, se met à rédiger un texte. Messmer fait appeler Chirac, Germain, Debré, Lecat, Galley, Sanguinetti, Juillet. Chirac éclate en sanglots.

Mais une demi-heure plus tard, le ministre de l'Intérieur est à Matignon. La situation est simple : Mitterrand va être candidat. Il est actuellement au haut de la vague. Il n'a jamais été aussi dangereux. Il faut donc que la majorité se présente au meilleur de sa forme. Or il est évident que Chaban (qui a déjà appelé Matignon pour savoir si on avait besoin de lui) va se présenter et que Giscard, aussi, va se présenter. Ni l'un ni l'autre n'ont jamais caché leurs ambitions. La majorité ne peut pas s'offrir des primaires où elle s'entre-déchirerait inévitablement devant un électorat hésitant. Juillet et Chirac sont formels : pour éviter ces primaires, il faut barrer la route à Chaban et à Giscard. Comment? En imposant un troisième homme qui serait acceptable par tout le monde. Qui? Le plus ancien dans le grade le plus élevé actuellement, le Premier ministre en poste, Pierre Messmer.

C'est indiscutablement de l'improvisation. Messmer n'est pas un bon candidat et Chirac le sait. Depuis qu'il est à Matignon, le Premier ministre n'a pas pu imposer son image à l'opinion et a multiplié les gaffes. Mais Chirac n'a pas le choix. Fidèle à la politique de Pompidou, il ne veut ni de Chaban ni de Giscard. Chaban a fait, à ses yeux, de 1969 à 1972, la preuve qu'il n'était pas un homme d'État. Son désir d'être aimé à tout prix et de paraître aussi jeune qu'un joueur de tennis l'ont conduit à prôner une politique moderniste dangereuse – la « nouvelle société » – que ni la vraie France ni les réalités économiques ne toléreraient. Pompidou l'a dit et répété devant Chirac. D'autre part, il a tenté de remettre en cause les institutions en se prenant plus pour un président du Conseil de la IVᵉ que pour un Premier ministre de la Vᵉ. Enfin, il a laissé, par faiblesse, par gentillesse, le régime s'enliser dans les scandales politico-financiers. Non, Chaban est dangereux. Quant à Giscard, certes il est brillant, certes il ferait une bonne campagne, mais il n'est pas « de la famille » et les gaullistes ne vont tout de même pas soutenir un candidat qui serait, en cas de succès, le premier non-gaulliste de la Vᵉ à s'installer à l'Élysée. Et puis Giscard a « trahi » de Gaulle et a toujours tout fait pour affaiblir le mouvement gaulliste.

Ce mardi 2 avril 1974, quelques heures à peine après la mort de Georges Pompidou, à Matignon tout le monde est dans le bureau du meilleur ami de Jacques Chirac, Jacques Friedmann, l'ancien camarade de Carnot, de Sciences-po, de l'E.N.A., d'Algérie, l'ancien directeur du cabinet de Chirac aux Finances et au Parlement, mais aussi l'ancien membre du Cabinet de Giscard (de 64 à 66) et qui est alors directeur du cabinet de Messmer (sur proposition de Chirac). Il y a là Messmer, Debré, Jean Taittinger (Garde des Sceaux), Lecat, Germain, Sanguinetti, Juillet, Chirac.

Le ministre de l'Intérieur répète : « Si Chaban est candidat, Giscard le sera aussi. Il y aura des primaires. Chaban n'est pas le meilleur. Il fera une erreur par jour. Alors qu'avec Messmer on est sûr de battre Mitterrand » et Chirac sort de sa poche des sondages des Renseignements généraux qui le prouvent. Debré et Sanguinetti – qui sont très « chabanistes » – font remarquer que ces sondages ne veulent rien dire, mais Taittinger, Lecat et Germain se disent d'accord avec Chirac. Et Chirac ajoute pour tenter d'emporter l'adhésion : « M. Pompidou souhaitait d'ailleurs que Messmer lui succède »...

Messmer est sceptique. Il n'a surtout pas envie de se lancer dans la bataille. Assez lucide, il a déjà compris qu'il ne faisait « pas le poids » à Matignon, alors l'Élysée!

Il est vraisemblable que Juillet, ce soir-là, a pensé, un instant, à une candidature de Jacques Chirac. Mais Chirac est trop jeune et puis il s'est fait siffler aux Assises de Nantes. Après une petite allusion, il y renonce. Finalement, Messmer, ce n'est peut-être pas si mal! Comme Chaban, il incarne la fidélité au Général – il est lui aussi Compagnon – et, en plus, lui, il a été fidèle à Pompidou. En le poussant un peu, on peut l'imposer à l'U.D.R. et si on en fait l'héritier désigné de Pompidou – qui venait justement de le renommer à Matignon –, avec une bonne campagne, il pourra passer. Et après on sera tranquille, Chirac prendra Matignon et le pompidolisme pourra continuer.

Avec le recul du temps, l'idée de faire élire en 1974 Messmer président de la République semble pour le moins audacieuse. Mais on ne refait pas l'histoire électorale. Poher n'était pas un candidat « sérieux » en 69 contre Pompidou et il a fait un très beau score. Si Chaban et Giscard s'étaient effacés (ce qui était exclu), rien ne permet d'affirmer que Pierre Auguste Messmer n'aurait pas été élu grâce au souvenir du Général et à l'émotion populaire qu'avait provoquée la mort de Pompidou. Ce qui est sûr en tous les cas c'est que Chirac a cru la chose « jouable » (faute de mieux) et qu'il a tout fait de ce mardi soir 2 avril au dimanche 7 pour imposer Messmer.

Le mercredi 3, après un conseil de cabinet réuni pour organiser les obsèques du Président, Messmer reçoit en début d'après-midi Chaban qui lui déclare : « Pierre, il faut que tu saches que je serai candidat envers et contre tout ». Messmer qui n'a pourtant pas beaucoup le sens de l'humour – et les circonstances s'y prêtaient peu – répond : « Tu veux dire envers et contre tous » devant un Chaban un peu étonné. Puis Messmer reçoit Debré qui lui affirme que Chaban est le meilleur et le seul candidat gaulliste possible.

Pendant ce temps, à Matignon aussi, mais dans un autre bureau, Chirac préside une réunion de tous les ministres membres de l'U.D.R. (sans Guichard toutefois). Chirac répète qu'il faut que Messmer soit candidat au non de l'union de la majorité et ajoute qu'il faut que Messmer fasse une déclaration à la télévision pour s'imposer immédiatement comme le successeur. Taittinger est d'accord avec cette idée. Les autres moins.

Le jeudi 4, dans la matinée, ce sont les obsèques de Georges Pompidou en l'église Saint-Louis en l'Île. Chaban, Debré et Frey ne sont pas là. Chirac est secoué par des sanglots (il portera une cravate noire pendant un an). Ponia, pourtant peu sensible et encore moins pompidolien, dira d'ailleurs : « Nous, les ministres, avions tous la larme à l'œil. »

Après la messe, Chirac, Juillet, Marie-France et Ponia se retrouvent chez Giscard, au ministère des Finances pour déjeuner. Mais surtout pour parler. On a dit qu'à peine les obsèques terminées, « les comploteurs s'étaient ainsi retrouvés pour mettre au point leur scénario ». C'est faux. Chirac, Juillet et Marie-France continuent alors, chez Giscard, à défendre la candidature de Messmer. Visiblement, Giscard est – de plus en plus – candidat, mais devant la détermination du ministre de l'Intérieur, il fait mine d'accepter une sorte de compromis : « Si Messmer est seul candidat, dit-il, je vous donne ma parole que je ne me présenterai pas. Mais si Chaban est candidat je vous donne aussi ma parole que je me présenterai ». Chirac n'est pas dupe. Il sait très bien que Giscard est convaincu que Chaban se présentera contre vents et marées. Le ministre des Finances prend donc là un engagement qui ne... l'engage pas à grand-chose. Mais Chirac n'a pas le choix. Il va essayer de prendre

Giscard au mot. Il faut obliger Chaban à déclarer forfait, il faut obliger Messmer à se présenter.

Chirac se précipite à Matignon. Il supplie Messmer, lui affirme que s'il se présente Giscard ne se présentera pas et que donc Chaban sera bien obligé, lui aussi, au nom de l'union, d'abandonner. Messmer hésite. Il ne veut pas avoir l'air de se présenter contre l'autre ancien Premier ministre de Georges Pompidou, contre un autre compagnon de la Libération, il ne veut pas avoir l'air de jouer lui les diviseurs, et puis il n'est pas baron et puis...

Dans l'après-midi, Chirac est à l'Assemblée Nationale. A 16 heures, Edgar Faure commence son éloge officiel du Président Pompidou. Tous les membres du gouvernement et tous les députés sont debout, émus. Soudain, Faure a à peine commencé son discours, une rumeur circule dans les travées. Un flash vient de tomber sur les téléscripteurs de l'A.F.P. : « Officiel : Chaban candidat à la présidence de la République. » Chirac déclare : « Cette hâte est indécente. » Chaban qui a eu peur que Messmer ne finisse par céder aux pressions de Chirac et ne parte le premier – ce qui l'aurait considérablement gêné –, s'est lancé dans la bataille, il a foncé. Trop tôt. Beaucoup de Français seront choqués par cette précipitation. Chaban se souvenait que Pompidou avait pris tout le monde de court, en 1969, en annonçant sa candidature trente-six heures seulement après les résultats du référendum. Mais en 69, il n'y avait pas mort d'homme! Comme l'écrit Jacques Chapsal dans *La vie politique sous la Ve République* : « Peut-être celui qui fut un jeune général de la Résistance commet-il l'erreur classique des vieux généraux, celle de raisonner sur la guerre précédente » et Giscard, lui, fait simplement savoir au même moment qu'il s'abstiendra de toute déclaration « aussi longtemps que ne sera pas achevé l'hommage public national et international rendu à la mémoire du Georges Pompidou ». Simple déclaration par laquelle il marque deux points sur son adversaire!

A 17 h 30, c'est la grande réunion des responsables gaullistes à Matignon. Il y a autour de Messmer, bien silencieux, Chaban, déjà vainqueur, Guichard, Debré, Sanguinetti, Claude Labbé, Germain, Taittinger, Juillet et Chirac. C'est l'affrontement. Chaban soutenu par Debré, Guichard, Sanguinetti et Labbé, affirme qu'il est « le » candidat gaulliste. Chirac lui répond immédiatement et sans ambages qu'il est un « mauvais candidat », qu'il va entraîner la candidature de Giscard et qu'il va donc faire passer Mitterrand. Chirac déclare textuellement en s'adressant à Chaban : « Vous ferez 15 % des voix au premier tour, Giscard en fera 30 % et Mitterand 45. Avec un tel handicap, Giscard sera battu au second tour. Le problème n'est pas de savoir qui sera élu mais comment battre Mitterand. Pour cela, il faut que nous ayons un candidat unique. Le meilleur serait Messmer dans la conjoncture actuelle. Si cela est impossible, il faut que le mieux placé, à l'évidence Giscard, dans ce mauvais schéma, ait au moins 36 ou 38 % au premier tour pour pouvoir franchir la barre au deuxième. » Chacun est ainsi fixé sur la position de chacun. La guerre est déclarée. Loyalement, pourrait-on dire.

Puis, Messmer reçoit Giscard qui lui confirme qu'il ne sera pas candidat contre lui mais qu'il sera candidat contre Chaban. Et enfin le Premier ministre reçoit Edgar Faure qu'on avait un peu oublié mais qui vient faire savoir... qu'il est candidat!

Le vendredi 5 avril, Alain Poher préside, à l'Élysée, le Conseil des ministres. Chirac qui en tant que ministre de l'Intérieur est maître du calendrier des élections, fait reporter la date du premier tour des présidentielles prévu pour le 28 avril au 5 mai. Il gagne ainsi huit jours pour tenter de convaincre Messmer et surtout pour fatiguer Chaban. Dans l'après-midi, à la réunion du bureau exécutif de l'U.D.R., Poujade demande l'exclusion de Chirac. Sanguinetti lui répond qu'hélas, Chirac n'étant pas membre du mouvement, on ne doit pas l'exclure!

Le samedi 6, à 13 heures, c'est la messe officielle à Notre-Dame, en l'honneur de Georges Pompidou et en présence de tous les chefs d'État étrangers. Giscard est le seul à communier. Certains trouvent que c'est un peu beaucoup.

Et c'est le dimanche 7 que tout va basculer. Le matin à la maison des Centraux, Chaban se fait plébisciter, à mains levées, par les trois cent cinquante membres du Comité Central de l'U.D.R. qui l'acclament. Chirac, lui, est hué ou déjà ignoré, mais il se bat encore et il s'écrie avant de partir : « Nous allons au casse-pipe, je vous aurai prévenus. » L'après-midi, Chirac, Juillet (encore en tenue de chasse, paraît-il) et Denis Baudoin se réunissent dans le grand appartement triste et cossu de Marie-France, rue Margueritte, à côté du parc Monceau.

Tout est désormais bien clair : Chaban ne veut pas et ne peut plus maintenant qu'il a reçu l'investiture du parti gaulliste, reculer. Giscard va se présenter, comme on s'en doutait. Messmer, c'est fini. Il faut donc changer de stratégie et abandonner le scénario un peu hâtif du président médiocre Messmer avec un Premier ministre gardien du pompidolisme, Chirac. Maintenant il n'y a plus d'échappatoire : ce sera Chaban ou Giscard. La peste ou le choléra!

Chirac fait une analyse simple : avec Chaban, on sait ce que ça sera : la « nouvelle société ». Et comme cette fois il aura été élu au suffrage universel et avec l'appui spontané et enthousiaste de tous les gaullistes, il n'y aura aucun moyen de le freiner, de le ramener à la raison. Avec sa politique aventuriste, il se présentera comme l'héritier du Général, le pays ira droit à la catastrophe et ça sera la deuxième mort de Pompidou.

Giscard, lui, a l'avantage, aux yeux de Chirac, d'être dans une position moins forte que Chaban. Il ne peut pas se présenter comme l'héritier du Général, son parti des Républicains Indépendants n'a pas la puissance du mouvement gaulliste et lui-même ne semble pas convaincu de porter en lui la vérité révolutionnaire. D'autre part, comme il ne pourra pas être élu sans un appui de certains gaullistes, si on lui donne cette aide « contre-nature », il sera bien obligé d'en tenir compte après son éventuel succès. On pourra donc l'influencer et imposer à son régime l'essentiel du pompidolisme, d'autant plus qu'à la moindre occasion, on pourra l'accuser de trahison et le rappeler à l'ordre avec la majorité gaulliste du Parlement. Pour sauvegarder l'héritage de Pompidou – seule préoccupation des comploteurs de la rue Margueritte – on a donc intérêt à jouer l'outsider.

Et c'est comme ça que Chirac, Juillet, Marie-France et Denis Baudoin décident de soutenir Giscard. On est le dimanche 7 avril, il est 17 heures. Le destin de la France vient de changer.

Après coup, Chirac préfère affirmer qu'il fit alors une autre analyse : « C'était la résultante évidente d'un raisonnement qui ensuite s'est avéré juste. Ce sont ceux d'ordinaire qu'on vous pardonne le moins. La succession de Georges Pompidou se jouerait selon moi au premier tour de scrutin. Il ne fallait pas que le candidat de tête de la majorité se situe au-dessous de 32 ou 33 % des voix, c'est-à-dire du tiers du corps électoral. Plus bas, la vitesse acquise risquait d'entraîner la victoire de François Mitterrand. Dans la primaire entre Giscard et Chaban, le premier était assuré d'arriver en tête mais dépasserait-il cette barre des 32, 33 %? L'écart était de l'ordre de 2 ou 3 %. Une analyse objective conduisait si l'on voulait que la majorité conserve la présidence de la République, à reporter ces 2 ou 3 % de Chaban sur Giscard, autrement dit d'alourdir, de conforter le mieux placé des deux candidats de la majorité. Toute dispersion de voix sous prétexte de fidélité individuelle ou idéologique faisait le jeu de l'opposition. La politique exclut vite les rêveurs ou les romanesques. Elle est l'expression d'une volonté et d'une espérance populaires et les problèmes de personnes doivent, aux moments cruciaux, céder le pas au réalisme. C'est ce que j'ai fait. » (Entretien avec l'auteur).

Cette analyse, *a posteriori*, n'est pas très satisfaisante. Rien ne permet, le 7 avril, d'affirmer que Giscard va, le 5 mai, devancer de quelques points Chaban et même si les pronostics donnent un écart de 2 ou 3 %, une bonne campagne serait suffisante pour rattraper ce handicap. Ensuite et surtout, on ne soutient pas un candidat simplement parce qu'il a une petite chance de l'emporter, mais bien pour les raisons politiques plus fondamentales.

Par acquit de conscience, après cette fameuse réunion de la rue Margueritte, Chirac et Juillet retournent, une fois encore, à Matignon pour tenter, une dernière fois, de convaincre Messmer. Messmer répète ses conditions : être le seul candidat de la majorité. L'affaire est entendue. En sortant de Matignon, Juillet prend la route du château de Varvasse, la résidence de Giscard dans le Puy-de-Dôme. Il va passer la soirée avec le candidat que les pompidoliens ont décidé de soutenir, ils vont mettre, noir sur blanc, une nouvelle définition de la majorité présidentielle future et parler, accessoirement, du rôle que pourraient jouer après les élections les gaullistes.

Le lendemain, le lundi 8 avril, à midi, Giscard, de sa mairie de Chamalières, annonce qu'il est candidat : « Il y a moins d'une semaine disparaissait le président Georges Pompidou. J'ai pensé, je pense encore que ceux qui s'inspirent de sa mémoire devaient s'associer au deuil du peuple français avant de se préoccuper de sa succession. Je m'adresse à vous aujourd'hui, ici, dans cette mairie de province d'Auvergne pour vous dire que je suis candidat (...) Depuis des années, j'affirme que la France a besoin d'une majorité élargie. C'est pourquoi je m'adresse à vous tous, électeurs U.D.R., Républicains Indépendants, centristes, réformateurs (...) Je voudrais regarder la France au fond des yeux, lui dire mon message et écouter le sien. » Tout y est : l'attaque contre l'indécence de Chaban, la référence à Pompidou (Giscard « s'inspire de sa mémoire » et est, lui aussi, de « province d'Auvergne »), le désaveu de l'attitude de certains gaullistes (qui ne voulaient pas de majorité élargie), l'appel aux électeurs gaullistes, aux réformateurs. Le ton même. Un brin gaullien avec cette France qu'on voudrait regarder dans les yeux, un brin de gauche avec ce message qu'on voudrait faire passer, un brin centriste avec tout le reste. Et il est bien connu que c'est en ramassant des brins qu'on finit par faire un grand bouquet de voix, en période électorale.

Le mardi 9, Pierre Messmer qui a donc attendu « à l'embranchement des deux routes » pendant six jours, fait savoir qu'il est « résolu » à se « présenter au suffrage des Français si les autres candidats de la majorité se retirent » et il le leur demande mais en ajoutant : « Si un autre est mieux placé que moi pour rassembler autour de lui tous ceux qui pensent d'abord à la France, je m'en réjouirai car je ne suis habité d'aucune ambition personnelle. Je fais mon devoir. » Quatre heures plus tard, Chaban vient le voir à Matignon pour lui redire qu'il n'est pas question qu'il abandonne et qu'il se sent en effet mieux placer que Pierre Messmer. Quelques minutes plus tard, Matignon diffuse un communiqué annonçant que « les conditions posées n'ayant pas été réunies », Messmer n'est plus candidat et que sa décision est « irrévocable ». Mais le pauvre Messmer a-t-il jamais été dans la course, en fait?

Chirac se trouve dans une position particulièrement inconfortable. Par fidélité à Pompidou (et par conviction personnelle), il veut barrer la route à Chaban ce qui l'exclut de cette U.D.R. (dont il ne fait d'ailleurs pas partie) mais, en même temps, s'il veut « tenir » Giscard et lui imposer un minimum de pompidolisme, il faut qu'il lui apporte, précisément, un minimum de soutien de cette U.D.R. Pas facile! Les gaullistes ont toujours détesté Giscard, depuis le « oui mais » et le « non » et ils détestent maintenant Chirac lui-même.

Et c'est alors que Chirac (ou Juillet (?) qui vient de s'installer au ministère de l'Intérieur) va avoir l'idée de « l'appel des 43 ». Les U.D.R. peuvent difficilement reprocher à Chaban de s'être porté candidat, mais ils peuvent parfaitement regretter qu'il y ait aujourd'hui plusieurs candidats de la majorité. Or puisque Giscard a toujours répété qu'il se retirerait si Chaban se retirait, c'est bien Chaban qui est responsable de cette prolifération dangereuse et peu convenable de candidatures. A dire le vrai, l'argument tient assez mal. Quand on est le candidat plébiscité du gaullisme, on n'a pas à tenir compte des sautes d'humeur du président des R.I, patricide de De Gaulle. Et qu'est-ce qui permet à Giscard de choisir le candidat gaulliste, d'accepter un Messmer, auquel personne ne croit, et de refuser un Chaban, qui a toutes ses chances? Mais qu'importe. Chirac fonce avec cette argumentation établie à la va-vite et récolte des signatures. Il lui faut matérialiser l'aide qu'il apporte à Giscard pour le tenir « après ».

Pendant trois jours (et trois nuits), Chirac, Tomasini, André Bord, Pierre Lelong, Roger Romani et Jacques Toubon, chef de cabinet du ministre de l'Intérieur, téléphonent à tout le monde pour arracher ces signatures. Il faut faire masse. Le ministre de l'Intérieur va jusqu'à envoyer les gendarmes réveiller à deux heures du matin Jean Fabre, député de la Haute-Marne dont le téléphone est en dérangement. Fabre, furieux, refusera d'être le 44ᵉ « Saxon » (allusion à la bataille de Leipzig de 1813 où les Saxons trahirent Napoléon pour rejoindre les Alliés). Finalement, Chirac aura 42 signatures plus la sienne. Trois ministres (Lecat, Taittinger, Stirn), 33 députés U.D.R., 3 centristes, 2 R.I. et un réformateur.

Cet appel – et c'est en cela qu'il est bien rédigé – n'a l'air de rien : on en parle beaucoup, mais peu de gens l'ont lu.

« La disparition brutale de Georges Pompidou place la France devant un choix fondamental : élire un chef de l'État et donc opter pour un type de société. La tâche engagée doit être poursuivie. Or la pluralité des candidatures qui se manifestent de la part d'hommes qui, à des titres divers ont participé à l'œuvre entreprise par le général de Gaulle et Georges Pompidou, apparaît comme un phénomène peut-être explicable mais profondément regrettable.

« Les élus soussignés ont vivement souhaité une candidature d'union afin de faire échec à la coalition socialo-communiste en respectant l'esprit de rassemblement de la Vᵉ République. C'est pourquoi, ils ont soutenu de tout cœur les efforts de Pierre Messmer, Premier ministre et chef de la majorité pour y parvenir. Ils rendent hommage à son action.

« Compte tenu de l'évolution récente de la situation notamment de la dernière candidature enregistrée et du fait que les délais impartis par la loi pour le dépôt des candidatures ne sont pas expirés, ils ont décidé de se réunir.

« Ils appellent une dernière fois l'attention des candidats issus de la majorité sur les risques que présente cette situation que le pays ne comprend guère et admet mal. Ils confirment les principes fondamentaux de la Vᵉ République pour lesquels ils ont combattu et auxquels ils sont inébranlablement attachés : Sur le plan extérieur : indépendance nationale, construction de l'Europe, solidarité avec tous les peuples. Sur le plan intérieur : respect des institutions, sauvegarde de la liberté, progrès économiques, répartition toujours meilleure des revenus et responsabilités entre tous les Français. Ils considèrent que la défense de ces principes est leur premier devoir.

« En conséquence, ils arrêteront ensemble et en conscience une position concertée en faveur de la solution qui leur paraîtra le mieux assurer le respect de ces principes en faisant échec à toute candidature socialo-communiste qui remettrait en cause l'avenir de la France et le bonheur des Français. »

On le voit, ce texte regrette l'échec de la candidature de Messmer et la multiplication des candidatures. Un certain nombre de signataires n'y ont rien vu de plus (notamment ceux que Chirac a réveillés en pleine nuit). En fait, il s'agit tout simplement d'une condamnation de Chaban et d'un ralliement à Giscard. Par la publication, le samedi 13 avril, de ce texte – qui, selon Guichard, fera perdre 5 points à Chaban – Chirac apporte à Giscard le soutien qui peut permettre au candidat R.I. de passer (les fameux 3 %) mais qui fait aussi du futur président un débiteur des pompidoliens. C'est bien joué!

Cet appel des 43 semblera à beaucoup pour le moins curieux.

Charbonnel écrira : « Il pouvait apparaître étrange de voir des gaullistes rejoindre celui qui à partir de 1966 avait âprement critiqué l'action du général de Gaulle et de Georges Pompidou, réclamé le départ du Premier ministre en 68 et participé avec éclat à la coalition qui en mars 69 avait chassé le Général du pouvoir. » Michel Jobert ajoutera : « L'histoire est à la fois cruelle et complaisante qui, cinq années après, devait une nouvelle fois offrir à bien des personnages l'occasion de s'interroger gravement : accepter Giscard n'est-ce pas trahir Pompidou? comme ils s'étaient demandé si accepter Pompidou ce n'était pas renier de Gaulle. Mais, comme dans les expériences chimiques, de maillon en maillon, les composants ne sont plus les mêmes, ici non plus le point de départ et le point d'arrivée ne se ressemblaient pas. Ils prirent bien garde de s'en apercevoir et au nom d'un intérêt supérieur, inséparable de leur sentiment, ils se résolurent, comme par habitude, à souffrir un peu et à s'arranger du temps, gris-rose dont on s'arrange toujours. » *(L'autre regard)*.

Belles phrases qui auraient certainement plu, par leur cynisme, à Georges Pompidou, qui étaient écrites pour déplaire à Chirac (et à d'autres) et qui aujourd'hui prennent un supplément de sel : leur auteur lui-même s'étant arrangé du temps, gris-rose et même rose vif, dont on s'arrange toujours, en entrant, sept ans après la mort de Georges Pompidou, et pour le temps d'une rose, dans le gouvernement de François Mitterrand.

La réaction de Sanguinetti est plus amusante et peut-être – qui sait? – plus intéressante. Quand Philippe de Saint-Robert l'interroge sur ce ralliement de Chirac à Giscard, le vieux baroudeur du gaullisme s'écrie : « Giscard n'a aucune importance. Quand il aura fait trop de conneries, Chirac le balancera et l'U.D.R reviendra au pouvoir. » (Ph. de Saint-Robert, *Les Septennats interrompus.)*

Quoi qu'il en soit, Chirac, lui, s'en tient à sa version : « Si j'ai soutenu Giscard, ce n'était certainement pas pour lui faire plaisir. Je n'ai jamais eu d'atomes crochus avec lui. Mais c'était la seule façon de faire battre Mitterrand », version qu'il adopta à partir de 76 et de sa brouille avec Giscard et dont on peut contester au moins une affirmation : s'il n'a jamais eu d'atomes crochus avec Giscard, il fut un temps – il précise aujourd'hui « l'espace d'un matin »... – où il avouait lui-même qu'il aurait été giscardien s'il n'avait été pompidolien.

Et c'est ici qu'on peut (au-delà des accusations faciles et sans intérêt de « trahison » et au-delà des défenses *a posteriori*) se poser la vraie question... Les pompidoliens ne devaient-ils pas, tout naturellement, en 74, être plus giscardiens que chabanistes?

Pompidou, on l'a vu, n'avait pas désigné son successeur laissant croire à Chaban comme à Giscard qu'il fallait qu'ils se préparent. Recevant Chaban, six semaines avant sa mort, Pompidou avait encore insisté pour que son ancien Premier ministre améliore son image de marque ajoutant même, selon Chaban lui-même, « l'objectif principal étant d'ordre de politique intérieure » *(L'ardeur.)* Et si, peu avant de disparaître, le Président avait bien déclaré en parlant de Giscard : « Quel talent, mais quelle vilaine nature! », en janvier 74, il avait téléphoné à Giscard pour lui demander si, éventuellement, il serait prêt à accepter Matignon.

Cela dit, si on « récapitule », on s'aperçoit que Pompidou a bien voulu « la peau » de Giscard en 66, qu'il lui a souvent fait des reproches quant à sa piètre gestion de l'économie, après son retour de 69 (retour en partie imposé par... Chaban), mais que jamais le président n'a eu pour lui les colères qu'il a eues contre Chaban. Il reprochait à Giscard sa désinvolture, son snobisme, son côté polytechnicien sans cœur, mais il reprochait à Chaban le fond même de sa politique. C'était autrement plus grave.

Et finalement on ne s'étonne pas que Mme Pompidou ait avoué avoir voté Giscard et que son fils ait envoyé, entre les deux tours, une lettre de sympathie à Giscard (il en avait envoyé une à Chirac dès l' « appel des 43 »), alors que l'amiral de Gaulle en envoyait une à Chaban.

La vraie question revient à celle-ci : en 1974, alors qu'on ne sait pas encore ce que va faire Giscard mais qu'on a déjà vu à l'œuvre Chaban, n'est-il pas normal que la « grande famille gaulliste » où avaient cohabité des Pompidou et des Capitant, des Juillet et des Chaban, des Chirac et des Charbonnel – éclate en deux? Et si un Jean-Philippe Lecat réussit à créer dans son département à la fois un « comité de soutien à Giscard » et un « comité de soutien à Chaban » couronnés par « un comité de liaison de la majorité nouvelle » *(sic!)* n'est-il pas naturel que, les personnalités de De Gaulle et de Pompidou ayant disparu, les adversaires de la nouvelle société refusent de voter Chaban et s'imaginent que Giscard sera plus fidèle à l'image qu'ils se font eux-mêmes du gaullisme que l'ancien ministre de Mendès? Quoi qu'il en soit, les chabanistes continueront longtemps encore à être convaincus que, sans Chirac, leur homme aurait été élu et que le destin du pays aurait été tout autre et les chiraquiens, eux, continueront à penser que, sans leur homme, Miterrand serait passé dès 1974. Quant au personnel politique de l'U.D.R., il se dira rapidement, même sans l'avouer et même avant les résultats, qu'après tout Chirac n'a pas si mal joué puisque en cas de victoire de Chaban, c'était bien une victoire de l'U.D.R. mais, qu'en cas de victoire de Giscard, grâce à Chirac, l'U.D.R. était tout de même, un peu, présente à l'arrivée.

La campagne proprement dite a été une caricature de campagne « moderne ». S'il y a bien eu des réunions, des tournées en province et des bains de foule de tous les candidats – ils furent neuf au total : trois de la majorité Chaban, Giscard et Royer, un de l'opposition : Mitterrand et huit « marginaux » : Laguiller, Dumont, Le Pen, Muller, Krivine, Renouvin, Sebag et Héraud – tout se joua, en fait, avec les sondages et la télévision.

On a beaucoup dit que Chirac avait « achevé » Chaban à coups de sondages. Et il est vrai que certaines « fuites » ont permis de faire connaître, très rapidement, que Giscard dépassait puis « lâchait » Chaban. La dynamique d'une campagne présidentielle est telle que celui qui prend un mauvais départ dans les sondages, perd de plus en plus pied et qu'inversement la victoire court au-devant de celui que ces sondages semblent donner vainqueur. D'autre part, psychologiquement, Chaban – que Ponia attaque alors en évoquant sa « faiblesse » et que Françoise Giroud compare à un blessé dans « une ambulance » sur laquelle il ne serait pas charitable de tirer! – n'était pas homme à remonter la pente. Tout lui avait toujours souri et il est homme à aller à la victoire en chantant... à condition que tout chante autour de lui. Plus rien ne chantait, il s'effondrait.

Si donc on peut reprocher à Chirac de n'avoir pas empêcher les fuites des sondages des Renseignements généraux (mais c'était de bonne guerre et quand le destin du pays est en jeu tout est permis, ou presque), on ne peut pas, comme on l'a fait, lui reprocher d'avoir truqué ces chiffres. Rarement sondages ont été aussi vérifiés par les résultats. Le 22 avril, *Le Journal du dimanche* publiait un sondage confidentiel des R.G. : Mitterrand : 42 %, Giscard : 31 %, Chaban : 18 %. Certains (chabanistes) s'écriaient aussitôt que Chirac avait artificiellement baissé le chiffre de Chaban. Deux semaines plus tard, le 5 mai, on apprenait les résultats du premier tour, ils étaient pires encore pour Chaban : Mitterrand : 43,2 %, Giscard : 32,6 %, Chaban : 15,1 %.

La télévision permettra à Giscard de l'emporter au 2e tour, d'extrême justesse, par 50,8 % contre 49,2 % à Mitterrand. Un si faible écart tendrait à prouver que Chirac avait raison : Mitterrand était plus dangereux qu'il ne l'avait jamais été, il fallait un candidat unique de la majorité et ce candidat ne pouvait se permettre aucune « faiblesse ». Mais, on ne refait pas l'histoire...

Une chose est sûre en tous les cas : au soir du 19 mai 1974, Chirac est devenu un personnage-clé de la vie politique française. Bon ministre de l'Agriculture apprécié par les professionnels, mais encore considéré par la classe politique comme un « poulain » de Pompidou – et à un moment où Pompidou semble déjà mort pour beaucoup – il s'est métamorphosé en quelques semaines et il a « fait » le président de la République.

Cela dit, il a provoqué aussi beaucoup de dégâts : l'U.D.R., le gaullisme a éclaté et a perdu l'Élysée. Mal compris, car il n'a jamais voulu avouer que son opposition à Chaban était « politique », préférant affirmer qu'elle était « réaliste » – ce qui faisait de lui un « traître au gaullisme » alors qu'il aurait pu se présenter comme un « fidèle au pompidolisme » – Chirac se trouve déplacé vers la droite puisqu'aux yeux de l'électorat, Giscard était nettement plus à droite que Chaban. Cette image d'homme de droite va désormais lui coller à la peau. Chaban voulant « gauchiser » le gaullisme a obligé Chirac à rejoindre Giscard et à devenir un homme de droite. Chirac va passer des mois à essayer de se placer à la gauche de Giscard et des années à tenter de faire oublier cette image. S'il n'avait pas senti tout de suite ce danger, ses propres électeurs le lui auraient fait comprendre. Les Corréziens qui avaient pris l'habitude de voter pour un « radicalo-gaulliste » ont, aux présidentielles de 74, voté à 55,5 % pour Mitterrand et Sainte-Féréole a même voté à 60,80 % pour le candidat de la gauche, le candidat soutenu par Chirac n'obtenant, lui, que 39 % des voix.

Au soir de l'élection de Giscard, Chirac est donc bien un personnage-clé, mais il est aussi un personnage contesté.

XI

UN PREMIER MINISTRE MALHEUREUX
1974-1976

« Valéry Giscard d'Estaing m'a reçu rue de Rivoli, dans son bureau du ministère des Finances. J'étais alors ministre de l'Intérieur et mon ralliement lui apportait un sérieux appui. Il me l'a clairement exprimé : – Vous savez, si nous gagnions, je vous demanderai d'être mon Premier ministre. Ma réponse a été immédiate, sincère et nette : – J'ai servi le général, j'ai servi le président Pompidou, je n'ai pas l'intention de poursuivre mon action politique. Je vous soutiens uniquement pour faire battre Mitterrand. Je vous prie donc de ne plus me reparler de cette affaire. Nous nous sommes séparés en ces termes.

« La campagne s'est déroulée sans que jamais nous n'abordions le sujet. Valéry a montré le bout de l'oreille dans un discours sur l'agriculture, prononcé en Bretagne si j'ai bonne mémoire. (C'était en fait à Yvetot, le 23 avril et Giscard avait dit : " Jacques Chirac fait partie de cette catégorie d'hommes d'État qui ont démontré leurs capacités et qui sont ou seront appelés à exercer des responsabilités importantes de l'État "). Les phrases très élogieuses et éloquentes qu'il prononçait à mon égard laissaient entendre qu'en cas de victoire, je serai sans doute appelé à tenir un rôle.

« Deux jours après l'élection, il m'a convoqué chez Michel Poniatowski qui habitait alors un hôtel particulier à Neuilly et il m'a sans ambages demandé d'être son Premier ministre. »

« Nous avons eu alors, Pierre Juillet et moi, une longue conversation pour savoir si je devais accepter ou s'il ne valait pas mieux laisser la charge à Poniatowski. Le Président a insisté. Je n'avais toujours pas envie de m'engager. Pierre Juillet, Jacques Friedmann et quelques autres amis m'ont fait valoir qu'avec moi l'U.D.R. serait présente à Matignon au moment où elle désertait l'Élysée. Je me suis donc rendu à l'invitation de

Valéry Giscard d'Estaing et sans grand enthousiasme. L'heure n'était pas au lyrisme. Nous nous relevions à grand-peine de la mort du président Pompidou, l'élection obtenue de justesse cassait en deux l'U.D.R., j'avais à panser des plaies et à calmer des irritations nées d'une situation tout à fait nouvelle : pour la première fois depuis la naissance de la Vᵉ, l'homme de l'Élysée n'était pas un gaulliste » (Entretien avec l'auteur).

Beaucoup d'observateurs politiques ont toujours mis en doute les hésitations qu'aurait eues Chirac à accepter Matignon au lendemain de l'élection de Giscard. D'abord, il y a ceux qui continuent à affirmer que, depuis longtemps, Chirac jouait la carte de Giscard pour avoir Matignon et que sa « trahison » à l'égard de Chaban ne s'explique que par cette ambition purement personnelle. Nous avons vu qu'historiquement cette hypothèse ne tenait pas puisque tout en ayant déclaré depuis longtemps qu'il « aurait pu être giscardien », Chirac a, dès le soir de la mort de Georges Pompidou, tout fait pour que Messmer soit candidat et pour éviter une candidature de Giscard. Ensuite, il y a ceux qui font remarquer – à juste titre – que jamais jusqu'à présent Chirac n'a refusé une promotion. Mais en mai 1974, les choses sont un peu plus compliquées...

Chirac sait qu'il vient de réussir un « coup » étonnant : faire élire, avec des voix gaullistes, un anti-gaulliste. Mais il sait aussi que sa stratégie a porté un rude coup à sa propre image de marque qui n'était déjà pas fameuse à l'U.D.R. et que donc s'il accepte une « récompense », il risque bien d'apporter de l'eau au moulin de ceux qui l'accusent de n'être qu'un petit ambitieux.

Cela dit, là encore la politique est une chose sérieuse et il ne serait pas « responsable » d'abandonner un raisonnement essentiel, en cours de route, sous prétexte qu'on prendrait le risque d'alimenter une calomnie sans grande importance à dire vrai. Chirac a joué Giscard contre Chaban par fidélité à Pompidou (et à ses propres convictions politiques) parce qu'à ses yeux Chaban, en « gauchisant » le gaullisme, faisait courir à la France des risques considérables. Et il a préféré Giscard parce que celui-ci, plus faible, sans appui populaire, sans parti de masse, sans l'aura gaulliste, pouvait être « tenu » par les pompidoliens. Ce n'était pas maintenant qu'ils lui avaient donné la victoire, qu'ils allaient l'abandonner et lui laisser la bride sur le cou. Chirac, en acceptant d'être Premier ministre, ne recueille pas le « prix de sa trahison », il prend son dû, c'est-à-dire un morceau de ce pouvoir qu'il a donné à Giscard, et il le veut, non pas par un quelconque et ridicule goût des honneurs mais bien pour des raisons politiques et pour continuer dans la voie tracée par Pompidou. – Qui t'a fait roi? – Les pompidoliens – Ne l'oublie pas. Il ne s'agit pas de se partager un gâteau mais de se partager un royaume pour sauvegarder une part de l'héritage.

Et la chose est d'autant plus importante que si avec Chaban on savait très bien ce que le candidat voulait faire (et on n'en voulait pas) avec Giscard tout est beaucoup plus flou. Il fallait donc le surveiller de très près. L'homme qui avait « trahi » de Gaulle et Pompidou, qui avait été élu sur une équivoque – centre, droite, centre-droit, gaullisme, continuité, changement, etc. – pouvait très bien, une fois élu, oublier ses alliés d'hier. Oui, il fallait un pompidolien à Matignon pour que le scénario ne s'effondre pas au dernier moment, si près du but. Et même si, comme Tomasini l'a dit à l'époque, Chirac aurait, de beaucoup, préféré avoir les Finances.

Il est certain que Giscard qui s'était officiellement engagé au cours de sa campagne – le 18 avril – à ne pas prendre un Républicain Indépendant comme Premier ministre, a hésité un moment entre Chirac et Olivier Guichard que lui conseillait Poniatowski (dont le fils Ladislas a épousé Constance Guichard, fille d'Olivier). Mais prendre le « grand méchant mou » comme Premier ministre eut été en revenir aux « barons », donner curieusement une sorte de revanche à Chaban et, somme toute, annuler les raisons même de la candidature du changement. Ce que Giscard veut, c'est : « Relancer, par-delà les hommes et les clans, dans un esprit largement ouvert aux exigences politiques, économiques et sociales de notre temps, ce grand rassemblement et de tous ceux qui partagent une même conception de la démocratie, qui ont les mêmes exigences pour la dignité de l'homme, bref, qui se font une certaine idée de la France de demain ». Or ce n'est pas Giscard qui a écrit ces lignes, mais précisément Chirac, le 18 mai, la veille du second tour dans une tribune politique de *France-Soir*. Et il ajoutait : « Le gaullisme n'est la propriété de personne et ne peut s'incarner dans aucun parti. C'est pour cela que le général de Gaulle n'a jamais voulu que ceux qui s'étaient unis pour le soutenir créent un parti. Il a voulu un grand rassemblement ouvert et dynamique. »

Il y a dans ce texte beaucoup plus que des phrases de circonstances destinées à convaincre les chabanistes hésitants. Il y a non seulement, entre les lignes, l'annonce du grand mouvement « néo-gaulliste » auquel Chirac commence à rêver, mais aussi, pour le plus court terme, le désir de cette nouvelle majorité présidentielle que souhaite Giscard, à laquelle Chirac est prêt à participer mais que, précisément, Chirac compte bien rendre plus gaulliste que giscardienne. Toute l'équivoque – « la double méprise » – entre Giscard et Chirac va se trouver dans la recherche de cette majorité et donc, en fait, dans le choix de la politique à faire, puisque, quoi qu'en disent certains, une majorité se définit par rapport à une politique. Giscard a besoin de Chirac – et aucun autre gaulliste, pense-t-il, ne ferait aussi bien l'affaire – pour lui apporter l'électorat U.D.R. en le « giscardisant ». Chirac veut se servir de Giscard dont l'idéologie lui paraît bien floue pour recréer un grand mouvement gaulliste, nettoyé de ses relents gaucho-chabanistes.

L'attitude d'Olivier Guichard (qu'on peut souvent prendre comme exemple de gaulliste) est alors particulièrement intéressante à observer pendant ces semaines de mai 74. Il écrit : « Pendant et après la campagne présidentielle j'ai eu au bout de la plume, au bout du cœur, un texte que j'aurais intitulé “ les gaullistes vous saluent bien ”. J'y aurais dit des choses très simples : nous vous avons, en 58, redonné de Gaulle et nous vous avons aidé à le garder. Avec lui, nous vous avons donné un État et avec Pompidou nous avons montré qu'il n'était pas taillé aux mesures d'un homme exceptionnel mais à celles d'une juste ambition. Nous avons donné à la France le goût, la pratique et les armes de l'indépendance. Nous avons remis son nom dans les calculs des diplomates et dans le cœur de bien des peuples. Nous avons décomplexé les Français et les avons installés dans leur siècle. Nous avons ouvert les chemins de justice. Au total nous avons rempli notre contrat. L'histoire est avare de règnes qui puissent se flatter d'un pareil bilan. Il est temps de clore l'exercice. Notre honneur y trouvera son compte. Désormais le champ est libre, et même de notre nostalgie. » Ce texte je ne l'ai pas écrit. Je le garde en réserve pour le jour où l'honneur du gaullisme me paraîtra compromis. » (*Le chemin tranquille.*)

Le simple fait que le baron n'ait pas publié son (beau) texte d'adieu en ce mois de mai 74 est bien la preuve que rien n'est joué après l'élection de Giscard, que rien n'est perdu pour les gaullistes. Chirac peut tout sauver.

Guichard ajoute : « Je comprends très bien qu'un certain nombre de gaullistes soient irrités de voir que le lauréat du concours de mai 74 appartient au lycée d'à-côté. Mais quoi? Nous avons toujours su que Giscard était souvent le premier de la classe. Pourquoi lui reprocher d'occuper l'estrade. » Chirac n'aura donc qu'à calmer les irritations un peu enfantines des gaullistes et tout ira bien.

Bref, Chirac dit « oui » à Giscard. Il va même selon la légende (rapportée par Guichard à Françoise Giroud) jusqu'à lui dire : « J'accepte mais vous le regretterez. » Si la légende est exacte (hélas, personne ne se souvient ni d'avoir prononcé ni d'avoir entendu cette phrase), on pourrait imaginer que dès sa nomination, Chirac savait qu'il allait avoir à forcer la main du Président et que, discipliné par nature, respectueux de l'esprit des Institutions et se souvenant des erreurs de Chaban à Matignon, il n'était guère heureux de ce combat sournois qui s'annonçait entre un Président et un Premier ministre.

Le réalisme politique étant toujours mieux partagé le lendemain que la veille des élections, les « barons » de l'U.D.R. font vite savoir à Chirac – le soir même de sa nomination à Matignon, au cours d'une réunion où sont présents tous les anciens Premiers ministres de la Ve, et donc Chaban (on est le lundi 27 mai) – que le mouvement gaulliste est prêt à le soutenir à condition... qu'aucun signataire de l' « appel des 43 » (à part Chirac, bien sûr) ne fasse partie du gouvernement. Il faut sauver les apparences. Chirac ne prend aucun engagement, mais , ce même lundi 27 mai, il envoie une lettre au groupe U.D.R. pour bien préciser qu'il s'inspirera « dans l'action à venir des principes et des idéaux qui ont déterminé mon adhésion au groupe U.D.R. le premier jour de ma vie parlementaire ». C'est Claude Labbé, président du groupe qui lit la lettre et pour limiter les commentaires qui pourraient être désobligeants et qu'on pourrait rapidement regrettés par la suite il ajoute : « Attention, Messieurs, il y a probablement des micros cachés dans cette salle. » Cela n'empêche pas les fidèles de Chaban de vociférer : *Al Capone, Forban*!. Hector Rolland, fidèle chiraquien depuis que Chirac a été à l'Agriculture, s'écrit : « Jacques Chirac a été un grand ministre de l'Agriculture, un grand ministre de l'Intérieur, il sera un grand Premier ministre. Si l'U.D.R. n'apparaît pas étroitement liée à lui, elle n'en tirera pas bénéfice. » Il est hué mais continue : « Vous n'avez aucun respect pour les députés de la base. Vous avez mis l'U.D.R. dans la merde. Ceux qui me conspuent iront lécher les bottes de Jacques Chirac avant moi, et moi d'ailleurs je n'irai pas. » On voit l'ambiance et on voit aussi que parfois les députés de la « base » ont, dans leur naïveté, comme un don de prémonition...

Avec une certaine élégance, Jacques Chaban-Delmas avait d'ailleurs au cours de la réunion des barons et des notables fait savoir qu'il n'y aurait aucun règlement de comptes entre Chirac et lui. Il savait se montrer sportif et Chirac l'en remercia publiquement.

Mais si le combat Chirac-U.D.R. va, somme toute, s'essouffler assez rapidement, le combat Chirac-Giscard va, lui, commencer doucement pour s'amplifier au fils des mois, même si Chirac, pensant avoir le temps pour lui et ne voulant pas créer d'incidents tout de suite, fera mine de ne rien voir.

Dès ce lundi 27 mai 1974, jour de l'entrée en fonction du nouveau Président, de la promenade à pied sur les Champs-Élysées, de l'arrivée, toujours à pied, dans la cour de l'Élysée, Giscard met les points sur les « i ». Dans sa première allocution de chef d'État – au cours de laquelle il ne citera ni le nom du général de Gaulle ni celui de Georges Pompidou, contrairement à tous les usages – il déclare : « De ce jour date une ère nouvelle de la politique française. Voici que s'ouvre le grand livre du temps avec le vertige des pages blanches. C'est moi qui conduirai le changement. Mais je ne le conduirai pas tout seul. Parce que j'écoute et j'entends encore l'immense rumeur du peuple français qui a demandé le changement. »

Certains gaullistes qui entendent ces paroles présidentielles tressaillent. « Une ère nouvelle » : Giscard fait partie du gouvernement depuis quinze ans! Depuis 59, mis à part l'interruption 66-69. « Le vertige des pages blanches » : inquiétant que le chef de l'État ait le vertige. Et Pompidou ne disait-il pas qu'il n'y avait jamais de page blanche dans l'Histoire. « C'est moi qui conduirai le changement » : quel changement? Et alors que fera le Premier ministre? Quant à « l'immense rumeur qui a demandé ce changement », à zéro et quelques pour cent près, elle l'a demandé surtout à Mitterrand. Giscard n'a tout de même pas été élu pour faire cette politique de la gauche!

Mais Chirac ne veut pas s'inquiéter. Ce ne sont là que des formules bien creuses. Elles prouvent et la bonne volonté du Président et le vide de ses projets, deux arguments en faveur d'une certaine coopération.

Et Jacques Chirac s'installe à Matignon. On peut imaginer l'émotion qu'il a dû ressentir à retrouver « la maison » qu'il avait quitté sept ans plus tôt et à se trouver à la place de Georges Pompidou. Naturellement, il fait revenir tout de suite, le fameux coq que lui avait offert Pompidou et qui, après avoir passé ces années dans le domicile de Chirac, rue Boissière, retrouve sa place dans la salle à manger à côté d'un Bernard Buffet installé là par les Pompidou. Le Premier ministre demande aussi à disposer de la table sur laquelle aimait à travailler Pompidou, magnifique bureau à incrustations, du XVIIIe, que Pompidou avait découvert en arrivant à Matignon et qu'il avait fait venir à l'Élysée. Sur ce bureau, Chirac installe trois médaillons : un portrait du Général, un portrait de Pompidou et un trèfle à quatre feuilles, emblème de Marcel Dassault. Sur un guéridon, une grande photo de Pompidou dédicacée : « A Jacques Chirac, en confiance et en amitié, Georges Pompidou, juillet 1969. »

Aimant travailler avec des amis, Chirac appelle Jacques Pelissier comme directeur de cabinet, Jacques Freidmann comme chargé de mission. François Heilbronner qui avait fait partie de son cabinet à l'Agriculture et à l'Intérieur est chargé des Affaires économiques, Serge Boidevaix des Affaires internationales, Serge Maffert de l'Information. Il a aussi récupéré les deux secrétaires de Georges Pompidou, Mme Esnous (charmante, efficace et redoutable, qui ne le quittera plus jamais et qu'on retrouvera à l'Hôtel de Ville dix ans plus tard) et Mlle Hirigoyen. Bref, Chirac est heureux et il ne le cache pas. Le fils a hérité du père, il s'en est donc montré digne et il entend bien continuer à protéger l'héritage. Il est là pour cela, même si les choses s'annoncent difficiles. Et ça commence tout de suite. Avec la formation du gouvernement. C'est Giscard, assisté de Ponia, qui a choisi l'équipe de Chirac. Quinze ministres : quatre U.D.R., trois R.I., quatre centristes et quatre « non-politiques ». Voilà qui ne fait pas beaucoup de gaullistes! Et si l'on y regarde de plus près, on s'aperçoit qu'à part Galley (Équipement) qui a fait campagne pour Giscard aux Antilles entre les deux tours (et auquel Giscard avait aussi pensé pour Matignon, un instant) les autres ne sont – comme le dit Peyrefitte – que des « zozos » : Jacques Soufflet (Défense), Vincent Ansquer (Commerce et Artisanat), André Jarrot (Qualité de la vie), des inconnus qui n'ont jamais été ni pompidoliens ni proches des barons. Des figurants. Mais à un point tel que leur présence au lieu de rassurer ressemble à de la provocation. Alors que les R.I., eux, ont le seul ministre d'État (donc comme qui dirait un autre Premier ministre) le ministre de l'Intérieur, Poniatowski, plus l'Industrie avec d'Ornano, plus l'Agriculture avec Christian Bonnet. Et on peut ajouter un quatrième « baron de Giscard » même s'il est un « non-politique » avec Fourcade qui hérite des Finances du Président. Les centristes ne sont d'ailleurs pas mal lotis non plus, puisque Lecanuet a la Justice, Abelin la coopération, Durafour le Travail et Jean-Jacques Servan-Schreiber, bête noire des gaullistes, les ... Réformes. Enfin Sauvagnargues reçoit les Affaires étrangères (dont Pierre Juillet n'a pas voulu), Haby l'Éducation et Simone Veil la Santé. On le voit, pour les gaullistes, la pilule est amère.

Chirac n'a choisi qu'un seul membre de son gouvernement – mais est-ce bien le « sien »? – Simone Veil, une relation de Marie-France et que le Premier ministre apprécie au point de l'appeler, paraît-il *poussinnette*. Dans quelques jours, le 8 juin, il aura le droit de choisir quatre secrétaires d'État – Stirn pour les Dom-Tom, Lelong pour les P.T.T., Tomasini pour les Relations avec le Parlement et Mazeaud pour les Sports – sur les vingt et un « sous-ministres » qui seront nommés.

Et tout comme Giscard a tenu personnellement à ce que certains ministères changent de nom (!), – la Défense et l'Éducation ne sont plus « nationales » – et à ce qu'on crée un ministère de la Qualité de la vie et un ministère des Réformes (on retrouvera cette manie de changer les papiers à lettres des ministères avec l'arrivée des socialistes en 81), c'est le Président lui-même qui à la télévision, présentera le nouveau gouvernement et expliquera les raisons qui l'ont conduit à choisir chaque ministre.

Le 26 mai 74, à l'issue du premier Conseil des ministres au cours duquel Giscard a tenu à dire qu'il travaillerait « directement avec mes ministres », c'est le ministre d'État ministre de l'Intérieur qui rend compte des travaux devant une presse tout de même un peu surprise. Jamais un ministre de l'Intérieur n'avait jusqu'à présent, dans l'Histoire de la République, fait office de porte-parole...

Chirac ne dit rien. Il s'est simplement opposé à la nomination de Françoise Giroud comme secrétaire d'État à la Condition féminine. Pas pour des raisons personnelles comme on l'a dit, mais parce que Françoise Giroud – mais Chirac était peut-être le seul à s'en être rendu compte – avait fait campagne pour... François Mitterrand et qu'avec J.-J.S.-S. qu'il avait déjà fallu accepter cela aurait fait du gouvernement une sorte d'annexe de la direction de *L'Express*. Pour la petite histoire on peut signaler que Chirac avait accepté que Françoise Giroud soit nommée « déléguée à la condition féminine », mais Françoise Giroud avait refusé ce quart de maroquin. Il faudra attendre le départ rapide de J.-J.S.-S. dès le 9 juin (le ministre des Réformes, réformateur, ayant fait un éclat contre les expériences nucléaires) pour que Françoise Giroud puisse être nommée secrétaire d'État (le 16 juillet).

Beaucoup de gaullistes ont reproché à Chirac d'avoir accepté le gouvernement qu'on lui imposait. Couve de Murville avec le ton qui le caractérise est allé jusqu'à s'écrier : « Ce gouvernement ne devrait pas nous porter à l'hilarité. Pour rester dans les euphémismes, je dirai qu'il a plutôt tendance à nous agacer. » Plus direct, Jean Charbonnel déclare : « La formation du gouvernement Chirac ne pouvait être considérée par l'ensemble des dirigeants et des militants gaullistes que comme une provocation. Rien n'avait été oublié pour les en convaincre. Ni la présence des personnalités les plus marquantes de l'anti-gaullisme de droite, de Ponia à Lecanuet en passant par J.-J.S.-S., ni même le choix de quelques gaullistes (...) qui n'étaient pas pour la plupart vraiment représentatifs du mouvement (...) Leur promotion était la manifestation symbolique de l'image que le président de la République se faisait du gaullisme qui avait toujours été pour lui une association d'anciens combattants en voie de rapide extinction. » Et Charbonnel va jusqu'à dire : « Les émigrés de l'intérieur connaissaient enfin leur divine surprise (...) Quelques survivants d'époques que l'on aurait pu croire révolues revenaient à la surface. Isorni, Fabre-Luce, Soustelle criaient leur joie ou leur soulagement. Vichy rejoignait l'O.A.S. La droite avait retrouvé ses enfants perdus ». C'est tout de même un peu excessif!

Pourquoi Chirac n'a-t-il rien dit? D'une part, parce qu'il lui était tout de même difficile d'appeler les barons ou leurs amis, après ce qui venait de se passer. Chirac est d'ailleurs le premier à penser que l'opinion en a assez des barons. Il déclare alors : « Les Français en ont marre de ces quinze types qui ont fait un hold-up sur l'État » (selon Françoise Giroud). Ces barons avaient en plus fait savoir urbi et orbi qu'il n'était pas question pour eux de collaborer avec ce gouvernement.

D'autre part, la médiocrité même de cette équipe choisie par Giscard prouvait la solitude du Président (qui n'avait rien trouvé de mieux que des Soufflet, des Sauvagnargues, des Haby ou des Ansquer) et donc que le scénario de Chirac se confirmait : avec de tels médiocres autour du Président, il allait, à Matignon, pouvoir faire du bon travail, poursuivre la politique de Pompidou, dès que Giscard aurait fini de s'amuser avec ses « gadgets » d'enfant trop gâté par la vie : suppression de la jaquette, changement du rythme de *La Marseillaise,* photo officielle en large et non plus en haut, réduction du nombre des gardes républicains à l'Élysée, défilé du 14 juillet à la Bastille et non plus sur les Champs-Élysées, etc. Chirac est bien décidé à fermer les yeux sur ces lubies et à faire le dos rond pour les petites brimades qu'on va lui imposer. L'avenir de la France vaut bien quelques sacrifices. Il a Matignon, il va récupérer l'U.D.R., il a une politique alors que Giscard qui a l'Élysée n'a derrière lui que quelques amis et n'a pas de vraie politique.

Le fait que Giscard n'ait pas voulu dissoudre l'Assemblée, comme certains le lui conseillaient, pour avoir au Parlement « sa » majorité, prouve d'ailleurs bien que le Président ne se sent pas aussi fort qu'on pourrait le croire et qu'il estime lui-même qu'il va devoir travailler avec une majorité pompidolienne. Pour « surveiller » l'Élysée, Chirac n'a pas seulement Matignon, il a aussi cette majorité qui n'est pas giscardienne.

Comme le dit un très proche de Chirac : « Jacques n'a jamais cru que Giscard avait une politique. Il pensait qu'une fois la période des gadgets terminée, le Président serait bien obligé de revenir à la seule politique possible à ses yeux celle de Pompidou. » Et Chirac lui-même déclare à ce moment : « Si je veux un jour peser sur les choix du Président, il faut d'abord qu'il ait confiance en moi. » Et donc que le Premier ministre gaulliste de ce président giscardien (détail qu'il ne faudrait pas oublier tout de même) avale quelques couleuvres.

Contrairement à ce qu'ont écrit beaucoup d'« historiens », Chirac n'est pas allé lire la déclaration de politique générale qu'il devait faire devant l'Assemblée à Giscard. Et donc, contrairement à la légende, Giscard ne lui a pas demandé de la refaire et ne lui a pas « prêté » Yves Cannac pour en améliorer la forme. Chirac a écrit son discours à Matignon, l'a – comme le veut la tradition – envoyé au président et celui-ci n'y a rien trouvé à redire.

Mais ce qui est vrai, c'est qu'à l'issue de ce débat, le nouveau Premier ministre a bel et bien demandé un vote dans lequel il engageait la responsabilité de son gouvernement. Or, on a vu qu'une telle démarche était contraire à l'esprit des institutions depuis l'élection du Président au suffrage universelle. Pompidou s'y était refusé quand il était Premier ministre. Chirac obtient cette « investiture » par 297 voix contre 181.

Pourquoi Chirac a-t-il tenu à être ainsi conforté par l'Assemblée, lui le présidentialiste, alors que sa désignation par le Président lui suffisait amplement? La réponse est importante, elle explique toute la politique de Chirac à Matignon en face de Giscard. En posant la « confiance » Chirac tient à démontrer que s'il a été désigné par Giscard, c'est bien lui le gaulliste, membre de « la majorité de la majorité » qui tient la majorité au Parlement. Là c'est le front contre Giscard. Ensuite, et c'est alors le front contre l'U.D.R., il veut forcer la main à ces gaullistes qui font encore la fine bouche en voyant ce pompidolien à Matignon alors qu'ils devraient, aux yeux de Chirac, s'en réjouir. Le Premier ministre sait qu'au prochain Comité Central de l'U.D.R. qui va se tenir le 9 juin, les barons vont essayer de le couper du mouvement. Alain Peyrefitte déclare partout : « Il faudra imposer les transformations indispensables dans les rapports de l'U.D.R. et du pouvoir. » Sanguinetti, secrétaire général du mouvement – qui est surveillé de très près par deux amis de Chirac, « les Corses du Premier ministre » Tomasini et Pasqua – joue alors avec les barons. Par dépit, ils sont prêts à se lancer dans la politique du pire. Alors que Chirac veut sauver les meubles pour l'U.D.R. et qu'il est convaincu qu'en étant encore à Matignon, grâce à lui, le mouvement gaulliste peut trouver un second souffle, les barons pensent, eux, que le gaullisme devrait entrer dans une espèce d'opposition larvée. Ils iront même jusqu'à proposer à Michel Jobert au chômage et déjà « ailleurs » de prendre la direction du mouvement (lui qui n'a jamais été gaulliste) pour bien marquer cet éloignement de l'U.D.R. par rapport au « nouveau régime ».

Si Chirac ne peut pas tenir « son » U.D.R. et en faire clairement l'élément essentiel de la majorité, les Ponia et autres Lecanuet vont réussir à marginaliser l'U.D.R. et à giscardiser l'électorat. En faisant voter les parlementaires sur son programme de gouvernement, il les lie donc un peu. La partie de bras de fer pour la nouvelle majorité – sera-t-elle giscardienne ou gaulliste? – a ainsi commencé immédiatement avec un Chirac qui devait combattre sur deux fronts : un front extérieur, contre l'Élysée et plus encore contre le ministre de l'Intérieur, et un front intérieur contre certains gaullistes, en fait les barons. Mais tout cela était prévu.

Sauf peut-être par Giscard lui-même qui, le 23 juin, faisait à *Paris-Match* cette sidérante déclaration : « Nous nous trouvons dans un des rares cas où la majorité présidentielle et la majorité parlementaire coïncident. » C'était précisément, la première fois depuis les débuts de la Vᵉ, que ces deux majorités ne coïncidaient pas et toute l'incohérence des deux années à venir allait en découler. Giscard attendra trois ans pour déclarer, le 9 mai 1977, à *l'Express* : « La majorité parlementaire que j'ai trouvée était antérieure à mon élection et ne coïncidait pas avec elle. » Giscard regrettait sans doute alors de ne pas avoir fait, dans la foulée de sa victoire, des législatives. Mais c'était trop tard et rien ne dit que les R.I. l'auraient emporté en 74.

Autre problème, prévisible lui aussi la politique économique que Jean-Pierre Fourcade va mettre en place sur les conseils du Président. Longtemps membre du cabinet de Giscard, rue de Rivoli, ancien directeur général du Crédit Industriel et Commercial où Giscard est allé le rechercher pour le nommer ministre, Fourcade est typiquement giscardien dans sa philosophie économique, donc par définition en opposition avec le Premier ministre.

La situation n'est pas bonne. L'inflation a atteint un record absolu : 18 % par an. On se retrouve dans le cas de figure habituel et on connaît la réponse de Giscard : si vous ne voulez pas de l'inflation, vous aurez du chômage. Le 12 juin, Fourcade présente un « plan de refroidissement » draconien en seize points. C'est un « remake » du plan de stabilisation de Giscard de 1963 : encadrement du crédit, majoration des impôts des sociétés et des gros contribuables, hausse de 3,5 à 10 % de certains tarifs publics, prélèvement exceptionnel, etc. Bref un énorme coup de frein donné à la consommation, donc à la production, donc aux investissements et donc l'inévitable contrepartie : une augmentation des chômeurs, un affaiblissement, à court terme, des moyens de production nationaux. Fourcade s'engage, avec ce plan de dix-huit mois, à ramener l'inflation à 12 % par an avant la fin de l'année 74.

Le Premier ministre ne cache pas qu'il est hostile à ce plan de refroidissement. Quand Giscard demandera à Chirac de présenter lui-même ce plan à l'Assemblée, dans une grande déclaration

« importante », le Premier ministre répondra très fermement : « C'est à Fourcade de parler, le plan économique porte son nom, c'est à lui de le plaider. » On ne peut pas être plus clair.

Par principe, Chirac est toujours pour la relance et contre l'austérité. C'est une question de tempérament, mais aussi de philosophie politique, de passion pour le vrai « libéralisme ». Mais Giscard s'entête au nom de sa culture livresque d'autrefois et en oubliant les résultats qu'avait donnés – en mai 68 – son plan de 63.

Dépossédé du dossier économique (alors que le Premier ministre aurait précisément préféré avoir la rue de Rivoli plutôt que Matignon car il sentait les problèmes arriver mais le Président – ancien ministre des Finances voulait faire entrer les Finances dans son domaine réservé), Chirac n'a plus qu'à préparer le terrain pour que les conséquences de cette politique qu'il désapprouve ne soient pas trop catastrophiques. Il reprend les dossiers de l'emploi qu'il avait étudiés en 67, justement, déjà, pour réparer les dégâts du plan de stabilisation de Giscard, c'est-à-dire les dossiers du chômage. Il y a alors plus de 600 000 chômeurs en France.

Dès juin 1974, Chirac relance « la négociation entre les partenaires sociaux pour améliorer la protection des travailleurs en cas de licenciement ». Ces négociations qu'il mène à sa façon, c'est-à-dire en se contentant souvent d'arbitrer les discussions, aboutiront, pour l'essentiel, à l'accord du 14 octobre 74 sur l'Allocation Supplémentaire d'Attente (qui garantit à un chômeur licencié pour raisons économiques 90 % de son salaire brut pendant un an, les syndicats ne demandaient que 75 %) et à la loi du 3 janvier 75 (qui subordonne tout licenciement pour cause économique à une autorisation de l'Inspection du Travail). Mais, comme en 67 quand il n'était que secrétaire d'État à l'Emploi, Chirac console le malade sans pouvoir s'attaquer aux causes du mal. En fait, Chirac pensait qu'après une victoire si mince aux présidentielles et qu'avec une telle politique économique dont il devinait les effets, il fallait, au moins, se lancer dans une politique sociale de pointe. Et effectivement, grâce à lui, la France devint le pays qui offrait la meilleure protection sociale du monde.

Le 10 juin, le Conseil des ministres adopte un projet de loi abaissant l'âge de la majorité de vingt et un à dix-huit ans. Tous les candidats s'y étaient plus ou moins engagés pendant la campagne présidentielle. Cela faisait 2 400 000 électeurs de plus et chacun savait que cette tranche d'âge votait à 60 % (au moins) pour la gauche. Chirac trouve la décision sympathique mais ne peut s'empêcher de faire un rapide calcul. Élu avec 0,19 % de voix de plus que son adversaire le 19 mai, Giscard ne serait, sans aucun doute, pas réélu avec cette loi, aujourd'hui 10 juin...

Giscard veut alors s'attaquer aux problèmes de l'O.R.T.F. où plus rien ne marche. Son idée (sur un rapport de Roger Chinaud et des conseils de Denis Baudouin) est de « privatiser » la troisième chaîne. Là, Chirac s'y oppose fermement. Moins par conviction personnelle d'ailleurs que parce qu'il sait que toucher à la sacro-sainte loi du monopole de la télévision soulèverait un tollé général chez les gaullistes. Giscard abandonne son idée et Chirac organise une réforme de l'office un peu batarde, en faisant éclater l'O.R.T.F. en sept sociétés, c'est-à-dire en créant la concurrence tout en sauvegardant le monopole.

En juillet 1974, un sondage de l'I.F.O.P. révèle que 48 % seulement des Français sont satisfaits de leur nouveau Président deux mois après son installation à l'Élysée. C'est bien peu. Le même sondage avait donné 55 % de satisfaits à Pompidou et 60 % de satisfaits à de Gaulle, deux mois après leurs élections respectives. En six semaines – et les débuts d'un septennat bénéficie toujours de ce qu'on appellera plus tard « l'état de grâce » – Giscard n'a pas gagné son pari : se faire aimer des Français et non seulement de ceux qui avaient voté pour lui (parfois sans trop savoir pourquoi) mais même de ceux qui avaient voté Mitterrand (en sachant très bien pourquoi). Tambours battants, il a fait baisser l'âge de la majorité, démanteler l'O.R.T.F., supprimer la voie express Rive gauche, sauver la cité fleurie, limiter les tours de la Défense, suspendre le programme autoroutier de la région parisienne, le projet de centre commercial des Halles, augmenter le minimum vieillesse de 21 % (une idée de Chirac), rembourser la « pilule » par la Sécurité sociale et il n'a... convaincu personne. Pire, il a déjà perdu sa si fragile majorité!

Chirac qui l'a regardé faire et qui pour ne pas trop s'ennuyer à Matignon s'est replongé dans les dossiers de l'Agriculture (en passant par-dessus la tête du ministre Christian Bonnet) et a ouvert les dossiers des Affaires étrangères auxquels il va beaucoup s'intéresser et qu'il ignorait jusqu'à présent, continue donc à penser qu'avant longtemps Giscard va se fatiguer de lui-même et comprendre que ce n'est pas avec de bonnes intentions qu'on fait une bonne politique.

Il serait cependant faux d'imaginer que le Premier ministre fait alors de l'opposition ou même de l'obstruction. Il joue parfaitement le jeu des institutions. Nous l'avons dit, il a le sens de la discipline et il est de plus en plus « présidentialiste ». Le 8 juillet, il déclare d'ailleurs au *Quotidien de Paris* : « Il faut que le régime se présidentialise. C'est au Président de donner les directives. Le Premier ministre doit par définition adhérer aux actes du Président ou se démettre. » L'ancien ministre des Relations avec le Parlement n'a pas changé d'avis en changeant de fonctions et même de Président.

Mais on a aussi l'impression que le Premier ministre a toujours une certaine sympathie pour le Président, cette même sympathie qu'il avait eue pour le ministre des Finances avec lequel il avait travaillé en 69. Certes, politiquement Chirac s'inquiète un peu de la désinvolture du Président et de cette « nouvelle-nouvelle société » à laquelle il a l'air de rêver, mais le Premier ministre trouve que le Président a... un certain chic. Comme il l'avait été rue de Rivoli, Chirac-le-bûcheur est séduit par la facilité de Giscard, par sa décontraction, par son côté « simple et bien élevé ». La moitié de la France a d'ailleurs été séduite de la même façon. Il leur faudra des mois (à Chirac et à la moitié de la France) pour s'apercevoir que si Giscard a fait supprimer les titres de noblesse, il se fait servir le premier à table (!), que si Giscard a remplacé le shako de la garde républicaine par un képi plus simple, il a fait broder son emblème sur le drapeau de l'Élysée, que si Giscard conduit lui-même sa voiture, il demande à son Premier ministre de marcher trois pas derrière lui (!), que si Giscard va dîner chez de modestes Français, à l'Élysée, pour les dîners officiels, il ne veut avoir personne assis en face de lui. Et tout cela étonnera Chirac qui finira par se demander si le Président est bien « solide » sur le plan psychologique. Mais, pour l'instant, il le trouve jeune, plein de bonne volonté et de rapports agréables.

Chirac qui est sans doute encore à la recherche d'un « père » après la mort de Pompidou, croit se trouver avec Giscard un... grand frère. Fils unique, ça le surprend et ça le séduit. Après tout, ces deux hommes, jeunes, grands, minces, à la tête de l'État, ça a une certaine gueule! Il faudra à Chirac quelques mois pour s'apercevoir aussi que la Constitution de la Ve prévoit des rapports filiaux entre l'Élysée et Matignon, pas des rapports fraternels. Il lui faudra surtout quelques semaines pour comprendre que Giscard et lui ne sont pas de la même... famille. Oui, finalement Giscard est... chabaniste. Même manie de vouloir faire jeune, de jouer au tennis ou de faire du ski devant les photographes, même rêve de se faire aimer par tout le monde, même idée fixe qu'on peut récupérer l'électorat de l'adversaire sans perdre le sien, même « faiblesse » donc puisque leurs choix politiques se font plus par une étude de l'électorat que par des convictions personnelles ou une analyse de la situation. Et Chirac réalise, une fois de plus mais plus que jamais, qu'il est pompidolien, même goût pour les plats en sauce (que le Général aimait bien lui aussi), même respect pour les réalités politiques, économiques ou sociales contre lesquelles on ne peut rien, même modestie devant les « phénomènes de société » que les hommes politiques n'ont ni à devancer ni à intensifier mais à canaliser.

Cela dit, Chirac peut parfaitement déclarer : « Nul ne peut mettre en cause la volonté réformatrice et la ténacité du chef de l'État. Il nous appartient de le soutenir jusqu'en 1978 » (date des prochaines législatives et non pas des prochaines présidentielles, personne n'a remarqué la nuance) et ajouter : « Il n'y a aucune contradiction entre les options fondamentales du gaullisme et la politique pratiquée par Valéry Giscard d'Estaing depuis son élection. » Et c'est vrai, il n'y a encore rien de fondamental.

En fait, ce n'est pas Giscard, pour le moment, qui inquiète Chirac, c'est Ponia. Quelques jours après la formation du gouvernement, le ministre d'État qui joue les super Premiers ministres, a déclaré devant ses amis R.I. et centristes : « Et maintenant il faut casser l'U.D.R. Chirac va s'en charger. » Chirac l'a su, bien sûr, et, ce qui est plus grave, tous les U.D.R. l'ont su aussi. Ponia avait, une fois de plus, fait preuve de sa suffisante bêtise politique et en s'imaginant que Chirac (dont l'arme essentielle était l'U.D.R.) allait la casser pour faire plaisir aux R.I., et en pensant qu'il était « malin » de le faire savoir. Le Premier ministre, dans une position inconfortable, a donc immédiatement fait répéter à la ronde par Marie-France (qui s'est installée à Matignon) le mot de Pompidou : « Napoléon disait déjà à Murat que Poniatowski était léger et inconséquent. » Ce à quoi certains répondent en citant Mauriac : « Ponia, c'est peut-être un éléphant dans un magasin de porcelaines mais il choisit ce qu'il casse. » Chacun sait que la haine de ministre de l'Intérieur pour les gaullistes date au moins de cette journée du 2 juin 1958 quand, alors qu'il était directeur adjoint du cabinet de Pierre Pflimlin, il avait dû avec Jean Lecanuet, lui aussi membre du cabinet du président du Conseil, remettre les clés de Matignon à l'avant-garde des gaullistes (Pierre Lefranc et Olivier Guichard) qui venait préparer l'arrivée du Général à la présidence du Conseil. Chez Ponia l'antigaullisme était épidermique depuis 1958. Mais depuis quelques années et *a fortiori* depuis l'élection de Giscard, cet anti-gaullisme s'appuyait sur la conviction politique que le « giscardisme » naissant pourrait permettre de créer un grand centre – centre droit.

Au début, Chirac avait souri de cette ambition. Il se souvenait que Pompidou disait toujours : « On ne peut pas être élu sans le soutien des centristes aux présidentielles, mais une fois ralliés ce sont des voyageurs sans bagages, leur électorat demeure dans l'opposition » et Chirac lui-même ajoutait : « Les centristes c'est comme le P.S.U., dès qu'ils sont trois, ils font une scission. » Le rêve du centrisme de Ponia ne l'inquiète donc pas et d'autant plus qu'il sait parfaitement que Ponia n'est pas un homme du centre mais un homme de droite. Ce qui l'inquiète devantage c'est que lorsque Ponia a annoncé qu'on allait « casser » l'U.D.R., il a ajouté : « Mais nous n'attaquerons jamais les socialistes pour bien leur ouvrir les portes. Les réformes du président démontreront que la gauche au pouvoir ne ferait pas mieux que nous. » Ponia n'a pas le sens politique mais il est dans les secrets du Président. Ce qui affole donc le Premier ministre, ce n'est pas cette volonté d'éliminer les gaullistes de la majorité pour créer une nouvelle majorité présidentielle bien irréaliste, mais cette volonté d'ouverture à gauche avec un Giscard qui s'imaginerait pouvoir échanger son électorat gaulliste contre un électorat socialiste. Chirac sait parfaitement que si le président se lance dans cette politique de la proie pour l'ombre, il va perdre des voix en masse sans en gagner une seule. Les députés socialistes voteront ses lois (l'âge de la majorité – bien sûr, eux aussi ont fait leurs calculs –, la pilule, etc.) mais les électeurs socialistes continueront à voter socialiste comme un seul homme et les électeurs « libéraux », ceux précisément qui ont voté Giscard, convaincus, à juste titre, d'avoir été trahis ne voteront plus ni pour Giscard ni pour les gaullistes qui les auront incités de voter Giscard. Chirac se demande s'il ne s'est pas embarqué dans une galère qui ressemble à s'y méprendre à celle dont il n'avait pas voulu : le chabanisme. Mais il espère encore que Ponia en rajoute beaucoup sur la pensée du Président, par simple anti-gaullisme viscéral.

L'été 1974 n'est pas bon. Il commence par la première conférence de presse de Giscard (à laquelle Chirac n'assiste pas) et au cours de laquelle le Président déclare : « Je suis un traditionaliste qui aime le changement. Comme la France était un pays traditionaliste qui avait besoin de changement, il était naturel que nous nous rencontrions. » Il se poursuit par des mutineries dans les prisons, par des difficultés dans l'automobile, dans l'aéronautique (la S.N.I.A.S. a des problèmes avec le *Concorde* et l'*Airbus*) par des manifestations de paysans, de commerçants, de P.M.E., par la vente du *France* qui fait couler beaucoup d'encre, par la liquidation de Titan-Coder, et se terminera par une grève des postiers.

L'affaire des prisons est bien révélatrice des méthodes du nouveau président. Depuis des années, il y avait des problèmes dans les prisons. Pompidou avait fait faire des rapports et avait compris qu'il valait mieux laisser dormir les choses et que, comme il n'y avait visiblement pas de solution idéale à ce dossier, il n'était pas utile que l'État s'en mêle pour n'y recevoir que de mauvais coups. Il y avait d'ailleurs d'autres problèmes plus importants que les états d'âme des prisonniers de droit commun. Giscard arrivant avait décidé de « libéraliser » le système pénitentiaire. Il s'était même « offert » une secrétaire d'État à la Condition pénitentiaire, Hélène Dorlhac. On mettait le problème des repris de justice sur le même plan que ceux des Anciens Combattants, des Femmes, des Tom-Dom ou du Parlement! Aussitôt, bien sûr, les prisonniers de droit commun, sentant que l'État était prêt à céder, s'étaient révoltés. Le 20 juillet, il y avait eu deux morts et quinze blessés à la prison de Clairvaux puis des mutineries dans toutes les autres centrales de France. Vingt jours plus tard, Giscard ne trouvait rien de mieux à faire, alors qu'il aurait dû taper sur la table, que d'aller à Lyon visiter une prison et de serrer la main d'un détenu. Le service de presse de l'Élysée avait beau faire savoir qu'il s'agissait d'un prévenu et que « tout prévenu est présumé innocent », l'opinion s'étonnait que le président de la République serre la main d'un homme que la société avait mis en prison et les prisonniers s'imaginaient, eux, avec quelques raisons, qu'ils allaient pouvoir faire capituler le pouvoir. La situation se dégrada tellement dans les prisons que Giscard dut créer les Quartiers de Haute Sécurité! Résultats : Giscard a scandalisé son électorat, Giscard a provoqué des drames dans les prisons, Giscard a dû créer une formule autrement plus répressive que celles qui existaient, Giscard peut maintenant se faire attaquer par l'opposition qui ne va pas se gêner pour lui reprocher ces « Q.H.S. ». On ne saura jamais le nombre de voix que Giscard aura perdues à cause de cette poignée de main, mais on sait les souffrances qu'elle a causées (aux prisonniers eux-mêmes). Tout cela pourquoi? Parce que Giscard pensait plus à se faire aimer (des voleurs et des assassins eux-mêmes) qu'à faire respecter l'État qui dans certains cas extrêmes, comme celui-là, a pour fonction d'être répressif. Comme aurait dit Pompidou, Giscard voulait là « jeter de la poudre aux yeux des lecteurs du *Nouvel Observateur* ». C'est d'ailleurs l'époque où Jean Daniel se demande, précisément dans *l'Observateur* : « Faut-il prendre Giscard au sérieux? » La gauche est aussi étonnée que la droite par l'attitude du Président, mais si la droite est réellement déçue et furieuse, la gauche n'est pas convaincue pour autant.

Chirac, lui, attend. Giscard n'a encore rien fait d'irréversible et pour remettre un peu les choses sur le droit chemin – c'est-à-dire éliminer Ponia, ses velléités d'un grand centre-gauche contre nature et les idées présidentielles de politique socialisante – le Premier ministre se sent un peu faible tant qu'il n'aura pas derrière lui ses fameux gaullistes qui ne veulent toujours pas comprendre que c'est pour eux qu'il accepte d'avaler ces quelques couleuvres. Chirac qui – aux journées parlementaires U.D.R. de Cagnes-sur-Mer, les 26 et 27 septembre, a promis aux gaullistes de ramener « au moins cent cinquante députés U.D.R. » après les prochaines législatives – va consacrer l'essentiel de son temps, pendant le dernier trimestre 74, à l'U.D.R.

Et d'autant plus que les choses pourraient bien commencer à se préciser dans le mauvais sens, du côté de l'Élysée. Au cours de sa seconde conférence de presse, le 24 octobre 1974, si Giscard a rendu un hommage public à son Premier ministre qu'il trouve « excellent », il a « lâché » une expression inédite « la société libérale avancée » qui a de quoi inquiéter Chirac. Cette fois, ça y est, c'est bien d'une « nouvelle société » qu'il s'agit donc! Chirac a joué Giscard contre la « nouvelle société » de Chaban le gaulliste, et voilà que Giscard sort à son tour une nouvelle société. Chirac qui n'a décidément pas de chance, va donc devoir jouer les gaullistes contre cette société libérale avancée. Ah! comme tout aurait été plus simple avec Messmer à l'Élysée!

Et si Chirac avait eu des doutes sur les mots un peu creux du Président (qu'est-ce que ça veut dire « avancée? »), il lui aurait suffi d'observer ce que faisait Fourcade pour bien se convaincre que le ministre des Finances et de l'Économie (à croire qu'il avait, lui aussi, ses Delors et ses Nora) était en train de « socialiser » le pays. Une chose était nette, il se lançait dans un accroissement considérable des prélèvements obligatoires (qui passeront de 37 % à 43 % au cours du septennat). Or pour tout économiste même débutant, la socialisation d'un pays commence, justement, par un tel accroissement de ces prélèvements obligatoires qui entraîne généralement un effondrement de l'économie.

Les notables du pays donnent d'ailleurs, dès le 22 septembre 1974 (quatre mois après l'élection présidentielle), la réponse qu'on pouvait prévoir et que redoutait Chirac. Lors du renouvellement du tiers du Sénat, la majorité perd dix sièges. Giscard ne prend pas de voix à l'opposition avec sa politique d'ouverture, et son électorat s'effrite.

Oui, si Chirac veut réussir le scénario mis au point un dimanche après-midi rue Margueritte, il lui faut vite l'appui massif de l'U.D.R. pour imposer à Giscard la fidélité à la politique qu'il disait jadis vouloir défendre.

On a beaucoup dit que le 14 décembre 1974, Chirac avait fait un « hold-up » (le mot est de Robert Boulin qui quittera l'U.D.R... pendant deux mois) en s'emparant du secrétariat général du mouvement gaulliste. Et il est vrai que le Premier ministre a pris de vitesse les « barons » qui avaient décidé de porter Olivier Guichard à ce poste à la fin du mandat d'Alexandre Sanguinetti, qu'il a réussi à faire démissionner ledit Sanguinetti (qui s'était rallié à lui dès la mi-juillet, déclarant alors que la « vigilance » ne s'imposait plus à l'égard du Premier ministre) et qu'il s'est fait élire par un Comité Central dans une certaine atmosphère de complot, voire de coup d'État. « C'est une pantalonnade », se serait écrié Chaban. « Est-ce un 18 brumaire ou un 1er avril? », aurait demandé Vivien. Ce n'était que le 14 décembre et les ennemis de Chirac allaient voir là, une fois de plus, la preuve de « l'appétit sans borne » du Premier ministre, sans rien comprendre. Il est d'ailleurs curieux d'observer à quel point peu de gens ont vu les raisons de ce « hold-up ».

Giscard, qui est aux Antilles, est ravi : son Premier ministre mate l'opposition gaulliste. Ponia est enthousiaste : Chirac fait ce qu'on lui a demandé, il casse l'U.D.R. Les « barons » sont furieux : le Premier ministre « giscardise » l'U.D.R. et c'en est fini du gaullisme.

On peut comprendre que, sur le moment, les adversaires de Chirac aient, de bonne foi (mais est-on de bonne foi avec un adversaire?) cru que Chirac s'emparait de l'U.D.R. pour la mettre à la disposition de Giscard. Il y avait alors deux hypothèses : soit Chirac, totalement traître, cassait l'U.D.R. pour n'en faire – comme en rêvait Ponia – qu'un élément de la majorité, et pas le plus fort; soit Chirac – à moitié traître seulement – se servait de l'U.D.R. pour contrebalancer les forces que Ponia mettait en place et tentait de devenir ainsi un vrai Premier ministre giscardien avec des troupes gaullistes giscardisées.

Mais on aurait pu aussi imaginer (personne ne l'a fait) que Chirac n'était pas un... traître. Cette hypothèse aurait permis de se demander si le Premier ministre n'avait pas alors l'intention, avec sa force nouvelle, de contrer toutes les velléités déviationnistes de Giscard pour le contraindre à rester fidèle à la majorité – en grande partie gaulliste – qui l'avait élu. C'était la solution la moins machiavélique, donc la moins séduisante et personne ne l'a retenue.

Ce qui est plus étrange, c'est qu'aujourd'hui encore, la plupart des « historiens » de la politique contemporaine continuent à affirmer que Chirac s'est bel et bien emparé de l'U.D.R. « pour faire plaisir à Giscard ». Or la suite des événements a pourtant clairement démontré que Chirac ne s'est pas mis à la botte de Giscard – c'est le moins qu'on puisse dire – et qu'il ne s'est « servi » de l'U.D.R. que pour lutter contre le giscardisme et défendre, précisément, le gaullisme. Mais il est des légendes qui ont la tête dure et Giscard doit aujourd'hui être le seul à reconnaître son erreur de décembre 1974.

Autre légende têtue : Chirac aurait fait un « hold-up ». Le terme est amusant mais inexact. On oublie toujours, en effet, de préciser que le secrétaire général de l'U.D.R. est statutairement élu par les cent membres du comité central. Il y avait, ce 14 décembre 1974, quatre-vingt-dix votants et Chirac a obtenu cinquante-sept voix (contre vingt-sept à Jacques Legendre, député du Nord, futur maire de Cambrai et futur secrétaire d'État à la Formation professionnelle dans les 2ᵉ, 3ᵉ et 4ᵉ gouvernements Barre). Cela s'est donc passé le plus démocratiquement du monde, en dépit des cris d'horreur des « barons ».

Il n'y a pas eu hold-up, il y a eu... rupture avec une vieille tradition. Jusqu'à présent, en effet, les gaullistes étant à l'Élysée et à Matignon, la désignation du « patron » officiel du mouvement (les vrais patrons étant, bien sûr, le président de la République ou le Premier ministre) se faisait, sur ordre de De Gaulle ou de Pompidou, au cours d'un repas qui réunissait dans l'atmosphère feutrée de l'hôtel de Lassay ou du Conseil Constitutionnel, les « barons ». Le Comité central se contentait d'entériner le choix qu'on lui imposait. Mais en décembre 1974, tout a changé : les gaullistes ne sont plus à l'Élysée, le Premier ministre est en mauvais termes avec les « barons » qui l'accusent de trahison et qui sautillent aux limites de l'opposition, et la masse des militants dont personne ne s'est jamais occupé se pose des questions. Et notamment une toute simple : qui faut-il suivre pour sauver le gaullisme? Les « barons » qui ont perdu les élections ou le Premier ministre qui les a gagnées? Ce ne sont pas des soldats en armes que Chirac fait entrer dans la salle pour faire son 18 brumaire, ce sont des militants et ils arbitrent en sa faveur.

Non, la véritable innovation c'est que, pour la première fois dans l'histoire de la Vᵉ, le Premier ministre était officiellement secrétaire général du mouvement gaulliste, le parti majoritaire de la majorité. Qu'est-ce que cela prouvait? Tout simplement que le président de la République élu par la majorité des Français et qui lui, pour la première fois aussi, n'était pas un gaulliste avait, d'une certaine façon, à partager ce concept majoritaire avec le Premier ministre, chef de la majorité politique. Après s'être fait « élire » par l'Assemblée en juin, le Premier ministre gaulliste s'était fait élire, en décembre, par le plus grand mouvement politique du pays. Ponia n'avait plus qu'à bien se tenir au lieu de s'écrier ravi : « Les Corses perdront l'U.D.R. » Chirac n'était pas le cheval de Troie qu'on croyait.

Quand on évoque cette fameuse « prise de l'U.D.R. » devant Chirac aujourd'hui, il sourit et raconte : « Je me souviens très bien de la soirée du 12 décembre 1974. Là il m'a fallu battre des records de vitesse et ma vigueur n'a guère été appréciée. Ce jour-là, j'étais allé dîner au Conseil constitutionnel avec Roger Frey, les anciens premiers ministres et les barons du gaullisme. A table, les discussions étaient orageuses. A dix heures et demie du soir, je constatais qu'aucun des convives n'était d'accord avec un autre sur un seul point. La situation était donc sans issue. J'attends encore un bon quart d'heure et je déclare : « Bon, puisqu'il en est ainsi, je m'en vais. Il y a un comité central dans deux jours. Je n'ai jamais pris personne par surprise aussi je vous préviens : je me présenterai au poste de secrétaire général. » Enfin d'accord sur quelque chose, ils ont éclaté de rire. Ils ne pensaient pas une seconde que je ferais ce que j'avais dit. Je suis parti furieux, évidemment. C'était pour moi un crève-cœur de voir ce mouvement essentiel à la vie nationale, héritier des véritables vertus du gaullisme, être travaillé par des forces contraires, se déchirer à belles dents et, par manque de foi et de cohérence, disons par défaut de simplicité, se laisser aller à l'abandon.

« De retour à Matignon, j'ai donc appelé Alexandre Sanguinetti, secrétaire général en poste – dont je m'apprêtais à briguer le mandat – et qui avait annoncé sur toutes les radios qu'il ne démissionnerait pas. C'était l'homme des coups durs, des décisions promptes et qui mieux qu'un autre savait sacrifier l'intérêt immédiat à l'intérêt de l'héritage. A une heure du matin, il se ralliait à mes vues.

« Quelques heures plus tard, j'affronte un comité central ultra-houleux. De l'avis général je dois renoncer à mon projet. On va me reprocher la mainmise de l'État sur le parti, on va prétendre que je brade l'U.D.R. à Giscard pour assurer ma charge de Premier ministre. On ne manquera pas de dire que décidément je suis un éternel diviseur. Mon dessein est exactement l'inverse : ramener la majorité qui part dans toutes les directions. Ma chance tient au fait que, sauf pour m'accabler, aucun membre du Comité central n'est tout à fait d'accord avec son voisin. Je suis donc élu le plus naturellement du monde et, à l'Élysée, je précise à Valéry Giscard d'Estaing le sens, la portée et la limite de l'opération : “ Monsieur le Président, je vous apporte l'U.D.R. sur un plateau. Naturellement ce n'est pas pour que vous lui coupiez le cou. Je vous l'apporte pour qu'elle soit désormais avec ses pleins droits et devoirs dans votre majorité ”. Et pour un temps l'aventure a continué » (Entretien avec l'auteur).

Les choses étaient claires. Il n'était pas question de couper le cou de l'U.D.R. et il fallait qu'on lui reconnaisse ses pleins droits...

Tout en s'occupant de sa prise de l'U.D.R. pour que les choses soient bien nettes entre Giscard et lui, Chirac continue à être un parfait Premier ministre, étonnamment discipliné. Hostile au plan de refroidissement qu'il n'a pas voulu présenter, il le « défend » à l'Assemblée aux côtés de Jean-Pierre Fourcade. Hostile au projet sur l'Interruption Volontaire de Grossesse, il est présent pendant tout le débat, en octobre, aux côtés de Simone Veil, alors qu'il sait, pourtant, que ce projet sera voté par la gauche et qu'un tiers seulement des députés U.D.R. l'approuveront (et un quart des Républicains Indépendants seulement). Hostile au projet de généralisation de la Sécurité Sociale, il vient, à 2 heures du matin, à l'aide du ministre Durafour qui se débat contre le groupe U.D.R. Hostile, comme tous les gaullistes, au projet de réforme de la Constitution (droit de saisine du Conseil constitutionnel par soixante députés ou soixante sénateurs), il le défend le 21 octobre devant le Congrès. Et si, pendant la discussion du budget que présente Fourcade, Chirac, à son banc de Premier ministre, fait des bateaux en papier, ce n'est sans doute qu'un petit clin d'œil à l'intention de ceux, rares, qui ont compris qu'il préparait des bateaux de sauvetage. Giscard, lui, n'y verra qu'une « preuve de l'intérêt que porte le Premier ministre à l'avenir maritime du pays ». Bref, Chirac fait son travail, il est irréprochable et puisqu'il estime qu' « un Premier ministre doit soutenir la politique du Président ou se démettre », il ne va pas se démettre pour des « détails » et laisser l'essentiel, c'est-à-dire le pouvoir et l'avenir, à Ponia.

Et, en cette fin de l'année 74, tout le monde est content. Chirac qui rentre d'Iran et qui, pour ses débuts en politique étrangère, vient de décrocher soixante-quinze milliards de contrats mirifiques (que le Chah n'aura jamais le temps d'honorer), Giscard qui offre à son Premier ministre la Grand-Croix de l'ordre du Mérite, et les observateurs politiques qui, comme Raymond Tournoux pensent qu' « avec Mitterrand dans l'opposition qui a réussi l'extraordinaire performance du P.S., Jacques Chirac mérite le titre de l'homme de l'année. (...) En quelques mois, il a changé de stature. Lorsque Premier ministre, il accéda à l'Hôtel Matignon, un propos assez répandu parmi ses adversaires politiques était le suivant : regardez comme il est transparent. A travers lui, vous apercevez le président de la République et Michel Poniatowski qui l'embrasse pour l'étouffer. Vous verrez Ponia avec sa carrure puissante et son corps de géant n'en fera qu'une bouchée. C'était d'ailleurs l'époque où un dirigeant R.I. s'adressait à Chirac en ces termes : l'U.D.R.? Vous risquez de vous retrouver bientôt à la tête d'une bande hétéroclite d'une trentaine d'élus. L'analyse et les événements nous montrent que les choses se passent d'une façon tout à fait différente. Aujourd'hui voici que toute la presse tresse des couronnes au Premier ministre. C'est à qui vante sa fougue, son talent, son énergie, son autorité, etc. » (Raymond Tournoux, *Journal secret.*)

D'accord avec Tournoux, le journal allemand *Der Spiegel* décerne à Chirac le titre de « l'homme de l'année 1974 ».

Pourquoi soudain tant d'honneurs? Giscard le décore parce que son Premier ministre a été parfaitement correct et que le Président lui en demande, à l'époque, moins que Ponia. Mais Tournoux et le *Spiegel* en font l'homme de l'année parce qu'il les a surpris. On l'imaginait plus fonceur qu'intelligent, plus arriviste que fidèle. Il a, au cours de cette année, foncé et il est arrivé, mais il a été assez intelligent pour rester fidèle. Avec quarante-deux « Saxons », il a rallié le vainqueur et lui a donné un sérieux coup de pouce mais aujourd'hui, avec le groupe le plus important de l'Assemblée et le mouvement le mieux structuré du pays, il est en position de force.

Cela dit, bien sûr, les institutions (gaullistes) sont telles – et là encore Chirac est obligé d'y être fidèle – que c'est « l'autre » qui mène la politique. Mais le Premier ministre n'a pas dit son dernier mot.

Françoise Giroud qui commençait à trouver un certain charme à Chirac et qui ne lui reprochait plus qu'une chose : de continuer à la vouvoyer « alors qu'il embrassait Simone Veil avec des baisers sonores » affirme que l'année 75 a été « celle des occasions perdues et des illusions entretenues ». En fait, si les illusions ont été, tant bien que mal, entretenues, il ne semble pas qu'il y ait jamais eu d'occasion de retrouvailles. Quant à Giscard, il avait annoncé que l'année 75 serait « celle de la fraternité ». Elle ne le fut pas au sein de sa majorité présidentielle.

Tout au long de l'année, on va assister à une lente et régulière dégradation des rapports entre les giscardiens et les gaullistes. Le « clash » se prépare inexorablement. Chacun est très logique avec lui-même : Giscard veut attirer à lui l'électorat de gauche, Chirac veut faire du gaullisme, Ponia veut créer un grand parti centriste. Bref, chacun tire dans une direction différente. Si on veut simplifier les choses on peut dire qu'en 74, Chirac a voulu occuper le terrain et rassembler ses armes, laissant Giscard savourer sa victoire et s'amuser avec ses lubies, qu'en 75, voyant les choses se dégrader, Chirac va essayer de reprendre la situation en main, mais tout en respectant les institutions, et qu'en 76 se rendant compte qu'il n'y avait rien à faire et qu'il apportait alors une caution gaulliste à une politique anti-gaulliste qu'il n'avait pu arrêter, il en tirera les conséquences qui s'imposaient. Qui a eu tort dans cette affaire? Le Premier ministre qui voulait imposer au Président sa politique ou le Président qui voulait faire une politique autre que celle pour laquelle il avait été élu? Chacun répondra, en fait, selon ses sympathies...

Début janvier 75, Jacques Chirac apprend en lisant *Le Journal Officiel* (du 8) qu'il est promu chef d'escadrons de réserve de l'Arme Blindée et de la Cavalerie. En même temps, il apprend que Giscard a envoyé (le 2) à ses ministres une liste de réformes à mettre en train. Une par mois. En juin 74, le Président avait déjà dressé un programme de projets à lancer, mais c'était au Premier ministre qu'il l'avait alors adressé (directives sur les plus-values, l'aménagement du territoire, l'environnement, etc.). Désormais, le chef d'escadrons Chirac ne dirige donc plus sa compagnie de ministres! Le Président lui passe carrément par-dessus la tête. Il est vrai que le Premier ministre avait, en juin dernier, fait la sourde oreille sur quelques directives et notamment sur celle concernant les plus-values, idée fixe du Président qui semble suicidaire au Premier ministre.

Giscard « remet » donc ça. Cette fois, il y a huit grandes réformes qui vont du gadget au chamboulement de la société. Chirac s'y attendait. Au cours du Conseil des ministres du 25 septembre dernier, le Président avait trouvé une formule qui avait fait les délices de la presse tout en provoquant l'inquiétude du Premier ministre : « La France doit devenir un immense chantier de réformes! » Maintenant Giscard veut réformer : l'entreprise, les collectivités locales (il veut que Paris ait un maire élu), le système éducatif, la justice, le divorce, la loi électorale municipale, la police urbaine et la répartition des revenus (c'est-à-dire la taxation de toutes les formes de plus-values, le Président s'entête). Chirac est opposé pratiquement à toutes ces réformes dont il voit les dangers et y compris à celle qui mettrait un maire élu à la tête de Paris car si un jour, hypothèse d'école, un opposant au Président s'emparait de cette mairie de la capitale cela pourrait poser bien des problèmes! D'autre part, cette « réformite » (le mot est de Chirac) du chef de l'État commence à l'horripiler sérieusement. Il se souvient du mot de Pompidou : « Il faut être bien prétentieux pour s'imaginer pouvoir réformer. » Le Premier ministre est alors d'accord avec Olivier Guichard qui écrit en vrai gaulliste : « Les vraies réformes sont celles qui sont inconsciemment dans l'esprit des Français. On les met ensuite au crédit d'un homme, d'un parti ou d'un régime » *(Le Chemin tranquille)*.

Mais Chirac obéit et – sans conviction – il incite ses ministres à étudier les dossiers qui tiennent au cœur du Président. Il ne fera pas un combat d'arrière-garde, ce n'est pas dans son tempérament et il croit encore pouvoir mieux faire. Ponia a rapidement compris que Chirac l'avait « roulé » en s'emparant de l'U.D.R. Après s'être imaginé (comme Giscard) que Chirac allait « apporter l'U.D.R. sur un plateau aux giscardiens », il a compris que Chirac n'était peut-être pas le « traitre » qu'il avait espéré et il s'est écrié : « Si nous ne faisons pas attention, ce type va bientôt nous manger la soupe sur la tête. Il faut le serrer de très près et nous organiser. » Et il s'était organisé. En tentant de créer son « grand centre ». Ponia demande donc à ses amis Durafour, réformateur ministre du Travail, et Rossi, réformateur secrétaire d'État et porte-parole du gouvernement, de créer le « Parti des Démocrates Sociaux, à ses amis Bernard Stasi et Achille-Fould C.D.P., de créer le Parti de la Gauche Réformatrice, à son ami Lecanuet de réactiver aussi le « Centre Démocrate » et à son ami J.-J.S.-S. de réactiver aussi le « Parti radical », ces quatre formations (sans troupes ni programmes bien précis, mais toutes farouchement anti-gaullistes) devant, toujours selon Ponia, former une vaste « Fédération des Réformateurs ». La France étant devenue un immense chantier de réformes, les réformateurs seront à l'ordre du jour!

Et la guerre commence. Le 12 janvier 1975, Chirac déclare aux cadres U.D.R. : « Nous resterons la majorité de la majorité » et il en profite pour faire savoir que c'est lui, Premier ministre, qui, comme le veut l'usage, distribuera les investitures lors de prochaines élections. Le 31 janvier, Ponia déclare aux cadres des R.I. : « La prochaine majorité sera giscardienne. Nous serons le premier parti de France. L'U.D.R. a subi bien des vicissitudes. Elle a souffert d'un trop long exercice du pouvoir sans véritable partage. Elle ne doit pas espérer exercer un jour une pression quelconque sur le chef de l'État qui est le seul vrai chef de la majorité » et Ponia se fait élire président des R.I., comme s'il voulait bien montrer que le ministre d'État-ministre de l'Intérieur n'avait rien à envier au Premier ministre-secrétaire général de l'U.D.R. et qu'il avait même un avantage sur lui : il était le président du parti dont était issu le président de la République, un Président sur lequel il serait inutile d'exercer la moindre pression.

Trois jours plus tard, le 3 février, en lisant *Le Nouvel Observateur* Ponia peut lire la réponse du Premier ministre : « Je suis U.D.R. et il est donc naturel que je m'occupe de l'avenir et de la place du mouvement auquel j'appartiens. (...) Les diverses composantes de la majorité présidentielle représentent plusieurs courants de l'opinion publique (...) Il est naturel que le chef du gouvernement qui a vocation de chef de la majorité parlementaire s'assure que chacune des composantes de cette majorité poursuit une action cohérente. » Texte intéressant, dans lequel Chirac se présente d'abord en U.D.R., puis reconnaît qu'il y a plusieurs courants d'opinion (où donc est le « giscardisme »?) mais dans lequel surtout il fait un distinguo entre la majorité présidentielle – à laquelle il appartient – et la majorité parlementaire – dont il est le chef naturel –. Et il précise bien que cette majorité qu'il dirige doit avoir une action cohérente.

Le 31 janvier 75, Giscard et Ponia remanient le gouvernement Chirac (mais est-ce bien un gouvernement Chirac?) sans consulter Chirac qui affirmait, quelques jours plus tôt, qu'il n'y aurait pas de remaniement. Une couleuvre de plus! Il ne s'agit d'ailleurs que d'un remaniement technique. Le médiocre Soufflet qui n'a pas su faire face aux manifestations des appelés qui défilaient dans les rues pour réclamer une meilleure solde, est remplacé par Yvon Bourges, U.D.R. aussi, et le général Bigeard est nommé secrétaire d'État à la Condition militaire à ses côtés. Lelong maladroit secrétaire d'État aux P.T.T. qui, en pleine grève des postiers, n'avait rien trouvé de mieux à déclarer que « les postiers font un travail idiot » est remplacé par un autre C.D.P., Aymar Achille Fould (ami de Ponia, alors que Lelong était un ancien de chez Pompidou) et Xavier Deniau, U.D.R., est nommé secrétaire d'État à l'Agriculture. Mais personne n'a guère le temps de s'occuper de ce modeste remaniement, car la guerre continue de plus belle.

Giscard est de plus en plus atteint de « réformité ». Il déclare : « La réforme c'est ma guerre d'Algérie à moi » (oubliant que le succès de De Gaulle était justement d'avoir su arrêter la guerre d'Algérie), « le changement est une nécessité de survie » (oubliant que le changement c'est Mitterrand) Ponia renchérit : « Le choix reste entre la révolution et les réformes. Les réformes empêcheront la révolution. » Giscard va même plus loin encore. Le 20 mai 75, il déclare à R.T.L. : « La gauche c'est un terme ambigu. Je veux dire qu'il y a dans la pensée de gauche des éléments positifs dont je compte bien m'inspirer. Parmi les hommes politiques que j'admire, il y a, par exemple, Léon Blum (...) ce qui fait que dans l'action réformatrice libérale avancée, il y a beaucoup d'idées de gauche qui doivent être mises en œuvre. » Pour ceux qui auraient eu des doutes, les choses sont maintenant claires. C'est pire que Chaban! Aujourd'hui, quand on demande à Chirac ce qu'il pensa, sur le coup, du « libéralisme avancé », il répond : « Le libéralisme avancé de Giscard et la nouvelle société de Chaban se ressemblaient beaucoup. Tout cela était d'inspiration sociale-démocrate. La nouvelle société était plus intelligente, ça avait un petit côté eau Perrier, le libéralisme de Giscard avait plus un côté... eau tiède. » (Entretien avec l'auteur.)

Au même moment et sans doute pour permettre au Président de s'y retrouver dans les ambiguïtés des termes, le Premier ministre s'écrie : « Le programme de la gauche c'est le régime du foutoir et du laxisme. »

Un mois plus tôt, le 7 avril, Giscard avait réuni à Rambouillet tous les dirigeants de sa majorité présidentielle, Chirac, Ponia, Lecanuet et les autres, et à entendre le Président appeler son Premier ministre « Monsieur le secrétaire général de l'U.D.R. », son ministre d'État « Monsieur le président des Républicains Indépendants », son ministre de la Justice « Monsieur le président du Centre démocratique », on aurait pu croire qu'il acceptait de jouer le jeu que lui proposait Chirac. Il n'en était rien. Avec son virage à gauche, sa fuite en avant, Giscard s'obligeait lui-même à chercher ailleurs que chez les gaullistes des appuis inconditionnels. Pour se « socialiser », le président de la République était obligé d'avoir recours (en attendant que les socialistes ne viennent à son secours) à la vieille droite traditionnelle qui était si contente de prendre enfin sa revanche sur le gaullisme qu'elle était prête à oublier sa propre politique et à se lancer, elle aussi, dans la « réformite ».

Sentant enfin sa chance arriver, elle se déchaînait. En avril, Jacques Dominati, vice-président des R.I., s'écrit : « Il faut parler de l'U.D.R. au passé », Abelin (membre du gouvernement de Chirac) ajoute : « Il faut combattre l'U.D.R. avec toute notre énergie », J.-J.S.-S. renchérit : « Les U.D.R. sont des fanatiques du passé! » et tout cela avec la bénédiction ostensible de Ponia et de Lecanuet. Situation tout de même aberrante au sein d'une majorité, même présidentielle!

Le 8 mai 75, Giscard, versant à son tour dans l'anti-gaullisme primaire (et provocateur) décide qu'on ne célébrera plus le 8 mai, date anniversaire de la victoire de 45. Les gaullistes (et les communistes) sursautent. Quelques jours plus tard, *France-Soir* titre, après s'être livré à de savants calculs : « En un an, Giscard a surpris 44 fois! » Son Premier ministre qui a, sans doute, été surpris encore plus souvent, demande à un de ses collaborateurs de Matignon : « Qu'est-ce que le Président va encore nous inventer cette semaine? »

A la mi-juin 75, après six mois de guerre sans pitié, Chirac comprend que ses ennemis (il n'y a pas d'autre mot) de la majorité ont réussi à retourner contre lui les armes dont il s'était emparées, le 14 décembre 74, en devenant patron de l'U.D.R. En prenant le secrétariat général de mouvement gaulliste, Chirac voulait imposer clairement le gaullisme à Matignon et donc à la tête du gouvernement. Ses « partenaires » de la majorité ont démontré que, puisque le Premier ministre était aussi le Premier des gaullistes, Matignon n'était donc qu'une annexe de l'U.D.R., ce parti maudit vaincu, dépassé et qui s'opposait à la politique réformatrice du Président. C'était bien joué! Chirac était acculé et il était évident, dans ces conditions, que Giscard ne pouvait et ne voudrait pas l'imposer comme chef de la majorité.

Chirac que rien ne décourage, va alors essayer autre chose. On lui ferme la porte, il tente de passer par la fenêtre. Puisque Giscard ne veut pas faire du Premier ministre-patron de la majorité parlementaire-patron des gaullistes le patron de la majorité présidentielle, le 15 juin, aux Assises U.D.R. de Nice, Chirac abandonne le secrétariat général du mouvement gaulliste. Le voilà donc libéré de sa « tare », au-dessus de la mêlée. Alors que tous les autres, Ponia, Lecanuet et consorts sont patrons de parti politique, lui n'est plus que Premier ministre et donc tout désigné pour être le chef de la majorité présidentielle! Bien joué aussi!

Mais si Chirac abandonne son titre (à André Bord et en étant nommé, tout de même, « secrétaire général d'honneur »), il n'abandonne pas pour autant ses idées. Bien au contraire. Il prononce à Nice un discours essentiel dans lequel il étale presque avec complaisance tous ces désaccords avec le Président. On n'a pas assez lu ce discours, dans lequel il déclarait notamment : « Une politique n'est pas seulement une addition d'actions ponctuelles si importantes soient-elles, mais la traduction d'une vision globale du monde, de notre siècle, de notre pays, de notre société. » (Giscard qui additionne les actions ponctuelles n'aurait-il pas de vision du monde?) « Nous gaullistes voulons maintenir une France forte dans une Europe unie et indépendante. » (Giscard ne serait-il pas un peu atlantiste?) « Nous voulons construire une société de liberté, de responsabilité et de respect de l'homme. Le général de Gaulle a tracé la voie, il nous appartient d'affermir et de poursuivre son œuvre perpétuellement menacée dans un monde instable et dangereux » (Giscard menacerait-il l'œuvre du Général?) « Une France forte c'est d'abord une France qui ne laisse pas dépérir son capital le plus précieux. La détérioration de la démographie conduit à l'appauvrissement et au déclin » (la loi sur l'I.V.G. conduit-elle à l'appauvrissement et au déclin?) « L'affaiblissement de la cellule familiale conduit à la destruction des valeurs essentielles de notre société » (le projet de loi sur le divorce est en train d'être discuté et sera adopté le 15 juillet). « Une France forte c'est aussi une France dotée d'institutions stables et démocratiques. Les élections doivent permettre de dégager une majorité de gouvernement » (il s'agit des législatives). « Dans cet esprit le mode de scrutin actuel s'oppose aux combinaisons des partis politiques qui se disputaient jadis la gestion de la misère de la France. » (Giscard n'a-t-il pas décidé de modifier le mode de scrutin pour plaire à ses amis centristes et ces partis politiques de jadis ne s'appelleraient-ils pas aujourd'hui démocrates-sociaux, gauche-réformatrice, centre-démocratique, voire parti radical?)

Puis, après avoir répété que l'U.D.R. était « le mouvement

politique le plus puissant de notre pays », Chirac se lance dans un cours de philosophie économico-politique sans doute plus à l'intention de Giscard que des militants : « Nous voulons une société dynamique et prospère, c'est-à-dire capable de produire des quantités de biens et de richesses en régulière augmentation. Il y a quelques années une telle affirmation aurait paru superflue. De récentes théories sur la croissance modérée rendent nécessaires maintenant que nous réaffirmions notre choix pour une expansion équilibrée mais forte sans laquelle il n'y a pas de progrès possible. Seule cette expansion nous permettra de résoudre ce qui est sans doute le problème le plus grave de notre régime économique, celui de l'emploi et donc de lutter contre le fléau social qu'est le chômage. Ce n'est pas en développant un régime d'indemnisation des travailleurs sans emploi ou en incitant les entreprises à conserver artificiellement un nombre excessif de salariés que l'on résoudra durablement ce problème. Au contraire, à terme nous risquons de l'aggraver en accentuant les rigidités de notre appareil économique et en freinant sa modernisation et sa compétitivité. » Voilà pour Fourcade, et pour tous les plans de stabilisation ou de refroidissement du monde. Mais voilà surtout pour Giscard lui-même qui, dès le 25 septembre 74, avait déclaré : « Qu'on ne s'y trompe pas nous sommes entrés dans une autre époque de la croissance économique (...) l'énergie sera pour très longtemps chère et rare. Il va falloir définir et conduire une nouvelle croissance : la croissance modérée dans le plein emploi. » Et à maintes reprises le Président avait repris ce thème de la « croissance modérée » sans toutefois d'ailleurs bien préciser ce qu'il entendait par là...

Quant aux idées « socialistes » que pourraient avoir certains, Chirac les repousse du pied : « A partir du moment où l'initiative individuelle est muselée, où le choix personnel des individus est supprimé, où tout est préétabli dans une vision totalitaire de la société par des règles fixes venues d'en haut et s'imposant à tous, il n'y a peut-être plus de risques au sens où nous l'entendons, mais il n'y a plus non plus de liberté. C'est une société de contrainte et d'ennui où la dignité de l'homme c'est-à-dire sa liberté de choix, n'existe plus. Cette société, nous la repoussons et nous la combattons. » Chirac trouve moins de charme à Léon Blum que le Président!

Et Chirac concluait son discours en déclarant : « Quelques heures avant sa mort, Georges Pompidou disait à un de ses proches : " Il faut continuer. " Nous continuerons. Nous le pouvons car nous avons renforcé au cours de ces derniers mois notre mouvement. Nous le pouvons car nous n'avons rien renié des options fondamentales du gaullisme. »

Les choses sont claires. Cependant Chirac est toujours persuadé qu'il va pouvoir convaincre le Président, le ramener à la raison, lui faire comprendre que la politique de Mitterrand est absurde et que l'essentiel de sa majorité ce sont des gaullistes et non ce marais informe du centre. Chirac dit alors : « En tête-à-tête, le Président est toujours d'accord avec moi, mais, en dernier ressort, il écoute toujours Ponia qui prend un malin plaisir à me court-circuiter. » En 1980, il ajoutera, évoquant cette époque : « Sans Ponia, j'aurais trouvé un modus vivendi avec Giscard. »

Treize mois après l'élection, Chirac a cru que Giscard finirait par lui donner raison car les faits commençaient à donner sérieusement tort aux autres. Et notamment sur le plan économique. Fourcade avec son plan de refroidissement n'a pas pu diminuer l'inflation et le nombre des chômeurs devient catastrophique puisqu'il atteint 800 000. Giscard a beau se dire satisfait que le franc qui avait quitté le serpent monétaire européen en janvier 74 ait pu le réintégrer le 9 mai 75, il reconnaît en lui-même que cette satisfaction de spécialiste n'a rien à voir avec les dures réalités de la vie quotidienne. En juillet 75, en plein conseil des ministres, Chirac explose : « Avec huit cent mille chômeurs nous avons atteint le seuil au-delà duquel le pays saute en l'air. Le plan de refroidissement a assez duré. Il ne faut pas écouter les technocrates imbéciles qui veulent freiner les investissements. Les entreprises ont besoin d'une relance. »

L'un des technocrates imbéciles en question, Jean-Pierre Fourcade avait justement déclaré au *Figaro,* le 30 avril dernier : « J'ai une plus grande expérience de la gestion que Jacques Chirac. Nous avons des conceptions différentes de la société. Il est au fond beaucoup plus interventionniste que moi. » Déclaration doublement étonnante. D'abord, pour le principe, il est sidérant de voir un ministre des Finances se permettre de parler ainsi publiquement de son Premier ministre. Ensuite, quand au fond, jamais la relance n'a été l'apanage des interventionnistes, bien au contraire.

Mais pour une fois, Chirac touche Giscard qui a fait semblant de ne pas se sentir visé quand le Premier ministre a évoqué « les technocrates imbéciles ». Et si Chirac avait raison, et s'il fallait relancer? Chirac demande un grand plan de relance de trente milliards. Fourcade fait remarquer que si on relance, le franc va ressortir du serpent. Giscard hésite de plus en plus, et, comme de Gaulle jadis, il procède à un « tour de table » chaque ministre devant donner son avis. Surprise, pour une fois presque tout le monde, Ponia, Durafour et les autres, est d'accord avec le Premier ministre. Faut-il que la situation soit mauvaise! Alors Giscard accepte. Mais ce ne sera pas un plan « de relance », ce sera un plan

« de soutien ». Et ça ne sera pas trente milliards, mais... vingt-trois.

Et là-dessus après avoir osé déclarer aux Français qu'ils pouvaient partir en vacances « sans inquiétude car l'inquiétude est un sentiment qui ronge et qui gâche » et qu'il n'y avait « pas lieu d'éprouver l'inquiétude en France en ce moment » (ce qui ne devait pas être plaisant pour les 800 000 chômeurs) Giscard partait lui-même en vacances, laissant à Chirac le soin de mettre sur pieds ce plan de soutien.

Le Premier ministre y travaille d'arrache-pied avec toutefois le regret de ne pas avoir obtenu un vrai plan de relance et la conviction qu'on s'y mettait beaucoup trop tard. Fourcade avait fait perdre une année cruciale à l'économie française.

En septembre, c'est un Président tout bronzé qui présente le plan aux Français : cinq milliards pour les personnes âgées et les familles, treize milliards pour les routes, les ports et le T.G.V., cinq milliards pour la restructuration de l'industrie. C'est ce qu'on appelle un peu d'oxygène. L'actualité politique s'accélérant, on oubliera vite ce plan de soutien qui était en effet tardif, incomplet et insuffisant. Il a tout de même réussi, en moins de six mois, à « relancer » la croissance jusqu'au rythme étonnant de 18 %, sans pour autant d'ailleurs et contrairement aux théories du Président entraîner un accroissement de l'inflation. Au contraire même puisque cette inflation ne sera en 76 « que » de 10 % alors qu'elle avait été avec l'austérité de Fourcade de 12 % en 75 et de 13,7 % en 74.

Cet effort est en tous les cas, aux yeux du Premier ministre autrement plus important que le nouveau « train de réformes » que le Président a assigné à ses ministres, le 11 juillet (réforme de la condition des travailleurs manuels, réforme contre le gaspillage, réforme contre les inégalités) ou que la nomination, le 7 juillet, de Monsieur... Prostitution ou que le pseudo- « décrispation » – le nouveau mot à la mode à l'Élysée –, qu'entend jouer le Président en recevant, par exemple, le 30 septembre, Robert Fabre. C'est l'époque où selon Françoise Giroud, « quand Chirac entend le mot “ réforme ”, il a furieusement envie de sortir son revolver... »

L'hiver 75-76 est franchement mauvais. On apprend que la croissance du P.I.B. a été négative en 75 (– 1), l'opposition gagne encore du terrain dans tous les sondages et l'opinion commence à se poser beaucoup de questions sur le Président. Que fait-il! Que veut-il? A-t-il une politique? L'assemblée a voté, au cours de cette seule année 75, plus de cent cinquante textes c'est-à-dire qu'elle a bâclé plus de cent cinquante textes dont certains n'avaient aucun intérêt et dont bien peu étaient réellement demandés par les

Français ou imposés par la situation. Et alors qu'on vit dans cette espèce de fébrilité permanente, en même temps, c'est la chienlit dans le pays. Les soldats, les prostituées, les lycéens, les agriculteurs, les étudiants, tout le monde manifeste dans la rue, quand ce ne sont pas les Corses ou les viticulteurs du midi qui tirent sur les gendarmes. On a droit à la pornographie, à des nomminations de Monsieur ceci ou cela, à des « parlottes » à la télévision du Président qui paraît flotter encore plus que le franc, qui se noie dans de grandes idées d'une autre époque, qui va dîner chez les Français « modestes », qui reçoit à l'Élysée les éboueurs ou les écolières mais qui ne sait pas diriger l'État. Beaucoup de Français commencent à penser comme Alexandre Sanguinetti qu'il ne faudrait pas « confondre libéralisme, laxisme et liberté ». Sanguinetti va d'ailleurs, au cours de la réunion du Comité central de l'U.D.R. jusqu'à s'interroger sur la « légitimité » du Président, élu pour faire une politique et qui en fait une autre, ce qui vaudra au pauvre « Sangui » de perdre son « fromage » de la présidence de l'O.R.S.T.O.M. Au cours de la même réunion du Comité central, Michel Debré pose, lui, naïvement une question de fond : « Si Jacques Chirac n'était pas à Matignon, combien de nos compagnons se reconnaîtraient dans les différentes oppositions? » Beaucoup sans aucun doute. C'est maintenant la présence de Chirac à Matignon qui sauve Giscard...

Quelques jours plus tard, le Premier ministre accompagne le Président à Dijon dans un voyage officiel et pour la première fois de sa vie, il entend un nouveau slogan : « Chirac, président ». Giscard entend aussi ces cris. Ils symbolisent, sans doute mieux que beaucoup d'analyses, la situation en cette fin de 1975 et ils expliquent sûrement en partie ce qui va se passer pendant le premier semestre 76.

Une grande partie de la majorité présidentielle au sens exacte du terme, c'est-à-dire, non pas les états-majors politiques mais les Français qui ont voté pour Giscard, est déçue par l'absence, la fragilité, la déliquescence, l'indécision, les complexes du Président. Le brillant ministre des Finances qui savait tirer profit, personnellement, d'une bonne situation économique due à la confiance qu'inspiraient le Général et Pompidou, qui savait faire des « coups » quand il jouait son rôle de « cactus », qui avait su pendant les quelques semaines d'une campagne et un face-à-face télévisé faire illusion, s'était, une fois au pouvoir, complètement effondré. Il était incapable de diriger un État, incapable de choisir une politique. Il n'en avait ni le caractère ni l'intelligence. Il croyait pouvoir remplacer la décision par des gadgets et de la bonne volonté, la philosophie politique par un louvoiement entre les différentes composantes de sa majorité et les limites de son opposition et par sa fameuse envie de se faire aimer.

Chirac dont tout le monde devine les efforts inutiles apparaît alors, et curieusement, à ces Dijonnais comme un recours possible pour ceux qui ne veulent pas entendre parler du programme de la gauche.

Le 5 décembre 75, c'étaient au Bourget, les Jeunes gaullistes qui reprenaient le slogan : « Chirac, président! » Il est vrai que, la veille même, Giscard avait une fois de plus déclaré : « Je gouvernerai la France au centre et sachez que la main tient la barre. » Ce « centre » n'avait pas d'électeur et plus personne ne pensait que Giscard était fait pour tenir la barre comme l'avait pourtant affirmé son bon slogan de la campagne de 74.

Pour s'aérer un peu, Chirac part passer Noël aux Antilles. Il laisse entendre à quelques journalistes qui l'accompagnent qu'il pourrait bien y avoir un remaniement ministériel, qu'il lui faudrait une équipe plus resserrée. Trente-sept membres du gouvernement, c'est trop! Cela pousse certains à faire des déclarations malheureuses, cela entraîne un regrettable manque de coordination. Ceux qui l'observent ont l'impression qu' « il y croit encore », qu'il espère, encore, que le Président, voyant la dégradation de la situation, va lui donner sa chance et en faire un vrai chef de la majorité.

Le 11 janvier, alors qu'il est en week-end dans sa circonscription corrézienne, Chirac apprend que le nombre des membres de « son » gouvernement passe de 37 à... 43; que Lecanuet, qui s'est toujours déchaîné contre lui, est promu ministre d'État, ce qui veut dire qu'il y aura maintenant trois « patrons », un U.D.R. à Matignon, un R.I. à l'Intérieur et un Réformateur à la Justice; que Raymond Barre dont on a parlé à plusieurs reprises pour le remplacer à Matignon fait son entrée au gouvernement comme ministre du Commerce extérieur; que Jean-François Poncet, anti-gaulliste viscéral devient secrétaire d'État aux Affaires étrangères; et que Pierre-Christian Taittinger devient secrétaire d'État aux collectivités locales, or chacun sait que c'est lui le candidat de Giscard pour la mairie de Paris, il sera donc bien placé...

En apprenant la composition de la nouvelle équipe qu'on lui a préparée, le Premier ministre déclare : « Ce gouvernement est un kangourou avec quarante trois petits dont chacun a lui-même une poche pleine d'arrière-pensées. »

De retour à Paris, Chirac fait savoir à Giscard qu'il n'a pas l'intention de s'éterniser, dans ces conditions, à Matignon et qu'il conviendrait donc que le président se cherche un autre Premier ministre. Un an plus tard, au cours de sa conférence de presse du 17 janvier 1977, Giscard « avouera » qu'il avait fait entrer Raymond Barre au gouvernement avec l'intention de le nommer rapidement à Matignon. Mais il est vrai aussi que, le 29 mai 1976, recevant le Premier ministre iranien, Hoveyda, Giscard dira (en présence de Chirac) : « Vous pouvez dire à Sa Majesté Impériale que Jacques Chirac sera mon Premier ministre jusqu'à la fin de mon septennat en mai 1981. » Le Président maniait-il la duplicité ou ne savait-il pas ce qu'il voulait?

Au cours du premier Conseil des ministres de ce nouveau gouvernement, le Président déclare : « C'est ici l'endroit où doivent régner la cohésion, la réflexion et l'action » et il ajoute : « Gouverner c'est réformer » (!) Le jour même, Chirac explose devant Françoise Giroud : « On perd son temps, les ministres font n'importe quoi, disent n'importe quoi et ne suivent pas mes instructions. C'est le bordel! Je n'ai pas le temps de faire mon métier. On parle, on parle, ça ne sert à rien. Ce n'est pas une vie, je vous assure » (*La comédie du pouvoir*).

Et c'est la préparation des cantonales de mars 76. Giscard, avec la traditionnelle mauvaise foi des gens au pouvoir à la veille d'élections locales qu'ils devinent mauvaises, répète à qui veut l'entendre que ce scrutin n'est pas « politique ». Or c'est la première consultation nationale depuis son élection à la présidence et chacun sait, bien sûr, que les résultats seront particulièrement significatifs. Le mardi 17 février, le Président et son Premier ministre dînent en tête-à-tête à l'Élysée. Il s'agit de fixer les grands thèmes de la campagne. Le Président est persuadé que la France « profonde » comprend ses effort sa (bonne) volonté de « décrispation », d'ouverture, de réformes et que, justement, ces cantonales sont des élections où le « centrisme » peut le mieux s'exprimer, en dehors du combat des grands partis. Chirac est beaucoup plus sceptique. Il est convaincu – et il le dit une énième fois – que le pays ne comprend pas ou désapprouve le jeu présidentiel et que la mauvaise situation économique va avoir des conséquences graves pour ce scrutin. Le jeudi 20 février, Chirac ouvre la campagne à la télévision. Il est bon. Giscard l'appelle le soir-même pour le féliciter. « Ce fut une prestation excellente, ouverte, moderne, naturelle, vous avez parlé des problèmes comme il faut en parler, avec simplicité et réalisme » et pendant plusieurs jours le Président, à la surprise de tout le monde, répétera que Chirac a vraiment été excellent.

Mais les efforts de Chirac qui a essayé d'adopter le « style Giscard » ne sont pas suffisants. Le 14 mars 76, les résultats sont sans pitié : la gauche obtient 53 % des voix avec un P.S. qui se taille la part du lion (26,8 %). L'U.D.R. recule (10,7 %), les réformateurs se maintiennent (9,8 %) et les R.I. reculent un peu eux aussi (8,5 %). Jamais la gauche n'avait obtenu un tel score depuis les débuts de la Vᵉ République. Même le canton de Rochefort-Montagne (celui qui avait Giscard pour conseiller général jusqu'en 74) passe aux socialistes. Au total la gauche gagne quinze présidences de Conseil général! Le régime giscardien n'a gagné aucune voix à gauche et il a perdu un bon morceau de son électorat, précisément d'ailleurs sur sa gauche. En analysant de plus près les chiffres, on s'aperçoit, en effet, que c'est l'électorat gaulliste qui s'est effrité, mais un électorat gaulliste très particulier : les gens de gauche ou du centre-gauche qui votaient pour le Général – c'était un vote plus « personnel » que politique – et qui avaient continué à voter pour Pompidou – et, là encore, plus pour l'homme d'État que par idéologie politique – ont cette fois rejoint le P.S. avec armes et bagages. Étonnante constatation. Ni le Général ni Pompidou ne faisaient la moindre concession à cet électorat et ils le recueillaient tout de même. Giscard a tout fait pour le charmer et il est parti!

Comme le fait remarquer Jacques Chapsal : « Il ne suffit pas qu'un député centriste devienne ministre pour que suive la cohorte de ses électeurs » et Jean Charlot, commentant ces résultats, ajoute : « Curieusement, Giscard a commis la même erreur stratégique que Chaban-Delmas : il a cherché à séduire la gauche modérée et le centre gauche par ses réformes et plus encore par son langage, au risque d'inquiéter, voire de décourager une partie de son propre électorat. Il s'est heurté au même obstacle que Chaban : un parti socialiste rénové, attrayant, modéré par contraste avec le P.C. et à la mode, qui loin de lui concéder des électeurs lui en a ravis. »

Le soir de ce deuxième tour des cantonales, Chirac est à Matignon. Il a été réélu sans problème à Meymac et il sait qu'il va être réélu président du Conseil général de la Corrèze, mais il n'est pas content tout de même. Il est entouré par ses collaborateurs et des membres de la majorité qui vont avoir la difficile mission d'aller commenter ces résultats à la télévision et à la radio. Le Premier ministre est ferme dans ses commentaires et dans ses instructions : « Nous venons de recevoir un coup de pied dans le cul et nous ne l'avons pas volé. Mais ne rendez aucun hommage aux adversaires. Aucune concession ne doit être faite aux adversaires, à la générosité de leurs intentions et tout le baratin habituel. Est-ce qu'ils en font eux des concessions? Est-ce qu'ils vont dire que nous sommes cons et généreux? Ceux qui s'imaginent ou qui ont imaginé qu'on peut se conduire ainsi se trompent. Dans le dérapage politique que nous avons connu il y a ce petit jeu, cette danse du ventre, ce langage de faiblesse. Et en politique la faiblesse ne paie pas, jamais » (raconté par Françoise Giroud dans *La Comédie du pouvoir*).

Giscard, lui, va encore flotter entre sa conviction d'avoir raison et ces faits têtus qui prouvent, peut-être, que Chirac n'a pas totalement tort.

Au Conseil des ministres qui suit ces élections-catastrophes, le Président est encore sûr de lui et déclare : « Le mécontentement principal a pour origine la crise économique. Mais s'y ajoutent des mécontentements sectoriels accrus par l'action gouvernementale. Je pose la question fondamentale. Il n'est pas question de renoncer aux réformes. Si certains d'entre vous pensent le contraire, je vous demande de le dire et d'en tirer les conséquences. » Chirac lit ostensiblement et nerveusement son courrier. Giscard ajoute : « Les réformes traînent. » Certains ont l'impression que le Premier ministre va éclater...

Deux jours plus tard, le 19 mars, Chirac reçoit, dans son bureau de Matignon, Claude Labbé, Max Lejeune et Roger Chinaud. Ce dernier vient encore de déclarer « qu'en aucun cas le Premier ministre ne devait être le patron de la majorité ». Chirac lui dit : « Êtes-vous prêt à démentir ces propos? » Chinaud répond : « Il n'y a rien à rectifier. Je l'ai dit en effet et ce n'est pas la première fois. » Chirac explose : « Eh bien, monsieur Chinaud, vous n'avez rien à faire ici! » « Cela signifie-t-il que je doive m'en aller? » demande Chinaud étonné. « Oui! » répond le Premier ministre. Et Chinaud, président du groupe parlementaire des R.I., sort.

Une semaine plus tard, le 24 mars, Giscard apparaît à la télévision. Ce n'est plus l'heureuse décontraction du prince à qui tout réussit. Il est triste, costume sombre, mains posées à plat sur son bureau. « Il a l'air d'un ordonnateur des pompes funèbres » commente Françoise Giroud (on dit que c'est sur les conseils de Pierre Juillet que le Président tente ainsi de changer son image). Chirac regarde la télévision à Matignon entouré par tous ceux qui comptent alors : Ponia, Lecanuet, Fourcade, Rossi, Durafour, Diligent, Bord, Tomasini. Chacun sait que cette « séance » est importante. Giscard va-t-il, comme la semaine dernière à l'Élysée, accuser la crise, s'en prendre à l'action du gouvernement et reprocher à Chirac de faire traîner les réformes auquel cas le Premier ministre n'aura plus qu'à en tirer les conséquences qui s'imposent? C'est ce qu'espèrent Ponia, Lecanuet, Fourcade et quelques autres. Ou va-t-il enfin comprendre?

Il a compris. Lugubre et visiblement le couteau sous la gorge, il annonce qu'il « demande au Premier ministre de coordonner et d'animer l'action des partis de la majorité » et mieux encore, il attaque sans ménagement « le collectivisme ». Chirac soupire plus qu'il ne sourit. Enfin! Il aura fallu près de deux ans, des catastrophes économiques, des mois perdus à faire de la politique politicienne, à jouer au bras de fer avec Ponia, des manifestations de rue et surtout ce « coup de pied dans le cul » des cantonales pour que le Président lui confie ce qui lui revenait de droit : la haute main sur la majorité.

Chirac que rien ne décourage mais qu'un rien regonfle à bloc est aussitôt sur le pied de guerre. Il est bien décidé à mettre les bouchées doubles et à rattraper le temps perdu. Il s'écrie : « Il faut montrer aux Français qu'ils sont gouvernés par des hommes qui ne se chipotent pas, qui ne se contestent pas. Nous avons la sérénité des forts. » Il récapitule : il a eu raison de rester ferme sur ses positions, il a eu raison de renforcer l'U.D.R. qui va maintenant lui servir de locomotive pour entraîner le train de la majorité, il a eu raison d'abandonner le secrétariat général pour bien apparaître au-dessus de la mêlée, et finalement il a bien fait de jouer Giscard-la-faiblesse puisque, maintenant, c'est lui le patron, lui le pompidolien. La période des gadgets a duré plus longtemps que prévu, le virage à gauche a été plus large qu'on ne pouvait le croire, mais tant pis. Les prochaines législatives ne sont qu'en 1978.

Chirac fait ici deux erreurs : il ne se rend pas compte que la faiblesse de Giscard est d'une... force inimaginable et que si le Président lui donne le pouvoir parce qu'il ne sait pas ce qu'il veut, il ne sait précisément pas s'il veut lui donner le pouvoir. C'est l'époque où Chirac répète inlassablement : « Il faut cesser de faire plaisir à nos adversaires et de déplaire à ceux qui nous soutiennent » alors que Giscard s'écrit : « Si la majorité veut se sauver, elle se perdra. Le souci des Français n'est pas de sauver la majorité. Ce qu'il faut c'est gouverner la France. » Belle phrase mais qui ne veut pas dire grand-chose de précis. Chirac ne se rend pas compte non plus que le temps perdu ne se rattrape pas toujours et que ce centre inexistant auquel Giscard a donné une certaine réalité n'est pas prêt à rentrer dans le rang, c'est-à-dire de nouveau dans le néant.

Fin mars, aux journées parlementaires des R.I., dix jours après s'être fait mettre à la porte, Roger Chinaud discipliné accueille le Premier ministre d'un chaleureux et bien hypocrite : « Bon vent, Jacques, bon vent, monsieur le coordinateur, vous pouvez compter sur notre ardeur » auquel Chirac répond par un « je vais m'efforcer de faire taire certaines rivalités et dissensions dans la majorité ». Mais immédiatement de petites phrases assassines jaillissent de partout au cœur de cette « famille » présidentielle.

Le 12 avril, J.-J. S.-S. écrit dans *l'Express*, sous le titre « L'échec de Chirac » : « On a le droit d'être conservateur (...) On a le droit d'avoir comme philosophie et règle de vie la loi de la jungle (...) On n'a pas le droit de jouer le sort du pays en substituant ses paris hautement personnels à la volonté démocratique du suffrage universel. » C'est l'éternel débat. J.-J. S.-S. fait mine de croire que Giscard a été élu par la majorité qui souhaitait le changement. Il oublie que ceux qui souhaitaient vraiment le changement ont voté, comme le leur avait conseillé Françoise Giroud, pour Mitterrand. Le 15 avril, Chirac va, quand même, place de Valois, au siège des radicaux (où J.-J. S.-S., président du Parti, refuse de le recevoir) et tente, quand même, d'éveiller l'esprit majoritaire chez ses auditeurs, allant, un peu à bout d'argument, jusqu'à leur rappeler que... son grand-père était radical. En vain semble-t-il puisque dès le lendemain, J.-J. S.-S. déclare : « L'héritage U.D.R. est à nettoyer, à liquider clairement. Il faut dépouiller le vieil homme. »

Et, en dépit des « petits déjeuners de coordination » que Chirac offre, tous les mardis matin, aux chefs de file de la majorité dans la petite salle à manger de Matignon, ça continue. C'est Poniatowski qui déclare aux R.I. : « Nous devons devenir le noyau actif de la majorité présidentielle. Nous ne sommes pas prisonniers des liens que scelle l'exercice d'un pouvoir prolongé sans partage. » C'est Dominati qui ajoute : « L'U.D.R. c'est une page du passé avec de bons et de mauvais jours. Il est certain qu'elle ne peut pas prétendre, en raison des erreurs d'hier, imaginer l'avenir. » C'est Chinaud qui répète : « Le leader naturel de la majorité c'est Valéry Giscard d'Estaing alors que le Premier ministre n'est qu'un chef d'état-major. » C'est Diligent qui lâche : « Nous n'avons pas l'habitude de marcher au sifflet. Nous ne pouvons pas entériner un retour au pouvoir de l'État U.D.R. »

Le 22 avril, le Président donne une conférence de presse. Chirac, en l'écoutant, a l'impression – désagréable – que c'en est déjà fini avec la « coordination ». Giscard n'en dit pas un mot, ne cite pas le nom de son Premier ministre et, pire encore, conclut en s'écriant : « Ce qui compte le plus c'est la réforme! » « Est-ce une déclaration de guerre? » se demande *La Lettre de la Nation*. Mais qu'est-ce que c'est que ce « patron »? se demande Chirac.

Cette conférence de presse du 22 avril permet, bien sûr, à tous les centristes que la « coordination » avait effrayés, de relever la tête. Le 22 mai à Rennes, les dirigeants du Centre Démocratique, Lecanuet, Abelin et Diligent, se réunissent avec ceux du Centre Démocratie et Progrès, Duhamel, Fontanet et Barrot, et décident de reconstituer l'union éclatée sept ans plus tôt, en formant le Centre des Démocrates Sociaux. Chirac-le-coordinateur n'a été prévenu de rien. Puis Lecanuet, après avoir déclaré : « Commençons par réunifier le courant des démocrates sociaux arbitrairement déchiré par l'épisode gaulliste », annonce la couleur : « A président réformateur doit correspondre une majorité réformatrice. C'est dans cette perspective que je serai conduit à proposer à mes amis réformateurs et R.I. de s'organiser pour renforcer leur coopération et faire face aux échéances. » En clair, ces Démocrates sociaux font former avec les R.I. et les autres centristes des listes communes pour les prochaines élections. Or, il était bien évident que c'était au Premier ministre, « chargé de la coordination » de faire les listes des candidats uniques de la majorité présidentielle et de distribuer les investitures. Quelques heures après cet appel de Lecanuet, Poniatowski répond par une déclaration à l'A.F.P. : « Cela correspond à une évolution souhaitable et nécessaire. » Chirac sait que tout cela vient de l'Élysée. Le Président fait, lui-même, torpiller l'action de coordination dont il a chargé son Premier ministre. Chirac ne comprend plus... Oui, il faut qu'il donne sa démission, qu'il s'en aille et vite, qu'il sorte de cette situation de fou, où il ne fait rien, où on se sert de lui et où on le ridiculise.

Le désaccord est désormais total entre les deux hommes et le Premier ministre s'aperçoit, chaque jour davantage, qu'il ne parle pas le même langage que le Président.

En mai, Giscard part pour les États-Unis. Un voyage, en principe, sans intérêt puisqu'il s'agit pour le chef de l'État d'aller en *Concorde* assister aux fêtes du bicentenaire de l'Indépendance américaine. Mais, le 20 mai, devant le National Press Club de Washington, Giscard annonce, d'une part, qu'il a décidé d'envoyer un contingent français au Liban (il aurait pu en prévenir le Premier ministre et il n'aurait pas dû faire une telle annonce en dehors du territoire français) et donne, d'autre part, des éclaircissements pour le moins curieux sur son interprétation de la Constitution. Il affirme notamment qu'il a été élu pour sept ans, qu'il restera en fonction sept ans quoi qu'il arrive et, quand on lui demande ce qui se passerait si une majorité de gauche arrivait à l'Assemblée, il répond : « Je resterai pour sept ans. J'en prends personnellement la responsabilité. La Constitution prévoit que le Président choisit le Premier ministre. Je choisirai le premier ministre. » Pour Chirac et pour n'importe quel gaulliste c'est là une déclaration sidérante, qui si elle n'est pas contraire au texte même de la Constitution remet tout en cause cependant.

Chirac s'en explique : « Avec le Général et Georges Pompidou ensuite tout était clair. Le Président exprimait au pays quel était selon lui le bon choix. Il s'y impliquait totalement. Il entendait par là : j'assume ma majorité donc si elle est battue, je démissionne. C'est ce qu'avait fait le général de Gaulle au lendemain du référendum de 69. Certains ont regretté ce départ que, constitutionnellement, rien n'imposait. Pour ma part, je me souviens à l'époque m'être longuement interrogé. Je pense à présent que sa décision était prise de longue date. Pour lui, être mis en minorité après avoir indiqué, sans équivoque, ce qu'il attendait des Français, c'était être désavoué. Quelles que soient les règles constitutionnelles ou juridiques, il a fait passer, comme chaque fois que l'événement l'imposait, la légitimité avant la légalité. Par voie de conséquence, à l'heure où cette légitimité est contestée par le peuple qu'on a consulté celui qui en est encore légalement détenteur estime ne plus disposer de l'autorité nécessaire pour l'exercer. Il s'en va donc, démocratiquement, afin que le destin s'accomplisse. Le peuple doit savoir à l'avance à quoi son vote l'engage. Aux États-Unis, M. Giscard d'Estaing a annoncé qu'en cas de victoire de la gauche, il demeurerait à son poste. La Constitution a été bâtie de telle sorte que les deux interprétations sont possibles : – le président de la République lie son sort à celui de sa majorité, il est alors le chef incontesté de cette dernière et a tout loisir d'en déléguer les prérogatives à son Premier ministre. – Le président de la République se place en position d'arbitre et essentiellement en garant des institutions dont le suffrage universel lui a confié la charge. Il doit donc appeler à gouverner les hommes politiques que les élections législatives ont désignés même si de ce fait il est conduit à écarter son ancienne majorité.

« On doit alors s'interroger sur le crédit dont disposerait, dans le pays et à l'égard des partis vainqueurs d'une élection législative, un président de la République qui, avant le vote, aurait, sous prétexte d'indiquer le bon choix, conseiller de ne pas élire ceux qui au lendemain de l'élection deviendraient les membres de son nouveau gouvernement » (Entretien avec l'auteur).

Il ne s'agit pas d'une querelle de constitutionnalistes, loin de là. En s'accrochant aux textes et au pouvoir, Giscard « tue » la Vᵉ République, le Président redevenant la « potiche » qu'il était sous la IVᵉ, il décourage sa majorité (et son Premier ministre) : à quoi bon se battre pour un Président qui, en tous les cas, gardera, lui, son fauteuil et il fait preuve d'une incohérence d'irresponsable : il a affirmé qu'il gouvernerait avec « ses » ministres, que le président de la République devait s'occuper de toutes les affaires des Français et voilà qu'il déclare qu'il resterait « au pouvoir » avec des ministres socialistes et communistes. Non, Chirac ne peut plus travailler avec un tel président. Et là-dessus deux autres affaires éclatent au grand jour entre l'Élysée et Matignon : « l'affaire Méry » et « l'affaire des plus-values ». La première remet en cause l'un des aspects les plus sacrés du gaullisme, la seconde remet en cause l'une des doctrines essentielles du pompidolisme!

« L'affaire Méry » explose au mois de mai 76. Au moment même donc où l'Assemblée étudie la loi-programme de la Défense nationale et alors que les députés gaullistes s'alarment déjà du déclin des crédits consacrés aux forces nucléaires et de l'abandon du sixième sous-marin nucléaire lanceur d'engins, *L'Inflexible*, le général Méry, chef d'état-major et proche de l'Élysée, rend publique dans un article publié par *La Revue de la Défense nationale*, la conception officielle de la stratégie française en cas de conflit avec l'U.R.S.S. Et cette conception paraît différer totalement de celle qu'avait énoncée de Gaulle. En substance, Méry déclare que les troupes françaises pourraient se porter immédiatement à la frontière orientale de l'Allemagne pour participer au barrage fait aux troupes soviétiques envahissantes. Or, toute la stratégie gaulliste consistait, précisément, non seulement à ne pas mêler nos troupes à celles de l'O.T.A.N. mais à laisser entrer les Soviétiques en Allemagne pour avoir ainsi la possibilité d'utiliser contre elles l'arme nucléaire. Si les soldats français se trouvaient sur le champ de bataille, la France ne pouvait plus se servir de la bombe atomique contre ces avant-gardes soviétiques et devait alors envoyer la bombe sur l'U.R.S.S. elle-même, ce qui entraînait évidemment le risque d'une riposte atomique soviétique sur le sol français. L'absence de troupes françaises sur le champ de bataille allemand permettait, selon de Gaulle, un « premier avertissement atomique » sans trop de risque pour la France et donnait, avec la preuve de notre détermination, la possibilité aux Soviétiques d'arrêter les combats avant le vrai déchaînement de l'arme atomique. Méry remettait tout en question, et notre indépendance militaire vis-à-vis de l'O.T.A.N et les raisons mêmes de notre armement atomique. Visiblement, il traduisait ainsi les réflexions de l'Élysée. Les gaullistes ne pouvaient pas tolérer une telle remise en question de la pensée du général.

« L'affaire de l'imposition des plus-values du capital » durait, en fait, depuis beaucoup plus longtemps puisque Giscard qui y tenait essentiellement – c'était pour le Président et pour J.-J. S.-S. « la réforme du siècle » – l'avait mise à l'ordre du jour dès juillet 1974. Chirac qui y était fermement opposé (comme tous les gaullistes) avait réussi à faire traîner les choses, d'abord avec une commission spéciale qui n'avait remis son rapport qu'en juillet 75, puis avec une longue étude du Conseil économique et social qui n'avait remis son rapport qu'en décembre 75, puis avec une très lente élaboration du projet de loi qui n'avait été déposé qu'en avril 76. Mais le Président insistant, il avait bien fallu que le débat commence à l'Assemblée début juin 76. Avec six cents amendements, dont beaucoup présentés par l'U.D.R., il faudra vingt séances aux députés pour adopter un texte défendu avec acharnement par Jean-Pierre Fourcade et le moins qu'on puisse dire sans conviction par le Premier ministre. Le texte final sera tellement émasculé (mais il est vrai que le texte initial était particulièrement mauvais) qu'il ne sera jamais applicable. Cela dit, Jean Chapsal a raison d'écrire que cette affaire des plus-values « est l'un des éléments que l'on aura à verser au dossier du départ de Chirac ».

A cette « affaire des plus-values » on peut d'ailleurs ajouter aussi celle de la réforme de l'entreprise. C'était, là encore, pour Giscard une « réforme essentielle ». Aux yeux du Président, il s'agissait à la fois de limiter « la toute-puissance du patronat » et de remettre en cause le quasi-monopole de certains syndicats dans certaines entreprises. Dès 74, Giscard avait demandé à Pierre Sudreau de présider une commission d'étude de cette réforme de l'entreprise. Sudreau avait remis son rapport le 7 février 75 et ce rapport avait traîné de conseil restreint en conseil restreint pendant plus d'un an. Françoise Giroud note que : « C'est peu de dire que le Premier ministre ne met pas à réaliser la réforme de l'entreprise l'empressement souhaité » *(La Comédie du pouvoir)*. En fait, Chirac est hostile à cette énième réforme aussi bien pour des raisons politiques que pour des raisons philosophiques. Politiquement, il estime que ce n'est vraiment pas le moment alors que tous les « gadgets » du Président ont choqué l'électorat de la majorité et alors qu'il y a déjà cette affaire des plus-values, d'attaquer de front les patrons, grands et petits, qui font, *a priori*, partie de cette majorité. Et d'autant plus qu'on attaque en même temps, par cette même réforme de l'entreprise – qui modifie les critères de représentativité des syndicats – les grandes organisations syndicales liées à la gauche, ce qui déclencherait une étonnante unanimité contre ce projet. D'autre part, philosophiquement, Chirac qui est un libéral, qui estime que le rôle du gouvernement est d'inciter les entreprises, de susciter des initiatives et de pousser en avant les audacieux, ne considère pas que le problème majeur de l'économie française soit la « toute-puissance patronale ». Il aurait plutôt tendance à penser que les patrons manquent de puissance ou du moins de volonté dans bien des cas, notamment dans l'innovation, dans la recherche de techniques nouvelles et de nouveaux marchés.

Il déclare donc au cours d'un des conseils restreints sur le sujet : « Les expériences dans l'entreprise, je ne veux pas en entendre parler. La participation des salariés aux décisions non plus. Quant à la modification du critère de représentativité des syndicats, pas question, je ne tiens pas à faire sauter le verrou syndical. » Une attitude pompidolienne? Sans aucun doute. Chirac se souvenait de son expérience de secrétaire d'État à l'Emploi qui, en mai 68, avait été bien content de trouver des syndicats responsables et il se souvenait des catastrophes économiques que la « nouvelle société » de Chaban avaient fait envisager. L'attitude de Giscard était d'ailleurs tout aussi typiquement giscardienne avec cette curieuse idée de se mettre à dos à la fois les patrons et la C.G.T., tout en brisant, par pur souci démagogique, les entreprises déjà en difficulté et alors que si les ouvriers demandent souvent des augmentations de salaires, ils n'ont jusqu'à présent jamais demandé cette fameuse participation. Bref, Chirac arrête à temps ce projet. Mais Giscard est furieux.

Et puisque nous faisons l'interminable inventaire des conflits entre l'Élysée et Matignon en ces mois de mai et juin 76, il faut aussi parler des élections européennes au suffrage universel que souhaitait Giscard et dont ne voulait pas Chirac et des législatives anticipées que souhaitait Chirac et dont ne voulait pas Giscard.

Le président qui rêvait dans son subconscient de devenir le Président d'une nouvelle Europe, désirait donner à ces élections européennes dont on commençait à parler un relief tout particulier. Elles lui auraient aussi permis d'offrir un succès facile à ses amis centristes et – qui sait? – de grignoter sur l'électorat socialisme. En un mot de se former sur un thème moderne, jeune, un électorat nouveau. Chirac, lui, se souvenait de l'échec du référendum de Pompidou sur l'Europe et savait parfaitement que l'Europe qui n'intéresse pas les Français, n'était pas un bon terrain de bataille pour les gaullistes. Il était donc beaucoup moins « chaud » que le Président.

Par contre, le Premier ministre souhaitait une dissolution de l'Assemblée et des élections législatives anticipées. Pourquoi? D'abord, parce que l'opposition se renforçait chaque jour et que devant la dégradation régulière de la majorité on pouvait devenir très inquiet pour l'échéance des élections prévues en 78. Mieux valait, estimait Chirac, précipiter les choses avant qu'il ne soit trop tard. Mais si ces élections anticipées auraient sans doute permis de sauver la majorité et de regagner cinq ans, elles auraient ensuite et surtout, aux yeux de Chirac, eu l'avantage de clarifier la situation au sein même de cette fameuse majorité. Avec des législatives, non seulement on confortait la légitimité du Président qui semblait par moments vaciller – les sondages le prouvaient ainsi que toutes les élections partielles, et que les votes au Parlement où nombre de réformes présidentielles ne passaient que grâce aux voix de l'opposition – mais surtout on permettait aux Français de bien préciser si, pour eux, la majorité présidentielle devait être à dominance U.D.R. – comme on pouvait le croire à l'Assemblée et à Matignon – ou à dominance R.I. – comme on le croyait à l'Élysée et dans bien des ministères. En vérité, Chirac savait que des élections lui auraient permis d'écraser les Ponia, Lecanuet et autre J.-J. S.-S. et d'obtenir enfin cette haute main sur la majorité que lui refusait toujours le Président. Giscard comprenant que son Premier ministre cherchait tout simplement à se faire « plébisciter », ne pouvait pas admettre de telles élections. Les R.I. ayant moins de sièges que l'U.D.R., l'Élysée aurait eu moins de poids que Matignon. Situation invraisemblable!

On se retrouvait dans la situation qu'on avait connue avec Pompidou et Chaban. Chaban avait voulu se faire plébisciter, contre le Président, par l'Assemblée, Chirac souhaitait se faire plébisciter, contre Giscard, par ces élections législatives. Chirac était cependant plus « légaliste » que Chaban et pour deux raisons : d'abord, il souhaitait un recours au peuple et non au parlement et il était en cela très fidèle à l'esprit de la Ve; ensuite, alors que c'était Chaban qui avec sa « nouvelle société » avait voulu innover par rapport au programme soumis aux électeurs lors de l'élection à la présidence de Pompidou, cette fois, c'était le Président lui-même qui souhaitait transformer la politique approuvée par les électeurs lors de son élection.

Giscard dit « non » à ces élections anticipées (et il se refusait d'ailleurs par principe à avoir l'air de tricher avec les échéances électorales) et on n'eut guère le temps de parler des Européennes.

Donc, début juin 76, Chirac est fermement décidé à s'en aller. Il y pensait depuis le début de l'année, nous l'avons vu et dès avril, il en avait parlé à ses collaborateurs les plus proches, lesquels du moins en ce qui concerne Pierre Juillet (qui depuis les cantonales avait son bureau rue de Varenne), et Marie-France Garaud, étaient les premiers à lui conseiller de quitter cette galère, lui déclarant sans cesse et en substance : il est clair que ce Président fait une politique que vous désapprouvez, il est clair que ce Président ne vous confiera jamais le rôle de coordinateur de la majorité et précisément parce que vous n'avez pas la même politique et il est de plus en plus clair aussi que l'Élysée vous laisse de moins en moins de dossiers, pour les mêmes raisons, ce qui vous permet de moins en moins de limiter les dégâts.

On n'a d'ailleurs jamais assez insisté sur ce dernier point. Giscard a gardé, aux yeux du public, la réputation d'être un dilettante qui n'habitait pas l'Élysée, qui prenait des week-ends bien prolongés et des vacances ensoleillées très lointaines, alors que Chirac lui, à juste titre, a celle d'un bûcheur acharné. L'opinion s'est donc imaginée que Giscard lançait ses idées et que Chirac travaillait « comme une bête » rue de Varenne. C'est faux. Très rapidement, le Premier ministre n'a plus rien eu à faire ou presque. Chirac raconte lui-même : « Valéry Giscard d'Estaing est doté d'une tentation naturelle à diriger chaque chose qu'il tient pour importante. Son tempérament pétri de sérieux et d'engagement affectif, l'entraîne à détenir la décision le plus loin possible, fut-ce sur le terrain et au dernier moment. L'inconvénient qui en résulte, s'en trouve forcément aggravé par son entourage. Les cabinets ont ceci de commun – quelle que soit leur appartenance politique – qu'ils se confèrent de l'importance. Ils consacrent à ce souci une part non négligeable de leur temps. Sachant qu'on peut, presque à tout instant, intéresser le président de la République à une affaire d'actualité, ils tâchent d'appeler le maximum de dossiers, de les porter ensuite au niveau suprême ou en tout cas de laisser entendre qu'ils s'y trouvent et de leur fait. Cette pratique aisément décelable et délicate à démonter amène le Premier ministre à perdre l'une après l'autre ses prérogatives et donc ses initiatives. J'ai appris par tel ou tel de mes ministres quand ce n'était pas par la presse ou la radio, des décisions importantes et pour lesquelles je n'avais pas été consulté. S'il m'advenait de diverger d'opinion avec mon ministre de l'Économie et des Finances, je pouvais très bien apprendre qu'une décision avait été prise à l'Élysée sans que j'en aie été informé. Jour après jour, j'ai mesuré ce qu'il y avait d'inconvenant à prétendre détenir une responsabilité qu'on n'était pas en mesure réelle d'exercer » (Entretien avec l'auteur).

Cette mainmise par l'Élysée sur tous les domaines se matérialise d'ailleurs par la multiplication des « conseils restreints ». Ces conseils se tiennent à l'Élysée, sous la présidence du président de la République et en présence du Premier ministre et des seuls ministres intéressés par le sujet du jour. Du temps de Pompidou, il y avait treize conseils restreints par an, en moyenne. Avec Giscard, leur moyenne annuelle va atteindre cinquante. Du coup les « comités restreints » qui, eux, se tiennent à Matignon sous la présidence du Premier ministre vont diminuer considérablement. Debré en tint cent dix-huit en 1961, Chaban cent vingt et un en 1971, Chirac moins de quatre-vingt-dix en 1975. Comme devait le dire Michel Debré : « Dans le système présent, on retire les dossiers aux ministres et aux administrations pour les faire traiter par les collaborateurs de la présidence de la République. Au bout d'un certain temps l'État ne fonctionne plus » (à l'émission Face au Public de France-Inter). Chirac, lui, déclarera en février 1980, au Club de la Presse d'Europe n° 1 : « Nous sommes dans un système politique qui aujourd'hui n'est plus celui que nous avons connu dans les années 60 et même au début des années 70. C'est un système dans lequel tout est impulsé, décidé par le président de la République qui en réalité assume la responsabilité de l'ensemble. Il n'y a plus comme c'était le cas dans le passé un ou deux domaines particulièrement importants qui seraient réservés à l'appréciation présidentielle, le gouvernement assumant ses responsabilités notamment dans les domaines économique et social. Aujourd'hui il n'y a plus qu'un seul domaine, réservé au chef de l'État, ce qui fait d'ailleurs que le gouvernement n'existe pratiquement plus politiquement. »

Alors que tout est déjà – ou enfin – fini entre Giscard et Chirac, début juin, le Président invite son Premier ministre à venir passer le week-end de la Pentecôte au fort de Bregançon, résidence officielle et méditerranéenne du président de la République. Et ce week-end symbolise à merveille le malentendu fondamental entre les deux hommes. Chirac-le-fonceur, le travailleur, qui aime que tout soit carré, exposé clairement et qui est toujours prêt à se raccrocher à un espoir, se dit qu'il va peut-être, enfin, avoir une explication claire et nette avec le Président, après deux ans de quiproquo, de faux-fuyants, de cache-cache. Sans trop y croire, il rêve encore qu'en trois heures de franches discussions, sans être interrompus par l'actualité, on va pouvoir mettre les cartes sur la table, crever l'abcès et qu'on finira peut-être par se mettre d'accord, c'est-à-dire, puisque Chirac est persuadé d'avoir raison, qu'il pourra enfin amener le Président à ses vues. Giscard-le-gentil, le souple, l'indécis, le plein de bonne volonté, le monarque éclairé, pense que loin des soucis de l'Élysée et de Matignon, loin des rumeurs de Paris, sous le soleil, on va pouvoir... parler d'autre chose, oublier un instant les désaccords, se détendre, qu'il va savoir charmer son Premier ministre, que Monsieur et Madame Chirac sauront apprécier l'honneur que leur font le Président et Madame Valéry Giscard d'Estaing de les accueillir ainsi en amis. Lui qui avait pensé que d'aller dîner en toute simplicité chez des Français modestes – un encadreur parisien, un jeune cadre de Touraine, un chauffeur de poids lourds dans les Yvelines, un garde-champêtre dans l'Eure et un pompier à Paris – lui permettrait de se faire aimer de tous les Français, est, cette fois, convaincu que de recevoir ainsi, en toute simplicité, son Premier ministre va tout aplanir. Mais surtout qu'on ne parle pas politique. On est entre gens bien élevés.

Chirac arrive avec ses dossiers sous le bras et plein la tête. Les Giscard accueillent les Chirac avec un autre couple d'amis... les Fejoz, le moniteur de ski de la famille présidentielle et sa femme! Chirac sursaute. Le Premier ministre venait voir le président de la République pour parler de la France, de la grave crise politique qui trouble la majorité, des problèmes de défense, des réformes économiques et il s'aperçoit qu'on lui offre un week-end de milliardaires. Jamais, il ne comprendra cet homme! Et, en plus, il lui fait le « coup du roi Soleil! » : à table, les Giscard ont droit à des fauteuils, y compris le fils du Président, alors que les Chirac (et les

Fejoz) n'ont droit qu'à des chaises. On traite le Premier ministre comme un moniteur de ski, comme un fournisseur! Chirac croit rêver!

Il rentre à Paris, furieux, déclarant simplement à ses collaborateurs : « J'ai pu faire la sieste. » Cette fois, il va partir. Ce ne sont plus les Ponia, Lecanuet et J.-J. S.-S. qui sont en cause. C'est le Président lui-même. Il a compris que jamais il ne pourrait travailler avec cet homme-là. Chirac raconte :

« Ma détermination à partir, je l'ai longuement murie. Par nature, je suis quelqu'un de discipliné, tout prêt à obéir à une autorité supérieure, cela à deux réserves près : me sentir tout à fait en confiance avec elle et estimer que les objectifs définis sont conformes à ceux que j'estime souhaitables. Ces deux conditions n'étaient plus remplies. Je n'ignorais pas qu'en démissionnant, je créais un précédent. Sous la Ve, cela ne se faisait pas, ce n'était pas jugé convenable. J'ai donc tout fait pour éviter un départ pouvant ressembler à une rupture. A un moment, j'ai cru que le Président allait accepter et provoquer lui-même le changement de Premier ministre pour la fin de juin. Je lui avais même proposé les termes d'un communiqué qui exposait la nécessité de faire appel à une nouvelle équipe pour de nouvelles tâches et au cours duquel il m'aurait tiré un coup de chapeau. Tout se serait déroulé dans l'ordre. Le soir de cet entretien qui s'était à mes yeux terminé sur un accord j'ai déclaré à Antenne 2 : “ – Un homme politique, un Premier ministre ne démissionne pas ” (c'était le 23 juin 76). Le lendemain, je rencontre le Président et à ma grande surprise, il m'annonce : “ – Vous restez et vous formez le gouvernement suivant. ” C'est pourquoi les choses ont traîné jusqu'à fin août et se sont dénouées au prix d'une crise. » (Entretien avec l'auteur).

Le 4 juillet, Chirac envoie une lettre manuscrite de démission à Giscard. Le Président refuse. Non, pas maintenant, attendez un peu, nous allons nous entendre. Si vous voulez je vous donne la tête de Ponia...

Le 10 juillet, le Ponia en question dépose un projet de loi modifiant le Code électoral. C'est la goutte d'eau. Une de plus. Le Premier ministre a découvert ce texte au cours du Conseil des ministres! Pour le ministre de l'Intérieur, il s'agit d'un texte sans grande importance qui interdit simplement, et pour éviter les candidatures fantaisistes, aux candidats aux législatives ayant recueilli moins de 15 % au premier tour de se présenter au second tour. Ponia prendrait-il Chirac pour un enfant? Ce texte n'a qu'une raison d'être et tout le monde le comprend immédiatement : inciter les centristes de tout poil, réformateurs, C.D.S., radicaux et autres à faire bloc et mieux encore à rejoindre les R.I. Chirac va voir

Giscard et lui dit clairement qu'il n'est pas question que l'U.D.R. accepte ce texte qui n'est qu'une « magouille politique ». Giscard insiste. Chirac propose de mettre la barre à 10 %. Giscard s'entête. Chirac menace de démissionner immédiatement. Finalement, on transige à 12,5 %.

Le 26 juillet, le Premier ministre envoie une deuxième lettre de démission : « Monsieur le Président, Au cours de ces derniers mois, je me suis permis à plusieurs reprises de vous exposer les raisons politiques et économiques qui commandaient selon moi une reprise énergique en main du gouvernement afin de donner à son action, dans ces deux domaines, une impulsion vigoureuse et coordonnée. Cela suppose évidemment un renforcement sans équivoque de l'autorité du Premier ministre. J'ai cru comprendre que ce n'était ni votre sentiment ni votre intention. Dans ces conditions, je ne puis continuer à accomplir la tâche que vous m'avez confiée et j'ai l'honneur de vous remettre aujourd'hui ma démission. Cette décision sera effective au plus tard le mardi 3 août, c'est-à-dire dès mon retour du voyage officiel au Japon que vous m'avez demandé de ne pas décommander. »

C'est clair. Il y a tout dans cette lettre. La situation politique, c'est l'effondrement des sondages, les résultats des partielles, les résultats des cantonales, les incohérences de la majorité, la guerre des chefs de clans contre le coordinateur. La situation économique, c'est la montée du chômage, on en est à 900 000 demandeurs d'emploi, le franc qui, depuis sa sortie du serpent monétaire européen a perdu environ 12 % par rapport au dollar, une production industrielle qui a baissé de 15 %. Chirac souligne qu'il a tiré le signal d'alarme depuis plusieurs mois, fait remarquer que les sentiments et les intentions du Président qui sont difficiles à déceler, ne sont pas toujours correspondants. Les mots choisis sont intéressants : commandaient, reprise, énergie, impulsion, vigueur, coordination, renforcement, sans équivoque, autorité. Et même le « j'ai cru comprendre » qui en dit long sur les dialogues entre le Président et le Premier ministre.

Giscard répond : « Monsieur le Premier ministre, Vous m'avez écrit pour m'informer que vous ne pouvez plus continuer à accomplir la tâche que je vous ai confiée et que vous me remettriez votre démission. Vous m'indiquez que cette démission sera effective le 3 août. Je prends acte de votre démission. Je ne pense pas qu'en l'absence de tout événement dramatique il convienne de procéder en quelques jours et à un moment qui ne se prête pas aux consultations nécessaires à cet acte important pour la continuité de la vie de la nation qu'est la mise en place d'un nouveau gouvernement. Je vous demande donc d'en différer l'annonce et d'assurer la gestion du gouvernement jusqu'au premier Conseil des ministres que vous me demanderez de convoquer dans la deuxième quinzaine du mois d'août pour me présenter la démission du gouvernement. Je vous remercie de l'exceptionnelle activité que vous avez déployée dans votre haute charge et de la loyauté avec laquelle vous vous êtes attaché à atteindre les objectifs qui me paraissent essentiels pour le bien et le renouveau de la France. »

Là encore, une petite analyse de texte est très révélatrice. Giscard ne trouve pas que la situation soit dramatique et il a toujours reproché à Chirac de tout vouloir dramatiser (dix fois au cours de Conseils des ministres, Chirac avait dit : « L'opinion n'est pas mobilisée, il faut dramatiser » et chaque fois Giscard avait répondu : « Dramatiser, c'est en réalité, décourager »). Giscard aimerait bien passer des vacances tranquilles. On a presque l'impression qu'il ne trouve pas convenable d'avoir à faire de la politique pendant le mois de juillet et la première quinzaine d'août. Mais, plus important, Giscard reconnaît non seulement l'activité qu'a déployée Chirac à Matignon mais aussi sa « loyauté ». Il note cependant comme un désaccord entre le Premier ministre et le Président dans les objectifs que « me » paraissent essentiels.

Le 27 juillet, Chirac part pour ce voyage officiel au Japon. Très peu de gens savent qu'il n'est plus qu'un Premier ministre démissionnaire. Il paraît détendu, presque soulagé. Il pense au... R.P.R. A son retour, il découvre les conséquences catastrophiques pour les agriculteurs français de la sécheresse exceptionnelle de cet été. Et comme s'il était encore vraiment Premier ministre, ou peut-être ministre de l'Agriculture, il met sur pied des mesures d'urgence, il réunit les spécialistes, reçoit les dirigeants des organisations professionnelles et prépare déjà les indemnités qui seront versées aux victimes de cette sécheresse. Pendant ce temps, le président de la République qui ne craint pas la chaleur, lui, est au Zaïre en visite privée où il écrit un livre qui s'appelera *Démocratie française*.

Le lundi 23 août, comme tous les lundis, Giscard, qui après le Zaïre a fait un séjour au Gabon, et qui est tout bronzé, reçoit Chirac pour préparer le Conseil des ministres du mercredi. Mais, cette fois, le face à face est un peu particulier. Après des semaines d'espoirs et de sympathie, après des mois d'incompréhension et d'agacement, ils se retrouvent comme d'habitude mais c'est pour mettre au point les détails de la séparation. Giscard paraît ennuyé, un peu triste, s'il se laissait aller, il dirait sans doute : « Comme tout cela est dommage, je suis sûr que nous aurions pu faire de grandes choses ensemble, vous ne m'avez pas compris, je vous assure, le libéralisme avancé c'est la bonne voie. » Chirac est excédé. Visiblement, il ne peut plus supporter cet homme auquel il a donné le pouvoir et qui sait si mal s'en servir.

Le mercredi 26 août, les ministres arrivent les uns après les autres à l'Élysée, peu avant 10 heures. Ils sont bronzés, détendus. Il y a une atmosphère de rentrée des classes. Chacun parle de ses vacances. Personne n'a attaché la moindre importance aux rumeurs d'un départ de Chirac dont la presse estivale vient de se faire l'écho. C'est classique pendant le mois d'août, l'actualité politique étant creuse, on évoque toujours un remaniement, voire un changement d'équipe gouvernementale. A 10 heures, chacun est à sa place quand, à la surprise générale, le Premier ministre entre seul dans la salle. D'habitude, il suit toujours le président de la République. Chacun comprend brusquement qu'il va se passer quelque chose. Chirac est tendu, livide. Il déclare sèchement : « Monsieur le président de la République va nous rejoindre dans quelques instants pour présider ce dernier Conseil des ministres. » Au mot « dernier » tout le monde a compris. C'était donc vrai, Chirac s'en va, le gouvernement a démissionné. Plus personne n'est ministre. Ponia cache mal son sourire. Lecanuet aussi. Le ministre du Commerce extérieur est plongé dans une rêverie. Il sait peut-être que c'est lui qui va succéder à Chirac. Chirac continue après avoir laissé à chacun le temps de se ressaisir. « Vous êtes peut-être étonnés que j'abandonne de moi-même le poste éminent de Premier ministre. Je vous dois des explications. Il y a vingt-quatre mois contre l'avis de la plupart de mes amis, j'ai soutenu Valéry Giscard d'Estaing parce qu'il était le seul capable de nous éviter la victoire du Parti Communiste. Pendant vingt-quatre mois, je l'ai servi fidèlement et loyalement. Ces derniers temps, j'ai demandé à plusieurs reprises des moyens nécessaires pour affronter une situation que je jugeais difficile. Je persiste à penser que dans notre Constitution, le Premier ministre doit disposer de l'autorité sur les ministres du gouvernement et d'une certaine autonomie. Devant la majorité parlementaire et le dynamisme de l'opposition, nous devions engager résolument le combat. Je n'ai pas obtenu les moyens et la liberté que je demandais. Le Premier ministre n'a pas à porter de jugement sur l'action et les décisions du chef de l'État. Certains d'entre vous ont compliqué ma tâche. En affaiblissant par leurs déclarations la cohésion gouvernementale, ils ont affaibli la majorité. A tous ceux qui m'ont aidé et soutenu j'exprime ma gratitude, oubliant pour une fois le général de Gaulle qui disait : " Tous ceux qui ont eu l'honneur de servir la France n'ont que faire des médailles et de la reconnaissance. " »

C'est la stupeur chez la plupart des ministres. Ils savaient parfaitement qu'il y avait crise, mais comme elle durait depuis si longtemps, ils pensaient qu'elle se prolongerait encore. Pour beaucoup Chirac a finalement un beau courage en étant si logique avec lui-même. Rares sont ceux qui abandonnent d'eux-mêmes le pouvoir même si ce n'est plus que l'apparence d'un pouvoir. Certains désapprouvent soudain l'action de ceux qui ont compliqué la tâche du Premier ministre. Tout le monde a compris qu'il s'agissait de Ponia et de Lecanuet. Le silence est pesant.

A 10 h 10, la porte s'ouvre et Giscard fait son entrée. Tout était bien minuté. Le Président est parfaitement détendu et son bronzage a soudain quelque chose d'indécent. Les ministres s'attendent à une explication, à une déclaration. Après avoir salué de la tête tout le gouvernement qui s'était levé, après avoir déplacé les crayons qui étaient devant lui, ménageant son effet, le Président déclare, lentement : « Monsieur le secrétaire d'État aux Transports, nous vous écoutons. » Et le conseil commence comme si de rien n'était. C'est surréaliste, ridicule. Cavaillé, secrétaire d'État aux Transports présente un décret. Puis le Président donne la parole à Yvon Bourges qui évoque la solde des élèves de l'École Polytechnique et lit une liste de nominations d'officiers généraux. C'est au tour de Jean Sauvagnargues de faire son habituelle communication sur la situation internationale. Il est 11 heures. Giscard donne la parole à Poniatowski qui, en tant que ministre de l'Intérieur, parle des menaces d'éruption de la Soufrière, le volcan de la Guadeloupe et des mesures d'évacuation de la population qui ont été prises, peut-être un peu hâtivement. Christian Bonnet parle alors de la sécheresse. Quand l'ordre du jour est épuisé, chacun retient une nouvelle fois son souffle. Le Président va parler. Il râcle sa gorge et déclare : « Je vais maintenant vous parler de... mon voyage au Gabon. » Les ministres démissionnés devront encore attendre quelques longues minutes et entendre, encore une fois, les louanges de l'ami Omar Bongo, le Président du Gabon. Un ministre, pourtant R.I., pense : « Décidément, ce Président n'est pas très sérieux. »

Quand Giscard a fini de parler du Gabon et de l'accueil ô combien émouvant qu'il y a reçu, s'adressant à Jacques Chirac qui lui fait face et qu'il avait fait mine de ne pas voir jusqu'à présent, il déclare : « Je crois, monsieur le Premier ministre que vous avez quelque chose à dire? » « Oui, répond Chirac, j'ai l'honneur de vous présenter la démission du gouvernement. » Giscard ouvre alors le dossier avec lequel il était entré et lit en articulant chaque syllabe la lettre de démission de Chirac et sa réponse. Puis il déclare avec un certain détachement : « J'ai accepté cette démission parce que lorsque quelqu'un veut partir, il faut le laisser s'en aller. Ensuite, parce qu'une phase nouvelle de l'action politique va s'engager à la rentrée. Enfin, parce qu'il est vrai que le poids des partis politiques s'est trop fait sentir ces derniers temps. » C'est tout. Mais c'est clair. Le Président reconnaît que c'est le Premier ministre qui a voulu la rupture. Il annonce qu'il va lancer une phase nouvelle – et tout le monde comprend qu'elle aura comme idée maîtresse le livre qu'il vient d'écrire en Afrique – et enfin il laisse prévoir que le prochain gouvernement sera moins politique.

Laissant à leurs méditations les ministres qui ne le sont plus, le Président sort, suivi de Jacques Chirac. Les deux hommes vont encore passer quelques instants dans le bureau du Président. Beaucoup de légendes ont circulé sur les dernières paroles qu'ont échangées Giscard et Chirac. Le Premier ministre démissionnaire s'est, en fait, limité à assurer le Président qu'il n'entreprendrait rien pour le gêner.

Chirac quitte l'Élysée et regagne, une dernière fois, Matignon. Pierre Juillet qui a joué, évidemment, un certain rôle dans cette décision qu'il souhaitait depuis des mois a convoqué la télévision. Les caméras attendent Chirac dans le salon chinois. Il ne prononce que quelques mots mais sur un tel ton qu'ils font l'effet d'une bombe : « Comme je ne dispose pas des moyens que j'estime nécessaires pour assumer efficacement les fonctions de Premier ministre, dans ces conditions j'ai décidé d'y mettre fin. » C'est très gaullien et ça ressemble presque au fameux communiqué du 27 avril 1969 par lequel, après les résultats du référendum, de Gaulle décidait de mettre fin à ses fonctions de président de la République.

Le soir même, Raymond Barre, « l'anti-Chirac » par excellence, était nommé Premier ministre. Et curieusement – à moins que ce ne soit très classique – le Président allait donner à ce successeur de Chirac tout ce qu'il avait refusé à Chirac. Immédiatement, le Président déclarait : « Il reviendra à Raymond Barre et à lui seul de diriger et de coordonner l'action de tous les ministres (en 74, il avait clairement précisé : " Je gouvernerai directement avec mes ministres "). Les réformes n'ont pas pour objet de brusquer arbitrairement les habitudes et d'imposer des bouleversements mais d'adapter patiemment toutes les données de la vie française aux exigences de notre temps (en 74, la France devait " devenir un chantier de réformes ") ».

Chirac, lui, se retrouvait, en cet après-midi du mercredi 25 août 1976... sans emploi. Et on imagine mal un tel personnage au chômage. Il se souvient : « Cesser d'un instant à l'autre d'être Premier ministre provoque en soi un réel bouleversement. D'abord on déménage. On fait des caisses. J'avais dans mon bureau à

Matignon une table avec un grand tiroir fermé à clef. Jérôme Monod, mon directeur de cabinet qui occupait la pièce voisine était intrigué par ce tiroir toujours clos alors que j'ai l'habitude de tout laisser ouvert autour de moi. Je gardais la clef dans ma poche. Personne ne m'avait à proprement parler, posé la question. On a vidé les lieux en une journée. J'ai ouvert le tiroir et à l'instant même Jérôme Monod est entré, un sourire moqueur aux lèvres : " Enfin on va la voir ta littérature érotique! – Écoute, Jérôme maintenant on part, je n'ai plus rien à te cacher. Je t'aime bien. Tu m'as toujours suivi. Je vais te montrer le contenu de mon tiroir. " Je le lui ai sorti. C'était ma collection de livres et de revues de... poésie étrangère contemporaine. Il m'a paru sincèrement stupéfait. Mon image de marque, même pour mes proches, ne m'accorde pas le droit d'aimer les poètes » (Entretien avec l'auteur). Pour ceux qui mettraient en doute cette anecdote racontée par Chirac lui-même, on peut rappeler un souvenir de Françoise Giroud qui a écrit, elle, dans *La Comédie du pouvoir* : « J'ai surpris un jour Chirac à l'Assemblée lisant des poèmes de Patrice de La Tour du Pin pendant qu'un orateur s'évertuait à la tribune. Il y a des gens qui lisent *Play Boy* dissimulé sous une revue économique. Lui, affecterait plutôt l'attitude inverse. Que de complexes chez cet homme qui vous rirait au nez si on le lui disait. " Moi qui n'ai pas d'état d'âme " assure-t-il fréquemment. »

Mais Chirac poursuit, évoquant son départ de Matignon : « Mon petit appartement a donc en une journée été envahi de caisses et de cartons divers, autant dire impraticable. Mais en revanche, quel soulagement inimaginable. On apprécie, physiquement la vérité de l'expression : " être déchargé d'une responsabilité ". On se sent libre, disponible, vacant. Comme si après une longue maladie on entrait en convalescence, comme si on revenait, de loin, après un long voyage. Impression à la fois exaltante et très vite, pour un caractère comme le mien, trop démobilisante. L'idée qu'il y a toujours le feu à la maison et qu'on ne peut pas demeurer inactif, ne tarde pas à se glisser dans la provisoire quiétude des jours. Donc très vite je n'ai plus tenu en place. Après quinze jours de capharnaüm, j'ai décidé un court voyage en Écosse. A la vérité j'avais envie de connaître l'Irlande, mais je me suis dit si je vais là-bas, on va écrire que je me prends pour le général de Gaulle! Alors va pour l'Écosse » (Entretien avec l'auteur).

Cela dit, quand on évoque avec lui les deux années qu'il a passées à Matignon et au cours desquelles il n'a « certes pas été heureux », Jacques Chirac tient tout de même à rappeler quelques chiffres. Son successeur s'étant plu à affirmer qu'il avait trouvé une situation particulièrement mauvaise, Chirac peut rectifier certaines choses. En mai 74, la hausse des prix était, selon l'I.N.S.E.E., de 1,3 % (soit + 15,6 % par an). En août 76, elle n'était plus que de 0,6 % (soit 7,2 % par an). Si la croissance du P.I.B. avait bien été négative en 75, en 76 elle a été de + 5 % (alors que pour l'ensmble des pays de la C.E.E. elle n'a été que de + 4 %). Enfin, Chirac arrivant à Matignon a trouvé un Deutsch mark à 1,84 F et il l'a laissé, deux ans plus tard, à 1,83 F, or lors du départ de Raymond Barre en 81, le mark était à... 2,38 F. Le bilan de Chirac à Matignon est donc loin d'être aussi mauvais qu'ont voulu le faire croire certains et notamment Raymond Barre.

XII

LE R.P.R.
1976

Le mercredi 25 août 1976, Jacques Chirac a démissionné de son poste de Premier ministre. Le jeudi 26, il a fait ses valises à Matignon. Le vendredi 27, en fin d'après-midi, il a « passé les pouvoirs », selon la formule consacrée, à son successeur, déclarant à Raymond Barre : « Je pars sans amertume et ma tristesse est atténuée parce que c'est vous, pour qui j'ai de l'estime et de l'amitié. Pour mon pays, je souhaite de tout mon cœur que vous réussisiez », ce à quoi Raymond Barre a répondu : « Vous n'avez pas à avoir de l'amertume puisque l'œuvre accomplie au cours de ces deux années a été considérable. J'ai été votre ministre. Je vous remercie pour la compréhension que vous avez manifestée à mon égard ». Puis, au volant de sa voiture, « l'ancien » Premier ministre a quitté Matignon. Le samedi 28 août, Raymond Barre a constitué son gouvernement et Chirac, accompagné de sa femme et d'une de ses filles, a pris la route de Bity où il fut accueilli en héros, Charles Spinasse, déclarant : « Je regrette que la France se passe des services de ce Corrézien si utile. Notre pays a besoin d'hommes de sa qualité. En dix ans, il a redonné vie et confiance à un département en voie de disparition. Je crois que le chiraquisme survivra ». Quant à Alain Mimoun enfin directeur de son centre corrézien omnisport, il s'écriait : « J'attendais que mon ami Chirac crève l'écran. Je suis heureux qu'il ait percé avec éclat. Son avenir est tout tracé : il sera Clemenceau ».

Le lendemain, le dimanche 29 août, avant même de partir pour l'Écosse, Chirac est dans la Creuse, plus précisément à Puy-Judeau... chez Juillet. En principe, c'est un dimanche de repos entre amis. Le premier depuis bien longtemps. Et, en effet, les amis sont là, autour de l'ancien Premier ministre : Pierre Juillet, Marie-France Garaud, Jérôme Monod, Jacques Friedmann, les

« cinq doigts de la main ». Mais si on compte les moutons de Juillet, on ne s'endort pas pour autant. On fait le bilan et on dresse des plans pour l'avenir.

Tout le monde est d'accord, il était grand temps pour Chirac de partir de Matignon. Juillet et Marie-France trouvent d'ailleurs que Jacques est resté beaucoup trop longtemps au pouvoir. Ils estiment qu'aux yeux des Français, le « patron » de l'U.D.R. a cautionné une politique qui n'avait plus rien de gaulliste, un virage vers la gauche à coups de gadgets, une politique économique antilibéral, antirelance, une sorte de remise en cause constante de l'esprit des institutions (avec ce jeu des petits partis du centre, avec des lois qui étaient votées par l'opposition et pas par la majorité, avec un élargissement excessif et ridicule du rôle du Président qui s'occupait de tout et de rien tout en affirmant qu'il était prêt à rester à l'Élysée en cas de victoire de la gauche), une politique internationale et militaire qui oubliait trop souvent les grands principes du Général. En même temps, aux yeux des militants, le mouvement s'est quelque peu liquéfié. Par définition, le gaullisme doit être – encore plus que toutes les autres familles politiques – ou dans l'opposition, et une opposition dure ou au pouvoir, et un pouvoir incontesté. Pendant deux ans, le chef du gaullisme a été au pouvoir sans avoir le pouvoir et beaucoup de gaullistes ont été en opposition avec la politique du régime sans être pour autant dans l'opposition. Le gaullisme n'a jamais été à l'aise, entre deux chaises.

Bref, tout le monde est d'accord pour reconnaître que si on n'avait pas le choix en 74, l'expérience de Giscard n'a pas été bonne. Les « comploteurs de la rue Marguerittte » avaient pensé que la faiblesse du giscardisme leur permettait d'avoir une potiche présentable et de faire du pompidolisme, ils avaient oublié que les institutions gaullistes pouvaient permettre, même à une potiche de s'imposer ou du moins d'écarter toute velléité de concurrence. Et Giscard n'avait d'ailleurs rien d'une potiche. Il avait même des rêves...

La situation était, en ce beau dimanche d'août, pour le moins paradoxale. Chirac a la tête du premier mouvement politique du pays, ayant permis l'élection du président de la République, se retrouvait, de lui-même, hors du pouvoir. Et pire encore, il ne pouvait même pas se lancer dans l'opposition par respect des institutions et par logique vis-à-vis de ses électeurs auxquels il avait conseillé de voter Giscard.

Certains reprochèrent d'ailleurs à Chirac de n'avoir pas été assez explicite au moment de son départ. Il s'était, en effet, contenté d'évoquer des raisons pratiques : on ne lui avait pas donné les moyens d'assumer ses responsabilités. Or, si on ne lui avait pas donné ces moyens, c'était précisément parce qu'il était en désaccord avec toute la politique du Président. Les Français auraient sans doute préféré qu'on le leur dise franchement, qu'on leur explique ces désaccords fondamentaux, plutôt que de voir imputer la « séparation » à des questions techniques qui ressemblaient presque à de la susceptibilité. Chirac avait commis là la même erreur d'explication qu'en 74 quand il avait préféré affirmer que Chaban n'avait aucune chance de l'emporter – ce que rien ne permettait d'affirmer au départ – plutôt que d'avouer que les projets politiques de Chaban lui semblaient catastrophiques pour la France. Mais, comme il lui était difficile de proclamer alors que la pensée politique de l'ancien Premier ministre de Pompidou était une trahison du pompidolisme, il lui était difficile, en 76, de s'écrier que celle du Président qu'il avait servi pendant deux ans, était suicidaire.

Non, on n'avait rien à se reprocher, il fallait jouer Giscard en 74, oui, il fallait partir en 76. Chirac, Juillet et Marie-France avaient simplement été « floués » et si on n'était plus au pouvoir – mais y avait-on jamais été? – on ne pouvait pas pour autant entrer dans l'opposition. Cette Constitution était diabolique, décidément. C'était désormais du funambulisme qu'il fallait faire.

Cela dit, l'avenir de la France était toujours en jeu et il n'était pas question de baisser les bras et de se résigner devant cette situation aussi délicate soit-elle. Tout n'était d'ailleurs pas aussi désespéré qu'on pouvait le croire et si on était parti, c'était tout de même parce qu'on avait une idée et qu'il y avait sans doute mieux à faire. Le mouvement gaulliste s'était certes assoupi, comprenant mal cette politique cautionnée par Chirac, mais personne, au sein du mouvement, n'avait osé déclencher de dissidence. Le flou artistique entretenu par Giscard autour de sa politique de valse hésitation avait permis à ceux qui auraient dû s'insurger (les « barons », par exemple) de s'endormir en toute bonne conscience dans le plaisir douillet d'être, tout de même, au pouvoir. L'appareil était donc intact, sorte de Belle au bois dormant qu'il suffirait de réveiller.

D'autre part, l'image de Chirac lui-même semblait excellente. Au moment où la rupture entre le Président et son Premier ministre était consommée, le 23 août, *Le Point* titrait « Les électeurs de V.G.E. veulent garder Chirac » et publiait un sondage I.F.O.P. particulièrement intéressant : 66 % des électeurs U.D.R, 60 % des électeurs R.I. et 44 % des électeurs centristes estimaient que Chirac était « le meilleur Premier ministre possible ». Or si les personnes interrogées pouvaient ignorer que Chirac allait quitter Matignon, elles ne pouvaient pas ignorer les désaccords politiques qui existaient depuis longtemps entre Giscard et Chirac. 62 % des personnes interrogées par l'I.F.O.P. pensaient d'ailleurs que la majorité était « plutôt divisée » (bel euphémisme). Autre chiffre intéressant : 34 % des Français estimaient que la volonté principale du Président était de... « séduire les socialistes ».

L'analyse des cinq « complices » était simple : Giscard allait inévitablement, poursuivre la même politique de navigation à vue aux limites des mers inconnues et donc continuer à perdre son électorat, c'est-à-dire l'électorat de la majorité antisocialo-communiste. Puisqu'on n'avait pas pu limiter les dégâts en faisant équipe avec lui et que la caution qu'on lui apportait le renforçait tout en paralysant le gaullisme (et en le déconsidérant), on allait désormais naviguer en solitaire, à ses côtés. Les gaullistes n'essayeraient plus de noyauter le giscardisme, ils le surveilleraient, non plus en associés mais en partenaires et il était plus facile de lui tenir la dragée haute en étant le chef du grand parti de la majorité qu'en étant un faux chef d'une majorité contradictoire. Premier ministre, Chirac se devait de défendre toute la politique du Président, chef du premier parti de la majorité, il pouvait parfaitement contester bien des éléments de cette politique. En faisant contre mauvaise fortune bon cœur, les choses étaient – relativement – plus claires.

Et, en tous les cas, même si on n'arrivait pas à contrer la politique du Président – car il était difficile d'être à la fois dans la majorité et dans l'opposition – on pouvait infiniment mieux reprendre en main le gaullisme en étant dans cette position de retrait qu'en étant à Matignon. Et une fois le mouvement « réarmé », on verrait.

A cours terme, Chirac avait à se « repositionner » comme partenaire indépendant et difficile de la majorité. A moyen terme, il devait préparer les législatives de 1978, c'était la première échéance et il allait falloir démontrer à Giscard que les gaullistes étaient bien l'élément essentiel de sa majorité. A long terme, c'étaient les présidentielles de 1981.

Le 29 août, à Puy-Judeau, on était convaincu que les législatives de 78 marqueraient une déroute du centrisme qui aurait désormais seul à payer toutes les erreurs du giscardisme et qu'un tel désaveau par l'opinion obligerait le Président à rappeler Chirac et à lui donner enfin les pouvoirs nécessaires pour rétablir la situation et préparer 81. Le tout était de remettre sur pied le mouvement gaulliste, de reprendre en main les militants déçus par ces deux années de tergiversations et de recruter ceux qui, à droite ou au centre, ne voulaient plus du giscardisme, qui avaient appris à connaître Chirac et que le départ volontaire et tout de même explicite de celui-ci ne pouvait que satisfaire.

Analysant la composition du gouvernement de Raymond Barre, Chirac, Juillet, Marie-France, Monod et Friedmann avaient d'ailleurs, sans peine, deviné les intentions du Président. Si l'équilibre de la majorité semblait maintenu avec des « U.D.R. de service » – Guichard, garde des Sceaux et ministre d'État (donc à égalité avec Ponia et Lecanuet), Bourges à la Défense, Galley à la Coopération, Boulin au Parlement, Ansquer à la Qualité de la vie, Bord aux Anciens Combattants, Ruffenacht à la Fonction publique, Stirn aux Tom-Dom et Poncelet au Budget – avec les R.I, les C.D.S. et les radicaux habituels, une nouvelle étiquette était apparue « Majorité présidentielle ». Raymond Barre qui était à la fois Premier ministre et ministre de l'Économie et des Finances (un poste dont avait rêvé Chirac), Louis de Guiringaud (qui remplaçait Sauvagnargues aux Affaires étrangères), René Haby (Éducation), Beullac (Travail), Simone Veil (Santé), Segard (P.T.T.), Alice Saunier-Seité (Universités), Ligot (Fonction publique), Stoléru (Travail manuel) et Lenoir (Action sociale) s'affichaient sous ce vocable étonnant qui faisait presque croire que les autres ne faisaient plus partie de la majorité présidentielle. Dix membres du gouvernement appartenaient à cette « majorité présidentielle », alors qu'il n'y avait que neuf U.D.R., neuf R.I., quatre radicaux et trois C.D.S. Ayant compris sans doute qu'on ne faisait pas du neuf avec du vieux, le Président avait abandonné son rêve de créer un grand centre avec les R.I., des radicaux et des démocrates et il lançait (en vérité contre les gaullistes) cette famille présidentielle. C'était du néo-giscardisme! Cette innovation lui permettait, en plus, d'avoir vingt-six amis « sûrs » dans le gouvernement contre neuf U.D.R., triés sur le volet d'ailleurs. Le giscardisme était à l'Élysée, à Matignon, au gouvernement, bref au pouvoir et le gaullisme était en réserve de la majorité, en sursis plus exactement. Les cinq amis décident donc de... recréer le gaullisme.

Chirac ne va pas perdre de temps. Il lui faudra moins de trois mois pour réveiller la Belle au bois dormant et pour transformer l'U.D.R., vieux mouvement qui venait de passer seize ans au pouvoir et qui se retrouvait à la rue, en un R.P.R. prêt au combat.

On a beaucoup reproché à l'ancien Premier ministre d'avoir voulu « singer » pendant ces trois mois de la fin de 1976, le général de Gaulle de la fin de 1946 et du début de 1947. Et il est vrai qu'il y a eu un « message aux compagnons », un « appel » qui ressemblait à celui de Bayeux, la formation d'un « rassemblement » qui, à une lettre prêt était le R.P.F. et même une apothéose à Strasbourg, là où précisément le Général avait créé le R.P.F. Cela dit, il est vrai aussi que la situation ressemblait à certains égards, à celle de 46 – même départ volontaire, même volonté de la part des partis politiques qui relevaient la tête, de chasser le gaullisme alors que l'opinion ne semblait pas désirer ce départ des gaullistes – et que l'on voit mal comment on pourrait, autrement qu'avec des appels, des discours et des réunions de masse, lancer un grand mouvement populaire.

Après quelques jours passés en Écosse, Chirac rentre à Paris et comme Pompidou, entamant sa traversée du désert s'était installé un « P.C. » parisien boulevard de Latour-Maubourg, Chirac s'installe des bureaux, 6, Place du Palais- Bourbon se démarquant ainsi de l'U.D.R. qui est toujours rue de Lille. C'est moins luxueux que chez Pompidou : un sombre rez-de-chaussée sur cour de 60 m^2, trois bureaux, trois téléphones. Mais l'équipe est dynamique. On retrouve, d'ailleurs, bien sûr, comme à Latour-Maubourg, Pierre Juillet et Marie-France auxquels sont venus se joindre Jérôme Monod, Jacques Friedmann (quand il n'est pas dans son bureau de P.-D.G. de la Transat) et les « Corses » Tibéri, Pasqua, Tomasini et Sanguinetti, plus quelques autres. Comme Pompidou à Latour-Maubourg, Chirac reçoit beaucoup de monde. Les uns viennent ouvertement, d'autres sont plus discrets. Comme Pompidou à l'automne 68, Chirac reçoit beaucoup de lettres de Français inconnus qui l'encouragent à poursuivre son action et l'U.D.R., rue de Lille, accueille de nouveaux adhérents plus nombreux que jamais.

Le 3 septembre, Raymond Barre affirme qu'il n'y a « pas le feu à la maison » et le 7, Georges Séguy prévoit que « Barre va tout droit à l'échec intégral ».

Le lundi 13 – soit vingt jours seulement après son départ de Matignon – Chirac fait publier un communiqué : « Dans les dix-huit mois qui viennent, les Français devront choisir leur destin. Bien rarement des élections législatives auront comporté un tel enjeu. Pour éviter à notre pays l'aventure et les contraintes du collectivisme, toutes celles et tous ceux qui sont attachés à notre société de liberté et de progrès doivent unir leurs volontés et par-delà les partis se rassembler en oubliant les querelles du passé. Quant à moi, libre de toute charge gouvernementale, fidèle à nos institutions dont le chef de l'État est le garant et à la majorité qui les soutient, je suis résolu à consacrer toutes mes forces au succès de cette entreprise. Pour ce faire, je prendrai prochainement les initiatives nécessaires ».

Tout le monde est ainsi prévenu. Chirac va lancer un rassemblement pour lutter contre la gauche. Giscard n'est plus que le garant des institutions. La majorité soutient ces institutions (mais pas forcément la politique du Président) et ni le

Premier ministre n'apparaissent au yeux du chef des gaullistes comme capables de mener la majorité à la bataille. L'ancien Premier ministre sera le défenseur de la « société de liberté et de progrès » pas celui de la « société libérale avancée ».

Deux jours plus tard, le 15, Chirac adresse dans *La Lettre de la Nation* un « Message aux compagnons » : « Une fois de plus mes compagnons, nous allons engager un combat décisif. Une fois de plus nous allons le faire ensemble. Dans les dix-huit mois qui viennent notre pays jouera son destin lors des élections législatives. Chaque Français doit savoir qu'à ces élections se décidera, peut-être pour de longues années, le sort de notre société. Chaque Français doit savoir que ce qui est en cause c'est la permanence de nos institutions, la sauvegarde de nos libertés et le fondement même de notre dignité. Chaque Français doit savoir qu'il est vain d'espérer une division de nos adversaires. Les dirigeants socialo-communistes feront tout ce qui est en leur pouvoir pour gagner. Et bien nous aussi avec toutes les forces dont nous disposons.

« Quant à moi, ayant renoncé en toute lucidité et en toute clarté à mes fonctions de Premier ministre, je veux me consacrer à la bataille politique. Aujourd'hui, je vous demande d'oublier les querelles et les divisions en ne considérant que l'essentiel. Je vous invite à défendre avec détermination les valeurs et les vertus qui sont notre fierté et qui font la grandeur de notre peuple. J'appelle à l'union toutes les forces qui luttent pour la démocratie, la justice et le progrès social. A mon tour, je vous le dis, c'est l'heure du rassemblement et du renouveau. »

Le 14 avril 1947, de Gaulle avait déclaré : « Dans la situation où nous sommes, l'avenir du pays et le destin de chacun sont en jeu. Cela, chaque Français le sait. Aujourd'hui est crée le Rassemblement du Peuple Français. J'en prends la direction. Il a pour but de promouvoir et de faire triompher par-dessus nos divisions, l'union de notre peuple dans l'effort de rénovation (...) J'invite à se joindre dans le Rassemblement toutes les Françaises et tous les Français qui veulent s'unir pour le salut commun comme ils l'ont fait hier pour la libération et la victoire de la France ».

Les « compagnons » de 76 ont donc retrouvé le style qu'il aimaient. Chirac a repris les mots « une fois encore », « nous », « quant à moi », « j'appelle », « la grandeur de notre peuple », le style, avec ses répétitions, un ton presque incantoire, et la pensée politique du Général. C'est évidemment voulu, mais aussi très naturel. Chirac est un gaulliste qui se prend pour un gaulliste!

Beaucoup de commentateurs remarqueront que la phrase en apparence anodine « il est vain d'espérer une division de nos adversaires » est, en fait, une attaque de toute la politique du

Président. En se présentant comme le soutien le plus farouche de Giscard dans la lutte contre les socialo-communistes, Chirac souligne, comme à plaisir, le contresens de toute l'attitude de Giscard qui s'imagine encore qu'avec une politique réformiste, il pourra récupérer les socialistes.

La réponse de Roger Chinaud est d'ailleurs révélatrice. « L'avenir de la majorité libérale, déclare le président des R.I. à l'Assemblée, repose-t-il vraiment sur la juxtaposition des partis politiques U.D.R., R.I., C.D.S., radicaux, démocrates, socialistes? En vérité, je ne le crois pas. Il s'agit de savoir aujourd'hui si, derrière le Président de la République, les différents responsables de ces courants politiques divers ont la volonté ou non de faire front ensemble aux partisans du programme socialo-communiste. Seul cela compte. » On remarque que le Président des R.I. à l'Assemblée se demande si les socialistes ont la volonté de faire face aux partisans du programme socialo-communiste (!). Chirac ne se pose pas cette curieuse question...

Le 22 septembre, Barre présente son plan anti-inflation. Le Premier ministre reprend dans ce plan douze des quinze propositions pour lutter contre l'inflation consignée par Jacques Chirac dans une note qu'il avait établie le 10 août dernier à l'intention du chef de l'État et dont il avait donné un double à son propre successeur quelques jours plus tard. Chirac est donc satisfait de ce plan.

Du mercredi 29 septembre au vendredi 1er octobre, le groupe parlementaire U.D.R. se réunit à Rocamadour pour préparer la rentrée. C'est la première fois de son histoire que le groupe n'a pas la possibilité d'accueillir un Premier ministre gaulliste. Barre a été invité mais il sera reçu « en hôte », pas « en compagnon ». Chirac qui n'a pas encore retrouvé son siège de député n'est pas du voyage. Mais il est, bien sûr, très présent dans toutes les conversations. Que va-t-il faire?

Les vieux habitués du gaullisme sentent depuis quelques jours que les « barons » se réveillent un peu et rêvent de prendre leur revanche. Roger Frey, président du Conseil constitutionnel a été reçu par Giscard la veille de la composition du gouvernement Barre et chacun sait qu'il a conseillé au Président de prendre Guichard comme ministre d'État. Frey va d'ailleurs avant longtemps essayer de jouer aussi Guichard comme candidat d'union pour la mairie de Paris. D'autre part, certains affirment que des amis de Chaban ont rencontré des amis de Giscard et qu'on pourrait assister à d'étonnantes retrouvailles entre giscardiens et chabanistes auxquels leur rancœur commune à l'égard de Chirac feraient oublier 74. La « nouvelle société » ferait en quelque sorte cause commune avec la

« société libérale avancée » et ce ne serait que logique d'ailleurs.

Cela dit, à Rocamadour on sent très bien que la grande majorité des parlementaires gaullistes est maintenant « chiraquienne » et infiniment plus qu'elle ne l'a été jusqu'au départ de Matignon. Elle qui n'a jamais compris la « société libérale avancée » a compris rétroactivement les dangers de la « nouvelle société » et donc l'attitude très gaulliste de Chirac et en 74 et en 76. Et puisque Chirac se dit prêt à se lancer dans une belle et nouvelle aventure pas question d'en revenir aux « barons » qui n'ont d'ailleurs rien fait pendant deux ans. Et c'est alors qu'on discute de tout cela qu'Yves Guéna qui a remplacé André Bord au secrétariat général du mouvement, reçoit une lettre de... Chirac, précisément : « M. le secrétaire général, vous avez, je le sais, l'instante préoccupation que soit défendue et poursuivie l'œuvre entreprise par le général de Gaulle. Vos compagnons dans leur immense majorité veulent que l'U.D.R. comme elle l'a toujours fait montre la voie du rassemblement et du renouveau. La confiance qui m'a été manifestée lors de nos dernières assises nationales, le travail accompli ensemble me confèrent une responsabilité particulière. Je pense que le moment est venu de faire participer l'ensemble de nos cadres, militants et adhérents à un débat démocratique en vue de l'élargissement nécessaire et de la transformation indispensable du mouvement gaulliste. Ainsi ensemble nous préparerons le rassemblement de toutes celles et de tous ceux qui veulent la victoire de la démocratie, de la dignité et du progrès social. C'est pourquoi je vous demande de proposer aux instances de notre mouvement la convocation d'assises nationales extraordinaires dans les meilleurs délais. Je vous prie de bien vouloir porter cette lettre à la connaissance de nos compagnons et leur indiquer que j'aurai lors des assises départementales de la Corrèze qui se tiendront, sous votre présidence, le 3 octobre prochain, l'occasion de m'expliquer plus complètement. »

Ça y est. La machine est en route. Plus rien ne l'arrêtera. Olivier Guichard aura beau lancer à Rocamadour même un curieux appel à « la cohésion par la discipline », rien n'y fera. Les élus, les militants sont enthousiastes. On va élargir le mouvement, mieux on va le transformer. Et chacun d'attendre avec impatience le rendez-vous corrézien du 3 octobre.

Personne ne sera déçu. Ni les gaullistes, ni les autres. Ce sera l'appel d'Égletons.

Devant deux mille militants U.D.R. de la Corrèze et dans le nouveau gymnase de la petite ville dont le maire Charles Spinasse était d'ailleurs au premier rang, bien sûr, Chirac a tout annoncé.

« J'ai servi en toute loyauté le chef de l'État mais je suis de ceux qui croient que la loyauté implique la franchise. J'ai donc été conduit à tirer les conclusions de la situation telle que je l'appréciais. Certains aujourd'hui voudraient m'opposer au président de la République. Ils perdent leur temps. Ma conception du service de l'État, mon attachement à la Vᵉ République sont trop rigoureux pour que je sois jamais tenté de le faire. Le président de la République est le garant de nos institutions, élu du peuple français et nul n'a le droit de contester sa légitimité, sa primauté et ses pouvoirs, si ce n'est le peuple lui-même quand il est normalement consulté. Ma position à cet égard est claire. (...).

« Nos concitoyens aspirent à la sécurité, ils veulent être protégés. Ils veulent voir renforcée et non plus perpétuellement contestée l'autorité d'un État qui tient sa légitimité du suffrage universel. Ils veulent que cesse la complaisance envers la licence et le renoncement. (...) Je crois profondément aux réformes et je continuerai pour ma part et à ma place dans cette voie. Il y a des domaines où l'on peut et où l'on doit apporter des améliorations progressives : la famille qu'il faut protéger et aider davantage; la commune qui doit bénéficier d'une beaucoup plus grande autonomie, l'organisation de ce qui touche le cadre de vie, l'emploi des deniers publics pour éliminer peu à peu le gaspillage, enfin la concertation indispensable avec les organisations syndicales et professionnelles. Un État sûr de son autorité ne craint pas en effet la concertation véritable. L'autoritarisme est le masque de la faiblesse.

« Il y a des domaines où il faut procéder à une refonte complète du système, c'est le cas de notre système fiscal, trop complexe, insuffisant et injuste. La fiscalité de demain devra être assise non seulement sur les dépenses et les revenus mais aussi sur le capital. Les rapports entre l'administration et l'administré doivent laisser à chaque citoyen une maîtrise accrue de sa vie quotidienne. Les peuples en marche vers la démocratie se sont d'abord débarrassés des barons et des princes qui monopolisaient le pouvoir (...). La démocratie que nous devons inventer doit permettre l'exercice continu de la responsabilité individuelle.

« Je reste persuadé qu'il existe dans le pays une majorité pour appuyer une telle politique. Pour la mener à bien j'aurais souhaité que l'occasion soit donnée à cette majorité de s'affirmer rapidement et sans équivoque. Il n'en a pas été ainsi.

« Mon successeur a reçu certaines assurances (...) Je ne doute pas de sa volonté et je connais sa compétence.

« Dans le domaine politique il est à craindre que la combinaison a têtes multiples et à autorité diffuse échafaudée sur les partis n'ait ni la force ni l'élan nécessaires pour mener notre majorité à la victoire. Il ne faudrait pas que renaissent ces coalitions que nous avons connues et qui n'ont pour but que de s'approprier le pouvoir, pour ciment que l'intérêt électoral. Déjà le doute s'insinue dans bien des esprits (...) J'ai déclaré il y a quelque temps en m'adressant aux élus de notre mouvement : « Je vous conduirai à la victoire en 78 ». Ma volonté et ma conviction n'ont pas changé. Mon rôle au milieu de vous est de montrer le chemin et je vais le faire. Après tout si l'honneur et le risque m'en reviennent c'est que d'autres plus anciens n'ont pas cru devoir ou n'ont pas pu en prendre la charge.

« Je m'adresse à tous les Français sans exclusive aucune pour que se constitue le vaste mouvement populaire que la France a toujours su tirer de ses profondeurs lorsque le destin paraissait hésiter (...) Le grand rassemblement auquel je vous convie qui devra allier la défense des valeurs essentielles du gaullisme aux aspirations d'un véritable travaillisme à la française et qui permettra à la majorité de se renforcer pour continuer son œuvre, vous allez devoir en délibérer lors des assises extraordinaires de l'U.D.R.

« Ne vous y trompez pas : il nous faudra aussi perdre certaines de nos habitudes, changer nos mentalités, renoncer à la facilité de nous retrouver confortablement entre nous pour parler du passé. Il sera un peu pénible, un peu déroutant d'accueillir des nouveaux venus, parfois d'anciens adversaires mais le bien de la France est à ce prix. Vous croyez être assez nombreux, je vous dis : pas assez; vous croyez être assez forts, je vous dis : pas assez; je sais que la grande majorité d'entre vous souhaitent ce rassemblement. Ensemble nous le ferons. Mais il faut m'aider, me suivre, m'encourager par votre soutien sans défaillance. »

Au-delà du côté « claironnant » de cet appel – mais ne fallait-il pas réveiller les gaullistes, leur redonner et avec le ton qu'ils aimaient un élan oublié? – tout est bien nettement annoncé : Chirac ne contestera pas la légitimité du Président et attendra les élections pour dire ce qu'il pense du giscardisme, mais il préparera ces élections dès maintenant, il luttera contre la licence et le renoncement, il approuvera des réformes, mais pas toutes et en tous les cas pas la réformite. Parmi les réformes à faire, Chirac cite, comme par hasard celles qui doivent protéger la famille. Giscard lui, pour ce qui est de la famille, a surtout proposé un assouplissement du divorce, l'interruption volontaire de grossesse et un abaissement de la majorité. Sur le plan de la vie politique, il s'opposera à toutes les combinaisons des partis. Et pour conduire la majorité vers la victoire, il prendra la tête d'un rassemblement gaulliste parce que les anciens n'en ont pas été capables.

Rien de surprenant dans tout cela, ni le respect des institutions (gaullistes), ni les réserves à l'égard du giscardisme, ni le refus des partis, ni les attaques contre les barons (et les « princes »), rien si ce n'est peut-être cette évocation de l'impôt sur le capital et cette allusion à une alliance du gaullisme et d'un « véritable travaillisme à la française » qui permettrait « d'accueillir de nouveaux venus, parfois d'anciens adversaires ». Chirac aurait-il, lui aussi, des velléités de chasser l'adhérent aux limites du parti socialiste, lui qui précisément le reproche tant à Giscard? Non, mais il sait que le danger pour lui et le gaullisme est que Giscard, ses centristes et ses réformateurs ne tentent de placer ce néo-gaullisme à la droite de l'échiquier politique. De Gaulle avec son aura personnelle, son équivoque et les vraies réformes qu'il avait imposées au pays était difficile à placer dans un hémicycle, même si certains en faisaient un dictateur au coup d'État permanent. Giscard, Lecanuet et les autres étaient infiniment « plus à droite » que le Général et tout le monde le savait. Mais les démêlés entre Pompidou et les gaullistes de gauche et Chaban, le conflit Chirac-Chaban et maintenant la rupture Chirac-Giscard-le-réformateur risquaient, en effet, de placer le gaullisme-chiraquien plus à droite que les centristes, voir même que les Républicains Indépendants. Chirac sentait le danger et voulait s'en défendre, non seulement pour des raisons purement électorales mais aussi par conviction personnelle.

Quoi qu'il en soit chacun avait compris l'importance de cet appel d'Égletons. *Le Quotidien de Paris* avait titré : « L'envol de l'Aigleton » et Jean d'Ormesson écrivait dans *Le Figaro* : « Cette fois à Égletons, Bonaparte au pas de charge et le drapeau au vent a franchi le pont d'Arcole » ajoutant toutefois que « le Rubicon ne coule pas sous ce pont-là ».

A peine avait-il fini de se faire applaudir par les 2 000 militants U.D.R. de la Corrèze dans le nouveau gymnase que Chirac redevenait le candidat aux législatives partielles, son suppléant, le docteur Belcour, ayant démissionné pour lui céder le siège de la troisième circonscription de la Corrèze.

Pendant quelques semaines, Chirac va donc mener parallèlement sa campagne corrézienne et la préparation du grand rassemblement. On le verra dans les 118 communes de sa circonscription, mais aussi, le 10 octobre, à Périgueux devant les Assises départementales U.D.R. de la Dordogne où il conviera les gaullistes à une « véritable révolution culturelle », le 15 octobre à Épernay devant le Nouveau Contrat social d'Edgar Faure où il s'écriera : « La réflexion ne serait rien sans l'action », le 25 octobre, à Boulogne-Billancourt devant les 126 membres du Comité Central de l'U.D.R.

auxquels il dira : « Il ne s'agit pas de maintenir une sorte de club même au prix d'un ravalement de façade. Nous devons consentir des sacrifices, accepter de ne plus être entre nous. » Les approbations à son action se multiplient au sein du mouvement gaulliste et Chirac bat tous ses records de popularité dans le pays avec 49 % d'opinions favorables (et 37 % d'opinions défavorables). Il est derrière Simone Veil (66 %), Françoise Giroud (56 %) et François Mitterrand (53 %). Son meilleur score jusqu'à présent avait été de 46 % en janvier 76. Au même moment, Giscard, lui, obtient son plus mauvais résultat dans un autre sondage : 39 % de satisfaits, 43 % de mécontents. Jamais, dans toute l'histoire de la Ve République, un chef d'État n'a eu un si mauvais score. Le Président vient pourtant d'obtenir un beau succès de librairie avec son livre *Démocratie française* dont les libraires ont vendu 200 000 exemplaires, le premier jour, le 11 octobre. Pierre Viansson-Ponté écrit dans *Le Monde* à propos de cet ouvrage : « C'est un livre d'un grand bourgeois intelligent, d'un libéral éclairé et moderne » mais Marie-France Garaud préfère citer Jean-Jacques Rousseau : « Si j'étais prince, je ne perdrais pas mon temps à dire ce qu'il faut faire, je le ferais ou je me tairais. »

Le 12 novembre, on apprend que Michel d'Ornano va conduire la liste « majorité présidentielle » aux élections municipales à Paris (nous y reviendrons).

Le 14, Chirac est élu pour la quatrième fois député de la Corrèze. Comme en 68 et en 73, il l'a emporté au premier tour et, une fois encore, il a amélioré ses résultats. Il a obtenu 21 146 voix – il n'en avait eu que 19 667 en 73 –, le communiste Christian Audouin, un jeune de vingt-neuf ans, « très XXIIe Congrès » en a obtenu 8.771 (soit une perte de près de 2 000 voix pour le P.C.) et le socialiste Bernard Coutaud, vingt-six ans et plus jeune conseiller général de France, en a obtenu 8 461 soit un gain d'environ 2 000 voix (peut-être celles du P.C.). Mais il est vrai que cet enfant du pays, petit-fils d'un notable célèbre dans la région, avait fait venir pour sa campagne toutes les vedettes de son parti, Mitterrand, Rocard, Édith Cresson, Gaston Defferre et qu'aux yeux du P.S., il s'agissait d'un « test national ».

Satisfaction supplémentaire pour Chirac, son ami Tibéri retrouve lui aussi – avec 54 % des voix – son siège de député du Ve arrondissement de Paris, alors que les autres candidats de la majorité, mais qui ne sont pas U.D.R., sont tous mis en ballottage : le R.I. Destremau dans les Yvelines, le C.D.P. Achille Fould en Gironde, le réformateur Perronet dans l'Allier et le R.I. Ducray dans le Rhône.

Le vendredi 3 décembre 1976, tout est prêt. Pasqua a bien

travaillé. 20 000 adhérents de l'U.D.R. viendront dimanche des quatre coins de France, au Parc des expositions de la Porte de Versailles pour assister, le matin, à ces assises extraordinaires qui « décideront » de la transformation du mouvement. L'après-midi 10 000 nouveaux adhérents participeront à leurs côtés aux premiers pas du nouveau mouvement. Ce 3 décembre, Chirac a publié un communiqué dans lequel il a révélé le nouveau nom du rassemblement. Il s'appellera le Rassemblement pour la République, le R.P.R. Ce sera un « rassemblement sans préjugés ni sectarisme » qui « soutiendra une action résolue fondée sur le respect intransigeant de la souveraineté nationale, de l'indépendance nationale, de la liberté, de la responsabilité et de la dignité de l'homme ».

Et le dimanche 5 décembre, c'est la foule des grands, des très grands jours. « Les gaullistes aiment les grands-messes » disait Yves Guéna. Dans une atmosphère de joyeuse kermesse, d'euphorie mais aussi de mobilisation générale, Chirac s'en prend tout de suite à l'adversaire : « La prétendue alternative que nous propose le programme socialo-communiste est dangereuse. Elle est inefficace. Elle est illusoire. Elle est la plus mauvaise réponse au débat sur les libertés. Ne vous y trompez pas : les mêmes causes produisent les mêmes effets. Il n'y aura pas de collectivisme à la française. Quelles qu'aient pu être les illusions ou les ambitions de ceux qui s'y sont prêtés, partout dans le monde où l'on a mis en place les principes socialo-communistes, les libertés ont disparu. Et l'on n'a jamais vu une société devenue collectiviste rétablir ensuite les principes libéraux. »

Puis, Chirac en vient à rappeler la politique qu'il souhaite voir menée par le gouvernement : « L'État doit plus que jamais fixer, par un plan national, les objectifs et les disciplines du développement économique. Pour maintenir la valeur du franc, la gestion des fonds publics et des fonds sociaux doit être plus rigoureuse. Pour assurer les bases du progrès de demain, notre puissance industrielle doit être renforcée. Pas d'indépendance non plus sans une défense efficace, fondée sur la dissuasion nucléaire relevant des seuls autorités de la République. La nation doit consacrer des ressources accrues à l'équipement de son armée dont la modernisation va probablement exiger que progressivement le volontariat se substitue à la conscription. Quant à l'Europe, nous devons participer avec réalisme et activement à l'édification d'un ensemble uni et fort respectueux de notre souveraineté. Nous ferons l'Europe sans défaire la France.

« Il faut développer le goût d'entreprendre, il faut retrouver la liberté d'entreprendre de sorte que celui qui veut créer ou développer une unité économique à l'échelle humaine ne se heurte pas à une multitude d'obstacles accumulés par un corps social bloqué et timoré » (...).

« Nous nous rassemblons pour la démocratie et contre tout ce qui la menace. Nous nous rassemblons dans la majorité. Nous nous rassemblons pour agir et proposer et non pour dénigrer. Nous n'accepterons pas que tombe sur notre pays la nuit de la dictature et cela d'où qu'elle vienne; nous repousserons avec la même détermination les idéologies perverses du fascisme et du collectivisme. Combien sont vaines et ridicules les insinuations de ceux qui veulent nous présenter sous le visage de l'autoritarisme! Je vois cheminer la calomnie. J'entends les malveillants colporter le mensonge pour susciter la peur! Mais qu'importe! Laissons les bêtes de l'ombre à leurs glapissements! Le Rassemblement se situera résolument dans la majorité. J'ignore s'il sera toute la majorité bientôt mais il sera tout entier dans la majorité. Notre tâche désormais est d'organiser le Rassemblement pour atteindre le premier objectif que nous lui assignons : remporter pour la démocratie et dans la majorité les prochaines élections législatives. A cet égard, je tiens à préciser que c'est aux formations politiques et à elles seules, dans le cadre d'une nécessaire concertation, qu'il appartient de choisir leurs candidats et de donner leurs investitures. Dans ce domaine pas plus qu'en d'autres, nous n'accepterons de supranationalité. »

Et Chirac conclut : « L'appel que je lance à mon tour n'est que l'écho de l'éternel appel des nations qui ne veulent pas mourir. C'est au peuple de France que je m'adresse. »

C'est du délire dans l'assistance. Des dizaines de milliers de personnes scandent : « Chirac-Président! Chirac-Président! » Chirac peut être satisfait. L'opération a parfaitement réussi. Le gaullisme a retrouvé son élan. Il lui fallait un chef, il l'a, il lui fallait un but, il l'a : battre les socialo-communistes menaçants, il lui fallait un peu de dramatisation, il l'a : Chirac apparaît comme une victime de Giscard, il y a une revanche à prendre. Et toute l'équivoque de la situation est d'ailleurs là. Il faut lutter à la fois contre le danger totalitaire et contre ce pouvoir incertain qu'on doit... soutenir. Pas facile. Le public de la Porte de Versailles n'a sans doute pas très bien compris ce point-là.

Il était d'ailleurs intéressant d'observer cette foule. Bien vite on s'apercevait de deux choses : d'abord de sa composition puis de ses motivations. Indiscutablement, ce 5 décembre, la « clientèle » du néo-gaullisme de Chirac ressemble beaucoup à celle du gaullisme traditionnel. Malraux disait souvent : « Le gaullisme, c'est le métro à 18 heures, c'est-à-dire une coupe fidèle de la société française, un miroir du peuple français. » Et il était vrai qu'on retrouvait parmi les électeurs du Général – si ce n'est parmi les militants du R.P.F. et de l'U.N.R. toutes les couches de la société, toutes les catégories socio-professionnelles du pays, des grands bourgeois et des ouvriers, des universitaires et des agriculteurs, des jeunes et des vieux. C'était là l'un des mystères du gaullisme, de ce rassemblement qui n'était pas un parti. Or, ce 5 décembre 1976, à la Porte de Versailles, on s'aperçoit qu'il y a 20 % de cadres moyens, 16 % d'ouvriers, 12 % d'agriculteurs, 10 % de cadres supérieurs et de professions libérales, 8 % de commercants et d'artisans et 32 % d'inactifs et de vieux. Les pourcentages représentent, certes, un électorat plus « à droite » que celui du Général mais l'éventail est aussi large. Oubliant la fameuse phrase de Joseph Barthélémy, homme politique de la IIIe République : « Je suis un républicain de gauche, ce qui veut dire un homme du centre que les malheurs du temps obligent à siéger à droite », les commentateurs politiques accuseront bien vite cette foule de la Porte de Versailles d'être... bonapartiste, accusation dont avaient d'ailleurs déjà été victimes le R.P.F., l'U.N.R. et l'U.D.R.

L'autre constatation – plus intéressante – qu'on pouvait faire en observant la « grand-messe » du 5 décembre était qu'en dépit des assurances de Chirac sur sa volonté de travailler en faveur de la majorité, cette foule était farouchement hostile au régime de Giscard. Robert Galley avait beau murmurer : « Dans la France de la Ve République, il ne peut y avoir le parti du roi et le parti du cardinal », le R.P.R. apparaissait dès sa naissance comme un mouvement d'opposition au président de la République. Chirac qui pouvait difficilement lutter contre cette tonalité – n'est-il pas lui-même en opposition avec le Président? – en comprenait les risques. D'une part, il allait effrayer les « légitimistes », d'autre part, il allait attirer les plus mécontents, les adversaires les plus farouches de la « société libérale avancée » et donc l'électorat de droite voir d'extrême droite.

Alain Duhamel dans son intelligente *République giscardienne* remarque que pour reprendre le pouvoir le gaullisme avait le choix entre deux stratégies : le démarquage ou le recours et il écrit : « La stratégie du démarquage requiert une longue patience, spécule sur les fautes du partenaire, l'échec du gouvernement, envisage un rééquilibrage progressif (...) Elle demande un minimum de tempérance et le respect de certaines bornes. Elle ne sort pas des limites du pluralisme organisé. Elle parie sur le temps, la combativité, les circonstances et l'âge de Jacques Chirac. La stratégie du recours au contraire n'a pas ces ménagements. Elle part du principe que le gaullisme s'use et décline inexorablement sous le giscardisme qui ne perd d'ailleurs jamais une occasion d'amoindrir et de marginaliser le gaullisme. Elle n'espère donc qu'en un échec fracassant du Président. »

Pendant deux ans, Chirac a fait du démarquage, il a perdu son temps et les gaullistes ne l'ont pas compris. Maintenant, il devient un recours et les gaullistes l'acclament, car le gaullisme est par définition un recours.

Enfin, dernier commentaire qu'on pouvait faire au soir de ce 5 décembre, celui d'André Passeron dans *Le Monde* : « Jacques Chirac qui fut le poulain choyé de Georges Pompidou puis le Premier ministre actif et loyal de M. Giscard d'Estaing a cessé, il y a trois mois d'être placé sous tutelle et il vient seulement d'acquérir son émancipation politique. La mutation qu'il entame avec le Rassemblement Pour la République s'est exprimée par le changement de décor où aucun symbole de l'U.D.R. ne subsistait et où sur la tribune n'avaient pris place que des inconnus figurant la troisième génération du gaullisme, ou plutôt la première génération du chiraquisme. »

Le sous-lieutenant était devenu colonel! Il n'avait plus à servir un homme, un père adoptif ou un grand frère. Lui qui disait toujours qu'il était discipliné et qu'il aimait respecter une certaine hiérarchie était maintenant le « patron ». Il était devenu « adulte » et à l'image d'ailleurs du gaullisme lui-même comme le notait Olivier Guichard en écrivant : « Puisque le destin a rompu le lien personnel avec le chef de l'État, le gaullisme doit devenir adulte. »

Olivier Guichard qui avait été hué à son entrée au Parc des expositions par une foule qui ne lui pardonnait pas de faire partie du gouvernement, s'était d'ailleurs rallié du bout des lèvres à Chirac en déclarant au cours de la grand-messe : « Nous voici rassemblés derrière Jacques Chirac pour un acte de foi en nous-mêmes, en notre passé et en notre avenir. Veillons à ne pas créer la situation qui conduirait la majorité à la pire, à la plus insidieuse des divisions : celle qui ne sortirait que des querelles de personnes. Les Français ne nous le pardonneraient pas. »

Les barons hésitaient encore, pris entre leur fidélité à Chaban, leur fascination pour la « réformite », leur goût du pouvoir et leur peur de l'aventure.

Les Français, eux, allaient devoir attendre jusqu'au mardi 7 décembre pour pouvoir lire dans leurs journaux les détails de cette création du R.P.R. Poniatowski n'avait, en effet, rien trouvé de mieux pour « contrer » l'initiative de l'ancien Premier ministre que de donner ordre à la police de faire évacuer les locaux du *Parisien Libéré* occupés depuis mars 1975 par des grévistes du livre, ce qui avait entraîné, bien sûr, une grève générale dans toutes les imprimeries de la presse parisienne.

Et alors que Jérôme Monod, nommé secrétaire général du R.P.R. par Jacques Chirac, installait les bureaux du nouveau mouvement dans la Tour Montparnasse (« Chirac pourra ainsi dominer Paris » dit-on aussitôt), le 17 décembre, Jacques Chirac commençait une grande tournée des villes de France pour présenter le R.P.R. Première étape Strasbourg, la ville-symbole, là où le général de Gaulle avait créé le R.P.F. Chirac pensait aux élections législatives de 78, on parlait beaucoup des élections européennes mais ce furent les municipales qui, en fait, allèrent bien vite occuper le devant de la scène.

XIII

LA CONQUÊTE DE PARIS
1976-1977

Depuis des mois, on l'a vu, Chirac ne pensait qu'à une chose : l'échéance des élections législatives de 1978 qui, en effet, étaient l'échéance essentielle puisqu'elles pouvaient tout remettre en cause et permettre à la gauche d'arriver au pouvoir. Devant la dégradation de la situation politique, économique et sociale, devant les progrès enregistrés par Mitterrand et ses amis, l'ancien Premier ministre était convaincu que la majorité arriverait à cette échéance en très mauvais état. C'est pour cela qu'il avait souhaité, alors qu'il était encore à Matignon, des élections anticipées et c'est pour cela, en grande partie, qu'il avait lancé – puisque le président de la République ne voulait rien entendre – cette nouvelle machine de guerre gaulliste, le R.P.R.

Depuis quelque temps d'ailleurs, Chirac ne parlait plus de « majorité présidentielle » mais uniquement de « majorité parlementaire ». Le distinguo était fondamental. D'abord Chirac était le patron de cette majorité parlementaire ou du moins de la majorité de cette majorité, et cette majorité parlementaire était tout de même plus confortable que la majorité présidentielle – qui ne l'avait emporté, on avait trop tendance à l'oublier, que par moins de 1 % – ensuite, et c'était le plus important, derrière cette majorité parlementaire, on retrouvait tous les « libéraux » hostiles aux socialo-communistes alors que derrière la majorité présidentielle, on ne retrouvait que les adeptes, de moins en moins nombreux, de la « société libérale avancée ». Toute la stratégie de Chirac qui n'était pas un adepte de la « société libérale avancée » mais qui était un adversaire du programme commun, visait à obtenir, au renouvellement de la majorité parlementaire, une très forte victoire de sa « tendance », ce qui aurait obligé, pensait-il avec son éternelle bonne volonté, le président à infléchir sa politique dans le bon sens.

Si Chirac parvenait à obtenir un grand nombre d'élus R.P.R. et si donc par la même occasion les candidats de la « majorité présidentielle » R.I., réformateurs, radicaux et démocrates étaient laminés, le gaullisme pourrait rappeler haut et fort à Giscard qui l'avait fait roi. Non seulement Chirac voulait battre les socialo-communistes en 78, mais il voulait montrer à Giscard que pour les battre il fallait être logique avec soi-même et présenter un programme politique bien différent de celui de la majorité présidentielle. Après avoir donné l'Élysée à Giscard et s'être fait « floué », Chirac était d'accord pour lui sauver la mise en 78 mais cette fois en étant en position de force. En fait, c'était toujours le même scénario : imposer à Giscard la bonne politique. Mais Chirac avait, cette fois, remplacé la force (inexistante) de Matignon par celle du R.P.R. et du Parlement.

Certains diront qu'en opposant ainsi majorité parlementaire et majorité présidentielle, Chirac n'est plus fidèle à l'esprit du gaullisme, ce qui serait un comble pour le président du mouvement gaulliste. Mais, d'une part, c'est Giscard lui-même qui, avec le gouvernement Barre, a commis l'erreur capitale de créer cette étiquette de « majorité présidentielle » d'où étaient exclus les gaullistes, et, d'autre part, Giscard avait, lors de son voyage aux États-Unis, on l'a vu, sérieusement égratigné le principe fondamental du gaullisme qui exigeait que le président de la République soit, *ipso facto*, le chef de la majorité. Dès lors que Giscard se disait prêt à rester à l'Élysée, même en cas de victoire de la gauche aux législatives, il n'était plus le chef naturel de la majorité, il redevenait un simple garant des institutions, un arbitre qui n'avait plus son mot à dire dans les débats électoraux et qui ne pouvait même plus désigner le Premier ministre comme chef de cette majorité. Chirac était alors autorisé à opposer une majorité à celle du Président. Et en cas de victoire du R.P.R. aux législatives, Giscard aurait bien été obligé d'appeler Chirac... puisqu'il était prêt à appeler Mitterrand en cas de victoire de la gauche.

Et puis, brusquement, les choses se sont accélérées, dégradées. C'était pour le moins prévisible. Quelle qu'ait pu être la bonne foi de Chirac et sa bonne volonté à se battre contre l'opposition, il se battait, désormais ostensiblement, aussi pour une majorité qui n'était pas celle du Président, pour imposer une politique qui n'était pas celle du Président et pour éliminer un bon nombre d'amis du Président. On assistait en quelque sorte et déjà à des primaires au plus haut niveau, entre Giscard et Chirac. On n'en était plus à l'échéance de 78 mais à celle de... 81. Chirac était, cette fois très clairement, devenu « présidentiable » dès lors qu'il était le chef – et pratiquement le créateur – du plus grand parti de la majorité. Tous les coups allaient être permis...

Les gaullistes voulaient sauver la France et... ne pouvaient plus supporter Giscard. Fin novembre *La Lettre de la Nation* se faisait l'écho d'une rumeur qui circulait dans Paris depuis quelques jours : « Le Président est sous analyse psychanalytique. » Rien ne permet d'affirmer une telle information et le procédé est pour le moins inélégant. Mais – et c'est en cela que l'incident est intéressant – un grand nombre de gaullistes sont convaincus de toute bonne foi que le président de la République n'est plus maître de sa volonté. Ses réactions quotidiennes le prouvent à leurs yeux. Et ils le méprisent à tel point qu'ils sont aussi persuadés qu'il est un adepte de ce genre de traitement à la mode. Ce petit coup bas est très révélateur de l'état d'esprit de ceux qui l'ont donné.

Et c'est alors qu'on s'est souvenu qu'il y avait des élections municipales en 77 et que, pour la première fois, Paris élirait un maire au suffrage universel.

On se rappelle que Chirac avait été réservé devant ce projet giscardien de faire de la capitale « une ville comme les autres ». A l'époque, Chirac avait fait remarquer au Président qu'on prenait, en créant ce poste prestigieux de maire de Paris, le risque de faire élire un adversaire du Président. On créait un bastion dont pouvait très bien, un jour, s'emparer un opposant possible. Aux yeux de Chirac, c'était presque aussi dangereux que de donner le droit de vote aux jeunes de dix-huit ans. Mais Giscard qui rêvait de voir un de ses amis des R.I. maire de Paris (il l'avait emporté haut la main lors des présidentielles dans la capitale) avait insisté et Chirac avait cédé devant cet énième gadget. L'Assemblée avait voté le projet, défendu par Poniatowski, le 31 décembre 1975.

Giscard avait d'abord pensé à Dominati comme candidat. Secrétaire général des R.I. de Paris, bien implanté dans le quartier des Halles, il était le candidat R.I. le plus parisien possible. Mais, rapidement, les gaullistes qui avaient 17 députés sur 31 et 35 conseillers municipaux sur 90 dans la capitale, firent savoir que, s'ils acceptaient de laisser la place à un R.I., ils ne voulaient à aucun prix de Dominati qui n'était qu'un « traître » à leurs yeux puisque ancien de l'U.N.R., il avait quitté la famille gaulliste pour les R.I. et que depuis il n'avait jamais ménagé ses anciens amis. C'était pour les gaullistes une question de principe.

Giscard pense alors à Pierre-Christian Taittinger, R.I. ayant toujours eu de bonnes relations avec les gaullistes, au point d'être inscrit au groupe gaulliste du Sénat, ancien président du Conseil municipal de Paris et même fils d'un ancien président de ce même conseil municipal. Giscard fait entrer ledit Taittinger au gouvernement comme secrétaire d'État auprès du ministre de l'Intérieur, c'est-à-dire précisément chargé de préparer le nouveau statut de Paris. Les gaullistes commencent, eux, à évoquer le nom d'un des leurs, Christian de la Malène. D'autres parlent de Simone Veil. Chirac est alors assez indifférent à tout cela. Il a d'autres soucis en tête et il sait que les gaullistes parisiens ne sont pas parmi les plus chiraquiens du mouvement.

Au moment de la rupture Giscard-Chirac, tout le monde est donc plus ou moins d'accord pour laisser aux R.I. la mairie de Paris, mais à trois conditions : – que ce ne soit pas Dominati, – que Christian de la Malène conserve les Finances de la capitale, – qu'on se mette d'accord sur la répartition des sièges du conseil municipal entre R.I. et gaullistes. Chirac n'en demande pas plus... si ce n'est qu'en novembre 76, il évoque devant des journalistes, sous forme de boutade, mais aussi d'avertissement, une éventualité. Au cas où on ne pourrait pas se mettre d'accord au sein de la majorité sur une bonne candidature et au cas où les relations entre partenaires de la majorité se tendraient par trop, il pourrait toujours... se présenter lui-même. Tout le monde sourit. Comme lorsqu'il avait annoncé qu'il soutiendrait Giscard, comme lorsqu'il avait annoncé qu'il allait s'emparer de l'U.D.R., comme lorsqu'il avait annoncé qu'il allait quitter Matignon, personne ne le croit. Chirac répète souvent : « On a avantage à dire d'avance ce qu'on va faire et à le réaliser; la plupart du temps, ceux que votre action dérange ne vous croient pas. » (Entretien avec l'auteur).

Et le climat se dégrade. Poniatowski avec son goût habituel pour la provocation, déclare : « Il faut dératiser Paris. » Réponse des gaullistes : alors qu'ils étaient d'accord pour faire élire Griotteray, R.I., comme premier président de la région d'Ile-de-France, ils votent pour Michel Giraud, l'un des leurs. Après tout, si on leur donne Paris, il n'y a pas de raison qu'ils aient aussi la région.

Là-dessus, Giscard voyant sa propre popularité s'effondrer et prenant connaissance des premiers sondages qui annoncent qu'une cinquantaine de villes importantes, pourraient bien, à l'occasion des municipales, passer à l'opposition, décide qu'il faut que la mairie de Paris lui donne un grand succès personnel. Il lui faut une grande victoire dans la capitale pour estomper les échecs prévisibles dans le reste du pays. Ponia propose sa candidature. Giscard hésite. Puis refuse. Son fidèle ami commence à l'énerver et puis il serait trop « voyant » aussi bien pour l'opposition que pour les gaullistes. Et, finalement, Giscard décide d'envoyer Michel d'Ornano à la bataille ou plutôt à la victoire.

Le 12 décembre 1976, sortant de chez le Président, le maire de Deauville, ministre de l'Industrie annonce sur le perron de l'Élysée qu'il est candidat. Chirac est en Corrèze. Dans deux jours ce seront les élections partielles. Il sursaute. Cette candidature ne peut être considérée que comme une provocation par les gaullistes. L'endroit où elle a été annoncée prouve que c'est une opération Giscard, il n'y a eu aucune concertation entre les R.I. et les gaullistes qui forment le groupe le plus important du conseil municipal, d'Ornano est parachuté de Deauville. Chirac demande à de la Malène, pour gagner du temps, de se porter lui aussi immédiatement candidat et le président du R.P.R. part pour les Menuires où il va, avec ses fidèles conseillers, mettre au point la contre-attaque.

Chirac comprend qu'on a défié le R.P.R. naissant en ayant l'air de lui dénier ses droits à l'héritage du gaullisme et il remarque qu'on lui a offert un merveilleux champ de bataille. Si Giscard veut la guerre, il l'aura.

Le 5 janvier 1977, d'Ornano annonce qu'il se présentera personnellement dans le XVIIe arrondissement – donc contre le docteur Bernard Lafay, député R.P.R. – que Françoise Giroud, devenue secrétaire d'État à la Culture, se présentera dans le XVe – donc contre Nicole de Hauteclocque, R.P.R. elle aussi – et que trois autres membres du gouvernement seront candidats (sans doute dans des secteurs tenus jusqu'alors par des R.P.R.). C'est bel et bien de la provocation et comme le dit Françoise Giroud elle-même : « du travail d'amateur ». Or le secrétaire à la Culture ajoute : « Sur ce terrain-là, le professionnel c'est Jacques Chirac. »

Bernard Lafay adresse une lettre ouverte au président de la République : « Sans doute les Parisiens sont-ils parfaitement libres d'aller chercher leur maire à Deauville à condition qu'on ne leur impose pas l'investiture officielle (...) On ne procéderait pas autrement pour la nomination d'un préfet (...) Nous avons voulu voir d'abord dans ce choix surprenant un malentendu (...) Mais le maire de Deauville a fait connaître sa décision de présenter sa canditature dans le secteur dont je suis l'élu. Voici qu'il annonce en même temps que plusieurs ministres vont se lancer à l'attaque de différents autres secteurs de la capitale. Amère victoire que celle qui serait remportée par le gouvernement contre ses amis. Mais si ce n'était pas une victoire? »

Le 11 janvier, le R.P.R. publie une première liste de « personnalités chargées avec Christian de la Malène de constituer les listes municipales dans les secteurs de Paris ». Soixante-quatre noms qui représentent « toutes les tendances de la majorité » et on y retrouve, en effet, des radicaux comme Nicole Chouraqui ou des C.D.S. comme Bertrand Schneider (ils seront exclus de leur parti).

Certains commencent à penser que devant cette attitude élyséenne, Chirac ne va pas en rester là. Nouveau président du nouvel R.P.R., Chirac se doit de défendre « ses hommes ». Aux Menuires, Edgar Faure déjeunant entre Chirac et Alain Peyrefitte avait levé son verre en s'écriant : « Je bois à la santé du futur maire de Paris et à la santé du futur académicien. » Le mot sera rapporté à Paris. D'Ornano déclare alors : « Personne d'autre que moi ne peut se prévaloir d'être le candidat de la majorité (...) Tous les sondages indiquent que s'il n'y avait à Paris que les listes du R.P.R. de Chirac, la capitale passerait à l'opposition. Je cherche ce que je peux faire pour Paris et pas ce que Paris peut faire pour moi. »

Le soir-même, Chirac fait paraître un communiqué explicite : « Le R.P.R. a pris acte avec regret de la décision hâtive et insolite prise par certains hommes politiques de la majorité de constituer des listes électorales à Paris » (les listes de de la Malène sont « chargées de constituer des listes », nuance) et Chirac ajoute : « On ne négocie pas le maire de Paris, on l'élit! On n'engage pas le président de la République par les bavardages sur un perron. Ce n'est pas parce que M. d'Ornano a annoncé sa candidature dans la cour de l'Élysée qu'il a pour autant été désigné par le Président. Le président de la République est au-dessus de cette mêlée. » En est-il si sûr? Sûrement pas. Mais quelle belle leçon donnée aux « gens de l'Élysée »!

Le 17 janvier, Giscard tient une conférence de presse. Après avoir affirmé que le plan Barre serait poursuivi et qu'il avait d'ailleurs pensé à prendre Barre comme Premier ministre dès janvier 76 – révélation peu agréable pour Chirac – il en vient au malaise de la majorité et déclare : « Il faut sortir de la conception d'une uniformité qui se déchire pour passer à une autre conception qui est celle d'un pluralisme qui s'organise. Si la majorité a la capacité de renouvellement et d'organisation qui lui permet d'agir ainsi, elle accroît jusqu'à un point décisif ses chances de l'emporter en 1978. »

Officiellement donc, le Président a changé d'avis, il enterre, de lui-même, la « majorité présidentielle », prend acte de la naissance du R.P.R. et semble presque s'en réjouir. Les gaullistes en ce qui les concernait ont fait la preuve de leur « capacité de renouvellement », il n'y a plus qu'à organiser le « pluralisme » – un terme qui hérisse particulièrement les gaullistes mais dont ils vont pouvoir profiter – et qu'à y faire au R.P.R. la place qu'il mérite. Or justement, pour les municipales de Paris... on a oublié le R.P.R.! Quelques heures plus tard Chirac demande à être reçu par Raymond Barre.

Le 19 janvier, Chirac est reçu à Matignon par son successeur. C'est la deuxième fois qu'il revient à Matignon depuis son départ d'août dernier puisqu'il avait rencontré Barre le 18 décembre. Cette fois, la rencontre est plutôt sèche, elle dure moins d'un quart d'heure et, contrairement aux usages, Barre ne raccompagne pas l'ancien Premier ministre jusqu'au perron. Les journalistes qui ont été soigneusement – et ridiculement – tenus à l'écart retrouvent Chirac dans son bureau de la place du Palais-Bourbon. Tout le monde a compris. Chirac, parfaitement détendu, déclare : « Après la conférence de presse du président de la République, j'ai estimé nécessaire de rencontrer le Premier ministre et de m'entretenir avec lui des affaires du pays. Si, sur le plan économique, j'ai confirmé à M. Barre mon entier soutien au plan de redressement mis en œuvre par le gouvernement, j'ai en revanche exprimé mes plus vives réserves sur l'évolution de la situation de la majorité notamment en ce qui concerne les élections municipales. En fait, qu'on le veuille ou non, ces élections ouvriront et engageront dans une large mesure la prochaine campagne législative. Il est donc essentiel qu'elles soient menées avec vigueur et avec détermination. A Paris l'heure n'est plus aux négociations de couloirs ni aux compromis de partis. Il convient maintenant d'affirmer clairement notre résolution et de faire en sorte que la capitale de la France ne courre pas le risque de tomber entre les mains des socialo-communistes. En conséquence, fidèle à l'engagement que j'ai pris de tout mettre en œuvre pour combattre le collectivisme, j'ai décidé de me présenter à Paris à la tête de ceux qui se rassemblent pour mener le même combat. Une fois encore le peuple de Paris saura donner l'exemple. »

A 20 heures, Chirac ajoutera à l'intention des télespectateurs : « Je viens dans la capitale de la France parce que dans notre histoire, depuis la Révolution de 1789, chaque fois que Paris est tombé, la France a été vaincue. » Cette candidature fait, bien sûr, l'effet d'une bombe. « Coup de théâtre » titre *Le Figaro* dans lequel Xavier Marchetti écrit : « Au combat qu'il soit militaire ou politique, une situation qui pourrit est une situation dangereuse. C'est de ce principe, sans aucun doute, que s'est inspiré Jacques Chirac. Sa candidature bouscule tous les schémas changeants et confus esquissés ici et là et dont aucun à la longue ne portait plus la certitude d'une victoire contre la gauche. (...) L'homme qui, contre toute attente, a créé cet événement a délibérément choisi de l'assumer parce que depuis de longs mois et même étant encore Premier ministre il n'a cessé de penser que le doute et l'attentisme du côté du pouvoir offraient aux opposants la meilleure chance de l'emporter. C'est, on le sait, sur ce point précis que sa démarche politique s'est séparée de celle du chef de l'État. (...) L'engagement de Jacques Chirac prend dès lors une dimension nationale. Il veut avoir valeur d'exemple pour l'immédiat et plus encore peut-être pour les luttes électorales décisives de 1978. Qu'il y ait défi lancé à l'opposition, c'est évident. Mais n'y a-t-il pas aussi défi au vœu du chef de l'État qui a voulu que Paris ait un maire sans certes imaginer un tel candidat à la mairie? (...) La décision de Jacques Chirac a surpris mais plus encore elle marque dans le combat politique – où seul compte le résultat – une orientation offensive qui contraste singulièrement avec la sérénité patiente du chef de l'État. » Ancien collaborateur de Georges Pompidou à l'Élysée, Xavier Marchetti a parfaitement compris la démarche de Chirac.

Quant au journal *Le Monde*, il titre : « En briguant la mairie de Paris, M. Chirac défie le chef de l'État » et Raymond Barrillon écrit : « Le président de la République avait jugé " indispensable " que chacune des composantes de la soi-disant " majorité pluraliste " c'est-à-dire en vérité de la défunte majorité présidentielle, " affirme sa personnalité et fasse connaître ses propositions ". M. Chirac n'y manque pas et il va bien plus loin : il ne se contente pas d'affirmer ou plutôt de réaffirmer sa personnalité. Il déclare la guerre. »

Est-ce la guerre? Chirac jure que non et qu'il « ne lance aucun défi et notamment pas à un gouvernement que je soutiens ni à un président de la République que j'ai soutenu et servi aussi loyalement et aussi longtemps que je l'ai pu ». Mais cette seule phrase est bien révélatrice. S'il soutient le gouvernement Barre dont il approuve les grandes lignes du plan anti-inflation (qui est le sien), le soutien au Président est... au passé. Chirac est entraîné moins par son « dynamisme » que par sa logique : il a soutenu Giscard contre Chaban pour barrer la route aux socialo-communistes en 74, il a quitté Giscard deux ans plus tard parce que le Président ne savait pas se battre contre les socialo-communistes, il a lancé le R.P.R. parce que la majorité n'avait plus l'énergie suffisante pour faire obstacle aux socialo-communistes en 78 et il réalise soudain (sans doute depuis la mi-novembre) que Giscard accumule maladresse sur maladresse dans cette affaire de Paris et qu'avec un d'Ornano hésitant et gaffeur on va donner une chance aux socialo-communistes de s'emparer de la capitale. Intimement convaincu que seuls les gaullistes – avec lui à leur tête – peuvent faire échec aux socialo-communistes, il « monte au créneau ». La guerre, il la fait aux tenants de la gauche totalitaire, mais il conteste la stratégie et la tactique de l'état-major de l'armée dont il fait partie. Ce n'est pas la guerre contre l'Élysée, c'est un... putsch, une « révolution de palais » et il veut devenir le maire du palais!

Chirac précise d'ailleurs le sens de sa démarche : « Georges Pompidou qui, comme vous le savez, m'a beaucoup appris, aimait à rappeler que lorsqu'un nœud était trop serré pour pouvoir le délier, il convenait de le trancher et c'est ce que j'ai voulu faire. J'ai posé après réflexion ma candidature. » Il a, en effet, tranché dans le vif.

Naturellement, Poniatowski, Lecanuet et les autres « amis » de Chirac au sein de la majorité crient à la trahison. Lecanuet déclare : « Chirac va donner une chance à la gauche », Ponia s'écrie : « Chirac est le plus grand diviseur commun. » Giscard qui est ennuyé et qui comprend, un peu tard, qu'il est bêtement embarqué dans une mauvaise affaire, part pour un voyage officiel en Arabie Saoudite. Là-bas, il déclare : « Les conditions dans lesquelles s'engage à Paris la campagne municipale ne sont pas celles du pluralisme mais de la discorde. Il est grand temps que cesse ce vain désordre. » Au fond, à ses yeux le pluralisme, c'était... la candidature unique de d'Ornano. Dès son retour, il demande, en Conseil des ministres, à Raymond Barre de tenter une médiation. Le Premier ministre appelle à Matignon d'Ornano qui se déclare prêt à abandonner la compétition « si un candidat d'union recevait le soutien de toutes les formations de la majorité ». Comme dit Sanguinetti : « D'Ornano se trouve dans la situation bien connue dans l'armée qui est celle du " têtard ", c'est-à-dire celle du soldat qui n'est pas au courant des conséquences des choses et qui se fait piéger par ses supérieurs pour les corvées. » Mais Chirac que le Premier ministre a aussi « convoqué » à Matignon ne vient pas et, le 27 janvier 78, fait porter par Jérôme Monod une lettre à son successeur. C'est la première d'un échange de correspondance particulièrement intéressant.

« Monsieur le Premier ministre, J'ai été informé que, par instructions du président de la République en Conseil des ministres, vous aviez été chargé d'une mission de conciliation concernant les élections municipales à Paris. Dans l'après-midi d'hier votre cabinet a fait connaître à mon secrétariat que vous souhaitiez me rencontrer à ce sujet le plus rapidement possible. Vous savez l'estime et l'amitié que je vous porte et je n'ai nul besoin de vous confirmer que je soutiens et continuerai à soutenir votre action dans le domaine économique en apportant mon appui sans réserve au plan de redressement. J'ai dit cela publiquement et à maintes reprises. Mais vous comprendrez qu'étant donné l'attitude d'agression et de mauvaise foi de certains de vos ministres, l'acharnement à déformer le sens de ma candidature et l'activisme regrettable qui s'est déployé sur tous les moyens d'information, je puis craindre que ma visite à Matignon n'alimente les rumeurs et ne fasse qu'ajouter à la confusion. C'est pourquoi je me décide à vous faire tenir cette lettre. Tout d'abord, j'estime nécessaire que l'élection de Paris soit gagnée avec un certain panache. Les Parisiens n'aiment pas les attitudes médiocres et les combinaisons florentines. Ensuite, l'élection de Paris doit, pour la bataille que nous avons engagée contre le collectivisme, être remportée de façon exemplaire. C'est d'une importance capitale pour 1978. Grâce à cette élection et à partir d'elle, nous pourrons mettre en échec la poussée de l'opposition qui, vous le savez, se prétend actuellement majoritaire dans le pays. Si nous en faisons volontairement une élection sans valeur ou si nous la perdons, rien ne sera plus possible. Enfin, je dois avouer que la gestion de Paris m'intéresse au plus haut point et que mes fonctions passées m'autorisent à penser que je peux être un bon maire pour Paris.

« Vous voyez donc que je suis résolu et que je ne changerai pas d'avis, sauf raisons graves et impérieuses. Comme moi-même, vous savez que seul le président de la République peut avoir ces raisons. Étant donné un passé récent où, comme il a bien voulu le reconnaître, je l'ai servi avec loyauté, serait-ce trop demander qu'il me dise, lui-même, les raisons d'État qui amènent le gouvernement à vouloir s'opposer à ma candidature? Soyez assuré que dans mon esprit ce n'est pas mettre en cause votre autorité ni entamer notre commune estime que de demander au chef de l'État de dire personnellement à son ancien Premier ministre les raisons d'un tel ostracisme.

« Veuillez agréer, Monsieur le Premier ministre, l'assurance de ma considération et l'expression bien vive de mon amitié. »

Raymond Barre qui a un certain sens de l'humour, apprécie cette lettre et répond aussitôt : « Monsieur le Premier ministre, J'avais souhaité pouvoir vous rencontrer dès hier soir pour m'entretenir avec vous de la mission que m'a confiée le président de la République de rechercher une solution d'union pour la campagne municipale de Paris. Je regrette que vous ne vous prêtiez pas à cette rencontre et je fais part au président de la République de votre désir d'être reçu par lui. L'estime et l'amitié que nous nous portons mutuellement m'incitent à vous exprimer mon sentiment sur la situation présente à Paris. Sachez qu'il ne procède d'aucune animosité à votre égard et qu'il est complètement désintéressé. Personne ne peut interdire à un citoyen français ni lui faire grief de se présenter à une élection municipale ni d'être candidat à la mairie de Paris. Mais lorsqu'il s'agit d'un homme politique de votre dimension et plus encore d'un ancien Premier ministre, les conditions dans lesquelles intervient sa candidature et l'interprétation qui en est donnée sont décisives. Or je dois constater que vous avez annoncé votre candidature au moment même où je tentais, en plein accord avec le président de la République, de susciter à Paris entre les diverses formations politiques de la majorité une entente leur permettant d'affronter dans l'unité l'opposition. Je dois aussi constater que vous n'avez pas ménagé vos critiques publiques à la procédure de conciliation et d'arbitrage établie par le gouvernement pour préparer les consultations électorales. Je dois enfin constater que si vous avez eu la courtoisie de m'annoncer votre candidature avant de la rendre publique, vous avez pris cette décision sans aucune consultation avec les différentes instances de la majorité, que vous me l'avez présentée comme définitive et irrévocable et que vous avez refusé d'en faire part vous-même, comme je vous l'avais demandé au président de la République, souhaitant tenir celui-ci à l'écart des difficultés électorales de Paris.

« Une telle attitude ne pouvait manquer de susciter les critiques qui ont été formulées par d'autres formations de la majorité même si elles vous semblent excessives ou agressives. Cette attitude ne pouvait qu'autoriser l'interprétation qui en a été donnée dans les milieux les plus divers en dépit des intentions que vous affirmiez : celle d'un défi au président de la République et d'une ignorance délibérée du gouvernement. Cette interprétation découle par ailleurs de la relation qui est établie entre votre candidature à Paris, les conditions dans lesquelles vous avez démissionné de vos fonctions de Premier ministre et certains aspects de l'action politique que vous avez ensuite décidé de mener.

« Je vous redis l'inquiétude que j'éprouve. Je crains que, malgré vos déclarations d'intention, votre candidature à la mairie de Paris ne provoque au sein de la majorité une grave division qui lui fasse subir dans le pays une perte de confiance fâcheuse, qu'elle ne favorise les progrès de l'opposition que vous entendez combattre, qu'elle ne desserve en fin de compte la formation politique que vous dirigez et qui a joué depuis 1958 un rôle éminent dans la vie politique de votre pays, qu'elle ne conduise à terme une crise institutionnelle dont le pays n'a pas besoin.

« Vous m'avez fait part de votre détermination de maintenir votre candidature “ sauf raisons graves et impérieuses ”. J'ai tenu à vous dire en toute franchise les raisons graves et impérieuses qui conduisent à mon sens à rechercher à Paris une solution d'union que votre candidature ne permet pas de réaliser. Puis-je vous rappeler ce que le général de Gaulle a écrit au sujet de la démission en 1945 d'un de ses plus grands ministres : “ Le départ peut être un service rendu à l'État. ” Je ne vous tiendrais pas ce langage si je ne vous savais pas homme à le comprendre. »

« Veuillez agréer, Monsieur le Premier ministre, l'expression de mes sentiments de vive considération et de sincère amitié. »

Chirac a à peine reçu cette lettre dont il savoure chaque terme qu'il en reçoit une seconde, toujours signée Raymond Barre : « Monsieur le Premier ministre, j'ai fait part au président de la République de la lettre que vous m'avez adressée ce matin et de votre souhait de connaître de lui les " raisons graves et impérieuses " qui peuvent s'opposer à votre candidature à Paris. Le président de la République me prie de vous indiquer qu'il est prêt à vous recevoir si les raisons que je vous ai exposées dans ma lettre et qu'il tient pour graves et impérieuses vous conduisent après nouvelle réflexion de votre part à vous ranger à son avis. »

« Veuillez agréer, Monsieur le Premier ministre, l'expression de mes meilleurs sentiments. »

Le lendemain, 28 janvier, Chirac clôt cet échange de lettres « surréalistes » en écrivant à son successeur : « Monsieur le Premier ministre, j'ai bien reçu vos deux lettres. Vous dirai-je qu'elles m'ont décu et peiné. Vous savez parfaitement que les raisons que vous donnez pour écarter ma candidature ne sont que des prétextes. Vous savez parfaitement que les divisions de la majorité que j'ai conduite pendant plus de deux ans avec loyauté ne sont pas de mon fait. Vous savez parfaitement que j'aurais accepté d'entendre le président de la République qui a en charge les affaires du pays me dire que ma présence dans cette affaire le gênait personnellement. Mais je ne pouvais l'accepter que de lui.

« Enfin je ne puis accepter que vous me fassiez le reproche de menacer les institutions. A qui veut-on faire croire que ma candidature à la mairie de Paris leur porte atteinte alors qu'on semble envisager qu'elles pourraient fonctionner normalement avec M. François Mitterrand comme Premier ministre? Puisque vous citez le général de Gaulle, permettez-moi de vous dire que celui qui a quitté, volontairement, les fonctions de Premier ministre pour le bien de l'État n'a pas à recevoir de leçon.

« Je constate avec regret que vous avez cru devoir rendre publique, sans me prévenir, la teneur d'une partie de la lettre que je vous avais adressée. Veuillez agréer, Monsieur le Premier ministre, l'assurance de ma parfaite considération et croyez à ma toujours fidèle et cordiale amitié. »

Ces lettres méritaient qu'on les relise dans leur intégralité. D'abord, parce qu'elles représentent des chefs-d'œuvre de correspondance politique, ensuite parce qu'elles marquent – et à merveille – la rupture entre Giscard et Chirac. Par Barre interposé. Si Chirac passe, dans les formules de politesse de la « bien vive amitié » à la « toujours fidèle et cordiale amitié », Barre lui passe, en quelques heures, de la « sincère amitié » aux « sentiments les meilleurs »!

Il y a, en fait, deux « lectures » possibles de ces lettres. D'abord, politiquement, elles soulignent la reconnaissance du fait essentiel : Chirac gêne Giscard et le président de la République ne demande rien de moins à son ancien Premier ministre que de disparaître purement et simplement, oubliant un peu vite qu'il a contribué à le faire élire et surtout qu'il est désormais le patron incontesté du mouvement le plus fort de la majorité. L'allusion par Raymond Barre au général de Gaulle et au départ, en 45, de Pierre Mendès France – qui souhaitait davantage de fermeté – est pour le moins inattendue! Tout le reste ne tient pas debout. On ne peut pas reprocher à Chirac, comme le fait Barre, d'avoir lancé sa candidature au moment où la majorité cherchait encore un candidat d'union acceptable par toutes les formations. D'Ornano avait, depuis longtemps, fait acte de candidature et avec plus que la bénédiction de Giscard. On ne peut pas reprocher à Chirac de ne pas avoir consulté les différentes instances de la majorité. D'Ornano n'avait pas consulté les gaullistes qui représentaient la majorité de la majorité à Paris (comme ailleurs) et pire, d'Ornano avait annoncé son intention d'attaquer les élus gaullistes dans leurs secteurs alors que Chirac, dans ses listes, laissait aux autres formations de la majorité deux cinquièmes des sièges. D'Ornano, sur ordre de l'Élysée – Chirac ne pouvait pas être dupe – faisait preuve à la fois de maladresse et d'une véritable animosité à l'égard des gaullistes.

Mais l'aspect le plus intéressant de ces lettres reste sans doute leur résonance « sentimentale ». Chirac, « carré », discipliné, officier de cavalerie qui aime le panache (il utilise d'ailleurs ce mot) veut que Giscard lui dise en face la vérité, « entre hommes ». La phrase « serait-ce trop demander qu'il me dise lui-même les raisons d'État qui amènent le gouvernement à vouloir s'opposer à ma candidature » en dit long. Pendant deux ans qu'il a été son Premier ministre, Chirac n'a jamais pu avoir une conversation franche, une explication loyale avec le « patron » qu'il servait. Il n'a jamais pu comprendre cet homme, il n'a jamais pu admettre ses faux-fuyants, ses dérobades, son double langage. Aujourd'hui, alors que la rupture est consommée, il est – presque – prêt à abandonner la mairie de Paris en échange d'une telle explication. Comme les vieux couples qui, une fois séparés, s'offrent le luxe de tout se dire. Mais Chirac ne court pas de grands risques. Il sait que Giscard n'aura même pas l'élégance d'accepter la rencontre – ou du moins s'il l'accepte c'est à condition que Chirac capitule par avance. Chirac en est déçu, peiné et sans doute vexé. Une fois de plus. Giscard le traite comme un domestique auquel on fait répondre par un nouveau serviteur et, en plus, il lui fait donner une leçon de gaullisme. Giscard oublie que le gaulliste c'est Chirac, il oublie que sans Chirac il ne serait pas à l'Élysée, il oublie que Chirac, lui, n'a pas été « congédié comme un domestique » mais qu'il est parti en claquant la porte. Chirac ne comprend pas ce mépris qu'affiche Giscard pour les autres et qui, à ses yeux, ressemble à une certaine lâcheté.

Le soir du vendredi 28 janvier, Chirac déclare : « je suis candidat, une fois pour toutes » (phrase sur laquelle connaissant Chirac, on aurait pu ironiser, Chirac allait, en effet, être désormais candidat à toutes les élections, c'était évident). Barillon écrit dans *Le Monde* : « Voilà donc consommée une rupture qui était plus que prévisible dès le 25 août 1976, date de la démission publique de M. Chirac et inévitable depuis qu'il avait annoncé le 3 octobre son intention de créer le Rassemblement Pour la République ».

Olivier Guichard, chef de file des gaullistes qui font partie du gouvernement, écrit au Premier ministre : « Accuser le Président du R.P.R. de diviser la majorité tout en tenant soi-même ce genre de propos relève de l'inconséquence ». Maladroitement les giscardiens ont réussi à ressouder la cohésion des gaullistes. Les « barons » qui depuis le lancement du R.P.R. étaient pour le moins sur la réserve n'ont plus le choix. Ils rejoignent une nouvelle fois Chirac qui leur a fait remarquer qu' « on a cherché à éliminer les gaullistes à Paris au profit d'un clan sans passé ni droit ».

Chirac commencera sa campagne le mardi 1er février par une conférence de presse à la Mutualité, dans le Ve arrondissement, arrondissement dans lequel il est né et où il a choisi de se présenter lui-même avec « l'ami Tibéri », qui, curieusement, est né, lui aussi, au 59 de la rue Geoffroy-Saint-Hilaire. Ce sera une campagne exemplaire, « à la Chirac », avec réunions, discours, visites de quartiers, poignées de main, conversations avec les passants, entrées dans tous les magasins, le tout tambour battant. Campagne qu'il mènera sur deux thèmes. Un thème politique : il faut battre les socialo-communistes et un thème « pratique » : il faut s'occuper de la vie quotidienne des Parisiens, des transports, de la circulation, du logement, de l'urbanisme, des jeunes, des sports, de la culture, de la santé, du prestige de Paris, autant de dossiers qui seront l'objet de conférences particulières mais qui seront repris, chaque jour, devant chaque auditoire. Et les Parisiens décrouvriront rapidement une nouvelle image de l'ancien Premier ministre que jusqu'à présent seuls les Corréziens connaissaient. S'il est dur, volontiers cassant quand il parle « politique », dès qu'il aborde les problèmes de la vie quotidienne, l'énarque devient « antitechnocrate », humain. *Le Monde* du 3 février note qu'il « s'est employé à donner de lui une image nouvelle. Tout en parlant de " rêve " de " cœur ", de “ solidarité ”, il s’est montré soucieux du détail des problèmes concrets et quotidiens capables de sauvegarder selon lui ce *chef d’œuvre en péril* qu’est le Parisien. »

Il n’y a aucun doute que Chirac surprend agréablement les électeurs parisiens quand il déclare : « Je veux aider les Parisiens à se défendre contre l’hostilité ou l’indifférence étouffantes qui les entourent. Je veux aider les Parisiens à se défendre contre la bureaucratie que l’administration d’une très grande ville secrète souvent malgré elle. Je veux aider les Parisiens à vaincre la peur et l’insécurité. Il faut que chaque habitant de Paris retrouve dans son quartier propre et vivant, la chaleur et l’humanité des collectivités faites à la mesure de l’homme. Je veux enfin défendre ce que représente Paris pour la France et le monde ».

Corrézien de Paris, il se sert de la nostalgie qu’ont tous les Parisiens, souvent provinciaux eux-mêmes, de la vie plus chaleureuse des villages.

Mais Chirac fait aussi sourire les Parisiens quand il déclare à Ivan Levaï en parlant de la candidature de d’Ornano (qu’il met déjà au passé) : « Vous voyez, cette candidature avait un inconvénient. Par le caractère un peu aristocratique de ses listes et de la famille qu’il représente (est-ce la famille d’Ornano ou la famille giscardienne?) elle n’était pas de nature à rassembler les suffrages populaires. » Chirac frappe au bon endroit. Les Parisiens sont fatigués du snobisme du régime. C’est l’époque où Raymond Aron écrit : «V.G.E. se conduit comme un roi. On pourrait dire qu’il a une philosophie orléaniste et un comportement bonapartiste » et tout le monde sait que Chirac avait scandalisé le Président quand un soir, au cours d’une réception officielle à l’Élysée, et alors qu’il était encore Premier ministre, il avait imposé une table de belote au milieu des tables de bridge présidentielles. Les Parisiens aiment mieux la belote que le bridge.

Cependant et contrairement à ce qu’affirmait Chirac lui-même rien n’était gagné d’avance pour lui. Chirac partait, comme toujours, avec la conviction qu’il allait l’emporter mais il partait aussi avec un certain nombre de handicaps très sérieux. La situation générale du pays n’était pas très brillante et beaucoup de Français, peu au courant des conflits qui avaient opposé le Président et son Premier ministre, pouvaient reprocher cette situation à Chirac. Tout Parisien qu’il soit, Chirac était, aux yeux de l’opinion publique, d’abord un Corrézien. Il pouvait donc apparaître comme un « parachuté » qui arrivait dans la capitale essentiellement pour satisfaire des ambitions politiques, voire pour assouvir un règlement de comptes personnel avec le président de la République. D’autre part, la récente création du R.P.R. politisait à outrance sa candidature et les Parisiens pouvaient avoir l'impression qu'il leur demandait moins d'élire un maire que d'adhérer à son mouvement. Enfin, la presse et notamment la radio et la télévision terriblement reprises en main par les giscardiens déclenchaient une véritable campagne anti-Chirac dans laquelle on le présentait non seulement comme un « diviseur » mais aussi comme le représentant dangereux de l'extrême droite musclée. C'était là toute la stratégie de Ponia et de Lecanuet. *Le Quotidien de Paris* du 16 février posait la question « Chirac est-il fasciste? ». Le communiste Pierre Juquin répondait « Ni plus ni moins que Giscard » et Maurice Duverger : « Ni plus ni moins que Ponia » mais Olivier Stirn – dont Chirac avait fait toute la carrière – s'illustrait une fois de plus en déclarant : « Chirac a besoin de se disculper d'une accusation que tout à fait logiquement, on est porté à lancer contre lui »...

Sentant le danger que représentait pour lui cette candidature de son ancien Premier ministre, Giscard a tenté de réagir. D'abord le 1er février au cours d'une curieuse émission télévisée dans laquelle il était « confronté » en direct à une soixantaine de Français inconnus et soi-disant représentatifs, ensuite, le 9, dans un discours « historique » à Ploërmel. Giscard sait que Chirac joue la « dramatisation » devant le péril socialo-communiste et reproche au Président sa faiblesse, ses hésitations à la tête de l'État. Il va donc faire preuve d'autorité et... dédramatiser. « Il n'appartient pas, dit-il, à tel ou tel responsable d'un parti politique de dicter ses conditions au président de la République en cas de victoire de ses amis politiques » ce qui vise aussi bien Mitterrand et Marchais que Chirac. Le Président tape donc sur la table pour affirmer qu'il est bien le « patron », tout en faisant entendre que, même en cas de victoire de la gauche en 78, il restera à l'Élysée et que donc il n'y aura pas de « drame » mais une alternance constitutionnelle. C'est là, aux yeux de Chirac, une double erreur : d'abord cette attitude est contraire à l'esprit des institutions, ensuite, et surtout, elle incite presque les Français à essayer les charmes de l'alternance.

Si le ton employé par Giscard à Ploërmel surprend les commentateurs politiques qui, comme Philippe Tesson, se demandent soudain, et enfin : « Aurait-on trouvé un Président ? » et ajoutent : « Il y a dans ses propos une telle fermeté que peu à peu se dissipait le brouillard de tolérance tranquille derrière lequel, depuis qu'il est au pouvoir, le chef de l'État abrite ses hésitations, ses incertitudes et ses insouciances » le public, lui, ne comprend toujours pas.

Chirac se contente d'ailleurs de déclarer en réponse aux « attaques » de Giscard : « Je ne me sens pas du tout concerné par les déclarations faites à Ploërmel (...) De toute façon, fidèle à la règle que je me suis imposée depuis toujours, je ne veux faire de commentaire ni sur les propos du président de la République ni sur l'exercice personnel du pouvoir qu'il tient de la Constitution et dont il est le garant. » Dix ans plus tôt, le 17 août 67, au lendemain du célèbre « Vive le Québec libre! » du Général, Giscard qui, lui aussi, était alors « en réserve de la majorité », s'en était pris à « l'exercice solitaire du pouvoir ». Chirac parle « d'exercice personnel du pouvoir ». Le Général est vengé!

Quelques jours plus tard, le 14 février, à Saint-Nazaire, au cours d'une grande réunion publique et en présence de deux ministres gaullistes, Olivier Guichard et Vincent Ansquer, le candidat à la mairie de Paris ira plus loin puisque après avoir redit : « La désignation par le pouvoir d'un candidat maire pour Paris procédait de la volonté d'éliminer les élus gaullistes, on ne peut unir en commençant par éliminer ce qui au départ constitue la force principale », il s'écriait : « Il faut en revenir aux principes fondamentaux de la République, à ces principes qui ont été soit négligés soit interprétés avec laxisme ou paresse d'esprit. Il est temps de rendre à l'État son autorité, c'est-à-dire une détermination sur l'essentiel ». Laxisme, paresse d'esprit, manque de détermination sur l'essentiel, tout le monde a compris qui était visé. Mais pour ceux qui n'auraient pas encore compris, le président du R.P.R. ajoute encore : « l'État ne doit pas se dévoyer dans la surveillance tatillonne de toutes les formes d'activité alors même qu'au niveau suprême, là où doit s'affirmer, en toute clarté, une volonté nationale, la certitude semble faire défaut ». Le lendemain *La Lettre de la Nation* écrit : « Quand on veut ne faire de peine à personne, on choisit Vichy ». On le voit, le ton devient aigre entre le R.P.R. et l'Élysée.

Giscard en s'opposant à ce que Chirac vienne en aide à la majorité pour ces municipales, oblige son ancien Premier ministre à expliciter les raisons de son départ de Matignon. Et Chirac marque alors des points, non seulement dans la course à la mairie de Paris, mais aussi en tant que Président du R.P.R..

La campagne proprement dite sera marquée par un certain nombre d'incidents bien révélateurs. Jacques Dominati ayant imprudemment affirmé : « Chirac ne sera jamais maire de Paris. Il y aura une majorité de conseillers de Paris qui ne voteront sûrement pas pour quelqu'un qui a divisé la majorité », Chirac ripostera : « Si cela veut dire que les listes de M. d'Ornano préféreraient voter pour un candidat socialo-communiste plutôt que pour leurs alliés, alors qu'on le dise » (*France-Soir* du 11 février). Poniatowski, toujours ministre de l'Intérieur, ayant estimé que « Chirac a bien peu de chance d'être élu », Chirac s'indignera de ces propos « assez scandaleux » de la part d'un membre du gouvernement « en train de dépasser les bornes de la décence » et exigera (en vain) « la neutralité des membres du gouvernement ». Il y aura « l'affaire Lafay ». Le docteur Bernard Lafay étant mort brusquement, le 13 février, après que Michel d'Ornano lui eut proposé – inutilement – pour qu'il s'écarte en sa faveur, un portefeuille de ministre, un siège au Conseil constitutionnel et un fauteuil d'académicien (!), son fils, le docteur Philippe Lafay fait savoir qu'il est candidat, derrière Chirac et parle de d'Ornano et le qualifiant « d'adversaire de mon père ». Il y aura « l'affaire Françoise Giroud » à laquelle les gaullistes reprocheront non seulement d'avoir fait campagne pour Mitterrand, non seulement d'être secrétaire d'État à la Culture, mais aussi et surtout de se présenter contre Nicole de Hauteclocque et de se vanter dans ses tracts d'une médaille de la Résistance qu'elle n'a jamais eue. Etc.

Bref, ce fut une campagne au cours de laquelle Chirac pour la première fois vraiment « tête de liste » du chiraquisme devint « adulte », leader incontesté du mouvement gaulliste et rival évident de Giscard.

Tout avait été très logique. Les pompidoliens n'avaient pas voulu de Chaban et ils avaient « fait » Giscard. Le giscardisme était donc devenu une réalité et le gaullisme n'avait plus eu qu'à s'éloigner et qu'à se réorganiser. Une fois rénové, il ne pouvait plus qu'affronter le giscardisme. Le dynanisme de Chirac, les conseils de Pierre Juillet et de Marie-France, toujours très présents, le hasard des échéances électorales, le jeu de Ponia et de Lecanuet n'avaient fait qu'accélérer cette logique. Le tout était de savoir maintenant si ce dynamisme allait être accepté par les Français et surtout s'ils allaient donner raison à ce chiraquisme qui prônait l'effort, le sursaut, l'initiative, le sens de l'État et bien d'autres idées qui paraissaient terriblement oubliées dans une société en pleine crise et qui semblait plus encline à voir dans l'État un organisme d'assistance sociale qu'un animateur ou qu'un aiguillon.

Les résultats des municipales donneront raison à Chirac : les Français ne veulent plus de la majorité de Giscard et donc le danger socialo-communiste est une réalité. Sur les 221 villes de plus de 30 000 habitants qui servent toujours de références dans ces élections difficiles à observer dans leur ensemble, la gauche qui ne contrôlait que 98 municipalités (soit 44 %), en contrôle désormais 156 (soit 71 %). Le P.S. en « possède » désormais 81 (donc un gain de 35 villes), le P.C. 72 (donc un gain de 22 villes). La majorité a perdu, – la liste est impressionnante – : Albi, Alençon, Angers, Beauvais, Béziers, Bourges, Châlons-sur-Marne, Chambéry, Chartres, Cherbourg, Épinal, Hyères, Le Creusot, Le Mans, Mâcon,

Mantes, Montpellier, Nantes, Poitiers, Reims, Rennes, St-Chamond, St-Étienne, St-Malo, Thionville, Valence et Villeurbanne. On le voit, c'est l'hécatombe!

Mais à Paris, Chirac a gagné. Ses listes recueillent 54 sièges, celles de d'Ornano (qui lui-même est battu) 15 sièges, celles de la gauche, 44. Le soir du deuxième tour, on déclare dans les milieux politiques : « Giscard a perdu, Mitterrand et Chirac ont gagné! » Mais ce n'est pas si simple que cela. Si Chirac a eu raison dans toutes ses analyses quant au danger des socialo-communistes et au besoin urgent de réveiller la majorité et d'adopter une attitude offensive, et s'il est heureux de l'avoir emporté, l'analyse précise des chiffres l'inquiète un peu. Le R.P.R. n'a pas pu retrouver tout l'électorat gaulliste. Les quartiers populaires de Paris comme le 2e, le 3e ou le 18e ont préféré les listes de d'Ornano (qui ne l'ont toutefois pas emporté contre la gauche dans ces quartiers) à celles de Chirac. Le R.P.R. a donc été poussé vers la droite par les giscardiens. Lançant son rassemblement, Chirac espérait attirer à lui par un « travaillisme à la française » (ce qui n'était sans doute pas une formule heureuse) et avec un programme qui, par moments, pouvait séduire certains éléments de la gauche (l'imposition du capital par exemple, idée qui était, elle aussi, contestable) des personnalités ou des électeurs du centre gauche. Mis à part Edgar Faure – mais était-ce la gauche? – il n'avait attiré personne et pas même les syndicats de la C.G.C. ou de F.O. Ces municipales démontraient que le R.P.R. n'avait pas pu mordre sur l'électorat qui continuait à rejoindre Mitterrand.

Le 25 mars 1977, Jacques Chirac, président du R.P.R., député de la Corrèze, conseiller général de Meymac, président du conseil général de la Corrèze, était élu maire de Paris par 67 voix contre 40 au communiste Fizbin. On était à un an des législatives.

XIV

GAGNER LES LÉGISLATIVES DE 78!
1977-1978

« Quand après avoir été élu maire de Paris, j'ai franchi pour la première fois le seuil de l'Hôtel de Ville et que j'ai rencontré sous la voûte la statue équestre noire et glacée que j'ai prise tout d'abord pour celle d'Étienne Marcel, je me suis fait avec soulagement la remarque que pour la première fois de ma vie je n'étais l'employé de personne. J'étais le peuple de Paris qui emménageait dans ses meubles. Je me souvins alors que si j'étais né politiquement en Corrèze, j'avais vu le jour à Paris. Je sentais biologiquement, pourrait-on dire, que ces deux naissances, ces deux racines m'étaient indispensables, ensemble » (Entretien avec l'auteur).

Cette élection de Chirac à la mairie de Paris va, bien sûr, changer beaucoup de choses. Comme Chirac l'avait dit lui-même à Giscard, en 1975, et alors qu'il ne pensait pas une seule seconde être un jour ce maire de Paris, un maire de la capitale, élu au suffrage universel, devenait pour peu qu'il ne soit pas entièrement d'accord avec le président de la République un rival redoutable. Avec un budget considérable, avec des dizaines de milliers de fonctionnaires, mais surtout avec le prestige de la capitale, l'autonomie et la légitimité conférées par ce suffrage universel, le maire de Paris avait plus de poids politique que le Premier ministre, que n'importe quel ministre et que n'importe quel chef de parti politique. Or, précisément, Chirac n'était pas entièrement d'accord avec le président de la République et cette élection à la mairie contre le candidat officiel de l'Élysée l'avait encore souligné.

D'autre part, il était évident – et quel que soit le dynamisme de Chirac – que cette élection n'avait rien à voir avec une élection dans une simple circonscription où, en effet, un candidat peut s'imposer par sa seule personnalité. Si en Corrèze, c'était, bien souvent, Chirac, et lui seul, qui gagnait, à Paris c'était Chirac-président du

R.P.R., Chirac-gaulliste, Chirac contestant la politique de Giscard qui avait gagné. L'échec des candidats de la majorité partout ailleurs dans le pays l'avait d'ailleurs confirmé. Cette élection valait tous les sondages, toutes les partielles, toutes les analyses. Si François Mitterrand brusquement débarqué à Paris, avait été élu maire de la capitale, n'aurait-on pas dit que l'opposition avait remporté la plus brillante des victoires? Et c'était d'autant plus vrai que si Chirac en Corrèze se présentait parfois comme un radical bon teint, un héritier plus encore de Queuille que de Pompidou et un excellent gestionnaire des intérêts de la circonscription, à Paris, il s'était affiché ostensiblement comme le président national d'une famille politique.

En fait, la situation en ce printemps 1977 est parfaitement incohérente. L'opposition de gauche semble avoir la majorité dans le pays et, au sein de la majorité officielle, ce sont les chiraquiens qui apparaissent évidemment comme le seul élément dynamique capable de renverser les choses. Mais les chiraquiens n'étaient ni à l'Élysée, ni à Matignon, ni au gouvernement – ou pratiquement pas – et les institutions les obligeaient à approuver au Parlement, où ils étaient le groupe le plus important, une politique qu'ils désapprouvaient. Et même si Chirac déclare alors : « Au titre du pluralisme, j'affirme l'originalité et l'indépendance du R.P.R. », on ne voit pas très bien ce qu'il peut faire d'autre que de « l'opposition de couloir » puisque, contrairement à toute logique et à tout sens des réalités, Giscard ne veut toujours pas tirer les conséquences évidentes de ses échecs électoraux et du succès de son ancien Premier ministre.

Tout comme le scénario de 74 des « comploteurs de la rue Margueritte » – imposer, de Matignon, à un Président esseulé la bonne politique –, le scénario de 76 des « comploteurs de Puy-Judeau » – imposer, avec un parti fort, à un président hésitant la bonne politique – achoppe sur l'entêtement de ce président perdu dans ses rêveries, entouré par ses conseillers, coupé des réalités et protégé par la Constitution.

Au comité central du R.P.R. de mars 1977, Michel Debré dit à haute voix ce que beaucoup de responsables pensent en eux-mêmes : « Notre seule chance serait que Giscard s'efface pendant un temps et qu'un gouvernement de salut public prenne en main la direction des affaires. » Debré qui a l'obsession des gouvernements de salut public se verrait très bien à la tête d'un tel gouvernement, mais beaucoup de membres du R.P.R. imaginent volontiers Chirac à ce poste. Après tout si on en est là, n'est-ce pas tout simplement parce qu'en 74, à la mort de Georges Pompidou, Chirac avait été considéré comme trop jeune, trop inexpérimenté. S'il n'a que trois ans de plus, il a maintenant toute l'expérience nécessaire. Mais le maire de Paris qui sait très bien que jamais Giscard ne se retirera de lui-même ne peut que continuer sa politique commencée dès août 76 : préparer les législatives de 1978.

Au lendemain de son élection à la mairie, il déclare : « Nous ne pouvons plus faire de sentiment à un an des législatives » et il ajoute : « Je conduirai, s'ils y consentent tous ceux qui entendront s'opposer au risque de servitude communiste. » Le maire de Paris président du R.P.R. prend la direction des opérations, la tête de la majorité, Giscard et Barre n'existent plus. Ils ont fait la preuve de leur incapacité à barrer la route aux socialo-communistes. Le président de la République réagit tout de suite : « C'est Raymond Barre qui conduira la majorité lors des législatives » ce à quoi, excédé, Chirac réplique par un très insolent : « Je n'attache pour ma part aucune importance à des querelles consistant à savoir qui possède le titre de chef de la majorité. Laissons les titres de fantaisie, les marquis de Carabas ou les grands mamamouchis aux contes de fées et à la comédie. » Déclaration qui en dit long sur l'exaspération de Chirac devant les rêves, les contes de fées, le goût des honneurs, des titres de fantaisie et le machiavélisme de pacotille, la comédie des mamamouchis du chef de l'État.

Les douze mois qui vont séparer les élections municipales des législatives seront, en fait, le combat quotidien d'un Chirac pris entre deux feux, ou plus exactement tirant contre deux objectifs bien distincts : l'ennemi officiel, Mitterrand et sa pseudo-coalition socialo-communiste, et l'ennemi « officieux », c'est-à-dire cet allié officiel dont la politique et les maladresses font, aux yeux de Chirac, le jeu de l'adversaire, son lit, mais aussi le malheur de la France. Sur son fil de funambule, le président du R.P.R. va avoir à la fois à déjouer les pièges que lui tendront ses faux alliés de la majorité (qui souhaitent, pour certains, visiblement moins battre les socialo-communistes qu'écraser le R.P.R.) et à résister à ses propres troupes qui souhaiteront à maintes reprises provoquer le véritable affrontement avec Giscard et l'éclatement de la majorité. Chirac va passer ces mois à élaborer des pactes avec ses partenaires de la majorité et à... contrer les attaques de Lecanuet, de J.-J. S.-S. et même de Raymond Barre (qui, au fil des mois, prendra une évidente réalité politique). Il va aussi passer ces mois à contester, à la tête de ses troupes, la politique économique et étrangère du gouvernement et à... obliger son propre groupe parlementaire à voter, à chaque fois en faveur de cette politique. Bref, à être à la fois un allié de Giscard (vis-à-vis de Mitterrand), un adversaire de Giscard (vis-à-vis de Lecanuet et des autres) et un défenseur de Giscard (vis-à-vis de certains gaullistes). Un rôle pour le moins difficile. Il est dans la majorité et dans une « certaine » opposition permanente.

Le 22 mars, tirant les leçons des municipales et semblant donner raison au président du R.P.R., le président de la République lui propose un pacte « franc et loyal » et déclare : « A partir d'aujourd'hui la majorité doit mettre fin à ses divisions tout en maintenant son pluralisme, se concerter pour arrêter en commun accord un programme d'action pour la prochaine législature et une organisation cohérente. » C'est ce que Chirac réclamait depuis longtemps. Le 30 mars Chirac répond oui « Nous sommes prêts à l'union dans la loyauté et la dignité » ajoutant cependant « Nous exercerons notre vigilance pour nous assurer que la politique gouvernementale tient compte, comme il se doit, de notre point de vue » et il précise encore mieux les choses : « Le pays a montré qu'il était las d'une certaine manière de parler des réformes (...) Il y a un bon et un mauvais usage des réformes. Les vraies réformes sont celles qui expriment l'évolution des mentalités, qui rencontrent le consentement populaire et non pas celles qui divisent ou qui troublent la conscience nationale. Ce ne sont pas celles que dans une agitation permanente on égrène les unes après les autres comme s'il y avait une sorte de péché pour un gouvernement à ne pas publier chaque jour un train de mesures nouvelles. La vraie réforme n'est pas celle qu'on annonce mais celle qu'on fait. » Visiblement, Chirac avait depuis un bon moment – depuis le « chantier de réformes » – ces quelques phrases sur le cœur et qui n'étaient rien d'autre que la plus terrible des critiques de l'attitude du Président.

Ce même 30 mars, Raymond Barre a formé un nouveau gouvernement pour souligner la volonté présidentielle de réagir aux municipales et de repartir sur un bon pied. La caractéristique essentielle de ce « remaniement » est le départ des trois « politiques », Poniatowski, Lecanuet et Guichard, le R.I., le C.D.S. et le gaulliste, la trilogie qui depuis l'élection de Giscard symbolisait le régime. Barre a réussi à obtenir ce dont Chirac avait rêvé pendant deux ans à Matignon : se débarrasser de Ponia et de Lecanuet. Le Premier ministre n'aura plus de « ministres d'État » à ménager. Il n'y aura plus de « vice » Premiers ministres. Mais c'est aussi un pas de plus vers la majorité présidentielle qui n'apparaît plus ainsi comme étant l'émanation de la majorité parlementaire. En « dépolitisant » le gouvernement, on élimine les forces politiques qui ne se trouvent pas à l'Élysée ou à Matignon. On vise donc bien évidemment le R.P.R. Pour que les apparences soient, tout de même, sauvegardées, le gaulliste Alain Peyrefitte remplace Guichard à la Justice (mais chacun sait qu'il est en marge du chiraquisme), le R.I. Christian Bonnet remplace Poniatowski à l'Intérieur et les amis C.D.S. de Lecanuet Mehaignerie et Monory héritent respectivement de l'Agriculture et de l'Industrie. Barre a éliminé la majorité parlementaire du gouvernement au moment où le R.P.R. s'apprêtait à contre-attaquer avec le Parlement.

Chirac ne s'y trompe pas : « Je ne vois pas très bien où l'on veut en venir en enfermant les partis et les mouvements politiques de la majorité dans une sorte de ghetto politique, en déclarant qu'il doit y avoir une séparation complète entre l'action gouvernementale et l'action des partis. Je ne vois pas très bien comment ce phénomène ne provoquerait pas une certaine démobilisation au moment même où l'action devient éminemment politique » (au Club de la presse d'Europe n° 1, le 1er avril 1977).

Le 15 avril, on apprend que le seuil tragique du million de chômeurs a été dépassé. Ce jour même le Président réunit ses ministres pour un... « séminaire de réflexion » au château de Rambouillet autour de son Premier ministre qu'il a qualifié peut-être un peu vite de « meilleur économiste de France » et dont il fera bientôt le « Joffre de l'économie ». L'indice des prix est franchement mauvais (+ 0,9 %) et les mesures d'assainissement de la Sécurité Sociale – diminution de 30 % de certains remboursements – provoquent des tollés de protestation. Bref, le « plan de redressement » du professeur Barre n'arrête ni l'inflation ni la montée du chômage.

Fin avril, Barre présente à la demande de Giscard un « plan de douze mois » pour tenter de calmer un peu les choses avant les législatives. Le « plan Barre bis » se résume à quelques mesures sociales pour les familles, pour les personnes âgées, pour les jeunes chômeurs et à une prime de 10 000 francs pour les chômeurs immigrés qui accepteraient de repartir chez eux. Ce n'est pas de la « relance », Giscard et Barre continuent à préférer lutter contre l'inflation que contre le chômage et jouent toujours la carte dangereuse du « refroidissement ».

Le débat à l'Assemblée sera tout à fait symptomatique des relations entre le R.P.R. et le gouvernement. Les mots iront très loin. Barre dira entre autres amabilités : « Si j'avais le désir de critiquer mes prédécesseurs, je n'en aurais pas le temps, tellement on m'a laissé de choses à faire, à défaire, à refaire », ... « les gaullistes sont les muscadins de l'économie » et quand Chirac affirmera que « ce qui est aujourd'hui le plus inflationniste c'est le chômage », son successeur ira jusqu'à répondre : « Je laisse à quelques esprits originaux, dignes de rivaliser avec les précieuses ridicules, le soin de soutenir que le chômage est source d'inflation. » Enfin à Claude Labbé qui s'écriait : « Nous ne sommes pas pour le

“ oui, mais ”, nous sommes pour le “ non, sauf ” », Raymond Barre dira : « Vous lisez un discours que vous n’avez pas écrit! » ce qui provoquera un vif incident et fera croire à certains que le R.P.R. a l’intention de provoquer une crise gouvernementale. On voit l’atmosphère! Finalement et pourtant, Chirac fera voter son groupe, ce qui permettra à Barre de conclure : « Ce qui compte pour moi c’est le vote » avec donc un beau mépris pour la discussion au sein de la majorité. Débat symptomatique car le désaccord entre la philosophie économique de Giscard et Barre (priorité à la lutte contre l’inflation) et celle de Chirac (priorité à la lutte contre le chômage) sera étalé au grand jour, que les attaques seront directes et que Chirac, refusant toujours de déclencher une crise, sera obligé après avoir critiqué sans ménagement l’action du gouvernement, de voter et de faire voter les siens pour cette politique.

Mais tout en acceptant, par « solidarité majoritaire » le plan « Barre bis », Chirac n’en continuera pas moins à présenter « sa » politique économique. Le 6 mai 1977, après avoir déjeuné à Matignon avec le Premier ministre, Chirac est dans la soirée à Montbéliard, dans le fief du socialiste André Boulloche. Il déclare : « L’objectif numéro un doit devenir le plein emploi. Nous ne pouvons plus rester dans ce domaine comme dans d’autres sur la défensive : il faut contre-attaquer. La bonne réponse au chômage ce n’est pas l’assistance, c’est la croissance. Il arrive un moment où il est absurde de consacrer des crédits considérables à aider les inactifs alors qu’une utilisation différente de l’argent public pourrait permettre de développer des activités nouvelles créatrices d’emplois. Il faut résister à la pseudo-fatalité des abandons. » Le débat économique entre Giscard et Chirac est d’autant plus intéressant qu’il ressemble à s’y méprendre au débat politique. Tout comme il reproche au président de la République son « attentisme » politique qui « transformera immanquablement la majorité en minorité », Chirac lui reproche, en matière économique, son refus de contre-attaquer. C’est à la fois une différence de philosophie et une différence de tempérament chez les deux hommes.

A la mi-mai 1977, va commencer un « malentendu » qui marquera toute la préparation des législatives. Giscard ayant déclaré qu’il fallait que la majorité soit « pluraliste », ayant affirmé qu’il resterait à l’Élysée même en cas de victoire de la gauche, Chirac en a conclu, tout logiquement, que ni le Président ni le Premier ministre ne pouvaient donner d’investitures pour ces élections, qu’ils s’étaient l’un et l’autre mis « hors du coup ». Le 14 mai, devant les 105 secrétaires départementaux du R.P.R., il est très clair : « Il y a une réalité politique. Le Président de la République se réserve d’indiquer quel est le bon choix pour les prochaines élections législatives sans que sa responsabilité soit engagée par les résultats de ces élections. Il a exprimé son intention de rester à son poste en cas de victoire du programme commun. Il en a le droit et la légitimité. Mais il a renoncé de ce fait à investir des candidats. Le général de Gaulle et Georges Pompidou pouvaient le faire puisqu'ils liaient leur destin à celui des candidats qui s'étaient engagés à les soutenir. Voter pour ceux-ci, c'était voter pour eux. En conséquence si le président de la République ne peut pas donner d'investiture, le Premier ministre ne peut pas en donner non plus puisqu'il ne tient sa légitimité que de la délégation du Président. Celui-ci ne peut pas déléguer un pouvoir auquel il a renoncé. Donc si le Premier ministre donne des investitures personne ne pourra en tenir compte. C'est aux formations politiques qu'il revient d'investir leurs candidats dans le cadre d'un pluralisme organisé. »

La logique de la démonstration est parfaite. Giscard n'a pas son mot à dire, Barre non plus. C.Q.F.D. Jacques Chirac est, bien sûr, et il le sait, d'une totale mauvaise foi. Jamais le président de la République n'a annoncé qu'il renonçait à s'occuper des législatives, mais Chirac le prend au mot et se sert de la contradiction qu'il y a à affirmer à la fois qu'on va désigner le bon choix et que même si on est désavoué par les électeurs on restera à l'Élysée comme arbitre. C'est de bonne guerre. Alain Peyrefitte membre du R.P.R. et du... gouvernement aura besoin de toutes ses capacités de normalien et d'énarque pour sortir de ce piège par une pirouette : « M. Barre est, constitutionnellement le chef de la majorité, M. Chirac en est le principal leader » (leader voulant d'ailleurs dire chef en anglais).

Trois jours plus tard et comme l'avait souhaité le Président, Chirac propose aux Républicains Indépendants, aux centristes et aux radicaux valoisiens un « pacte majoritaire », réduit en fait à sa plus simple expression puisqu'il se contente de prévoir des engagements de désistement au second tour en faveur du candidat le mieux placé au premier tour, ainsi que l'engagement que prendraient les candidats ayant l'investiture de la majorité de... réserver leurs attaques à l'opposition.

Le mois de juin 1977 sera marqué par le débat au Palais-Bourbon sur « la ratification du texte prévoyant l'élection au suffrage universel de l'Assemblée européenne ». Les gaullistes et Chirac le premier avaient toujours désapprouvé ce projet, même si Chirac était Premier ministre quand il était passé en Conseil des ministres et qu'il y avait été approuvé « à l'unanimité » (c'était en juillet 76 et Chirac était démissionnaire). Alors que ce débat aurait dû permettre à la majorité de souligner les divergences entre le P.S. et le P.C. sur ce problème européen, il tourna rapidement en une querelle personnelle entre Barre et Chirac, le Premier ministre reprochant à son prédécesseur d'avoir soi-disant « fait volte-face » et le président du R.P.R. se voyant alors contraint de révéler, en public, les délibérations du Conseil des ministres et plus encore les habitudes de Giscard : il avait appris les projets du Président en écoutant la radio et n'avait pas été consulté sur cette affaire alors qu'il était pourtant le... deuxième personnage de l'État. Raymond Barre sera obligé d'engager la responsabilité du gouvernement pour faire passer le texte, le 15 juin. Depuis le débat sur son deuxième plan de redressement, Barre avait compris – mais Chirac le disait ouvertement – que les gaullistes ne prendraient jamais la responsabilité de provoquer une crise. Mais ce débat européen permettait à Raymond Barrillon d'écrire – une fois de plus, serait-on tenté de dire – dans *Le Monde*, du 17 juin 77 : « Le désaccord fondamental qui existe entre M. Giscard d'Estaing et son ancien Premier ministre a éclaté au grand jour (...) Au fur et à mesure que les semaines passent le conflit s'aggrave inexorablement au sein d'une majorité sur laquelle on ne voit vraiment plus quelle autorité pourrait exercer le chef du gouvernement. »

Le 24 juin, Chirac adresse une lettre à Jean Lecanuet, président du C.D.S., à Jean-Pierre Soisson, secrétaire général du P.R. (Les Républicains Indépendants se sont transformés, le 19 mai, en Parti Républicain avec peut-être l'espoir de créer une confusion entre R.P.R. et P.R.), à Jean-Jacques Servan-Schreiber, président du Parti Radical et à Bertrand Motte, président du C.N.I., leur proposant une « rencontre au sommet ».

Le 8 juillet, Giscard parle à Carpentras. S'il affirme un peu présomptueusement qu' « à la fin de l'année, la France sortira à la fois de la crise et de l'inflation, sans drame et sans affrontement », il condamne, pour une fois, très nettement le programme commun de la gauche, appelle de ses vœux l'organisation de la majorité et demande au Premier ministre de s'en occuper. Chirac, poursuivant le malentendu se félicitera du soutien qu'apporte Giscard à son initiative d'un « pacte majoritaire » et l'ancien coordinateur notera qu'il « est, en effet, indispensable que le Premier ministre participe, lui aussi, par l'action que mène le gouvernement, à la bataille d'ensemble ».

Le 19 juillet 77, c'est au siège du C.D.S., boulevard Saint-Germain, le « sommet de la majorité » qu'avait proposé Chirac. Soisson pour le P.R., Lecanuet pour le C.D.S., Durafour pour les réformateurs et Bertrand Motte pour le C.N.I. signent avec le président du R.P.R. le « pacte majoritaire » qui prévoie les désistements pour le second tour. Les seuls absents sont les radicaux qui, le 15 mai dernier, ont réélu à leur présidence J.-J. S.-S. et non Edgar Faure « trop gaulliste » à leurs yeux. J.-J. S.-S. dont on connaît la haine qu'il porte aux gaullistes et à Chirac, commente ce sommet en affirmant qu'il s'agit d'un « syndicat de sortants », ce qui dans sa bouche ne manque évidemment pas de sel. Barre n'est guère plus aimable. Il bougonne : « Je trouve le terme de sommet bien prétentieux » et surtout il menace : « Il y aura des choses en septembre ». Chacun a compris. Le Premier ministre – que Chirac avait pourtant prévenu de sa démarche et qu'il avait convié à envoyer un observateur au sommet – n'a pas l'intention d'abandonner le rôle de coordinateur que lui a confié le Président et il va passer l'été à préparer « quelque chose » c'est-à-dire, en clair, à torpiller Chirac. Giscard qui s'est, maladroitement, mis hors-jeu avec sa curieuse interprétation de la Constitution, ne veut pas que Chirac en profite et a donné des ordres formels à son Premier ministre.

L'été 77 va être étonnant. D'une part, l'union de la gauche va éclater – en direct à la télévision – à propos de « l'actualisation du programme commun », les communistes demandant notamment de nouvelles nationalisations à ajouter sur la liste et Chirac déclarera : « Il n'y a pas de place pour deux crocodiles mâles dans le même marigot. » D'autre part, l' « union » de la majorité va, elle aussi, en prendre un sérieux coup. Alors que Chirac lance le 26 août, à Périgueux une « campagne nationale d'explication » à travers le pays, Barre réunit, tous les mercredis de cet été, en grand secret et dans le pavillon de musique du parc de Matignon tous les dirigeants de la majorité, ... sauf ceux du R.P.R. Chirac s'écrie : « Moi, je n'organise pas de réunion dans le fond de mon jardin. Je n'ai pas de pavillon de musique, ce qui ne me permet pas d'organiser des coups fourrés pour ensuite accuser les autres d'être des diviseurs. » La phrase de Chirac sur les deux crocodiles mâles semble soudain s'appliquer à merveille, aussi, à la majorité. Alors que le président du R.P.R. déclare que « la majorité est unie pour l'essentiel » tout en précisant qu'il y aura beaucoup de primaires puisque « c'est aux électeurs de choisir et non aux états-majors » et que le 5 septembre, R.P.R., P.R., C.D.S. et C.N.I. ont signé un « manifeste », J.-J. S.-S. annonce le 7 septembre, visiblement avec la bénédiction de l'Élysée et de Matignon, qu'il « y aura partout des candidats uniques du Front anti-R.P.R. » ce qui lui vaut d'être traité de « Turlupin de la politique » par Chirac...

Tout cela était en fait, toujours, dans « la logique des choses ». Contestant depuis 74 le centrisme hésitant de Giscard, Chirac, patron du mouvement le plus puissant de la majorité, estimait avoir le droit d'être, hors du gouvernement, le coordinateur de cette majorité qu'il n'avait pas pu être alors qu'il était à Matignon. Et les autres – à commencer par le Président – refusant, de plus en plus, la politique et l'attitude volontaristes du chef des gaullistes voulaient le « marginaliser » et s'entêtaient à croire qu'ils pourraient, maintenant qu'ils avaient chasser le gaullisme de l'Élysée et de Matignon, créer une grande force politique centre-centre gauche, capable de remplacer la puissance d'un gaullisme qui n'avait plus de raison d'être, à leurs yeux. La rupture du programme commun leur avait d'ailleurs donné un nouvel espoir de mordre sur la gauche, analyse absurde pour Chirac qui, pensait, au contraire, que les socialistes, ainsi débarrassés en apparence des communistes, n'en devenaient que plus dangereux.

N'espérant plus coordonner la majorité, Chirac va passer tout l'hiver 77-78 à mener campagne pour... son propre compte. On le verra partout, à Menton, à Metz, à Avignon, à Melun, à Mont-de-Marsan, à Grenoble, aux quatre coins du pays. Partout, il répétera les exigences des gaullistes : – Un retour à l'autorité : « L'immense majorité de la population voudrait enrayer le processus de décadence qu'elle ressent amèrement. Mais elle ne peut s'exprimer directement et la plupart de ses élus adoptent une excessive modération pour ne heurter personne. On est parvenu à une telle méconnaissance de la tradition démocratique que beaucoup redouteraient de passer pour réactionnaires sinon pour fascistes en invoquant le respect de la loi » (au congrès des maires R.P.R., le 10 septembre 77), – une politique volontariste de l'économie : « Outre la résorption du chômage, la croissance permettra seule de répondre à tous les besoins non satisfaits qui restent considérables puisque de trop nombreux îlots de pauvreté n'ont pas encore été réduits » (aux journées parlementaires R.P.R. de Menton, le 29 septembre 77) – une démocratisation du quotidien : « A l'heure présente, la fonction publique semble être la résultante contrastée des pesanteurs bureaucratiques qui s'y manifestent à la base et des prétentions technocratiques qui s'y exercent au sommet (...) Il faut bâtir une nouvelle fonction publique plus proche des administrés » (Paris, le 19 novembre 77), etc. Bref, au fils des jours, Chirac puisqu'il ne peut qu'être le président du R.P.R., défendra son programme plus que celui de la majorité et, à bien des égards, ce n'est pas le même.

Giscard commet là une grave erreur : voulant marginaliser celui qu'il considère comme un rival, il oblige Chirac à se démarquer de plus en plus. Chirac lui avait proposé un pacte devant l'ennemi commun (quitte à régler plus tard les différents), le Président a refusé et a donc fait de Chirac un inévitable candidat à l'Élysée pour 81. On ne refait pas l'histoire mais on peut toutefois se demander si Giscard – au lieu de pousser Barre à créer un front anti-R.P.R. – avait joué ce pacte, ce qui se serait passé. Il est vraisemblable que Giscard aurait ainsi « tenu » son rival potentiel. Mais c'est une autre histoire.

N'étant pas lié par une quelconque « solidarité majoritaire » qu'on lui refuse, le maire de Paris va être plus libre pour critiquer l'action du gouvernement. Dès le 22 septembre 77, il se montre « réservé » à l'égard de la politique économique de Raymond Barre et des mesures de relance effectivement bien modestes et visiblement prises à contrecœur par le professeur d'économie. Chirac déclare au déjeuner de l'Association des journalistes économiques : « Il faut remettre en vigueur une vraie planification. Notre économie est en ce moment ultra-dirigiste mais elle n'est pas dirigée. » Le 22 octobre, à Metz, s'il s'en prenait comme d'habitude au programme « démagogique de la gauche socialo-communiste », il ajoutait que le R.P.R. refusait tout autant « les solutions de la droite libérale, conservatrice, orthodoxe, classique avec laquelle nous sommes pour le moment associés dans la majorité et qui ont pour symbole le plus absurde la politique de l'indice et le contrôle des prix ». On remarquera le « pour le moment ». Le 7 novembre, quatre jours après l'annonce par Barre de mesures de taxations des prix, Chirac déclare devant les P.M.E. : « Sans réforme d'ensemble, toute mesure se limitant à la taxation des prix apparaît comme inefficace, inutile et vexatoire. »

Début décembre, un sondage affirme qu'en cas de législatives, l'opposition recueillerait 55 % des voix, que le R.P.R. maintiendrait son électorat mais que les « giscardiens » s'effondreraient. Chirac demande à être reçu par le Président. Le 7 décembre, il franchit le perron de l'Élysée. Il va demander au Président, devant les risques de plus en plus évidents d'une victoire de la gauche, de faire taire les attaques des giscardiens contre les gaullistes. Le Président qui le matin même félicitait Barre pour ses succès économiques (?) et le confirmait dans son rôle de coordinateur de la majorité, semble brusquement comprendre le président du R.P.R., au point que, sortant de l'Élysée, Chirac s'écrie pour la première fois : « Je crois que j'ai été compris et ça m'a fait plaisir. » Chirac, bien sûr, – mais est-il dupe? – n'a pas été compris. Non seulement les attaques contre le R.P.R. se multiplient au sein de la majorité, mais Barre prépare une offensive en règles contre les velléités de Chirac à jouer un rôle à la tête de la majorité. Il met au point un programme politique pour déborder le « pacte » de Chirac et organise une majorité nouvelle sans le R.P.R. Chirac ne peut qu'en tirer avec ironie le constat. Le 16 décembre, à Orléans, il déclare : « Je n'ai jamais su très bien ce qu'était le rôle du Premier ministre. Quand je l'étais, j'ai appris qu'il était fort modeste et fondamentalement contesté. Ainsi, après les élections cantonales, le président de la République avait confié au Premier ministre que j'étais le rôle de coordinateur de la majorité. Dans les huit jours, M. Poniatowski a fait une déclaration contraire à ce que j'avais dit la veille et l'excellent M. Lecanuet a fait une déclaration encore plus contraire. Or, à l'époque, personne parmi les Républicains Indépendants ne s'est formalisé que le Premier ministre ait été contesté par une partie de sa majorité. » Voilà pour Barre. Et Chirac ajoute, mais cette fois à l'intention de Giscard : « Jusqu'en 1974, le président de la République assumait un engagement sans réserve à l'égard de sa majorité et confiait par délégation au Premier ministre la charge d'animer cette majorité et personne ne le contestait. Aujourd'hui le système est différent. Le Président n'assume plus sa majorité et celle-ci doit être pluraliste. On ne délègue pas un pouvoir qu'on n'entend pas assumer soi-même. On ne peut pas vouloir une chose et son contraire. Qu'on ne nous demande pas d'être des mandataires du gouvernement. On nous a souvent accusés, à tort, d'être des godillots, qu'on ne nous demande pas aujourd'hui d'exercer cette fonction. »

Bref, à la fin de l'année 77 – alors qu'on atteint 1 200 000 chômeurs, que la hausse des prix est de 10 %, que le déficit du commerce extérieur est de 20 milliards et que la croissance du P.I.B. est de moins de 3 % – rien ne va plus entre l'Élysée et le R.P.R. et rien ne s'arrangera en dépit du péril grandissant d'une victoire de la gauche.

Le 3 janvier 78, après une nouvelle réunion dans le pavillon de musique de Matignon où Raymond Barre a réuni Soisson, Lecanuet et J.-J. S.-S., le P.R., le C.D.S. et les radicaux font savoir par un communiqué officiel qu' « afin d'éviter la multiplicité des candidatures, ils présenteront un candidat commun dans la quasi-totalité des circonscriptions ». Un candidat commun contre la gauche mais aussi... contre le R.P.R. Servan-Schreiber a gagné. Il y a désormais, comme il l'avait annoncé, un « front anti-R.P.R. ». C'est la rupture du pacte majoritaire et c'est Raymond Barre qui en est le responsable.

Le 7 janvier pour achever l'offensive, Barre présente, en tant que coordinateur, le programme de la majorité à Blois. En 73, le Premier ministre d'alors, Pierre Messmer, avait présenté le programme de la majorité à Provins, chez le gaulliste Alain Peyrefitte. Cette fois, c'était chez un centriste, Pierre Sudreau, que le régime faisait connaître ses intentions. Ce choix n'était pas dû au hasard.

Le 9 janvier, Chirac adresse une lettre à Giscard. Il s'étonne et s'indigne de la constitution de ce front anti-gaulliste « nullement dirigé contre les adversaires communs mais exclusivement et directement contre le gaullisme », il remarque qu'il y a dans ce front « des adversaires de la Ve République » et il regrette que « l'autorité présidentielle semble ainsi rabaissée en se mettant au service d'une faction ». Et pour riposter à la liste d'investitures (363 candidats) que le P.R., les centristes et les radicaux ont publiée, le R.P.R. fait savoir qu'il présentera des candidats contre Michel d'Ornano, André Rossi, Jacques Dominati, Jean-Pierre Soisson, Bernard Stasi, Jean Chamant et quelques autres « ténors » du giscardisme.

Le 16 janvier, Chirac, – qui le jour même déjeunait à l'Élysée avec quatre-vingts responsables d'une bien curieuse majorité, déjeuner au cours duquel il avait des « mots » avec Soisson qui, il est vrai, venait de déclarer : « Il y a dans la majorité un grand nombre de Français qui ne veulent ni du programme commun ni de Chirac » – est à Vierzon. Il tire la conclusion de la manœuvre : « Quand l'ennemi approche, la tentation vient aux faibles de l'aider en sa victoire dans l'espoir, toujours vain, de se le concilier. »

Et, comme il l'avait annoncé, le président de la République indique, le 27 janvier, « le bon choix » aux Français. Si Giscard s'attaque au « programme d'inspiration collectiviste qui plongerait la France dans le désordre économique et pas seulement la France des possédants et des riches mais aussi la France où vous vivez, la vôtre » (il n'a pas osé dire « la nôtre »), pour le reste, Chirac ne peut qu'être déçu : le président approuve la cassure de la majorité « qui comprend à l'heure actuelle deux tendances principales, ce qui est naturel » et continue d'affirmer qu'il restera à l'Élysée en cas de victoire de la gauche.

Concrétisation des décisions du front anti-R.P.R., le 1er février, le P.R., le C.D.S., les démocrates sociaux de Max Lejeune et les radicaux de J.-J. S.-S. constituent « L'Union pour la Démocratie Française ». Le seul choix de ce nom qui rappelle le titre du livre de Giscard, prouve, si besoin en était, que ce « cartel » est bien celui du Président. Les R.I. de jadis ont enfin ce grand parti du centre auquel ils rêvaient. Chirac s'écrie : « C'est de la magouille partisane. L'U.D.F., c'est comme un pâté, ça va réduire à la cuisson. Nous n'avons pas de leçon à recevoir de ceux qui parlent du changement comme des vieillards parlent des petites filles. »

Le 11 février, Chirac termine sa tournée nationale de « pré-campagne » en tenant une grande réunion à Paris, à la Porte de Pantin. Devant 100 000 personnes. En trois mois, il a visité 79 départements, tenu 517 réunions publiques et « rencontré » ainsi plus d'un million de français. Il n'y a pas de doute qu'en quinze mois – depuis la création du R.P.R. – il a réussi à imposer son rassemblement et que cette campagne pour les législatives lui a permis de mener une « opération de promotion » incomparable pour son « parti » et pour ses idées. Chaban (qui disait récemment : « Chirac nous a fait perdre l'Élysée, a perdu Matignon et nous fera perdre la majorité ») avec lequel Chirac s'est réconcilié lors d'une étape à Bordeaux puis le 13 janvier à Paris, les gaullistes de gauche, les barons n'ont plus la moindre existence dans le mouvement gaulliste. Chirac en est le maître absolu. C'est là l'aspect positif.

Mais ces mois de campagne ont aussi un aspect négatif. Le gaullisme a été totalement marginalisé par le giscardisme qui a fini, lui aussi, par s'organiser. Chirac, en quittant Matignon mais en restant dans la majorité, en se démarquant de plus en plus, mais en ne se lançant pas dans l'opposition, a laissé le « terrain du pouvoir » à ce centrisme flou qui, par là même, a pu prendre une certaine réalité. Partenaire de cette majorité, il s'est battu pour elle, mais le tout est de savoir si les coups qu'on a échangés entre alliés profiteront à celui qui tient le pouvoir ou à celui qui se bat sur le terrain. Il ne fait aucun doute, en ce début mars 78, qu'en cas ce victoire de l'opposition (victoire que la plupart des sondages donne comme certaine) seul le R.P.R. apparaîtra comme un « recours » possible, un « ultime rempart des institutions », et Chirac l'a répété à plusieurs reprises. Mais en cas de victoire de la majorité, qui tirera les marrons du feu? Celui qui aura tout fait pour souligner les dangers du programme de la gauche et pour réveiller la majorité endormie, silencieuse et hésitante, ou ceux qui en auront profité pour s'organiser entre eux? Enfin – élément intéressant aussi – au milieu de tous ces coups fourrés, de ces règlements de comptes entre gaullistes et antigaullistes, un homme nouveau est apparu : Raymond Barre. Si « le meilleur économiste français » n'a pas, sur ce terrain-là fait ses preuves, le chef officiel de la majorité a remarquablement bien joué. Assez habile pour refuser d'être le chef du l'U.D.F., il a réussi à se placer au-dessus de la mêlée. Créant une force pour contrebalancer les gaullistes, il a été assez malin pour ne pas « se mouiller » dans cette deuxième force, ce qui lui permet d'apparaître en arbitre suprême. Comme il n'avait pas de troupes derrière lui et qu'il faisait mine d'être un giscardien orthodoxe, le Président a cru pouvoir lui offrir ce qu'il avait refusé au chef des gaullistes : la tête de Poniatowski et la coordination de la majorité. Sans s'en rendre compte, Giscard s'est créé, de toutes pièces, un adversaire pour les années à venir...

Et le soir du 19 mars 1978, après un étonnant replâtrage de la gauche entre les deux tours, on prend connaissance des résultats de ces fameuses législatives tant attendues. La majorité reste... la majorité. Avec 50,4 % des voix elle obtient 290 sièges contre 200 seulement à la gauche. Chirac a gagné! Non. Le R.P.R. n'a recueilli que 26,7 % des voix ce qui lui donne 153 députés (soit 29 de moins que dans l'Assemblée sortante) et l'U.D.F. avec 23,18 % des voix obtient 137 sièges (soit un gain de 24 sièges si on se souvient qu'en 1973 les R.I. avaient 54 sièges, les centristes 25 et les réformateurs qui étaient alors dans l'opposition 34). Le P.S. avec 22,3 % des voix a 103 députés (+ 15), le P.C. avec 18,6 % des voix en a 86 (+ 13) et le M.R.G. avec 2,3 % en a 10 (– 3).

Ce 19 mars au soir, Chirac déclare : « Ce soir, nous avons remporté une grande victoire. Le R.P.R. a pris une part essentielle à ce résultat. Le R.P.R. est le premier mouvement politique en France tant par le nombre des voix recueillies au premier tour que par le nombre des sièges obtenus au second. Lorsque j'ai créé le R.P.R., j'avais deux objectifs : le premier était de réveiller une majorité qui était tombée un peu dans l'apathie et de barrer la route au collectivisme. C'est fait. Le deuxième était d'affirmer un certain nombre de valeurs et d'affirmer qu'il y avait des revendications profondes, des réformes réelles – pas des réformettes de surface – qui étaient exigées à la fois par la situation de la France mais aussi par le peuple français consciemment ou non : d'abord le respect de nos libertés, le respect de l'autorité de l'État qui ne s'affirme pas suffisamment (...) Il y a aussi des adaptations, des transformations indispensables voulues par la France. Nouvelle économie, retour au plein emploi, nouvelle politique sociale, plus généreuse (...) cela, il nous reste à le faire. Nous avons quant à nous, la détermination, la volonté et aujourd'hui les moyens et les moyens légitimes qui ne seront plus contestés comme au cours des trois années précédentes, de le faire. »

Chirac fait contre mauvaise fortune bon cœur. Certes, le fondateur du R.P.F. a gagné son pari : le mouvement gaulliste est toujours le premier en voix et en sièges, mais Chirac sait parfaitement qu'il n'a plus de « moyens légitimes » d'imposer la bonne politique et que le poids qu'il représente sera tout autant « contesté » maintenant qu'il le fût pendant les trois dernières années. Il a fait gagner la majorité, sans doute, mais le président de la République ne lui en sera pas reconnaissant et ne verra qu'une chose : le R.P.R. a perdu des sièges, le giscardisme en a gagnés et l'ouverture giscardienne a permis de récupérer les voix des réformateurs. La situation ne peut donc que s'aggraver. Chirac le sait, le nœud s'est encore resserré. Il va finir par falloir le trancher...

La conclusion de ces élections, on peut la laisser à Nicolas Denis qui écrit : « La vigoureuse campagne menée par le R.P.R. sous la direction de Jacques Chirac a indiscutablement servi la majorité sortante, d'abord et surtout par son effet direct mais aussi par un effet indirect et sans doute involontaire, car il semble bien que sans la vigueur de cette campagne les autres éléments de la majorité ne seraient pas parvenus à s'unifier ou à se fédérer sous le sigle de l'U.D.F. » Ce n'est pas pour Chirac une vraie consolation!

Mais Chirac a tout de même une satisfaction personnelle. « Ses » Corréziens l'ont, comme d'habitude, élu au premier tour mais avec un score encore meilleur que les précédents. Avec 23 616 voix devant Audouin (P.C.) 10 717, Coutaud (P.S.) 7 423, Marchand (écologiste) 1 149 et Mme Moratille (L.O.) 591 voix, il recueille 54,29 % des voix alors qu'il n'en avait recueilli que 51,73 % en 73.

XV

LE CREUX DE LA VAGUE
1978-1979

Les mois qui vont suivre les élections législatives de 78 seront sombres pour Chirac. Une très mauvaise période de sa carrière politique. Pour la première fois, il va connaître des échecs – la « bataille du perchoir » de l'Assemblée Nationale, la perte de la présidence du Conseil général de la Corrèze, un mauvais score aux élections européennes – pour la première fois, il va commettre des erreurs – « l'appel de Cochin », la convocation d'une session extraordinaire de l'Assemblée – et il va même se casser... la jambe. Chirac se trouve au creux de la vague. Pourquoi? Parce que la curieuse situation de ce chef du mouvement le plus important de France en désaccord avec le président de la République mais obligé de faire partie de la majorité va devenir intenable. Tout comme en donnant l'Élysée à un « faible » Giscard en 74, il avait pensé pouvoir le « tenir » et il en avait fait un homme fort, cette fois en sauvant Giscard lors des législatives pour le « récupérer », il en a fait un « vainqueur », il lui a permis de se constituer une armée personnelle et il s'est rendu plus « indésirable » que jamais aux yeux de son « obligé ». C'était dans la logique des institutions qu'il était le premier à défendre. Pompidou avait gagné les élections de 68 et le général l'avait congédié de Matignon. Chirac gagnant les élections de 78 – alors qu'il n'est même plus Premier ministre – Giscard ne pouvait que tout mettre en œuvre pour l'écarter plus encore des allées du pouvoir, allées qui ressemblaient désormais à une piste cendrée où l'on ne courait plus qu'une seule course : celle de la présidence.

Comme l'écrit Catherine Nay : « Au lendemain des élections législatives, Jacques Chirac sait bien qu'une période difficile s'ouvre pour lui. Il a ramené comme promis plus de 150 députés gaullistes au Parlement. Il a contribué à réinstaller plus solidement que jamais le chef de l'État dans son fauteuil présidentiel. Il va lui falloir maintenant harceler sans jamais rompre, se distinguer sans se suicider, tenir en équilibre au fil du rasoir » *(La double méprise)*.

Dès le mardi 21 mars, devant le Comité central du R.P.R., Chirac, après s'être félicité de la victoire et après avoir fixé les objectifs pour les prochaines élections nationales ou locales – « Nous atteindrons 30 % des suffrages » – mettait les choses au point : « La France l'a échappé belle. Mais il ne faut pas se leurrer. Les législatives ont été plus une défaite des collectivistes qu'une victoire de la majorité. Et le gouvernement doit savoir que nos voix exigeront, pour être acquises, la conduite d'une politique hardie en matière économique et sociale ». Yves Guéna est encore plus précis : « Si le gouvernement n'agit pas dans un sens qui nous paraît conforme aux objectifs fondamentaux qui sont les nôtres, nous manifesterons par nos discours et par nos votes nos réserves et éventuellement notre opposition ». Pour un mouvement de la majorité « manifester son opposition par un vote » c'est un moyen sûr de se faire entendre mais c'est aussi devenir un mouvement de l'opposition et donc quitter la majorité. Ce qui est impensable pour R.P.R. Tout le « drame » de Chirac est là.

Au cours de ce même comité central, Jérôme Monod qui, depuis quelque temps, était de plus en plus en désaccord avec d'autres conseillers de Chirac (notamment Pasqua et Juillet) quitte ses fonctions de secrétaire général du Rassemblement. Le nouveau député du XIe arrondissement de Paris, Alain Devaquet, trente-cinq ans, fils de boulanger et maître de conférence à Polytechnique le remplace. Mais dans l'ordre « protocolaire » il passe après Guéna, conseiller politique et trésorier, et Pasqua, conseiller à l'organisation. Jacques Toubon devient secrétaire général adjoint chargé des élections.

Avec une certaine naïveté, Chirac attendait de Giscard un mot de remerciement pour cette victoire (longtemps inespérée) aux législatives et du gouvernement un « effort » dans le sens qu'il n'avait cessé de demander. Il n'eut ni l'un ni l'autre. Et ne put que s'en désoler : « Notre contribution à la défaite socialo-communiste a été déterminante. Il n'aurait pas suffi de telle ou telle déclaration spectaculaire à la veille des élections pour inverser la tendance si nous n'avions pas pendant des mois accompli un travail continu. Aucun sentiment de reconnaissance ou d'estime n'a été exprimé. Bien plus, les manœuvres tendant à nous réduire ou à nous diviser ont repris de façon aussi sournoise que tenace. Et cela parce que nous ne sommes pas considérés dans la majorité comme des partenaires à part entière mais bien comme des obstacles immédiats ou potentiels à d'éventuelles évolutions politiques qui risqueraient si nous devions les accepter de nous conduire à renier notre foi et les engagements que nous avons pris vis-à-vis de nos électeurs. Si nous sommes plus suspects qu'associés c'est que les valeurs que nous défendons risquent d'être mises en cause, non plus par une opposition battue, mais du fait même de la volonté de certains de nos partenaires de la majorité qui exercent aujourd'hui la réalité du pouvoir. Le grand dessein du président tel qu'il l'a lui-même défini est que la France soit gouvernée au centre, c'est-à-dire par une coalition socialo-centriste dont les gaullistes serait exclus » (devant le congrès du R.P.R.).

On le voit, Chirac est lucide. Il est vrai qu'alors que le ministre de l'Intérieur a fait une présentation des résultats en tentant de minimiser les succès du R.P.R., le Premier ministre, lui, s'est uniquement félicité de « la place de choix que s'assurait d'un coup la jeune U.D.F. ». Mais au-delà des questions de susceptibilité, il y a le problème de fond. Au lendemain de ces législatives, le président de la République a voulu recevoir à l'Élysée successivement tous les dirigeants de tous les partis. Chirac, Lecanuet, Mitterrand et Marchais. C'était le triomphe de la « décrispation » chère à Giscard. Les chefs de la majorité étaient traités comme ceux de l'opposition et d'ailleurs Giscard ne serait-il pas resté à l'Élysée si Mitterrand l'avait emporté? La rencontre Giscard-Chirac, le 28 mars, sera pour le moins tendue. Alors qu'à la veille des élections, en décembre, le président du R.P.R. avait pu croire qu'il avait « été entendu » (il est vrai que le président de la République avait alors bien besoin de lui), cette fois, au lendemain de la victoire, Giscard ne fait même plus mine de donner raison à son ancien Premier ministre. Non seulement il lui parle de « décrispation » avec les socialo-communistes (ce qui ne peut que « crisper » Chirac) mais, en plus, il lui fait savoir qu'il aimerait bien que la majorité confie à des membres de l'opposition quelques présidences de commission à l'Assemblée. Chirac sursaute. Était-ce bien la peine de se battre pendant des mois pour avoir un maximum de députés si c'est pour donner à l'opposition des présidences? Décidément, il ne comprendra jamais cet homme! Veut-il vraiment donner le pouvoir à une opposition dont les électeurs n'ont pas voulu? Quel jeu joue-t-il? Chirac sait que tous les travaux du Parlement sont programmés par la « Conférence des présidents » où se retrouvent les présidents de groupe (et donc des groupes de l'opposition) et les présidents de commission. Si l'opposition a des présidences de commission (et quelles commissions?) la majorité risquerait de perdre souvent le contrôle des travaux parlementaires. Chirac, glacial, répond qu'il vaudrait mieux – avant d'organiser cette décrispation générale, organiser une décrispation au sein de la majorité. Et qu'il vaudrait mieux encore s'attaquer aux vrais problèmes du pays c'est-à-dire « définir une nouvelle politique économique basée sur la relance par les investissements avec comme but le retour au plein emploi ».

Et la « guerre » commence tout de suite. Qui dit nouvelle Assemblée dit élection du président de l'Assemblée. Par définition c'est le groupe le plus important qui choisit l'élu. C'est donc à Chirac de désigner le futur locataire de l'Hôtel de Lassay. Chirac estime qu'Edgar Faure, président sortant qui vient d'adhérer au R.P.R. après en avoir été, dès l'origine, un membre « apparenté », est tout désigné pour se succéder à lui-même. Seulement voilà... Jacques Chaban-Delmas a, lui aussi, bien envie de retrouver le « perchoir » qu'il a occupé de 1958 à 1969. Ambition personnelle sans doute et somme toute assez légitime. Le baron historique, l'ancien Premier ministre, complètement évincé de la vie politique depuis son échec aux présidentielles de 74 et de la vie gaulliste depuis la prise de l'U.D.R. par Chirac et la fondation du R.P.R., souhaite revenir sur le devant de la scène. Il s'est totalement réconcilié avec Giscard et, du bout des lèvres, avec Chirac. Le président du R.P.R. hésite un moment. Il lui est délicat de soutenir ouvertement un ancien président du Conseil radical contre un gaulliste historique. Il ne voudrait pas avoir l'air de poursuivre une vieille querelle personnelle. Si Marie-France Garaud, qui hait Chaban et qui voit là une opération machiavélique de Giscard, est « déchaînée » contre la candidature de Chaban, Chirac est plus incertain. Mais bien vite les événements donnent raison à Marie-France. Indiscutablement, la candidature de Chaban est une opération des « giscardiens » qui veulent casser le R.P.R. et créer, au sein de la famille gaulliste, un contrepoids à Chirac. Giscard pense qu'un gaulliste historique adepte de la « nouvelle société » et désormais en bons termes avec le « libéralisme avancé » élu président de l'Assemblée permettra de décrisper une bonne partie des gaullistes et de pousser Chirac vers la droite du R.P.R. Chirac n'a donc plus le choix : l'Élysée déclenchant les hostilités, cette fois, au sein même de son camp, il est obligé de livrer bataille, c'est une question de principe. Après quelques heures « folles » au cours desquelles on entendra des phrases comme « Tomasini fait voter Chaban pour se venger de Pasqua »,... « Marie-Fance et Juillet vont payer leurs années de pouvoir occulte »,... « Chaban trouve enfin l'occasion de se venger de Chirac », Chaban qui déclare : « Le gaullisme, la tradition, c'est moi, je suis un homme poursuivi par la calomnie, vous n'allez pas continuer », se présente en « candidat indépendant » contre le « candidat gaulliste »... Edgar Faure, ce qui est tout de même curieux. Finalement, Chaban est élu, une quarantaine de députés gaullistes ayant voté pour le maire de Bordeaux, respectant plus une certaine logique historique que la discipline du groupe.

Chirac reconnaît : « J'ai reçu un coup de pied au cul » et il ajoute : « J'ai donc donné une gifle ». Les gifles données sous le coup de la colère sont souvent maladroites. Pour faire preuve d'autorité, le président du R.P.R. change les statuts du Rassemblement : dorénavant les membres du Conseil constitutionnel, les membres du gouvernement et les présidents des Assemblées ne pourront plus faire partie des instances du mouvement. Or les membres du Conseil constitutionnel n'ont pas le droit, de par la loi, d'avoir des activités politiques, les membres du gouvernement sont tout à fait d'accord pour ne plus être ainsi assis entre deux chaises, et le président du Sénat, Alain Poher, ne fait pas partie du R.P.R. Reste donc Chaban. C'était bien lui qui était visé. Ce n'était pas très élégant. Chirac reconnaît au cours du congrès extraordinaire du 9 avril qu'il s'agit bien d'une sanction contre celui « qui n'était pas présent le jour de la création du R.P.R. » et qui « en acceptant de se faire élire par les adversaires du gaullisme, Lecanuet, Servan-Schreiber et d'Ornano, s'est exclu de lui-même ». Mais Guichard (qui était parti pour les Antilles au moment du drame) déclare : « Le mouvement ne sortira pas grandi de cet épisode » et il ajoute, philosophe : « Désormais chacun a sa citadelle. Giscard l'Élysée, Chaban l'Hôtel de Lassay et Chirac l'Hôtel de Ville ».

Au lendemain de cette première défaite vers laquelle il a, sans conteste, été entraîné par Pierre Juillet et Marie-France, Chirac a quelques mots avec le « duo infernal ». Juillet part donc revoir ses moutons de Creuse et Marie-France qui n'apparaissait déjà plus dans le nouvel organigramme du R.P.R., s'envole pour les États-Unis puis pour la Grèce. Tout en gardant un bureau rue de Lille, elle loue un appartement de bureaux quai Anatole-France, à deux pas de la rue de Lille. Ne voulant pas reconnaître que sa rancune personnelle contre le père de la « nouvelle société » l'a poussé à lancer Chirac dans une fausse manœuvre, elle déclare : « Chirac, mon frère en désaccord, ne connaît pas l'Assemblée. Chaque fois qu'il y va, c'est pour faire des bêtises. »

Au milieu de tout cela, Chirac a une consolation : le R.P.R. dépasse les 600 000 adhérents en mars 78. Il n'en avait que 400 000 en janvier 77, 300 000 au lendemain de sa création, en décembre 76. D'autre part, le Rassemblement se rajeunit : 24 % de ses membres ont moins de trente ans (au lieu de 16,5 %), 33 % ont plus de cinquante ans (au lieu de 40 %) et il se « féminise » : 49 % de femmes au lieu de 40, 6 %. Enfin, il y a désormais 14 % d'ouvriers,

6 % d'employés, 14 % d'agriculteurs, 14 % de cadres moyens, 8 % de commerçants, 16 % de cadres supérieurs, 28 % d'inactifs.

Choisissant la Corse où le R.P.R. venait d'emporter tous les sièges de députés pour faire son premier voyage en province après ces élections, Chirac fit, à Ghisonaccia, le 7 mai 78, un grand discours : « L'unité française doit être un mouvement authentique venu du tréfonds de notre peuple. Ce ne peut-être le mariage entre la carpe et le lapin célébré à la va-vite dans quelque secrétariat parisien. Le meilleur moyen de rassembler n'est certes pas de commencer par diviser pour exclure. Beaucoup me disent : mais enfin est-il convenable qu'après avoir joué un rôle décisif dans la victoire de la majorité nous soyons présentés aujourd'hui comme des gêneurs plutôt que comme des alliés? Je souhaite que leurs craintes soient vaines. Beaucoup ajoutent : mais enfin ne dirait-on pas que, en tant que président du R.P.R., en tant que maire de Paris, en tant que Jacques Chirac vous êtes aujourd'hui la cible de préférence de quelques organes de presse ou de certains tacticiens de la majorité? Je veux croire qu'il n'en est rien car sans nous il n'y aurait pas de majorité pour soutenir le gouvernement de la France, sauf à vouloir une autre politique. Certains cherchent à nous présenter comme l'aile conservatrice de la majorité qui s'opposerait à l'aile progressiste et réformiste. La preuve, nous dit-on, c'est que vous sortez les griffes dès qu'on parle aux socialistes. Cette affirmation est absurde et odieuse. Par notre électorat et notre organisation nous sommes le mouvement le plus authentiquement populaire de la majorité : Nous sommes la première force de proposition et d'imagination de l'ensemble des mouvements politiques. Nous sommes depuis vingt ans le parti du changement contre tous les blocages technocratiques ou tous les intérêts de classe. Voilà la vérité et je suis frappé de voir combien de citoyens sont indignés du procès d'intention savamment orchestré par certains groupuscules politiques héritiers de ce que la France compte de plus bourgeois et de plus immobile. »

Après ce discours – mise au point et une lettre personnelle qu'il enverra à tous les « compagnons » sur le thème « nous avons notre propre action à mener, nos idées à défendre », Chirac va pendant quelques mois tenter d'adopter une sorte de « régime de croisière » (il n'y a pas d'élection avant les Européennes de juin 79), régime difficile à tenir, à la fois, avec son tempérament et dans la situation d'opposant-membre de la majorité qui est la sienne. On va assister à une succession de crises et de trêves, d'éclats contre la politique économique menée par Barre et de ralliements disciplinés à Giscard. Chirac voyagera beaucoup en France, s'attaquera aux choix de Barre, ira en Polynésie, s'attaquera au projets de réforme électorale pour les municipales (le gouvernement souhaite la proportionnelle), ira en Chine, s'attaquera au budget 79, ira aux Antilles, s'opposera à l'entrée de l'Espagne dans le Marché commun, demandera qu'on rediscute de l'Europe.

Pendant ce temps, Giscard se livre à une guerre larvée contre son ancien Premier ministre. Ce sera la technique de l'artichaut dont on retire les feuilles les unes après les autres. D'abord, les giscardiens vont tenter de séduire les députés R.P.R. pour séparer le groupe parlementaire du mouvement lui-même. Puis, ce seront les brimades contre le maire de Paris. On changera le protocole et le maire de la capitale n'aura plus à aller accueillir les chefs d'État étrangers en visite officielle. Le budget de la ville aura à payer les dépenses de police. Les députés U.D.F. déposeront une proposition de loi pour interdire le cumul des mandats, etc. Bref, comme le dira Giscard, à son tour en Corse, le 8 juin : « Chirac est un homme bourré de talent qui comme beaucoup de ses prédécesseurs en politique commence une traversée du désert. Il faut qu'il l'accepte. Je ne lui en veux pas de ses excès de langage. Je connais son caractère. La mairie de Paris est un remarquable poste d'observation. La seule chose que je lui demande c'est de s'y tenir ». Chirac s'y tiendra difficilement et continuera à attaquer ce « gouvernement de gougnafiers » (selon ses propres termes).

A propos des envies de Giscard de modifier la loi électorale pour les municipales (envies qui lui ont sûrement été inspirées par les dernières élections et le succès de Chirac à Paris), le maire de la capitale déclare : « Ce serait un défi à la nécessaire autorité de ceux qui assument les responsabilités communales. Ce serait un premier pas dans une direction que nous contestons, celle du laxisme et du compromis » (Nancy, le 26 juin 78), « Il ne peut y avoir aucun compromis sur le maintien de nos institutions, aucun compromis sur une modification de la loi électorale notamment sur un retour au scrutin proportionnel » (Tulle, le 3 septembre 78).

A propos de la situation économique – alors qu'il y a 1 300 000 chômeurs, que l'inflation est de 12 %, que la production stagne au niveau de 74 et qu'on enregistre 2 000 faillites par mois – il déclare : « La relance n'est pas obligatoirement inflationniste. Ce qui est aujourd'hui le plus inflationniste c'est le chômage. C'est pourquoi nous devons engager aujourd'hui une politique importante de relance économique planifiée, réfléchie » (Europe n° 1, le 25 juin), « Des pans entiers de notre économie s'effondrent, la recherche piétine, les investissements sont de plus en plus faibles, la situation de notre démographie est catastrophique. Il nous faut une véritable politique volontariste. Nous devons dire non au chômage avant même d'assurer les grands équilibres » (Condom, 17 août),

« Ce n'est pas avec je ne sais quel libéralisme, je ne sais quel laisser-aller au nom de je ne sais quels principes qui avaient cours au XIXe siècle, que la France parviendra à reprendre le dessus mais par une action volontariste, à base de planifications démocratiques » (Valence, le 2 septembre), « Il faudra bien comprendre un jour qu'il vaut mieux payer des hommes à travailler que de les payer à ne rien faire » (Paris, le 14 septembre).

A propos de l'Europe, car l'échéance des élections au suffrage universel de l'Assemblée européenne se rapproche : « Ma conception est celle d'une Europe confédérée et indépendante. Cet ensemble il faut le créer dans le respect des personnalités nationales comme de l'identité civilisatrice européenne » (au dîner du corps diplomatique à l'Hôtel de Ville, le 27 juin), « Nous affirmons que ce serait une profonde erreur que d'élargir le Marché commun car nous ne pourrions plus nous opposer à l'envahissement de notre pays par des vins et des légumes d'un pays comme l'Espagne. Nous n'aurions aucune chance de lutter contre une compétitivité incontrôlable » (à Castelnaudary, le 1er juillet, c'est-à-dire au lendemain d'un voyage de Giscard en Espagne), « On ne peut à la fois faire l'Europe et l'élargir ou alors il faut dire clairement qu'on abandonne l'idée européenne et que l'on revient à celle d'une large zone de libre échange » (Salon de Provence, le 8 juillet), « L'élection du Parlement au suffrage universel n'est pas sérieuse puisque les règles du jeu n'ont pas été fixées et que nous ne savons pas à quelle sauce la France va être mangée » (Valence, le 9 septembre), « Nous souhaitons une négociation complémentaire sur le texte relatif à l'élection de l'Assemblée européenne au suffrage universel. Il s'agit de faire affirmer de façon solennelle que cette assemblée n'a pas d'autres compétences que celle que lui accordent les traités et de prévoir des garanties indispensables pour qu'elle ne puisse pas outrepasser ses droits » (Biarritz, le 27 septembre, aux journées parlementaires du R.P.R., auxquelles Barre n'a pas été invité).

Et c'est sur l'Europe que va éclater le « clash » alors qu'on était plus ou moins en pleine « trêve » entre le R.P.R. et le gouvernement, bien que Giscard ait encore déclaré le 21 novembre : « J'ai été répudié par la conjuration des myopes. Si l'on ne veut pas arriver en retard à toutes les échéances sociales, économiques et intellectuelles, il faut au contraire prendre de l'avance et voir assez loin »

Le samedi 25 novembre 1978, Chirac rencontre longuement à Ussel Pierre Juillet qui est venu en voisin de la Creuse. Ensemble, ils mettent au point un « appel aux Français » à propos des élections de l'Assemblée européenne. Juillet est déchaîné. Il veut provoquer l'incident avec Giscard, réveiller les Français et que le gaullisme reprenne l'initiative en se démarquant très nettement de ce giscardisme sans dignité ni idéal. Chirac l'écoute, lui donne, en partie, raison mais griffonne un texte beaucoup plus modéré que celui que propose Juillet. Puis, Juillet s'en retourne vers Puy-Judeau. Le soir, les Chirac accueillent Mme Pompidou qui vient, comme souvent, passer quelques jours à Bity mais qui, cette fois, doit inaugurer dans la région un établissement de la Fondation qui porte son nom et dont Chirac est toujours le trésorier depuis 1970. Le lendemain matin, dimanche 26 novembre, Chirac va rencontrer quelques notables de la région. C'est le chauffeur du préfet de la Corrèze qui le conduit. Malheureusement, à la sortie de Saint-Angel, dans le virage de l'empereur, le chauffeur ne parvient pas à éviter une plaque de verglas et la voiture à grande vitesse quitte la route et va s'écraser sur un arbre. L'accident aurait pu être très grave. Chirac s'en sort avec une jambe cassée. Il est immédiatement transporté à l'hôpital d'Ussel où le rejoignent très vite Mme Chirac et Mme Pompidou. A l'heure du déjeuner, elles vont toutes les deux prendre une collation dans un restaurant voisin de l'hôpital. Pendant leur absence, Pierre Juillet qui a été prévenu arrive et trouve Chirac, seul, se tordant de douleur sur son lit. Il dira le soir même rue de Lille : « J'ai trouvé Jacques abandonné ». Jamais, Mme Chirac ne lui pardonnera cette phrase injuste en effet.

Dans la soirée, Chirac est ramené en ambulance à Paris et hospitalisé à Cochin. Et c'est le 6 décembre que sera publié « l'appel aux Français » qui deviendra aussitôt « l'appel de Cochin » qui a fait couler tant d'encre mais que bien peu de gens ont lu en entier : « Il est des heures graves dans l'histoire d'un peuple où sa sauvegarde tient toute dans sa capacité de discerner les menaces qu'on lui cache. L'Europe que nous attendions et désirions, dans laquelle pourrait s'épanouir une France digne et forte, cette Europe nous savons depuis hier qu'on ne veut pas la faire. Tout nous conduit à penser que derrière le masque des mots et le jargon des technocrates, on prépare l'inféodation de la France, on consent à l'idée de son abaissement. En ce qui nous concerne nous devons dire non.

« En clair, de quoi s'agit-il? Les faits sont simples, même si certains ont cru gagner à les obscurcir. L'élection prochaine de l'Assemblée européenne au suffrage universel direct ne saurait intervenir sans que le peuple français soit exactement éclairé sur la portée de son vote. Elle constituera un piège si les électeurs sont induits à croire qu'ils vont simplement entériner quelques principes généraux d'ailleurs à peu près incontestés quant à la nécessité de l'organisation européenne alors que les suffrages ainsi captés vont servir à légitimer tout ensemble les débordements futurs et les carences actuelles au préjudice des intérêts nationaux.

« 1) Le gouvernement français soutient que les attributions de l'Assemblée resteront fixées par le traité de Rome et ne seront pas modifiées en conséquence du nouveau mode l'élection. Mais la plupart de nos partenaires énoncent l'opinion opposée presque comme allant de soi et aucune assurance n'a été obtenue à l'encontre de l'offensive ainsi annoncée, tranquillement, par avance. Or le président de la République reconnaissait à juste raison dans une conférence de presse récente qu'une Europe fédérale ne manquerait pas d'être dominée par les intérêts américains. C'est dire que les votes de majorité au sein des institutions européennes en paralysant la volonté de la France ne serviront ni les intérêts français bien entendu ni les intérêts européens. En d'autres termes les votes des 81 représentants français pèseront bien peu à l'encontre des 329 représentants de pays eux-mêmes excessivement sensibles aux influences d'outre-Atlantique. Telle est bien la menace dont l'opinion publique doit être consciente. Cette menace n'est pas lointaine et théorique, elle est ouverte, certaine et proche. Comment nos gouvernements pourront-ils y résister demain alors qu'ils n'ont pas été capables de la faire écarter dans les déclarations d'intention?

« 2) L'approbation de la politique européenne du gouvernement supposerait que celle-ci fut clairement affirmée à l'égard des errements actuels de la communauté économique européenne. Il est de fait que cette communauté – en dehors d'une politique agricole commune d'ailleurs menacée – tend à n'être aujourd'hui guère plus qu'une zone de libre-échange favorable peut-être aux intérêts étrangers les plus puissants mais qui voue au démantèlement des pans entiers de notre industrie laissés sans protection contre des concurrences inégales, sauvages ou qui se gardent de nous accorder la réciprocité. On ne saurait demander aux Français de souscrire ainsi à leur asservissement économique, au marasme et au chômage. Dans la mesure où la politique économique propre au gouvernement français contribue pour sa part aux mêmes résultats on ne saurait davantage lui obtenir l'approbation sous le couvert d'un vote relatif à l'Europe.

« 3) L'admission de l'Espagne et du Portugal dans la Communauté soulève tant pour nos intérêts agricoles que pour le fonctionnement des institutions communes de très sérieuses difficultés qui doivent être préalablement résolues sous peine d'aggraver une situation déjà fort peu satisfaisante jusque-là. Il serait d'une grande légèreté pour en tirer quelque avantage politique plus ou moins illusoire d'annoncer cette admission comme virtuellement acquise.

« 4) La politique européenne du gouvernement ne peut en aucun cas dispenser la France d'une politique étrangère qui lui soit propre. L'Europe ne peut servir à camoufler l'effacement d'une France qui n'aurait plus sur le plan mondial ni autorité, ni idée, ni message, ni visage. Nous récusons une politique étrangère qui cesse de répondre à la vocation d'une grande puissance, membre permanent du Conseil de sécurité des Nations-Unies et investie de ce fait de responsabilités particulières dans l'ordre international.

« C'est pourquoi nous disons Non. Non, à la politique de supranationalité, non à l'asservissement économique, non à l'effacement international de la France.

« Favorables à l'organisation européenne, oui nous le sommes pleinement. Nous voulons autant que d'autres que se fasse l'Europe. Mais une Europe européenne où la France conduise son destin de grande nation. Nous disions non à une France vassale dans un empire de marchands, non à une France qui démissionne aujourd'hui pour s'effacer demain. Puisqu'il s'agit de la France, de son indépendance et de son avenir, puisqu'il s'agit de l'Europe, de sa cohésion et de sa volonté, nous ne transigerons pas. Nous lutterons de toutes nos forces pour qu'après tant de sacrifices, tant d'épreuves et tant d'exemples notre génération ne signe pas, dans l'ignorance, le déclin de la patrie.

« Comme toujours quand il s'agit de l'abaissement de la France, le parti de l'étranger est à l'œuvre avec sa voix paisible et rassurante. Français, ne l'écoutez pas. C'est l'engourdissement qui précède la paix de la mort. Mais comme toujours quand il s'agit de l'honneur de la France, partout des hommes vont se lever pour combattre les partisans du renoncement et les auxiliaires de la décadence. Avec gravité et résolution, je vous appelle dans un grand rassemblement de l'espérance, à un nouveau combat, celui pour la France de toujours dans l'Europe de demain. »

Le moins qu'on puisse dire c'est qu'il s'agit d'un texte... violent. Le président du R.P.R. accuse pratiquement le président de la République d'être un « partisan du renoncement », « de l'effacement », « du déclin de la patrie », un « auxiliaire de la décadence » qui cherche à « capter les suffrages des Français » en « obscurcissant les faits » pour « légitimer les débordements futurs et les carences actuelles ». Par moments, on se demande si Chirac parle seulement de l'Europe ou s'il ne s'en prend pas à toute la politique de Giscard. Il note d'ailleurs que cette Europe conduirait aux mêmes résultats que la politique du gouvernement, « marasme et chômage ». Selon Chirac, Giscard fait preuve de « légèreté » et de faiblesse puisqu'il a été incapable d'imposer à nos partenaires sa volonté et qu'il sera incapable de leur résister. Ni Marchais ni

Mitterrand n'ont sans doute jamais écrit un texte aussi cruel. Et, disons-le, aussi excessif (l'Assemblée européenne a été élue, elle n'a jusqu'à présent provoqué aucun drame et on se demande même par moments si elle existe encore).

Devant les « remous » que provoquera ce texte, certains amis du maire de Paris se sont empressés de faire savoir qu'il n'en était pas l'auteur. « On reconnait, dirent-ils, la plume de Pierre Juillet et celle de René de Lacharrière. » Certes, ni l'ancienne éminence grise de Pompidou qui s'était opposé au référendum sur l'Europe, ni l'ancien directeur adjoint du cabinet de Mendès France (en 56) qui avait rejoint les gaullistes et qui s'était illustré par un livre sur... « la divagation de la pensée politique » n'auraient désavoué ce texte. Mais il se trouve que si cet appel avait bien été préparé à Ussel avant l'accident par le président du R.P.R. et son conseiller Pierre Juillet c'était Chirac lui-même qui avait pris la plume et que même très fatigué à Cochin, il avait été parfaitement d'accord pour sa diffusion.

Pourquoi alors cette charge de cavalerie lourde? D'abord, sur le fond Chirac est parfaitement sincère. Il est gaulliste, redoute le « volapuk » et déteste ces gens qui, comme des cabris sautent sur leurs chaises en criant « L'Europe, l'Europe! ». Il sait – et un sondage vient de le rappeler – que les Français craignent eux aussi cette Europe. 51 % des Français disent « non » à l'accroissement des pouvoirs de l'Assemblée européenne au détriment des gouvernements nationaux, alors que 19 % seulement sont « pour » (sondage Sofres du 5 décembre 78, publié par Sud-Ouest). Or, pour Chirac et pour beaucoup de Français, l'élection au suffrage universel de cette assemblée européenne ne peut que renforcer ses pouvoirs (pour l'instant dérisoires). Sinon d'ailleurs à quoi servirait ce changement de mode d'élection? D'autre part, stratégiquement, Chirac a compris qu'il s'épuisait et qu'il ne tiendrait pas la distance jusqu'en 81 en harcelant Giscard et Barre à tout propos. S'il ne veut pas s'user et s'il veut se donner une image plus présidentiable, il doit, dans cette traversée du désert, se limiter aux très grands sujets. L'Europe en est un et d'autant plus qu'elle lui permet d'attaquer bille en tête les centristes, le « parti de l'étranger » dont c'est le credo, qu'il hait, qui s'étaient déjà séparés de De Gaulle sur ce thème et qui, à ses yeux, font actuellement les malheurs de la France. Par la même occasion il récupère toutes les victimes « potentielles » de l'Europe : les agriculteurs, les industriels, les ouvriers, etc. Enfin, Chirac a parfaitement compris qu'au sein même de la famille gaulliste la tendance dure la plus orthodoxe menée par Michel Debré (qui réclamait depuis les journées parlementaires R.P.R. de Biarritz une rupture avec le régime et le vote d'une motion de censure), sera sensible à une telle prise de position. Bref, « l'appel de Cochin » avait beaucoup de justifications.

Cela dit, il pouvait aussi apparaître comme terriblement dangereux. D'abord, parce qu'en effet il soulignait l'incohérence de la situation des gaullistes : comment les parlementaires du R.P.R. pouvaient-ils soutenir un gouvernement qui était « partisan du déclin de la patrie »? Ensuite, parce que les Français, tout inquiets qu'ils fussent de l'Europe, se désintéressaient de ce sujet et allaient donc voir là un règlement de comptes – de plus – entre Giscard et Chirac (et, qui plus est, sur un thème étranger ce qui était presque inconvenant). Enfin et surtout, parce que quel que soit le combat de Chirac, ces élections pour le Parlement européen allaient bel et bien avoir lieu, que les gaullistes seraient bien obligés d'y prendre part et qu'ils se trouveraient donc dans une situation pour le moins équivoque (encore une fois) en demandant des suffrages pour une consultation qu'ils désapprouvaient aussi ostensiblement.

Cet appel de Cochin fut donc sans aucun doute une erreur. Il provoqua d'ailleurs un tollé de protestations. Si, comme on pouvait s'y attendre, Lecanuet trouva « l'outrance des propos monstrueuse », les gaullistes eux-mêmes réagirent : Guichard estima la « déclaration peu mesurée », Lucien Neuwirth se mit en congé de vote, Hélène Missoffe quitta le groupe R.P.R. pour n'être plus qu'apparentée, Sanguinetti se mit en congé de parti en déclarant : « Je n'ai pas l'impression que Chirac ait la notion de l'État, il aime trop le veau » et Alain Peyrefitte envoya une lettre à tous les élus R.P.R. désapprouvant « ces propos outranciers d'autant plus regrettables qu'ils viennent non d'un leader de l'opposition mais d'un responsable de la majorité », et ajoutant : « Je veux croire que ces démarches surprenantes s'expliquent par l'absence momentanée de Jacques Chirac. Je veux croire qu'elles ont été prises par certains personnages occultes qui semblent s'être emparés de l'appareil de notre mouvement. Je veux croire que son président auquel nous souhaitons un prompt rétablissement donnera rapidement et sans équivoque les apaisements qui s'imposent. » Cela vaudra au Garde des Sceaux d'abord une réplique de Chirac qui sans le remercier de ses vœux lui dit : « Je pense que vous aurez la décence de démissionner du Rassemblement que j'ai fondé et que je préside », ensuite d'être exclu pour six mois du R.P.R. par... la fédération de la Seine-et-Marne, enfin un texte de soutien des dix membres du R.P.R. du gouvernement : Becam (Collectivités locales), Boulin (Travail), Bourges (Défense), Galley (Cooopération), Legendre (Formation professionnelle), Le Theule (Transports), Limouzy (Parlement), Mourot (Justice), Papon (Budget) et

Plantier (Anciens Combattants). Solidarité gouvernementale oblige!

Quant à Edgar Faure, sentant que Chirac était contesté, il tint aussitôt à faire savoir « comme homme politique ayant joué un rôle et n'ayant pas abandonné l'idée d'en jouer encore un » qu'il estimait « qu'il n'y avait aucune compatibilité entre la position de Jacques Chirac et la sienne ». Le monde politique n'est pas toujours très ragoûtant!

Et puis, bien sûr, les choses se sont calmées. Chirac sortant de l'hôpital a envoyé une lettre à Barre pour lui dire que certains avaient voulu « déformer le sens de sa déclaration » et surtout qu'en dépit des réserves que lui inspirait la politique économique et sociale du gouvernement « il serait inconséquent de la sanctionner avant les résultats que l'on nous dit prochains » et « qu'en conséquence le R.P.R. ne prendra pas l'initiative de mettre en cause l'existence du gouvernement ».

Raymond Barre lit sûrement cette lettre avec plaisir même s'il n'était pas très inquiet. A-t-il le temps de lire aussi un livre qui vient de sortir en librairie et qui a pour titre *La Lueur de l'espérance?* C'est moins sûr. C'est dommage. Son auteur s'appelle Jacques Chirac et il écrit entre autres choses du même genre : « La politique du chien crevé au fil de l'eau fournit depuis la IIIe République une comparaison qui a beaucoup servi. Toutefois le malheureux chien auquel on se réfère, outre l'excuse d'être mort ne tenait pas de discours avantageux pour faire ressortir qu'il avançait indiscutablement. Il ne se flattait pas d'une attitude propre à faire surgir beaucoup de changement dans le paysage. Il ne prônait pas la décrispation dont il fournissait le modèle et n'éprouvait pas davantage la tentation d'agiter inutilement les pattes, à droite, à gauche, pour faire croire qu'il engendrait le cours du fleuve (...) A l'heure actuelle la passivité est devenue ostensiblement novatrice. Les conservateurs ne jurent que par l'évolution et se drapent dans la modernité. Les petits-fils de Guizot parlent comme Lamartine, au talent près. Non moins attachés à la propriété privée, ou, en tout cas, à la leur que M. Thiers, contrairement à ce dernier, ils aimeraient pratiquer envers les communards une prévenante courtoisie » (p. 37, 38). On voit que deux ans et demi avant les présidentielles, la lueur de l'espérance ne brillait pas aux yeux du président du R.P.R., du côté du giscardisme. On remarque, par la même occasion, que dans le registre de la polémique, le maire de Paris ne manque pas de talent. Sans se prendre pour Flaubert pour autant.

L'année 78 finit donc mal pour le maire de Paris président du R.P.R. : une jambe cassée, deux béquilles, un R.P.R. qu'il a sans doute un peu trop chahuté, des ministres gaullistes qui le désapprouvent et qui ont un œil vers l'Élysée et l'autre vers le président de l'Assemblée, un Premier ministre qui apparaît de plus en plus non seulement comme le patron de l'U.D.F. mais aussi comme une personnalité politique avec laquelle il va falloir compter et qui ne tient toujours aucun compte des avertissements de Chirac en matière économique, et surtout cette perspective peu réjouissante d'avoir à « aller aux Européennes ». Au fond, quand il fait le bilan de cette année écoulée, Chirac s'aperçoit qu'il s'est battu pour le roi de Prusse, qu'il a donné la victoire à Giscard et l'occasion au centrisme de faire mine d'exister et qu'en échange il n'a reçu que des mauvais coups. Sa seule consolation aura été d'obtenir que le sixième sous-marin nucléaire dont Giscard voulait faire l'économie soit finalement mis en chantier.

Et l'année 79 commence par la publication d'un mauvais sondage. Chirac a perdu six points, passant de 35 % d'avis favorables à 29 %. L'appel de Cochin lui a coûté cher. Giscard a 62 % d'avis favorables, Barre 43 %, Simone Veil 56 %, Peyrefitte 35 %. Chirac en est réduit à ne plus devancer qu'Edgar Faure (28 %), Chaban (26 %) et Lecanuet (22 %). Et pourtant 79 % des Français estiment que l'action du gouvernement n'est pas efficace dans la lutte contre le chômage et 76 % qu'elle n'est pas efficace contre la hausse des prix. C'est précisément ce que Chirac passe son temps à dire depuis des mois!

Cela dit, il ne fait aucun doute que les longues journées que Chirac a passées dans son lit de l'hôpital Cochin puis dans un centre de rééducation de la grande banlieue parisienne lui ont permis de réfléchir, de faire l'inventaire, et de décider de l'avenir. On a l'habitude de dire que Chirac « a changé » à partir des élections européennes. Et nous verrons qu'en effet les résultats médiocres de ces européennes l'inciteront à tout remettre à plat, à se retirer pendant des semaines et à revenir « différent ». Mais c'est, en fait, à Cochin que s'est amorcée la « métamorphose » de Chirac, même si on n'a pas pu s'en rendre compte tout de suite.

A Cochin donc, Chirac pense à l'avenir et il sait que comme le disait Pompidou : « En politique on en choisit pratiquement jamais, les choix s'imposent d'eux-mêmes. » Défenseur des libertés, Chirac ne peut pas rejoindre l'opposition monopolisée par les socialo-marxistes, mais convaincu que Giscard ne défend pas les vraies libertés (parce qu'il se veut résolument moderne) et qu'en tous les cas il les défend mal, Chirac s'aperçoit qu'il n'a pas le choix, qu'il lui faudra... faire acte de candidature aux présidentielles de 81. Tout le monde le savait, Chirac s'en doutait, c'est à Cochin qu'il a « pratiquement » pris sa décision. La Ve République est ainsi faite qu'un homme qui n'est pas d'accord avec le président de la République ne peut se faire entendre ni à Matignon ni au Parlement, même s'il dirige le groupe le plus important. Chirac avait tout essayé. La collaboration loyale, quand il était Premier ministre, la pression, avec l'U.D.R., l'entrisme, avec la coordination, la menace, avec le R.P.R. le chantage, avec le groupe parlementaire. Jamais, il n'avait pu avoir la moindre influence, ni en matière économique, ni en politique étrangère, ni sur aucun des dossiers importants. Sous la IVe n'importe quel parti, avec dix députés, pouvait faire tomber le gouvernement et décider du sort du pays. Sous la Ve, même avec deux cents députés, on ne pouvait rien faire. Il fallait être à l'Élysée. Chirac irait donc... à l'Élysée. Le tout était de ne pas faire le jeu des socialo-communistes. Ne pas trop « démolir » le camp des libertés, tout en se démarquant assez des erreurs du giscardisme pour apparaître comme un « recours » aux yeux des antimarxistes. La marge de manœuvre n'était pas très large. Mais, au fond, n'était-ce pas ce qu'avaient fait, toutes proportions gardées, Pompidou avec son appel de Rome, apparaissant alors comme un recours entre le Général et le chaos et, plus sciemment, Giscard lui-même avec son « oui, mais »? Hélas, la situation était très différente. Giscard n'était en 74, passé qu'à un cheveu près, Mitterrand était devenu redoutable et la situation économique du pays avait terriblement empiré. Mais que faire d'autre que de « glisser, comme l'écrit alors André Passeron dans *Le Monde,* de plus en plus du rôle de partenaire de la majorité vers celui d'opposant de sa majesté, respectant la nature du régime mais contestant son action ».

Et, dès le 23 janvier, à peine sorti de sa clinique de rééducation, encore sur ses deux béquilles, Chirac se présente en « présidentiable » même si alors personne n'est encore au courant de sa décision. La conférence de presse qu'il tiendra dans le salon Bertrand de l'Hôtel de Ville sera celle d'une personnalité nationale inquiète de l'avenir. Et ses premiers mots définiront toute son attitude à venir : « Je n'ai pas du tout l'intention, comme mes prédécesseurs ici l'ont fait pendant des siècles d'envoyer des sergents du guet par les rues de la ville en disant : Dormez, nous veillons. Mais au contraire de dire à mes concitoyens : Attention, soyez vigilants! Réveillez-vous! » Giscard passe justement son temps à dire aux Français : Dormez, nous veillons. C'est au cours de cette même conférence de presse qu'il annonce que les gaullistes présenteront pour les européennes des candidats sur une liste intitulée « Défense des intérêts de la France en Europe » et qu'il instaurera le système (saugrenu en fait) du « tourniquet » pour permettre à tous les élus de la liste de siéger les uns après les autres, les premiers démissionnant pour laisser la place aux suivants.

Chirac a, en fait, une partie difficile à jouer. Il a deux ans et demi pour devenir le candidat-recours de la majorité aux présidentielles. Pendant ces deux ans et demi, il doit remonter le handicap que lui donnent tous les sondages, améliorer sans conteste l'image dont ses partenaires de la majorité l'ont affublé, s'élever au-dessus de la mêlée et y compris au-dessus du R.P.R., critiquer la politique du gouvernement pour ne pas avoir l'air d'être solidaire, voire responsable des erreurs innombrables mais ne pas gêner trop gravement ledit gouvernement pour ne pas avoir l'air d'être un « traître » qui, par ambition personnelle, ferait courir le risque à la majorité de perdre le pouvoir. Dans l'absolu, Chirac aurait dû se retirer du devant de la scène, pendant quelque temps, pour ne réapparaître en force, sans usure, qu'à la veille de l'ouverture de la campagne de 81. Mais d'abord, quand on est Chirac, on ne joue pas les figurants au fond de la scène, ensuite, en tant que président du R.P.R., il pouvait difficilement abandonner les rênes du pouvoir de la rue de Lille, enfin il y avait ces européennes pour lesquelles aucun parti national ne pouvait être absent.

Chirac va donc commencer une interminable campagne présidentielle dès ce début 1979, campagne présidentielle qui sera coupée par une « épreuve de sélection » : les élections européennes. Chirac pense, à juste titre, qu'avec ce système présidentiel toute élection est un vote « pour » ou « contre » le Président. Il lui faut donc faire un bon score à ces européennes, non plus parce qu'il s'imagine qu'il pourra ainsi « influencer » Giscard, – il ne se fait plus aucune illusion – mais parce qu'il se mettra alors en meilleure position pour attaquer la ligne droite de 81. Et il fait une analyse toute simple : l'Europe n'est pas un bon sujet de combat pour les gaullistes, l'Europe n'intéresse pas les Français, ses élections seront une préparation des présidentielles, il faut donc mener une campagne essentiellement « intérieure » pour obtenir un désaveu de la politique de Giscard. C'était prendre un double risque : d'abord, être « hors sujet » en juin 79, ensuite s'essouffler avant mai 81. Mais il prend le risque et attaque tout de suite à la fois sur l'économie (la situation devient de plus en plus préoccupante) et sur l'Europe.

Dès le 1er février 79, il déclare à France-Inter : « Nous sommes dans une situation de chômage dramatique et une situation dont rien ne permet de penser qu'elle va s'améliorer. Le chômage n'est pas supportable. Tout doit être fait pour résoudre ce problème. Si on regarde les résultats économiques, on constate qu'en 1978 la production a augmenté très peu, environ de 3,2 %. Les prix ont augmenté comme l'année précédente de 10 %. Nous n'avons eu aucun résultat positif en ce qui concerne l'inflation. La consommation augmente très peu, les investissements pas du tout, le déficit budgétaire devient de plus en plus important et c'est un risque considérable. Nous ne soutenons pas le plan Barre. Nous soutenons un gouvernement issu d'une majorité qui a été voulue par les Français à l'occasion d'un grand débat sur un choix de société qu'il n'est pas question pour moi de remettre en cause. Nous sommes dans un système démocratique et parlementaire où l'on peut parfaitement exercer sa critique. »

Le 28 février, dans une longue interview au *Monde* qu'il a revue et corrigée de sa main pendant de courtes vacances de neige à Auron, il aborde les deux « campagnes » : « Nous sommes carrément en désaccord avec la politique européenne du gouvernement (...) Il faut prendre le contrepied des errements récents en matière économique et sociale. » Il a aussi, au passage, quelques mots à peine aimables pour « l'infatuation du pouvoir », la « phraséologie officielle » et « le libéralisme conservateur et grand bourgeois ».

A la lecture de ce réquisitoire contre sa politique, Giscard se contentera de répondre hautain : « Le virus de la politique m'a quitté, je m'occupe des affaires de la France », comme si le chômage et l'inflation ne faisaient pas partie des affaires de la France.

Cela dit, quand on demande à Chirac pourquoi, dans ces conditions, il ne déclenche pas de vraies hostilités avec le gouvernement en votant, par exemple, la censure, il répond : « Surajouter une crise politique à une situation économique déplorable serait prendre une responsabilité de désordres supplémentaires » (devant le comité central du R.P.R.) et il ne convainc pas tout le monde. Mais Chirac ne pouvait pas répondre, il est vrai : je ne veux pas apparaître comme un traître, la majorité n'a plus la majorité dans le pays et les légitimistes ne me le pardonneraient pas, pas plus que les modérés.

En mars, au lendemain des élections cantonales qui ont vu la moitié des sièges de conseillers généraux renouvelés, Chirac perd la présidence du Conseil général de la Corrèze. Une petite consolation pour lui : s'il est devenu minoritaire à ce conseil – ces élections ont marqué un recul général de la majorité – il y siège désormais en compagnie de sa femme. Bernadette Chirac qui était déjà conseillère municipale de Sarran a, en effet, été élue (au second tour) conseiller général de Corrèze, un village qui est chef-lieu de canton de la Corrèze.

Faute de pouvoir voter la censure et, à dire vrai, ne sachant pas trop quoi faire, Chirac a... une idée. Il va faire convoquer une session extraordinaire du Parlement pour créer des commissions d'enquête sur le problème de l'emploi et sur celui de l'information. Aux yeux des électeurs il fera ainsi preuve de son « opposition » et démontrera qu'il comprend l'inquiétude des ouvriers de la sidérurgie qui manifestent alors en Lorraine et dans le Nord, ainsi que celle de tous les Français qui ont brusquement fait baisser la cote de Giscard de onze points en deux mois (*Figaro Sofres*). L'électorat de gauche sur lequel le R.P.R. n'arrive toujours pas à mordre ne pourra qu'apprécier cette démarche.

En fait, l'idée n'était pas fameuse. Non seulement elle permettait à Raymond Barre de s'écrier : « C'est la grossesse nerveuse du R.P.R. qui continue », non seulement elle permettait à Poniatowski, soudain défenseur ombrageux du gaullisme de faire remarquer qu'en opposant gouvernement et parlement, Chirac « adoptait une attitude très antigaulliste » mais surtout elle faisait se rejoindre les voix du R.P.R. et celles de l'opposition. C'était pour Chirac la pente dangereuse. Il était évident que le P.S. et le P.C. allaient sauter sur l'occasion, approuver cette démarche du président du R.P.R., mais que plus logiques ou du moins plus libres que lui, ils allaient demander, à l'issue de cette session extraordinaire le vote d'une motion de censure et souligner ainsi la situation équivoque de Chirac. Comme le dira François Mitterrand au cours du débat : « Ou bien une politique est bonne et on l'accepte, ou elle est mauvaise et on la censure. » Tout le problème de Chirac était là, et depuis longtemps. Tant et si bien qu'après avoir demandé lui-même cette session extraordinaire et l'avoir obtenue, grâce au P.S. et au P.C., qu'après avoir provoqué bien des remous au sein du R.P.R. (Yves Guéna démissionne pour protester contre cette politique trop personnelle du Président, il est remplacé par Claude Labbé et les ministres du R.P.R. sont furieux une fois de plus), Chirac ne prendra pas la parole au cours de la session et enverra Debré à la tribune.

Chirac sera meilleur quelques jours plus tard, quand retrouvant ses militants aux assises nationales du R.P.R., le 31 mars – 20 000 personnes qui scandent « Chirac-Président, Chirac-Président » – il déclarera : « Aveuglement que de ne pas voir qu'à chaque élection depuis le printemps dernier socialistes et communistes, unis ou non, gagnent du terrain. Aveuglement aussi de ne pas voir qu'un nombre, chaque jour plus grand, de citoyens angoissés par la crise dont le pays ne sort pas, espèrent une autre politique. En leur taisant la vérité, c'est-à-dire qu'il y a une autre voie, celle que nous représentons, en voulant les enfermer dans le dilemme : la politique actuelle ou la révolution, on pousse les Français dans les bras de l'opposition. » Vingt-cinq mois plus tard, en mai 1981, les événements allaient lui donner raison. Le 2 avril 79, il déclarait lors de l'émission « Cartes sur table » d'Antenne 2 : « Lorsqu'il faudra arriver à l'élection présidentielle, nous risquons si nous continuons dans cette voie, que le candidat porteur des valeurs de liberté soit incapable d'être élu (...) Il importe aujourd'hui, s'il est encore temps, de s'inspirer un peu de nos suggestions et de changer de cap (...) Si Giscard d'Estaing dans des conditions comparables à celles d'aujourd'hui se présentait il n'aurait aucune chance d'être élu » (phrases prophétiques prononcées en... avril 79). Il est vrai que dès avril 78, Chirac avait affirmé à un de ses proches qu'à « ce train-là si Giscard est réélu en 81 ça sera avec moins de 50 000 voix d'avance sur Mitterrand ».

Sur le moment, on a cru que Chirac dramatisait. Ou qu'il se contentait de préparer sa propre campagne. En vérité, son analyse était précise. A la mi-avril 79 alors que certains sondages particulièrement pessimistes pour la majorité donnaient 45 % à Giscard et 55 % à Mitterrand, Chirac confiait à Michel Gonod de *Paris-Match* : « Il est maintenant certain que 20 % des électeurs du R.P.R. ne voteront pas pour Giscard. Ils voteront blanc ou pour le candidat de gauche mais ils ne renouvelleront pas son mandat au Président. » Gonod lui demande : « même si un gaulliste est appelé à Matignon pour remplacer Barre? » « Cela ne changerait rien, répond Chirac. Quoi qu'il fasse ou quoi qu'il dise maintenant Giscard a perdu 20 % de nos voix. Ne finassons pas. S'il m'appelle – hypothèse d'école – je n'accepterai pas; mais même si j'acceptais il n'y aurait rien de changé et ce serait pareil avec Michel Debré ou un autre gaulliste. Mitterrand a raison de dire, en privé, comme on me l'a rapporté, qu'il avait rendez-vous avec l'Histoire en 81. Il a raison de penser que sa troisième tentative pour la conquête de l'Élysée sera la bonne. Il peut, en effet, être élu. » Et quand Gonod lui demande : « Alors vous êtes candidat? » Chirac se contente de répondre : « Il est trop tôt pour parler de cela. »

Cette analyse et ce constat de la désaffection de 20 % de gaullistes pour Giscard, Chirac le faisait, en fait, en privé, depuis quelques mois déjà. Au cours de son voyage aux Antilles, en novembre 1978 il avait dit à un de ses proches : « Si Giscard s'obstine dans sa politique actuelle, il sera battu en 1981. Admettons pure hypothèse qu'il soit candidat unique de la majorité, le R.P.R. pourra faire ce qu'il voudra, je pourrai faire ce que je voudrai, il ne rattrapera pas les 20 % des voix de nos électeurs décidés à ne pas voter pour lui » (selon Éd. Bergheaud, qui le rapporte dans *Le Figaro* du 20 avril 1979).

Au fil de cette campagne européenne (et presque présidentielle) le ton va brusquement monté entre Chirac et le régime. Le président de la République va traiter son ancien Premier ministre...

« d'agité » (au cours d'une causerie au coin du feu, il déclarera : « Si la France avait un chef d'État agité les choses n'iraient pas bien », ce qui faisait de Chirac un présidentiable mais ce qui obligeait le porte-parole de l'Élysée, Pierre Hunt, à préciser que « le président ne visait personne ») et Raymond Barre traitera son prédécesseur... « d'enflure ». « Une curieuse conception du débat démocratique », répondra le président du R.P.R. qui préférera contre-attaquer sur un autre plan : contre Barre, en s'étonnant que le Premier ministre soutienne la liste U.D.F. pour les élections européennes alors qu'il y a deux composantes dans le gouvernement et qu'elles ont chacune une liste de candidats pour ces élections. « C'est, dit-il, une déviation de l'esprit de nos institutions. » Contre Giscard, en se faisant accompagner, le 20 avril, par Debré, Messmer et Labbé à l'entretien que le président de la République lui a proposé à propos de l'Europe. (Giscard avait proposé un même entretien à Simone Veil.) A l'issue de la rencontre, l'Élysée publiait un communiqué affirmant que l'entretien avait « permis de faire apparaître de larges convergences sur l'essentiel des questions européennes » et le R.P.R. en publiait un autre qui n'évoquait aucune convergence puisqu'il précisait que les trois anciens Premiers ministres et le président du groupe R.P.R. de l'assemblée avaient « rappelé au président de la République les graves inquiétudes qui sont les nôtres sur la situation de notre pays et les réserves que nous formulons sur la politique sociale, économique et européenne du gouvernement ».

Et là-dessus Chirac repartait en campagne : Montpellier, Caen, Limoges (« Si la liste U.D.F. et personne ne doute qu'elle est soutenue par le chef de l'État, obtenait 33 % des suffrages ce serait un désaveu de la politique du gouvernement. Cela pose le problème de la légitimité. Le général de Gaulle a estimé que 47 % n'étaient pas suffisants pour assurer sa légitimité et il est parti »), Ajaccio (« Je veux l'Europe, je défends la France »).

De déclaration en déclaration, Chirac va définir ses objectifs : « Le 10 juin, les électeurs voteront pour une conception de l'Europe mais ils se prononceront également sur la politique économique et sociale du gouvernement. C'est sans doute regrettable mais l'engagement du Premier ministre en faveur de la liste U.D.F. fait de cette élection une consultation politique. Je souhaite que les Français en votant massivement pour la liste de Défense des intérêts de la France en Europe, nous donnent les moyens d'obtenir un changement de la politique actuelle. Si la politique actuelle ne change pas (...) c'est la gauche socialo-communiste qui en recueillera les fruits. Or une autre politique est possible si une volonté nationale se dégage en sa faveur le 10 juin » (interview au *Figaro*

Magazine, le 28 avril). Les choses sont donc nettes : sa campagne pour les Européennes sera, une fois encore, faite pour obliger Giscard à changer de cap. Si le R.P.R. ne peut pas censurer le gouvernement, les électeurs, eux, peuvent censurer Giscard par leurs votes. En même temps Chirac prend date pour 81. Il crie « casse-cou! »

En mai, apparaissent les premiers sondages pour ces européennes. Ils ne sont pas fameux pour Chirac : 14 % (selon l'I.F.O.P.), 18 % (selon Harris). Un sondage plus précis publié par *l'Express* révèle que 43 % des Français donnent raison à Chirac de critiquer la politique économique du gouvernement (36 % lui donnent tort), mais que 42 % de ces mêmes Français reprochent à Chirac de critiquer Giscard sur l'Europe (30 % lui donnent raison). Chirac se serait donc trompé dans son calcul : les Français ne vont pas mélanger, dans ces élections, la politique économique de Barre et la politique européenne de Giscard. Autres résultats de ce même sondage : quand on propose aux Français de choisir quelques adjectifs pour définir le président du R.P.R., ils mettent dans l'ordre : ambitieux (62), autoritaire (49), combatif (44), habile (16), compétent (15), ... démocrate (4), désintéressé (2) ce qui les conduit à dire qu'il est « plutôt sympathique » (48 %) ou plutôt antipathique (31 %). Et sur cent personnes interrogées 14 seulement se disent prêtes à voter pour lui pour l'Élysée (39 pour Giscard, 28 pour Mitterrand, 19 pour Marchais), Chirac a donc encore de très grands progrès à faire pour son image de marque.

A peine a-t-il pris connaissance de ces sondages que Chirac reçoit une lettre signée par des anciens secrétaires généraux du mouvement gaulliste élus depuis 58 : « Cher Jacques, le pays est engagé dans la campagne pour les élections européennes (...) Mais le vrai débat est ailleurs : il est dans le choix d'un comportement politique pour le mouvement et pour le groupe parlementaire. (...) Nous devons vous dire avec amitié que le mouvement a fluctué et perdu sa bonne position dans l'opinion. Il nous faut retrouver une ligne incontestée (...) Nous réprouvons la politique qui consiste à pourfendre quotidiennement le gouvernement et le Président, proclamer leur insuffisance, dénoncer leur carence, tout en votant régulièrement au Parlement avec la majorité. Il est possible de tenir un tel équilibre pendant quelques mois, guère plus. Ces quelques mois ont passé. Persister dans cette attitude incomprise du pays discréditerait notre mouvement. En revanche, adapter nos votes à nos critiques signifierait rejeter les textes du gouvernement, refuser la confiance si elle était demandée, voire voter la censure ou même la proposer. Nous avons pris acte de vos engagements publics et répétés de ne pas nous entraîner dans une telle aventure, elle remettrait en cause notre victoire de mars 78 sur la coalition socialo-communiste. (...) Il est nécessaire et urgent que nos relations avec les autres formations de la majorité soient clarifiées (...) Il nous faut aussi établir sur des bases solides nos relations avec le gouvernement (...) Quant à nos rapports avec le président de la République ils ne sont évidemment pas identiques à ceux que nous entretenions avec le général de Gaulle et avec Georges Pompidou. Naturellement toute formation politique importante peut aspirer à présenter un jour un candidat à l'élection présidentielle. Mais le Président que nous avons élu est la pièce maîtresse de nos institutions et sa légitimité ne saurait être mise en cause jusqu'à l'expiration de son mandat. Ces questions de fond que nous posons doivent être réglées sans plus attendre (...) Nous vous prions de croire, cher Jacques, à nos sentiments de fidèle amitié. » Et c'était signé : Albin Chalandon, Jacques Richard, Roger Dusseaulx, Louis Terrenoire, Jacques Baumel, Robert Poujade, Alain Peyrefitte, Alexandre Sanguinetti, Yves Guéna.

Il manquait donc pour que la liste des anciens secrétaires généraux gaullistes soit complète : Tomasini et Bord (qui, fidèles chiraquiens, ont refusé de signer) Frey, Charbonnel, Fanton, Taittinger, Monod et Devaquet auxquels les auteurs de cette lettre n'ont pas fait appel pour des raisons diverses. Sans parler de Chirac lui-même, bien sûr. N'ont, en fait, signé que les contestataires et le sytle même autant que le fond de la lettre laisse croire que l'instigateur ne peut en être que Peyrefitte. Il s'agit d'une opération giscardienne. Cela dit, les sondages qui sont de moins en moins agréables pour Chirac semblent donner raison à tout ce beau monde. L'opinion ne comprend plus rien à la démarche du R.P.R. et de son Président depuis quelque temps. Mais il est trop tard pour changer de cap. Et d'ailleurs que faire d'autre?

Le 10 juin, les Français élisent leurs députés européens. La liste U.D.F. (Simone Veil) obtient 27,55 % et 25 sièges, la liste P.S. (Mitterrand) 23,57 % et 22 sièges, la liste P.C. (Marchais) 20,57 % et 19 sièges, la liste D.I.F.E. (Chirac et Debré) 16,25 % et 15 sièges. Chirac a perdu. Quelles que soient les explications ou les calculs, le R.P.R. est en quatrième position, l'U.D.F. est nettement en tête, jamais depuis 58, mis à part la péripétie de Chaban en 74, les gaullistes n'ont fait un si mauvais score. Depuis que Chirac est à la tête du gaullisme, les gaullistes ont perdu l'Élysée, Matignon et voilà qu'ils perdent la majorité de la majorité...

Pour la première fois sans doute de sa vie, Chirac a « accusé le coup ». C'était sa première défaite devant le suffrage universel. 16,25 %, c'était à 1,15 % près le résultat de Chaban aux présidentielles! Cinq années d'efforts, la création du R.P.R., le triomphe de Paris, deux campagnes nationales menées à un train d'enfer, plus de 600 000 adhérents, une occupation continuelle du terrain, des déclarations quotidiennes sur tous les problèmes, des prises de position très nettes à propos de la crise économique, un programme ambitieux et tout cela pour... rien. Il y avait de quoi être découragé ou du moins tout remettre en cause et en question. Giscard avait gagné : le gaullisme était marginalisé! Ces 16,25 % représentait l'électorat minimum du « gaullisme de droite » et le giscardisme cette fois triomphait sans équivoque, le giscardisme lecanuestiste, « émerpiste ». Mais, plus grave encore, l'opinion publique n'avait pas compris que le « chiraquisme » pouvait être un « recours » pour ceux qui ne voulaient plus de Giscard et qui hésitaient encore à rejoindre les rangs des socialo-communistes. Or si Giscard l'avait bien emporté il n'avait pas atteint les 30 % ou plus que tout le monde donnait à la liste de Simone Veil. Si les coups que Chirac avait portés contre la politique économique de Barre avaient peut-être fait du tort à la « liste officielle », ils n'avaient pas pour autant renforcé les gaullistes et d'ailleurs si on additionnait les deux listes de la majorité on obtenait 43,80 % et 40 sièges alors que le P.S. et le P.C. faisaient 44,14 % et obtenaient 41 sièges.

Chirac est – parfois – moins têtu qu'on le croit. Dès le soir de cette défaite, il fait le bilan, se souvient des critiques de ses adversaires, de celles de ses contestataires au sein du mouvement gaulliste et se demande s'ils n'ont pas eu, par moments, raison. Que lui reprochait-on? Son « entourage », c'est-à-dire Pierre Juillet, Marie-France et Charles Pasqua, son « dynamisme » c'est-à-dire ses déclarations quotidiennes qui ne lui donnaient pas une image de chef national au recul suffisant, et enfin sa position « équivoque » d'opposant permanent membre de la majorité.

Il va, immédiatement, en tirer les conclusions qui s'imposaient, se séparer de son entourage, disparaître pendant quelque temps et revenir avec une position moins équivoque.

Certes, Pierre Juillet et Marie-France avaient, longtemps, et souvent, été de bons conseils. Le soutien à Giscard contre Chaban, la prise en main de l'U.D.R., le départ de Matignon, la création du R.P.R., la conquête de Paris avaient été de « bonnes idées » mais depuis... la bataille du perchoir, l'appel de Cochin, la convocation de la session parlementaire extraordinaire, la stratégie de la guerre permanente avaient été des initiatives moins heureuses. Chirac était, certes, le premier responsable des bonnes et des mauvaises idées mais, à plusieurs reprises, il avait hésité et c'étaient les harcèlements du « couple maudit » qui l'avaient fait basculer d'un côté plutôt que de l'autre. D'autre part, le rassemblement ou du moins son état-major avait pris « en grippe » Juillet et Marie-France qui s'étaient imaginé qu'on pouvait conseiller un chef de mouvement politique comme on conseillait un chef d'État. Leur présence rendait l'atmosphère, rue de Lille, parfois insupportable, faisait de Chirac, un chef coupé de ses troupes et entouré comme Pompidou, lors de ses dernières semaines, de deux gardes-malades.

Mme Chirac qu'on a peu vue jusqu'à présent et qui estimait, à juste titre, qu'elle n'avait pas à intervenir dans la vie politique de son mari, se contentant d'élever ses deux filles, de s'occuper de son mandat de conseiller général, de « tenir la maison » c'est-à-dire l'Hôtel de Ville et de passer des examens d'archéologie à la Sorbonne, a certainement joué un rôle dans le départ de Juillet et de Marie-France. En fait, il semble que Bernadette Chirac ait pris conscience du rôle de Juillet lors de l'accident de son mari. C'est à l'hôpital qu'elle a réalisé que Juillet coupait son mari des autres, avait une influence excessive et sans doute néfaste. Elle a raconté elle-même que le soir du 10 juin 79 elle avait dit à son mari : « Quel que soit le résultat, ces gens-là s'en iront. Ou bien c'est moi qui partirai. » Son jugement sur Marie-France fit sourire tout Paris : « C'est une femme très intelligente et pleine de charme mais elle a beaucoup de mépris pour les gens. Elle les utilise puis elle les jette. Moi, elle me prenait pour une parfaite imbécile... Enfin, quelle importance du moment qu'on le sait. Son tort a été de ne pas se méfier assez de moi. On ne se méfie jamais assez des bonnes femmes » (interview à Christine Clerc dans *Elle* le 17 septembre 1979). Chirac écoute parfois les conseils sages de sa « bonne femme ». Ceux-ci correspondaient, en plus, à ce que lui disait tout le monde. Le 11 juin, on apprenait que Pierre Juillet et Marie-France n'étaient plus les conseillers de Jacques Chirac.

Deuxième impératif pour Chirac : prendre du large pour prendre de la hauteur. Il faut qu'il réfléchisse sur lui-même – il n'en a jamais eu beaucoup le temps – qu'il remette tout à plat, qu'il remette, comme il le dit « les compteurs à zéro », l'année 80 sera une année sans élections, il a donc le temps et il est bien évident qu'il ne pourra pas occuper le terrain comme il l'a fait tous ces derniers mois grâce aux législatives et aux Européennes. Après un comité central du R.P.R., le 20 juin, au cours duquel il déclare : « Je ne partirai pas (certains l'avaient suggéré) et j'assumerai cela va de soi pleinement mes responsabilités de Président du R.P.R., fort de la confiance de nos militants. » Chirac va pratiquement disparaître. Il part pour Bity, sa chère Corrèze, retrouver les paysages qu'il aime et surtout le grand bon sens de « ses » Corréziens. Il va méditer quelques phrases que viennent de prononcer ses contestataires. Guichard a déclaré lors du comité central du 20 juin : « Si nous persistons dans l'erreur qui consiste à dire aux Français : la politique menée par ce gouvernement mène ce pays à la ruine et à l'asservissement mais nous continuerons à la soutenir par nos votes, la prochaine échéance nous coûtera de 16 à 10 % parce que c'est un langage que les Français ne comprennent pas. » Robert Poujade a déclaré (à R.T.L., le 17 juin) : « Chirac est impossible mais il est indispensable. Il est l'homme qui s'impose à la tête du mouvement quels que soient par ailleurs les reproches qu'on puisse lui faire et c'est une raison de plus de lui demander parfois de modifier un certain nombre de ses comportements. » Quant à Sanguinetti il déclarait le même jour à Europe n° 1 : « Quand on est dans une impasse et nous connaissons la même impasse que celle du R.P.F., il y a trois attitudes possibles : on recule, je ne demande pas à Chirac de reculer, on enfonce le mur, je ne le conseille pas à Chirac, on s'élève. Or que fait-il? Il tourne en rond dans l'impasse et c'est là le plus grave ».

En vérité les choses sont simples : prendre de la hauteur c'est devenir présidentiable, sortir de l'impasse opposant-membre de la majorité c'est devenir présidentiable puisqu'ainsi on dit clairement qu'on ne veut plus de Giscard mais qu'on reste membre du « camp des libertés ». Pendant l'été 79, Chirac prendra les vacances les plus longues de sa carrière...

XVI

CANDIDAT À L'ÉLYSÉE
1979-1981

On a beaucoup reproché à Jacques Chirac de s'être présenté aux élections présidentielles de mai 81. Aux yeux de certains, le président du R.P.R. se serait porté candidat « contre Giscard » par ambition personnelle et aurait ainsi permis l'élection de François Mitterrand et poussé la France dans l'aventure socialo-communiste. Il aurait donc une grande responsabilité dans les malheurs que connaît aujourd'hui le pays.

Ces critiques qui ont fait énormément de tort à Chirac – « il a trahi Chaban, il a trahi Giscard, il trahira la France » – et auxquelles il a mal su répondre, méritent qu'on s'y attarde un peu. Il est très difficile de connaître exactement les raisons de la défaite de Giscard. Le « président sortant », comme dira Mitterrand, a été victime à la fois d'un phénomène de « rejet » d'une partie de la population qui, « physiquement », ne pouvait plus supporter son ton prétentieux, d'une situation économique catastrophique, en dépit de toutes ses promesses, et qui touchait de plein fouet beaucoup d'électeurs du centre, de l'écœurement d'un grand nombre de ses électeurs de 74 qui l'avaient élu pour une tout autre politique que celle qu'il avait menée depuis et des progrès incontestables d'une gauche, assez unie pour donner espoir aux électeurs de gauche et assez désunie pour ne pas trop effrayer ceux des électeurs du centre qui voulaient à tout prix le changement. Quelle a été la part de Chirac dans tout cela? Certes, il ne pouvait plus, lui non plus, supporter « physiquement » Giscard et ses lubies de faux aristocrate mais il ne l'avait jamais fait savoir publiquement; certes, il avait dénoncé, plus que d'autres, les erreurs de la politique économique de Barre, mais était-il nécessaire de dire aux chômeurs qu'ils étaient chômeurs pour qu'ils s'en aperçoivent? Certes, il avait, à plusieurs reprises, regretté que le Président n'assume pas la politique pour laquelle il avait été choisi, mais tout le monde s'en était rendu compte. Après avoir crié « casse-cou » officiellement pendant cinq ans, depuis son départ de Matignon (et en fait pendant au moins six ans), Chirac, aux yeux de certains, auraient dû assister l'arme au pied à la défaite de Giscard qu'il prévoyait (et annonçait) depuis si longtemps, ou même se battre pour Giscard (comme il l'avait fait en 78) alors que depuis des années il contestait toutes ses décisions (quelle aurait été alors sa crédibilité?) et qu'on en aurait ainsi, en cas bien improbable de victoire, « repris pour sept ans ». Non, Chirac n'avait pas le choix. L'abstention n'était pas pensable de la part du chef du mouvement qui avait le plus de députés au Parlement, – c'eut été un suicide pour les gaullistes et inconséquent de la part d'un responsable politique. Le soutien à Giscard n'eut pas été honnête. On avait d'ailleurs assez reproché, pendant ces années, à Chirac de voter pour le gouvernement tout en répétant son désaccord. Et s'il était possible, à la rigueur d'émettre au Parlement des critiques pour une politique tout en refusant de voter la censure, une telle attitude, déjà incohérente, serait devenue délirante à l'occasion d'élections présidentielles. Les derniers mois de 79 et toute l'année 80 vont montrer à Chirac qu'il n'a vraiment pas le choix.

L'analyse que fait Chirac dans sa retraite de Bity pendant l'été 79 et qu'il avait déjà en partie faite lors de son hospitalisation à Cochin, ne l'amène pas à ce simple constat. Il va plus loin. En se présentant comme il y est obligé par la logique politique, Chirac offre une solution à tous ceux qui ne veulent plus de Giscard sans pour autant souhaiter l'arrivée de la gauche socialo-communiste au pouvoir. Il est persuadé que si la gauche gagne en 81, ce sera moins parce que les Français voudront de Mitterrand que parce qu'ils ne voudront plus de Giscard. En se portant candidat il leur permet donc de rejeter Giscard sans pour autant avoir à voter Mitterrand. Il est le recours d'une France qui n'est pas à majorité marxiste et qui en a assez des réformettes-gadgets, des hésitations du pouvoir, d'une politique économique mauvaise, d'un État qui n'a pas le sens de l'Etat. Sur le papier, Chirac est ainsi majoritaire. Il n'a que deux adversaires : les centristes qui ont repris du poil de la bête et qui l'ont déporté vers la droite et les légitimistes qui l'accuseront – comme ils ont accusé successivement Pompidou et Giscard – d'être un... régicide. Et avec plus de violence encore puisque de Gaulle était parti et que Pompidou était mort. Ce sera, en effet, la première fois dans l'histoire de France qu'un membre de la majorité se présentera contre un président sortant. L'idée a, c'est vrai, quelque chose de choquant dans l'esprit de la Ve République. Mais, d'une part, Giscard n'avait pas hésité à se présenter contre un gaulliste (Chaban) et, d'autre part, on peut se demander si Giscard représente encore la majorité qui l'a élu. Le pari de Chirac est, bien sûr, audacieux, il n'oublie pas que Giscard n'est passé en 74 qu'avec moins de 1 % d'avance sur Mitterrand et qu'entre-temps tout s'est dégradé, mais il n'a pas le choix. Avant de partir vers sa « retraite » il avait déclaré : « Nous offrons dans la majorité l'alternance qui, sans nous, n'existerait qu'avec l'opposition. » C'était, au fond, la plus claire des façons d'annoncer à l'avance les raisons de sa candidature inévitable. La France voulait l'alternance, il en offrait une différente...

Les vacances terminées, Chirac part pour la Réunion. C'est un petit plaisir qu'il fait à son ami Debré qui lutte alors désespérément contre une « giscardisation » de l'île. Au passage, il déclare au *Journal de la Réunion* : « Le R.P.R. adoptera l'attitude de Giscard en 68. Le droit de critique est essentiel à la démocratie (...) Une politique semble-t-il largement rejetée par l'opinion risque de conduire beaucoup d'électeurs vers l'opposition. C'est ce que nous voulons éviter en proposant une autre politique qui à la fois rassemble une majorité de Français et apporte une solution réelle aux graves problèmes que connaît aujourd'hui le pays. » Le « oui, mais » de Giscard n'était rien d'autre, en effet, qu'une préparation à la candidature.

Sa rentrée politique, Chirac la fait le dimanche 23 septembre 79, devant le comité central du R.P.R. C'est tout juste si les membres du comité le reconnaissent. Ton modéré, calme, même si les attaques contre « le pays imaginaire qui tient le haut du pavé à Paris » et la mauvaise politique qui « ne peut que provoquer l'exaspération et la montée des périls » sont aussi dures qu'avant. Mais comme le note André Passeron : « Le président du R.P.R. a surtout voulu montrer qu'il tire les leçons du passé récent en se plaçant dans une perspective à plus long terme et en se présentant en homme porteur d'espoir. » Le « long terme » c'est 81, un « homme porteur d'espoir », c'est un candidat à la présidence. En même temps, Chirac tente de refaire l'unité des gaullistes. Il se réconcilie avec Charbonnel, Guichard, Guéna et fait un pas vers Chaban. Si les gaullistes divisent la majorité en 81, il ne s'agit pas qu'ils y arrivent eux-mêmes divisés.

Le 4 octobre, il remanie considérablement son équipe de la rue de Lille. Bernard Pons est nommé secrétaire général du R.P.R., à la place de Devaquet qui n'a pas fait le poids. Pons, vieux fidèle depuis le temps du « serment de Solignac », permettra à Chirac de s'élever au-dessus du Rassemblement. Charles Pasqua, le dernier survivant de la « bande des quatre » (selon l'expression de Sanguinetti qui visait ainsi Juillet, Marie-France, Guéna et Pasqua)

« prend du champ ». On ne reprochera plus au Président son entourage. Fanton revient, Méo est secrétaire général adjoint. Au total, quinze nouveaux parmi lesquels huit jeunes députés élus en 78 font leur entrée dans cette équipe de vingt-huit personnes. Visiblement, Chirac veut rajeunir son état-major, y associer le groupe parlementaire et créer un « laboratoire de propositions » pour préparer un programme allant au-delà des traditionnelles idées du gaullisme qu'au fil des années tout le monde – et même les plus farouches adversaires du Général – a repris à son compte.

Commence alors la discussion budgétaire à l'Assemblée. Barre présente un budget qui n'a rien pour plaire à Chirac. C'est toujours la défense et l'illustration de la « croissance douce ». Mais Chirac change là aussi de ton. S'il rappelle à son successeur que « la croissance douce n'est douce que pour les nantis », il « apparaît inquiet de la politique économique et volontairement, mais sans agressivité, démarqué d'elle » comme l'écrit Xavier Marchetti dans *Le Figaro* qui ajoute que « son propre groupe semblait découvrir un autre homme ». Cela dit, le R.P.R. refusera de voter le budget « si le gouvernement ne s'engage pas à faire deux milliards d'économie qui seront affectés par loi de finances rectificative à des mesures de relance économique ». Le 22 octobre, le R.P.R. s'abstiendra donc dans le vote de l'article 25 de la loi de finances (l'équilibre général du budget) et le 17 novembre, Barre sera obligé, ne voulant pas céder, d'engager la responsabilité de son gouvernement pour faire passer ce budget. Le Premier ministre aura de nouveau recours à cet article 49 alinéa 3 de la Constitution – le chantage à la censure – en décembre pour obliger le R.P.R. à voter son projet de financement de la Sécurité sociale.

A la mi-janvier 80, Bernard Pons annonce qu'il y aura « un candidat gaulliste » aux présidentielles. Plusieurs noms circulent : Debré, Messmer, Chaban, mais, bien sûr tout le monde pense, avant tout, à Chirac. Le 24 janvier, le maire de Paris et Mme Chirac sont reçus à déjeuner à l'Élysée par les Giscard. L'atmosphère est... détendue. On parle de tout... sauf des présidentielles. Chacun sait que « l'autre » sera candidat mais chacun pense que « l'autre » devra, au deuxième tour, lui apporter ses voix. Il faut donc créer une ambiance dans laquelle rien d'irréparable ne puisse plus être dit avant le second tour. Chirac a l'impression que Giscard accepte très sportivement la perspective d'avoir ainsi à affronter son ancien secrétaire d'État au Budget. C'est le pluralisme. Giscard qui est convaincu qu'il va être réélu haut la main – il connaît les sondages actuels qui lui sont très favorables – se dit qu'après tout il vaut mieux que l'exutoire se trouve dans la majorité.

Ce n'est que le 12 février 80, après huit mois de quasi-silence, pendant lesquels il s'est beaucoup occupé du R.P.R. et de Paris, que Chirac fait sa vraie rentrée publique avec une grande conférence de presse. Elle est dans le droit fil de toutes ses bonnes résolutions. Il se présidentialise : il parle longuement de politique étrangère, un sujet qu'il avait souvent négligé mais il est vrai que l'intervention soviétique en Afghanistan a brusquement remis l'inquiétude internationale à l'ordre du jour. Il adopte un ton modéré, il critique sans s'opposer. On devine sa stratégie : il va ménager le président de la République en le faisant simplement apparaître comme un faible qui n'a pas le sens de l'État, qui perd son temps avec des « bavardages » – il donne l'exemple du dialogue Nord-Sud, idée chère à Giscard et qui fait sourire aussi bien les « sudistes » que les « nordistes » – un Président qui ne réalise ni les dangers internationaux ni la situation économique, qui plane à côté des réalités. Un faible qu'il faut ménager en raison de sa fonction mais qu'il faudra remplacer à la première occasion. Ainsi, Chirac n'apparaît plus comme un régicide mais comme le dauphin tout désigné d'un souverain qui a fait son temps et qui ne laissera qu'un souvenir vague et, en tous les cas, pas de regrets. En même temps, Chirac va accentuer ses attaques contre le Premier ministre responsable de l'augmentation du chômage (encore + 1 % en janvier), de l'inflation (encore + 2 % en janvier), de l'arrêt dramatique des investissements. Là, il n'y a pas crime de lèse-majesté. Mais chacun pourra tout de même en déduire que si Barre est encore Premier ministre, c'est bien de la faute de... Giscard. Démontrant que le Président pourrait, s'il en avait le « caractère », faire une autre politique, il démontre qu'on pourrait changer de Président sans changer de régime, que l'alternance qui a déjà joué entre gaullisme et giscardisme en 74 pourrait rejouer en 81, dans l'autre sens. Pour une fois, il dédramatise.

Et toute l'année 80 va se passer ainsi. Des attaques en règles contre la politique de Barre qui, il est vrai, ne présente pas de résultats très brillants : « Nous avons une politique qui non seulement n'est pas volontariste mais qui est une politique du complet laisser-aller, il y a une espèce d'avachissement, d'affaiblissement général de notre économie » avec, de temps en temps, pour qu'on le comprenne bien, une référence aussi au vrai responsable : « Il ne suffit pas d'être Premier ministre, j'en ai fait la triste expérience. Il s'agit, dans un système comme le nôtre, de l'impulsion qui est donnée par le chef de l'État, pour dire les choses en clair » (Europe n° 1, le 24 février). Et puis toujours le thème de l'alternance au sein de la majorité, un thème qui devrait rassurer les légitimistes et combler les mécontents. Refusant encore d'annoncer sa candidature que tout le monde considère désormais comme certaine, il laisse entendre cependant, dès février, que « quand on sème, on espère toujours récolter le plus vite et le mieux possible » (le 24 février 80).

Le 27 mars, aux journées parlementaires R.P.R. de Saint-Raphaël, Claude Labbé déclare au cours d'un déjeuner de presse : « Nous ferons le choix du meilleur candidat pour la France. Jacques Chirac est le meilleur candidat », ce qui provoque la fureur de Michel Debré. L'ancien Premier ministre du Général annonce sa propre candidature trois jours plus tard, plus d'un an donc avant l'élection. En avril 80, un salarié sur deux gagne moins de 3 300 francs par mois, selon l'I.N.S.E.E. En juin, Alain Peyrefitte présente son projet de loi « Sécurité et Liberté ». Chirac le trouve « indigne » : « Je considère pour ma part que l'assurance de cette sécurité tient non pas à des textes mais à une volonté affirmée. J'ai la conviction que l'arsenal actuel législatif serait très largement suffisant s'il y avait une volonté politique qui s'exprime clairement pour assurer ce surcroît de fermeté auquel personnellement j'aspire. J'observe que cette volonté politique n'existe pas. » Il attaque donc le gouvernement et s'en prend, en fait, à l'absence de volonté du Président, à son inconscience. Inconscience que soulignent tous les résultats tangibles mais que souligne aussi, paradoxalement, l'attitude de Giscard lui-même et même quand il tente, sans guère de succès, de faire preuve d'autorité. Le 26 juin, le président de la République tient une conférence de presse. Il apparaît plus sûr de lui que jamais, plus présomptueux que jamais, étonnamment hors des réalités. Jacques Fauvet, sous le titre *Lui*, écrit dans *Le Monde* un article particulièrement cruel. « Rarement l'exercice du pouvoir a paru plus solitaire, le Président plus sûr de lui et dominateur à l'égard de ses partenaires comme du Parlement. Lui seul a une claire vision de l'affaire afghane, lui seul détient la solution au Proche-Orient, lui seul a une juste conception de la défense (...) Sous un masque libéral, c'est un autoritaire, personnel, souverain, qui ne souffre pas qu'on lui résiste jusque dans les détails de la vie publique et les recoins de l'Etat. »

Bref, aux yeux de l'opinion, Giscard devient ridicule et aux yeux de la majorité insupportable, même si tous les sondages le donnent, encore, réélu sans problème en 81.

A la rentrée de 80, on apprend qu'il y a un million et demi de chômeurs en France, c'est-à-dire trois fois plus qu'en 74 au début du septennat et que, pendant ce même temps, les prix ont doublé. Le 11 septembre, devant les jeunes du R.P.R., Chirac s'écrie : « Où en est aujourd'hui la situation de notre peuple? C'est une situation d'anesthésie. Tout se passe sans que l'opinion publique réagisse à quoi que ce soit. Les Cambodgiens disparaissent, tout le monde s'en fout. Il y a plus de 20 % de hausse des prix en juillet, cela aurait fait un véritable scandale il y a trois ou quatre ans, tout le monde s'en fout. Les Russes envahissent l'Afghanistan, tout le monde s'en fout. Il n'y a aucun espoir de déboucher sur quoi que ce soit d'épanouissant et d'enthousiasmant pour les jeunes, tout le monde s'en fout. On continue à ronronner tranquillement. Que faire pour y remédier? N'importe quoi sauf ce qu'on fait. La faiblesse, le compromis, la décrispation n'ont jamais été les modes de gouvernement adaptés à la France. Depuis 75 la France a une économie de pagaille. »

En octobre, Chirac fait un voyage en Afrique. C'est pour lui, non seulement l'occasion de continuer à se « présidentialiser » sur la scène internationale, mais aussi de s'en prendre à la politique africaine de ce grand chasseur de fauves qu'est le président de la République et qui a entraîné « une dégradation de la position de la France en Afrique ». Il rappelle aussi, alors qu'on est en pleine « affaire des diamants » qu'il n'a, lui, jamais rencontré Bokassa et qu'il avait désapprouvé l'aide que la France avait apportée pour les grotesques cérémonies du couronnement de « l'empereur ».

En même temps, Claude Labbé multiplie ses appels pour une candidature Chirac et les amis du président du R.P.R. marginalisent la candidature de Debré, « un gaulliste qui a beaucoup servi », l'emploi du passé est éloquent.

Tous ces efforts finissent par porter leurs fruits. Début octobre, un sondage S.O.F.R.E.S. montre que Chirac a remonté la pente et qu'il a réussi à métamorphoser son image. 84 % des personnes interrogées trouvent qu'il a « un profil d'homme d'État faisant preuve d'autorité »; 59 % qu'il est « capable de représenter la France à l'étranger »; 54 % qu'il a été un « bon ou assez bon Premier ministre ». Tout le monde trouve « normal » qu'il soit candidat à l'Élysée mais... 18 % seulement de ces personnes interrogées pensent qu'il a « une chance d'être élu ». A la mi-octobre, le R.P.R. réserve des emplacements d'affichage partout en France pour le début 81, cherche des locaux pour installer un éventuel P.C. de campagne, achète 2 000 tonnes de papier, met sur pied des groupes de travail pour préparer les grands thèmes d'une campagne.

Le 26 octobre, devant les mille deux cents « cadres » du R.P.R., réunis à Paris, Chirac après s'en être pris à ceux qui ont voté « non » en 69, explique « tout » : « Reforger une majorité implique une volonté politique qui ne peut émaner que du chef de l'État et il n'a témoigné jusqu'ici, je le regrette, que peu d'ouverture d'esprit. Ce diagnostic sévère n'aurait-il pas dû nous pousser à renverser le gouvernement? Nous n'avons pas voté la censure pour trois raisons : j'ai longtemps espéré qu'un dialogue s'ouvrirait; la rupture de la majorité comportait pour les institutions un risque considérable; enfin le fonctionnement actuel des institutions fait que le seul pouvoir est celui du chef de l'État. Renverser le gouvernement n'aurait eu aucune conséquence. Le seul moyen de changer de politique est soit de changer de Président soit que le Président change lui-même de politique. » Jean Méo est plus net encore : « La politique actuelle mène la France à la faillite et à la révolution ».

Et comme on s'y attendait, le 3 février 1981, Jacques Chirac fait acte de candidature, officiellement : « La France est riche d'histoire, de culture. Elle a les moyens de la grandeur et du progrès et pourtant elle s'affaiblit. Son économie vacille, ses positions dans le monde s'effritent, la lassitude et le doute s'insinuent au cœur des Français. Il faut arrêter ce processus de dégradation. Aucune fatalité ne condamne notre pays au repliement. Seules lui manquent aujourd'hui l'ambition du rang et la volonté de l'effort. A condition de le vouloir, la France peut en libérant son économie, assurer du travail à tous, créer la solidarité agissante qui fera d'une collectivité d'individus une vraie communauté d'hommes et de femmes et redonnera l'espoir aux familles de notre pays. A condition de le vouloir, la France peut renforcer sa sécurité et sa présence dans le monde et porter son message de dignité et de paix à tous les peuples qui veulent continuer à disposer d'eux-mêmes. A condition de le vouloir, la France peut montrer l'exemple de la vraie démocratie en refusant toute complaisance à ceux qui bafouent la loi par la violence, en exerçant sans faiblesse l'autorité républicaine qui garantit la liberté et la sécurité du citoyen.

« C'est pour engager la nation sur ce chemin que j'ai décidé d'être candidat à la présidence de la République. J'appelle tous ceux qui veulent rester fiers d'être français à se rassembler pour relever les défis du monde qui vient. J'appelle toutes les Françaises et tous les Français à l'ardeur de l'espérance et au sursaut de la volonté. »

Au-delà des mots clés – la France, grandeur, ambition, progrès, volonté, effort, espoir, dignité, autorité, liberté, fierté, sursaut, rassemblement –, ce communiqué officiel révèle les trois thèmes prévisibles de la campagne que va faire Chirac : les problèmes économiques, la place de la France dans le monde, la restauration de l'État. C'étaient déjà là les trois grands thèmes de De Gaulle en 58, au-delà de l'affaire algérienne. Chirac est dans le droit fil du Général, même si les amis de Michel Debré (que rejoint aussitôt Chaban) affirment le soir même que « Chirac a pris la responsabilité de briser à jamais le mouvement qui se réclamait du gaullisme. » Pour la petite histoire on peut noter que 43 élus du

R.P.R. rejoindront Debré (contre Chirac), un chiffre qui décidément joue un certain rôle dans les campagnes présidentielles. Marie-France qui s'est, elle aussi, portée candidate n'aura pas autant de succès.

Dès le 10 février, Chirac se lance dans sa campagne. Il est le candidat de « la troisième voie », celui du « changement sans risque » parce qu'il « refuse que les Français se trouvent dans l'obligation de choisir en 81 exactement comme ils avaient dû le faire en 74 » et qu'il veut qu'ils aient autre chose que le choix entre « l'aventure de l'incertain et la certitude de l'aventure ». Si Chirac calme toujours son ton, sa forme, il ne change rien pour autant quant au fond, au programme.

Une question se pose tout de suite : Chirac a-t-il cru qu'il pourrait être élu président de la République? Nous avons vu qu'il n'avait pas la possibilité – sauf à se suicider politiquement, à entraîner avec lui tout le gaullisme et à trahir tout son combat politique – de renoncer, de se dérober devant cette échéance. Mais s'agissait-il, pour lui, de gagner ou simplement comme pour Debré, Marie-France et quelques autres – de « témoigner »? Chirac l'a dit lui-même, il pensait gagner. Certains de ses proches affirment aujourd'hui que son but était d'obtenir 20 % des voix et de les « vendre cher à Giscard, c'est-à-dire contre des engagements précis et publics d'un changement radical de politique ». Mais quelles que soient les affirmations quand on connaît un tant soit peu Chirac on peut lui faire confiance, il voulait vraiment gagner.

Les sondages le donnaient perdant mais ces sondages étaient les mêmes, souvent un point près, que ceux qui avaient annoncé sa défaite pour la mairie de Paris et la défaite de la majorité aux législatives de 1978. C'était donc plutôt bon signe. D'autre part, et comme il le prévoyait depuis longtemps, la cote de Giscard s'effondrait soudain en ce début de 81. Alors que tout au long de 80 et en dépit de la situation, le président de la République avait réalisé ses meilleurs scores de popularité en oscillant, selon l'I.F.O.P., entre 60 et 61 % d'avis favorable, soudain en janvier, il tombait à 54 % et en février à 53 %. Sous les coups de Chirac? Pas du tout. Sous ceux de Mitterrand qui prenait exactement les points que perdait Giscard. Le pays semblait prendre conscience de la situation que dénonçait le président du R.F.R. depuis cinq ans. Son pari d'offrir un recours, un changement sans risque n'était donc pas aussi fou que le disaient certains.

Il y avait trois possibilités : la meilleure, on retrouvait, pour le deuxième tour, Giscard et Chirac. L'explication aurait alors été sans pitié puisque tout risque d'une victoire marxiste aurait été écarté (et grâce à Chirac même) et il y avait tout lieu de penser que les voix de la gauche se seraient plus facilement portées sur Chirac qui incarnait le changement que sur Giscard. Jean de Lipkowski avait d'ailleurs, depuis quelque temps, des contacts avec certains milieux socialistes auxquels une visite purement protocolaire de Mitterrand à l'Hôtel de Ville de Paris avaient donné une importance qu'ils n'avaient pas. Deuxième hypothèse : on retrouvait pour le deuxième tour, Mitterrand et Chirac. Cela supposait un réel effondrement de Giscard qui serait alors arrivé en troisième position au premier tour. Les voix de Giscard se seraient sans guère de doute, mais sans doute sans plaisir, reportées sur Chirac pour barrer la route au marxisme. Troisième hypothèse et la moins plaisante pour Chirac : on a un deuxième tour « classique », Giscard-Mitterrand. Chirac était alors convaincu que Giscard serait battu. Il le disait depuis longtemps. Jamais Chirac ne pourrait contraindre les voix gaullistes dans leur ensemble à voter Giscard. C'était évidemment le cas de figure le plus ennuyeux : il prouvait la faiblesse du gaullisme devant le giscardisme et, d'autre part, il faisait de Chirac le fossoyeur du libéralisme. Chirac va donc tout faire pour empêcher cette troisième hypothèse – annoncée par tous les sondages –. Tout faire, c'est-à-dire « se battre pour gagner ».

Une autre question se pose : Chirac s'est-il battu tout au cours de cette campagne contre Mitterrand ou contre Giscard? Si l'on étudie avec soin les innombrables discours, interviews, déclarations de tout genre de Chirac, de février à avril 81, on s'aperçoit qu'il a infiniment plus attaqué Giscard que Mitterrand. Et ce fut peut-être là son erreur. Mais cette statégie s'explique aisément. D'abord, il était, aux yeux de Chirac, évident que le chef des gaullistes était un adversaire des socialo-communistes. L'affaire devait être entendue, par définition. Il se contentait donc, à chaque fois, d'écarter d'un revers de la main, le programme commun. Il n'était pas question pour lui de récupérer, au premier tour, des voix de Mitterrand ou de Marchais. Ensuite, il est plus facile de s'en prendre à une politique mise en œuvre depuis des années et qui donne de bien mauvais résultats qu'à un programme qui même s'il est absurde fait rêver les gens. Chirac se présentant désormais en « candidat de l'alternance au sein de la majorité » se devait d'expliquer, si besoin en était, les raisons qui imposaient cette alternance. Enfin, si sa candidature contre Mitterrand n'avait pas besoin d'explication, sa candidature contre Giscard en nécessitait quelques-unes : il était candidat contre le président sortant parce que précisément il était l'adversaire du socialo-communisme et que Giscard faisait le lit du socialisme, non seulement en étant un mauvais président et donc en préparant la place de Mitterrand mais aussi en appliquant une politique qui n'était rien d'autre que du « collectivisme rampant ».

Dès sa conférence de presse du 10 février, Chirac avait déclaré : « Curieuse situation que celle d'un pays où se côtoient sans s'entendre une majorité qui brandit en permanence les slogans de liberté, d'initiative, de responsabilité mais qui laisse jour après jour s'insinuer sournoisement une sorte de collectivisme rampant en développant l'emprise de plus en plus grande de l'État et de l'administration sur la vie des individus comme sur l'activité des entreprises et une opposition qui voit petit à petit se réaliser son programme sans y être pour rien. » Cette phrase était passée un peu inaperçue. C'est dommage. Elle résumait bien les raisons profondes de l'opposition de Chirac à Giscard. Chirac allait d'ailleurs revenir souvent sur ce « collectivisme rampant » du giscardisme. Il fera remarquer qu'en 80 l'ensemble des prélèvements fiscaux et parafiscaux avaient représenté 42 % du produit intérieur brut. Ces prélèvements ne représentaient que 36 % du P.I.B., en 74. Cet accroissement des prélèvements avait en fait, discrètement mais indiscutablement, changé notre type d'économie. Et Chirac rappelait qu'un ministre des Finances de jadis avait pour habitude de dire que lorsqu'une société franchissait le seuil des 40 % de prélèvements elle entrait dans le socialisme. Ce ministre s'appelait Giscard d'Estaing. Le président du même nom avait fait entrer l'économie française dans le socialisme. Personne ne le savait.

Chirac – qui pour la campagne a abandonné son titre de président du R.P.R. et la rue de Lille – retrouve la place de l'Étoile (qui est devenue celle du Général-de-Gaulle) qu'il a connue quand il était secrétaire d'État à l'Emploi en 67 et 68. Le P.C. de sa campagne s'installe, en effet, dans un des hôtels des maréchaux qui entourent la place. Le directeur de la campagne est Henri Le Corno, cinquante-neuf ans, inspecteur général de l'administration, ancien patron de l'administration pénitentiaire, ancien M.R.P., ancien collaborateur de Lecanuet (sous la IVe). Le trésorier est Jacques Boyon, camarade de promotion de l'E.N.A. de Chirac, conseiller à la Cour des Comptes, député R.P.R. de l'Ain. Le directeur adjoint est Jean Colonna, cinquante ans, sous-préfet, spécialiste des questions électorales, ancien membre du cabinet de Poniatowski, mais proche de Michel Aurillac, député R.P.R. de Châteauroux. On voit aussi rue de Tilsitt, Philippe de Bausset, journaliste détaché du *Figaro* qui s'occupe du service de presse, Alain Juppé, trente-cinq ans, normalien et énarque, directeur des Finances de la ville de Paris, Jean Méo, cinquante-quatre ans, X., ingénieur du corps des mines, ancien patron d'Elf, d'Havas, viticulteur à Vosne Romanée, Yvan Blot, trente-trois ans, énarque, camarade de promotion de Laurent Fabius, co-auteur des *Racines du pouvoir* et de *La politique du vivant*, président du *Club de l'Horloge*. On aperçoit, de temps en temps, Denis Baudouin et Pasqua. On verra même parfois Philippe Lorin, célèbre publiciste auteur de la campagne de Woolmark que l'équipe de Chirac a choisi comme conseiller publicitaire et qui viendra présenter son projet. « C'est maintenant qu'on a besoin de lui » après qu'on lui eut refusé sa première idée (qui était sans doute meilleure) « La bonne façon de dire non ».

Si Chirac a, bien sûr, répété pendant toute sa campagne les thèmes qui lui étaient essentiels sur l'autorité de l'État, la relance économique, la lutte contre le chômage, la défense sans compromis des intérêts de la France, il a aussi présenté dans le détail son programme de gouvernement, le chiffrant d'abord puis dans un deuxième temps en en donnant le calendrier.

Sans refaire l'inventaire de toutes ses propositions, il faut noter certaines idées du candidat qui restent peut-être d'actualité. Pour relancer la consommation et en vérité toute l'économie libérale, Chirac propose d'abaisser la pression fiscale. Il exonère d'impôts tous les foyers fiscaux ayant un revenu inférieur à 3 300 francs, il accorde un abattement de 5 % sur l'impôt sur le revenu à l'ensemble des autres contribuables, il supprime la taxation sur les plus-values, il supprime la taxe professionnelle. Toutes ces propositions chiffrées apparaîtront démagogiques aux adversaires de Chirac. Elles ne sont cependant pas de « circonstance » puisqu'elles correspondent à toute la philosophie économique de Chirac qui a toujours pensé que la diminution de la pression fiscale permettrait un redémarrage de la consommation et donc de la production et donc une diminution du chômage qui est pour lui la principale des causes de l'inflation. Chirac rappellera souvent au cours de sa campagne que le chômage coûte 100 milliards de francs par an alors que les allégements qu'il propose sont de l'ordre de 30 milliards. Pour compenser ce manque de rentrée budgétaire pour l'État, il propose des économies dans deux domaines : les dépenses de fonctionnement (235 milliards par an) et là Chirac propose « que chaque année on ne recrute plus qu'un nombre de fonctionnaires égal à la moitié du nombre de ceux qui partent à la retraite, et ce pendant quelques années » et les dépenses d'intervention (189 milliards). Deux domaines, la bureaucratie et l'interventionnisme qui ne sont pas l'idéal pour un libéralisme bien compris. Programme résolument libéral, on le voit, dans lequel, par définition, l'État doit voir son rôle diminué mais doit aussi faciliter, par là même, la relance. Politique pompidolienne, en fait, « reaganienne » diront certains mais en tous les cas « très exactement à l'opposé de celle que conduit le gouvernement », comme le dira Chirac lui-même (le 17 février au « Grand débat » de T.F. 1).

Au fil de ses déplacements, innombrables, Chirac développera ces idées et en évoquera bien d'autres. A Limoges, il évoquera la possibilité d'une réforme de la Constitution qui rendrait le septennat présidentiel non renouvelable et un référendum sur la peine de mort. En Bretagne, il se prononcera en faveur du nucléaire. A Aix-en-Provence, il souhaitera un plan d'action en faveur des rapatriés et une amnistie totale pour les anciens partisans de l'Algérie française. En Corse, il déclarera que « la réforme régionale est l'une de nos plus grandes priorités ».

Le 2 mars, Giscard fait savoir qu'il est candidat, ce qui n'est pas une surprise et qu' « aucun autre candidat ne pourrait l'emporter sur l'opposition ». Le soir même Chirac tient sa première réunion à Paris, à la Mutualité dans « son » 5e arrondissement. Sans évoquer cette nouvelle candidature, il s'écrie devant un auditoire passionné : « Il va bien falloir présenter le bilan du septennat qui s'achève (...) un pouvoir sous lequel en cinq ans, le chômage a doublé tandis que la hausse annuelle des prix passait de 9 à 14 % et que la balance des paiements se détériorait dramatiquement ne peut obtenir d'adhésion confiante des Français. Cette voie c'est le risque sans changement. »

Début mars, les sondages donnent 18 % à Chirac (Indice Opinion). Le 10 mars au cours d'un « Grand débat » Giscard propose un « contrat de majorité ». Le 22, au Club de la Presse, Chirac répond : « Ce contrat s'il devait exister devrait être établi non pas après l'élection mais avant le premier tour et face à l'opinion publique (...) J'observe que le candidat de l'U.D.F. n'a fait aucune proposition sur la politique qu'il entendait mener s'il était élu. » Fin mars, Giscard qui reconnaît que le chômage est l'échec de son septennat, présente (un peu tardivement) un plan sur l'emploi. Chirac réplique : « D'abord, je n'y ai pas trouvé le moindre commencement d'une idée neuve. Ensuite, il est clair que ce plan ne créera pas un seul emploi nouveau, c'est un plan de répartition de la pénurie du travail » (*France-Soir,* 30 mars) et il ajoute : « Je ne crois pas qu'on puisse changer de politique à la veille d'une élection » (*Le Quotidien de Paris,* le 30 mars).

Début avril, on ne parle déjà plus que de « l'effet Chirac » et les sondages d'Indice Opinion (qui il est vrai ont toujours été très favorables à Chirac) lui donnent 20 % de voix. Chirac affirme : « Je sais que ce que je dis finit petit à petit par intéresser. » A Nantes, il déclare : « Les propositions de François Mitterrand ne seront jamais appliquées car Mitterrand ne sera jamais élu. Voilà un homme qui a du talent, qui est intelligent et qui propose un programme absurde qui écraserait la France sous les impôts et qui nous conduirait tout droit à la faillite. »

A ce moment-là, Chirac et son entourage sont convaincus que la victoire est « tout à fait possible ». S'il arrive encore à grignoter quelques petits points, il se hissera au niveau des « deux grands ». Le calcul est simple : en admettant que la division de la France droite-gauche soit de 50/50, il y a 50 pour la « droite ». Debré et Marie-France prennent environ 5 %. Restent 45 % pour Giscard et Chirac. Chirac a 20 %. S'il gagne encore 2 ou 3 %, ce qui n'est pas impossible, il est à égalité avec le « sortant », à 22, 23 %. A gauche, Lalonde, Laguiller, Crépeau et Bouchardeau peuvent totaliser 10 %. Restent 40 % pour Mitterrand et Marchais. Le P.C. peut récolter 17 à 18 %, ce qui laisse à Mitterrand 22 à 23 %. On pourrait donc avoir une arrivée « dans un mouchoir de poche » Giscard, Chirac, Mitterrand, tous trois entre 22 et 23 %. Les trois hypothèses pour le deuxième tour restent possibles. Certains « experts » de l'entourage de Chirac sont encore plus optimistes. Ils estiment, d'une part, que la gauche est actuellement majoritaire et qu'il ne reste donc que 48 % à la droite et que les voix de Debré et de Marie-France se porteront, avant même le premier tour, sur Chirac qui pourrait alors arriver en tête avec environ 27 % devant un Mitterrand à 23 ou 24 %. La dynamique de la victoire et la chance de « l'alternance sans risque » seraient alors déterminantes, en faveur du maire de Paris.

Le 2 avril, Chirac passe à la vitesse supérieure, au cours d'une grande conférence de presse. Répétant qu'il est « le seul à faire des propositions qui ne sont ni la reconduction pure et simple du passé que nous avons vécu depuis sept ans ni la répétition des expériences malheureuses qu'à plusieurs reprises les socialistes et les communistes ont tenté de faire ensemble », il présente son calendrier : constitution d'un gouvernement à la fin du mois de mai, en août, le Parlement étudie les allègements fiscaux, les économies à réaliser dans le budget de l'État et les mesures en faveur des personnes âgées et des familles. Au premier conseil européen, Chirac fera part à nos partenaires de ses intentions concernant la réforme de l'organisation de l'Europe, etc. Enfin, Chirac précise bien qu'il n'y aura « aucune exclusive ni dans la formation de la majorité ni dans la composition du gouvernement ».

Au cours de cette même conférence de presse, il avait ajouté une *« idée »* supplémentaire à son programme économique : le prélèvement d'une partie des bénéfices des banques pour abaisser de quatre points le taux des emprunts pour l'équipement des PME et pour l'achat de logements par les particuliers.

Le 6 avril, Le Comité de soutien à la candidature de Chirac

publie la preuve du « manque d'équité et d'objectivité de la télévision » dans la campagne. Au cours de la semaine du 27 mars au 4 avril, Giscard a eu droit à 54 mm 9 s. sur TF1, 54 mm 14 s. sur A2 et 25 mm 39 s. sur FR3. Chirac, lui, a eu droit à 13 mm 47 s., 19 mm 52 s. et 6 mm 34 s. Il est à peine mieux traité que Marchais (9 mm23 s., 14 mm 6 s., 8 mm 27 s.) nettement moins bien que Mitterrand (38 mm. 51 s., 37 mm 35 s., 10 mm 2 s.).

Le 8 avril, Giscard qui sent que sa campagne est mal partie (il perd 2 % au baromètre Sofrès quand Chirac gagne 1 %, des giscardiens se rallient à Chirac comme Jacques Medecin, Paul Coste-Floret, Paul Robert, Mme Nebout, 41 % des chefs d'entreprises se disent proches de Chirac alors qu'il n'y en a que 27 % qui lui préfèrent Giscard, il ne remplit pas les salles de province, etc.) lance le « second étage de sa fusée présidentielle ». Puisque son plan antichômage a fait un « bide », il annonce un emprunt franco-allemand de trente milliards pour relancer l'investissement. « Il ne faut pas mélanger les fonctions de président et la vocation de candidat » fait remarquer Chirac, choqué, comme beaucoup de gens, de ce « coup » franco-allemand en pleine campagne. Chirac ajoute que le pays est déjà terriblement endetté.

Le 11 avril, après avoir parcouru les trois quarts de la France et avant d'entreprendre la ligne droite finale, Chirac reprend souffle à Paris avec un gigantesque « meeting » qui réunit plus de 45 000 personnes, en pleines vacances de Pâques, au Parc des Princes. Line Renaud chante *La Marseillaise*, la foule crie « Chirac-Président » et le candidat qui, ce jour-là indiscutablement « y croit » résume sa candidature par un « il faut renvoyer dos à dos les marchands d'illusions ».

Jusqu'alors les deux « grands » l'avaient négligé. C'était de bonne guerre. Giscard qui voulait incarner à lui seul la majorité et le camp des libertés face au danger du marxisme ne le connaissait pas, et Mitterrand qui se réjouissait de ce combat chez ses adversaires se contentait de mettre le président sortant et son ancien Premier ministre « dans le même sac ». Mais « l'effet Chirac » commençait à inquiéter tout le monde. Giscard voyait ses sondages baisser. Mitterrand voyait Chirac s'adresser à l'électorat de sensibilité socialiste. A Toulouse le candidat gaulliste avait dit : « Ne vous laissez pas enfermer dans une stratégie dangereuse et dépassée », pire, à Bordeaux, il avait ajouté : « Si je suis élu mon rôle sera avant tout de rassembler. Je suis de ceux qui préfèrent et de beaucoup Henri IV à Louis XV. » La référence à Henri IV avait de quoi inquiéter Mitterrand – les catholiques allaient-ils se réconcilier avec les protestants? – et l'allusion à Louis XV ne pouvait que viser Giscard-le-mal-aimé qui avait des prétentions de descendre plus ou moins dudit Louis XV. D'autre part, le candidat socialiste avait préparé toute sa campagne uniquement contre Giscard et sur le thème du changement. S'il retrouvait Chirac au deuxième tour, il allait falloir tout modifier et Chirac aussi c'était le changement.

A la mi-avril donc, Giscard et Mitterrand font attaquer Chirac par leurs hommes. Roger Chinaud s'écrie : « L'attitude du maire de Paris est inadmissible et dangereuse », Lecanuet enchaîne : « Chirac ne peut que servir Mitterrand », Bérégovoy répond : « Ce n'est tout de même pas nous qui avons mis Giscard là où il est », Defferre se déchaîne : « Chirac plongerait la France dans une crise qui mènerait le pays au chaos! » Bref, d'un côté comme de l'autre, on comprend le danger. Pour les giscardiens, Chirac empêche le Président de dire : « Moi ou les communistes », pour les mitterrandistes, Chirac empêche le candidat socialiste de dire : « Si vous voulez changer, il faut voter pour moi. » Pendant les derniers jours de la campagne, Chirac sera accusé par les uns de faire le jeu de la gauche, par les autres d'être un complice de la droite. C'était pourtant parce qu'il refusait de faire le jeu des socialo-communistes qu'il s'était présenté contre Giscard mais aussi parce qu'il s'était refusé de soutenir une politique giscardienne qu'il désapprouvait.

Dans un appel aux Français, le 22 avril, Chirac leur demandait une dernière fois de lui apporter « leur soutien dès le premier tour afin d'éliminer le risque que représenterait l'élection de François Mitterrand » car « si au deuxième tour devaient s'affronter les deux mêmes candidats qu'en 74, cela pourrait bien conduire les Français par déception à chercher le changement à tout prix en votant pour M. Mitterrand ».

Cet appel ne fut pas entendu. Le dimanche 26 avril 81, 5 225 848 Français « seulement » votèrent pour Chirac. Il n'obtenait donc que 17,99 % des voix, derrière Giscard (28,31 %) et Mitterrand (25,84 %) et devant Marchais (15,34 %). Même s'il avait eu les voix de Debré (1,65 %) et celles de Marie-France (1,33 %), il aurait été loin du compte.

La France n'était pas à l'image de la troisième circonscription de la Corrèze où Jacques Chirac, maigre consolation, était arrivé loin en tête avec 20 610 voix devant Marchais 8 859 voix, Mitterrand 7 364 voix, Giscard 2 741 voix. La France n'était pas non plus d'ailleurs à l'image de Paris puisque les Parisiens avaient mis Chirac en tête de tous les candidats.

Entre les deux tours, Chirac fera savoir qu'à « titre personnel » il ne peut « que voter pour M. Giscard d'Estaing » et il demandera aux Français « de prendre conscience des risques que l'élection de

M. Mitterrand ferait courir pour la France ». Ce n'était, bien sûr, un ralliement à Giscard « que du bout des lèvres » mais il était difficile de faire plus, après cinq années d'opposition et une longue campagne d'adversaire. Le 10 mai, François Mitterrand était élu président de la République avec 51,75 % des voix.

La Corrèze était, cette fois à l'image de la France puisque la troisième circonscription élisait, elle aussi, François Mitterrand en lui donnant 23 403 voix contre 17 205 à Giscard.

Si, un jour, les historiens de demain se penchent sur cette curieuse campagne de 81 qui fit basculer le destin de la France, que diront-ils de l'attitude de Chirac? Chirac a perdu son pari. Il n'a pas été présent au deuxième tour, il n'a pas pu battre ou faire battre Mitterrand, contrairement à ce qu'il avait affirmé. Mais si les électeurs ont donné tort à Chirac, ils ont donné raison à toutes ses analyses : face à Mitterrand, Giscard, disait-il, ne pouvait qu'être battu. Il l'a été. 20 % des gaullistes, disait-il depuis longtemps, ne voteront jamais pour Giscard. On estime à 30 % les électeurs gaullistes ou qui se sont abstenus ou qui ont voté Mitterrand. Tout le monde reconnaîtra, d'autre part, que le candidat gaulliste a mené une remarquable campagne, sans conteste la meilleure de tous les candidats. S'il n'avait pas crier victoire trop tôt – mais c'était inévitable dans la psychologie de sa campagne – ses 17,99 % seraient apparus comme un grand succès par rapport au 15 % de Chaban en 74. Mais – et toute la question est là – a-t-il par sa candidature et par sa campagne fait perdre Giscard en renforçant le fameux phénomène de rejet dont le sortant a été victime? Personne, en fait, ne peut répondre à cette question. En 74, Giscard avait devancé Mitterrand de 424 599 voix. En 81, Mitterrand l'a devancé de 1 066 811 voix. Entre-temps, Giscard avait donné le droit de vote aux jeunes de dix-huit ans qui votent en principe à gauche, le nombre des chômeurs s'était considérablement élevé, ces deux éléments suffiraient à eux seuls, mais, en plus, la pression fiscale s'était aggravée, l'inflation avait continué de plus bel, les faillites s'étaient multipliées, etc. Quel rôle un homme politique qui s'était somme toute contenté d'éprouver, comme tout le monde, une grande déception devant ce septennat et de proposer, comme c'était son rôle, une autre voie, pouvait-il jouer dans ce changement de majorité? Il est sans doute des moments dans l'histoire d'un peuple où les réalités sont plus fortes que la volonté d'un homme. La France voulait peut-être faire l'expérience du « vrai changement ».

Au lendemain de la victoire de Mitterrand, Chirac a cru un instant que tout n'était pas encore complètement perdu. Mitterrand allait dissoudre l'assemblée pour avoir « sa » majorité. Si les

Français, étonnés eux-mêmes de ce qu'ils avaient fait, voulaient se reprendre, rien n'était joué. Alors que les giscardiens s'effondraient, disparaissaient ou s'en prenaient, pour expliquer les raisons de leur défaite, « aux trahisons délibérées » (selon le mot bien maladroit du porte-parole de l'Élysée, Jean-Marie Poirier), Chirac, lui, repartait en guerre, se battait comme un lion, parcourait la France et soulignait les premières erreurs pleines de promesses du premier gouvernement Mauroy. Mais l'État de grâce était invincible.

En juin 81, Mitterrand avait à son tour son assemblée « introuvable ». Avec 269 élus socialistes (soit un gain de 162 sièges!) le Président avait une majorité absolue socialiste. Et tout le monde y perdait des plumes par poignées entières : les communistes qui passaient de 86 députés à 44, le R.P.R. de 153 à 83, l'U.D.F. de 116 à 61. C'était bel et bien un raz de marée.

En Corrèze même, Chirac était réélu au premier tour mais avec seulement 20 464 voix, ce qui était nettement moins bien qu'en 78 (23 616) et cette fois c'était le socialiste Hollande qui arrivait en deuxième position avec 10 679 voix, devant le communiste Audouin 8 992 voix et le Front National Ricard 307 voix.

XVII

LE CHEF DE L'OPPOSITION
1981-1983

Ce dernier chapitre sera forcément inachevé. Chirac ne l'a pas encore totalement vécu. Et si l'observateur peut provisoirement l'intituler « " le " chef de l'opposition », en fait, Chirac lui-même l'intitulerait sans doute « la reconquête du pouvoir ». Tout ce que fait le président du R.P.R. depuis juin 81 n'a pas d'autre but : libérer la France du pouvoir socialo-communiste. Mais, pour l'instant, à mi-parcours – les élections législatives n'auront lieu, en principe, qu'en juin 1986 – on ne peut constater qu'une chose : Chirac est devenu « le » chef de l'opposition, même si certains évoquent le nom de Raymond Barre ou se souviennent de celui de Valéry Giscard d'Estaing.

Certes, en politique un homme n'est jamais « fini ». Le retour de De Gaulle en 58, après douze ans d'absence, et six années de silence, le triomphe tardif de Mitterrand, après vingt-trois ans d'opposition et deux échecs retentissants, peuvent donner à Giscard qui n'a que cinquante-sept ans (Mitterrand est devenu Président à soixante-quatre ans et de Gaulle avait soixante-huit ans en 58) toutes ses chances. En vérité, son handicap est moins d'avoir été vaincu en 81, moins d'avoir été un mauvais Président, que d'avoir une place mal définie dans l'échiquier politique. Il avait pu se « faufiler », en 74, à la Présidence parce que les gaullistes étaient divisés, tout comme Poher avait pu se « faufiler » à la candidature, en 69, parce que la gauche avait disparu, payant encore ses erreurs de 68. Mais en « temps normal », il n'y a, avec les institutions de la Vᵉ République, avec les deux candidats au deuxième tour, plus de place pour les « petits », fussent-ils de valeur, pour les représentants des familles « chétives » qu'elles s'appellent R.I., P.R., U.D.F. ou centrisme. En « temps normal », les présidentielles ne peuvent qu'être un duel entre les champions des deux grandes familles : la gauche et celle qu'on appelle un peu vite « la droite ». Le centre, cher à Giscard même s'il est lui-même, et jusqu'au bout des ongles, un homme de droite, n'a plus sa place dans ce combat qui, par définition, ne prévoit pas de triangulaire. Malraux a finalement raison : il n'y a plus que les gaullistes et les communistes (ou leurs alliés).

D'autre part, la victoire de Mitterrand qui a cru devoir, par honnêteté et par prudence, appeler les communistes – pour être tranquille avec les syndicats mais alors que rien ne l'y obligeait puisqu'il avait la majorité absolue à l'Assemblée avec son groupe socialiste – a, indiscutablement, dramatisé le débat. La reconquête du pouvoir par les antimarxistes sera plus dure qu'elle l'aurait été si les socialistes s'étaient contentés d'être, comme certains l'avaient souhaité, des sociaux démocrates. Les excès commis par les « apprentis sorciers de la révolution », les erreurs dramatiques de la gestion quotidienne du pays poussent l'opinion à se radicaliser et il n'est pas concevable qu'elle revienne vers un homme qui avait – trop – parlé de « décrispation », qui avait évoqué avec sympathie Léon Blum et le programme de la gauche, qui avait, un moment, rêvé d'un centre qui irait jusqu'à des socialistes bon teint comme Mauroy ou Defferre. Ces hommes qui, jadis, paraissaient « raisonnables » ont désormais siégé dans le même Conseil des ministres que des communistes. Ils ne sont plus « récupérables » par un centre qui voudrait s'élargir. Plus que ses lubies de faux aristocrate, plus que ses erreurs d'économiste, plus que son absence de sens de l'État, Giscard va avoir à payer, longtemps, l'erreur de sa stratégie. Par haine du gaullisme, il a voulu remplacer, au sein de son électorat, les gaullistes par des socialistes. Il a perdu les gaullistes et il n'a pas gagné les socialistes qui sont, entre-temps, devenus des alliés des communistes et qu'il ne s'agit plus de séduire mais d'éliminer. Giscard se retrouve donc assis entre deux chaises et au-dessus du vide.

Enfin, l'opinion sait parfaitement qu'après le départ des socialo-communistes, il faudra reprendre sérieusement la situation en main. Il faudra reconstruire le pays, faire renaître l'économie, recréer l'industrie, balayer tout ce qui aura été fait et redonner à la France toutes ses chances perdues. En fait, il faudra libérer le pays, libérer l'économie, l'enseignement, l'information, la culture, les citoyens, les rapports sociaux, la médecine, etc. Le giscardisme hésitant, flou, modéré, incertain, n'est pas fait pour mener un tel combat. Et d'ailleurs qu'est-ce aujourd'hui que le giscardisme? Où sont donc passés les bataillons de jeunes gens bien élevés qui se pressaient, début mai 81, dans les bureaux de la rue de Marignan, où sont passés les « ténors » de la société libérale avancée? Rarement sans doute dans l'histoire politique, un vaincu a été aussi rapidement abandonné par ses courtisans que Giscard au lendemain du 10 mai.

Quant à Raymond Barre qui mène de banquets parisiens en banquets de province, son combat solitaire de bougon mais que les sondages hissent de mois en mois, on imagine mal qu'il puisse un jour se présenter en « sauveur ». Si l'opinion publique reproche à Chirac de s'être présenté contre le Président qu'il avait fait élire et qu'il avait servi comme Premier ministre, elle comprend moins encore que Raymond Barre ne se soit découvert en opposition avec le Président qu'au lendemain de la défaite de celui-ci. Chirac n'était plus d'accord avec Giscard, il avait démissionné. Barre a attendu que le bateau soit coulé pour, dans sa propre chaloupe, affirmer qu'il avait vu les écueils et qu'il désapprouvait le commandant. Et l'opinion d'ailleurs n'a toujours pas compris ce qui séparait les deux hommes si ce n'est une évidente rancœur d'avoir été vaincus.

D'autre part – on peut le regretter mais c'est ainsi – une campagne présidentielle se fait avec des réunions de masse aux quatre coins du pays et avec quelques séances-spectacles à la télévision. Barre n'a personne pour lui rassembler 20, 30, 50 ou 100 000 auditeurs à Paris, à Marseille ou à Bordeaux. Il n'a pas d'appareil et doit s'en tenir aux conversations de salon. Et à la télévision on voit mal comment il pourrait perdre son fameux « ton professoral » qui séduit certains cadres, les chefs d'entreprise mais que ne comprend ni ne supporte pas la grande masse des électeurs populaires qui voient en lui plus un père fouettard, un proviseur revêche ou un percepteur qu'un chef qu'on aimerait rejoindre pour s'en sortir.

Enfin et c'est l'essentiel, Barre parle en économiste, pas en politique. Il évoque la rigueur, l'austérité, pas la liberté. Mitterrand a gagné parce qu'il parlait du bonheur. Des présidentielles peuvent se perdre sur une mauvaise politique économique (ce fut, en partie, le cas en 81), elles ne peuvent pas se gagner sur un programme économique (même excellent) et, *a fortiori,* si celui-ci promet des années de sang et de larmes.

Devant une telle situation, Chirac apparaît, bien sûr, en grandissime favori. Il a l'appareil, avec les 800 000 adhérents du R.P.R. (qui recrute de plus en plus depuis le 10 mai 81) prêts à faire du porte-à-porte, à coller des affiches, à organiser d'immenses réunions de foule; il a fait de nets progrès à la télévision (qui le montre d'ailleurs assez peu depuis 81) où il est moins cassant, moins « inquiétant »; il a l'entraînement (et le génie) des campagnes longues et dynamiques et puis, surtout, il s'est toujours présenté en adversaire déterminé du socialo-communisme et en défenseur des libertés.

Certains de ses adversaires – parmi les giscardiens – ont affirmé que son rêve avait toujours été de voir la gauche l'emporter et que, dès 78, il espérait que la majorité perdrait le pouvoir pour mieux apparaître, lui-même, en homme recours et balayer le centrisme. C'est bien évidemment absurde et contredit par les faits. Chirac a prouvé qu'il se battait contre les socialo-communistes (même s'il était, et sans le cacher, en désaccord avec la politique de Giscard) et, nous l'avons vu, il est évident que sans lui Giscard aurait perdu la partie dès ces législatives de 1978. Cela dit, il est vrai qu' « objectivement », comme diraient les marxistes, la victoire de la gauche en 81 l'a servi. Elle lui a donné, ostensiblement, raison dans toutes ses analyses contre Giscard. Son refus du centrisme, son refus de la politique des gadgets de gauche, son refus d'une économie défensive à la croissance douce, son refus d'un état mou, hésitant, etc. Vaincu parce que général limogé d'une armée vaincue dont il contestait la stratégie, Chirac apparaît maintenant comme celui qu'il va falloir appeler pour la revanche.

En fait, il devient alors, dans les faits, plus gaulliste qu'il ne l'a jamais été. Nous l'avons dit, le gaullisme n'est vraiment « à l'aise » que dans les drames : 1940, 1958. Il faut l'effondrement de la France pour que le pays ait besoin de cet appel au rassemblement au-dessus des partis, de cet appel à l'effort commun, au sursaut, et qu'il redevienne sensible à tout ce qui constitue le gaullisme, la notion de Nation, la volonté d'un État fort, etc. Bien sûr, la gauche va alors crier au fascisme, à la menace de dictature, comme elle l'a fait en 1958, et ironiser sur le menton en avant de Chirac. Mais, d'une part, cette gauche utilise désormais les institutions gaullistes (qu'elle avait tant condamnées et que Chirac respecte scrupuleusement) et, d'autre part, l'effondrement du centre causé par la victoire même de la gauche et la désillusion de l'électorat socialiste, effrayé par la politique de la fuite en avant, redonnent à Chirac la possibilité de retrouver une grande partie de l'électorat du Général et de Georges Pompidou et, en tous les cas, une chance de se démarquer de la droite où peuvent désormais avantageusement le remplacer les survivants de l'U.D.F. qui redeviennent ce qu'ils étaient, et les amis de Raymond Barre qui sont les premiers à déclarer que leur chef de file est un nouveau Pinay. Chacun donc se retrouverait à sa place. Mais rien n'est encore joué.

Après avoir passé l'été 81 en Corrèze à parcourir sa circonscription qu'il avait un peu abandonnée pendant la campagne présidentielle et pendant les législatives, et après s'être offert... cinq jours de vacances à Hammamet, en Tunisie, Chirac fait sa rentrée politique le 5 octobre 1981, avec une grande conférence de presse. L'état de grâce commençant à s'estomper, il ne lui est pas difficile de qualifier la politique de Pierre Mauroy successivement de « démodée », « dépassée », « archaïque », « doctrinaire », « partisane », « irréaliste », « irresponsable » et « sectaire ». On en est déjà, il est vrai, au lendemain de la première dévaluation! Et Chirac définit l'attitude qui va désormais être la sienne : « L'action de l'opposition doit s'inspirer de quelques principes simples. Le premier, c'est le respect des institutions. Les Français ont décidé. Même si c'est à la suite d'un malentendu, même s'ils ont voté davantage pour le changement que pour le bouleversement de la société, il n'est évidemment pas question de remettre en cause le résultat de leur vote. Le deuxième principe, c'est que nous sommes dans une opposition sans concession. Nous le sommes parce que nous nous inspirons de valeurs radicalement différentes de celles du pouvoir actuel et que nous faisons une analyse des réalités économiques et sociales inverse de la sienne. Le gouvernement engage la France dans la mauvaise direction. Elle n'en a peut-être pas encore conscience mais je tiens à l'affirmer dès aujourd'hui et à prendre date. » Tout est dit. Chirac respectera les institutions – on s'en doutait mais comme ses adversaires en faisaient un candidat au coup d'État, il se devait de le noter – et il sera un opposant farouche. A tout hasard et à toutes fins utiles, Chirac rappelle tout de même : « Nous avons une politique de rechange à proposer pour lutter contre le chômage, contre l'inflation, pour rétablir la stabilité monétaire, pour réduire les inégalités sociales, pour accroître l'investissement et la production. Cette politique tient en une seule phrase : au lieu de brimer les énergies, il faut les libérer et pour cela supprimer et alléger les contraintes fiscales, juridiques, administratives, partisanes qui pèsent sur les Français. » C'est ce qu'il a dit pendant cinq ans à Giscard. Il le dit, cette fois sans illusion, à Mitterrand, mais avec l'espoir que les Français finiront par l'entendre.

Si Chirac – qui n'a pas encore repris son titre de président du R.P.R. – refuse d'apparaître comme le chef de l'opposition (il affirme même que « ceux qui le penseraient n'auraient rien compris à sa démarche ») et s'il tend la main aux autres (sans les citer toutefois), André Passeron est bien obligé d'écrire dans *Le Monde* que Chirac veut maintenant « jouer le rôle d'un pôle d'attraction, d'un révélateur et d'un fédérateur de toutes les oppositions ».

En fait, pendant des mois, Chirac va avoir un rôle assez... « facile ». Il lui suffira de souligner les erreurs du gouvernement, de rappeler les engagements non tenus par le président de la République, de relever la socialisation du pays que peu d'électeurs avaient, sans doute, souhaitée réellement, de s'élever contre toutes les atteintes portées à la liberté : liberté d'entreprendre (avec les nationalisations et notamment celle du crédit, avec les lois Auroux), liberté des fonctionnaires (avec la chasse aux « têtes qu'il faut faire tomber » comme l'ont réclamé les hauts dignitaires du régime lors du congrès du P.S. à Valence et avec l'instauration d'un spoil système), liberté de l'enseignement (avec la querelle de l'enseignement libre qu'ont rallumée, si maladroitement, certains élus du P.S.), liberté de la presse (avec la mainmise sur l'audiovisuel notamment), liberté de la médecine (avec les lois Ralite), etc.

Alors que pendant cinq ans, Chirac a été un opposant de l'intérieur, offensif, attaquant, proposant une autre politique, ruant dans les brancards (d'une politique qui était, en effet, sur une civière), maintenant qu'il est un véritable membre de l'opposition – et qu'il respecte les institutions – il n'a plus qu'à assister au désastre, à prendre acte et à attendre. Mais il n'a plus à se gêner. Sachant que son heure arrivera, il fait remarquer ce qui se passe – montée du chômage, augmentation des prix, effondrement du franc, une, puis deux, puis trois dévaluations, déficit budgétaire, déficit de la balance commerciale, arrêt total des investissements, etc. Il s'en désole, il en explique les raisons et il rappelle les solutions qui permettraient de « faire autrement ».

On peut rappeler quelques phrases : quand Jacques Delors présente son budget à l'automne 81, Chirac déclare : « Ce budget participe à l'entreprise de colonisation de la société française. Le moyen est simple, logique, irrésistible : puisque le parti socialiste contrôle l'État, il suffit de faire en sorte que l'État contrôle la vie économique et sociale pour que le Parti socialiste contrôle tout. Ce projet de budget 82 est une offense au bon sens. Son application va provoquer une flambée des prix sans que pour autant le chômage recule » (...) « Dire " faire payer les riches " est une affirmation typiquement démagogique. Les plus hauts revenus ne sont pas nombreux et quand on les écrête cela rapporte très peu. Pour rapporter de l'argent, il va falloir toucher les revenus de tout le monde. Le gouvernement a été d'une extrême légèreté et mû uniquement par une préoccupation idéologie. »

A propos du déficit de la Sécurité sociale : « Que fait-on? On creuse un trou pour en boucher un autre. C'est la politique du sapeur Camember. » A propos des nationalisations : « Lorsqu'on sème de la mauvaise graine, on fait une mauvaise récolte. Les nationalisations étaient un acte inutile et dangereux. La France a besoin de relancer ses investissements. Or on dépense 40 ou 50 milliards non pour créer des emplois mais pour acheter des entreprises. On appauvrit les contribuables. Ce sont tous les Français qui paieront les bêtises du gouvernement. Les entreprises comme les travailleurs seront pénalisés. »

A la mi-novembre, on dépasse le cap des deux millions de chômeurs, la hausse des prix est de 17 %, les investissements sont nuls.

Le 16 novembre, vedette de l'émission de T.F.1 « Le grand débat de la presse », Chirac s'inquiétant de la dégradation du climat politique s'écrie : « On est en train de distiller la haine, car le gouvernement se fonde sur la lutte des classes c'est-à-dire qu'il est en train de diviser la France. Le socialisme est un système qui a pour vocation de donner le pouvoir à l'État contre l'individu. Je récuse donc tout ce qui, de près ou de loin, s'apparente au socialisme. » C'est au cours de cette même émission qu'il déclare à propos de la présence de quatre ministres communistes au gouvernement : « Au niveau de responsabilité, qu'il s'agisse de hauts fonctionnaires communistes que l'on nomme aujourd'hui discrètement mais efficacement dans l'administration ou au niveau du gouvernement, il ne faut jamais oublier qu'un communiste reste avant tout communiste et c'est ce qui fait sa caractéristique et c'est ce qui fait qu'il n'est pas, à cet égard, un homme comme les autres. Il faut savoir qu'un haut fonctionnaire ou qu'un ministre communiste est communiste avant d'être haut fonctionnaire ou d'être ministre et qu'il y a lourd à parier que le jour où il recevra un ordre de son ministre ou de son Premier ministre et un autre ordre du parti qui serait différent, c'est au parti qu'il obéira. »

Le 17 janvier 1982, « l'état de grâce » semble terminé. A la suite d'invalidations, quatre sièges de députés sont à pourvoir. Ce sont les premières partielles depuis le raz de marée de juin 81. Les quatre sièges sont emportés, au premier tour, par les quatre candidats de l'opposition : trois R.P.R. : Peyrefitte, Bénouville, Bourg-Broc et un U.D.F. Dominati. Chirac en conclut : « A l'évidence, les Français commencent à comprendre que la voie dans laquelle le gouvernement socialo-communiste les a engagés n'est pas la bonne » (au *Figaro Magazine* du 23 janvier 82) et devant les Assises du R.P.R. à Toulouse (qui lui redonnent son fauteuil de président du Rassemblement, le 24 janvier) il ajoute : « La confiance change de camp. »

Mais si la confiance change de camp, le calendrier lui est toujours là, même si, chez les gaullistes, on s'impatiente parfois un peu trop, comme certains proches de Chirac qui contestent alors la légitimité du président de la République (Claude Labbé) ou même comme Chirac qui se laisse aller à dire que « l'opposition sera rappelée au pouvoir plus rapidement qu'on le pense » (*France-Soir,* le 11 mars 82). Signes d'impatience maladroits. Il faut attendre et se contenter de son rôle d'opposant. Le 15 juin 82, trois jours après la deuxième dévaluation « mal préparée et qui risque d'être insuffisante », Chirac peut dire : « Nous sommes devenus l'homme malade de l'Europe » (la lire italienne se tient en effet mieux que le franc français). La semaine suivante, le gouvernement change de cap et annonce... le blocage des prix et des revenus. Au cours du débat sur la motion de censure qu'a déposée Chirac à l'Assemblée, le président du R.P.R. qui parle « au nom de l'opposition républicaine forte de son unité et de sa capacité de renouvellement », interpelle Pierre Mauroy : « Votre incompétence a fait fuir la confiance. » Le soir même à la télévision, il va encore plus loin : « Aujourd'hui le socialisme à la française est un rêve en miettes. Il s'agit d'une politique qui est totalement irresponsable parce qu'elle est conduite, en fait, hélas, par des gens qui sont tout à fait de bonne foi, naturellement, mais qui sont totalement incompétents. » Et Chirac, plus pompidolien que jamais, déclare : « Pour faire une véritable politique de solidarité, il faut d'abord avoir de l'argent à distribuer. Il faut d'abord produire et donc tout le problème que nous avons aujourd'hui c'est celui d'augmenter la production pour créer les richesses nécessaires qui par une distribution plus juste permettront réellement d'assumer une politique de solidarité. » C'est presque textuellement ce qu'écrivait Georges Pompidou, quatorze ans plus tôt : « Les problèmes de répartition sont une réalité mais encore faut-il qu'il y ait quelque chose à répartir. J'ai la faiblesse de croire que leur solution serait grandement facilitée s'il y avait beaucoup à répartir. »

Début septembre, à Nouméa, où il est allé soutenir la candidature de Jacques Lafleur, candidat à une législative partielle, Chirac s'impatiente une nouvelle fois : « L'expérience socialiste ne durera pas deux ans! », phrase maladroite ne serait-ce que parce qu'elle permettra à la majorité de crier au scandale et à la menace de coup d'État. Dès son retour à Paris, le président du R.P.R. retombera « sur ses pieds » : « Compte tenu de la situation économique et politique dans laquelle il s'est mis le gouvernement socialiste sera contraint très rapidement à mettre fin aux orientations fixées par le programme socialiste. Si le gouvernement persévérait contre vents et marées dans son irréalisme, le mécontentement des Français sera tel qu'il se trouvera obligé de recourir à des élections anticipées. Est-ce donc un péché dans une démocratie que de souhaiter que le peuple ait la parole? Je rappelle que cela s'est produit trois fois sous la Vᵉ République, 1962, 1968, 1981 dont deux fois réclamées par les socialistes et une fois décidée par un président socialiste. (...) Il ne se passe pas de semaine depuis plus de six mois où le suffrage universel ne marque sa désapprobation devant la politique socialiste. D'ailleurs les Français auront à nouveau l'occasion de se prononcer lors des prochaines élections municipales dans six mois qui devraient marquer un sérieux avertissement pour le pouvoir socialiste. »

Ces six mois seront longs pour Chirac qui est pressé d'en découdre et qui voit le pays « passé de l'inquiétude au mécontentement » comme il le dit aux journées parlementaires R.P.R. à la Grande-Motte, le 26 septembre.

Pour patienter, Chirac va tenter d'améliorer son image de marque personnelle et essayer d'unir sous sa bannière toute l'opposition.

Pour son image personnelle, avec laquelle il a décidément beaucoup d'ennuis et il est normal qu'il soit de plus en plus attaqué puisqu'il est devenu « le » rival dangereux, le maire de Paris fait appel à un « professionnel », le publicitaire Elie Crespi qui lui conseillera de changer de costume et de cravate et de « s'exprimer plus avec son cœur qu'avec son esprit ». L'expérience ne sera ni concluante ni prolongée...

Pour ce qui est du regroupement de l'opposition, les choses traîneront en longueur, si ce n'est en rancœur. Lecanuet tentera rapidement un rapprochement qui n'aura guère de suite, puis Giscard émergeant, jouera au chat et à la souris avec son ancien Premier ministre qu'il considère toujours comme le grand responsable de sa défaite. Le cœur n'y est visiblement pas même si la raison devrait inciter à plus d'allant. Après un appel de Chirac à « tous ses partenaires de l'opposition » pour « rendre publiques leurs options communes », le 8 novembre, les anciens président de la République et Premier ministre finiront par déjeuner ensemble, le 24 novembre, chez Drouant, sans pour autant que l'appétit y soit vraiment, en dépit d'un menu composé par l'organisateur de ce repas de retrouvailles, Pierre de Bénouville, sans doute à la recherche de calembours faciles puisque après des œufs... brouillés (plat favori de Giscard d'Estaing) il y avait du... bar grillé. On a l'impression que chacun est convaincu qu'il faudrait, en effet, s'entendre pour battre le pouvoir mais, très logiquement, ni l'un ni l'autre ne voit en quoi la défaite de 81 aurait pu changer les raisons du désaccord fondamental qui l'avait précédée. Au contraire cette défaite a donné raison à chacun, aux yeux de chacun. Si on avait fait mes réformes avec plus d'entrain... pense Giscard, si on n'avait pas scandalisé l'électorat..., pense Chirac. Chacun pense aussi que ces retrouvailles – souhaitées par l'opinion – doivent marquer sa prééminence à la tête de l'opposition. Giscard qui, dans quelques jours, va faire sa rentrée officielle au congrès de l'U.D.F., estime qu'il est, par définition le challenger de Mitterrand, le chef de l'opposition. Puisque c'est lui qui a été battu, c'est à lui de mener la revanche. Chirac pense, tout aussi naturellement, que puisque Giscard a été battu, éliminé par les Français, c'est à lui, Chirac, de reprendre le flambeau. Giscard a fait ses preuves et son temps.

Rapidement, le Président du R.P.R. comprendra qu'il n'y a pas grand-chose à attendre d'une telle « coordination », de l'opposition. Et autant il est vrai qu'une majorité a besoin d'un minimum d'unité, autant on peut se demander si, pour une opposition, c'est aussi indispensable. La gauche n'a jamais été aussi forte qu'alors qu'elle était désunie. Mitterrand avait été battu, en 74, alors qu'il était candidat unique de la gauche, il l'a emporté en 81 alors que Marchais était lui aussi candidat. Une expérience qui mérite sûrement d'être méditée. Et puis si le P.S. et le P.C. avec leurs troupes, leurs cadres, leurs structures pouvaient, en effet, parler d'union, où sont les troupes, les structures de l'U.D.F. qui pourraient s'allier avec celles du R.P.R.? Puisque Giscard n'a que des notables à proposer, on peut tout au plus s'entendre sur des candidatures uniques pour les municipales. Et c'est ce qu'on fait.

D'ailleurs ce sont bien ces municipales qui comptent pour Chirac qui a bien étudié la stratégie de Mitterrand. Il faut regagner le terrain pouce à pouce, comme le fit la gauche : avec des partielles, avec des cantonales, avec des municipales, avec des sénatoriales, la conquête du pouvoir par un grignotage systématique du terrain. Chirac va donc tout faire pour que les municipales de 83, premières vraies élections nationales depuis 81, marquent le renversement de la majorité. Ce sera d'autant plus « facile » qu'en 77 la gauche, on s'en souvient, avait remporté un triomphe aux municipales. Et puis, comme toujours, ce sera une occasion rêvée de mener le grand débat politique qu'on peut difficilement entretenir chaque jour même si l'actualité en donne malheureusement le prétexte. Revoyant Giscard une seconde fois, mais cette fois au domicile de l'ancien Président, rue de Bénouville, le 7 janvier 83, le président du R.P.R. se met d'accord avec lui pour qu'il n'y ait, dans la plupart des grandes villes de plus de 30 000 habitants, qu'une seule liste de l'opposition. C'est important.

Mais pour Chirac, ces municipales sont aussi, en plus, une « affaire personnelle ». Il est maire de Paris. On l'avait presque un peu oublié au milieu de tout cela. Le gouvernement, lui, ne l'avait pas oublié. Quelle belle victoire contre l'opposition ce serait que de faire battre Chirac! Alors on va tout utiliser. Comme le président du R.P.R. semble difficile à éliminer complètement, Gaston Defferre a eu une « idée ». Au nom de la décentralisation, on va... décentraliser Paris! C'est un peu « gros », mais qu'importe. On décentralisera aussi Lyon et même Marseille. Defferre a présenté un projet de loi charcutant la capitale... en vingt villes. Une par arrondissement. Comme cela, si Chirac est réélu, il n'aura plus qu'un vingtième de son pouvoir! Immédiatement, c'est le tollé général. Des centaines de milliers de lettres de soutien à Chirac arrivent à l'Hôtel de Ville. Le gouvernement qui patauge dans ses contradictions et qui réalise, un peu tardivement, qu'il s'est embarqué dans une bien mauvaise affaire, précise qu'il y aura un « super-maire », que c'est pour permettre une meilleure gestion, une meilleure concertation. Personne n'est dupe. L'Élysée pense alors à attaquer de front Chirac. On demande au « ténor » Lionel Jospin, premier secrétaire du P.S., l'homme qui a remplacé Mitterrand à la tête du parti, de se porter candidat à la mairie de Paris. Il se récuse aussitôt. Finalement c'est Paul Quilès, celui qui depuis le congrès de Valence où il a demandé des « têtes » n'est plus appelé que « Robespaul », même par les socialistes, qui est désigné.

C'est alors que les milieux politiques découvrent, tout étonnés, ce que les Parisiens savaient depuis longtemps : que Chirac est un excellent maire de la capitale. Tout en lançant le R.P.R., tout en gagnant les législatives de 78, tout en menant campagne pour les Européennes, tout en jouant les opposants à Giscard, tout en étant candidat aux présidentielles, tout en dirigeant la campagne de l'opposition pour les législatives de juin 81, tout en étant député de la Corrèze, tout en étant conseiller général de Meymac, le maire de Paris a trouvé le temps de faire énormément de choses pour « sa » ville. Sans doute plus qu'aucun autre maire de France.

On oublie trop souvent que la politique n'est pas seulement un jeu qui consisterait à prendre et à garder le pouvoir. L'actualité est telle qu'on ne voit les hommes politiques que pendant leurs campagnes électorales, qu'au cours de leurs congrès, qu'on observe seulement les alliances, les brouilles, les coups de théâtre, les manœuvres. Mais la politique, c'est en fait tout autre chose que... la politique. C'est la gestion quotidienne de la cité. Tout le reste, tout ce qui amuse, passionne ou terrifie, voire dégoûte le commun des mortels, n'a guère d'importance. Ce qui compte, ce n'est pas une belle prestation à la télévision, quelques effets de manche à l'Assemblée, une campagne menée de main de maître, mais c'est... le bonheur des gens. Certes, pour pouvoir faire ce bonheur, il faut avoir passé « l'examen », il faut se faire élire, mais c'est après qu'on peut juger l'homme politique, même si alors on ne le regarde généralement plus. On a trop tendance quand on dit que Chirac est « un bel animal politique » à ne voir que le battant sur les tréteaux de l'actualité. On ne pense pas que le soir après s'être battu toute la journée contre les nationalisations, la politique étrangère, la socialisation du pays, les atteintes aux libertés, il puisse – après une omelette – entrer dans son immense bureau de l'Hôtel de Ville – le plus grand bureau officiel de France – et ouvrir les dossiers de la construction, s'intéresser aux espaces verts, aux crèches, à la circulation, aux maisons de retraite, aux crottes de chien, à la vie quotidienne des Parisiens. Or, la vraie politique c'est ça. On oublie que derrière les grandes querelles sur le socialisme, le capitalisme, le marxisme, la relance, le développement, il y a toujours – et uniquement – cette vie quotidienne, modeste, essentielle.

Or, Chirac qui a fait mille autres choses et que le gouvernement veut attaquer parce qu'il est le patron de l'opposition, peut présenter un bilan époustouflant de sa gestion de Paris. En six ans – et sans que personne dans la faune politique ne s'en soit aperçu – il a aménagé les Halles, lancé le centre omnisport de Bercy, rénové le théâtre du Châtelet (devenu théâtre musical de Paris), mis en valeur les berges de la Seine (aménagement du Port Saint-Bernard, transformation du quai de la Tournelle en promenade, reconstruction de la passerelle des Arts), mis en valeur les canaux, rajeuni la tour Eiffel, donné 50 hectares de verdure supplémentaires à la ville, métamorphosé l'esplanade des Invalides (remplaçant les parkings par des jardins), créé 20 zones d'aménagement concerté, lancé 6 opérations programmées d'amélioration de l'habitat, financé 21 945 logements, ouvert 70 crèches, 9 piscines, 15 salles de sports, 10 gymnases, 11 bibliothèques, 8 conversatoires, 4 musées, 358 classes maternelles, 171 classes élémentaire, 5771 places de parking. On en perd le souffle mais ce n'est pas fini. Il a créé une « allocation parentale d'éducation » afin de permettre aux parents qui le souhaitent d'assurer personnellement l'éducation de leur troisième enfant (1 700 francs par mois pendant deux ans). Il a créé une « aide à la formation professionnelle des mères de famille seules » qui ne pouvaient pas bénéficier de la loi sur la formation professionnelle réservée aux mères de famille vivant en couple. Il a créé une « aide d'installation des jeunes ménages », une « allocation parent seul-enfant seul », des « allocations d'aide à l'enfance », une « allocation en faveur des veufs et des veuves », une « prime de déménagement pour les familles nombreuses ». Pour les personnes âgées, l'effort a été considérable. L'allocation aux plus démunies était, en 77, de 1 340 francs, elle est en 83 de 3 475 francs, le service des soins à domicile a triplé, le service d'aide ménagère a augmenté de 130 % en quatre ans. Vingt-quatre résidences pour personnes âgées ont été construites, vingt-quatre autres sont en construction. Pour les handicapés, la ville leur assure une garantie mensuelle de ressources de 3 475 francs par mois, etc.

Et tout cela sans ruiner les Parisiens pour autant puisque la « pression fiscale », comme on dit pudiquement, n'a augmenté à Paris que de 13,6 % par an, alors qu'elle augmentait de 14,6 % à Lille, chez Pierre Mauroy et de 16,8 % à Marseille, chez Gaston Defferre, sans parler des 30 % de Saint-Étienne.

On le voit la partie était difficile pour Paul Quilès. Chirac était inattaquable en tant que maire de Paris. La cause était entendue.

En fait, Chirac va mener deux campagnes simultanément : une à Paris, non pas qu'il craigne de perdre son fauteuil de maire, mais pour répliquer comme il convient au « coup bas » de Defferre et tenter « le grand chelem », c'est-à-dire avoir la majorité dans les vingt arrondissements; l'autre, en province, officiellement pour soutenir les candidats de l'opposition dans chaque ville mais pratiquement pour devenir ostensiblement et indiscutablement le chef de cette opposition plus ou moins unie.

C'est le 23 janvier 83, devant 90 000 personnes réunies pour le congrès du R.P.R. au parc des Expositions de la Porte de Versailles, que Chirac lance sa campagne nationale pour les municipales. Une vraie campagne de futur candidat aux présidentielles de... 88. « Oui, s'écrie le président du R.P.R., le redressement est possible, oui, l'espoir peut reprendre le dessus. Il faut que ce soit un vote d'espoir, c'est-à-dire l'affirmation d'une volonté de tous les Français. Il faut redresser ensemble une France aujourd'hui ébranlée. Il faut lancer une nouvelle croissance, conquérir de nouvelles libertés, chercher un nouvel humanisme. Nous ne voulons ni marxisme ni restauration. Le socialisme n'est qu'un marxisme honteux de dire son nom. » Ni marxisme ni restauration, c'est clair. Mais au-delà des phrases chocs, Chirac propose aussi un plan de redressement en quinze objectifs et en soixante mesures, un véritable programme de gouvernement pour le jour où...

Ce programme mérite qu'on en rappelle quelques points. Pour assainir les finances publiques et restaurer la valeur du franc, Chirac propose de stabiliser les effectifs de la fonction publique puis d'en revenir au niveau de 1972, de réduire les interventions de l'Etat au profit de l'industrie et des entreprises « qui ont moins besoin d'aide que de liberté », de céder les participations de l'Etat dans les entreprises du secteur concurrentiel, de réduire massivement le train de vie de l'Etat, de réduire le coût des entreprises publiques (E.D.F., S.N.C.F., etc.) et de pratiquer ensuite, pour leurs tarifs, une politique de vérité des prix. Pour sauver la Sécurité sociale, il propose de soumettre le budget social de la nation à un vote préalable du Parlement, en posant la règle de l'équilibre prévisionnel de ce budget et d'affirmer le caractère paritaire de la gestion des organismes sociaux. Pour alléger les prélèvements obligatoires qui pèsent sur la production, il propose un plan de réduction de ces prélèvements obligatoires qui devront revenir à moins de 40 % du produit national, une réforme de la fiscalité en abrogeant les impôts anti-économiques qui frappent l'outil de travail (taxation des plus-values), de revoir le barème de l'impôt sur le revenu pour y introduire plus de justice et cesser de pénaliser l'esprit d'initiative. Il propose immédiatement de transférer le capital des entreprises étatisées à une institution financière indépendante qui sera chargée de gérer les participations industrielle et bancaire de la nation pendant la période transitoire qui conduira à la désétatisation, etc.

Bref, un plan de gouvernement qui n'est rien d'autre qu'un plan de reconstruction, de... libération. Comme Chirac s'y attendait, ses propositions soulèvent une vague de protestations de la gauche qui, sentant le danger, l'accuse tout simplement de vouloir « revenir sur les acquis sociaux ». Le président du R.P.R. précisera donc au Club de la Presse du 1er février 83 qu'il a toujours été favorable à la cinquième semaine de congés payés mais que pour la semaine de trente-neuf heures (et qui doit aller jusqu'aux trente-cinq heures) « ce n'est pas en travaillant moins qu'on sortira de la crise ». Il se refuse ainsi à toute démagogie.

Et là-dessus, il part en campagne électorale pour la dix-huitième fois de sa carrière politique! En cinq semaines, Chirac parcourra 15 000 kilomètres à travers la France et visitera dix-neuf villes dans chacune desquelles il prononcera au moins un discours, alors que le maire de Paris, lui, visitera tous les quartiers de la capitale et marchera des kilomètres et des kilomètres dans les rues de la capitale, à la rencontre de ses électeurs.

On connaît les résultats de ces municipales de mars 83. Dix-huit arrondissements sur vingt, au premier tour dans Paris, pour Chirac et les deux autres au second tour. Chirac a donc réussi le fameux « grand chelem ». Dans le reste de la France, 53 % des voix vont à l'opposition qui récupère trente villes de plus de 30 000 habitants et obtient 61 % des sièges de conseillers municipaux dans le pays. Chirac peut dire : « La majorité est minoritaire en France, le R.P.R. est apparu porteur d'un projet politique. »

Et voilà! On en est là. Un Chirac auquel les sondages donnent, en juin 83, en cas de présidentielles, 30 % des voix au premier tour et 22 % seulement à Giscard (Mitterrand aurait alors 33 % et Marchais 9 %). Ou 32 % si les primaires l'opposaient à Raymond Barre, et 20 % à Barre. Quoi qu'il en soit donc l'opposition l'emporterait, selon les sondages, et Chirac aurait toutes les chances d'être élu au deuxième tour.

Mais nous ne sommes qu'en 83, à plus de quatre ans et demi de ces fameuses présidentielles de 88. D'ici là, il y aura eu les Européennes où l'opposition se présentera en ordre dispersé, les régionales, les législatives de 86 et sans doute beaucoup d'autres choses.

Alors? Quelle conclusion tirer de cette « rencontre » avec Jacques Chirac? Seul, bien sûr, l'avenir dira s'il sera le 22e président de la

République française. En mai 88, Chirac aura 55 ans. Louis Bonaparte a été élu à 40 ans, Casimir Périer à 46, Giscard à 48, Sadi Carnot à 50, Poincaré à 53 et Félix Faure à 54 ans. Pour une fois, Chirac ne jouerait donc plus les benjamins. Mais il est difficile de dire quel sera l'état de la France en 88 et l'image qu'auront alors les Français de Jacques Chirac.

Mais, lui, Chirac, Jacques René, né à Paris, le 29 novembre 1932, qui est-il?

Pour ses adversaires, c'est simple. Chirac est un « fasciste » à mi-chemin entre Mussolini et Boulanger, un « imbécile » – Chaban a dit « un émouchet posé sur le gant de Marie-France. De temps en temps Juillet tire l'anneau pour que Chirac vole une heure et tue » – et un « traître » qui a trahi les gaullistes, puis Giscard et qui est prêt à tout trahir pour arriver à l'Elysée.

Un « fasciste »? Sûrement pas. Lui-même déclare souvent « je hais le fascisme, c'est sans doute ma seule haine ». Mais ça ne veut rien dire. Regardons les faits. D'abord, Chirac respecte scrupuleusement les institutions. En désaccord avec Giscard, il n'a jamais voulu voter la censure du gouvernement, comme il aurait pu le faire facilement et comme le lui demandaient certains de ses amis. Par respect pour ces institutions. En opposition avec Mitterrand, il a toujours essayé de « calmer le jeu » et il a même proposé un « code de bonne conduite entre la majorité et l'opposition » sans être entendu d'ailleurs.

D'autre part, toute sa philosophie politique, très pompidolienne (et a-t-on jamais accusé Pompidou d'être un fasciste?) repose sur la liberté : liberté des individus par rapport à une administration qu'il veut moins tatillonne, liberté d'entreprendre par rapport à un État qu'il veut moins omniprésent par ses impositions et par ses règlements, liberté d'enseignement, de la presse, de la médecine qu'il n'a jamais cessé de défendre. Le fascisme, ce n'est ni le respect des lois ni la défense des libertés.

Certes, il a un ton cassant, une démarche rapide, un menton volontaire et il aime la musique militaire. Mais va-t-on maintenant juger un homme politique à son physique? Il est vrai qu'on avait dit aussi de De Gaulle qu'il était un fasciste...

Un « imbécile »? Longtemps on a eu l'impression qu'il n'était qu'une « homme de main ». D'abord, de Pompidou, puis du « couple infernal » Juillet-Garaud. Et il est vrai qu'il a servi avec dévotion Pompidou et qu'il a souvent écouté Juillet.

Cela dit, depuis 1979, Juillet ne fait plus partie de son entourage et Chirac ne s'en sort pas si mal. De Gaulle avait des conseillers, Mitterrand en a. Pourquoi ne s'étonner que de ceux de Chirac?

On a aussi dit que sa culture se limitait aux romans policiers et à la trompette de cavalerie, une réputation qu'il a lui-même, à tort sans doute, entretenue. Nous avons vu qu'il lisait plus souvent des poètes français ou étrangers (même s'il se cachait pour le faire) et Lhomond, son célèbre chauffeur, nous a appris qu'en voiture le maire de Paris n'écoutait – entre les informations – que des cassettes de Boulez.

Mais, là encore, il n'a sans doute pas le physique de l'emploi. On imagine mal d'ailleurs un économiste – on peut contester son économie mais on ne peut pas contester qu'elle s'appuie sur une très grande connaissance des dossiers – ne lisant que des bandes dessinées.

Un « traître » enfin? Nous avons vu qu'il n'avait pas trahi Chaban mais qu'il estimait que Chaban trahissait le gaullisme. La présence du plus proche collaborateur de Chaban dans le gouvernement de Mitterrand lui a donné raison sept ans plus tard. Nous avons vu qu'il n'avait pas trahi Giscard mais qu'il avait estimé que Giscard trahissait ses engagements vis-à-vis de ses électeurs. Les résultats des présidentielles de 81 lui ont donné raison cinq ans plus tard.

Chirac a découvert la politique avec Pompidou en 62. Vingt ans plus tard il est encore fidèle à toute la philosophie de son premier et unique « patron ». Y a-t-il beaucoup d'hommes politiques qui pourraient en dire autant? En 1962, Mitterrand proteste contre « le coup d'état permanent » que constitue, à ses yeux, l'élection du président de la République au suffrage universel. Vingt ans plus tard... il est dans les chaussons du Général à l'Élysée.

Nous avons vu aussi que Chirac, s'il n'avait pas hésité à se séparer de certains de ses conseillers, avait su garder ses vrais amis. Qu'ils s'appellent Jacques Friedmann – 1946-1983, cela fait une longue et belle amitié – Pélissier ou Balladur « le plus pompidolien des hommes que je connais, un homme plein de culture, de finesse et qui ferait sûrement un excellent premier ministre. » (Entretien avec l'auteur.)

Non, Chirac a sûrement beaucoup de défauts (il aime, lui aussi, être aimé, il ne sait pas se taire, il est parfois excessif, il ignore les compromis, il aime la « bagarre ») mais ce ne sont pas les défauts que colportent ses ennemis.

Cela dit, l'étude, même attentive, d'une carrière suffit-elle pour connaître un homme, même politique? Sûrement pas. Nous avons vu la philosophie politique de Chirac, sa stratégie, sa tactique, son comportement, ses réactions, mais nous n'avons guère rencontré l'homme qui est, sans doute, plus discret, plus pudique qu'on le croit généralement.

Il aurait fallu aller avec lui en Corrèze. C'est là qu'il est le plus heureux, le plus « exact ». Entouré des amis de ses filles – le château ressemble souvent à une auberge de jeunesse – de ses deux chiens, Uxel, le cocker offert par Pierre Juillet, et Jasmine, le braque d'Auvergne offert par Giscard, il aime rire, boire, manger, préparer lui-même un méchoui et brusquement, parce qu'un paysan de la région est venu lui demander un conseil, redevenir sérieux, changer de casquette, régler un problème, imaginer des solutions, aider un citoyen. C'est Chirac le-grand-frère.

Mais on peut aussi, pour le découvrir, passer un samedi après-midi ou un dimanche matin à l'Hôtel de Ville de Paris, quand ce n'est pas pour lui un week-end corrézien. Le grand bâtiment est vide. Il suffit de pousser la porte. Chirac est là, dans son immense bureau, silencieux, en chemise, penché sur sa table envahie de dossiers. C'est Chirac l'homme d'État, de réflexion.

Pour écrire ce livre, je l'ai souvent retrouvé ainsi. Visiblement, j'interrompais un homme passionné par ses dossiers. Mais j'avais encore quelques questions à lui poser. Les réponses émaillent ces pages. Et puis, nous parlions d'autre chose.

Un jour, toujours à la recherche de je ne sais quelle psychanalyse, je lui ai posé le fameux questionnaire de Proust. Je venais de lire les réponses qu'y avait apportées Georges Pompidou. La comparaison était amusante. Voici les réponses de Chirac et entre parenthèses celles de Pompidou :

– Quelle est votre vertu favorite? *L'honnêteté* (la pudeur).

– Votre qualité préférée chez l'Homme? *La fermeté dans les convictions* (la noblesse).

– Chez la femme? *La loyauté* (la grace).

– Vos occupations préférées? *L'archéologie* (la lecture, la musique).

– Votre principale caractéristique? *Je suis le dernier à pouvoir le dire* (l'obstination).

– Quelle est votre idée du bonheur? *Sereine* (au coin du feu le soir auprès d'une âme aimée).

– Votre idée du malheur? *Je ne veux pas y penser* (un célibataire vieilli).

– Votre couleur favorite, votre fleur préférée? *Le bleu, l'orchidée* (le rouge, la rose).

– Si vous n'étiez pas vous-même qui aimeriez-vous être? *Le poète chinois Tu Fu* (artiste ou écrivain).

– Où aimeriez-vous vivre? *En France* (à Paris ou en Italie).

– Quels sont vos auteurs favoris en prose? *Richelieu* (Proust, Dostoïevski).

– Vos poètes favoris? *Tu Fu, Saint-John Perse* (Racine, Baudelaire).

– Vos peintres et compositeurs favoris? *Léger, Kandinsky,*

Sati et Boulez (Vinci, Vermeer, Cézanne, Mozart, Beethoven).

– Votre héros favori dans la vie réelle? *Pierre Seghers* (de Gaulle).

– Vos plats et boissons préférés? *La tête de veau vinaigrette, le vin* (la soupe aux choux, le foie gras et le Bordeaux).

– Quel est pour vous le défaut le plus grand? *La lâcheté* (la bêtise masculine).

– Quels caractères de l'histoire détestez-vous le plus? *Les racistes* (les puritains).

– Quelle est votre devise? *Fluctuat nec mergiture* (néant).

Ce genre de questionnaire n'est, bien sûr, qu'un jeu. Il est cependant révélateur, même si – c'est inévitable – celui qui répond se croit obligé de tricher un peu.

Loyal, honnête, ferme dans les convictions, amateur de Saint-John Perse et de Boulez, voilà sûrement des qualificatifs auxquels l'opinion publique ne pense pas toujours quand elle évoque Chirac. Elle a, sans doute, tort.

Alors? Chirac ferait-il un bon président de la République, puisque toute la question est là? La réponse est, hélas, impossible à donner. Cette curieuse fonction de chef de l'État n'a pas son pareil et on ne peut pas s'y préparer par un quelconque entraînement. Par définition, elle transforme celui qui a à l'assumer. Il s'y révèle ou s'y effondre. On l'a vu avec Pompidou, on l'a vu avec Giscard. Mais ce qui est sûr c'est que Chirac a le sens de l'État et que chaque fois que le navire a tangué un peu fort, il a beaucoup mieux que beaucoup d'autres su « tenir ». Chirac n'a pas le mal de mer. C'est déjà beaucoup.

Sera-t-il élu? Tout dépend naturellement des circonstances. Mais ce qu'on peut regretter aujourd'hui c'est que ceux des Français qui le rejettent le font généralement moins pour son programme que pour une idée qu'ils ont de lui et qui est fausse.

Chirac, plus qu'aucun autre de nos hommes politiques, souffre d'une mauvaise image de marque qu'il ne mérite pas. Un jour, éclatant de rire, il m'a raconté : « Quand j'avais trente-deux ou trente-trois ans, un journaliste m'a demandé pour la vingtième fois ce que j'aimais, ce que je faisais quand je ne faisais pas de politique, quels étaient mes goûts. Excédé je lui ai répondu : “ c'est très simple : je ne lis que des romans policiers et je n'aime que la trompette de cavalerie ”. J'ai eu une paix royale depuis. Mais j'ai peut-être eu tort ce jour-là. » Oui, Chirac a sûrement eu tort ce jour-là.

Chirac a quelques mois pour changer son image de marque, à moins, bien sûr, que les Français ne préfèrent un amateur de trompette de cavalerie à un lecteur de Saint-John Perse...

BIBLIOGRAPHIE

Ouvrages de Jacques Chirac :

La Lueur de l'espérance, La Table Ronde.
Discours pour la France, Stock.
Préface de *L'Enjeu*, Presses Pocket.

Ouvrages sur Jacques Chirac :

Chirac ou la République des cadets, C. CLESSIS, B. PREVOST, P. WASJMANN, Presses de la Cité.
Lettre ouverte à Jacques Chirac, F. NOURRISSIER, A. Michel.
Chirac, Gilbert COMTE, Régine DESFORGES.
Chirac ou la fringale du pouvoir, Henri DELIGNY, A. Moreau.
La Double Méprise, C. NEY, Grasset.

Ouvrages de personnalités politiques :

C. de GAULLE : *Mémoires d'espoir*, Plon.
Discours et messages, Plon.
Georges POMPIDOU : *Le Nœud gordien*, Plon.
Pour rétablir une vérité, Flammarion.
Valéry GISCARD d'ESTAING : *Démocratie française*, Fayard.
Michel DEBRÉ : *Ces princes qui nous gouvernent*, Plon.
Sur le gaullisme, Plon.
Jacques CHABAN-DELMAS : *L'Ardeur*, Stock.
Édouard BALLADUR : *L'Arbre de mai*, M. Jullian.
Alain de BOISSIEU : *Pour servir le Général*, Plon.
Jean CHARBONNEL : *L'Aventure incertaine*, Le Seuil.
Arthur COMTE : *Hommes libres*, Plon.
Christian FOUCHÉ : *Les Lauriers sont coupés*, Plon.

Françoise GIROUD : *La Comédie du pouvoir*, Fayard.
Maurice GRIMAUD : *En mai, fais ce qu'il te plaît*, Stock.
Yves GUÉNA : *Le Temps des certitudes*, Flammarion.
Olivier GUICHARD : *Un chemin tranquille*, Flammarion.
Mon général, Grasset.
Michel JOBERT : *Mémoires d'avenir*, Grasset.
L'Autre Regard, Grasset.
Pierre LEFRANC : *Avec qui vous savez...*, Plon.
André MALRAUX : *Les Chênes qu'on abat*, Gallimard.
Les Antimémoires, Gallimard.
Raymond MARCELLIN : *L'Importune vérité*, Plon.
Alain PEYREFITTE : *Le Mal français*, Plon.
Quand la rose se fanera, Plon.
Edgar PISANI : *Le Général indivis*, Albin Michel.
Michel PONIATOWSKI : *Cartes sur table*, Fayard.
Bernard TRICOT : *Les Sentiers de la paix*, Plon.

Ouvrages d'universitaires ou de journalistes :

Philippe ALEXANDRE : *Le Duel de Gaulle-Pompidou*, Fayard.
L'Élysée en péril, Fayard.
Exécution d'un homme politique, Grasset.
Denis BOTHOREL : *Le Pharaon*, Grasset.
Merry BROMBERGER : *Le Destin secret de Pompidou*, Fayard.
Jacques CHAPSAL : *La Vie politique sous la Ve*, PUF.
Jean CHARLOT : *Le Phénomène gaulliste*, Le Seuil.
Samy COHEN : *Les Conseillers du président*, PUF.
Michèle COTTA : *La VIe République*, Flammarion.
Stéphane DENIS : *La Chute de la maison Giscard*, Lattès.
Alain DUHAMEL : *La République giscardienne*, Grasset.
La République de M. Mitterrand, Grasset.
Maurice DUVERGER : *La VIe République et le régime présidentiel*, Fayard.
Georgette ELGEY : *La République des illusions*, Fayard.
La République des contradictions, Fayard.
Jean FERNIOT : *Mort d'une révolution*, Denoël.
F. GOGUEL et A. GROSSER : *La Politique en France*, Colin.
J.-C. GUILLEBAUD : *Jacques Chaban-Delmas*, Grasset.
Jacques JULLIARD : *La IVe République*, Calmann-Lévy.
Pierre LIMAGNE : *L'Éphémère IVe République*, France-Empire.
Eugène MANNONI : *Moi, général de Gaulle*, Le Seuil.
François MAURIAC : *Bloc-notes*, Flammarion.
Claude MAURIAC : *Un autre de Gaulle*, Hachette.
André PASSERON : *De Gaulle parle*, Plon.
André PAUTARD : *Valéry Giscard d'Estaing*, Close up.
Stéphane RIALS : *Les Idées politiques de Pompidou*, PUF.
Pierre ROUANET : *Pompidou*, Grasset.

Olivier TODD : *La Marelle de Giscard*, Laffont.
Raymond TOURNOUX : *Journal secret*, Plon.
Jamais dit, Plon.
Le Feu et la cendre, Plon.
P. VIANSSON-PONTÉ : *Les Politiques*, Calmann-Lévy.
Histoire de la république gaullienne, Fayard.
Lettre ouverte aux hommes politiques, Albin Michel.

CHRONOLOGIE

29 novembre 1932	Naissance de Jacques Chirac, 59, rue Geoffroy-Saint-Hilaire, à Paris, dans le Vᵉ.
18 juin 40	Jacques Chirac à Sainte-Féréole, avec sa mère.
Juillet 40-août 44	Jacques Chirac au Rayol, dans le Var, avec ses parents.
Octobre 44	Jacques Chirac entre en 5ᵉ à l'annexe de Saint-Cloud du lycée Hoche de Versailles.
Octobre 45	Jacques Chirac en 4ᵉ au lycée Carnot à Paris.
Octobre 47	Jacques Chirac adhère au R.P.F.
Juin 49	1ᵉʳ bac avec mention « assez bien ».
Octobre 49	Jacques Chirac entre en mathématiques élémentaires au lycée Louis-le-Grand.
Décembre 49	Jacques Chirac signe « l'appel de Stockholm ».
Juin 50	2ᵉ bac avec mention « assez bien ».
12 juillet 50	Embarquement comme pilotin à bord du *Capitaine Saint-Martin*.
Octobre 50	Jacques Chirac entre en mathématiques supérieures à Louis-le-Grand.
Octobre 51	Jacques Chirac entre à Sciences-po.
Novembre 51	Rencontre avec Bernadette de Courcel.
Juillet 53	Voyage aux États-Unis-Harvard.
Juin 54	Diplomé de Sciences-po (3ᵉ).
Juillet 54	Voyage en Suède.
Octobre 54	Écrit du concours de l'E.N.A.
Octobre 54	Voyage en Louisiane.
Novembre 54	Oral de l'E.N.A. Il est reçu 11ᵉ.
Avril 55	Appelé sous les drapeaux.
15 septembre 55	Major de l'École de Saumur.
3 octobre 55	Sous-lieutenant du 11ᵉ R.C.A. en Allemagne.
17 mars 56	Mariage à Paris avec Bernadette de Courcel.
1ᵉʳ avril 56	Sous-lieutenant au 6ᵉ R.C.A. en partance pour A.F.N.
15 avril 56	Arrivée en Algérie.

3 juin 57	Rendu à la vie civile.
Août-décembre 57	A Grenoble en stage de préfecture.
Janvier 58	A Paris à l'E.N.A.
4 mars 58	Naissance de Laurence Chirac.
Juin 59	Jacques Chirac sort de l'E.N.A., 16e de sa promotion.
Juillet 59	En « renfort administratif » en Algérie.
Avril 60	Retour en France. Auditeur à la Cour des Comptes.
Novembre 61	Chargé de cours à Sciences-po.
Avril 62	Au Secrétariat Général du gouvernement.
Juin 62	Secrétaire de la commission des affaires culturelles du IVe Plan.
Novembre 62	Chargé de mission au cabinet du Premier ministre.
6 décembre 62	Naissance de Claude Chirac.
2 novembre 64	Membre de la « Coder » du Limousin.
5 mars 65	Conseiller municipal de Sainte-Féréole.
5 décembre 65	Le « serment » de Solignac.
12 mars 67	Élu député de Corrèze, 3e circonscription.
7 avril 67	Secrétaire d'État à l'Emploi (4e cabinet Pompidou. J.-M. Jeanneney étant ministre des Affaires Sociales).
6 juillet 67	Jacques Chirac présente ses projets pour l'emploi.
24 septembre 67	Élu conseiller général de Meymac.
25 mai 68	Jacques Chirac participe aux « accords de Grenelle ».
31 mai 68	Secrétaire d'État aux Finances (4e cabinet Pompidou remanié, Couve de Murville étant ministre des Finances).
23 juin 68	Réélu, au premier tour, député de Corrèze.
30 juin 68	Mort de François Chirac.
12 juillet 68	Secrétaire d'État aux Finances (cabinet Couve de Murville, Ortoli étant ministre des Finances).
Octobre 68-mai 69	Visites quotidiennes bd Latour-Maubourg.
19 mars 69	Achat du château de Bity.
28 avril 69	Départ du général de Gaulle.
Mai 69	Responsable financier de la campagne présidentielle de Georges Pompidou.
15 juin 69	Georges Pompidou élu président.
22 juin 69	Secrétaire d'État aux Finances (cabinet Chaban-Delmas, Giscard d'Estaing étant ministre des Finances).
18 mars 70	Jacques Chirac président du conseil général de Corrèze.
8 janvier 71	Ministre délégué auprès du Premier ministre, chargé des relations avec le Parlement (cabinet Chaban-Delmas remanié).
6 juillet 72	Ministre de l'Agriculture et du développement rural (cabinet Messmer).

4 mars 73	Réélu, au premier tour, député de Corrèze.
1er mars 74	Ministre de l'Intérieur (3e cabinet Messmer).
2 avril 74	Mort de Georges Pompidou.
19 mai 74	Valéry Giscard d'Estaing élu président.
27 mai 74	Jacques Chirac Premier ministre.
14 décembre 74	Secrétaire général de l'U.D.R.
25 août 76	Jacques Chirac démissionne de ses fonctions de Premier ministre.
3 octobre 76	« Appel d'Égletons ».
14 novembre 76	Jacques Chirac réélu, au premier tour, député de la Corrèze après démission de son suppléant le Dr Belcour.
5 décembre 76	Création du R.P.R.
19 janvier 77	Candidat à la Mairie de Paris.
25 mars 77	Élu Maire de Paris.
12 mars 78	Jacques Chirac réélu, au premier tour, député de Corrèze.
26 novembre 78	Accident de la route en Corrèze.
6 décembre 78	« Appel de Cochin ».
10 juin 79	Élections européennes.
3 février 81	Candidat à la présidence de la République.
26 avril 81	Au premier tour des présidentielles, Jacques Chirac obtient 5 225 848 voix soit 17,99 % des suffrages exprimés.
10 mai 81	François Mitterrand élu président.
14 juin 81	Jacques Chirac réélu, au premier tour, député de Corrèze.
Mars 83	Jacques Chirac réélu maire de Paris.

INDEX DES NOMS CITÉS

C

D

E

F

G

M

N

O

P

Q

R

S

T

TABLE

Cet ouvrage a été réalisé sur
SYSTÈME CAMERON
par la Société Nouvelle Firmin-Didot
Mesnil-sur-l'Estrée
pour le compte des Éditions de la Table Ronde
le 11 octobre 1983

Imprimé en France
Dépôt légal : octobre 1983
N° d'édition : 2149 – N° d'impression : 0178
ISBN 2-7103-0169-9